Formulaire de géométrie

• Quadrilatères

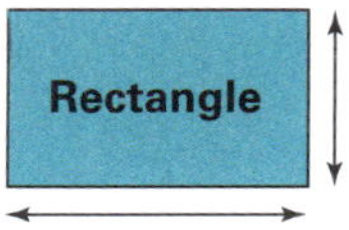

Longueur L

Aire $= L \times \ell$

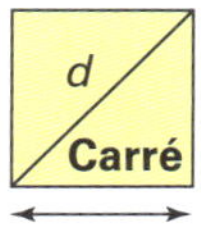

Côté c

Aire $= c^2$

$d = c\sqrt{2}$

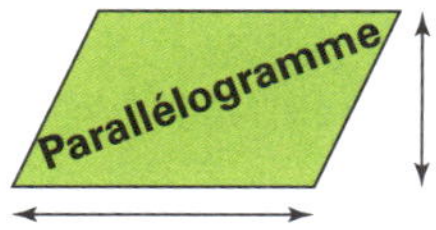

Base b

Aire $= b \times h$

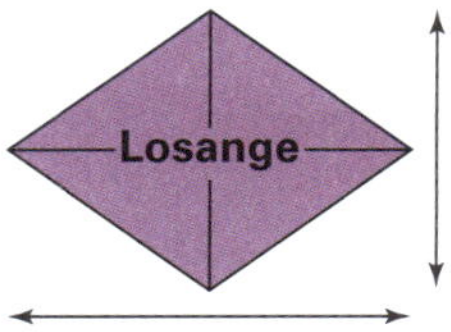

Grande diagonale D

Aire $= \dfrac{D \times d}{2}$

Petite base b

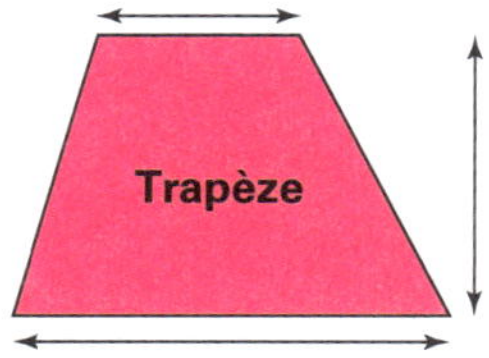

Grande base B

Aire $= \dfrac{(B + b) \times h}{2}$

• Cercles et disques

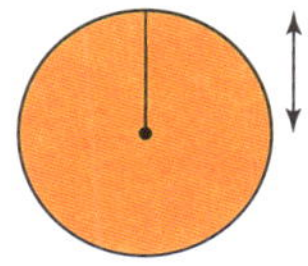

Périmètre $= 2\pi \times r$

Aire $= \pi \times r^2$

• Sphères et boules

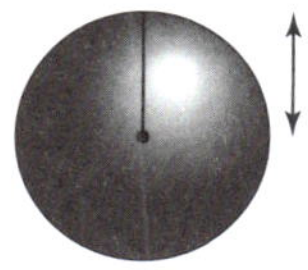

Aire $= 4\pi \times r^2$

Volume $= \dfrac{4}{3}\pi \times r^3$

• Triangles

• Triangle quelconque

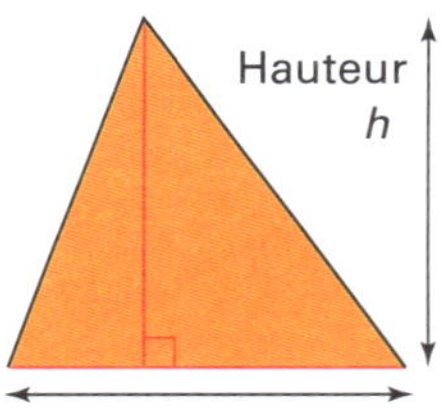

Base b

Aire $= \dfrac{b \times h}{2}$

Somme des angles $= 180°$

• Triangle équilatéral

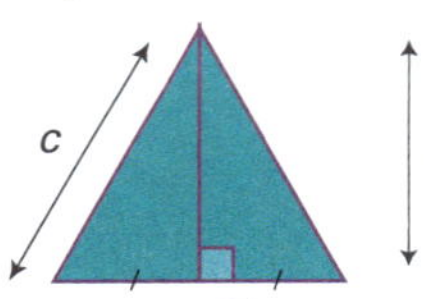

$h = \dfrac{c\sqrt{3}}{2}$

• Triangle rectangle

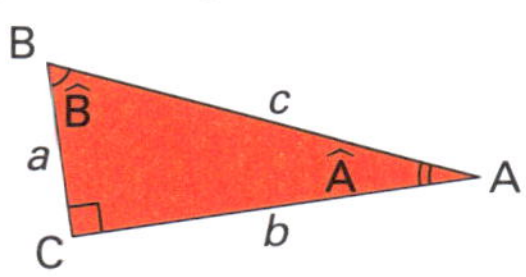

Aire $= \dfrac{a \times b}{2}$

Propriété de Pythagore : $c^2 = a^2 + b^2$

$\cos(\widehat{A}) = \dfrac{b}{c}$ $\sin(\widehat{A}) = \dfrac{a}{c}$ $\tan(\widehat{A}) = \dfrac{a}{b}$

• Prismes et cylindres

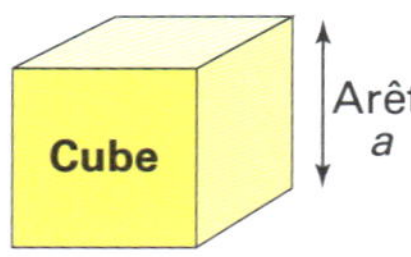

Volume $= a^3$

Aire totale $= 6 \times a^2$

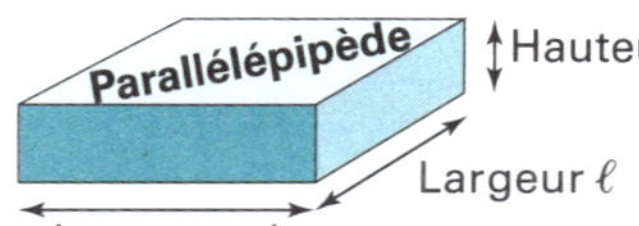

Longueur L

Volume $= L \times \ell \times h$

Aire totale $= 2(L \times \ell + L \times h + \ell \times h)$

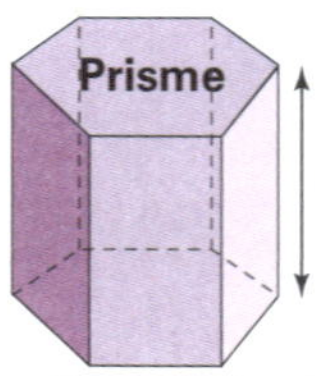

Base d'aire B
et de périmètre p

Volume $= B \times h$

Aire latérale $= p \times h$

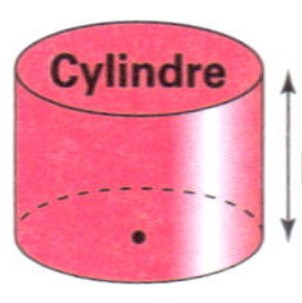

Rayon r

Aire de la base $= \pi \times r^2$

Volume $= \pi \times r^2 \times h$

Aire latérale $= 2\pi \times r \times h$

• Pyramides et cônes

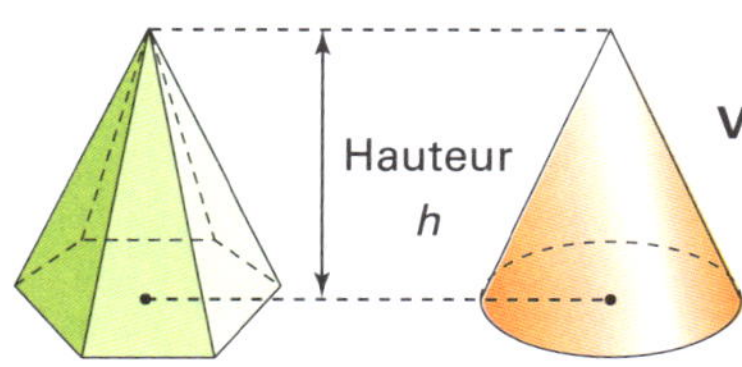

Base d'aire B Base d'aire B

Volume $= \dfrac{1}{3} \times B \times h$

• Symboles géométriques

// : parallèle	[AB] : segment	[AB) : demi-droite
⊥ : perpendiculaire	(AB) : droite	AB : longueur

POUR COMPRENDRE ET PROGRESSER

DANS TON LIVRE

Revois le cours et entraîne-toi.

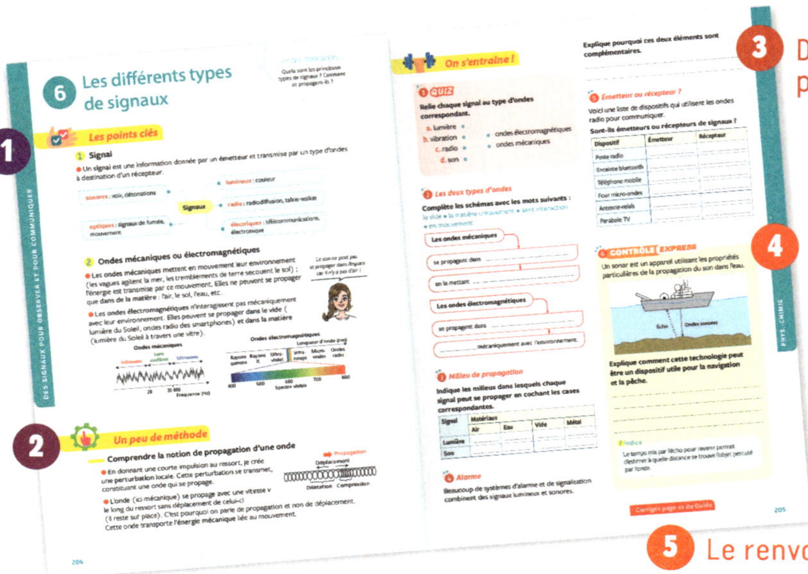

1 Un **rappel de cours** structuré et visuel

2 **méthode** clé

3 Des **exercices** progressifs

4 Un sujet de **contrôle**

5 Le renvoi aux **corrigés**

SUR LE SITE HATIER-ENTRAINEMENT.COM

Révise autrement, en t'amusant.

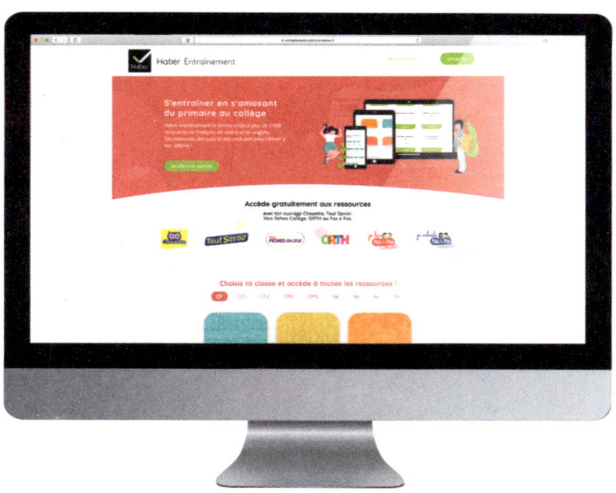

- Des **jeux** interactifs
- Encore plus d'**exercices** en français et maths
- Des **podcasts** en anglais
- Des **dictées** audio

Pour cela, rendez-vous sur **hatier-entrainement.com**
C'est facile et gratuit grâce au code d'activation contenu dans cet ouvrage.

Hatier

Sommaire

Comment utiliser cet ouvrage ?

Comprendre l'organisation de la 3e

Tous les corrigés

Les explications sur l'organisation de la 3e ont été rédigées par **Denis Peirou**, journaliste spécialisé dans les questions d'éducation.

Les conseils d'utilisation de l'ouvrage ont été rédigés par **Frédéric Plessiet**, enseignant.

Aider son enfant dans son travail

Les recherches en neurosciences et en pédagogie ont montré que la réussite scolaire repose essentiellement sur la capacité de l'enfant à connaître ses propres stratégies d'apprentissage. Et l'on sait que ses performances sont directement liées aux attentes que l'on place en lui et au regard bienveillant que l'on porte sur lui.

En classe, les enseignants travaillent les connaissances et les méthodes pour apprendre. À la maison, prenez le temps d'aider votre enfant à réfléchir sur sa manière d'apprendre pour gagner en efficacité et en autonomie.

Observez votre enfant travailler

Focalisez-vous sur les signes révélateurs :

- ses procédures : temps d'attente, ou au contraire précipitation…
- ce qu'il observe : le « chemin » de son regard lorsqu'il lit…
- ce qu'il dit tout bas ou à voix haute : ses interrogations, ses doutes…
- ce qu'il fait : fermer les yeux, utiliser ses doigts, mimer…

Aidez-le à développer des stratégies adaptées

Posez-lui des questions pour faire émerger ses stratégies :

- comment as-tu retrouvé l'information dans le cours ?
- comment as-tu trouvé la bonne réponse ?
- comment as-tu fait si vite ?
- comment sais-tu qu'il fallait recommencer ?

Notre conseil !

Réinvestissez les stratégies que votre enfant maîtrise bien, suggérez des alternatives (les vôtres ou celles identifiées dans l'onglet « Moi en 3e »).

Accompagner son enfant de manière positive

Pour aider votre enfant dans son travail, veillez à adopter une posture qui favorise l'apprentissage. Vous n'êtes pas enseignant et votre enfant n'est pas en classe.

3 postures clés

1 Encourager

Évitez de générer du mauvais stress et une perte de confiance qui fragilisent. En encourageant votre enfant, vous renforcez son estime de soi et le préparez à devenir un adulte responsable.

2 Mettre en valeur les progrès

Si le découragement se présente à cause d'une « mauvaise note », pointez factuellement un élément réussi, un progrès par rapport à la fois précédente.

3 Dédramatiser les erreurs

L'erreur est un point de départ pour progresser. Elle inscrit l'enfant dans un cercle vertueux de réussite. Il n'y a pas d'apprentissage sans erreur !

Bien utiliser l'onglet « Moi en 3e »

Placé en début d'ouvrage, l'onglet « Moi en 3e » n'est pas relatif à une matière en particulier. Il peut être lu au préalable ou au fur et à mesure de l'année, avec un adulte ou en autonomie.

Un objectif : mieux apprendre

▶ En complément des autres onglets centrés sur l'acquisition des connaissances et compétences propres à chaque discipline scolaire, ce premier onglet vise à développer les stratégies d'apprentissage.

▶ L'objectif est d'aider votre enfant à mieux s'approprier des fonctions déterminantes lorsqu'il apprend : maintenir son attention, planifier les étapes d'une tâche complexe, mémoriser efficacement… tout en respectant les besoins de son corps et en préservant sa propre estime.

▶ En prenant conscience de ses stratégies et en les affirmant, votre enfant sera à la fois plus efficace, plus autonome et plus sûr de lui. Ces outils lui seront utiles à tout moment.

Comment lire ces pages ?

Si vous abordez cet onglet avec votre enfant, vous pourrez facilement enrichir sa réflexion, grâce à la connaissance intime que vous avez de lui.

▶ N'hésitez pas à engager un véritable échange, en particulier au terme de l'étape « Je prends de la hauteur », en faisant référence à ce que vous observez au quotidien, à vos propres stratégies…

▶ Pour prolonger cette première approche réflexive, n'hésitez pas à y faire référence tout au long de l'année, lors de la réalisation des devoirs ou des tâches du quotidien. Votre enfant aura ainsi un retour sur ses progrès et sur le transfert concret de ses stratégies dans la sphère scolaire et même au-delà.

« Moi en 3e », mode d'emploi

Chaque page se décompose en trois étapes : votre enfant construit progressivement une réponse à l'interrogation posée par le titre.

3 étapes

1 Mini test
Cette mise en situation simple permet à votre enfant d'initier une réflexion sur le thème donné.

2 Je prends de la hauteur !
Les questions posées dans cette étape attirent son attention sur la manière dont il a effectué le mini test et ce qui s'est passé dans son cerveau.

3 La stratégie pour réussir
La rubrique détaille une (ou plusieurs) stratégie(s) concrète(s) proposée(s) à votre enfant pour mieux se connaître et maîtriser ses apprentissages.

En route vers le brevet

La 3e, comme les autres classes du collège, présente un double système d'évaluation qu'on retrouve jusqu'au cœur du brevet, point d'orgue de cette année.

Le contrôle continu

▶ Ultime classe du collège, la 3e coïncide avec une étape importante de la formation de votre enfant. Chaque élève de 3e doit avoir achevé, à ce moment-là, l'acquisition des connaissances et compétences du « socle », le « bagage » minimum commun à tous.

▶ C'est ce que vous pourrez vérifier, pour votre enfant, à la fin de l'année scolaire, grâce à une fiche portant sur les cinq domaines et sous-domaines du socle. D'ici là, vous recevrez, à la fin de chaque trimestre, un bulletin vous permettant de mesurer les progrès de votre enfant dans chaque discipline.

▶ L'évaluation finale s'effectue suivant quatre niveaux de maîtrise. En découle la note de contrôle continu du brevet, grâce à un système d'équivalences : maîtrise insuffisante (10 points), maîtrise fragile (25), maîtrise satisfaisante (40), très bonne maîtrise (50). Le contrôle continu peut ainsi rapporter jusqu'à 400 points si votre enfant a une très bonne maîtrise des cinq items du socle détaillés ci-dessous.

L'examen final

▶ Modalité complémentaire de l'évaluation en fin de 3e, l'examen du brevet se compose de cinq épreuves :

- quatre épreuves écrites (français, mathématiques, histoire-géographie EMC, sciences) ;
- une épreuve orale passée au sein de l'établissement.

▶ Ces épreuves sont notées sur 100 (français ; mathématiques ; oral) ou 50 (histoire-géographie EMC ; sciences). À l'arrivée, et en comptant la note de contrôle continu,

Domaines et sous-domaines du socle	Points
1. Les langages pour penser et communiquer	
a. Langue française à l'oral et à l'écrit	50
b. Langues étrangères et régionales	50
c. Langages mathématiques, scientifiques et informatiques	50
d. Langages des arts et du corps	50
2. Les méthodes et outils pour apprendre	50
3. La formation de la personne et du citoyen	50
4. Les systèmes naturels et les systèmes techniques	50
5. Les représentations du monde et l'activité humaine	50
Total	400

il faut totaliser au minimum 400 points sur 800 pour obtenir le brevet, et au moins 480 points pour décrocher une mention.

Les quatre épreuves écrites

▶ L'épreuve de français (3 heures) est structurée en trois temps :

1. Il faut d'abord répondre à des questions sur un texte littéraire et sur un document iconographique ou audiovisuel (1 h 10).

2. Puis une dictée de 600 signes environ est proposée (20 minutes).

3. L'épreuve se termine par un travail d'écriture (1 h 30). Deux sujets de rédaction au choix sont proposés : un sujet de réflexion et un sujet d'invention.

À noter !

Les réponses aux questions sont notées sur 50 points ; la dictée, sur 10 points ; la rédaction, sur 40 points.

▶ L'épreuve de maths dure 2 heures. Le sujet est constitué de 6 à 8 exercices indépendants les uns des autres.
Certains exercices prennent la forme de questionnaires à choix multiple (QCM) ; les autres proposent des questions ouvertes. Certains énoncés s'appuient sur des situations de la vie courante ou sur d'autres disciplines. Le sujet comprend en général au moins un exercice d'algorithmique.

▶ L'épreuve d'histoire-géographie EMC dure 2 heures. Le sujet comprend trois exercices : un dans chaque domaine.

1. Le premier exercice (en histoire ou en géographie) permet de valider que l'on sait comprendre, analyser et interpréter un corpus documentaire.
2. Le deuxième exercice (en géographie ou en histoire) appelle un développement rédigé et — le cas échéant — un travail graphique.
3. Le troisième exercice porte sur le programme d'EMC.

▶ L'épreuve de sciences dure 1 heure et porte sur deux des trois disciplines suivantes : physique-chimie ; sciences de la vie et de la Terre ; technologie (les matières sont tirées au sort chaque année).
Le sujet se compose, pour chaque discipline, d'un ou de plusieurs exercices. L'ensemble des exercices est le plus souvent relié par une thématique commune.

L'épreuve orale

▶ L'épreuve orale se déroule dans l'établissement de votre enfant. Elle porte sur un projet élaboré en histoire des arts ou dans le cadre des enseignements pratiques interdisciplinaires (EPI) ou bien encore dans celui des parcours éducatifs (parcours Avenir, parcours citoyen, parcours éducatif de santé, parcours d'éducation artistique et culturelle). C'est votre enfant qui choisit le projet.

À savoir !

Votre enfant sera évalué tout particulièrement sur sa capacité à exposer sa démarche, ainsi que sur les compétences et connaissances qu'il aura acquises grâce à ce projet.

▶ Si votre enfant a choisi de présenter l'épreuve individuellement, l'oral dure 15 minutes : 5 à 10 min. pour l'exposé et le reste du temps pour un entretien avec le jury.

▶ S'il opte pour un travail en groupe (de trois élèves maximum), l'épreuve dure 25 minutes : 10 min. d'exposé puis 15 min. d'entretien avec le jury.
Dans tous les cas, votre enfant fait l'objet d'une évaluation individuelle.

▶ Si votre enfant présente un projet portant sur la thématique « Langues et cultures étrangères », il peut effectuer une partie de sa présentation dans la langue concernée.

L'écrit du brevet d'un seul coup d'œil

Les quatre épreuves écrites

1 Français
- 3 heures, 100 points
- 3 exercices :
  → travail sur un texte et une image
  → dictée
  → rédaction

2 Maths
- 2 heures, 100 points
- 6 à 8 exercices

3 Histoire-géo EMC
- 2 heures, 50 points
- 3 exercices :
  → analyse de document(s)
  → développement construit ou tâche graphique
  → exercice d'EMC

4 Sciences
- 1 heure, 50 points
- exercices portant sur 2 matières parmi 3 (physique- chimie ; SVT ; technologie)

Penser déjà au lycée

S'il est dans tous les esprits, l'examen du brevet revêt un enjeu essentiellement symbolique. Tout aussi important est le choix des études que l'on poursuivra après la 3e, une orientation qui se prépare par étapes.

Les premiers vœux d'orientation

▶ Seconde générale ou technologique, seconde professionnelle conduisant à un « bac pro », CAP, voire redoublement afin de consolider les acquis avant de retenter sa chance dans la voie souhaitée... Il est bon d'aborder cette question avec votre enfant dès le premier trimestre, en s'appuyant notamment sur le parcours Avenir qui l'aide à construire progressivement son projet scolaire et professionnel. En principe, c'est aussi la période au cours de laquelle le professeur principal convie chaque élève, accompagné de ses parents, à un entretien individuel d'orientation.

▶ Il vous sera ensuite demandé, en janvier ou février, d'émettre des vœux provisoires. L'équipe pédagogique en tiendra compte, lors du conseil de classe du second trimestre, pour formuler des propositions d'orientation elles aussi provisoires – qui peuvent faire l'objet d'un dialogue en cas de désaccord.

Les différentes filières professionnelles

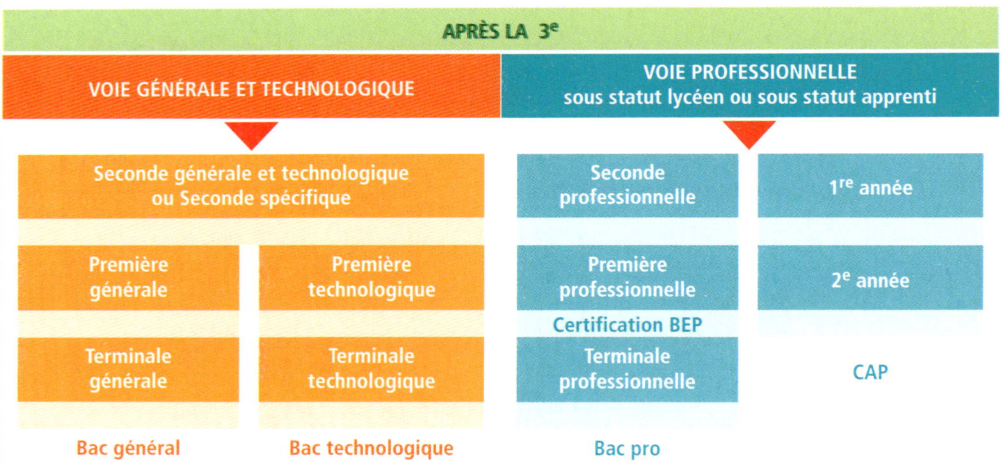

Bac général
Diplôme national, il permet de poursuivre des études supérieures longues (université, classe prépa, écoles d'ingénieurs…).

Bac technologique
Diplôme national organisé en séries : STI2D, STD2A, STMG, STL, ST2S, STAV, hôtellerie, techniques de la musique et de la danse. Il permet la poursuite d'études supérieures.

Bac professionnel
Diplôme national qui prépare à l'entrée dans la vie active ou à la poursuite d'études (BTS par exemple).

CAP
Certificat d'aptitude professionnelle. Ce diplôme national permet d'accéder rapidement à la vie active, mais aussi de rejoindre le parcours de bac professionnel.

Le dossier de demande d'affectation

▶ C'est à l'approche du conseil de classe du 3ᵉ trimestre que vous devrez remplir un dossier de **demande d'affectation** en précisant les **établissements souhaités** et les **spécialités demandées**. Si votre enfant opte pour la voie générale et technologique, il devra sélectionner des enseignements d'exploration (ce n'est qu'à l'issue de la seconde qu'il lui faudra choisir ses trois disciplines de spécialité).

▶ Ce dossier sera traité informatiquement, via la **procédure Affelnet**. L'affectation dans un lycée tient compte de la décision d'orientation prise en conseil de classe. Si cette dernière n'est pas conforme aux souhaits de votre enfant, vous pourrez solliciter un ultime entretien avec le chef d'établissement, puis, si nécessaire, dans un délai de trois jours ouvrables, saisir une commission d'appel, qui statuera. À tout moment, vous pourrez aussi demander le redoublement.

À noter !

Une fois reçue la notification d'affectation dans un lycée, début juillet, vous devrez contacter l'établissement pour effectuer les formalités d'inscription.

Jusqu'à l'inscription dans l'établissement

▶ Les commissions d'affectation ont lieu en juin, mais les familles n'ont connaissance des décisions que lors des résultats du Brevet en juillet. Votre enfant reçoit alors sa **notification d'affectation en lycée**.

▶ Votre enfant doit alors impérativement procéder à son inscription dans le lycée indiqué, afin d'être certain d'avoir une place à la rentrée. Réunissez les pièces du **dossier d'inscription** et accompagnez-le dans cette démarche – premier pas vers le monde du lycée.

Le calendrier de l'orientation en 3ᵉ

▶ Action de l'enfant accompagné de ses parents ▶ Action du collège

Novembre Décembre	Janvier Février	Mars	Avril Mai	Juin	Juillet
Conseil de classe		Conseil de classe		Conseil de classe	
Réfléchir à ses projets	Indiquer ses intentions d'orientation	Propositions provisoires du conseil d'orientation	Faire des demandes d'orientation et d'affectation	Propositions d'orientation et décision du chef d'établissement	Affectation
				Commission d'appel	S'inscrire

FRANÇAIS

▸ Chapitre 1 • page 13

1 préposition : **a.** • déterminant indéfini : **b.** • adverbes : **c.**, **d.**

2 **a.** déterminants • **b.** adverbes • **c.** prépositions • **d.** conjonctions de subordination • **e.** conjonctions de coordination

3 **a.** Tous : déterminant indéfini • **b.** Tout et tous : déterminants indéfinis

4

Articles définis	La ; au ; les
Articles indéfinis	Une (deux fois) ; un (trois fois)
Déterminant possessif	sa (deux fois)
Déterminant démonstratif	cette
Déterminants indéfinis	Quelques ; telle
Déterminant numéral	trois

5 **a.** et **b.** revenaient, attendait, donner, méditaient, descendraient, descendent, se promenait, demeurait, restait. • Le temps dominant est l'imparfait.

▸ Chapitre 2 • page 15

1 Attributs du sujet : **a.**, **b.**, **d.** • Attributs du COD : **c.**, **e.**

2 **a.** COI de *ressembler* • **b.** COD de *tenir* • **c.** COI de *ajouter* • **d.** COI de *parler* • **e.** COD de *trouver*

3

	Groupe de mots	Verbe associé
Sujet	les conspirateurs	offrir
COD	toute nourriture	refuser
COI	au grand Michu	offrir
Att. du sujet	un des plus beaux traits d'abnégation et de courage que je connaisse	être

4 COD : me (prit) ; qu' • COI : me (dit-il) • **att. du sujet :** contrarié ; un gaillard

5 [...] le grand Michu et Paul me prirent à part, [...]. Ils avaient un air grave [...] le grand Michu et Paul étaient des gaillards, [...] avoir pour ennemis.
– Écoute, me dirent-ils [...] paysans à peine dégrossis, [...] ils m'expliquèrent [...] qu'ils me firent [...].

▸ Chapitre 3 • page 17

1 Vrai : **b. c. d.** • Faux : **a.**

2 Pronom : où (deux fois) • Adverbe : de loin • Préposition + GN : dans la grande calèche découverte ; près de son sommet ; de notre rive ; à la balustrade

3 Sous forme de dialogue : CC de manière du verbe *écrire* • pour mettre... : CC de but du verbe *écrire* • avec ironie : CC de manière du verbe *regarder* • autrefois : CC de temps du verbe *être* • devant elle : CC de lieu du verbe *prononcer*

4 mieux : adverbe CC de manière du verbe *rouler* • alors : adverbe CC de temps du verbe *éclairer* • soudain : CC de temps du verbe *dévaler* • rapidement : CC de manière du verbe *passer*

5 **a.** Dans *Enfance* on assiste au dédoublement de la narratrice : d'une part, l'auteur raconte sa vie, d'autre part, un double critique l'interpelle et interrompt régulièrement le fil de la narration pour la conseiller. Sur la couverture, on voit donc la petite fille (narratrice) et l'adulte critique. • **b.** L'enfant est habillée avec soin. Elle est très jeune et porte des vêtements du début du XXe siècle. • **c.** La femme vue de profil est adulte et regarde la petite fille pour bien signifier qu'elle prend ses distances par rapport à l'autre voix.

▸ Chapitre 4 • page 19

1 Vrai : **a.**, **b.**, **c.**, **d.**

2 dissimulé ; encaissées ; blanches ; pourpres

3 **Épithètes** : fleuries ; minuscules ; assourdissante • **Complément du nom** : de fils d'argent • **Apposition** : Vaste et profond ; Dominant l'ensemble

4 **a.** illuminé • **b.** cristallins ; qui coulaient ici et là entre les anfractuosités des rochers et au creux des gradins • **c.** Ce jardin est un vrai paradis. Son aspect luxuriant est évoqué par l'abondance des couleurs. L'eau, synonyme de vie, apporte de la fraîcheur pour tempérer la chaleur du soleil.

5 **a.** Les couleurs à dominante de vert profond, couleur froide, sont franches et denses en contre-jour. La zone d'ombre s'oppose à la zone lumineuse. • **b.** La femme qui joue de la flûte traversière au beau milieu d'une forêt peuplée d'animaux, vaut avant tout pour sa signification symbolique. Sa nudité, ainsi que la présence des serpents, font penser à Ève. • **c.** Une impression onirique se dégage de ce tableau. L'atmosphère est plutôt oppressante car les branches se confondent avec les serpents. La végétation semble dense. La femme invite cependant le spectateur à s'évader dans le hors-champ lumineux qui suit le cours d'eau et l'appel de la lumière.

▸ Chapitre 5 • page 21

1 Vrai : **a.**, **d.** • Faux : **b.**, **c.**, **e.**

2 passive ; emphatique ; négative

3 n'est-il pas vrai ; je ne sais comment vous le dire

4 Emphatique : **c.** • Passive : **a.**, **d.** • Neutre : **b.**

5 **a.** Chérubin, le page, a été découvert chez Fanchette, la cousine de Suzanne, par le Comte Almaviva. • **b.** De grands cris de colère auraient été poussés par le Comte, en les trouvant ensemble. • **c.** Le page a finalement été renvoyé du château (par le Comte).

6 **a.** CHÉRUBIN. – Suzon, je suis privé à jamais du plaisir de te voir.

SUZANNE. – De me voir ! C'est mon tour ! Vous ne soupirez plus en secret pour ma maîtresse ?

CHÉRUBIN. – Suzon, elle est noble, elle est belle ! Mais elle est imposante !

SUZANNE. – Je ne le suis pas et on peut oser avec moi...

b. Le dialogue devient plat et peu crédible. La passion que les femmes inspirent à Chérubin et l'amusement qu'elles en éprouvent apparaît moins clairement.

▶ Chapitre 6 • page 23

1 simple : **b.**, **c.** • complexe : **a.**

2 **a.** Ma famille habitait depuis dix ans le village, quand un jour Augustin Meaulnes arriva. • **b.** Le dimanche d'hiver à la campagne, dans les années 1900, était parfois si triste que l'arrivée d'un invité était un événement. • **c.** J'étais inquiet parce que Meaulnes n'était pas rentré.

3 Subordonnées conjonctives : lorsque l'heure fut venue de partir ; que je me levai pour faire signe au grand Meaulnes • Subordonnées relatives : ce qui venait d'être dit ; qui travaillaient ; où l'on voit l'adolescent anglais, avant son grand départ, « fréquentant la boutique d'un vannier ».

4 **a.** et **b.** Dès le début de la classe : GN CC de temps du verbe *s'apercevoir* • Après la récréation : GN CC de temps de *rentrer* • dès qu'il aura levé la tête : subordonnée conjonctive circonstancielle CC de temps du verbe *courir*

5 Relatives : **b.**, **d.** • Conjonctives complétives : **a.**, **c.**

6 **a.** et **b.**

Proposition	Principale ou subordonnée ?	Nature de la subordonnée	Fonction de la sub.
Tandis que les enfants couraient avec des cris de joie	subordonnée	conjonctive circonstancielle	CC de temps du verbe *s'avancer*
que des groupes se formaient ou s'éparpillaient à travers bois	subordonnée	conjonctive circonstancielle	CC de temps du verbe *s'avancer*
Meaulnes s'avança dans une allée	principale		
où, dix pas devant lui, marchait la jeune fille.	subordonnée	relative	complément du nom *allée*

c. Les phrases indépendantes montrent la singularité de Meaulnes par rapport aux enfants. Il quitte le monde évoqué dans la première phrase (chahut, groupes) en devenant amoureux.

▶ Chapitre 7 • page 25

1 horizontalement : si ; quoique ; puisque ; pourquoi • verticalement : quand ; que

2 **a.** Comme j'ai chaud, je bois frais. • **b.** Il n'a pas bien interprété son morceau de piano sous prétexte qu'il était trop nerveux. • **c.** Il a eu une forte amende puisqu'il dépassait la limite de vitesse autorisée. • **d.** Il n'a pas réussi à montrer sa joie parce qu'il est trop timide.

3 **a.** L'automobiliste a freiné si brusquement que je n'ai pas pu l'éviter. • **b.** L'incendie a pris dans la forêt si bien qu'on a dû évacuer le village. • **c.** Il avait voyagé toute la nuit de sorte qu'il tombait de fatigue. • **d.** Son histoire familiale est tellement sinistre qu'il a décidé d'en faire un récit autobiographique.

4 **a.** travaillez • **b.** pourrions • **c.** doit ou devrait ou aurait dû • **d.** n'avait pas été

5 **a.** pour qu' • **b.** afin qu' **c.** pour qu' • **d.** de peur que

6 **a.** Dès que l'orage gronda : temps • **b.** si grand qu'il soit irréparable : conséquence • **c.** Si elle avait des nouvelles plus régulièrement : condition • **d.** de manière qu'il arrive avant la date de clôture : but • **e.** Bien que ce roman soit triste : concession • **f.** Lorsque je serai adulte : temps

▶ Chapitre 8 • page 27

1 Quoique : **a.** • Quoi que : **b.**, **c.**, **d.**

2 sans s'en douter ; quoique

3 **a.** est • **b.** offririez • **c.** soit • **d.** manifester

4 sauf ; En dépit de ou Malgré ; sauf ou excepté ; malgré

5 Groupe nominal prépositionnel : **b.**, **c.**, **e.** • Sub. conjonctive à l'indicatif : **f.** • Sub. conjonctive au subjonctif : **a.** • Sub. conjonctive au conditionnel : **d.**

6 **a.** En dépit de ses quinze ans... • **b.** Cet exercice est facile, cependant (ou or) il a du mal à le terminer. • **c.** Bien qu'il fasse chaud... • **d.** Quand bien même tu serais triste...

▶ Chapitre 9 • page 29

1 horizontalement : tins ; vit ; crus ; durent ; mangea ; lus ; naquit • verticalement : firent ; noua ; criai ; plia ; eut

2 je mangerai ; vous dites ; nous ferons ; il ou elle doit ; je courrai ; il ou elle veut ; ils ou elles pèsent ; il ou elle fit ; je ou tu vaux ; je parcourrai ; il ou elle mourut ; je ou il ou elle couvre ; je ou il ou elle paie ; je payai ; je ou tu acquiers ; je ou tu tins

3 vaincre ; vivre ; tenir ; croire ou croître ; voir ou vivre ; devoir ; peindre ; tenir ; sentir ; falloir

4 **a.** tu aèreras si • **b.** nous nous assiérons • **c.** vous recevrez • **d.** il parcourra • **e.** tu résoudras

5 **a.** J'éteignais, je sortais • **b.** apparaissait • **c.** travailliez, réussissiez • **d.** ruisselait

6 Une heure et demie plus tard, lorsque seront publiés les résultats, ce sera d'un pas tremblant et la gorge sèche que Pierre-Édouard s'approchera du tableau d'affichage. Mais il ne saura pas où trouver son nom et ce sera le maître qui lui annoncera qu'il sera reçu premier de la commune et troisième du canton. Ce sera plus qu'un succès, un triomphe !

▶ Chapitre 10 • page 31

1 **a.** Présent de vérité générale • **b.** Présent de futur proche • **c.** Présent d'habitude • **d.** Présent de narration

2 disparus : passé simple, action ponctuelle • avais trouvé : plus-que-parfait de l'indicatif, antériorité par rapport à une action passée • considérais ; faisait : imparfait, action qui dure

3 déplaçais ; sursautai ; n'eus ; glissèrent ; présentai ; provoqua

4

Passé simple	Présent	Imparfait
pénétra, ferma, demanda, tira, dit	j'espère, pleures, regarde, c'est	C'était, tenait

5 **a.** On distingue trois plans. Au premier plan se trouvent des objets ; au second plan, les femmes ; une porte et une tenture occupent l'arrière-plan. • **b.** Au premier plan on voit un narguilé pour bien souligner le caractère orientalisant de la scène et l'inaction des femmes du harem. On voit aussi trois babouches abandonnées. • **c.** La femme à gauche est accoudée un peu à l'écart sur des coussins. Les deux autres femmes assises semblent discuter entre elles à voix basse. Ces trois femmes sont richement vêtues : sarouels, bijoux, soieries. La seule femme debout est une femme noire dont les vêtements sont beaucoup plus simples que ceux des trois autres femmes. On peut supposer que c'est une servante. Elle semble lever le bras pour soulever une lourde tenture. • **d.** La pièce est éclairée par une lumière un peu irréelle. L'espace est petit. On ne voit pas de porte d'entrée ou de sortie.

▶ Chapitre 11 • page 33

1 **horizontalement** : sache(s) ; pût ; voies ; puissiez • **verticalement** : sût ; croie ; voyions

2 **a.** Subjonctif dans une subordonnée complétive • **b.** Subjonctif dans une subordonnée circonstancielle • **c.** Subjonctif dans une phrase indépendante exprimant un ordre • **d.** Subjonctif dans une phrase indépendante exprimant un souhait

3 Que je me mette ; que la cliente prenne ma place : tournure impersonnelle • Qu'on se contente : souhait

4 **a.** ait pu • **b.** ne soit pas surpris • **c.** aient déjà déménagé

5 Fournisse : subjonctif dans une complétive commandé par une principale dont le verbe est au conditionnel • N'ait pas été brûlée vive : supposition

▶ Chapitre 12 • page 35

1 **horizontalement** : seriez ; rimerait ; tairais • **verticalement** : saurait

2 **a.** Tu as annoncé que tu arriverais bientôt. • **b.** Je savais bien que tu rentrerais à temps. • **c.** Si on écoutait ton frère, on quitterait cet endroit calme pour aller dans une grande ville.

3 serait ; brillerait ; serait ; accrocherais ; serait : ces verbes sont conjugués au conditionnel car le narrateur exprime une supposition.

4 **a.** serait • **b.** choisiriez • **c.** étonnerait • **d.** quitterait • **e.** serait

5 **a.** Je savais que le ciel changerait de couleurs tous les soirs. • **b.** Il a dit qu'il peindrait un toit de vieilles tuiles avant midi et qu'il le placerait tout à côté d'un tilleul secoué par le vent. • **c.** Il affirmait qu'il ne fallait pas nécessairement lier la poésie à la versification.

6 **a.** Ce tableau représente de manière très réaliste un objet du quotidien : une pipe. Une inscription à l'intérieur même du tableau affirme que contrairement aux apparences, l'objet représenté n'est pas une pipe. Cette inscription nie en quelque sorte l'objet représenté. • **b.** La pipe se détache parfaitement bien sur son fond clair. Le jeu de l'ombre et de la lumière lui donne du relief par souci de réalisme. Le tableau se rapproche de l'affiche publicitaire. • **c.** Cette toile fait partie d'une série intitulée : *La Trahison des images*. Il ne faut pas confondre l'image et la réalité. Une image n'est qu'une représentation de la réalité. • **d.** Magritte a expliqué que cette pipe n'est pas réelle car on ne peut ni la toucher, ni fumer avec. Il s'agit d'une image de pipe. Magritte nous rappelle que l'art n'imite jamais le réel ; l'objet représenté se transforme en œuvre d'art grâce au regard que l'on porte sur lui. En outre, le peintre donne sa vision de l'objet.
Il a choisi un modèle de pipe parmi d'autres.

▶ Chapitre 13 • page 37

1 Vrai : **b.**, **c.** • Faux : **a.**, **d.**

2 **a.** rouillait • **b.** s'ennuie • **c.** avaient • **d.** devaient • **e.** avez • **f.** feras

3 voudrais ; souviennes ; étions ; était

4 Ressemble ; aimais ; aimais ; vivions ; aimais ; aimais ; aiment

5 **a.** Les chattes […] se sont installées. • **b.** Les clientes qui ont acheté […] l'ont rapporté.

6 **a.** et **b.** Au premier plan se trouve une silhouette rouge désarticulée comme celle d'une personne fusillée pour marquer la violence et le sang. On aperçoit à l'arrière-plan une énorme locomotive et un visage en gros plan. Il s'agit plutôt d'une scène nocturne. • **c.** L'affiche évoque les actions des résistants qui faisaient sauter les convois en plaçant des bombes sur les voies ferrées. Le titre *Les Portes de la nuit* évoque le mystère. Le mot « portes » symbolise la volonté de sortir de l'enfermement, des privations et de la violence de la guerre. Mais le désir de liberté est souvent brisé par la mort. L'affiche, comme le titre du film, insistent sur l'aspect tragique de l'époque.

▶ Chapitre 14 • page 39

1 Vrai : **c.**, **d.** • Faux : **a.**, **b.**

2 Sur la droite, on apercevait par-delà les blés les deux tours ciselées et rustiques de Saint-André-des-Champs, elles-mêmes effilées, écailleuses, imbriquées d'alvéoles, jaunissantes et grumeleuses, comme deux épis.

3 **a.** environnant, couchant • **b.** gênant • **c.** suivants • **d.** fuyants

4 **a.** principale, cessant, couvrant • **b.** tombée, seul

5 adjectifs verbaux : **a.**, **c.**, **e.** • participes présents ou gérondifs : **b.**, **d.**, **f.**

6 **a.** Les clochers sont comparés par leur couleur et leur forme à des poissons nageant dans le ciel (figurant alors de l'eau). • **b.** Ce texte est descriptif car il donne à voir un paysage. Les verbes sont à l'imparfait. On trouve un champ lexical de la couleur, ainsi que des formes. • **c.** des clochers rose saumon • **d.** ...avaient l'air de vieilles truites aiguës, imbriquées d'écailles, moussues et rousses, qui, sans avoir l'air de bouger, s'élevaient dans une eau transparente et bleue.

▸ Chapitre 15 • page 41

1 **a.** lu • **b.** lié • **c.** su • **d.** sué • **e.** vaincu • **f.** vécu • **g.** cousu • **h.** couru

2 aimé et rêvé ; rêvé ; eu ; existé ; rêvé et inventé • Non, les deux derniers sont employés comme adjectifs et construits sans auxiliaire.

3 **a.** né • **b.** destiné • **c.** inscrit • **d.** acquise, permis • **e.** étudiés

4 perdu ; perdu ; révolu ; fait ; découvert ; peuplée ; peuplé ; perpétué

5 **a.** Ce tableau est un tableau romantique. Le sujet est la contemplation. Caspar David Friedrich souligne la petitesse de l'homme face à l'immensité du monde. • **b.** Au premier plan de ce tableau, on voit un personnage qui tourne le dos au spectateur. Il est au sommet d'une montagne, sur un rocher et contemple un vaste paysage à ses pieds. Au second plan, on aperçoit quelques cimes émerger d'une mare de nuages. À l'arrière-plan, on aperçoit d'autres sommets. Cette superposition des plans crée un effet de perspective pour souligner l'immensité du panorama. • **c.** Le personnage porte un habit sombre. Il s'est aidé d'une canne pour faire sa promenade dans la montagne. Il semble s'être immobilisé pour contempler la mer de nuages qui est à ses pieds. Sa solitude est confrontée à un monde immense mais il est tout de même en situation de domination. • **d.** Ce tableau a une tonalité lyrique car le peintre rend compte du regard d'un homme face à la nature. Les romantiques aiment souligner la solitude humaine dans l'immensité du monde, mais aussi rappeler la beauté de la nature.

▸ Chapitre 16 • page 43

1 sens réfléchi : **e.** • sens réciproque : **a.**, **d.** • sens passif : **c.** • essentiellement pronominal : **b.**

2 **a.** Ils se sont baignés • **b.** Ils se sont envolés • **c.** Ils se sont excusés • **d.** Ils se sont souvenus

3 **a.** Le verbe pronominal est réciproque indirect, pas de COD, pas d'accord. • **b.** Le verbe pronominal est réciproque indirect, le COD *cabane* est placé derrière le verbe, pas d'accord. • **c.** Le verbe pronominal est réfléchi indirect le COD *poignet* est placé derrière le verbe, pas d'accord. • **d.** Le verbe pronominal est réciproque indirect, le COD *défis* est placé derrière le verbe, pas d'accord.

4 **a.** Ils se sont rencontrés • **b.** Elles se sont réchauffées • **c.** Ils se sont revus • **d.** Nous nous sommes parlé • **e.** Elles se sont souri • **f.** Elle s'est présentée

5 **a.** et **b.** Souvenu : participe du verbe pronominal *se souvenir*, accord avec le pronom sujet « qui » • Oublié : participe employé avec le verbe *avoir*, s'accorde avec le COD « m' » placé avant • Dévoré : participe employé avec *être*, s'accorde avec le sujet « j' » • Mangés : employé avec le verbe *avoir*, s'accorde avec le COD « les » placé avant • Embarrassé, gelé, moulu : participes utilisés comme adjectifs, se rapportent à « me ». • **c.** C'était le petit pion qui s'était souvenu, en se levant, qu'il m'avait oubliée et qui venait voir si j'avais été dévorée par les rats, ou si c'est moi qui les avais mangés. Il avait l'air un peu embarrassé, le pauvre homme ! Il m'a retrouvée gelée, moulue, les cheveux secs, la main fiévreuse : il s'est excusé de son mieux et m'a entraînée dans sa chambre, où il m'a dit d'allumer un bon feu et de me réchauffer.

▸ Chapitre 17 • page 45

1 **a.** es • **b.** aie • **c.** est • **d.** aies • **e.** ait

2 **a.** s'est • **b.** n'y • **c.** si • **d.** quand • **e.** qu'en • **f.** t'a

3 **a.** t'ai • **b.** tes • **c.** t'est • **d.** t'es

4 **a.** quelques • **b.** quelque • **c.** quelques • **d.** Quelle que • **e.** Quels que

5 son ; est ; en tant que ; voire ; cours ; ou

6 **a.** *Bouteilles de Coca-Cola vertes* est une peinture à l'huile sur toile. C'est une technique traditionnelle depuis la Renaissance, mais elle évoque ici la précision de la photographie. • **b.** Il s'agit donc d'une toile figurative mais sa facture n'a rien d'une œuvre d'art classique. Même si toutes les bouteilles ne sont pas identiques, il les multiplie de manière monotone et froide. La mise en scène du tableau évoque les techniques publicitaires bien connues d'Andy Warhol. • **c.** Cette œuvre a été peinte en 1962, période économique prospère où la société de consommation bat son plein, sous l'impulsion de la publicité. Coca-Cola est un symbole des sociétés occidentales, telles que nous les connaissons encore aujourd'hui.

▸ Chapitre 18 • page 47

1 **a.** honnête • **b.** nombre • **c.** souffrir

2 Inter[nation]al • Co[religion]naire • [Dompt]eur • [Noct]urne • [Mar]itime • In[distinct]ement

3 **Noms** : grognement, fondement, détournement, appariement • **Adverbes** (de manière) : lentement, courageusement, élégamment vraiment.

4 **a.** **misogyne** : qui n'aime pas les femmes ; **démographie** : science qui étudie les statistiques de la population ; **dysfonctionnement** : mauvais fonctionnement ; **néologisme** : nouveau mot • **b.** **mis-** : détester ; **demo-** : peuple ; **dys-** : mal ; **neo-** : nouveau

5 **tapuscrit** : *tapé* (sur ordinateur) et *manuscrit* (écrit à la main) ; **franglais** : *français* et *anglais* ; **courriel** : *courrier* et *mel* ; **globalisation** : son radical est *globe* ; **écoresponsable** : son radical est *responsable*

6 **a.** mystérieux : radical *mystér*, suffixe *-ieux* ; commencement : radical *commence*, suffixe *-ment* ; rêveuse : radical *rêv*, suffixe *-euse* ; emportais : préfixe *em-*, radical *port*, suffixe *-ais*, indiquant le temps et la personne du verbe ; poulailler : radical *poul*, suffixe *-ailler* ; invisible : préfixe *in-*, radical *vis*, suffixe *-ible* • **b.** Sensibilité, sensibilisation, sensiblement, sensiblerie… • **c.** Sonneur, sonnette, résonner, résonance, sonnerie…

▸ Chapitre 19 • page 49

1 Oui : **a.**, **c.**, **d.**, **f.**, **g.** • Non : **b.**, **e.**

2 Champ lexical des sensations (vue, toucher, goût)

3 **a.** Rester sans rien faire. • **b.** Ne pas être à un rendez-vous. • **c.** S'intéresser à ses affaires. • **d.** Dire facilement du mal des gens. • **e.** Changer de sujet. • **f.** Refuser d'affronter un problème. • **g.** Pleuvoir fortement.

4 **a.** Vue : jaune ton sur ton ; Goût : couler dans la gorge, fluidité laiteuse ; Toucher : fraîcheur ensoleillée • **b.** La publicité promet la satisfaction des sens. Elle crée une harmonie des sensations.

5 Ce slogan publicitaire se présente comme une argumentation. Il fait appel à des références scientifiques avec des termes précis et savants : bulbe, derme, calvitie, xérasie, stimulation, céphalique. Il joue aussi sur le champ lexical de la beauté des cheveux (brillant, finesse, lustre) associée à la jeunesse.

▸ Chapitre 20 • page 51

1 **a.** charretier • **b.** fée • **c.** gorge déployée • **d.** Turc • **e.** arracheur de dents • **f.** âme en peine • **g.** loup

2 **a.** la paix • **b.** la République • **c.** la justice • **d.** le temps qui passe • **e.** l'Écosse • **f.** la France

3 Comparaison : **b.**, **e.**, **f.** • Métaphore : **a.**, **c.**, **d.**

4 **a.** litote • **b.** périphrase • **c.** euphémisme • **d.** périphrase • **e.** métonymie

5 **a.** Le cercle dessiné au tableau est comparé, à cause de sa forme ronde, à un tambour. Il attire l'attention des élèves. Il est sourd car il ne donne aucune réponse aux élèves qui doivent résoudre des problèmes de géométrie. • **b.** Le trapèze est comparé à un parapet, c'est-à-dire à une forme qui enferme. Le problème posé aux élèves est comparé à un animal qui se mord la queue, qui tourne sur lui-même.

▸ Chapitre 21 • page 53

1 Vrai : **a.**, **b.**, **c.**

2 « J'ai ouï dire à ses camarades de régiment […] ».

3 seraient • Il est indéniable • semble-t-il • pratiqueraient

4 **Proposition incise** : je vous assure • **Caractérisation de la fillette** : airs de victime, rien de doux, abominablement contrariés

5 **a.** Lionne : la métaphore exprime la noblesse de cette femme ; d'une espèce inconnue : son originalité et sa singularité ; magnifiques : un adjectif à connotation positive • **b.** péjorative • **c.** Le narrateur intervient dans le récit pour nuancer sa précédente affirmation. • **d.** C'était une enfant maigre. Elle ne ressemblait pas du tout à sa mère qui affirmait même que sa fille était laide depuis sa naissance. Elle aimait tout de même énormément son enfant qui en grandissant se transformait doucement. Si on la regardait bien, cette jeune fille avait des yeux superbes.

▸ Chapitre 22 • page 55

1 Reprise nominale : **c.** • Reprise pronominale : **a.**, **b.** et **d.**

2

Reprise nominale	Reprises pronominales
cette brebis	elle, l', l' : pronoms personnels ; celle-ci : pronom démonstratif.

3 cette brebis ; expérience

4

Reprises nominales	Reprises pronominales
Ces vils individus reprend *des membres du Sénat.*	*Elle* (pronom personnel) reprend *la guerre des clones.*
Cette haute assemblée reprend *le Sénat.*	*Tous* (pronom indéfini) reprend *les sénateurs.*

5 **a.** Cette œuvre représente une photographie au milieu d'un champ. Un miroir réfléchit deux brebis identiques alors qu'il n'y a qu'un animal devant la glace. L'image a été fabriquée par ordinateur. • **b.** Cette photo insiste sur les problèmes éthiques que soulèvent les progrès scientifiques et technologiques. Un logiciel informatique peut truquer une photo. Il faut donc se méfier des images.

▸ Chapitre 23 • page 57

1 **a.** Nathalie Sarraute • **b.** Antoine de Saint-Exupéry • **c.** Hervé Bazin

2 Vrai : **a.**, **b.** • Faux : **c.**

3 **a.** CC de temps du verbe reparaître. Il marque une rupture dans le récit : l'action rebondit. • **b.** Passé simple pour marquer ce retour de l'action au premier plan. • **c.** Les deux personnages grandissent ensemble dans un petit village mais ont des goûts différents. Le narrateur reste dans son village, Pierre part travailler à l'étranger. Ils se perdent de vue, mais ils vont renouer leur amitié.

4 Pierre propose au narrateur de retranscrire son œuvre en langage informatique…

5 Vérifie que tu as respecté les consignes.

▸ Chapitre 24 • page 59

1 Vrai : **a.**, **d.**, **c.** • Faux : **b.**

2 **a.** Titre du A : hommage du narrateur à sa mère ; Titre du B : la mère est comparée à une vipère, animal dangereux qui crache son venin pour tuer ses victimes. • **b.** Connotations positives : l'adjectif *jolie* ; les possessifs *ma* devant *Maman*, la répétition du mot *Maman*. Le terme *vieille* est aussi connoté de manière positive, il souligne juste la fragilité de la vieille dame. • **c.** Connotations négatives : dans le portait à charge de Folcoche, tous les détails physiques insistent sur la laideur de sa mère. Cette laideur traduit surtout sa méchanceté. Ses cheveux sont secs comme son cœur. Tout le bas de son visage traduit son agressivité verbale : *bouche serrée, menton en galoche*. Ses mots sont toujours blessants.

3 La senteur du jasmin est associée au souvenir de la grand-mère. • Adjectifs mélioratifs : exquises, beaux. • Il se dégage de ce portrait l'impression d'une jolie vieille dame (*yeux clairs comme de l'eau*). Elle n'était pas coquette puisqu'elle ne portait pas de bijoux, mais était bien coiffée avec son chignon de cheveux blancs retenus par une barrette de prix (*jade*). Ce portrait physique est complété par des notations morales : elle était aimable et courtoise.

4 **a.** Ce portrait représente un visage à la fois de face et de profil. Il est totalement destructuré et restructuré. • **b.** Le visage est peint en vert et bleu, couleurs complémentaires qui se détachent du fond coloré en jaune et orange, couleurs chaudes en accord chromatique. Le cadre peint en vert tout autour de la scène introduit une distance par rapport au sujet peint et la transforme en une sorte d'icône intouchable. • **c.** Les couleurs choisies pour le visage, l'accentuation des angles, le mélange face et profil montrent que Picasso ne cherche pas à reproduire la réalité. Il appartient au mouvement artistique du cubisme : celui-ci veut créer des espaces picturaux qui ne soient plus des imitations du réel et pose le problème du volume dans les deux dimensions de la toile. Il prend des éléments d'un visage, en dégage les formes géométriques et le reconstruit. • **d.** Ses ongles longs et ses longs cils soulignent l'élégance de cette femme. Les couleurs choisies agrandissent l'espace qui l'entoure pour mieux souligner son indépendance peut-être. Elle regarde l'extérieur de la toile et ne fixe pas le spectateur pour montrer une fois encore sa liberté.

▶ Chapitre 25 • page 61

1 **a.** indirect • **b.** direct • **c.** conditionnel présent

2 **a.** La mère d'Eva suggéra à Vollard : « Rendez visite à la fillette dans son centre de rééducation. » • **b.** Il s'agit d'un conditionnel imposé par la concordance des temps. Il marque une action future dans le passé. • **c.** Le verbe de la subordonnée conjonctive commandée par une principale au passé est à l'imparfait.

3 **a.** et **b.** Les paroles du directeur sont rapportées au style direct : on relève la présence d'un tiret pour introduire ses propos. Il emploie les pronoms personnels « je » et « vous ». Il emploie des phrases nominales, beaucoup de formes interrogatives et des exclamatives. • **c.** Le style direct rend le texte plus vivant et plus proche de l'oral. • **d.** Le sous-directeur dit à Vollard qu'il était très attendu. Il lui demanda s'il était l'oncle de la fillette ou un parent puis se reprit en disant que cela ne le regardait pas [...].

4 Vérifie que tu as respecté les consignes.

▶ Chapitre 26 • page 63

1 **a.** 5 → je pense, je confirme, j'admets, je conviens, j'adhère • **b.** 4 → je crois, je considère, je suis certain, j'affirme • **c.** 3 → je doute, je suppose, j'ignore si

2 **a.** puisque → Nous ne volons personne puisque nous achetons... cela fait en outre les affaires... • **b.** *déjà, depuis toujours, bien avant notre arrivée*, sont trois CC de temps utilisés pour dégager la responsabilité morale des Européens dans ce commerce honteux. Il affirme que l'esclavage existait depuis toujours en Afrique. • **c.** Ce n'est pas une bonne affaire pour les esclaves d'être vendus et si personne ne les achetait, ils ne seraient pas faits prisonniers.

3 **a.** Argument rappelé : « ils seront mieux aux colonies que chez leur actuel maître africain ». Blaise-Benoît utilise un euphémisme pour désigner le caractère très pénible du travail imposé aux esclaves. • **b.** Blaise-Benoît rappelle que les esclaves ont des conditions de vie épouvantables (maltraités, mal nourris, privés de liberté, de rester avec les membres de leur famille). • **c.** Le timonier affirme qu'aucun homme n'a le droit de soumettre un autre à l'esclavage. Il réfute la thèse du capitaine qui prétend que l'esclavage serait acceptable.

4 **a.** Il s'agit d'un lien de cause à conséquence. L'affirmation est absurde car la couleur de la peau ne préjuge pas des relations humaines. • **b.** Ce n'est pas parce que vous avez la peau couleur de cendre et nous couleur d'ébène que nous devons, par les lois sacrées de la nature, être ennemis.

▶ Chapitre 27 • page 65

1 Vrai : **b.**, **c.** • Faux : **a.**

2 Le texte est écrit à la première personne du singulier. Il est ancré dans la situation d'énonciation.

3 Les mots qui appartiennent au champ lexical de la beauté sont : *fort belle, la beauté fleurit, une beauté parfaite, la beauté plus que tout*. La narratrice explique qu'elle déçoit sa famille car elle n'est pas aussi jolie que ses parents et qu'elle n'attache pas d'importance à son apparence physique. Elle revendique ce choix car elle fuit la faiblesse.

4 La petite fille veut être libre de ses mouvements, « courir », « marcher », pratiquer des travaux manuels. Elle ne veut pas se protéger du soleil ou du froid pour avoir la peau pâle comme l'aimaient ses contemporains. Elle refuse le modèle imposé aux jeunes filles de bonne famille, comme le montre l'accumulation des négations « ni... ni... ni... ». Elle affirme qu'une femme ne doit pas être réduite au statut de personnage joli et délicat, comme un bibelot « sous une cloche ».

5 **a.** Le montant oblique du chevalet, la palette et les pinceaux mettent Corot en situation d'artiste peintre. • **b.** L'arrière-plan de la toile est sombre. L'éclairage est centré sur une partie du visage du peintre. Le blanc de sa chemise et le rouge de sa cravate contrastent avec ce fond. Le regard est fixe et le visage peu expressif. Le regard sur soi apparaît complexe.

▶ Chapitre 28 • page 67

1 **a.** comique • **b.** au début de l'acte II • **c.** aux prises avec son destin

2 Athènes ; Racine ; Corneille ; bienséances

3 **a.** la colère • **b.** argumentative • **c.** Les nombreuses phrases exclamatives insistent sur son exaspération qui doit apparaître dans la voix, les gestes de l'interprète.

4 **a.** Les didascalies montrent que Figaro parle en aparté au spectateur sans que le Comte ne puisse l'entendre. L'effet est comique et induit une complicité entre Figaro et le spectateur. • **b.** Figaro remet en question le statut des domestiques face aux nobles qui se croient « nés pour être servis ». • **c.** Figaro mène le dialogue en faisant semblant de ne rien savoir.

▶ Chapitre 29 • page 69

1 **a.** aux didascalies • **b.** des personnages ordinaires • **c.** ironique avec la répétition du mot *anglais*

2 **a.** Les premières répliques correspondent au début d'une scène d'exposition. • **b.** Le langage est souvent limité. • **c.** Les répliques sont creuses et toujours sur le même thème.

3 Ce monologue reprend les conversations les plus ordinaires de la vie quotidienne. Il y a un jeu de mots reposant sur le sens propre et le sens figuré à propos du sel.

4 **a.** Les deux couples sont habillés de la même manière pour montrer qu'ils sont interchangeables. Leurs costumes sont ceux de la petite-bourgeoisie : costume-cravate et tailleur. Les couleurs sont criardes. • **b.** Les mimiques des femmes sont outrées pour souligner leur côté ridicule. • **c.** Le décor est « kitsch » et matérialisé comme fictif. Un panneau représente une façade de maison comme dans certains feuilletons. Tout se joue sur la pelouse, archétype de la société petite-bourgeoise anglaise.

▶ Chapitre 30 • page 71

1 Vrai : **a.**, **b.** • Faux : **c.**

2 Ce sont des rimes embrassées. On trouve une allitération en *v* et *f*, et une assonance en *i* ou *é*.

3 **a.** *enveloppe* compte • **b.** *morte* compte.

4 **a.** enjambement • **b.** octosyllabe • **c.** assonance • **d.** croisées • **e.** quatrain • **f.** ternaire

5 **a.** On relève un enjambement entre le vers 3 et le vers 4. Le mot *luit* est à la place du rejet. Le champ lexical de la couleur domine : *haillons d'argent, verdure, mousse de rayons, luit*. La nature est belle et joyeuse. • **b.** La deuxième strophe est un quatrain en alexandrins. Le premier vers a un rythme ternaire. Les rimes sont croisées. • **c.** Dans les strophes 2 et 3, le soldat paraît faire seulement la sieste. Puis vient le champ lexical de la maladie. La mort est évoquée implicitement à la fin du tercet avec le mot *froid*. • **d.** Ce poème montre l'indifférence de la nature à la mort d'un jeune homme qui, sans la guerre, pourrait savourer la beauté de l'été.

▶ Chapitre 31 • page 73

1 Vrai : **a.**, **c.** • Faux : **b.**

2 **a.** Le poème est écrit sous pseudonyme pour échapper à la censure et aux poursuites de la police française ou de la Gestapo. • **b.** Ces premiers vers insistent sur toutes les difficultés de la vie quotidienne : froid, faim, descente dans les abris souterrains lors des bombardements. Mais ces difficultés ne parviennent pas à vaincre la solidarité (bonté), le courage et la volonté de résister à l'ennemi.

3 **a.** Le poète tient à dire « je le nomme » pour désigner solennellement le traître. • **b.** Les verbes à l'impératif font de ce poème une forme d'incantation. Ce sont des verbes d'action : *démolis* et *ouvre* ; il s'agit de sortir de captivité et d'aller vers la liberté : *dresse* et *lève*. Cette connotation de verticalité invite à s'élever vers un idéal de justice.

4 **b.** On retrouve les couleurs bleu, blanc, rouge du drapeau tricolore français. Le jaune est la lumière et le vert l'espoir de liberté après la guerre. • **c.** Il apparaît comme un titre, et fait directement écho au poème. Il utilise les caractères comme des images, la liberté s'exprime aussi dans le dessin des lettres. De plus, les lettres majuscules rappellent les slogans peints sur les murs. • **d.** Les mots « Liberté » et « nom » écrits en grands caractères viennent se superposer sur des bandes de couleurs qui encadrent le visage d'Éluard. Le mot « Liberté » est écrit sur une ligne ondulatoire. L'inscription sur le doigt du poète rappelle la force de la littérature.

▶ Test-Bilan • page 74

1. complément du nom *musées* • **2.** Je n'ai pas reçu les renseignements *dont* [et non pas *que*] j'ai besoin. • **3.** au subjonctif • **4.** passé antérieur de l'indicatif • **5.** s'étendît • **6.** L'un ou l'autre sait ; Ni lui, ni sa sœur, personne ne sait. • **7.** des poissons volants • **8.** Les livres qu'elle s'est achetés sont intéressants. • **9.** Quelles que • **10.** archange • **11.** légale • **12.** d'amplifier un énoncé • **13.** le récit de sa propre vie • **14.** Ionesco • **15.** Elle défend une cause sociale ou politique.

MATHS

▸ Chapitre 1 • page 77

1 **a.** V. • **b.** F. • **c.** V. • **d.** V.

2 **a.** $756 = 2 \times 2 \times 3 \times 3 \times 3 \times 7$

b. $4\,125 = 5 \times 5 \times 5 \times 3 \times 11$

3 $210 = 2 \times 5 \times 3 \times 7$ et $150 = 2 \times 3 \times 5 \times 5$.

Le plus grand diviseur commun de 210 et 150 est $2 \times 3 \times 5 = 30$.

PGCD (210 ; 150) = 30

4 **a.** Il ne peut pas choisir 7 amis puisque 60 n'est pas divisible par 7.

b. $60 = 2 \times 3 \times 2 \times 5$

Il peut choisir 2 amis, ils auront 30 stylos ou bien 30 amis auront 2 stylos.

Il peut choisir 3 amis, ils auront 20 stylos ou bien 20 amis auront 3 stylos.

Il peut choisir 1 ami, il aura 60 stylos ou bien 60 amis auront 1 stylo.

Il peut choisir 4 amis, ils auront 15 stylos ou bien 15 amis auront 4 stylos.

Il peut choisir 5 amis, ils auront 12 stylos ou bien 12 amis auront 5 stylos.

Il peut choisir 10 amis, ils auront 6 stylos ou bien 6 amis auront 10 stylos.

5 **a.** $90 = \underline{3 \times 3 \times 2} \times 5$ et $72 = 2 \times 2 \times \underline{2 \times 3 \times 3}$

Le prix maximum d'un DVD est de 18 €.

b. Arthur a acheté 5 DVD et Aïcha a acheté 4 DVD.

6 **a.** =QUOTIENT (C1;A6)

b. =C1-A6*B6.

c. Le test s'arrête dès que l'on obtient un reste nul.

d. Le reste est nul à la ligne 253 du tableur pour la division par 251. Donc, les seuls diviseurs de 251 sont 1 et 251. Donc, 251 est un nombre premier.

7 **a.** $7 + 2 + 8 + 1 + 9 = 27$, donc 72 819 est divisible par 3 et par 9, donc 72 819 n'est pas un nombre premier.

b. $65 = 5 \times 13$ filles et $78 = 2 \times 3 \times 13$ garçons. Le nombre maximum d'équipes formées est 13 équipes, composées de 5 filles et 6 garçons.

▸ Chapitre 2 • page 79

1 **a.** F. • **b.** V. • **c.** V. • **d.** V. • **e.** F.

2 **a.** $\frac{17}{1}$ • **b.** $\frac{257}{10}$ • **c.** $\frac{-329}{100}$ • **d.** $\frac{-8}{1}$

3 Entourer : $\frac{17}{23}$; $\frac{7}{5}$; $\frac{54}{77}$.

4 **a.** $\frac{5 \times 7}{5 \times 8} = \frac{7}{8}$

b. $\frac{18}{54} = \frac{2 \times 9}{6 \times 9} = \frac{2}{6} = \frac{2 \times 1}{2 \times 3} = \frac{1}{3}$

c. $\frac{72}{48} = \frac{8 \times 9}{6 \times 8} = \frac{9}{6} = \frac{3 \times 3}{2 \times 3} = \frac{3}{2}$

5 $\frac{80}{45} = \frac{2 \times 5 \times 8}{5 \times 9} = \frac{16}{9}$

L'écran est au format $\frac{16}{9}$.

6 **a.** $1\,000 \times N = 145{,}145\,145...$

b. $1\,000 \times N - N = 145$

c. Donc $999 \times N = 145$ et $N = \frac{145}{999}$

7 $A = \frac{3 \times 6 \times 2 \times 7}{7 \times 5 \times 5 \times 6} = \frac{6}{25}$

$B = \frac{6 \times 6 \times 7 \times 8}{5 \times 8 \times 6 \times 7} = \frac{6}{5}$

8 $\frac{1625}{1375} = \frac{5 \times 5 \times 5 \times 13}{5 \times 5 \times 5 \times 11} = \frac{13}{11}$

9 **a.** 441 n'est pas un nombre premier puisqu'il est divisible par 3 et par 9 ; en effet $4 + 4 + 1 = 9$

b. $\frac{210}{441} = \frac{3 \times 7 \times 2 \times 5}{3 \times 3 \times 7 \times 7} = \frac{10}{21}$

c. $\frac{210}{441} + \frac{4}{21} = \frac{10}{21} + \frac{4}{21} = \frac{14}{21} = \frac{2 \times 7}{3 \times 7} = \frac{2}{3}$

▸ Chapitre 3 • page 81

1 **a.** F. • **b.** F. • **c.** V. • **d.** V. • **e.** V.

2 **a.** $3 \times 3 \times 3 = 27$ •

b. $(-2) \times (-2) \times (-2) \times (-2) = 16$ •

c. $137^0 = 1$ • **d.** $1^{127} = 1$ • **e.** $\frac{1}{5^2} = \frac{1}{25} = 0{,}04$ •

f. $\frac{1}{(-3)^4} = \frac{1}{81}$ • **g.** $1^{-57} = 1$ • **h.** $-7^2 = -49$

3 **a.** < • **b.** > • **c.** < • **d.** > • **e.** < • **f.** > • **g.** > • **h.** <

4 **a.** 7^{-8} • **b.** $(-8)^{-28}$ • **c.** $9^{12-19} = 9^{-7}$ •

d. $(-11)^{-7-(-12)} = (-11)^{-7+12} = (-11)^5$ •

e. $17^{-11-5} = 17^{-16}$

5 **a.** $1\,500^8$ • **b.** 200^{-12} • **c.** 5^9 • **d.** $(-9)^{-15}$

6 **a.** $\frac{9^{15}}{12^{15}} = \left(\frac{9}{12}\right)^{15} = \left(\frac{3}{4}\right)^{15}$

b. $\frac{(-32)^8}{28^8} = \left(\frac{-32}{28}\right)^8 = \left(\frac{-8}{7}\right)^8$

c. $\frac{25^{-11}}{35^{-11}} = \left(\frac{25}{35}\right)^{-11} = \left(\frac{5}{7}\right)^{-11}$

7 **a.** 2 Mo $= 2 \times 2^{20} \times 2^8 = 2^{29}$ informations

4 Go $= 4 \times 2^{30} \times 2^8 = 2^2 \times 2^{38} = 2^{40}$ informations

1 To $= 2^{40} \times 2^8 = 2^{48}$ informations

b. 2^{38} informations : $\frac{2^{38}}{2^8} = 2^{30} = 1$ Go

2^{50} informations : $\frac{2^{50}}{2^8} = 2^{42} = 2^2 \times 2^{40} = 4$ To

8 On peut calculer :

$AB^2 + AC^2 = (2^{12})^2 + (2^{12})^2 = 2 \times 2^{12} \times 2^{12} = 2^{25}$

Donc $AB^2 + AC^2 = BC^2$, le triangle ABC est rectangle (d'après la réciproque du théorème de Pythagore) et isocèle (AB = AC) en A.

9 $A = 2^3 \times 2^3 = 2^6$

$B = 12^5$

$C = 5^{26-17} = 5^9$

$D = \frac{5^{-5}}{5^{-1}} = 5^{-5-(-1)} = 5^{-5+1} = 5^{-4}$

▶ Chapitre 4 • page 83

1 **a.** V. • **b.** V. • **c.** F. • **d.** F. • **e.** V.

2 **a.** 10 000 • **b.** 0,001 • **c.** 0,00001 • **d.** 10^5 • **e.** 10^{-4} • **f.** 10^{-1}

3 Entourer : $3,52 \times 10^{-15}$; $5,247 \times 10^{25}$; 7×10^{-9}.

4 **a.** 10^{-6} • **b.** 10^{-19} • **c.** $10^{8-(-8)} = 10^{16}$ • **d.** $10^{9-15} = 10^{-6}$

5 $A = 2,001 \times 10^3$; $B = 5,2 \times 10$; $C = 1,2 \times 10^{10}$; $D = 2,56 \times 10^{-4}$; $E = 7,864 \times 10^{-8}$;

$F = 7,3 \times 10^{-1} \times 10^4 = 7,3 \times 10^3$;

$G = 3,1456 \times 10^4 \times 10^{-9} = 3,1456 \times 10^{-5}$.

6 $A = 300 + 10 + 0,4 + 0,02 = 310,42$

$= 3,1042 \times 10^2$

$B = 175 \times 10^{-3} = 1,75 \times 10^2 \times 10^{-3} = 1,75 \times 10^{-1}$

$C = 0,3 \times 10^{10} = 3 \times 10^{-1} \times 10^{10} = 3 \times 10^9$

7 5 L $= 5 \times 10^6$ mm^3

$5\,000 \times 5 \times 10^6 = 25 \times 10^9 = 2,5 \times 10^{10}$

et $8\,000 \times 5 \times 10^6 = 40 \times 10^9 = 4 \times 10^{10}$

Le nombre de leucocytes est compris entre $2,5 \times 10^{10}$ et 4×10^{10}.

8 Fe $= 126 \times 10^{-9}$ mm $= 0,126$ nm ;

Zn $= 0,138 \times 10^{-3}$ µm $= 0,138$ nm ; Cu $= 0,128$ nm.

Le zinc a le plus grand rayon.

9 $A = \frac{1,6 \times 10^{-3} \times 10^6}{4 \times 10^{-2}} = 0,4 \times 10^{-3+6-(-2)}$

$A = 0,4 \times 10^5 = 4 \times 10^{-1} \times 10^5 = 4 \times 10^4$

$B = \frac{195 \times 10^{-6}}{6 \times 10^{-7}} = 32,5 \times 10^{-6-(-7)}$

$B = 32,5 \times 10 = 3,25 \times 10^2$

▶ Chapitre 5 • page 85

1 **a.** F. • **b.** V. • **c.** V. • **d.** F. • **e.** F.

2 **a.** $8x^2 - 14x$ • **b.** $35x^2 + 21x^3$

3 **a.** $(2x-5)(3x+4) = 6x^2 + 8x - 15x - 20$

$= 6x^2 - 7x - 20$

b. $(5x-2)(4x-6) = 20x^2 - 30x - 8x + 12$

$= 20x^2 - 38x + 12$

4 **a.** $5(x^2 - 4)$ • **b.** $6(3x+2)$ • **c.** $-8(x-3)$

5

$A = (3x-7)[(2x+3)+(4x-9)] = (3x-7)(6x-6)$

$B = (5x+8)[(6x-7)-(11x-5)]$

$= (5x+8)[6x-7-11x+5] = (5x+8)(-5x-2)$

6 **a.** $(5x-4)^2 = (5x)^2 - 2 \times 5x \times 4 + 4^2$

$= 25x^2 - 40x + 16$

b.

$(4x+3)^2 = (4x)^2 + 2 \times 4x \times 3 + 3^2 = 16x^2 + 24x + 9$

c. $(3x-7)(3x+7) = (3x)^2 - 7^2 = 9x^2 - 49$

7 **a.** $x^2 - 6x + 9 = x^2 - 2 \times 3x + 3^2 = (x-3)^2$

b. $x^2 + 10x + 25 = x^2 + 2 \times 5x + 25 = (x+5)^2$

c. $x^2 - 81 = x^2 - 9^2 = (x-9)(x+9)$

8 $A = (7x)^2 - 6^2 = (7x-6)(7x+6)$

9 **a.** $E = 14x^2 - 42x + 6x^2 - 18x - 8x + 24$

$= 20x^2 - 68x + 24$

b.

$E = 20 \times (-2)^2 - 68 \times (-2) + 24 = 20 \times 4 + 136 + 24$

$= 80 + 160 = 240$

c. $E = (2x-6)[7x + 3x - 4] = (2x-6)(10x-4)$

▶ Chapitre 6 • page 87

1 **a.** V. • **b.** F. • **c.** V. • **d.** F. • **e.** V.

2 **a.** $x - 17 + 17 = 42 + 17$; $x = 59$ •

b. $16 - 16 - x = -9 - 16$; $-x = -25$; $x = 25$. •

c. $x = \frac{45}{-15} = \frac{-9}{3} = -3$ • **d.** $\frac{x}{6} \times 6 = -4 \times 6$; $x = -24$

3 **a.** $5x - 19 + 19 = 26 + 19$; $5x = 45$; $x = \frac{45}{5} = 9$

b. $7x + 11 - 11 = 39 - 11$; $7x = 28$; $x = \frac{28}{7} = 4$

4 **a.**

$15x + 20 = 8$; $15x + 20 - 20 = 8 - 20$; $15x = -12$;

$x = \frac{-12}{15} = \frac{-4}{5}$

b. $12x - 15 = 2x + 5$;

$12x - 15 + 15 - 2x = 2x - 2x + 5 + 15$; $10\boldsymbol{x} = 20$;

$x = \frac{20}{10} = 2$

5 **a.** $2x - 4 = 0$ ou $x + 5 = 0$

$x = 2$ ou $x = -5$

b. $x^2 - 81 = 0$

$x^2 - 9^2 = 0$

$(x+9)(x-9) = 0$

$x + 9 = 0$ ou $x - 9 = 0$

$x = -9$ ou $x = 9$

c. $3x^2 - 75 = 0$

$x^2 - 25 = 0$

$x^2 - 5^2 = 0$

$(x+5)(x-5) = 0$

$x = -5$ ou $x = 5$

6 **a.** La droite bleue et la droite d'équation $y = 4$ se coupent au point d'abscisse 3, donc 3 est la solution de l'équation. • **b.** La droite rouge et la droite d'équation $y = 8$ se coupent au point d'abscisse -1, donc -1 est la solution de l'équation. • **c.** La droite rouge et la droite bleue se coupent au point d'abscisse 1, donc 1 est la solution de l'équation.

7 Je note x la distance parcourue,

donc $10 + 1,5 \times x = 40$.

$1,5x + 10 - 10 = 40 - 10$

$1,5x = 30$

$x = \frac{30}{1,5} = 20$

Le client a parcouru 20 km.

8 Aire du rectangle :

$(x+3)(x-2)=x^2+3x-2x-6=x^2+x-6$

Aire du carré : x^2

$x^2=x^2+x-6$

$x^2-x^2=x^2-x^2+x-6$

$0=x-6$

$x=6$

9 **a.** $4x+5-5=29-5$; $4x=24$; $x=\frac{24}{4}=6$

b. $5-5-x=-13-5$; $-x=-18$; $x=18$

c. $6x-29+29+5x=-5x+5x+15+29$; $11x=44$; $x=\frac{44}{11}=4$

▸ Chapitre 7 • page 89

1 **a.** V. • **b.** V. • **c.** F. • **d.** V.

2 Colonne « Nouveau prix (en €) » : 14,56 ; 106,25 ; 59,4 ; 163,2.

3 **a.** Augmentation de 108 % : $1+\frac{108}{100}=2{,}08$

Prix en 2019 : $P=20\times2{,}08=41{,}6$

En 2019 l'article coûte 41,60 €.

b. Baisse de 0,82 % : $1-\frac{0{,}82}{100}=0{,}9918$

Prix en 2020 : $P=41{,}6\times0{,}9918\approx41{,}26$

En 2020, l'article coûte 41,26 €.

4 **a.** Augmentation de 4 % : $1+\frac{4}{100}=1{,}04$

Il y a deux augmentations successives de 4 % :

$1{,}04\times1{,}04=1{,}0816$

b. $150\times1{,}0816=162{,}24$

Au bout de deux ans, Margot a 162,24 € sur son compte.

5 On note P le prix des rollers avant la baisse.

Baisse de 25 % : $1-\frac{25}{100}=0{,}75$

D'où : $P\times0{,}75=61{,}74$

$P=\frac{61{,}74}{0{,}75}=82{,}32$

La paire de rollers coûtait 82,32 € avant la baisse.

6 **b.** La formule à rentrer en A3 est : =A2+1

c. Augmentation de 10 % : multiplication par $1+\frac{10}{100}$

La formule à entrer en B3 est : =B2*(1+10/100)

d. Formule en C3 : =C2-B3

e. En étirant les formules, on remarque qu'au 12e mois, la somme à rembourser est passée dans les négatifs. Mélanie a donc tout remboursé au bout d'un an.

	A	B	C
1	Mois	Remboursement (en €)	Somme restante à rembourser (en €)
2	1	500	9 500
3	2	550	8 950
4	3	605	8 345
5	4	665,5	7 679,5
6	5	732,05	6 947,45
7	6	805,255	6 142,195
8	7	885,7805	5 256,4145
9	8	974,35855	4 282,05595
10	9	1 071,794405	3 210,261545
11	10	1 178,973846	2 031,2877
12	11	1 296,87123	734,4164694
13	12	1 426,558353	– 692,1418836

7 Épicerie *Thé et plaisirs* :

– baisse de 2 % : $1-\frac{2}{100}=0{,}98$

– baisse de 18 % : $1-\frac{18}{100}=0{,}82$

Ces deux baisses sont successives :

$0{,}98\times0{,}82=0{,}8036$

Prix du coffret : $21{,}30\times0{,}8036\approx17{,}12$ €

Épicerie *L'heure du thé* :

– baisse de 11 % : $1-\frac{11}{100}=0{,}89$

– baisse de 9 % : $1-\frac{9}{100}=0{,}91$

Ces deux baisses sont successives :

$0{,}89\times0{,}91=0{,}8099$

Prix du coffret : $22{,}1\times0{,}8099\approx17{,}90$ €

Antoine devrait plutôt acheter le coffret à l'épicerie *Thé et plaisirs,* où il est moins cher.

8 **a.** Baisse de 25 % : $1-\frac{25}{100}=0{,}75$

Prix des boucles d'oreilles : $130\times0{,}75=97{,}5$

Après une remise de 25 %, les boucles d'oreilles coûtent 97,50 €.

b. Remise de 20 % : $1-\frac{20}{100}=0{,}8$

On note P le prix initial de la bague : $P\times0{,}8=140$

$P=\frac{140}{0{,}8}=175$

Le prix initial de la bague est de 175 €.

▸ Chapitre 8 • page 91

1 **a.** 9 m. • **b.** 35 m.

2 **a.** $15-0=15$

L'étendue de la série est 15.

b. On range les valeurs de la série par ordre croissant : 0 ; 1 ; 4 ; 6 ; 11 ; 12 ; 14 ; 14 ; 14 ; 15.

L'effectif total est 10. Il est pair. La médiane est la moyenne des 5e et 6e valeurs.

$Me=\frac{11+12}{2}=\frac{23}{2}=11{,}5$

3 **a.** $7+17+13+14+7+5+1=64$

64 matchs ont été joués.

b. $\frac{0\times7+1\times17+2\times13+3\times14+4\times7+5\times5+6\times0+7\times1}{64}$

$=\frac{145}{64}\approx2$

En moyenne, 2 buts ont été marqués par match.

c. L'effectif total est 64, il est pair.

$\frac{64}{2} = 32$ et $\frac{64}{2} + 1 = 33$; la médiane est la moyenne des 32e et 33e valeurs de la série.

$M_e = \frac{2+2}{2} = 2$

Interprétation : Pendant au moins 50 % des matchs, 2 buts ou moins ont été marqués et pendant au moins 50 % des matchs, 2 buts ou plus ont été marqués.

4 **a.** 181 – 165 = 16

L'étendue de la série est 16.

b. L'effectif total est 18

$m = \frac{165\times2+166+170+171+174\times2+175\times3+176\times2+177\times3+178\times2+181}{18}$

$m = \frac{3\,130}{18} \approx 173{,}9$ cm

c. La médiane est la moyenne des 9e et 10e valeurs de la série.

La taille médiane des sportifs est donc égale à 175 cm.

d.

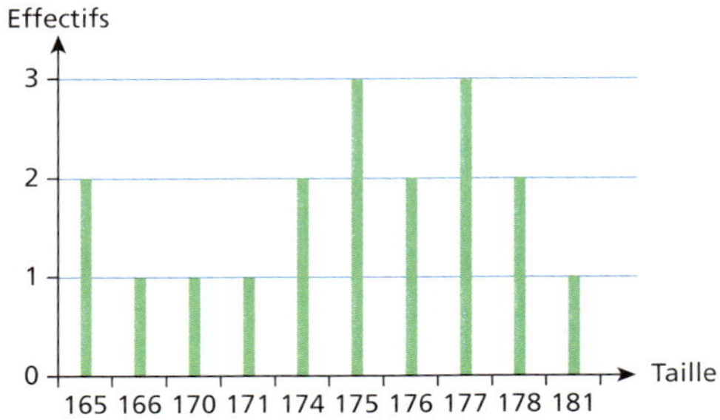

5 **a.**

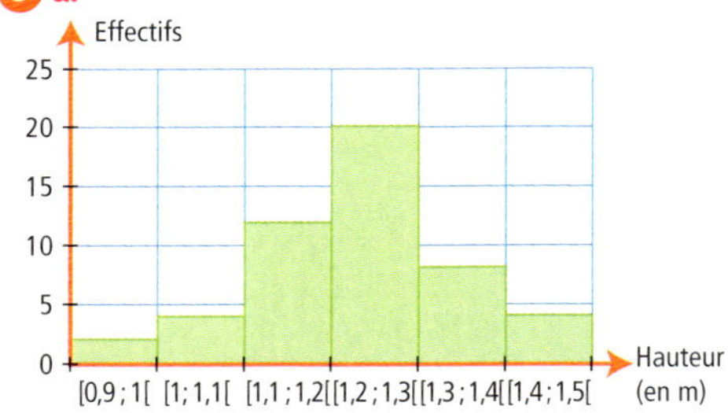

b. Pour trouver le centre des classes, on calcule la moyenne des valeurs extrêmes de chaque classe. Centres des classes : 0,95 ; 1,05 ; 1,15 ; 1,25 ; 1,35 ; 1,45.

$$\frac{0{,}95\times2+1{,}05\times4+1{,}15\times12+1{,}25\times20+1{,}35\times8+1{,}45\times4}{2+4+12+20+8+4} = \frac{61{,}5}{50} = 1{,}23$$

Les athlètes ont sauté en moyenne à une hauteur de 1,23 m.

c. Étendue : $e = 1{,}5 - 0{,}9 = 0{,}6$ m

L'effectif total est 50, il est pair. $\frac{50}{2} = 25$ et $\frac{50}{2} + 1 = 26$; ainsi la médiane est la moyenne des 25e et 26e valeurs. Or, ces valeurs se situent dans la classe [1,2 ; 1,3]. Donc la classe [1,2 ; 1,3] est la classe médiane.

d. L'écart de hauteur entre le saut le plus haut et le saut le plus bas est de 60 cm. On observe que la moyenne se trouve dans la classe médiane. Donc la plupart des athlètes ont fait un saut entre 1,2 m et 1,3 m.

6 **a.** $$\frac{0\times29+1\times31+2\times34+3\times35+4\times27+5\times20+6\times15+7\times6}{29+31+34+35+27+20+15+6}$$

$= \frac{544}{197} \approx 3$

En moyenne, un abonné a emprunté 3 livres cette année.

b. $35+27+20+15+6 = 103$

103 abonnés ont pris au moins 3 livres cette année.

c. $e = 7 - 0 = 7$. L'étendue est de 7 livres.

d. L'effectif total est 197, il est impair.

$\frac{197+1}{2} = 99$; la médiane est la 99e valeur de la série : $M_e = 3$.

e. Il y a une différence de 7 livres entre l'abonné qui en a emprunté le plus et l'abonné qui en a emprunté le moins. Au moins 50 % des abonnés ont emprunté 3 livres ou moins et au moins 50 % des abonnés ont emprunté 3 livres ou plus. Au moins 25 % des abonnés ont emprunté 1 livre et au moins 75 % des abonnés ont emprunté 4 livres.

▸ Chapitre 9 • page 93

1 **a.** V. • **b.** V. • **c.** F. • **d.** V.

2 **a.** 39 % des Français sont de groupe A+, donc $p = 0{,}39$.

1 % des Français sont de groupe AB–, donc $p = 0{,}01$.

b. 43 % (37 + 6) des Français sont de groupe sanguin O, donc $p = 0{,}43$.

15 % (6 + 6 + 2 + 1) des Français sont de Rhésus –, donc $p = 0{,}15$.

3 $p(\text{I}) = 0{,}12$; $p(\text{G}) = 1 - p(\text{anglais}) = 1 - 0{,}4 = 0{,}6$

$p(\text{R}) = p(\text{allemand}) + p(\text{russe}) = 0{,}18 + 0{,}04 = 0{,}22$

$p(\text{E}) = p(\text{anglais}) + p(\text{allemand}) + p(\text{italien}) + p(\text{japonais})$

$= 0{,}4 + 0{,}18 + 0{,}12 + 0{,}03 = 0{,}73$

4 **b.** Dans la cellule A3 : =A2+1

c. Dans les cellules B2 et C2 : =ALEA.ENTRE.BORNES(1;6)

d. Dans la cellule D2 : =SI(B2>C2;1;0)

e. Dans la cellule E2 : =D2

Dans la cellule E3 : =E2+D3

Dans la cellule F2 : =E2/A2

	A	B	C	D	E	F
1	Parties	Tom	Léa	Victoire de Tom ?	Nombre de victoires	Fréquence des victoires
2	1	1	6	0	0	0
3	2	2	3	0	0	0
4	3	4	5	0	0	0
5	4	5	5	0	0	0
6	5	6	2	1	1	0,2

f. La fréquence se stabilise autour de la valeur 0,5.

g. La probabilité qu'a Tom de gagner ce jeu est de 0,5.

5 a.

	Homme	Femme	Total
De 25 à 40 ans	102	93	195
De 41 à 53 ans	79	81	160
Total	181	174	355

b. Probabilité que l'employé soit âgé de plus de 40 ans : $p=\frac{160}{355}=\frac{32}{71}$.

Probabilité qu'il soit un homme : $p=\frac{181}{355}$.

c. 160 employés, dont 81 femmes, ont plus de 40 ans.

$p=\frac{81}{160}$

▸ Chapitre 10 • page 95

1 a. $\frac{1}{2}$. • **b.** $\frac{1}{4}$. • **c.** $\frac{1}{4}$. • **d.** $\frac{1}{2}$.

2 $p(\text{R} ; \text{V})=\frac{1}{2}\times\frac{1}{4}=\frac{1}{8}$; $p(\text{R} ; \text{J})=\frac{1}{2}\times\frac{3}{4}=\frac{3}{8}$;

$p(\text{B} ; \text{V})=\frac{1}{2}\times\frac{1}{4}=\frac{1}{8}$; $p(\text{B} ; \text{J})=\frac{1}{2}\times\frac{3}{4}=\frac{3}{8}$.

3 a. $p(\text{A})=\frac{3}{8}$; $p(\text{B})=\frac{1}{8}$; $p(\text{C})=\frac{1}{8}+\frac{4}{8}=\frac{5}{8}$.

b. $\overline{\text{B}}$: « On ne tombe pas sur un secteur jaune »

$p(\overline{\text{B}})=1-p(\text{B})=1-\frac{1}{8}=\frac{7}{8}$

4 a.

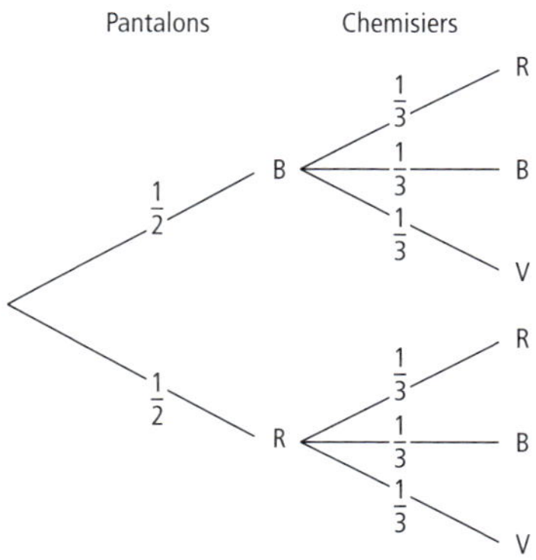

b. $p(\text{A})=\frac{1}{2}\times\frac{1}{3}=\frac{1}{6}$

$p(\text{B})=p(\text{B} ; \text{R})+p(\text{B} ; \text{V})+p(\text{R} ; \text{B})+p(\text{R} ; \text{V})$

$p(\text{B})=\frac{1}{6}+\frac{1}{6}+\frac{1}{6}+\frac{1}{6}=\frac{4}{6}=\frac{2}{3}$

$p(\text{C})=p(\text{B} ; \text{R})+p(\text{B} ; \text{V})=\frac{2}{6}=\frac{1}{3}$

5 a. L'événement contraire à « Obtenir au moins une fois Face » est « Obtenir 3 fois Pile ».

p(« Obtenir au moins une Face ») = 1 – p(« Obtenir 3 fois Pile ») $=1-\left(\frac{1}{2}\right)^3=\frac{7}{8}$

b. Il y a 4 possibilités : (P ; F ; F), (F ; P ; F), (F ; F ; P) ou (F ; F ; F).

$p=\left(\frac{1}{2}\right)^3\times 4=\frac{1}{2}$

c. Il y a 3 possibilités : (P ; F ; F), (F ; F ; P) ou (F ; F ; F).

$p=\left(\frac{1}{2}\right)^3\times 3=\frac{3}{8}$

6 a. Il y a 8 carreaux dans le jeu de 32 cartes.

$p=\frac{8}{32}=\frac{1}{4}$

b. Ceci revient à trouver la probabilité de tirer un trèfle ou un cœur.

$p=\frac{8}{32}+\frac{8}{32}=\frac{16}{32}=\frac{1}{2}$

c. La probabilité sur chaque branche de l'arbre est la même : $\frac{8}{32}=\frac{1}{4}$.

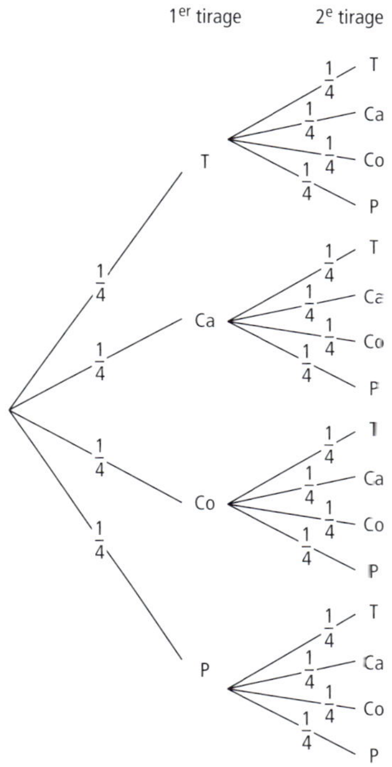

$p=\frac{1}{4}\times\frac{1}{4}=\frac{1}{16}$

▸ Chapitre 11 • page 97

1 a. 9. • **b.** 4,5

2 a. $f(5)=\frac{5+3}{2}=\frac{8}{2}=4$

$f(-3)=\frac{-3+3}{2}=0$

b. $f(2)=\frac{2+3}{2}=\frac{5}{2}=2{,}5$

3 Antécédent de 7 : $-2x+5=7$; $-2x=2$; $x=-1$.

Antécédent de – 9 : $-2x+5=9$; $-2x=-14$; $x=7$.

Antécédent de 0 : $-2x+5=0$; $-2x=-5$; $x=2{,}5$.

4

x	– 3	– 1	0	5	10
$g(x)$	– 15	1	3	– 47	– 197

5 **b.** Formule en B2 : =4*B1-5+B1^2

c. Image de – 5 : 0. Image de – 2 : – 9. Image de 1 : 0.

d. Image de – 3,5 : – 6,75. Image de 0,5 : – 2,75.

Image de 6,2 : 58,24.

	A	B	C	D	E	F	G
1	x	– 5	– 2	1	– 3,5	0,5	6,2
2	$f(x)$	0	– 9	0	– 6,75	– 2,75	58,24

6 **a.** Au bout de 2 secondes la tension est de 3 volts.

b. Image de 6 : 4,5. À 6 secondes, la tension délivrée est d'environ 4,5 volts.

c. Antécédents de 0 : $x = 0$, $x = 2{,}5$ et $x = 5$.

À 0 seconde, 2,5 secondes et 5 secondes, le générateur délivre une tension nulle.

7 **a.** Image de – 1 : – 1. Image de 0 : – 2. $f(2) = 2$.

b. $f(-1) = (-1)^2 - 2 = 1 - 2 = -1$

$f(0) = 0^2 - 2 = -2$

$f(2) = 2^2 - 2 = 4 - 2 = 2$

c. Antécédents de 7 : $x = -3$ et $x = 3$

d. $f(-3) = (-3)^2 - 2 = 9 - 2 = 7$

$f(3) = (3)^2 - 2 = 9 - 2 = 7$

▸ Chapitre 12 • page 99

1 $f(x) = 3{,}5$ est une fonction linéaire de coefficient 3,5. $f(x) = \frac{2}{3}x$ est une fonction linéaire de coefficient $\frac{2}{3}$.

2 **a.** Ligne $f(x)$: 6 ; 0 ; – 3 ; – 12 ; – 21.

b. Le tableau est un tableau de proportionnalité car il faut multiplier chaque valeur de la première ligne par – 3 pour obtenir les valeurs de la deuxième ligne.

c. f est une fonction linéaire.

d.

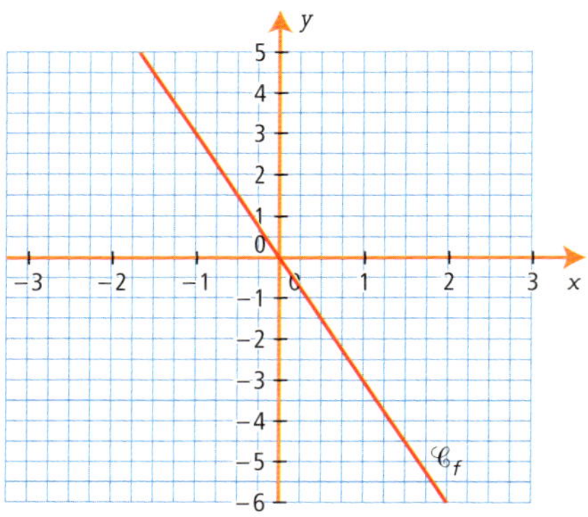

3 **a.** g est une fonction linéaire : sa représentation graphique est une droite passant par l'origine du repère.

b. L'image de – 4 par g est 8. L'image de 2 par g est – 4.

c. $g(-1) = 2$

d. L'antécédent de 1 par g est – 0,5. L'antécédent de – 3 par g est 1,5.

e. La courbe de la fonction g passe par l'origine du repère donc la fonction g est linéaire.

Ainsi $g(x) = ax$. Comme $g(-1) = 2$, alors $a \times (-1) = 2$, donc $a = -2$. Ainsi $g(x) = -2x$.

4 **a.** h est une fonction linéaire, donc $h(x) = ax$. Comme $h(6) = 24$, alors $a \times 6 = 24$. Ainsi $a = \frac{24}{6} = 4$. Donc $h(x) = 4x$. • **b.** $h(2) = 4 \times 2 = 8$. On retrouve l'ordonnée du point A, donc A appartient à la droite représentative de h. • **c.** $h(-1) = 4 \times (-1) = -4$. On ne retrouve pas l'ordonnée du point B, donc B n'appartient pas à la droite représentative de h.

5 **b.** f est une fonction linéaire. $f(\text{R}) = 0{,}050 \times \text{R}$.

Dans la cellule B2, il faut entrer la valeur de l'intensité en ampères : 0,050.

c. Dans la cellule A2 : =B2*C2

d. On entre les valeurs de résistance dans les cellules C3 et C4 puis on étire la formule écrite dans la cellule A2.

La tension correspondant à 52×10^2 W est 260 V et à $6{,}5 \times 10^3$ W est 325 V.

	A	B	C
1	U(V)	I(A)	R(Ω)
2	240	0,05	4 800
3	260	0,05	5 200
4	325	0,05	6 500

6 **a.** $70 \times \left(1 - \frac{15}{100}\right) = 59{,}5$

La chemise coûte 59,50 € après remise.

b. Soit P le prix initial de l'article.

$\text{P} \times \left(1 - \frac{15}{100}\right) = 110{,}50$

$\text{P} \times 0{,}85 = 110{,}50$

$\text{P} = \frac{110{,}50}{0{,}85} = 130$

Avant la remise, l'article coûtait 130 €.

c. Pour obtenir le prix d'un article après remise, on multiplie le prix par 0,85.

Donc $f(x) = 0{,}85x$.

d. $f(x)$ est de la forme $f(x) = ax$, donc f est une fonction linéaire de coefficient 0,85.

e. $f(20) = 17$. Après la remise, un article coûtant initialement 20 € sera au prix de 17 €.

7 **a.** $f(-1) = -\frac{3}{2} \times (-1) = \frac{3}{2}$

$f(2) = -\frac{3}{2} \times 2 = -3$

$f(-4) = -\frac{3}{2} \times (-4) = 6$

b. Antécédent de 0 : on résout l'équation $f(x) = 0$.

$-\frac{3}{2}x = 0$; $x = 0$

L'antécédent de 0 par f est 0.

Antécédent de – 3 : on résout l'équation $f(x) = -3$.

$-\frac{3}{2}x = -3$; $x = -3 \times \left(-\frac{2}{3}\right)$; $x = 2$

L'antécédent de – 3 par f est 2.

Antécédent de $\frac{9}{4}$: on résout l'équation $f(x) = \frac{9}{4}$.

$-\frac{3}{2}x = \frac{9}{4}$; $x = \frac{9}{4} \times \left(-\frac{2}{3}\right)$; $x = -\frac{3}{2}$

L'antécédent de $\frac{9}{4}$ par f est $-\frac{3}{2}$.

c. $f(6) = -\frac{3}{2} \times 6 = -9$

On ne retrouve pas l'ordonnée du point A donc le point A n'appartient pas à la droite représentative de f.

d. $f(-5) = -\frac{3}{2} \times (-5) = \frac{15}{2} = 7{,}5$

On retrouve l'ordonnée du point B donc le point B appartient à la droite représentative de f.

▸ Chapitre 13 • page 101

1 **a.** affine. • **b.** – 3. • **c.** 0. • **d.** 6.

2 **a.**

x	– 3	– 2	$\frac{1}{2}$	0	– 5	$\frac{3}{4}$
$f(x)$	2	0	– 5	– 4	6	$-\frac{11}{2}$

b. On calcule $\frac{2}{-3} = \frac{-2}{3}$ et $\frac{0}{-2} = 0$.

On ne trouve pas le même résultat, donc ce tableau n'est pas un tableau de proportionnalité.

c. La fonction f est de la forme $f(x) = ax + b$, avec $a = -2$ et $b = -4$, donc f est une fonction affine.

d.

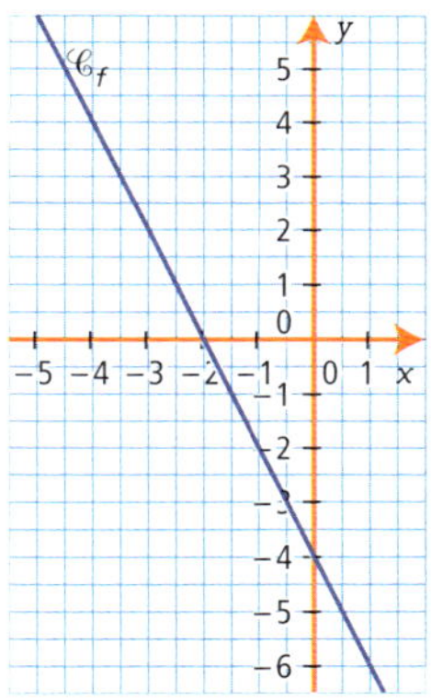

3 **a.** h est une fonction affine, donc sa représentation graphique est une droite.

b. $h(0) = -\frac{1}{2} \times 0 + 2 = 2$

$h(2) = -\frac{1}{2} \times 2 + 2 = -1 + 2 = 1$

c. On déduit que les points A(0 ; 2) et B(2 ; 1) appartiennent à la droite représentant h.

d.

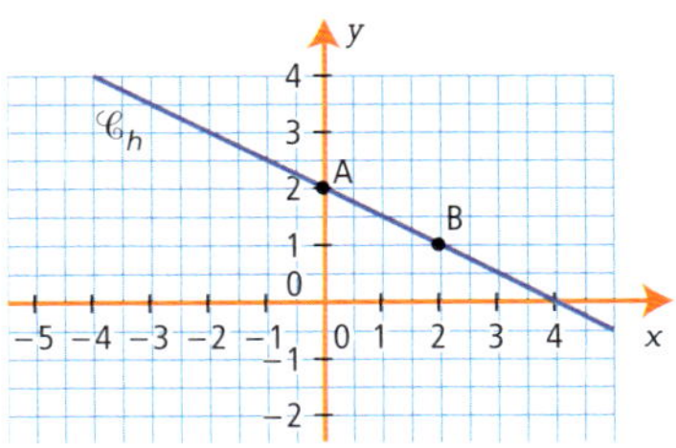

4 **a.** Le prix dépend du nombre de chaises achetées. Il faut ensuite ajouter les frais de livraison fixes et égaux à 20 €. Ainsi la fonction p est une fonction affine.

b. $p(4) = 80$

$p(9) = 155$

c. On sait que $p(x) = ax + b$. b est la constante correspondant aux frais de livraison fixes : $b = 20$.

$a = \frac{p(4) - p(9)}{4 - 9} = \frac{80 - 155}{-5} = \frac{-75}{-5} = 15$

Ainsi $p(x) = 15x + 20$.

d. $p(11) = 15 \times 11 + 20 = 185$

Prisca devra payer 185 €.

5 **b.** Dans la cellule A3 : =A2+1

c. Dans la cellule B2 : =10*A2

d. Dans la cellule C2 : =50+2*A2

e. Sur la feuille de calcul, on voit qu'à partir de 7 séances (compris), le prix avec la formule 2 est inférieur au prix avec la formule 1.

	A	B	C
1	Nombre de séances	Prix avec formule 1	Prix avec formule 2
2	1	10	52
3	2	20	54
4	3	30	56
5	4	40	58
6	5	50	60
7	6	60	62
8	7	70	64
9	8	80	66
10	9	90	68
11	10	100	70

6 **a.** g est une fonction affine, donc $g(x) = ax + b$.

$a = \frac{g(-1) - g(6)}{-1 - 6} = \frac{1 - (-2)}{-7} = -\frac{3}{7}$

Ainsi $g(x) = -\frac{3}{7}x + b$.

Comme $g(-1) = 1$, alors $-\frac{3}{7} \times (-1) + b = 1$.

$\frac{3}{7} + b = 1$; $b = 1 - \frac{3}{7} = \frac{4}{7}$

Donc $g(x) = -\frac{3}{7}x + \frac{4}{7}$.

b. L'image de – 1 est 1,5. L'antécédent de 2 est – 2.

Le coefficient directeur est $a = -\frac{1}{2}$. L'ordonnée à l'origine est $b = 1$.

c. $f(x) = -\frac{1}{2}x + 1$

▸ Chapitre 14 • page 103

1 **a.** F. • **b.** F. • **c.** V. • **d.** F. • **e.** V.

2 Le triangle DEF est rectangle en F. D'après le théorème de Pythagore, $DE^2 = DF^2 + EF^2$.

$DE^2 = 9^2 + 7^2 = 81 + 49 = 130$

$DE = \sqrt{130}$ cm

$DE \approx 11{,}4$ cm

3 Le triangle FGH est rectangle en F. D'après le théorème de Pythagore, $HG^2 = HF^2 + FG^2$.

$16^2 = HF^2 + 8^2$

$256 = HF^2 + 64$

$HF^2 = 256 - 64 = 192$

$HF = \sqrt{192}$ cm $\approx 13{,}9$ cm

4 LN est le plus grand côté : $LN^2 = 16^2 = 256$.

$LM^2 + MN^2 = 12{,}8^2 + 9{,}6^2 = 256$

Donc $LN^2 = LM^2 + MN^2$.

D'après la réciproque du théorème de Pythagore, le triangle LMN est rectangle en M.

5 RC est le plus grand côté : $RC^2 = 11{,}5^2 = 132{,}25$.

$RE^2 + EC^2 = 7{,}2^2 + 9{,}6^2 = 144$

Donc $RC^2 \neq RE^2 + EC^2$: le triangle REC n'est pas rectangle.

6 **a.** Dans le triangle LHK rectangle en H, d'après le théorème de Pythagore $KL^2 = LH^2 + HK^2$.

$KL^2 = 24^2 + 18^2 = 900$

$KL = \sqrt{900} = 30$ cm

b. Dans le triangle HLM rectangle en H, d'après le théorème de Pythagore : $LM^2 = LH^2 + HM^2$.

$40^2 = 24^2 + HM^2$

$1\,600 = 576 + HM^2$

$HM^2 = 1\,600 - 576 = 1\,024$

$HM = \sqrt{1\,024} = 32$ cm

c. Dans le triangle LKM le plus grand côté est :

$KM = 18 + 32 = 50$ cm.

$KM^2 = 50^2 = 2\,500$

$KL^2 + LM^2 = 30^2 + 40^2 = 2\,500$

Donc $KM^2 = LM^2 + KL^2$, d'après la réciproque du théorème de Pythagore, le triangle KLM est rectangle en L.

7 **a.** La base de la pyramide est un rectangle ABCD. Dans le triangle ABC rectangle en B, d'après le théorème de Pythagore, $AC^2 = AB^2 + BC^2$.

$AC^2 = 6^2 + 8^2 = 36 + 64 = 100$

$AC = \sqrt{100} = 10$ cm

Les diagonales d'un rectangle sont égales et se coupent en leur milieu, donc H est le milieu de [AC], d'où AH = 5 cm.

b. (SH) est la hauteur de la pyramide, donc (SH) est perpendiculaire à (AC). Dans le triangle AHS rectangle en H, d'après le théorème de Pythagore, $AS^2 = AH^2 + HS^2$.

$13^2 = 5^2 + SH^2$; $169 = 25 + HS^2$

$HS^2 = 169 - 25 = 144$

$HS = \sqrt{144} = 12$ cm

c. $\mathscr{V} = \dfrac{6 \times 8 \times 12}{3} = 192$ cm^3

8 Pour avoir un carré d'aire 13 cm^2, il faut tracer un carré de côté $\sqrt{13}$ cm. On écrit 13 comme la somme de deux carrés parfaits : 13 = 9 + 4. On trace un triangle rectangle dont les côtés de l'angle droit mesurent 2 cm et 3 cm. En appliquant le théorème de Pythagore, on a $2^2 + 3^2 = 4 + 9 = 13$ et donc l'hypoténuse est bien égale à $\sqrt{13}$ cm. On trace le carré de côté égal à cette hypoténuse.

9 **a.** Si la largeur est $72 = 9 \times 8$ cm, alors la longueur est de $16 \times 8 = 128$ cm. L'écran étant rectangulaire, notons-le ABCD. Dans le triangle ABC rectangle en B, on peut appliquer le théorème de Pythagore :

$AC^2 = AB^2 + BC^2$.

$AC^2 = 72^2 + 128^2 = 21\,568$

$AC = \sqrt{21\,568} \approx 146{,}9$ cm

La diagonale de cet écran mesure environ 146,9 cm.

b. $AC^2 = AB^2 + BC^2$.

$81^2 = 54^2 + BC^2$

$6\,561 = 2\,916 + BC^2$

$BC^2 = 6\,561 - 2\,916 = 3\,645$

$BC = \sqrt{3\,645} \approx 60$ cm

$\dfrac{\text{Longueur}}{\text{Largeur}} = \dfrac{60}{54} = \dfrac{10}{9}$. Cet écran n'est pas au format $\dfrac{16}{9}$.

c. $56^2 = 3\,136$; $48^2 + 27^2 = 3\,033$

$56^2 \neq 48^2 + 27^2$, donc le triangle n'est pas rectangle. Cet écran n'est pas rectangulaire, donc ces dimensions ne sont pas correctes. La diagonale devrait mesurer $\sqrt{3\,033} \approx 55$ cm.

▸ Chapitre 15 • page 105

1 **a.** V. • **b.** V. • **c.** F. • **d.** F. • **e.** F.

2 Les droites (AM) et (AN) sont sécantes en A, les points A, B, M et les points A, C, N sont alignés dans cet ordre et les droites (BC) et (MN) sont parallèles.

D'après la propriété de Thalès : $\dfrac{AB}{AM} = \dfrac{AC}{AN} = \dfrac{BC}{MN}$;

$\dfrac{8}{11{,}2} = \dfrac{6}{AN} = \dfrac{BC}{9{,}8}$

$AN = \dfrac{6 \times 11{,}2}{8} = 8{,}4$ cm

$BC = \dfrac{8 \times 9{,}8}{11{,}2} = 7$ cm

3 Les droites (AT) et (MN) sont sécantes en R, les points A, R, T et les points M, R, N sont alignés dans cet ordre et les droites (AM) et (TN) sont parallèles. D'après la propriété de Thalès :

$\dfrac{AR}{RT} = \dfrac{RM}{RN} = \dfrac{AM}{NT}$

$\dfrac{AR}{36} = \dfrac{20}{30} = \dfrac{25}{NT}$

$AR = \dfrac{36 \times 20}{30} = 24$ mm

$NT = \dfrac{30 \times 25}{20} = 37{,}5$ mm

4 **a.** Dans le triangle BDE le plus grand côté est BE.

$BE^2 = 5{,}5^2 = 30{,}25$

$BD^2 + DE^2 = 3{,}3^2 + 4{,}4^2 = 30{,}25$

Donc $BE^2 = BD^2 + DE^2$

D'après la réciproque du théorème de Pythagore, le triangle BDE est rectangle en D.

b. (DE) et (AC) sont perpendiculaires à (AB), donc (DE) et (AC) sont parallèles entres elles.

c. Les droites (AB) et (BC) sont sécantes en B, les points B, D et A et B, E et C sont alignés dans cet ordre et les droites (DE) et (AC) sont parallèles.

D'après le théorème de Thalès : $\frac{BD}{BA}=\frac{BE}{BC}=\frac{DE}{AC}$.

$\frac{3,3}{AB}=\frac{5,5}{BC}=\frac{4,4}{6}$

Donc $AB=\frac{6\times 3,3}{4,4}=4,5\,\text{cm}$

5 L'arbre et le poteau sont perpendiculaires au sol, donc ils sont parallèles. Je note h la hauteur de l'arbre. Entre la pointe de l'ombre et l'arbre il y a 25 m. D'après le théorème de Thalès $\frac{2}{h}=\frac{5}{25}$.

Donc $h=\frac{2\times 25}{5}=\frac{50}{5}=10\,\text{m}$.

La hauteur de l'arbre est de 10 m.

6 Le segment [AB] mesure 4 cm. Il n'est pas divisible par 7. Paul a dessiné un segment [AC] de 7 cm qu'il a partagé en 7 parties égales. Il a placé le point D sur [AC] tel que $\frac{AD}{AC}=\frac{9}{7}$. En traçant la parallèle à (BC) passant par D, le théorème de Thalès s'applique et on obtient le point M tel que $\frac{AM}{AB}=\frac{AD}{AC}=\frac{9}{7}$.

Donc Paul a bien répondu au problème posé.

7 Les droites (GD) et (HE) sont sécantes en F, les droites (GH) et (ED) sont parallèles et les points G, F et D et H, F et E sont alignés dans cet ordre. D'après le théorème de Thalès :

$\frac{FH}{FE}=\frac{FG}{FD}=\frac{GH}{DE}$.

$\frac{4}{3}=\frac{6}{FD}=\frac{GH}{2,1}$

$FD=\frac{3\times 6}{4}=4,5\,\text{cm}$

$GH=\frac{4\times 2,1}{3}=2,8\,\text{cm}$

▸ Chapitre 16 • page 107

1 **a.** V. • **b.** F. • **c.** V. • **d.** V. • **e.** F.

2 Les droites (CB) et (CA) sont sécantes en C. Les points C, N et B et les points C, M et A sont alignés dans le même ordre.

$\frac{CN}{CB}=\frac{2,25}{3}=\frac{225}{300}=\frac{3}{4}$

$\frac{CM}{CA}=\frac{5,4}{7,2}=\frac{54}{72}=\frac{3}{4}$

Donc $\frac{CN}{CB}=\frac{CM}{CA}$. D'après la réciproque du théorème de Thalès, les droites (MN) et (AB) sont parallèles.

3 Les droites (AC) et (RS) sont sécantes en B. Les points A, B et C et les points R, B et S sont alignés dans le même ordre.

$\frac{AB}{BC}=\frac{5}{7}$; $\frac{RB}{BS}=\frac{4}{6}=\frac{2}{3}$

$\frac{AB}{BC}\neq\frac{RB}{BS}$

Les droites (AR) et (SC) ne sont pas parallèles.

4 Les droites (NM) et (AC) sont sécantes en B et les points N, B et M et les points C, B et A sont alignés dans le même ordre.

$B\in[NM]$, donc $BM=NM-NB=2,5\,\text{cm}$

$B\in[AC]$, donc $BC=AC-AB=2,4\,\text{cm}$

$\frac{AB}{BC}=\frac{3}{2,4}=\frac{5}{4}$; $\frac{BM}{BN}=\frac{2,5}{2}=\frac{5}{4}$

Donc $\frac{AB}{BC}=\frac{BM}{BN}$. D'après la réciproque du théorème de Thalès, les droites (AM) et (CN) sont parallèles.

5 **a.** Les droites (RB) et (RD) sont sécantes en R. Les points R, A et B et les points R, C et D sont alignés dans le même ordre. Les droites (AC) et (BD) sont parallèles. D'après le théorème de Thalès, $\frac{RA}{RB}=\frac{RC}{RD}=\frac{AC}{BD}$.

$\frac{14}{18}=\frac{14,7}{RD}$; $RD=\frac{18\times 14,7}{14}=18,9\,\text{cm}$

b. Les droites (RD) et (RF) sont sécantes en R. Les points R, C et D et les points R, E et F sont alignés dans le même ordre.

$\frac{RC}{RD}=\frac{14,7}{18,9}=\frac{147}{189}=\frac{7}{9}$

$\frac{RE}{RF}=\frac{13,3}{17,1}=\frac{133}{171}=\frac{7}{9}$

Donc $\frac{RC}{RD}=\frac{RE}{RF}$. D'après la réciproque du théorème de Thalès, les droites (EC) et (FD) sont parallèles.

6 **a.** Les droites (EB) et (DA) sont sécantes en C. Les points E, C et B et les points D, C et A sont alignés dans le même ordre.

$\frac{EC}{CB}=\frac{5}{7,5}=\frac{2}{3}$; $\frac{DC}{CA}=\frac{12}{18}=\frac{2}{3}$

Donc $\frac{EC}{EB}=\frac{DC}{CA}$. D'après la réciproque du théorème de Thalès, les droites (ED) et (AB) sont parallèles.

b. Les droites (EB) et (DA) sont sécantes en C, les points E, C et B et les points D, C et A sont alignés dans le même ordre et les droites (ED) et (AB) sont parallèles. D'après le théorème de Thalès : $\frac{EC}{ED}=\frac{DC}{CA}=\frac{ED}{AB}$.

$\frac{2}{3}=\frac{ED}{19,5}$; $ED=\frac{2\times 19,5}{3}=13$

▸ Chapitre 17 • page 109

1 **a.** V. • **b.** V. • **c.** F. • **d.** V.

2 **a.** F. • **b.** E. • **c.** G.

3 **a.** la symétrie de centre A. • **b.** H en B. • **c.** la symétrie de centre B. • **d.** la translation.

4

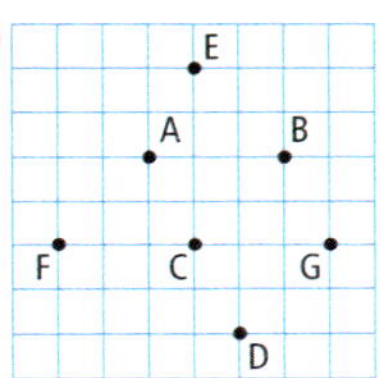

5

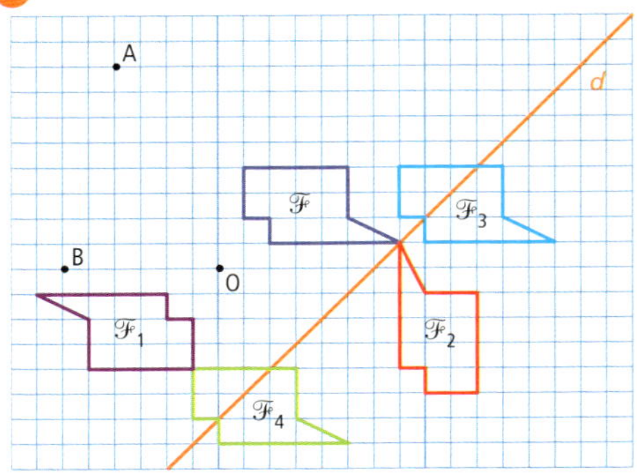

6 **a.** On déplace le triangle ABC par la translation qui transforme C en D. On obtient le triangle DEF.
On déplace le triangle DEF par la symétrie centrale de centre F. On obtient le triangle FGH.
On déplace le triangle FGH par la symétrie axiale d'axe (AH). On obtient le triangle HKL.

b. Les transformations sont des isométries, donc elles conservent les longueurs et les angles : LK = 3 cm ; LH = 4 cm et $\widehat{HLK} = 85°$.

▸ Chapitre 18 • page 111

1 **a.** V. • **b.** V. • **c.** V. • **d.** F. • **e.** F. • **f.** V. • **g.** V.

2 **a.**

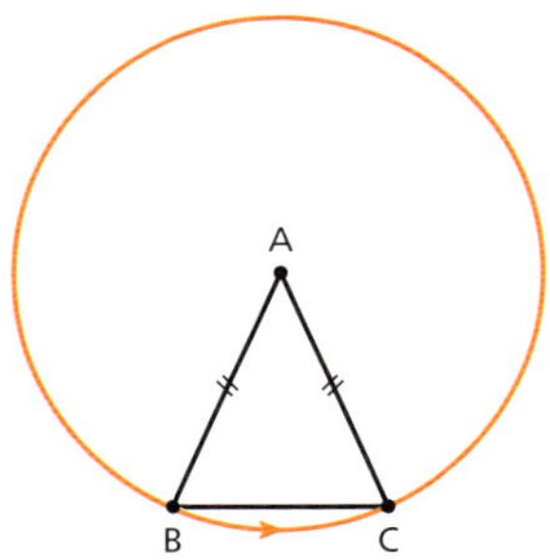

b. Dans la configuration ci-dessus, la rotation qui transforme B en C est la rotation dans le sens direct, de centre A et d'angle la mesure de l'angle $\widehat{BAC}$. La rotation qui transforme C en B est la rotation dans le sens indirect, de centre A et d'angle la mesure de l'angle $\widehat{BAC}$.

3 **a.** *À l'échelle 25 %*

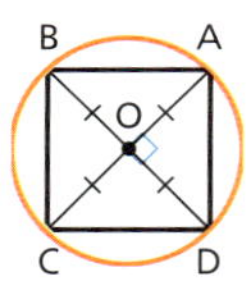

b. *À l'échelle 25 %*

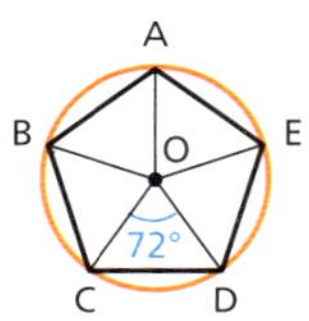

c. *À l'échelle 25 %*

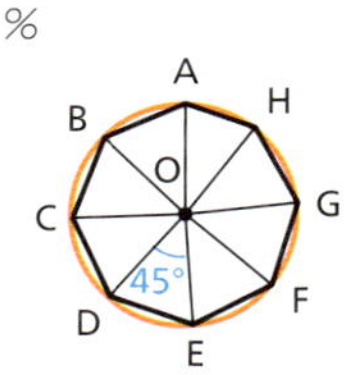

4 **a.**

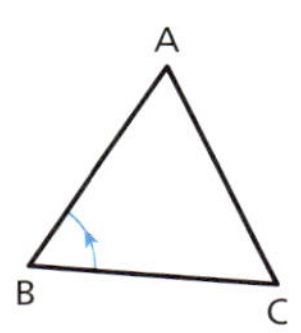

b. On sait que B et C sont deux points distincts et que le point A est l'image du point C par la rotation de centre B et d'angle de mesure 60°. Donc le segment [BA] est l'image du segment [BC] par la rotation de centre B et d'angle de mesure 60°. Or, les rotations conservent les longueurs. Donc BA = BC. On en déduit que le triangle ABC est isocèle en B de base [AC].
Or les deux angles à la base d'un triangle isocèle sont égaux. Donc $\widehat{BAC} = \widehat{ACB}$.
Comme $\widehat{ABC} = 60°$, on en déduit $\widehat{BAC} = \widehat{ACB} = 60°$, car $(180° - 60°) \div 2 = 60°$.
Donc le triangle ABC est un triangle équilatéral, car chacun de ses angles mesure 60°.

5 **a.**

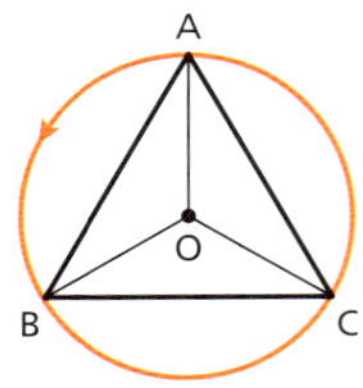

On constate que chacun de ces trois angles au centre mesure 120°.

b. Par la rotation de sens direct, de centre O et d'angle de mesure 120° : l'image du point A est le point B ; l'image du point B est le point C ; l'image du point C est le point A. Donc, par la rotation de sens direct, de centre O et d'angle de mesure 120°, l'image du triangle ABC est le triangle ABC lui-même.

6 **a.** Rotation qui transforme M_1 en M_2 : sens direct, de centre O et d'angle de mesure 60° ; M_1 en M_3 : sens direct, de centre O et d'angle de mesure 120° ; M_1 en M_4 : sens direct (ou indirect), de centre O et d'angle de mesure 180°.

b. M_4.

c. Symétrie centrale de centre O.

d.

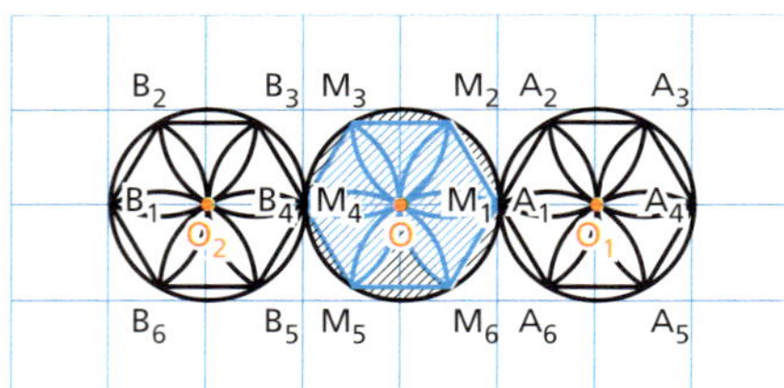

7 ABC est un triangle équilatéral, donc chacun de ses angles mesure 60°.

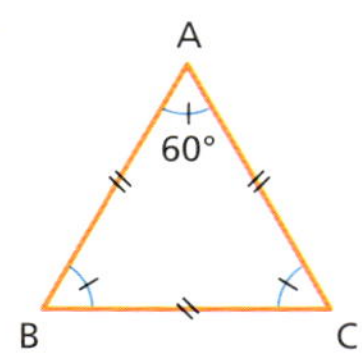

a. La rotation qui transforme B en C est la rotation dans le sens direct, de centre A et d'angle de mesure 60°. La rotation qui transforme C en B est la rotation dans le sens indirect, de centre A et d'angle de mesure 60°.

b. La rotation qui transforme A en C est la rotation dans le sens indirect, de centre B et d'angle de mesure 60°. La rotation qui transforme C en A est la rotation dans le sens direct, de centre B et d'angle de mesure 60°.

c. La rotation qui transforme A en B est la rotation dans le sens direct, de centre C et d'angle de mesure

60°. La rotation qui transforme B en A est la rotation dans le sens indirect, de centre C et d'angle de mesure 60°.

▸ Chapitre 19 • page 113

1 **a.** F. • **b.** V. • **c.** V. • **d.** F. • **e.** V.

2

3 **a.** multiplie les longueurs par k.

b. $A'B' = 3 \times 3 = 9$ cm ; $A'C' = 4 \times 3 = 12$ cm ; $B'C' = 5 \times 3 = 15$ cm.

c. Aire du triangle ABC : $\dfrac{3 \times 4}{2} = 6\ \text{cm}^2$

Aire du triangle A'B'C' : $\dfrac{9 \times 12}{2} = 54\ \text{cm}^2$

L'aire du triangle ABC a été multipliée par $9 = 3^2$.

d. k^2

4 Puisque l'homothétie transforme B en C et D en E, il s'agit d'un agrandissement. On a $AC = kAB$ et $AE = kAD$. On cherche k tel que $k = \dfrac{AC}{AB} = \dfrac{AE}{AD}$. Les triangles ABD et ACE ont le sommet A en commun. Les points A, B et C et les points A, D et E sont alignés dans cet ordre et les droites (DB) et (CE) sont parallèles. D'après le théorème de Thalès : $\dfrac{AC}{AB} = \dfrac{AE}{AD} = \dfrac{CE}{BD}$. Donc $k = \dfrac{8}{5}$.

5

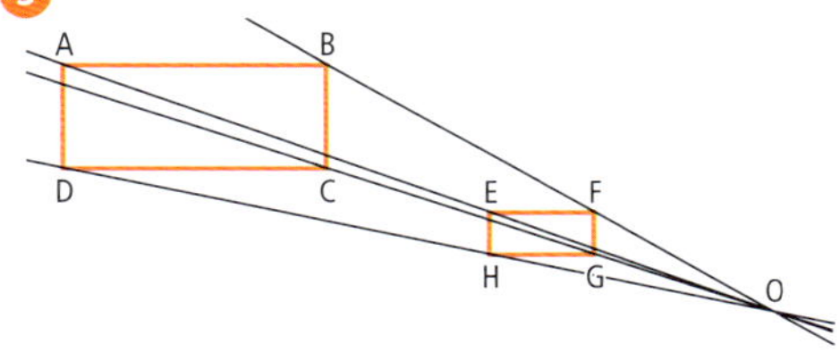

6 **a.** $\mathcal{V} = \dfrac{6 \times 6 \times 9}{3} = 108\ \text{cm}^3$.

b. Le centre de cette homothétie est le point S. L'homothétie transforme A en E, donc $SE = kSA$.

$k = \dfrac{SE}{SA} = \dfrac{6}{9} = \dfrac{2}{3}$.

c. La pyramide P' de sommet S et de base carrée de côté $\dfrac{2}{3} \times 6 = 4$ cm et de hauteur $SE = 6$ cm.

Volume de la pyramide P' : $\dfrac{4 \times 4 \times 6}{3} = 32\ \text{cm}^3$.

d. $\left(\dfrac{2}{3}\right)^3 \times 108 = \dfrac{8 \times 108}{27} = \dfrac{8 \times 3 \times 3 \times 3 \times 2 \times 2}{27}$

$= 8 \times 4 = 32\ \text{cm}^3$

Donc Pierre a raison.

▸ Chapitre 20 • page 115

1 **a.** F. • **b.** V. • **c.** V. • **d.** V. • **e.** F.

2 **a.** [AB]. • **b.** [AG]. • **c.** [AE]. • **d.** [AF]. • **e.** [GE]. • **f.** [GE].

3 **a.** $\tan \widehat{GDF} = \dfrac{FG}{FD}$. • **b.** $\sin \widehat{FGD} = \dfrac{FD}{DG}$.

c. $\cos \widehat{FGD} = \dfrac{FG}{DG}$. • **d.** $\sin \widehat{FDG} = \dfrac{FG}{DG}$. •

e. $\tan \widehat{FGD} = \dfrac{FD}{FG}$.

4 Dans le triangle MKL rectangle en L,

$\tan \widehat{MKL} = \dfrac{ML}{LK}$.

$\tan \widehat{MKL} = \dfrac{6}{8}$, donc $\widehat{MKL} \approx 37°$.

5 Dans le triangle FGH rectangle en H,

$\sin \widehat{HGF} = \dfrac{FH}{FG}$.

$\sin \widehat{HGF} = \dfrac{2,5}{7}$, donc $\widehat{HGF} \approx 21°$.

6 Dans le triangle RST rectangle en T, $\cos \widehat{TRS} = \dfrac{RT}{RS}$.

$\cos \widehat{TRS} = \dfrac{4}{7}$, donc $\widehat{TRS} \approx 55°$.

7 **a.** Dans le triangle SBH rectangle en B,

$\tan \widehat{BSH} = \dfrac{BH}{BS}$.

$\tan \widehat{BSH} = \dfrac{1,22}{10}$, donc $\widehat{BSH} \approx 6,9°$.

b. L'angle de 6,9° correspond à un arc de 768 km.

Donc 360° correspondent à $\dfrac{360 \times 768}{6,9} \approx 40\,070$ km.

8 Dans le triangle AHC rectangle en H,

$\sin \widehat{ACH} = \dfrac{AH}{AC}$.

$\sin \widehat{ACH} = \dfrac{5}{8,7}$, donc $\widehat{ACH} \approx 35°$.

Dans le triangle ABH rectangle en H, $\tan \widehat{ABH} = \dfrac{AH}{BH}$.

$\tan \widehat{ABH} = \dfrac{5}{3,5}$, donc $\widehat{ABH} \approx 55°$.

Dans un triangle, la somme des angles est égale à 180°.

Donc $\widehat{BAC} = 180 - (55 + 35) = 180 - 90 = 90°$.

Donc le triangle ABC est rectangle en A.

▸ Chapitre 21 • page 117

1 **a.** V. • **b.** V. • **c.** V. • **d.** V. • **e.** F.

2 Dans le triangle ABC rectangle en B,

$\sin \widehat{BAC} = \dfrac{BC}{AC}$.

$\sin 50° = \dfrac{BC}{12}$, donc $BC = 12 \times \sin 50° \approx 9,2$ cm

3 Dans le triangle MKL rectangle en L,

$\tan \widehat{MKL} = \dfrac{ML}{LK}$.

$\tan 65° = \dfrac{4,2}{LK}$, donc $LK = \dfrac{4,2}{\tan 65} \approx 2$ cm

4 $\cos^2 \widehat{BAC} + \sin^2 \widehat{BAC} = 1$; $0,6^2 + \sin^2 \widehat{BAC} = 1$

$\sin^2 \widehat{BAC} = 1 - 0,36$; $\sin^2 \widehat{BAC} = 0,64$

$\sin \widehat{BAC} = \sqrt{0,64}$; $\sin \widehat{BAC} = 0,8$

$\tan \widehat{BAC} = \dfrac{\sin \widehat{BAC}}{\cos \widehat{BAC}} = \dfrac{0,8}{0,6} = \dfrac{8}{6} = \dfrac{4}{3}$

5 Dans le triangle CBD rectangle en C,

$\sin \widehat{BDC} = \dfrac{BC}{BD}$.

$\sin 30° = \frac{15}{BD}$ donc $BD = \frac{15}{\sin 30°} \approx 30$ mm

Dans le triangle CBD rectangle en C, $\tan \widehat{BDC} = \frac{BC}{CD}$.

$\tan 30° = \frac{15}{CD}$ donc $CD = \frac{15}{\tan 30°} \approx 26$ mm

Dans le triangle ABD rectangle en B, $\tan \widehat{BAD} = \frac{BD}{AB}$.

$\tan 55° = \frac{30}{AB}$ donc $AB = \frac{30}{\tan 55°} \approx 21$ mm

Dans le triangle ABD rectangle en B, $\sin \widehat{BAD} = \frac{BD}{AD}$.

$\sin 55° = \frac{30}{AD}$ donc $AD = \frac{30}{\sin 55°} \approx 37$ mm

Le périmètre du quadrilatère ABCD est égal à $37 + 26 + 15 + 21 = 99$ mm.

6 Dans le triangle ADC rectangle en C,

$\tan \widehat{ADC} = \frac{AC}{DC}$.

$\tan 60° = \frac{AC}{15}$, donc $AC = 15 \times \tan 60° \approx 26$ cm

Dans le triangle BDC rectangle en C, $\tan \widehat{BDC} = \frac{BC}{DC}$.

$\tan 50° = \frac{BC}{15}$, donc $BC = 15 \times \tan 50° \approx 18$ cm

$AB \approx 26 - 18 \approx 8$ cm

7 **a.** $\widehat{BOC} = 53 + 31 = 84°$.

Le triangle BOC est isocèle en O car OB = OC = rayon de la Terre. Donc (OH) est la médiane, médiatrice, hauteur et bissectrice de l'angle $\widehat{BOC}$. Donc $\widehat{BOH} = 84 \div 2 = 42°$.

b. Dans le triangle OBH rectangle en H,

$\sin \widehat{BOH} = \frac{BH}{OB}$.

$\sin 42° = \frac{BH}{6\,370}$; $BH = 6\,370 \times \sin 42°$;

$BH \approx 4\,262$ km

c. Dans le triangle BHL rectangle en H, $\tan \widehat{HBL} = \frac{HL}{HB}$.

$\tan 89{,}36° = \frac{HL}{4\,262}$; $HL = 4\,262 \times \tan 89{,}36°$

$HL \approx 381\,538$ km

8 **a.** Dans le triangle ABC le plus grand côté est $BC = 6{,}5$ cm.

$BC^2 = 6,5^2 = 42,25$

$AB^2 + AC^2 = 3,9^2 + 5,2^2 = 42,25$

On a $BC^2 = AB^2 + AC^2$, d'après la réciproque du théorème de Pythagore, le triangle ABC est rectangle en A.

b. Dans le triangle ABC rectangle en A, $\cos \widehat{ACB} = \frac{AC}{BC}$.

$\cos \widehat{ACB} = \frac{5{,}2}{6{,}5}$, donc $\widehat{ACB} \approx 37°$.

c. Dans le triangle ACH rectangle en H,

$\cos \widehat{HCA} = \frac{HC}{AC}$.

$\cos 37° = \frac{HC}{5{,}2}$, donc $HC = 5{,}2 \times \cos 37° \approx 4{,}2$ cm

d. Dans le triangle ACH rectangle en H, $\sin \widehat{HCA} = \frac{HA}{AC}$.

$\sin 37° = \frac{HA}{5{,}2}$, donc $AH = 5{,}2 \times \sin 37° \approx 3{,}1$ cm

▸ Chapitre 22 • page 119

1 **a.** F. • **b.** V. • **c.** V. • **d.** F. • **e.** F.

2 **a.** diamètre. • **b.** rayon. • **c.** cercle de centre O′. • **d.** rectangle en O′. • **e.** grand cercle. • **f.** tangent.

3 **a.** La longueur de l'équateur correspond à la longueur d'un cercle de rayon 6 370 km.

$L = 2 \times 6\,370 \times \pi = 12\,740\pi$ km $\approx 40\,024$ km

b. La distance entre les pôles Nord et Sud est égale à un diamètre de la sphère de rayon 6 370 km, c'est-à-dire 12 740 km.

4 $\mathcal{V} = \frac{4}{3} \times \pi \times 10{,}5^3 = 1\,543{,}5\pi$

$\mathcal{V} \approx 4\,849$ m$^3 \approx 4\,849\,000$ L

5 Une louche correspond à une demi-sphère, donc une louche et demie correspond à trois quarts de sphère.

$\mathcal{V} = \frac{3}{4} \times \frac{4}{3} \times \pi \times 40^3 = 64\,000\pi$ mm^3

$\mathcal{V} \approx 201\,062$ mm^3, soit 201 mL.

6 **a.** Le diamètre de la boule de pétanque est 76 mm, donc son rayon est 38 mm.

Le diamètre de la boule d'air est 76 – 12 = 64 mm, donc son rayon est 32 mm.

volume d'acier = volume total – volume d'air

$$\begin{aligned}\text{volume d'acier} &= \frac{4}{3} \times \pi \times 38^3 - \frac{4}{3} \times \pi \times 32^3\\ &= \frac{4}{3} \times \pi \times (38^3 - 32^3) = \frac{4}{3} \times \pi \times 22\,104\\ &= 29\,472\pi \text{ mm}^3\\ &\approx 92\,589 \text{ mm}^3 \approx 0{,}092\,589 \text{ dm}^3\end{aligned}$$

b. 1 dm^3 d'acier pèse 7,8 kg, donc 0,092 589 dm^3 pèse : $7{,}8 \times 0{,}092\,589 \approx 0{,}722\,194\,2$ kg, c'est-à-dire environ 722 g.

7 **a.** Le triangle LSO est rectangle en S, d'après le théorème de Pythagore : $LO^2 = LS^2 + SO^2$.

$6\,370^2 = LS^2 + 4\,880^2$

$LS^2 = 40\,576\,900 - 23\,814\,400 = 16\,762\,500$

$LS = \sqrt{16\,762\,500} \approx 4\,094$ km

b. Dans le triangle LSO rectangle en S, $\cos \widehat{LOS} = \frac{OS}{LO}$.

$\cos \widehat{LOS} = \frac{4\,880}{6\,370}$, donc $\widehat{LOS} \approx 40°$.

c. $\widehat{MOS} = 90°$, donc $\widehat{LOM} = \widehat{MOS} - \widehat{LOS} = 50°$

La latitude de Londres est 50° Nord.

▸ Chapitre 23 • page 121

1 **a.** V. • **b.** F. • **c.** V.

2 **a.** agrandissement ; $k = 1{,}8 > 1$.

b. réduction ; $k = 0{,}7 < 1$. **c.** Les aires sont multipliées par $5^2 = 25$ et les volumes par $5^3 = 125$. **d.** Les aires sont multipliées par $\left(\frac{3}{7}\right)^2$ et les volumes par $\left(\frac{3}{7}\right)^3$.

3 Pour les formats 20 × 30, 30 × 45 et 50 × 75, les rapports d'agrandissement sont respectivement 2, 3 et 5.
Le format 13 × 19 n'est pas correct.
Avec le coefficient 1,3, le format sera de 13 × 19,5.

4 **a.** Longueur : $5 \times 4 = 20$ cm ;
largeur : $3 \times 4 = 12$ cm et hauteur $1{,}5 \times 4 = 6$ cm.

b. Le périmètre (longueur) sera multiplié par 4, l'aire de la face ABCD par $4^2 = 16$ et le volume du pavé par $4^3 = 64$.

5 **a.** $\mathcal{V} = \dfrac{227 \times 227 \times 138}{3} = 2\,370\,334 \text{ m}^3$

b. $k = \dfrac{1}{1\,000}$;

hauteur : $138 \times \dfrac{1}{1\,000} = 0{,}138 \text{ m} = 13{,}8 \text{ cm}$;

côté de la base : $227 \times \dfrac{1}{1\,000} = 0{,}227 = 22{,}7 \text{ cm}$;

volume : $2\,370\,334 \times \left(\dfrac{1}{1\,000}\right)^3 = \dfrac{2\,370\,334}{1\,000\,000\,000}$

$= 0{,}002370334 \text{ m}^3$, soit $2{,}370334 \text{ dm}^3$.

6 Les dimensions sont augmentées de 10 %, c'est-à-dire multipliées par 1,10. Le volume de l'éponge est donc multiplié par $1{,}10^3$:
$\mathcal{V} = 12 \times 8 \times 3 \times 1{,}10^3 = 383{,}328 \text{ cm}^3$.

7 **a.** La surface a été multipliée par $k^2 = 7$, donc $k = \sqrt{7}$.

b. aire finale $= 3 = 0{,}4^2 \times$ aire initiale, donc aire initiale $= \dfrac{3}{0{,}4^2} = 18{,}75 \text{ cm}^2$.

c. volume final $= 270 \text{ cm}^3 = 1{,}5^3 \times$ volume initial, donc volume initial $= \dfrac{270}{3{,}375} = 80 \text{ cm}^3$.

8 **a.** $\mathcal{V} = \dfrac{6^2 \times \pi \times 6{,}5}{3} = 245{,}044 \text{ cm}^3 \approx 24{,}5 \text{ cL}$

b. $k = \dfrac{SO'}{SO} = \dfrac{5{,}2}{6{,}5} = \dfrac{52}{65} = \dfrac{4}{5}$

$\mathcal{V}' = \left(\dfrac{4}{5}\right)^3 \times 24{,}5 \approx 12{,}5 \text{ cL}$

▸ Chapitre 24 • page 123

1 **a.** V. • **b.** F. • **c.** F. • **d.** V.

2 **a.** 72 km/h = 72 ÷ 3,6 = 20 m/s

b. $0{,}6 \text{ L/s} = \dfrac{0{,}6 \times 3\,600 \text{ L}}{3\,600 \text{ s}} = 2\,160 \text{ L/h}$

c. $\dfrac{1{,}293 \text{ kg}}{1 \text{m}^3} = \dfrac{1293 \text{ g}}{1000 \text{ L}} = \dfrac{1{,}293 \text{ g}}{\text{L}} = 1{,}293 \text{ g/L}$

3 99 × 640 699 = 63 429 201 habitants

4 **a.** 75 × 60 = 4 500 Wh

b. 5 × 75 × 12 = 4 500 Wh

Les deux consommations sont identiques.

5 $\mathcal{V} = 11{,}7 \times 5{,}1 \times 0{,}9 = 53{,}703 \text{ cm}^3$
Masse = 53,703 × 19,3 = 1 036,4679 g
Le prix est de 1 036,4679 × 32,50 ≈ 33 685,21 €.

6 3 542 ÷ 14 = 253 heures, soit 10 jours et 13 heures

7 **a.** Distance parcourue sur la première partie :
$\dfrac{45 \times 25}{60} = 18{,}75 \text{ km}$.
Distance parcourue sur la seconde partie :
$\dfrac{90 \times 80}{60} = 120 \text{ km}$.
Au total, Aline parcourt 138,75 km en 105 min.

b. $v = \dfrac{138{,}75 \times 60}{105} \approx 79 \text{ km/h}$

8 Le véhicule A consomme 8 L pour 100 km ; il utilise 1 L pour faire 100 ÷ 8 = 12,5 km. La consommation du véhicule A est donc de 12,5 km/L. Il consomme moins que le véhicule B.

9 **a.** Il faut 1 min pour avoir 12 L. Pour remplir 150 L, il faut 150 ÷ 12 = 12,5 min, soit 12 min 30 s.

b. E = 12 750 Wh = 1 500 W × t, donc
t = 12 750 ÷ 1 500 = 8,5 h
Le radiateur a fonctionné 8 h 30 min.

c. Avec 3 L, le véhicule parcourt 100 km.
15, 6 L = 5,2 × 3 L, donc le véhicule peut parcourir 5,2 × 100 = 520 km.

▸ Chapitre 25 • page 125

1 **a.** F. • **b.** V. • **c.** V. • **d.** F.

2 **a.** et **b.** Le bloc pour déplacer le chat vers la droite sans qu'il se cogne contre une paroi est le suivant :

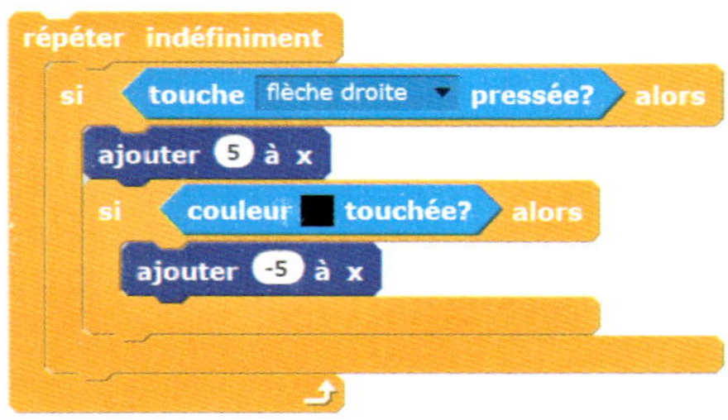

De même, on programme 3 autres blocs correspondant aux déplacements vers la gauche, le haut et le bas. Ainsi, pour le déplacement vers le bas, il faut créer un nouveau bloc « si ... alors » en remplaçant « flèche droite » par « flèche bas », « ajouter 5 à x » par « ajouter -5 à y », et « ajouter -5 à x » par « ajouter 5 à y ».

Ne pas oublier d'ajouter « quand drapeau pressé » au début du programme, ce qui permet de lancer le programme une fois le drapeau vert cliqué.

3 **a.** Le lion doit attendre 3 secondes puisque la première réplique du chat s'affiche pendant 3 secondes.

b. La brique à poser est : « attendre 3 secondes » (le temps d'affichage de la réplique du lion).

4 **a.** La première brique insérée est la brique « quand je reçois message1 » (qui se trouve dans *Événements* comme la brique « quand drapeau pressé »). Lorsque message1 est envoyé par le chat, le lion le reçoit, ce qui lance la suite d'instructions correspondant aux répliques du lion.

b. Le chat répond : « Je sais : l'hypoténuse. » Donc, l'énigme posée par le lion au chat est (par exemple) : « Comment se nomme le plus long côté d'un triangle rectangle ? »

c. Une fois que le dialogue est fini, le lion laisse passer le chat : on insère donc la brique « cacher ».

d. La brique « aller à x: 3 y: -14 » permet au chat de continuer sa route une fois le lion disparu. Si on l'oublie, les instructions du bloc « si ... alors » se répètent indéfiniment puisque la double condition « abscisse x de chat = 53 et ordonnée y de chat = -14 » est toujours remplie.

e. La suite d'instructions associée au chat est constituée, dans cet ordre, des instructions de l'exercice 3 (premier dialogue), puis de la boucle « répéter indéfiniment » de l'exercice 2 (déplacement du chat) à la fin de laquelle on insère le bloc « si ... alors » de « La méthode » et de l'exercice 4 (second dialogue).

La suite d'instructions associée au lion est constituée des instructions des exercices 3 et 4.

▸ Chapitre 26 • page 127

1 **a.** Dans chacun des polygones réguliers, la somme des angles au centre est égale à 360°.

Triangle équilatéral : $\widehat{AOB} = \dfrac{360}{3} = 120°$

Carré : $\widehat{AOB} = \dfrac{360}{4} = 90°$

Pentagone régulier : $\widehat{AOB} = \dfrac{360}{5} = 72°$

Donc, pour un polygone à n côtés : $\widehat{AOB} = \dfrac{360}{n}$ (en degrés).

b. Dans chaque cas, le triangle AOB est isocèle en O.

c. Dans un triangle, la somme des angles est égale à 180°. Dans un triangle isocèle, les deux angles à la base ont la même mesure.

Triangle équilatéral : $\widehat{AOB} + 2 \times \widehat{ABO} = 180°$

donc $\widehat{ABO} = \dfrac{180° - 120°}{2} = 30°$

Carré : $\widehat{ABO} = \dfrac{180° - 90°}{2} = 45°$

Pentagone régulier : $\widehat{ABO} = \dfrac{180° - 72°}{2} = 54°$

d. La mesure de $\widehat{ABC}$ est le double de celle de $\widehat{ABO}$.

Triangle équilatéral : $\widehat{ABC} = 2 \times 30 = 60°$

Carré : $\widehat{ABC} = 2 \times 45 = 90°$

Pentagone régulier : $\widehat{ABC} = 2 \times 54 = 108°$

e. On remarque que, dans chaque cas, $\widehat{ABC}$ et $\widehat{AOB}$ sont supplémentaires.

Donc, pour un polygone à n côtés :

$\widehat{ABC} = 180 - \widehat{AOB} = 180 - \dfrac{360}{n}$ (en degrés).

2 **a.** Il faut attribuer la valeur 400 à P car on veut un polygone de périmètre 400. Il faut insérer la brique « mettre P à 400 ».

b. On attribue la valeur $\dfrac{P}{n}$ à L car pour un polygone à n côté le périmètre est $P = L \times n$. Il faut insérer la brique « mettre L à P/n ».

c. On attribue la valeur $\dfrac{360}{n}$ à a d'après la mesure de l'angle au centre (en degrés) trouvée dans l'exercice 1.

Il faut insérer la brique « mettre a à 360/n ».

3 **a.** Il faut insérer la variable n, qui correspond au nombre de côtés à tracer.

b. Il faut insérer la variable L, qui correspond à la longueur du côté du polygone.

c. Il faut insérer la variable a. En effet, d'après l'exercice 2, dans un polygone régulier à n côtés, l'angle intérieur mesure $180 - \dfrac{360}{n}$ (en degrés). On a :

$$180 - \left(180 - \frac{360}{n}\right) = \frac{360}{n} = a$$

Donc, il faut faire tourner le stylo de a (en degrés) par rapport au côté précédent du polygone.

▸ Test-Bilan • page 128

1. simplifiable par 3 ; égale à $\dfrac{2}{7}$ • **2.** $5{,}870 \times 10^{-4}$ • **3.** forme factorisée • **4.** $\dfrac{18}{4}$; $\dfrac{9}{2}$ • **5.** 14 994 habitants • **6.** 0,288 • **7.** -3 et 3 • **8.** $g(x) = -5x + 7$ • **9.** $ST^2 = RS^2 + RT^2$ • **10.** $\dfrac{BM}{BA} = \dfrac{BN}{BC}$ • **11.** symétrie centrale ; rotation • **12.** $\tan \widehat{RST} = \dfrac{RT}{RS}$ • **13.** $4 \times \pi \times 3^2$; 36π • **14.** 36 • **15.** 72 km/h ; 20 m/s.

HISTOIRE-GÉO • EMC

▸ Chapitre 1 • page 131

1 **a.** Vrai. • **b.** Faux, elle comprend la France, le Royaume-Uni et la Russie. • **c.** Vrai. • **d.** Vrai. • **e.** Vrai. • **f.** Faux, il est signé le 11 novembre 1918.

2 **a.** Un graphique ou diagramme en barres. • **b.** Près de 1,4 million de victimes. • **c.** L'Allemagne, la Russie et la France. • **d.** Les États-Unis sont entrés assez tard dans le conflit. • **e.** Les progrès techniques ont permis de fabriquer des armes plus meurtrières, avec une utilisation massive de l'artillerie.

3 Voir schéma ci-dessous.

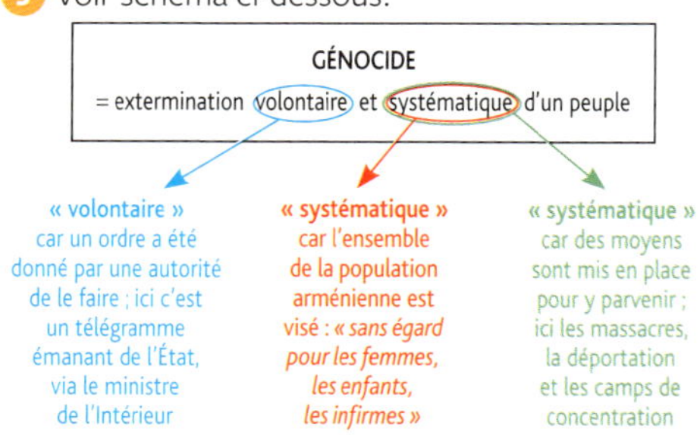

4 **a.** Il s'agit d'une lettre écrite par un soldat français à ses parents. • **b.** Ce texte a été écrit pendant la deuxième phase (guerre de position), au cours de la bataille de Verdun (1916). • **c.** La violence est évoquée par l'usage de très nombreuses armes (« liquides enflammés, gaz lacrymogènes – gaz suffocants », « tir de barrage », etc.). L'atrocité des combats est rappelée par les blessures ou la mort de ses camarades (« tous mes camarades sont tombés morts, ou blessés aux mains des Boches »). • **d.** En plus du danger permanent, les soldats vivent dans des conditions épouvantables : la boue, les poux, l'odeur des cadavres, la fatigue, etc.

▸ Chapitre 2 • page 133

1 **a.** Vrai. • **b.** Faux, il y reste jusqu'à sa mort en 1953. • **c.** Vrai. • **d.** Faux, elle a eu lieu en 1937-1938. • **e.** Vrai. • **f.** Faux, le terme désigne les opposants à la collectivisation. • **g.** Faux, ce sont de grandes exploitations agricoles collectives. • **h.** Vrai.

2 De haut en bas dans le schéma : communiste – Staline – PCUS (Parti communiste d'Union soviétique – NKVD – Goulag – propagande.

3 **a.** En 1937, pour l'Exposition universelle organisée à Paris. • **b.** Un ouvrier et une paysanne. • **c.** L'ouvrier tient un marteau et la paysanne, une faucille, symboles du communisme et de l'URSS. • **d.** Ils s'avancent fiers et joyeux vers l'avenir. • **e.** Au réalisme socialiste. • **f.** L'union des travailleurs permet d'instaurer le communisme, qui transforme la société et conduit à un avenir radieux. • **g.** Le régime soviétique se livre à une active propagande et contrôle la vie artistique.

▸ Chapitre 3 • page 135

1 **a.** Une dictature repose sur un parti unique, la suppression des libertés fondamentales et la concentration des pouvoirs dans les mains d'une seule personne. • **b.** Les lois de Nuremberg sont rédigées en 1935 • **c.** Hitler reste au pouvoir en Allemagne de 1933 à 1945. • **d.** Les nazis veulent regrouper toutes les populations de « race » allemande dans un même État et conquérir un « espace vital » indispensable pour la « race » allemande. • **e.** Dans l'Allemagne nazie, la population est contrôlée par le parti nazi, la police politique et des organisations, comme les Jeunesses hitlériennes.

2 De gauche à droite et de haut en bas dans le schéma : Aryens – Juifs – Aryens et Juifs – vital – l'Autriche.

3 **a.** Les lois de 1935 interdisent toute relation (par le biais du mariage ou sur le lieu de travail), et notamment les relations sexuelles, entre les Juifs et les personnes de sang allemand ou assimilées. • **b.** Une peine de prison ou de camp. • **c.** L'objectif de ces lois est d'exclure les Juifs de la société allemande. • **d.** Les nazis considèrent les Juifs comme des « bactéries ». De ce fait, toute relation, et notamment sexuelle, risquerait de nuire à la pureté du sang allemand (considéré comme rare par les nazis). C'est donc pour cela que ces lois sont dites « lois de défense du sang allemand ». De plus, pour les nazis, il existe un lien exclusif entre le sang et le peuple : un Juif ne peut donc pas être allemand, car il n'a pas de sang allemand. C'est ce qui explique l'article 4 qui interdit aux Juifs de hisser le drapeau national.

▸ Chapitre 4 • page 137

1 **a.** L'affiche a été réalisée en 1936. • **b.** pour le parti communiste. • **c.** le Front populaire. • **d.** Hitler.

2 **a.** À Matignon, résidence du président du Conseil, Léon Blum. – Entre les représentants des employeurs (CGPF) et ceux des employés (CGT). • **b.** Les négociations ont lieu alors que des grèves avec occupations d'usines se multiplient dans le pays. • **c.** Une augmentation des salaires. • **d.** Ils représentent leurs collègues et peuvent faire des réclamations auprès de l'employeur. • **e.** À reprendre le travail.

3 **a.** De 1929 à 1935, la production industrielle baisse de près de 30 %. Dans le même temps, les salaires diminuent, passant de l'indice 100 en 1929 à l'indice 75 en 1935. Enfin, le nombre de chômeurs secourus explose : il est multiplié par 400 entre 1929 et 1935. • **b.** L'effondrement de la production industrielle en France provoque une crise économique qui s'accompagne d'une crise sociale : les salaires diminuent et le chômage explose, car les entreprises ferment. • **c.** Les gouvernements successifs semblent incapables de sortir le pays de la crise. Ils subissent les violentes attaques des ligues, qui s'en prennent tant aux institutions républicaines qu'aux hommes politiques eux-mêmes.

▸ Chapitre 5 • page 139

1 Septembre 1939 : Début de la guerre. • 22 juin 1941 : Opération Barbarossa : Hitler attaque l'URSS. • 7 décembre 1941 : Attaque japonaise sur Pearl Harbour : entrée en guerre des États-Unis. • 8 mai 1945 : Fin de la guerre en Europe (capitulation allemande). • 6 et 9 août 1945 : Bombes atomiques sur Hiroshima et Nagasaki.

2 **a.** La guerre se déroule en Europe, en Afrique du Nord et dans l'océan Pacifique. • **b.** L'Allemagne, le Japon et l'Italie. • Les États-Unis, le Royaume-Uni et l'URSS. • **c.** Stalingrad en URSS et El Alamein en Égypte. • **d.** L'année 1942 marque la fin de l'avancée allemande et japonaise.

3 **a.** La lettre a été écrite par Walter Mattner, un membre de la SS et de l'Einsatzgruppe B. • **b.** Les Juifs sont emmenés à l'extérieur des villes ou villages, comme l'atteste l'usage de camions, puis sont exécutés par balle. • **c.** L'auteur raconte les événements sans émotion particulière. On sent même une certaine fierté ; en tout cas, un soulagement : « Mogilev est maintenant moins peuplée d'un nombre à trois zéros. Je me réjouis vraiment. » • **d.** Il explique sa participation aux massacres en prétendant qu'à la place des Allemands, les Juifs auraient fait de même, si ce n'est pire. Cela montre qu'il a intégré l'idéologie nazie, défendant l'idée que les Juifs menacent l'existence même du peuple allemand.

▸ Chapitre 6 • page 141

1 **a.** Le régime de Vichy débute en 1940. • **b.** Le régime de Vichy est dirigé par Pétain. • **c.** Le régime de Vichy est autoritaire et antisémite. • **d.** Le général de Gaulle lance son appel à résister le 18 juin 1940.

2 **a.** « Travail, famille, patrie. » • **b.** La devise républicaine : « Liberté, Égalité, Fraternité. » • **c.** Le maréchal Pétain, chef de l'État. • **d.** À gauche figurent le monde rural et l'agriculture et, à droite, le monde urbain avec les usines et le commerce, comme le montre la présence d'un colis et d'une ancre. • **e.** Il s'agit d'une image de propagande qui met en valeur le régime de Vichy et son chef.

3 **a.** Il s'agit du discours du général de Gaulle, prononcé sur les ondes de la BBC depuis Londres, le 18 juin 1940. • **b.** Au moment du discours, l'armée française a été battue par les armées allemandes : le pays est donc envahi. Au niveau politique, le maréchal Pétain vient d'être nommé président du Conseil et a demandé l'armistice. • **c.** Charles de Gaulle refuse cette défaite car il estime que la France n'est pas seule et qu'elle peut continuer le combat. En effet, selon lui, la France peut compter sur ses colonies pour lui fournir des matières premières et des hommes (« Elle a un vaste Empire derrière elle »), sur l'Angleterre, à laquelle elle était alliée (« Elle peut faire bloc avec l'Empire britannique qui tient la mer et continue la lutte »), mais aussi sur les États-Unis, qui ne sont certes pas en guerre, mais qui peuvent lui fournir du matériel militaire (« utiliser sans limites l'immense industrie des États-Unis »). • **d.** Inciter les Français à continuer le combat et à lutter contre l'occupation allemande qui commence en France.

▸ Chapitre 7 • page 143

1 **a.** Faux, elle a commencé avec le blocus de Berlin entre 1948 et 1949. • **b.** Faux, c'est l'Allemagne de l'Ouest. • **c.** Vrai. • **d.** Vrai. • **e.** Vrai. • **f.** Vrai. • **g.** Faux, il est détruit en 1989. • **h.** Vrai.

2 **a.** En 1961, pour empêcher les Allemands de l'Est de fuir vers l'Allemagne de l'Ouest en transitant de Berlin-Est à Berlin-Ouest. • **b.** La porte de Brandebourg, symbole de Berlin et construite à la fin du XVIIIe siècle. • **c.** Les Berlinois peuvent monter sur le mur, le franchir et se retrouver. • **d.** Le Mur symbolisait la division de l'Allemagne, de l'Europe et du monde en deux camps opposés. Sa chute signifie la fin de la guerre froide, et donc de l'affrontement entre les deux blocs.

3 **a.** La Chine et la Pologne. • **b.** C'est le nom donné à la ligne infranchissable qui sépare les deux blocs en Europe lors de la guerre froide. • **c.** L'Allemagne et Berlin sont divisées en deux. La RFA (Allemagne de l'Ouest avec Berlin-Ouest) est l'alliée des États-Unis ; la RDA (Allemagne de l'Est avec Berlin-Est) est l'alliée de l'URSS. • **d.** Le blocus de Berlin (1948-1949) ; la guerre de Corée (1950-1953). • **e.** L'alliance des États-Unis est l'OTAN et celle de l'URSS est le pacte de Varsovie.

▸ Chapitre 8 • page 145

1 **a.** L'Inde devient indépendante en 1947. • **b.** Les nationalistes algériens se regroupent au sein du FLN. • **c.** Les accords qui mettent fin à la guerre d'Algérie sont signés en 1962 à Évian. • **d.** Le terme créé pour désigner l'ensemble des nouveaux pays indépendant est « tiers-monde ».

2 **a.** L'Afrique. • **b.** Les États-Unis et l'URSS. • **c.** En Europe. • **d.** En 1947, après des négociations. • **e.** En 1962, après une guerre. • **f.** De 1947 à 1962.

3 **a.** L'indépendance de l'Algérie. • **b.** Le tract explique que cette indépendance sera acquise « par tous les moyens ». Dès le lendemain, des attentats sont organisés. Par la suite, le FLN organise une guérilla, notamment dans les montagnes algériennes. • **c.** Le FLN justifie son action par le refus de la France d'accorder son indépendance à l'Algérie. Le FLN rappelle la situation du Maroc et de la Tunisie, eux aussi en lutte pour obtenir leur indépendance. • **d.** Le 1er novembre 1954 est appelé la « Toussaint rouge », en raison des dizaines d'attentats commis en Algérie par le FLN. Cette date marque le début de la guerre d'Algérie.

▸ Chapitre 9 • page 147

1 Euratom : création d'une industrie nucléaire européenne en 1957. • CECA : unification des productions de charbon et d'acier en 1951. • UE : création de l'euro et de la PESC en 1992. • CEE : mise en place d'un marché commun en 1957.

2 **a.** La RFA, la Belgique, la France, l'Italie, le Luxembourg et les Pays-Bas. • **b.** 27 membres en 2020. • **c.** Le Royaume-Uni, la Suède, le Danemark, la Pologne, la République Tchèque, la Hongrie, la Roumanie, la Bulgarie et la Croatie. • **d.** L'Irlande, le Royaume-Uni, la Croatie, la Roumanie, la Bulgarie et Chypre. • **e.** Parce que tous les pays ne sont pas impliqués de la même manière. Certains, comme la France et l'Allemagne, jouent un rôle moteur alors que d'autres n'appliquent pas toutes les décisions (ex. : Roumanie hors de l'espace Schengen).

3 **a.** Le document est composé d'extraits du traité sur l'Union européenne, signé le 7 février 1992 à Maastricht. Il est signé par les 12 États alors membres de la CEE. • **b.** La CEE s'appelle désormais l'Union européenne. • **c.** La construction européenne prend désormais une dimension politique avec la mise en place d'une Politique étrangère et de sécurité commune (PESC). La PESC vise à coordonner les politiques étrangères de tous les États membres, c'est-à-dire à faire en sorte qu'ils adoptent la même position sur les grands problèmes politiques mondiaux. Le but de la PESC est de faire de l'UE une grande puissance diplomatique, capable de rivaliser avec celle des États-Unis. • **d.** La nouveauté économique est la mise en place à venir d'une monnaie unique, l'euro, qui entre en vigueur le 1er janvier 2002. Le but est de renforcer la puissance économique et commerciale de l'UE, car la monnaie unique facilite et accroît les échanges entre les États membres.

▶ Chapitre 10 • page 149

1 **a.** Vrai. • **b.** Faux, la plupart d'entre eux ont lieu en Afrique et au Moyen-Orient. • **c.** Faux, le terrorisme existait déjà sous la Révolution française : il désignait alors les idées des partisans de la Terreur, qui avaient recours à la violence pour parvenir à leurs fins. • **d.** Vrai. • **e.** Faux, l'ONU s'y opposait, mais les États-Unis sont malgré tout intervenus en Irak avec certains de leurs alliés. • **f.** Vrai.

2 **a.** Il s'agit d'un discours prononcé le 5 février 2003 par le secrétaire d'État américain, Colin Powell, devant le Conseil de Sécurité de l'ONU. • **b.** D'avoir des armes de destruction massive (armes biologiques, chimiques et nucléaires), mais aussi d'entretenir des relations avec le réseau terroriste Al-Qaïda. Selon lui, le régime de Saddam Hussein menace la paix et la sécurité aux niveaux régional et mondial. • **c.** Le vote d'une résolution autorisant l'emploi de la force armée contre l'Irak, comme ce fut le cas en 1991. • **d.** Non, car aucune résolution en ce sens n'est votée. En revanche, et malgré le refus de l'ONU et d'autres nations opposées à cet interventionnisme américain qu'elles condamnent, les États-Unis décident d'intervenir militairement en Irak, avec le soutien de certains de leurs alliés, comme le Royaume-Uni.

3 **a.** La carte est extraite du site du ministère des Armées, qui est une source officielle et fiable. • **b.** L'opération extérieure militaire française engagée dans l'Ouest de l'Afrique s'appelle l'opération Barkhane. • **c.** 4 500 soldats français participent à cette opération. • **d.** Ils sont présents en Mauritanie, au Mali, au Burkina-Faso, au Niger et au Tchad. • **e.** Cette opération a pour but d'aider les États africains à lutter contre les groupes terroristes (affiliés à Al Qaïda ou à Daesh, et Boko Haram) implantés dans la région du Sahel (Sud du Sahara).

▶ Chapitre 11 • page 151

1 **a.** Le territoire français est libéré grâce aux débarquements alliés et aux résistants français. • **b.** Les femmes obtiennent le droit de vote en 1944. • **c.** Des nationalisations ont lieu dans le domaine des banques, des transports et de l'énergie. • **d.** La Sécurité sociale est créée en 1945.

2 **a.** Le 26 août 1944, à Paris. • **b.** Charles de Gaulle, au centre, préside alors le GPRF. • **c.** Cette photographie montre que Paris a été libéré, que le régime de Vichy est donc terminé et que la République est en passe d'être restaurée.

3 **a.** Le préambule s'inspire de la DDHC de 1789 et du programme du CNR de 1943. • **b.** Les droits économiques énoncés sont le droit d'obtenir un emploi (art. 5) et celui de se syndiquer (art. 6). • **c.** Ces articles font référence à l'instauration du droit de vote des femmes (art. 3), aux nationalisations (art. 9) et à la création de la Sécurité sociale (art. 11). • **d.** Les valeurs d'égalité et de solidarité sont donc ainsi posées.

▶ Chapitre 12 • page 153

1 Début de la Ve République : 1958 • Indépendance de l'Algérie : 1962 • Référendum sur l'élection du Président au suffrage universel direct : 1962 • Manifestations et grèves contestant le régime : 1968 • Fin de la présidence du général de Gaulle : 1969 • Fin de la Ve République : ? (elle n'est pas terminée)

2 **a.** Un organigramme. • **b.** À partir de la Constitution de la Ve République (1958). • **c.** Sept ans (septennat). • **d.** Il nomme le Premier ministre et les ministres, peut dissoudre l'Assemblée nationale et organiser des référendums. • **e.** L'Assemblée nationale et le Sénat. • **f.** Le gouvernement est contrôlé par l'Assemblée nationale et peut être renversé par le vote des députés.

3 **a.** Depuis 10 ans. • **b.** Par une révolte des étudiants. • **c.** Le général de Gaulle. • **d.** Les étudiants qui critiquent le manque de liberté d'expression qu'ils subissent selon eux. • **e.** Le général de Gaulle donne la parole au pays par référendum et organise de nouvelles élections législatives en dissolvant l'Assemblée nationale.

▶ Chapitre 13 • page 155

1 **a.** Faux, elle est créée en 1958. • **b.** Faux, c'est une question directe posée aux citoyens, à laquelle ils doivent répondre par « oui » ou par « non ». • **c.** Vrai. • **d.** Faux, il est nommé par le président de la République. • **e.** Vrai. • **f.** Faux, il y en a eu deux : Mitterrand et Hollande. • **g.** Vrai, il est élu en 1981, puis réélu en 1988. • **h.** Faux, il abaisse cette durée de sept à cinq ans (quinquennat). • **i.** Faux, c'est l'inverse.

2 **a.** Il s'agit d'une caricature de Plantu, publiée en mai 1981 dans le journal *Le Monde*. • **b.** La scène se passe à Paris, puisque l'on voit la tour Eiffel en arrière-plan. Au premier plan se trouvent des immeubles et à droite, deux personnages sont sur un balcon, l'air surpris. • **c.** À l'élection de François Mitterrand à la présidence de la République, en mai 1981. • **d.** Les personnages sont étonnés, puisque c'est la première fois, sous la Ve République, que le président est issu de la gauche : c'est l'alternance.

3 **a.** La réduction de sept à cinq ans de la durée du mandat présidentiel. Elle est proposée par Lionel Jospin, le Premier ministre. • **b.** Par référendum. • **c.** Car il est le président de la République et qu'à ce titre, la Constitution lui donne le droit de consulter les citoyens par référendum. • **d.** Selon Jacques Chirac, cette mesure permettrait de donner plus souvent la parole aux citoyens et d'adapter la Constitution aux changements survenus depuis sa rédaction en 1958. • **e.** Cette mesure permet aussi d'éviter une nouvelle cohabitation, puisque les mandats présidentiels et législatifs seront de la même durée et que les élections auront lieu la même année.

▶ Chapitre 14 • page 157

1 **a.** Faux, elle autorise la contraception. • **b.** Vrai. • **c.** Faux, ils sont surtout originaires du bassin méditerranéen. • **d.** Vrai.

2 **a.** De 1950 à 2000, le nombre d'immigrés en France a plus que doublé, passant de plus de 2 millions à 4,5 millions. • **b.** La crise économique causée par le choc pétrolier de 1973 pousse l'État à freiner l'immigration, tout en autorisant le regroupement familial. • **c.** Oui car, en 2000, les immigrés représentent moins de 9 % de la population vivant en France.

3 **a.** Le document est un texte composé d'extraits du discours de la ministre de la Santé, Simone Veil, devant l'Assemblée nationale, le 26 novembre 1974. • **b.** Le projet de loi visant à légaliser l'avortement sous certaines conditions. • **c.** La ministre rappelle que des avortements sont déjà pratiqués illégalement en France, malgré la sévérité de la loi. En outre, certaines femmes se font avorter dans des conditions déplorables, mettant ainsi leur vie en danger, alors que d'autres se font avorter à l'étranger ou bénéficient en France de soutien ; à condition de payer. Elle insiste sur les inégalités entre les femmes confrontées à leur volonté d'interrompre leur grossesse, et souhaite donc que les mêmes possibilités soient offertes à toutes, dans un souci de sécurité et d'égalité. **d.** Oui, la loi porte le nom de cette ministre ; elle a été votée le 17 janvier 1975.

▸ Chapitre 15 • page 159

1 **a.** Depuis 50 ans, la population urbaine a augmenté. • **b.** Une aire urbaine est constituée d'un pôle urbain, d'une couronne périurbaine et d'une ville-centre. • **c.** Aujourd'hui, au sein de l'aire urbaine, les espaces ayant connu la plus forte croissance démographique sont la banlieue et la couronne périurbaine.

2

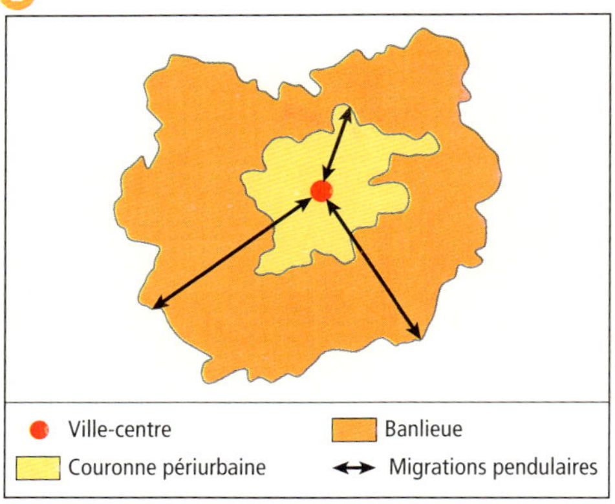

3 **a.** Entre 2001 et 2016, la population de l'aire urbaine de Rennes a augmenté de 6,9 %, pour atteindre 726 194 habitants. • **b.** La plus forte augmentation démographique se constate dans la couronne périurbaine. En effet, la commune de Gévezé a connu une augmentation de plus de 20 % entre 2011 et 2016. Cela s'explique par le fait que les habitants quittent la ville-centre pour pouvoir bénéficier d'une maison individuelle plus grande et moins chère, avec jardin ou à proximité de la nature. • **c.** La majorité des habitants de l'aire urbaine travaille à Rennes, car en tant que ville-centre et en tant que métropole, Rennes concentre les emplois. • **d.** La majorité des habitants se rend au travail en utilisant leur véhicule personnel. Cette utilisation provoque de nombreux embouteillages ainsi des pollutions. • **e.** La croissance démographique de Rennes, et la concentration de cette croissance dans la couronne périurbaine, qui offre un cadre de vie plus agréable, sont des tendances observables dans les autres aires urbaines française. De même, les problématiques liées aux mobilités en voiture, accentuées par l'attraction de la ville-centre en terme d'emploi, se retrouvent dans toutes les autres aires urbaines.

▸ Chapitre 16 • page 161

1 **a.** Faux, elle n'en emploie que 13,5 %. • **b.** Faux, un processus de désindustrialisation (moins d'usines et moins d'emplois dans l'industrie) est en train de s'opérer. • **c.** Faux, les régions parisienne et lyonnaise sont les plus industrialisées. • **d.** Vrai. • **e.** Vrai. • **f.** Faux, c'est une industrie lourde. • **g.** Faux, elles concentrent une grande partie des industries (les hautes technologies). • **h.** Vrai.

2 La mondialisation met en concurrece les territoires selon divers critères : innovation, accessibilité. Certains espaces en profitent : métropoles, technopôles. Les anciennes régions industrielles subissent une désindustrialisation.

3

Légende :
- Les deux principales régions industrielles
- Les espaces dynamiques des hautes technologies
- Les anciennes régions industrielles en reconversion
- Les ZIP (zones industrialo-portuaires)
- ● Les métropoles attractives

Voir p. 179 pour le placement des métropoles.

▸ Chapitre 17 • page 163

1 **a.** L'agriculture emploie 3 % de la population active. • **b.** L'agriculture moderne intensive entraîne une augmentation des productions agricoles, une pollution des sols, des sous-sols et de l'air, ainsi qu'une diminution du nombre d'agriculteurs. • **c.** Depuis quelques années, la France et l'UE encouragent une agriculture plus durable. • **d.** Relief plat, moyens d'irrigation et transports développés caractérisent les espaces agricoles les plus productifs.

2 **a.** L'élevage intensif. • **b.** Essentiellement le long des fleuves et sur les littoraux méditerranéens. • **c.** La Normandie. • **d.** Les espaces de moyenne montagne (Pyrénées, Alpes du Sud, Massif central).

3 **a.** Le document est un texte de Vincent Adoumié, tiré de son ouvrage *Géographie de la France*. Il évoque les changements qu'a connus l'agriculture française depuis 1945. • **b.** L'agriculture française s'est modernisée depuis 1945. En effet, la taille des exploitations a considérablement augmenté : « la taille moyenne des exploitations triple en 50 ans ». Aussi, l'agriculture française s'est spécialisée : « la spécialisation s'affirme ». Enfin, l'agriculture française s'est mécanisée avec un recours de plus en plus important aux machines et une utilisation plus importante des engrais : « le tracteur se généralise à partir des années 50, les engrais chimiques sont couramment utilisés ». • **c.** On parle de spécialisation des espaces agricoles car chaque région, en fonction de ses atouts, se concentrent sur un type de production, un type d'agriculture. Par exemple, la Bretagne s'est spécialisée dans l'élevage hors sol. • **d.** Le nombre d'agriculteurs diminue considérablement. – Les rendements s'accroissent de façon spectaculaire. • **e.** À cause notamment de l'utilisation des engrais chimiques, la modernisation a eu comme conséquence la pollution des sols et des eaux.

▶ Chapitre 18 • page 165

1 **a.** Faux, les services emploient 78 % de la population active et l'industrie, 18,7 %. • **b.** Vrai, elle est le 1er pays touristique avec 90 millions de touristes étrangers en 2018. • **c.** Faux, ils se trouvent dans les grandes villes. • **d.** Vrai. • **e.** Faux, c'est un parc de loisirs. Un parc naturel est un territoire où l'environnement est protégé. • **f.** Faux, il se pratique sur le littoral. • **g.** Vrai. • **h.** Vrai.

2 **a.** Dans l'agglomération parisienne, à l'ouest de Paris. • **b.** C'est un quartier d'affaires avec des bureaux et des sièges sociaux d'entreprises. • **c.** Des tours et des gratte-ciels. • **d.** Une fonction pratique (bureaux) et une fonction symbolique (montrer la puissance de l'entreprise). • **e.** Dans les centres-villes.

3 Introduction : Un espace productif est un espace producteur de richesses, aménagé et mis en valeur pour cela. Quelles évolutions connaissent les espaces productifs en France ?

Plan détaillé :

I. Les mutations des espaces industriels

→ phénomène de désindustrialisation ; prépondérance des régions parisienne et lyonnaise ; localisation des nouvelles activités industrielles (haute-technologie) dans les métropoles.

II. La spécialisation des espaces agricoles

→ modernisation (mécanisation, irrigation, engrais, pesticides) ; spécialisation (céréaliculture dans le Bassin parisien et le Bassin aquitain par exemple) ; augmentation de la productivité

III. La concentration des services en ville

→ centralité des métropoles, qui concentrent population (consommation et main d'œuvre), pouvoirs de commandement et desserte en transport ; France, 1re puissance touristique grâce à la richesse de son patrimoine naturel et culturel, et à la qualité de sa mise en valeur.

Conclusion : Sous l'influence de la construction européenne et de la mondialisation, les espaces productifs français ont connu et connaissent encore de profondes transformations pour s'adapter à la concurrence et rester compétitifs.

▶ Chapitre 19 • page 167

1 **a.** Les espaces de faible densité correspondent aux espaces ruraux, aux montagnes et à certains littoraux. • **b.** Une agriculture moderne nécessite peu de main-d'œuvre. • **c.** Les espaces ruraux en difficulté sont marqués par une diminution et un vieillissement de leur population, et par la disparition des services publics. • **d.** Dans les montagnes en difficulté, les aides au développement proviennent de l'État, de l'UE et des collectivités territoriales.

2 **a.** Voir la carte p. 179. • **b.** Les activités touristiques, comme les sports d'hiver, ou le tourisme vert dans les parcs nationaux. • **c.** Tous les massifs ne sont pas également dynamisés par ces activités. Ce sont surtout les Alpes et les Pyrénées qui le sont ; dans une moindre mesure, le Massif Central, le Jura et les Vosges. • **d.** À un problème d'enclavement, car ces espaces montagneux ne sont pas très bien desservis par les axes de communication.

3 **a.** Le document est une photo aérienne en prise de vue verticale. Elle montre un paysage agricole, situé dans la Marne, dans le Nord-Est de la France. • **b.** Elle est faible, car on ne distingue qu'un village dans le coin en bas à droite de la photo. • **c.** C'est un paysage d'*openfield*, sans aucune clôture entre les différentes parcelles. • **d.** Pour deux raisons : cela évite un trajet peut-être long et coûteux entre le lieu de production (les champs alentours) et le lieu de transformation (l'usine), et l'espace est bien desservi : on aperçoit une gare de marchandises et une autoroute à proximité, ce qui permet l'exportation des produits.

▶ Chapitre 20 • page 169

1 **a.** Sur le territoire français, la prépondérance de Paris est démographique, économique et politique. • **b.** Les littoraux sont dynamisés par des activités industrielles et touristiques. • **c.** Les acteurs de la politique d'aménagement du territoire sont l'UE, la région et le département. • **d.** La politique d'aménagement du territoire entraîne la réalisation de projets à l'échelle locale, régionale et nationale.

2 **a.** et **b.**

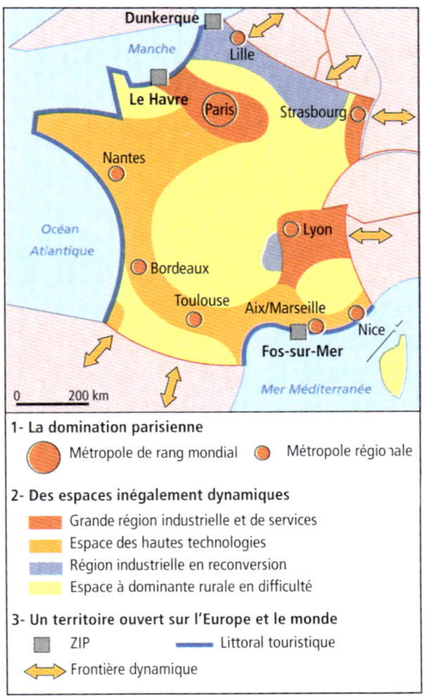

3 **a.** L'aménagement ici présenté consiste à créer une ligne à grande vitesse (LGV) entre Tours et Bordeaux. • **b.** Les acteurs qui interviennent sont une société privée, LISEA (qui a financé et qui exploite la LGV), la SNCF et les pouvoirs publics, c'est-à-dire l'Union européenne, l'État français et les collectivités territoriales (régions, départements et communes). • **c.** Le projet est important à l'échelle nationale car il permet de relier le Sud-Ouest de la France à Paris et même au Nord de la France, puisque Bordeaux n'est plus qu'à un peu plus de 2 heures de Paris. À l'échelle européenne, la nouvelle LGV doit permettre de relier les régions du Nord de l'Europe à la péninsule ibérique (Espagne et Portugal).

▸ Chapitre 21 • page 171

1 **a.** Vrai. • **b.** Vrai. • **c.** Faux, le PIB par habitant est moins élevé en outre-mer qu'en métropole. • **d.** Faux, car ils appartiennent à l'UE et bénéficient du statut de régions périphériques ; à ce titre, ils reçoivent des aides financières spécifiques.

2 **a.** Au risque volcanique, du fait de la présence du Piton de la Fournaise, mais aussi au risque cyclonique. • **b.** Sur le tourisme, notamment balnéaire, ainsi que sur l'agriculture dans « les bas ». • **c.** Une nouvelle route littorale dans le Nord-Est de l'île, sur pilotis, 12 km de long. • **d.** La nouvelle route améliorera la circulation ce qui entrainera un meilleur développement économique et une amélioration des conditions de vie des habitants.

3 **a.** C'est une région plutôt jeune, car les moins de 25 ans représentent près de la moitié de la population (48,1 %). • **b.** En Guyane, le taux de chômage est bien plus élevé (19,1 %) qu'en métropole (9,1 %). • **c.** En Guyane, le PIB/hab. est nettement inférieur (15 853 €) que celui de la métropole (32 967 €). • **d.** Un taux de chômage plus élevé et un PIB/hab. nettement inférieur influent sur les conditions de vie de la population : on constate que la mortalité infantile est plus élevée en Guyane (9,9‰) qu'en métropole (3,7 ‰).

▸ Chapitre 22 • page 173

1 **a.** Vrai. • **b.** Faux, c'est un espace fortement urbanisé. • **c.** Vrai. • **d.** Faux, elle s'étend de Londres à Milan. • **e.** Vrai. • **f.** Vrai. • **g.** Faux, elle s'inscrit dans une logique européenne. • **h.** Faux, elle y encourage même les pays grâce à des dotations financières.

2 **a.** Une assemblée comprenant autant de membres français qu'allemands. • **b.** Faire disparaître la frontière et les barrières administratives, et faciliter la vie quotidienne des habitants. • **c.** Les transports, avec une prolongation de la ligne de tram vers la ville allemande de Kehl, et la sécurité, avec des formations qui associent policiers allemands et français. • **d.** Car les décisions sont prises en commun entre Français et Allemands et car elles ont autant d'impact sur la population française qu'allemande.

3 **a.** Le nombre moyen d'années que l'on peut espérer vivre à la naissance, dans un pays donné. • **b.** L'IDH (Indice de développement humain). • **c.** France et Espagne (> 82 ans). – Bulgarie et Lituanie (< 75 ans). • **d.** Les espérances de vie les plus faibles se trouvent dans l'Est de l'Europe et témoignent des conditions de vie encore difficiles dans ces pays où l'IDH est plus faible qu'à l'Ouest.

▸ Chapitre 23 • page 175

1 **a.** Vrai. • **b.** Faux, elle dispose d'un siège permanent au Conseil de sécurité de l'ONU. • **c.** Vrai. • **d.** Vrai. • **e.** Faux, c'est la première, avec près de 90 millions de touristes en 2018.

2 **a.** Le document est un tableau présentant la place des grandes Firmes TransNationales (FTN) françaises dans l'économie mondiale en 2018. Il provient du site internet Fortune Global 500. • **b.** C'est la puissance économique française qui est ici illustrée. • **c.** La puissance économique française repose donc sur les services, puisque toutes les FTN figurant dans les premiers rangs mondiaux travaillent dans le secteur tertiaire : banque, énergie, commerce.

3 **a.** OIF : Organisation internationale de la francophonie. • **b.** Les missions de la Francophonie sont donc d'accroître le rayonnement international et le développement de l'usage de la langue française ; de renforcer le rôle et la place de la Francophonie sur la scène internationale ; de renforcer le rôle des femmes et celui des jeunes et de soutenir l'innovation et la créativité au service de l'économie dans une perspective de développement durable. • **c.** L'OIF regroupe 88 pays : 54 États ou gouvernement membres, 27 observateurs et 7 États associés. • **d.** Le continent africain (exemples de pays : Cameroun, Sénégal, Côte d'Ivoire, Congo...). • **e.** Ces pays sont d'anciennes colonies françaises.

▸ Chapitre 24 • page 177

1 **a.** L'UE est une puissance commerciale et financière. • **b.** L'euro est entré en circulation en 2002. • **c.** La PESC a été mise en place par le traité de Maastricht. • **d.** Les membres permanents du Conseil de sécurité de l'ONU sont la France et la Russie • **e.** L'UE a une puissance militaire limitée, car elle n'a pas d'armée propre, son budget militaire est limité et les États membres n'arrivent pas toujours à se mettre d'accord.

2 **a.** Le document est un graphique présentant la part dans les exportations de marchandises en 2018 des plus grandes puissances mondiales. Il provient des données de l'OMC de 2018. • **b.** L'UE représente 15,07 % des exportations de marchandises dans le monde en 2018. • **c.** Cette part importante montre la puissance commerciale de l'UE. • **d.** Cette puissance commerciale s'explique par le fait que l'UE échange avec le reste du monde, mais avant tout avec elle-même dans la mesure où c'est est une zone de libre-échange et une monnaie commune est en cours dans certains pays. • **e.** En revanche, l'UE exerce un rôle plus limité en matière diplomatique puisque les États membres ont bien des difficultés à adopter une position commune sur les grands problèmes internationaux. Par exemple, la France et la Royaume-Uni sont intervenus en Libye en 2011, alors que l'Allemagne s'est montrée très sceptique sur l'intervention.

3 **a.** Lutter contre la piraterie au large des côtes somaliennes. • **b.** L'UE a organisé cette opération dans le cadre de la PESC. • **c.** Il escorte les navires commerciaux au large du Yémen. • **d.** Ils sont allemands. • **e.** Le Royaume-Uni, l'Espagne, la Belgique et la France. • **f.** Le rôle diplomatique et militaire.

▸ Chapitre 26 • page 181

1 **a.** 3. • **b.** 1. • **c.** 4. • **d.** 2. • **e.** 7. • **f.** 5. • **g.** 6. • **h.** 8.

2 **a.** Voir le tableau ci-dessous.

	Que représente ce symbole ?	Quand a-t-il été adopté ?
Le drapeau	L'union entre le roi et la ville de Paris	Sous la Révolution française
L'hymne	La guerre pour la liberté	Sous la Révolution française, puis sous la IIIe République
Marianne	L'incarnation de la République	Sous la IIIe République
La devise	Les valeurs de la République	Sous la Révolution française, puis sous la IIIe République
Le 14 juillet	Le peuple en action	En 1880, sous la IIIe République

b. Le site web cite aussi trois autres symboles : le coq, le faisceau de licteur et le sceau.

3 **a.** Le slogan « Je suis Charlie » évoque la solidarité des manifestants avec les journalistes assassinés en reprenant la formule utilisée par le président américain John Fitzgerald Kennedy lors de la construction du mur de Berlin (*Ich bin ein Berliner*, soit en français : « Je suis un Berlinois »). • **b.** Le peuple français est représenté sur la photographie, ainsi que des symboles de la République comme Marianne (en statue, ici) et le drapeau tricolore. L'un des manifestants brandit un crayon (et non un pistolet comme sur le tableau de Delacroix) car il s'agit de la seule « arme » dont disposent les dessinateurs. Enfin, il s'agit ici aussi d'un engagement citoyen pour la défense des valeurs républicaines. • **c.** Ces personnes incarnent leur rôle de citoyen par leur engagement. Les auteurs de l'attentat ont remis en cause les valeurs de liberté et de laïcité en s'attaquant aux journalistes de *Charlie Hebdo*, qui font des caricatures ayant pour cible toutes les religions.

▸ Chapitre 27 • page 183

1 **a.** La laïcité est un principe d'organisation de la société fondé sur la séparation des pouvoirs politique et religieux. • **b.** La laïcité renforce l'égalité entre les citoyens, la liberté de conscience et la liberté d'expression.

2 **a.** Le grand pingouin représente un enseignant, et les petits pingouins, des élèves. • **b.** Ce document exprime la diversité des croyances religieuses par des mots comme « Alléluia », une expression latine dérivée de l'hébreu et signifiant « louez le Seigneur » chez les juifs et les chrétiens, et « Allahou Akbar », une expression arabe signifiant « Dieu est le plus grand » chez les musulmans. • **c.** Le professeur n'empêche pas les élèves d'avoir des croyances religieuses et même de les formuler, mais il leur demande en revanche de les mettre de côté avant d'entrer à l'école. Les enseignements laïques doivent permettre d'apprendre à mieux vivre ensemble. • **d.** L'auteur reprend la définition classique de la laïcité telle qu'elle est définie par la loi de 1905 : un « principe de séparation » entre les pouvoirs religieux et politiques conduisant à une « neutralité de l'État » à l'égard de toutes les religions. En luttant contre l'influence des croyances religieuses sur la société, certains de ses opposants ont défini la laïcité comme une « valeur antireligieuse ». • **e.** L'extrême-droite française a d'abord combattu la laïcité pour défendre l'influence de l'Église catholique dans la société française. Elle défend aujourd'hui une « laïcité intransigeante » pour lutter contre la place de l'islam dans l'espace public français. • **f.** La laïcité est souvent instrumentalisée de manière complexe et opposée, ce qui rend les débats particulièrement vifs et compliqués. Des associations réclament par exemple l'aménagement de plages horaires dans les piscines municipales pour les femmes portant des burkinis (maillots de bain recouvrant la quasi-totalité du corps) au nom de la lutte contre les discriminations dont ces femmes feraient l'objet. Pour d'autres observateurs, cette revendication cache une volonté islamiste de soumettre les lois françaises à des croyances ou des pratiques religieuses.

3 Il faut expliquer à cet élève, qui ne sait peut-être pas bien ce qu'est la laïcité, qu'on ne doit pas afficher ses convictions religieuses à l'école par respect pour celles des autres élèves. De plus, d'après la Charte, il ne faut pas que les élèves « manifestent ostensiblement » la religion qu'ils pratiquent (art. 14).

▸ Chapitre 28 • page 185

1 **a.** 3 • **b.** 5 • **c.** 1 • **d.** 2 • **e.** 4.

2 **a.** Les trois pouvoirs sont bien séparés en France : le Parlement exerce le pouvoir législatif tandis que le président de la République et son gouvernement exercent le pouvoir exécutif. Le pouvoir judiciaire est indépendant et extérieur aux institutions (et donc non représenté ici). • **b.** Le peuple exerce sa souveraineté par le vote et le référendum. • **c.** Les électeurs élisent des représentants (comme les députés, les grands électeurs ou le président) qui les représentent pour prendre les décisions. • **d.** Le président de la République peut dissoudre l'Assemblée nationale et consulter directement le peuple par la voie du référendum. Il est au cœur du fonctionnement de la Ve République.

3 **a.** Les droits-libertés conquis depuis 1789 sont la liberté et l'égalité en droit (1789) puis le droit de vote (1848 et 1944), la liberté de la presse (1881), la liberté syndicale (1884), la liberté d'association (1901) et le droit à l'avortement (1975). • **b.** Les droits économiques et sociaux sont le droit à l'instruction (1881-1882), la libre disposition du salaire par les femmes mariées (1907), l'égalité professionnelle homme-femme (1983) et le droit au mariage pour tous (2013). • **c.** Les droits qui concernent spécifiquement les femmes sont le droit de disposer de leur salaire, le droit de vote, le droit à l'avortement (ou IVG : Interruption volontaire de grossesse) et l'égalité professionnelle avec les hommes.

Les domaines concernés par cette lente conquête sont les droits politiques (droit de vote), les droits économiques (disposer du salaire et l'égalité professionnelle) et le droit de disposer de son corps (au travers du droit à l'avortement). • **d.** Tu dois ici convaincre, c'est-à-dire apporter quelques arguments efficaces pour justifier l'adoption de ce droit (il faut donc mobiliser des valeurs républicaines). Voici un exemple de texte que tu peux comparer avec ta réponse : « Mes chers collègues, en ce jour historique, je vous invite à adopter la loi qui instaure le droit de vote des femmes. En effet, il s'agit d'une conquête décisive, car le droit de vote ne doit plus être réservé à une seule partie de la nation. Au nom de l'égalité politique, les femmes ont aussi le droit de participer à la désignation des représentants du peuple. Ne pas voter ce droit revient à maintenir une discrimination. Au nom de la liberté d'expression, je ne peux imaginer, chers collègues, que vous refusiez encore aux femmes le droit de vote ».

▸ Chapitre 29 • page 187

1 **a.** La fiscalité et la défense sont des fonctions régaliennes. • **b.** Le lutte contre les discriminations est menée au nom de l'égalité. • **c.** Les collectivités territoriales sont des structures administratives autonomes gérées par des élus.

2 Décentralisation : **a.**, **d.**, **e.** •
Déconcentration : **b.**, **c.**

3 **a.** Le Défenseur des droits propose ici d'élargir l'accueil des enfants dans des structures collectives de la petite enfance (les crèches) et d'augmenter le nombre d'adultes encadrants dans les écoles maternelles. Il alerte ici les pouvoirs politiques en rédigeant un rapport mais rien n'oblige les décideurs à tenir compte de ses revendications. • **b.** Il s'agit ici de lutter contre les discriminations sociales touchant les classes populaires (les parents inactifs ou au chômage trouvent difficilement des places pour leurs enfants dans les structures d'accueil collectives) et les discriminations rencontrées par enfants en situation de handicap dans l'Éducation Nationale. Ce combat est mené au nom de la défense de l'égalité entre les citoyens. • **c.** Le Défenseur des droits cherche à améliorer l'égalité de tous et toutes dans l'accès aux droits.

▸ Chapitre 30 • page 189

1 **a.** Vrai. • **b.** Faux, les interventions militaires françaises sont toujours menées avec l'accord de l'ONU. • **c.** Vrai. • **d.** Faux, les APD sont des aides publiques au développement.

2 **a.** En 2017, la France intervient dans le cadre de l'ONU au Liban et, dans le cadre de l'Union européenne, dans l'océan Indien. • **b.** La France intervient seule uniquement dans le golfe de Guinée. • **c.** Les engagements militaires français se concentrent en Afrique et au Moyen-Orient. Des forces sont aussi pré-positionnées en Amérique centrale et en Amérique du Sud, ou encore dans les océans Indien et Pacifique.

3 **a.** Les APD françaises se concentrent majoritairement en Afrique. L'Europe est peu concernée. • **b.** Le montant des aides dépend du niveau de développement des pays et le continent africain comprend de nombreux pays en difficulté (à l'inverse du continent européen). La France privilégie aussi les pays africains pour des raisons historiques (beaucoup ont été colonisés par la France) et stratégiques (ce sont des pays proches de l'Europe). • **c.** Par rapport aux autres pays développés, la France est un des pays qui fournit les plus gros efforts en affectant 0,43 % des revenus du pays à l'aide au développement. Il faut néanmoins faire attention avec les pourcentages : 0,18 % du RNB des États-Unis représente en réalité une somme d'argent supérieure au 0,43 % du RNB français. On peut souligner que certains pays développés comme l'Allemagne ou la Suède fournissent des efforts particuliers dans le versement d'APD.

4 Voici un exemple de développement construit, lis-le attentivement pour identifier les points positifs et les points négatifs de celui que tu as rédigé :

La France est militairement engagée dans plusieurs régions du monde. En 2017, la France participe à des interventions dans l'Océan Indien avec ses alliés de l'Union Européenne (Opération Atalante) et au Liban (Opération Daman) dans le cadre de l'ONU. Elle participe aussi à des opérations menées dans un cadre multinational (avec accord de l'ONU) en Irak, en Syrie et au Sahel.

L'objectif affiché de ces interventions est de venir en aide aux populations civiles. À ce titre, les militaires français mènent des actions humanitaires (comme des distributions de nourriture). La France verse aussi des aides financières aux pays les moins développés (0,43 % du RNB français était consacré aux aides publiques au développement en 2017).

Pour des raisons historiques et stratégiques, la France est surtout présente sur le continent africain, autant par ses engagements militaires que par ses engagements humanitaires.

▸ Chapitre 31 • page 191

1 1. Trois. • 2. Défense. • 3. Collège. • 4. Service. • 5. JAPD. • 6. Armée. • 7. S'engager. • A. Recensement. • B. Volontaire. • C. Sécurité. • D. Réserve. • E. Secourisme.

2 **a.** Selon M. Armanet, le service national universel serait une formation citoyenne complémentaire de l'Éducation nationale. Il permettrait d'aider des jeunes en grande difficulté. • **b.** Selon N. Bellaoui, le service national universel est irréaliste car ce serait impossible à organiser correctement pour autant de personnes. Le risque serait alors de donner à des jeunes des missions inutiles et de faire un « service civique au rabais », qui ne refléterait pas le projet de base. • **c.** La lecture des différents arguments te permet de te forger une opinion, qui doit d'abord être clairement énoncée. Il faut ensuite reprendre les arguments les plus efficaces pour retranscrire ta prise de position sur cette question.

3 **a.** L'affiche représente un jeune homme poussant la porte d'un Centre d'information et de recrutement de l'armée (CIRFA). Derrière cette porte se trouvent une base aérienne et des personnels militaires qui le regardent en souriant. Un flash code permet de se renseigner sur les métiers de l'Armée de l'air. Il y a aussi deux slogans et les logos de la République française et de l'Armée de l'air. • **b.** Le slogan « Ici, toute une armée croit en vous » s'adresse aux jeunes citoyens pour les motiver à s'engager et leur montrer qu'ils pourront trouver un métier et une reconnaissance dans l'armée quel que soit leur parcours scolaire. **c.** L'affiche montre que les jeunes qui décident de s'engager dans l'armée seront valorisés et qu'ils pourront recevoir une formation dans de nombreux métiers. De plus, le personnel militaire semble accueillant et bienveillant.

▸ Test-Bilan • page 192

1. le 11/11/1918 • **2.** l'inégalité des races ; l'antisémitisme ; l'« espace vital » • **3.** le Front populaire • **4.** en août 1945 • **5.** les Juifs ; les Tziganes • **6.** le 18/06/1940 • **7.** en 1989 • **8.** la CEE • **9.** en 1958 • **10.** une ville-centre ; une banlieue ; une couronne périurbaine • **11.** augmente. • **12.** les métropoles ; les littoraux ; les espaces frontaliers • **13.** cinq • **14.** l'Ouest • **15.** économique ; diplomatique ; militaire • **16.** parce qu'elle n'est pas une puissance militaire. • **17.** l'égalité ; la fraternité • **18.** le pouvoir de faire la loi • **19.** représentative • **20.** le recensement à la mairie ; la Journée défense et citoyenneté.

SVT

▸ Chapitre 1 • page 195

1 Vrai : **a.** ; **c.** • Faux : **b.** ; **d.** (quand la banquise gèle, il y a création d'un courant froid profond très salé et très dense).

2 énergie solaire – Gulf Stream – courants froids – masses d'air – perturbations atmosphériques.

3 **a.** Zones en vert : pas de problème. Zones en jaune : soyez vigilants. Zones en orange : premier niveau de vigilance, des phénomènes météo dangereux sont prévus. Zones en rouge : alerte, grand danger ; des phénomènes météo d'intensité exceptionnelle sont prévus. • **b.** L'alerte porte sur des risques d'inondations : risque d'être emporté par les eaux et dégâts sur les sols.

4 **a.** Plus la glace est prélevée profondément, plus elle est ancienne. La carotte de 3 km permet de remonter jusqu'à 800 000 ans en arrière. Des bulles d'air ont emprisonné l'atmosphère du passé et constituent donc de véritables archives du climat. • **b.** L'analyse des atomes d'oxygène de la glace a permis de reconstituer la température du passé. L'analyse des bulles d'air et des pollens a permis de mettre en évidence une alternance de périodes chaudes et froides, comme lors de la dernière glaciation il y a 14 000 ans. La connaissance de ces climats passés permet de mieux comprendre les causes des changements climatiques actuels.

5 **a.** Le Gulf Stream réchauffe les vents arrivant sur l'Europe. • **b.** Si les calottes polaires fondent, le Gulf Stream sera décalé vers le sud. Les vents arrivant sur l'Europe ne seront plus réchauffés par ce courant océanique, ce qui provoquera un refroidissement du climat en Europe.

▸ Chapitre 2 • page 197

1 Vrai : **c.** • Faux : **a.** ; **b.** (l'effet de serre naturel permet d'avoir une température de + 15 °C compatible avec la vie).

2 **a.** La température moyenne serait de – 18 °C. • **b.** Les GES permettent le renvoi de 95 % des rayons infrarouges vers la Terre, comme sous une serre, augmentant la température ; l'apport de GES anthropiques augmente encore cet effet.

3 **Avantages** : l'énergie éolienne ne nécessite pas de carburant, ne rejette pas de déchets et a peu d'impacts sur l'environnement. **Inconvénients** : la production d'électricité est variable selon la météo et les reliefs ; les paysages sont altérés.

4 **a.** Le taux de CO_2 augmente à partir de 1750 et progresse très rapidement à partir de 1950. • **b.** L'augmentation du taux de CO_2 coïncide avec le début de l'ère industrielle vers 1750 puis s'accentue avec l'utilisation croissante des sources d'énergie fossiles pour les transports vers 1950 ainsi que la déforestation (urbanisation, agriculture). Cet apport de CO_2 anthropique augmente l'effet de serre, ce qui explique le réchauffement de l'atmosphère depuis le milieu du XXe siècle.

5 **a.** Dans le scénario 1, il y a diminution des émissions de CO_2, et donc atténuation. Dans le scénario 2, au contraire, il n'y a pas d'atténuation. • **b.** Si la température augmente de 5 °C, il y aura une augmentation du niveau marin de 0,5 à 0,8 mètre. Ceci provoquera une inondation des habitats en zones côtières.

▸ Chapitre 3 • page 199

1 **a.** à l'exploitation des ressources et à l'urbanisation • **b.** par prélèvement direct et par réduction des habitats • **c.** est en augmentation.

2 **a.** Un point chaud de la biodiversité est un lieu très riche en espèces menacées de disparition. • **b.** Les cinq points chauds français sont le bassin méditerranéen et les îles des DROM (La Réunion, les Antilles, la Polynésie et la Nouvelle Calédonie). Ce sont toutes des zones côtières.

3 **a.** La convention CITES empêche le commerce des espèces sauvages menacées d'extinction. La mesure mise en œuvre interdit l'importation et l'exportation de ces espèces, sous peine d'amende et d'emprisonnement. • **b.** C'est une mesure bénéfique car elle protège les espèces, et la collaboration avec les douanes permet de punir les trafiquants.

4 **a.** Les arguments en faveur d'un changement d'ère attribuable à l'homme sont la présence d'atomes radioactifs, de plastiques dans les sédiments et une disparition d'espèces avec un taux d'extinction 100 à 1 000 fois plus rapide qu'auparavant. Des crises d'extinction ont bien eu lieu entre les ères, par exemple il y a 65 Ma à la fin de l'ère mésozoïque avec la disparition des Dinosaures. • **b.** Selon la Commission, les critères de durée (trop courte ici), de répartition (non observable sur toute la planète au même moment) ne sont pas satisfaits pour donner le nom d'ère à l'Anthropocène.

5 **a.** L'animal risque d'avaler le sac plastique et de s'étouffer ou de ne plus pouvoir se nourrir s'il arrive dans son estomac. • **b.** Il faut arrêter de jeter du plastique dans les océans, recycler au maximum et utiliser des plastiques biodégradables.

▸ Chapitre 4 • page 201

1 Vrai : **b.** • Faux : **a.** ; **c.** ; **d.** (ce sont les hématies).

2 **a.** 1. Hématie. 2. Plasma. 3. Sang. • **b.** Les hématies sont rouges car elles contiennent un pigment rouge : l'hémoglobine.

3 **a.** Hypothèse de départ : la lymphe se forme à partir du plasma sanguin. • **b.** On constate qu'au début de l'expérience, la substance fluorescente se trouve dans le plasma sanguin tandis qu'à la fin de l'expérience, elle se trouve dans la lymphe. • **c.** L'hypothèse est vraie. La lymphe se forme à partir du plasma sanguin car on constate que des substances présentes dans le plasma se retrouvent ensuite dans la lymphe.

4 **a.** Après un séjour en altitude, la quantité d'hémoglobine augmente. En effet, elle était de 13,5 mg/L en plaine et elle passe à 16,6 mg/L en altitude. • **b.** En altitude, il y a moins de dioxygène dans l'air. Les organes en ont pourtant besoin autant qu'en plaine pour fonctionner. Le corps va donc devoir s'adapter en produisant davantage d'hémoglobine. Ainsi, le dioxygène est mieux fixé dans le sang et il y en a donc une quantité constante au niveau des organes. • **c.** Le rôle de l'hémoglobine mis en évidence ici est la fixation du dioxygène.

5 **a.** Le sang circule dans des vaisseaux sanguins. Il est mis en mouvement par le cœur et circule toujours dans le même sens. L'appareil circulatoire est clos. • **b.** Les veines transportent le sang des organes au cœur. Les artères transportent le sang du cœur aux organes. • **c.** Harvey n'a pas réussi à mettre en évidence la façon dont le sang passe des artères aux veines : il n'avait pas observé les capillaires sanguins.

▸ Chapitre 5 • page 203

1 Vrai : **a.** ; **c.** • Faux : **b.**

2 **Fécondation externe** : œufs et jeunes abandonnés – nombreuses pertes. **Fécondation interne** : surveillance des jeunes – soins aux œufs et aux jeunes – couvaison.

3 **a.** Le cerf est vivipare. • **b.** Le cerf brame et combat les autres mâles pour attirer les femelles : c'est sa parade nuptiale. • **c.** Le brame du cerf déclenche l'ovulation des femelles et favorise ainsi la reproduction sexuée.

4 **a.** Les vipères sont ovovivipares car elles pondent des œufs (oviparité), mais cette ponte a lieu à l'intérieur du corps des femelles (viviparité). • **b.** L'intérêt de ce mode de reproduction est une protection accrue des jeunes : ils sont protégés par la coquille d'œuf mais aussi par l'organisme maternel. • **c.** On constate que moins il y a de ressources alimentaires avant la période de reproduction, moins il y a de petits qui naissent. Ces ressources permettent donc la formation des réserves accumulées dans les œufs : si elles diminuent, les réserves des œufs diminuent aussi.

5 **a.** La quantité de ressources alimentaires n'a joué aucun rôle sur la reproduction du faucon. C'est la qualité de ces ressources qui a une influence. • **b.** L'emploi d'insecticides entraîne une diminution de l'épaisseur de la paroi des œufs. En effet, cette épaisseur diminue jusqu'aux années 1970, moment où les insecticides sont interdits. • **c.** L'homme, en utilisant des insecticides ingérés par les proies du faucon puis le faucon lui-même, a eu une action négative, de façon indirecte, sur la reproduction du faucon. Il a eu également une action positive en interdisant ces produits chimiques et donc en rétablissant l'équilibre premier de la chaîne alimentaire.

▸ Chapitre 6 • page 205

1 Vrai : **c.** ; **e.** • Faux : **a.** (un gamète possède deux fois moins de chromosomes) ; **b.** (elle double au moment de la duplication) ; **d.** (il y autant de chromosomes venant du père que de la mère) ; **f.** (deux divisions).

2 **a.** Les cellules qui apparaissent sur la photographie sont un ovule et un spermatozoïde. • **b.** Les spermatozoïdes fabriqués par les mâles possèdent soit un chromosome X, soit un chromosome Y, tandis que tous les ovules fabriqués par les femelles possèdent un chromosome X. Lors de la fécondation, si le spermatozoïde contient un chromosome Y, le futur individu sera un mâle ; s'il contient un chromosome X, il sera une femelle.

3 **a.** Un gamète ne doit normalement posséder qu'un chromosome de chaque paire. • **b.** méiose – chromosomes – paire – gamètes. • **c.** S'il y a fécondation, la cellule œuf possédera 3 chromosomes 21 au lieu de 2 : on appelle trisomie 21 cette anomalie chromosomique.

4

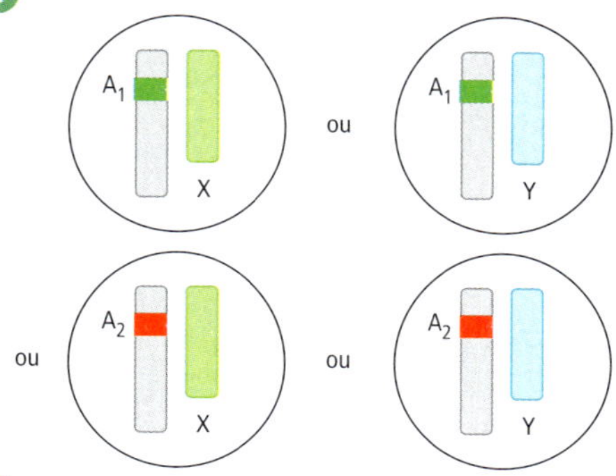

5 **a.**

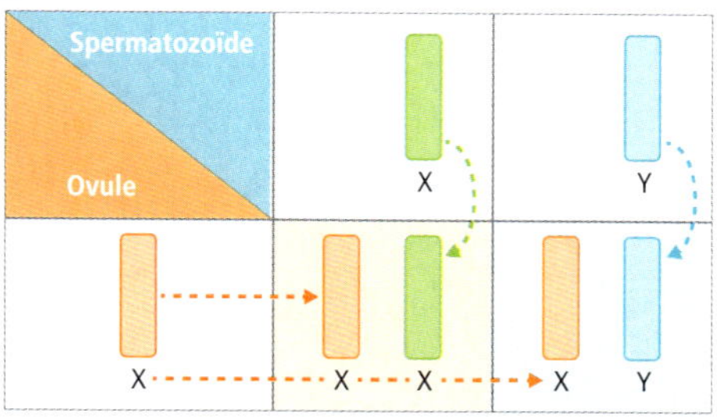

b. Ce couple a 50 % de chances d'avoir un garçon, car la moitié des spermatozoïdes possède un chromosome Y, et 50 % de chances d'avoir une fille, car la moitié des spermatozoïdes possède un chromosome X.

▶ Chapitre 7 • page 207

1 Vrai : **b.** • Faux : **a.** (les espèces ont changé et évolué) ; **c.** (elles permettent l'apparition de caractères nouveaux, et donc l'adaptation des espèces).

2 **a.** 1. Cytoplasme. 2. Noyau. 3. Membrane plasmique. • **b.** Tous les êtres vivants ont une origine commune car ils sont tous constitués de cellules. Certaines cellules ne contiennent pas de noyau, comme les hématies ou les bactéries.

3 **a.** On peut parler de crise géologique car de nombreuses espèces ont disparu brutalement. • **b.** La cause de la crise est une modification du climat de la Terre. À la fin de l'ère Secondaire, le climat se réchauffe. En résulte une série de phénomènes comme la montée des eaux, qui conduisent à la disparition de nombreuses espèces. • **c.** La conséquence est le développement d'autres espèces comme des espèces de mammifères.

4 **a.** L'ancêtre commun à la baleine, au dauphin et à l'hippopotame est Pakicetus. • **b.** La séparation entre les trois espèces a eu lieu à la fin du Néogène, il y a 2 millions d'années. • **c.** La disparition des poils chez le dauphin permet une meilleure adaptation au milieu aquatique : il n'a pas besoin de se protéger du vent et la peau lisse permet une meilleure pénétration dans l'eau. La transformation de l'autopode, en particulier l'allongement des phalanges, permet au dauphin de repousser l'eau plus facilement et ainsi de se diriger dans le milieu aquatique.

▶ Chapitre 8 • page 209

1 Vrai : **a.** ; **b.** ; **c.** ; **e.** • Faux : **d.** (il provoque une diminution de l'activité cérébrale).

2 **a.** Lisa ne dort pas suffisamment (moins de 9 h par nuit) car elle a des activités tard le soir : elle regarde la télévision, téléphone et joue aux jeux vidéos. • **b.** « Pour être moins fatiguée, tu dois dormir davantage et limiter certaines activités avant de dormir (téléphone, télévision, jeux vidéo). »

3 1. Neurone présynaptique. 2. Neurotransmetteur. 3. Synapse. 4. Neurone postsynaptique.

4 **a.** Le chauffeur a roulé une grande partie de la nuit. Il n'a pas vu l'embouteillage assez tôt car le manque de sommeil affecte les processus intellectuels, ce qui entraîne des difficultés de concentration. • **b.** Le chauffeur a freiné trop tard car le manque de sommeil affecte aussi les processus moteurs, ce qui entraîne une augmentation du temps de réaction.

5 **a.** Les produits dopants augmentent la motivation et suppriment les signaux d'alerte (fatigue, douleur). • **b.** En prenant des amphétamines, Tom Simpson a dépassé les limites de son organisme sans percevoir les signaux d'alerte et en est mort.

▶ Chapitre 9 • page 211

1 Vrai : **c.** • Faux : **a.** (ils doivent être transformés en nutriments) ; **b.** (elle est aussi mécanique).

2 tube digestif – aliments – nutriments – enzymes – absorption intestinale – assimilation.

3 L'intolérance au lactose est due à un arrêt de la production de lactase par l'intestin, ce qui provoque des troubles digestifs. La lactase transforme le lactose en galactose et glucose assimilables. L'industrie alimentaire propose donc des laits sans lactose ou des laits avec ajout de lactase.

4 **a.** L'enzyme contenue dans la salive est l'amylase salivaire. • **b.** La digestion totale du maltose en glucose se termine par l'action de la maltase intestinale. • **c.** L'amylase hydrolyse l'amidon du pain en maltose et en glucose, qui sont des sucres. C'est de là que vient le goût sucré.

5 Étape 1 : au XVIIe siècle, la digestion mécanique est découverte grâce à une expérience de broyage de billes de verre par le gésier d'une poule.

Étape 2 : aux XVIIe et XVIIIe siècles, la digestion chimique est découverte grâce à l'analyse de la digestion d'aliments par le suc gastrique chez les oiseaux et l'Homme.

Étape 3 : au XIXe siècle, l'existence d'enzymes est mise en évidence grâce à l'isolement d'une substance responsable de la dégradation de l'amidon.

Étape 4 : au XXe siècle, la purification de la première enzyme, l'uréase du haricot, a permis la détermination de la nature protéique des enzymes.

▸ Chapitre 10 • page 213

1 **a.** Le système immunitaire peut détecter le soi grâce aux marqueurs présents sur nos cellules et possède des lymphocytes B mémoire. • **b.** Les anticorps sont sécrétés par les lymphocytes B et forment un complexe avec les antigènes pour faciliter la phagocytose.

2 **a.** La production d'anticorps est plus importante lors de la troisième injection d'antigène. • **b.** Cette différence est due à la mémoire immunitaire (lymphocytes B mémoire).

3 **Schéma b** (reconnaissance et émission de prolongements pour piéger la bactérie) – **schéma c** (digestion de la bactérie dans une vésicule de phagocytose) – **schéma a** (rejet des déchets de la digestion).

4 **a.** 1. Milieu de culture nutritif. 2. Pastille d'antibiotique. 3 Zone d'inhibition (destruction) des bactéries par l'antibiotique. • **b.** Seulement 3 antibiotiques sur 16 sont efficaces. C'est peu : il s'agit d'une bactérie résistante. • **c.** Le patient peut décéder de l'infection par la bactérie avant que l'antibiotique adapté soit trouvé.

5 **a.** Éradication d'une maladie : disparition totale d'une maladie. • **b.** La rougeole est réapparue aux États-Unis en 2008 car des personnes non vaccinées ont propagé la maladie et le taux de vaccination était insuffisant. • **c.** Pour éradiquer la rougeole en France, il faudrait vacciner plus de 95 % de la population. Cela permettrait d'empêcher la circulation de la maladie.

▸ Chapitre 11 • page 215

1 Vrai : **b.** ; **c.** • Faux : **a.** ; **d.** (12 semaines de grossesse).

2 **a.** Les causes de l'infécondité sont des troubles de l'ovulation ou des trompes bouchées chez la femme ; des spermatozoïdes non mobiles ou en nombre insuffisant chez l'homme. • **b.** La Fivette est une technique de PMA : c'est une fécondation *in vitro*. En cas d'absence de production de spermatozoïdes par l'homme, on peut avoir recours à un don de sperme.

3 **a.**

	Partenaire occasionnel	Couple stable
Femme	Préservatif	Tout moyen convenant au couple
Homme	Préservatif	Tout moyen convenant au couple

b. Le préservatif est le seul moyen de contraception qui évite la grossesse tout en protégeant des IST. C'est pourquoi il faut l'utiliser en cas de relation sexuelle occasionnelle.

c. En cas d'accident de contraception (préservatif craqué par exemple), la pilule du lendemain peut être prise pour éviter une grossesse. Un traitement d'urgence contre le sida peut aussi être délivré si le partenaire est contaminé.

4 **a.** Chez la brebis, l'activité sexuelle est saisonnière : elle a lieu en automne et en hiver. Chez l'Homme, la sexualité n'a pas de saisonnalité : elle a lieu à tout moment. • **b.** On voit que la période d'activité sexuelle de la brebis a lieu quand la durée du jour diminue et est inférieure à 10 heures. C'est donc la durée du jour qui déclenche la saison sexuelle chez cette espèce de mammifère.

5 **a.**

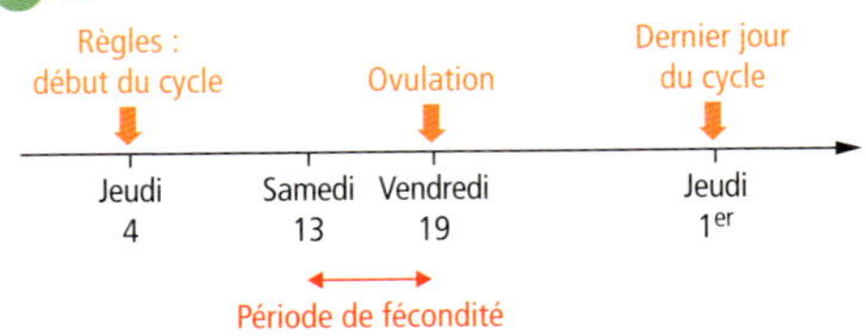

b. La durée de vie de l'ovule est d'une journée, le vendredi 19.

c. Le spermatozoïde peut survivre de 4 à 6 jours. Il pourra donc rencontrer l'ovule s'il est émis entre le samedi 13 et le vendredi 19 : c'est la période de fécondité, qui dure 6 jours en moyenne. Si le rapport sexuel se produit avant ou après cette période, il ne sera pas fécondant.

d. La pilule doit être prise dès le premier jour du cycle (premier jour des règles) et pendant tout le cycle pour être efficace. L'augmentation du taux d'hormones dans le sang bloquera l'ovulation.

▸ Test-Bilan • page 216

1. est influencé par la répartition des vents et des courants océaniques. – a varié au cours des temps géologiques avec une alternance de périodes chaudes et froides. • **2.** affecte le climat par le rejet de gaz à effet de serre. – doit diminuer pour éviter un réchauffement de 2 °C. • **3.** sont nécessaires pour éviter l'extinction de nombreuses espèces. – comme les quotas de pêche laissent le temps aux populations de certaines espèces de se reconstituer. • **4.** circule à sens unique. – contient des déchets, des nutriments et des éléments minéraux. • **5.** est interne chez les individus vivipares. – est influencée par les ressources alimentaires du milieu. • **6.** ne possèdent qu'un chromosome de chaque paire. • **7.** peuvent disparaître au cours de crises géologiques. • **8.** peut entraîner une baisse de vigilance. – peut avoir un impact sur les performances scolaires d'un élève. • **9.** sont produites par des glandes digestives. – ont une action favorisée par la mastication et les mouvements de brassage. • **10.** permet l'éradication de certaines maladies si plus de 95 % de la population est vaccinée. • **11.** choisir le moment pour avoir un enfant. – bénéficier des techniques de PMA s'il présente une infécondité. – décider d'interrompre une grossesse dans un délai légal de 12 semaines.

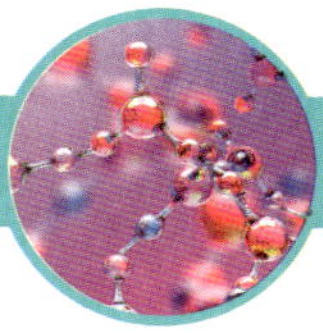

PHYSIQUE-CHIMIE • TECHNO

▸ Chapitre 1 • page 219

1 **a.** Vrai. • **b.** Vrai. • **c.** Faux. • **d.** Vrai.

2

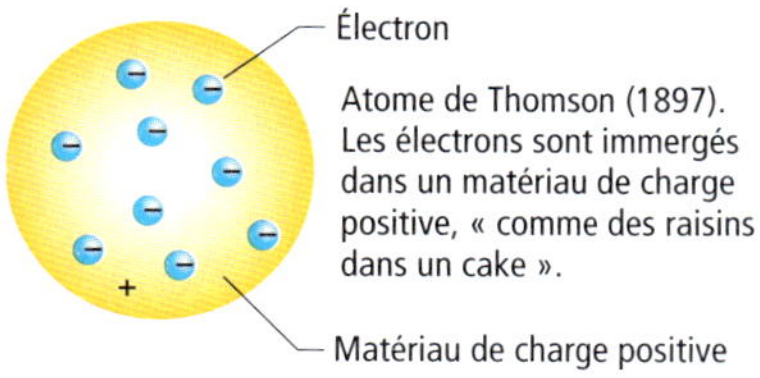

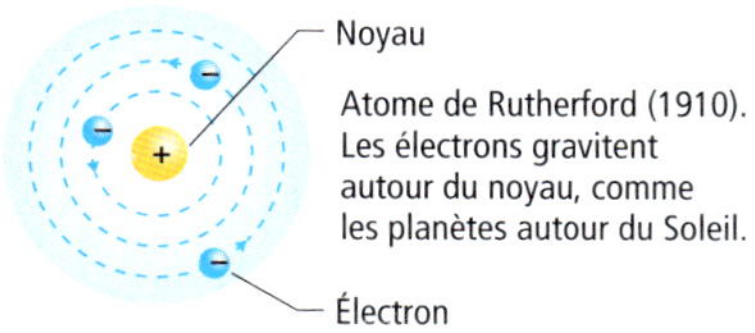

a. Thomson a découvert une particule chargée négativement appelée électron.

b. Rutherford, qui était un élève de Thomson, a fait évoluer le modèle en fonction de sa découverte fondamentale : l'atome est composé d'un noyau chargé positivement.

c. Ces deux scientifiques ont plusieurs points communs : ils ont travaillé dans le même laboratoire et reçu chacun un prix Nobel.

3 Dans un circuit fermé, les électrons libres négatifs sont attirés par la borne +. Ils se déplacent donc de la borne – vers la borne +. Or, par convention, le sens du courant avait été préalablement fixé dans l'autre sens. Pour cette raison, on précise toujours l'expression « par convention » quand on définit le sens du courant.

4 **a.** L'atome de chlore possède 17 électrons qui gravitent autour de son noyau composé de 17 charges positives. L'ion chlorure Cl^- est chargé négativement. Il a donc gagné un électron. C'est un anion. Son noyau contient 17 charges positives.

b. L'atome de sodium possède 11 électrons qui gravitent autour de son noyau composé de 11 charges positives. L'ion sodium Na^+ est chargé positivement. Il a donc perdu un électron : c'est un cation. Son noyau contient toujours 11 charges positives.

▸ Chapitre 2 • page 221

1 Hydroxyde de sodium pour les ions métalliques.

Nitrate d'argent pour les ions Cl^-.

Mesure du pH pour les ions H^+.

2 On peut verser du nitrate d'argent pour voir s'il se forme un précipité blanc qui noircit à la lumière. Les ions Ag^+ du nitrate d'argent réagissent avec les ions chlorures. On peut aussi verser du chlorure de baryum qui forme un précipité blanc en présence d'ions sulfates SO_4^{2-}.

3 Solution A : sulfate de fer II ($Fe^{2+} + SO_4^{2-}$).

Solution B : chlorure de fer III ($Fe^{3+} + 3\ Cl^-$).

Solution C : acide chlorhydrique ($H^+ + Cl^-$).

4 Tu connais trois réactifs chimiques (hydroxyde de sodium, chlorure de baryum et nitrate d'argent). Tu peux aussi faire des mesures de pH.

Il te faut séparer la solution initiale dans trois tubes à essai. Avec chaque échantillon de solution, tu vas pouvoir réaliser un test chimique. Les observations permettront d'indiquer l'absence ou la présence (formelle ou possible) des ions listés.

5

Solution	Réactif		
	Hydroxyde de sodium	Nitrate d'argent	Chlorure de baryum
Sulfate de cuivre	Bleu		Blanc
Chlorure de cuivre	Bleu	Blanc	
Sulfate de zinc	Blanc		Blanc
Sulfate d'aluminium	Blanc		Blanc
Chlorure de zinc	Blanc	Blanc	

▸ Chapitre 3 • page 223

1 Acide chlorhydrique, HCl, pH < 7.

Hydroxyde de sodium, NaOH, pH > 7

Acide acétique, CH_3COOH, pH < 7.

2

Test	Observation	Identification
Mesure du pH	< 7	H^+
Nitrate d'argent	Précipité blanc	Cl^-
Flamme	Détonation	H_2

3 Le principe des fusées est de produire un gaz qui, sous pression, assurera la propulsion de la fusée.

La réaction chimique s'écrit :

bicarbonate de soude + acide acétique

→ dioxyde de carbone + eau + acétate de sodium

4 Le contact direct entre la boisson acide et le métal de la canette entraînerait une réaction chimique, en particulier la destruction du métal et la production d'un gaz. Une fine couche de film plastique ou de vernis évite ce contact.

5 **a.** On observe des bulles de gaz qui apparaissent dans le tube. • **b.** La détonation permet d'identifier le gaz : il s'agit du dihydrogène H_2. • **c.** Dans le tube A, quelques gouttes de nitrate d'argent vont provoquer l'apparition d'un précipité blanc, révélateur de la présence d'ions Cl^-.

Dans le tube B, un précipité vert se forme lorsqu'on ajoute quelques gouttes de soude, confirmant la présence d'ions métalliques Fe^{2+}.

▸ Chapitre 4 • page 225

1 **a.** Vrai. • **b.** Faux. • **c.** Vrai

2 Elles sont toutes équilibrées !

3 Lors de la combustion complète du propane avec le dioxygène, il se forme du dioxyde de carbone et de l'eau, soit :

$C_3H_8 + O_2 \rightarrow CO_2 + H_2O$

On équilibre les C, les H puis les O :

$C_3H_8 + O_2 \rightarrow 3\ CO_2 + H_2O$

$C_3H_8 + O_2 \rightarrow 3\ CO_2 + 4\ H_2O$

$C_3H_8 + 5\ O_2 \rightarrow 3\ CO_2 + 4\ H_2O$

4 $Fe^{3+} + Zn \rightarrow Fe + Zn^{2+}$

a. Il y a bien conservation des éléments.

b. Il y a un déséquilibre de charges entre les réactifs et les produits (3 charges + contre 2 charges +).

c. Il faut donc rétablir cet équilibre :

$2\ Fe^{3+} + Zn \rightarrow Fe + 3\ Zn^{2+}$

Il y a désormais 6 charges + de chaque côté. Par contre, il a un nouveau déséquilibre du point de vue du nombre d'éléments qu'il faut corriger :

$2\ Fe^{3+} + 3\ Zn \rightarrow 2\ Fe + 3\ Zn^{2+}$

5 **a.** Réactifs : zinc et acide sulfurique.

b. Produits : dihydrogène et sulfate de zinc.

c. La réaction chimique se traduit donc par :

Zinc + Acide sulf. → Dihydrogène + Sulfate de zinc

Si on remplace le nom des espèces chimiques par leurs formules, on a :

$Zn + (2\ H^+ + SO_4^{\ 2-}) \rightarrow H_2 + (Zn^{2+} + SO_4^{\ 2-})$

On observe que les ions sulfates sont inertes car présents au début et à la fin de la réaction, donc :

$Zn + 2\ H^+ \rightarrow H_2 + Zn^{2+}$

Il y a bien conservation à la fois des éléments et des charges : l'équation-bilan est donc équilibrée.

▸ Chapitre 5 • page 227

1 **a.** chimique. • **b.** électrique et thermique.

2 La pile électrochimique est le siège d'une transformation qui utilise les atomes, ions et molécules comme réactifs. Comme dans toute réaction, les réactifs disparaissent et des produits se forment. La consommation des réactifs est la cause de l'usure des piles.

3 **a.** Un pont salin contient un électrolyte. Il ferme le circuit et permet ainsi la circulation du courant. De plus, il permet de maintenir l'électroneutralité au sein des demi-piles.

b.

	Demi-pile droite	Demi-pile gauche
Électrode	Zn	Cu
Espèces dans l'électrolyte	Zn^{2+}	Cu^{2+}
Demi-équation	$Zn \rightarrow Zn^{2+} + 2\ e^-$	$Cu^{2+} + 2\ e^- \rightarrow Cu$

Au final, il y a un échange d'électrons (un courant électrique) entre les deux demi-piles.

4 **a.** Il y a eu transformation chimique pour plusieurs raisons : la solution et la poudre changent de couleur et il y a une augmentation de la température (réaction exothermique).

b. Réactifs : fer (Fe) et ions Cu II (Cu^{2+}).

c. Le dépôt rouge sur la poudre correspond à la formation de cuivre (Cu). La couleur verdâtre de la solution indique la présence d'ions Fe^{2+} (quelques gouttes de soude confirmeraient cette hypothèse).

Bilan de la réaction : $Cu^{2+} + Fe \rightarrow Fe^{2+} + Cu$.

▸ Chapitre 6 • page 229

1 **a.** Vrai. • **b.** Vrai. • **c.** Faux. • **d.** Faux.

2 **a.** et **b.**

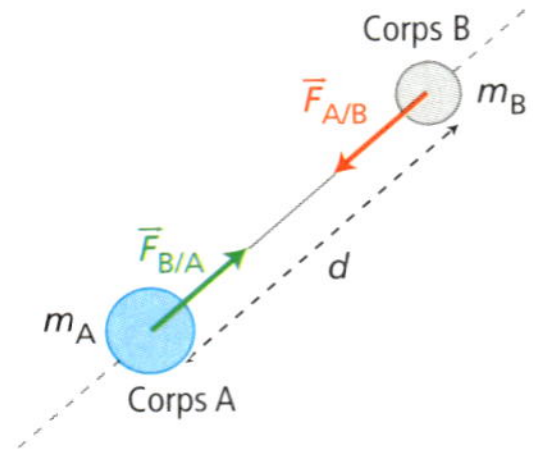

3 La formule de calcul de cette force s'écrit :

$$F = G \times \frac{m \times M}{r^2}.$$

Attention aux conversions éventuelles : m, M en kilogrammes et r en mètres !

4 La gravitation universelle est une interaction qui s'exerce entre tous les corps présents dans l'Univers.

5 La formule de calcul s'écrit :

$$F_{Mars/Phobos} = G \times \frac{m_M \times m_P}{R^2}.$$

Application numérique :

$$F_{Mars/Phobos} = 6{,}67 \times 10^{-11} \times \frac{6{,}42 \times 10^{23} \times 9{,}6 \times 10^{15}}{(9\,378 \times 1\,000)^2}$$

$F_{Mars/Phobos} \approx 4{,}7 \times 10^{15}$ N.

Rappel : $F_{Mars/Phobos} = F_{Phobos/Mars}$.

▸ Chapitre 7 • page 231

1 **a.** Vrai. • **b.** Vrai. • **c.** Faux.

2 Attention, il ne faut plus confondre les notions de masse et de poids.

	Masse	Poids
Instrument de mesure	Balance	Dynamomètre
Unité de mesure	kg	N

3 **a.** L'expression permettant de calculer le poids est $P = m \times g$ (avec la masse exprimée en kg).

Ici, $m = 780$ g $= 0{,}78$ kg.

$P_T = 0{,}78 \times 9{,}81 \approx 7{,}65$ N.

Le poids de cet objet est d'environ 7,65 N sur Terre.

b. $P_L = 0{,}78 \times 1{,}6 \approx 1{,}25$ N.

Le poids de cet objet est d'environ 1,25 N sur la Lune.

c. La masse est invariable : elle sera la même sur Terre comme sur la Lune !

4

Astre	Jupiter	Mars	Terre	Lune
Record	9,4 m	56 m	22 m	126 m

5 **a.** On constate que l'intensité de la pesanteur augmente avec la latitude.

b. On sait que $m_{fusée} = 775$ tonnes $= 775\,000$ kg.

Rappel : $P = m \times g$.

Lieu	Paris	Pôle Nord	Équateur
Poids	$7{,}602 \times 10^6$ N	$7{,}618 \times 10^6$ N	$7{,}579 \times 10^6$ N

c. Kourou se trouve à une latitude de 5°, donc très proche de l'équateur. Il est très intéressant de posséder une base de lancement proche de l'équateur car le poids y est plus faible. Cela permet de faire des économies de carburant et la fusée peut emmener davantage de charges utiles (satellites).

▸ Chapitre 8 • page 233

1 **a.** Vrai. • **b.** Vrai. • **c.** Vrai.

2 L'eau en altitude possède une énergie de position mais pas d'énergie cinétique (elle est immobile). Lorsqu'on ouvre le réservoir, l'énergie de position se transforme en énergie cinétique. Cette énergie cinétique se transforme ensuite en énergie électrique grâce à l'alternateur.

3

Paramètre	D_R	D_F	D_A
Fatigue	×		×
Réflexe	×		×
État de la route		×	×
Alcool	×		×
Adhérence		×	×
Pluie, neige	×	×	×
Drogues	×		×
Téléphone	×		×
Verglas		×	×

4

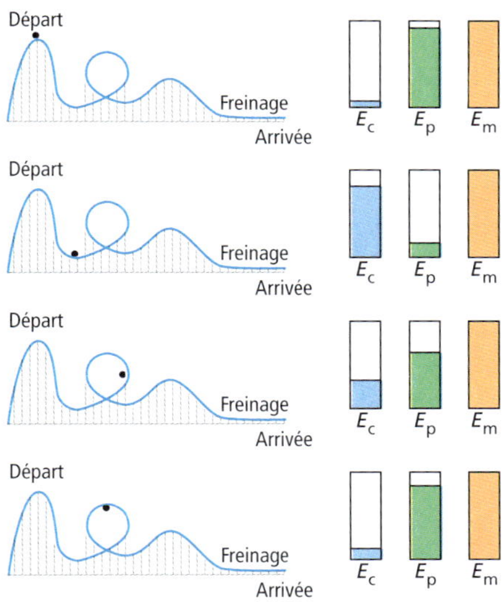

5 **a.** et **b.** L'énergie cinétique se calcule ainsi :

$E_c = \frac{1}{2}mv^2$ avec la masse m en kg et la vitesse v en m·s^{-1}. Ici, m = 1,23 t = 1 230 kg.

Vitesse en km·h^{-1}	Vitesse en m·s^{-1}
90	25
45	12,5

L'application numérique devient :

E_1	E_2
$\frac{1}{2} \times 1\,230 \times (12{,}5)^2$	$\frac{1}{2} \times 1\,230 \times (25)^2$
96 kJ	384 kJ

c. On constate que lorsque la vitesse est multipliée par 2, l'énergie cinétique est multipliée par 4. L'impact lors d'un choc serait donc 4 fois plus important.

d. Par contre, réduire la masse des véhicules permet, à vitesse égale, de réduire également l'énergie cinétique (ainsi que la consommation en carburant des véhicules).

▸ Chapitre 9 • page 235

1 **a.** électrique. • **b.** lumineux. • **c.** électromagnétique.

2

	Propagation libre	Propagation guidée
Câble coaxial		×
Transmission hertzienne	×	
Fibre optique		×
Câble HDMI		×
Réseau wi-fi	×	

3 **a.** et **b.**

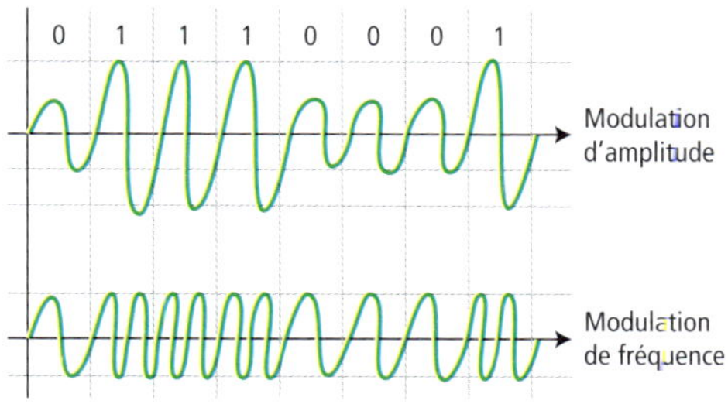

4

Transducteur	Signal original
Microphone	Voix humaine
Clavier	Touche pressée
Capteur CCD	Mouvement objet

Transducteur	Information
Haut-parleur	Son
Écran	Image

5 **a.** Dans la téléphonie mobile, le canal de transmission est constitué des antennes émettrice et réceptrice des ondes électromagnétiques et du milieu de propagation de ces ondes : l'air. Le réseau permet de transmettre des SMS, des sons, des images, des vidéos, de surfer sur Internet, etc.

b. La voix est un signal analogique. Elle peut, par contre, ensuite être numérisée.

▸ Chapitre 10 • page 237

1 Primaire : **b.**, **d.** Secondaire : **a.**, **c.**

2

Dispositif	Forme	Source
Barrage	Cinétique	Hydraulique
Hélice	Cinétique	Éolienne
Pile	Chimique	Atomes, ions
Radiateur électrique	Thermique	Atomes

3

Source	Renouvelable	Déchets
Nucléaire	Non	Oui
Hydraulique	Oui	Non
Éolien	Oui	Non
Solaire	Oui	Non
Géothermique	Oui	Non

4

Forme	Flux	Stock
Thermique	×	
Chimique		×
Électrique	×	
Rayonnante	×	

5 **a.**

	France	Allemagne
Part des énergies émettrices de GES	7 %	52 %
Part des énergies renouvelables	17 %	34 %

b. Le modèle énergétique allemand est polluant car il repose encore principalement sur des énergies émettrices de GES : charbon et lignite, gaz et fioul. Cela dit, les Allemands développent beaucoup les énergies renouvelables, qui représentent un tiers de leurs sources d'énergie. Le modèle énergétique français est moins émetteur en GES, mais il repose en grande majorité sur un seul type d'énergie : l'énergie nucléaire. Or, la production d'énergie nucléaire consomme une ressource limitée (l'uranium), créé des déchets radioactifs, et comporte des risques environnementaux non-négligeables.

▸ Chapitre 11 • page 239

1 **a.** transfert. • **b.** conversion. • **c.** conversion.

2 **a.** électrique → lumineuse

b. chimique → électrique

c. mouvement → électrique

d. chimique → électrique

3 Calcul du rendement :

$$\eta = \frac{E_{utile}}{E_{consommée}} = \frac{10\,496}{14\,752} \approx 0{,}710 \text{ soit } 71{,}0\,\%.$$

4

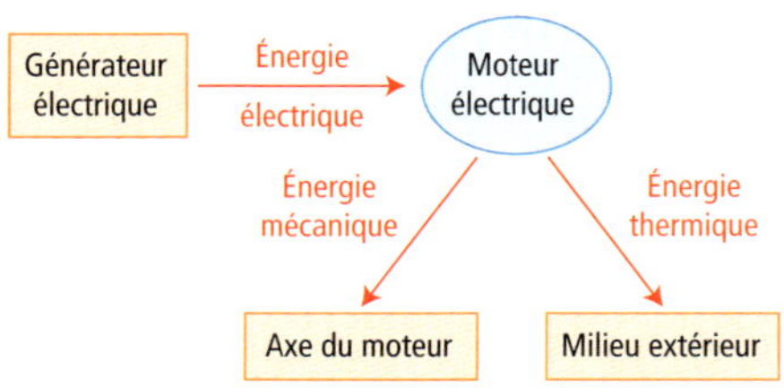

5

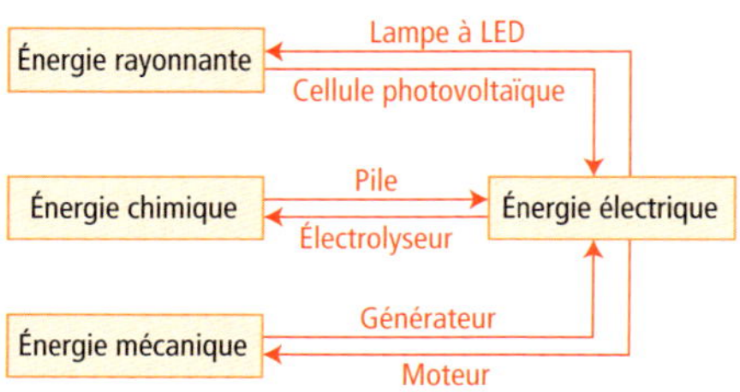

▸ Chapitre 12 • page 241

1 **a.** Tension, *U*, V. • **b.** Intensité, *I*, A. • **c.** Puissance, *P*, W. • **d.** Énergie, *E*, J ou hWh.

2

ΔE	P	Δt
Joules (J)	W	s
Kilowattheures (kWh)	kW	h

3 **a.** 1 h 30 min = 1,5 h.

b. 45 min = 0,75 h.

c. 1 h 20 min ≈ 1,33 h.

d. 15 min = 0,25 h.

e. $3 \text{ h } 50 \text{ min} = 3 \text{ h} + \frac{50}{60} \text{ h} \approx 3{,}83 \text{ h}.$

4 **a.** Énergie consommée durant une année en fonctionnement normal :

4 h/jour × 365 jours × 0,050 kW = 73 kWh.

En prenant un prix de 0,15 € le kWh, le coût annuel de l'appareil en fonctionnement est de 10,95 €.

b. Énergie consommée durant une année en veille :

20 h/jour × 365 jours × 0,005 kW = 36,5 kWh.

Soit un coût annuel en mode veille de 5,47 €.

5 Il suffit de comparer l'énergie consommée pour chacun des modes.

Puissance	Temps	Énergie
350 W	12 min	350 × 12 = 4 200 Wmin
1 600 W	2 min	1 600 × 2 = 3 200 Wmin

Le mode puissance maxi est donc plus économique.

▸ Chapitre 13 • page 243

1 **a.** l'eau s'écoule au milieu de la rue ; il n'y a pas de bouche d'égout.

b. les différentes eaux circulent dans des canalisations séparées ; la tenue des égoutiers a évolué.

2 **a.** château d'eau. • **b.** égout. • **c.** aqueduc. • **d.** égoutier.

3 1. **a.** • 2. **c.** • 3. **b.**

4 hygiène – assainir – Innover – conceptuelle – application.

▸ Chapitre 14 • page 245

1 **a.** acier. • **b.** thermoplastique.

2 **a.** l'acier : 7 800 kg/m^3. • **b.** du Noryl. • **c.** du sapin.

3 **a.** Un matériau thermoplastique.

b. Tous les choix sont valides : une voiture ultra-légère ; un faible coefficient de pénétration dans l'air ; une grande facilité pour réparer la carrosserie en cas de choc ; une très forte réduction de la consommation de carburant.

4 matériaux plastiques – chocs – carburant – formes – acier.

▸ Chapitre 15 • page 247

1 les règles du site répondent aux besoins des utilisateurs.

2 **a.** Peu d'internautes pourront utiliser le jeu (contrainte de compatibilité). • **b.** Il peut fixer une limite d'ancienneté à ne pas dépasser pour les supports des jeux échangés ; il peut créer un autre site, dont la fonction d'usage sera l'échange de jeux de collection.

3 **a.** juridique. • **b.** technique. • **c.** linguistique.

4 **a.** distinguer • **b.** unique • **c.** une page • **d.** définir. • **e.** « échange ».

5 usages – besoin – règles.

▸ Test-Bilan • page 248

1. chargé positivement • **2. a.** au nitrate d'argent **b.** H^+ • **3.** la réaction avec l'eau est totale • **4. a.** de la masse – des charges – des espèces chimiques **b.** $2\ Al + 6\ H^+ \rightarrow 3\ H_2 + 2\ Al^{3+}$ • **5.** chimique • **6.** de leurs masses – de leur distance • **7. a.** $P = m \times g$ **b.** est identique à sa masse sur Terre • **8.** proportionnelle à sa vitesse – proportionnelle à sa masse • **9. a.** car elles se déplacent très vite – car elles ont une grande portée **b.** deux fréquences distinctes • **10. a.** le joule (J) **b.** hydraulique – éolienne – solaire • **11. a.** thermique – lumineuse **b.** 80 % • **12.** de la puissance des appareils – de leur durée d'utilisation.

ANGLAIS

▸ Chapitre 1 • page 251

1 **a.** does • **b.** is • **c.** Do • **d.** Is • **e.** Are

2 **a.** enjoys • **b.** are boarding • **c.** knows • **d.** drives • **e.** is falling • **f.** works

3 **a.** Your apple pie is better than mine. • **b.** Susan's bike is more expensive than Tom's. • **c.** Allison is prettier than Jessica. • **d.** The blue book is heavier than the red one. • **e.** Your house is further than mine.

4 **a.** the most expensive • **b.** the longest • **c.** the best • **d.** the worst

5 If I were you I would buy it. It really suits you, you should buy it. This is the last one in the shop, you'd better get it. I advise you to take it, the colour suits you. If you follow my advice you'll buy it now.

6 **a.** graduated • **b.** taking an exam • **c.** failed • **d.** educated • **e.** bad at

7 **a.** lives • **b.** I'm eating • **c.** taller • **d.** the best

▸ Chapitre 2 • page 253

1 **a.** Who • **b.** How often • **c.** How far • **d.** Which • **e.** How long

2 **a.** What did you see last year? • **b.** How often do you go to London? • **c.** How long is the river? • **d.** How many eggs did/do you put in this omelette? • **e.** Whose car is it? • **f.** What will you take a taxi for?

3 live (to), life, alive • die (to), death, dead • be sick (to), sickness, sick • feel/have pain (to), pain, painful • be disabled (to), disability, disabled

4 I can't believe my eyes! How could you do this! We'll never forgive you! Don't you ever do this again! What a shame! Couldn't you clean a little? It's the dirtiest house I've ever seen!

5 **a.** What is Raphael waiting for? • **b.** Where does Romane come from? • **c.** What is Lucas looking for? • **d.** What will Emma write with? • **e.** Who do Ben and Jo work with? • **f.** Where are Allison and Jessica sitting on?

▸ Chapitre 3 • page 255

1 **a.** went, did not see • **b.** called, was cooking • **c.** was playing, was planting • **d.** built • **e.** was sleeping, jumped

2 **a.** She was having breakfast. • **b.** She was driving to work. • **c.** She was working. • **d.** She was having dinner.

3 **a.** didn't go • **b.** ate • **c.** watched • **d.** liked, were

4 It represents his bedroom and its furniture. The colours are vivid. The setting is bare. What is striking is the simplicity of the place which conveys peace and rest. In the upper part the colours are blue, the blue of the walls. In the lower part the colour is brown, the brown of the floor. On the right, we can see the bed and a few paintings on the wall; on the left a wooden chair and a towel, hanging on a nail; in the background a green window, a wooden table and a small chair, next to the bed.

5 **a.** 3 • **b.** 2 • **c.** 1 • **d.** 4 • **e.** 5

6 **a.** I used to be a farmer. • **b.** I used to be a teacher. • **c.** I used to be a bank manager.

▸ Chapitre 4 • page 257

1 **a.** takes off • **b.** is taking • **c.** is coming • **d.** opens

2 **a.** will tell, see • **b.** have, will paint • **c.** will call, finishes

3 **a.** Shall I call the doctor? • **b.** Shall I cook / make dinner? • **c.** Shall I buy it?

4 I wish I had married him! If only he had come to church that day! What a pity I never had children! If I had known I would have married the other man!

5 **a.** Unleaded • **b.** oil slick • **c.** deforestation • **d.** endangered species

6 **a.** will call • **b.** 'll do • **c.** 's travelling • **d.** are leaving

▸ Chapitre 5 • page 259

1 **a.** could • **b.** Will she succeed • **c.** see • **d.** were

2 **a.** If you slept earlier you would wake up in the morning. • **b.** She wouldn't eat chocolate all day if she didn't feel sad. • **c.** If Paul had money he would take a taxi / he wouldn't take the bus.

3 **a.** I'd rather be at the beach. / I'd rather take the sun. • **b.** I'd rather drink / have champagne. • **c.** I'd rather be in New York and have ice cream.

4 **a.** be late (to) • **b.** single ticket • **c.** arrival • **d.** confirm (to) • **e.** go abroad (to)

5 I refuse to work overtime. I see no reason why I should work on Friday night. It's out of the question. I will never agree to work overtime.

6 **a.** rains, won't go • **b.** wouldn't trust, were • **c.** had, would save

7 **a.** I wish I could see my friends at night. • **b.** I wish my parents didn't watch me all the time. • **c.** I wish I could watch TV after 9. / I wish I were allowed to watch TV after 9. • **d.** I wish I could wear make up.

▸ Chapitre 6 • page 261

1 **a.** coming • **b.** to come • **c.** staying • **d.** to stay • **e.** going • **f.** to go

2 **a.** Instead of visiting London he went to Porthmouth. • **b.** Before leaving he called his wife. • **c.** She is good at swimming. • **d.** After leaving school the boys went home.

3 **a.** She likes dancing but she doesn't like singing. • **b.** What/How about going to the cinema? • **c.** Stop playing videogames.

4 Sarah may have stayed away on holidays. She has probably met new friends. She must be very busy. I suppose she has no time to contact me.

5 **a.** writer • **b.** playwright • **c.** poetry • **d.** short story • **e.** fairy tales

6 **a.** she is used to driving on the left. • **b.** stop smoking so much. • **c.** with driving in the traffic. • **d.** for being late. • **e.** feeling happy.

▸ Chapitre 7 • page 263

1 **a.** 3 • **b.** 2 • **c.** 1 • **d.** 4

2 **a.** You can't love her. • **b.** He may come earlier. • **c.** He must be John's cousin.

3 break into (to), a burglar • mug (to), a mugger • steal (to), a thief • blackmail (to), a blackmailer • forge (to), a forger

4 It can open the door. It can clean the floor. It can't make your bed. It can't go out. It can't cook. It can answer the phone and the door.

5 **a.** had to • **b.** must • **c.** will be able to

6 **a.** must have forgotten • **b.** can't have seen • **c.** must have gone out • **d.** can't have heard

▸ Chapitre 8 • page 265

1 John was offered a tennis racket. • Joan was offered a cookbook. • Jessica was offered a ring. • Jason was offered a bike.

2 The street has been widened; the library has been destroyed and turned into a television store; the city hall has been moved opposite the street and replaced by a clothes shop; the garden next to the church has been changed into a car park. The cinema Odeon has been replaced by a shopping centre.

3 **a.** ads / advertisements • **b.** subtitles • **c.** commercials • **d.** musical

4 I prefer going to the disco, I'd rather dance, I'd rather go to the disco; I feel like dancing, I don't wish to go to the theatre.

5 **a.** was eaten • **b.** was elected • **c.** was taught • **d.** were considered

6 **a.** The police arrested him. • **b.** They are building the bridge. • **c.** Ken has broken the window. • **d.** They/He/She/We will paint the door soon.

▸ Chapitre 9 • page 267

1 **a.** that • **b.** there • **c.** that day • **d.** the day after • **e.** the year before • **f.** those • **g.** then • **h.** the day before • **i.** that week • **j.** following

2 Jeffrey asked how old she was. Stephanie said she was 22. Jeffrey asked what she did. Stephanie said she was a student. Jeffrey asked what she studied. Stephanie said she studied history. Jeffrey asked if she often travelled. Stephanie answered that she had been in Turkey the week before. Jeffrey asked if she had ever been to Asia. Stephanie answered that she would love to.

3 Mr Jan Pedross said he couldn't deliver the new photocopier and he would call later. • Jorge said he had forgotten the meeting. • Your mother said she was at home and that you could call her. • Beatriz Martin asked me to tell you that she had come to see you. • Peter Hardy said that he was optimistic about the new products and that he would sign the documents.

4 **a.** physics • **b.** researcher • **c.** computer • **d.** chemistry

5 **a.** Where did you travel? • **b.** Did you meet Lucas? • **c.** Do you like it?

▸ Chapitre 10 • page 269

1 **a.** who • **b.** whose • **c.** what • **d.** which • **e.** Ø

2 **a.** throw them away • **b.** fell off • **c.** fill in • **d.** taking off • **e.** speak up • **f.** Get on • **g.** gave up

3 William Shakespeare was a famous English poet and playwright. He was born in 1564 and died in 1616 in Stratford-upon-Avon. He wrote numerous plays describing love and denouncing power. As a poet he wrote the beautiful "Sonnets" in 1600.

4 **a.** resigned • **b.** draw • **c.** ran for president • **d.** opinion poll • **e.** demonstration

5 **a.** look up • **b.** looks after • **c.** look for • **d.** looking forward to • **e.** look at

▸ Chapitre 11 • page 271

1 **a.** cause • **b.** contraste, opposition • **c.** temps • **d.** but • **e.** temps/contraste, opposition • **f.** temps/cause • **g.** contraste, opposition

2 **a.** as soon as • **b.** After • **c.** While/As • **d.** since • **e.** while/as

3 **a.** harmless • **b.** unreliable • **c.** unselfish • **d.** responsible • **e.** thankless • **f.** grateful • **g.** unpretentious

4 The plane can't take off: as a consequence my cat will be hungry. We are still at the airport: it implies my boyfriend will be waiting for me. The plane can't take off: as a result, I'll miss my conference.

5 **a.** whereas Jim never leaves the country. • **b.** even if I feel a bit tired. • **c.** while my mum was gardening. • **d.** so as to let me go out.

▸ Chapitre 12 • page 273

1 **a.** smoking • **b.** to smoke • **c.** repairing • **d.** to repair

2 **a.** He wants her to clean the restaurant. • **b.** He asks her to set up the tables. • **c.** He tells her to wash the dishes. • **d.** He orders her to peel the vegetables. • **e.** He expects her to answer the phone.

3 **a.** He wants me to help him. • **b.** Do you want me to come earlier? • **c.** She wants to travel alone.

4 We must clock in and out every day. We have to wear overalls. They make us put out our cigarettes before entering the factory.

5 Mots à substituer : movie theater – cab – truck – vacation – bills – gas – subway

6 **a.** His hair needs cutting. • **b.** His room needs cleaning / tidying. • **c.** The TV set needs repairing. • **d.** His car needs washing.

▸ Test-Bilan • page 274

1. us • **2.** the most expensive • **3.** whose • **4.** boring • **5.** This exercise is the most difficult. • **6.** have worked ... for • **7.** Shall • **8.** have • **9.** were • **10.** should have stayed • **11.** is being built • **12.** it was • **13.** He should apologize. • **14.** Paul doesn't have to come. • **15.** would • **16.** How often • **17.** whereas • **18.** to tidy • **19.** What ... like • **20.** Jane said she would help me.

ESPAGNOL

▸ Chapitre 1 • page 277

1 **a.** hago • **b.** tienes • **c.** oye • **d.** pensamos • **e.** vais • **f.** pueden

2 **a.** (Nosotras) traducimos una frase. • **b.** (Vosotros) os vestís muy rápido. • **c.** Luis y Marina hacen demasiado ruido. • **d.** (Tú) piensas mucho en el futuro. • **e.** (Yo) no sé nadar.

3 **a.** Juan se despierta a las ocho en punto. • **b.** Tenemos muchos deberes. • **c.** Salgo de mi clase de piano. • **d.** Se acuestan a las nueve y media.

4 vas • voy • tengo • puedo • me quedo • salgo • salimos • quieres • te llamo

5 Por la mañana: despertarse, levantarse, desayunar, ducharse, peinarse, maquillarse, vestirse, etc. • Por la tarde: trabajar, estudiar, ir a la compra, hacer deporte, salir, pasear, merendar, etc. • Por la noche: cenar, leer, ver la televisión, acostarse, dormir, etc.

6 **a.** Lucía desayuna a las siete y media. • **b.** Llega al colegio a las nueve. • **c.** Juega con el ordenador a las cuatro y cuarto. • **d.** Se acuesta a las nueve.

▸ Chapitre 2 • page 279

1 **a.** A mi prima Laura • **b.** A ti • **c.** A mí • **d.** A Eva y a ti • **e.** A tus vecinos

2 **a.** le • **b.** nos • **c.** me • **d.** les • **e.** te

3 **a.** por • **b.** Para • **c.** Para, por • **d.** por • **e.** para

4 Me gusta • Me encanta • me gusta • me interesan • me apetece • me encantan • me molestan

5 **a.** pantalla • **b.** teclado • **c.** portátil • **d.** ratón

6 **a.** A Natalia le gustan los libros. • **b.** (A mí) me apetece tomar un café. • **c.** (A ti) te duelen los pies. • **d.** (A nosotros) nos interesa la historia antigua. • **e.** A mis padres les molestan los niños malos.

▸ Chapitre 3 • page 281

1 **a.** esta mañana • **b.** nunca • **c.** en 1492 • **d.** ayer

2 **a.** traje, puse • **b.** ha visto • **c.** vino • **d.** he dicho

3 **a.** ¿Ya has llegado? / ¿Has llegado ya? • **b.** Leí este libro el año pasado. • **c.** Miguel de Cervantes nació el 29 de septiembre de 1547. • **d.** He venido en metro. • **e.** El verano pasado fui a Francia.

4 has montado • He viajado • has hecho • hicimos • fuimos • recorrimos

5 **a.** reservar • **b.** aterrizar • **c.** despegar • **d.** alojarse • **e.** viajar • **f.** facturar

6 **a.** Leyó un libro. • **b.** Hizo los deberes. • **c.** Comió una pizza.

▸ Chapitre 4 • page 283

1 **a.** ser • **b.** saber • **c.** estar • **d.** ver • **e.** venir • **f.** ir

2 **a.** era – tenía • **b.** Salía • **c.** Veía • **d.** Tenía

3 **a.** Anoche fuimos al cine. • **b.** Cuando nació su hermana, Elisa tenía 4 años. • **c.** Lucas no ha ido a la escuela hoy. • **d.** No he podido llegar antes porque había embotellamientos.

4 quería • pidió • salieron • gritó • Era • bautizó • murió • sabía

5 **a.** Edad Media • **b.** Renacimiento • **c.** Prehistoria • **d.** Edad Contemporánea

6 **a.** fue – tenía • **b.** murió • **c.** Phrase correcte. • **d.** vivían • **e.** Phrase correcte.

▸ Chapitre 5 • page 285

1 **a.** una madre a su hijo • **b.** una azafata a los pasajeros del avión • **c.** un entrenador de fútbol a su equipo • **d.** un profesor a uno de sus alumnos

2 **a.** ponla • **b.** Ten • **c.** Muestra • **d.** Siéntate • **e.** Lee

3 **a.** Haced mucho deporte. • **b.** Circula en moto. • **c.** No utilicéis el móvil. • **d.** No entren ustedes rápidamente. • **e.** No te pongas el casco.

4 sube • tuerce • hay que tener / tienes que tener

5 **a.** 4 • **b.** 3 • **c.** 2 • **d.** 1

6 **a.** Prohibido / Está prohibido / No está permitido llamar por teléfono durante el despegue. No llamen por teléfono durante el despegue.

b. Sigan / Tienen que seguir / Hay que seguir las indicaciones de las azafatas.

c. Tienen que / Hay que abrocharse el cinturón de seguridad. Abróchense el cinturón de seguridad.

d. Prohibido / Está prohibido / No está permitido ponerse de pie durante el aterrizaje. No se pongan de pie durante el aterrizaje.

e. Tienen que / Hay que mostrar su billete al entrar en el avión. Muestren su billete al entrar en el avión.

▸ Chapitre 6 • page 287

1 **a.** tengan • **b.** sepa • **c.** hagamos • **d.** pidáis • **e.** haya • **f.** durmamos

2 **a.** haga • **b.** venga • **c.** sea • **d.** me esfuerce • **e.** pongas

3 **a.** El director me ha dicho que venga. • **b.** Espero que (vosotros) seáis / (ustedes) sean muy felices juntos. • **c.** Buscamos un apartamento que tenga tres habitaciones. • **d.** Iré a ver esa película cuando tenga tiempo.

4 **a.** La madre de Lola quiere / desea que ordene / recoja sus juguetes. • **b.** ... que haga la cama. • **c.** ... que se lave / se cepille los dientes. • **d.** ... que estudie matemáticas / haga los deberes.

5 **a.** 2 • **b.** 4 • **c.** 1 • **d.** 3

6 **a.** dé • **b.** sea • **c.** podamos

▸ Chapitre 7 • page 289

1 decir (→ diré) • saber (→ sabré) • venir (→ vendré) • poner (→ pondré)

2 **a.** sabré • **b.** irán • **c.** Habrá • **d.** Será • **e.** Vendréis • **f.** dirás

3 **a.** ¿Cuál es la montaña más alta del mundo? • **b.** Las mujeres no ganan tanto dinero como los hombres. • **c.** Su hermano es más simpático que su hermana. • **d.** Tus problemas son tan importantes como los míos. • **e.** Laura tiene menos trabajo que nosotros. • **f.** Hay tantas flores aquí como en mi jardín.

4 viviré • haré • tendré • gustará • podré

5 **a.** nacer • **b.** estudiar • **c.** jubilarse • **d.** envejecer • **e.** morir

6 **a.** iremos • **b.** estarán • **c.** se pondrá • **d.** más vino que • **e.** tanta contaminación como

▸ Chapitre 8 • page 291

1 **a.** tuviera, compraría • **b.** pasaría, estaría • **c.** Quisiera • **d.** Me gustaría

2 **a.** que sus padres fueran menos severos. • **b.** que sus hermanos hicieran menos ruido. • **c.** que en su habitación hubiera una televisión. • **d.** que sus profesores pusieran menos exámenes. • **e.** que su instituto estuviera cerca de la playa.

3 **a.** Deberías ir a ver a un médico. • **b.** Les gustaría saber por qué Sara se fue / se ha ido tan pronto. • **c.** Se quedan sentados como si no hubiera nada que hacer en casa. • **d.** Victor me dijo ayer que pasaría a vernos. • **e.** ¿Podrías ayudarme, por favor?

4 **a.** Si fueran / fuesen jóvenes de nuevo, irían a bailar. • **b.** Si tuvieran / tuviesen más dinero, lo gastarían con su familia. • **c.** Si supieran / supiesen hablar inglés, darían la vuelta al mundo. • **d.** Si no fueran / fuesen amigas, se sentirían muy solas.

5 **a.** el director de cine • **b.** el guión • **c.** la obra de teatro • **d.** el cuento

6 **a.** me casaría, fuera / fuese • **b.** estudiaras / estudiases, sacarías • **c.** Quisiéramos • **d.** estuvieras / estuvieses

▸ Chapitre 9 • page 293

1 **a.** vinieras • **b.** vengas • **c.** avisaras • **d.** ayudes • **e.** hiciésemos

2 **a.** invitara • **b.** llueva • **c.** tenga • **d.** hubiera

3 **a.** Juan querría que sus padres le compraran / comprasen una moto. • **b.** Cristina quería que fuéramos / fuésemos a hacer la compra. • **c.** No creo que (vosotros) podáis / (usted) pueda / (ustedes) puedan correr tan rápido. • **d.** El director pedirá que firmen el contrato.

4 hiciéramos • hagamos • fuéramos • vayamos • des

5 **a.** carrera • **b.** empresa • **c.** apuntes • **d.** asignatura

6 **a.** **estuviéramos** / **estuviésemos** tan lejos. • **b.** **abra** su maleta. • **c.** lo **sepa**. • **d.** **puedas** hacerlo.

▸ Test-Bilan • page 294

1. tan • **2.** para • **3.** mejor • **4.** más alto • **5.** Nos despertamos • **6.** han muerto • **7.** supo • **8.** había / era • **9.** se conocieron / estudiaban • **10.** muéstreme • **11.** haz • **12.** paséis • **13.** Tiene • **14.** Querría; Quisiera • **15.** diría • **16.** fuera • **17.** le gustan • **18.** tienen • **19.** que vinieras antes • **20.** pudiera / haría

Tout Savoir

3e

Moi en 3e
Frédéric Plessiet

Français
Dominique Estève, Louise Taquechel

Mathématiques
Moussa Gory, Laurence Lamarche, Victoire Merlin

Histoire-géographie
Enseignement moral et civique
Guillaume Joubert, Vanessa Lebrun, Guillaume D'Hoop

SVT
Sandrine Aussourd, Marie-Anne Grinand

Physique-Chimie et Technologie
Pascal Bihouée, Daniel Dupuis

Anglais
Corinne Touati

Espagnol
Araceli Bernáldez García

Hatier

Sommaire

Pour travailler un thème de ton programme, reporte-toi à la page indiquée.
Coche la case ☐ quand tu as fini !

Moi en 3e

FRANÇAIS

▸ Grammaire

▸ Conjugaison

▸ Orthographe

▸ Lexique

▸ Lire et écrire

MATHS

▸ Nombres et calculs

▸ Gestion de données, fonctions

▸ Géométrie – Grandeurs et mesures

HISTOIRE-GÉO • EMC

▸ Histoire

▸ Géographie

▸ Enseignement moral et civique

SVT

▸ La planète Terre, l'environnement et l'action humaine

▸ Le vivant et son évolution

▸ Le corps humain et la santé

PHYSIQUE-CHIMIE TECHNOLOGIE

▸ Organisation et transformations de la matière

▸ Mouvement et interaction

▸ Des signaux pour observer et communiquer

▸ L'énergie et ses conversions

▸ Technologie

ANGLAIS

ESPAGNOL

BREVETS BLANCS

VERS LA 2^de^

Maquette de principe : studio Favre & Lhaïk

Mise en page : STDI

Cartographie et schémas : Olivier Passillard, Légendes Cartographie, Domino, STDI, Franck Dubiez, Philippe Bouillon

Illustrations : Juliette Baily, Audrey Bussi, Sylvain Frécon, Volker Theinhardt

Pictogrammes : Hung Ho Thanh

Iconographie : Magali Girodet, Hatier illustration

Édition : Caroline Blanc, Stéphanie Herbaut, Damien Lagarde, Delphine Livet, Béatrix Lot

MOI EN 3e

1 Auditif, visuel, kinesthésique : comment identifier mon « profil » ?

Mini-test

Trois élèves préparent une évaluation sur le théorème de Pythagore. Voici leurs méthodes.

Élève 1 Je commence par apprendre le théorème comme si c'était une poésie ; je me le répète à voix haute ou dans ma tête.

Élève 2 Je commence par observer les figures illustrant le théorème, puis je lis l'énoncé.

Élève 3 Au brouillon, je construis des triangles rectangles dont je mesure les différents côtés. Je vérifie le théorème avec les mesures prises.

Quel sens est associé de manière privilégiée à chacune de ces trois méthodes ?

Réponses : Élève 1 : l'ouïe. – Élève 2 : la vue. – Élève 3 : le toucher.

Je prends de la hauteur !

→ Quand j'apprends, est-ce que j'adopte une méthode qui se rapproche de l'une des trois évoquées ci-dessus ?

→ Y a-t-il un sens que je privilégie pour mémoriser ?

La stratégie pour réussir

Demande-toi si tu préfères une méthode pour apprendre.

- Il est utile de connaître ses préférences d'apprentissage pour apprendre plus efficacement.
- Mais n'oublie pas que chacun est doté de plusieurs intelligences et peut ainsi passer d'une méthode à l'autre selon la situation, en combinant ses sens.

Les méthodes pour apprendre

Avec un « profil » auditif
- Le sens que j'aime solliciter : l'ouïe
- Ce qui m'aide : écouter, parler, « me parler »

→ Bien **écouter** en classe
→ **Relire à voix haute** en insistant par l'intonation sur les mots clés
→ M'enregistrer et **m'écouter**
→ Utiliser mon **langage intérieur** pour « entendre » le cours

Avec un « profil » visuel
- Le sens que j'aime solliciter : la vue
- Ce qui m'aide : observer, repérer

→ M'appuyer sur les **visuels du cours** et des manuels
→ Élaborer **mes propres visuels** (schémas, cartes mentales...)
→ Me construire des **images mentales**

Avec un « profil » kinesthésique
- Le sens que j'aime solliciter : le toucher
- Ce qui m'aide : faire, manipuler, essayer

→ **Participer** en classe
→ Me déplacer et faire des **gestes** lorsque j'apprends
→ Mimer physiquement ou mentalement

2 Quelles sont les techniques pour rester attentif ?

Mini-test

Équipe-toi d'un stylo et d'un chronomètre, puis fais successivement ces deux expériences.

Expérience 1 Isole-toi dans une pièce calme.
Chronomètre le temps que tu mets à faire ces trois calculs.

45,9 + 347,14 = ...	752,7 – 68,63 = ...	56,2 × 3 = ...
Opération posée	Opération posée	Opération posée

Temps : ....

Expérience 2 Sur un téléphone ou un ordinateur près de toi, lance une vidéo avec le son.
Puis chronomètre le temps que tu mets à trouver le résultat de ces trois opérations.

63,7 + 438,32 = ...	423,6 – 85,37 = ...	68,4 × 5 = ...
Opération posée	Opération posée	Opération posée

Temps : ....

Je prends de la hauteur !

→ *La durée de l'expérience 2 est-elle différente de celle de l'expérience 1 ?*
→ *Comment puis-je expliquer la différence ?*

La stratégie pour réussir

Pour travailler efficacement, focalise ton attention.

Focaliser son attention, cela consiste à se concentrer sur une tâche (ici, trouver le résultat des opérations) et donc à ignorer ou écarter ce qui nous en détourne.

- Il faut éloigner en premier lieu les **distracteurs externes** – telle la vidéo de l'expérience 2 – qui peuvent rapidement perturber notre attention. D'une façon générale, les écrans sont des tentations, qui favorisent le décrochage.
- Tes pensées, tes émotions, tes sensations (par exemple, une sensation de faim) peuvent également te déconcentrer et agir comme des **distracteurs internes**. Pour limiter leur effet, identifie-les lorsqu'ils se présentent ; tu pourras ainsi reprendre plus facilement ta tâche.

Astuce
N'oublie pas également de faire régulièrement des pauses quand tu travailles.

3 Comment organiser mon travail efficacement ?

Mini-test

Tu participes à un concours de fusées à eau. Comment t'organises-tu ? Numérote les étapes.

- ☐ **A** Je réalise une dernière série d'essais pour optimiser le réglage des ailettes. Je personnalise ma fusée et répète la mise en scène pour « séduire le jury ».
- ☐ **B** J'imprime le règlement du concours pour en connaître les contraintes exactes.
- ☐ **C** Je m'assure que les dimensions de mon modèle sont conformes au règlement du concours et au pas de tir qui sera utilisé pour lancer les fusées.
- ☐ **D** Je fabrique des prototypes, je teste plusieurs formes de bouteilles pour choisir la plus performante. Je vais au *fablab* du quartier pour réaliser les ailettes à coller aux bouteilles.
- ☐ **E** Je réalise des schémas, je récupère des bouteilles différentes, je note les questions que je me pose. Je consulte des sites Internet et des blogs sur les fusées à eau.
- ☐ **F** Je consulte la date du concours et je m'inscris.

Réponses : 1. F ; 2. B ; 3. E ; 4. D ; 5. C ; 6. A.

Je prends de la hauteur !

→ Pour ne pas être disqualifié le jour du concours, quelles précautions dois-je prendre ?

→ Comment utiliser au mieux le temps dont je dispose entre l'inscription et le concours ?

La stratégie pour réussir

Organise ton travail selon un plan d'action.

S'organiser est particulièrement utile pour préparer les épreuves du diplôme national du brevet.

Étapes	Pour les épreuves écrites	Pour l'épreuve orale
1 Connaître les échéances	Je m'informe sur les dates et heures (sites officiels ou ENT de mon collège).	
2 Se renseigner sur ce qui est attendu	Je prends connaissance du programme à réviser et des modalités de l'examen.	Je prends connaissance des règles de l'épreuve et du temps dont je dispose pour présenter mon exposé.
3 Réaliser les tâches dans un ordre logique	• Je planifie mes révisions selon mes besoins et les exigences de chaque matière. • Je m'appuie sur des personnes, des sites ou des ouvrages susceptibles de m'aider.	• J'élabore un support écrit puis je prépare ma présentation orale. • Je me mets ensuite à la place du jury pour imaginer les questions que l'on pourrait me poser.
4 Contrôler	À l'approche de l'échéance, je m'assure que j'ai bien abordé l'ensemble de ce qu'il fallait revoir.	Je répète en me plaçant dans des conditions proches de celles de l'exposé (position, chronomètre, jury fictif).

4 Comment prendre des notes efficacement ?

Mini-test

As-tu l'habitude de prendre des notes ?

1 Rendez-vous sur le site www.editions-hatier.fr pour télécharger le fichier audio intitulé « Moi en cours d'histoire ».

2 Écoute cet extrait d'un cours d'histoire en prenant des notes.

3 Analyse ce que tu as fait.

Je prends de la hauteur !

→ *Comment la voix m'a-t-elle aidé(e) à repérer les informations importantes ?*
→ *Ai-je utilisé des symboles ? un schéma ?*
→ *Ai-je utilisé des abréviations ?*

La stratégie pour réussir

La prise de notes nécessite concentration et effort de mémoire.

Prendre en notes, c'est repérer rapidement le plus important de ce qui est dit pour en garder une trace écrite personnelle. Comment prendre efficacement en notes ce que dit un professeur ?

- Identifie les **informations importantes** en t'aidant de l'intonation et du rythme de la voix.
- Utilise des **symboles** ou un **schéma** pour mettre en évidence les liens logiques.

> Tu entends : « À partir de la fin du XVIIIe siècle, un certain nombre de pays ont connu la plus profonde mutation que les sociétés humaines ont expérimentée : la révolution industrielle. »

> Tu notes : Fin XVIIIe ⇒ plusieurs pays ⇒ révolution industrielle

ou :

- Trouve des stratégies pour **abréger** car tu écris moins vite qu'un professeur qui parle.

> Tu entends : « En 1769, Watt invente la machine à vapeur. »

> Tu notes : 1769 : mach. à vap. (Watt)

ou bien : Machine à vap. (Watt, 1769)

Citation

Des notes constituent une « mémoire de papier » selon l'expression du philosophe Montaigne : elles te permettent d'en fixer le contenu.

5 Comment analyser mes résultats de manière positive ?

Mini-test

Ton professeur te rend une copie avec cette note et ce commentaire. Que fais-tu ?

13/20

Bonne analyse du contexte historique.
Revoir la partie sur les causes du conflit.
Pensez à vous relire pour limiter les erreurs orthographiques.

- ☐ **a.** Je prends ma calculatrice pour savoir si ma moyenne baisse ou augmente.
- ☐ **b.** Je range l'évaluation dans mon sac car elle doit être signée par les parents.
- ☐ **c.** Je parcours ma copie pour comprendre les commentaires de l'enseignant.
- ☐ **d.** Je lis les commentaires du professeur avant de ranger l'évaluation.
- ☐ **e.** Je cherche à connaître la moyenne de la classe et les notes de mes ami(e)s.

Réponses : C'est l'attitude c qui est la plus constructive.

Je prends de la hauteur !

→ *Que signifie la note sur une copie ?*
→ *Les commentaires peuvent-ils m'aider pour les prochaines évaluations ?*

La stratégie pour réussir

Même si tu as de « mauvaises notes », reste positif.

Lorsque tu reçois une copie corrigée, n'oublie pas que la note ne reflète pas toujours tes efforts et tes progès.

- La note est une **information chiffrée** qui te permet de te situer :
  - par rapport aux attentes de ton professeur ;
  - par rapport aux autres élèves.
- Les commentaires du professeur te fournissent :
  - ton degré de maîtrise des connaissances (ce que tu sais) ;
  - ton degré de maîtrise des compétences (ce que tu es capable de faire ;
  - des **pistes pour progresser**.
- Retiens bien que l'erreur fait partie du processus d'apprentissage et qu'on apprend de ses erreurs.

Citation

« Je ne perds jamais. Soit je gagne, soit j'apprends. »
Nelson Mandela

FRANÇAIS

Tu trouveras plein de dictées pour t'entraîner en orthographe sur hatier-entrainement.com !

▸ GRAMMAIRE

▸ CONJUGAISON

▸ ORTHOGRAPHE

▸ LEXIQUE

▸ LIRE ET ÉCRIRE

▸ TEST – BILAN

1 Les classes grammaticales

Je me demande…

Un mot appartient-il toujours à une classe grammaticale ? Qu'il soit variable ou invariable ?

Les points clés

1 Les mots variables

Classe grammaticale		Exemples
Nom	• Nom commun • Nom propre	tempête, étoile, avion, courrier… Antoine, Chili, Patagonie, Buenos Aires…
Déterminant	• article • démonstratif • possessif • interrogatif/ exclamatif • numéral • indéfini	le, la, les, un, une, des ce, cet, cette, ces mon, ma, mes, ton, ta, tes… quel, quelle, quels, quelles un, deux…, premier, deuxième… quelques, plusieurs, chaque, tout, aucun, même, autre…
Pronom	• personnel • démonstratif • possessif • relatif • interrogatif • indéfini	je, tu, il, elle, le, la, les, lui, leur… ce, ceci, cela, celui, ceux… le mien, les miens, le tien, les tiens… qui, que, dont, où, lequel qui ? que ? lequel ? quelqu'un, quelque chose, certains, chacun, tous, personne, rien…
Adjectif qualificatif		mortel, immense, silencieux, nocturne, redoutable…
Verbe		luire, juger, voir, monter…

2 Les mots invariables

Classe grammaticale		Exemples
Adverbe	• circonstanciel • interrogatif • négatif • de phrase	ici, là, parfois, bien… quand ? où ? comment ? pourquoi ?… ne, ne… pas, ne… plus, ni… ni… ainsi, ensuite, enfin…
Préposition		à, dans, de, par, pour…
Conjonction	• de coordination • de subordination	mais, où, et, donc, or, ni, car que, quand, comme, parce que…
Interjection		ah ! oh ! hélas !

Un peu de méthode

Identifier la nature de *tout*

- *Tout* est **adverbe** quand il signifie « tout à fait, entièrement ». Il est alors invariable.
  La carlingue de l'avion tout entière fut secouée.
  ▶ Attention, devant un adjectif au féminin commençant par une consonne ou un *h* aspiré, l'adverbe *tout* s'accorde pour faciliter la prononciation.
  Je suis toute seule.
- *Tout* est un **déterminant indéfini** quand il est suivi d'un nom. Il s'accorde alors avec ce nom. Tous les avions transportaient du courrier.
- *Tout* est un **pronom indéfini** quand il est employé seul.
  Tout l'ennuie. Tous [on entend le *s*] l'ennuient. Toutes l'ennuient.

On s'entraîne !

1 QUIZ

Lis le texte puis coche la classe grammaticale correspondante : déterminant, préposition ou adverbe.

Dans Vol de nuit, *Saint-Exupéry raconte l'aventure de l'Aéropostale qui a exploré, entre 1927 et 1933, les voies aériennes susceptibles de relier le Chili et le Brésil.*

> Et c'est à cette minute que luirent sur sa tête, dans une déchirure de la tempête, comme un appât mortel au fond d'une nasse, quelques étoiles. Il jugeait bien que c'était un piège ; on voit trois étoiles dans un trou, on monte vers elles, ensuite on ne peut plus descendre, on reste là à mordre les étoiles... Mais sa faim de lumière était telle qu'il monta.
>
> Antoine de SAINT-EXUPÉRY, *Vol de nuit*, © Éd. Gallimard, 1930.

	Dét.	Prép.	Adv.
a. dans	☐	☐	☐
b. quelques	☐	☐	☐
c. bien	☐	☐	☐
d. ensuite	☐	☐	☐

2 *Vocabulaire*

Complète les phrases en utilisant les mots de la liste :

- adverbes
- conjonctions de coordination
- conjonctions de subordination
- déterminants
- prépositions

a. Ils déterminent un nom :
ce sont les ……………………

b. Ils précisent un verbe, un adjectif ou un autre adverbe :
ce sont les ……………………

c. Elles introduisent un complément :
ce sont les ……………………

d. Elles introduisent une proposition subordonnée :
ce sont les ……………………

e. Elles relient deux mots, deux groupes de mots, deux propositions de même nature :
ce sont les ……………………

3 Tout, tous *ou* toute ?

Complète les phrases avec *tout* ou *tous* et indique, par oral, la nature de chacun.

a. …………… les avions devaient trouver leur chemin au-dessus des Andes.

b. …………… pilote sait que c'est un voyage difficile quand la tempête brouille …………… les repères habituels.

4 *Déterminants*

Dans l'extrait de l'exercice 1, relève les déterminants et classe-les dans ce tableau.

Article défini	……………
Article indéfini	……………
Déterminant possessif	……………
Déterminant démonstratif	……………
Déterminant indéfini	……………
Déterminant numéral	……………

5 VERS LE BREVET

Lis l'extrait, puis réponds aux questions.

a. Repère les verbes. Quel est le temps dominant ?
b. Encadre ceux qui sont accordés au pluriel.
c. Fais-toi dicter le passage entre crochets.

> Ainsi les trois avions postaux de la Patagonie, du Chili et du Paraguay revenaient du Sud, de l'Ouest et du Nord vers Buenos Aires. On y attendait leur chargement pour donner le départ, vers minuit, à l'avion d'Europe. [Trois pilotes, chacun à l'arrière d'un capot lourd comme un chaland, perdus dans la nuit, méditaient leur vol, et, vers la ville immense, descendraient lentement de leur ciel d'orage ou de paix, comme d'étranges paysans descendent de leurs montagnes. Rivière, responsable du réseau entier, se promenait de long en large sur le terrain d'atterrissage de Buenos Aires. Il demeurait silencieux car, jusqu'à l'arrivée des trois avions, cette journée, pour lui, restait redoutable.]
>
> Antoine de SAINT-EXUPÉRY, *Vol de nuit* © Éd. Gallimard, 1930.

Corrigés page 8 du Guide

2 Le sujet et le groupe du verbe

Je me demande…

Un verbe est-il toujours associé à un sujet ? Comment identifier les compléments du verbe ?

Les points clés

1 Le sujet

- Le sujet est, avec le groupe du verbe, un **composant essentiel de la phrase**. Il se place le plus souvent devant le verbe. Il commande l'accord du verbe en nombre et en personne.

Le grand Michu [sujet] était [verbe] du Var.

2 Le verbe et ses compléments

- Le groupe du verbe peut se réduire à un verbe. Mais il est souvent plus étendu.
- Après un verbe transitif, on trouve :

verbe + COD	quand le verbe est **transitif direct** Son père possédait [verbe] quelques bouts de terre [COD].
verbe + COI	quand le verbe est **transitif indirect** Je me souviens [verbe] avec émotion de ce camarade [COI].
verbe + attribut du sujet	après un **verbe d'état** Il nous semblait [verbe] redoutable [att. du sujet].
verbe + attribut du COD	après un verbe exprimant **le choix, la désignation ou le jugement** De son côté, Michu nous [COD] trouvait [verbe] certainement bien peureux [att. du COD].

- On ne peut supprimer ni déplacer un composant essentiel de la phrase (sujet, COD, COI, attribut du sujet ou attribut du COD), sans changer le sens de celle-ci.

Un peu de méthode

Accorder un adjectif attribut du COD

De même qu'un adjectif attribut du sujet s'accorde avec le sujet, un adjectif attribut du COD **s'accorde avec le COD**.

Les collégiens jugeaient **l'histoire du grand Michu** passionnante.

1. On cherche le COD auquel l'attribut du COD se rapporte.
Qu'est-ce qui est *passionnante* ? → *l'histoire du grand Michu.*

2. On accorde ensuite l'attribut du COD **en genre et en nombre** avec le COD trouvé.
▸ *Passionnante* s'accorde au féminin singulier avec *l'histoire*.

On s'entraîne !

1 QUIZ

Quelle est la fonction des mots soulignés ?

	Att. du sujet	Att. du COD
a. Avant le départ, les cyclistes semblaient tendus.	☐	☐
b. Quel est ton nom ?	☐	☐
c. Les membres du club ont nommé Bob président.	☐	☐
d. Ce médecin passe pour très compétent.	☐	☐
e. Nous l'avons cru malade.	☐	☐

2 COD ou COI ?

Indique la fonction des groupes de mots soulignés.

a. Il ressemble étonnamment à son oncle. ....

b. Marie tenait en laisse un petit chien ridicule. ....

c. Il faut ajouter du sel à la sauce. ....

d. Le directeur est très occupé mais vous pourrez lui parler entre deux rendez-vous. ....

e. Il ne trouve jamais de chaussures assez grandes pour lui. ....

3 Sujets et compléments

Classe dans le tableau les groupes de mots soulignés et indique le verbe associé.

Dans un collège, le « grand Michu » accepte par solidarité, malgré sa faim, de diriger la grève de la cantine imaginée par ses camarades.

Naturellement, les conspirateurs offrirent au grand Michu d'être leur chef. Le plan de ces messieurs était d'une simplicité héroïque : il suffirait, pensaient-ils, de refuser toute nourriture, jusqu'à ce que le proviseur déclarât solennellement que l'ordinaire serait amélioré. L'approbation que le grand Michu donna à ce plan, est un des plus beaux traits d'abnégation et de courage que je connaisse.

É. ZOLA, « Le Grand Michu », *Nouveaux Contes à Ninon*, 1874.

	Groupe de mots	Verbe associé
Sujet	....	....
COD	....	....
COI	....	....
Att. du sujet	....	....

4 Attribut, COD ou COI ?

Surligne les groupes de mots soulignés dans la couleur qui convient.

COD
COI
attribut du sujet

Une après-midi, à la récréation de quatre heures, le grand Michu me prit à part, dans un coin de la cour. Il avait l'air contrarié, ce qui me frappa d'une certaine crainte ; car le grand Michu était un gaillard aux poings énormes, que pour rien au monde je n'aurais voulu avoir pour ennemi.

— Écoute, me dit-il de sa voix grasse de paysan à peine dégrossi, écoute, veux-tu en être ?

Je répondis carrément : « Oui ! » flatté d'être de quelque chose avec le grand Michu. Alors, il m'expliqua qu'il s'agissait d'un complot. Les confidences qu'il me fit me causèrent une sensation délicieuse, que je n'ai jamais peut-être éprouvée depuis.

É. ZOLA, « Le Grand Michu », *Nouveaux Contes à Ninon*, 1874.

Attribut	COD	COI
....	....	....
....	....	....
....	....	....

5 VERS LE BREVET

Réécris le premier paragraphe de l'extrait de l'exercice 4 en remplaçant « le grand Michu » par « le grand Michu et Paul » et en faisant toutes les modifications qui s'imposent.

....
....
....
....
....

Corrigés page 8 du Guide

3 Les compléments circonstanciels

Je me demande...
En quoi un complément circonstanciel se distingue-t-il d'un complément d'objet ?

Les points clés

Une phrase peut inclure des **compléments circonstanciels** : ces compléments **facultatifs** précisent dans quelles **circonstances** se fait l'action du verbe.

1 Le sens des compléments circonstanciels

- On distingue différentes circonstances.

Circonstance	Classification	Exemple
Où ?	CC de lieu	Nous roulons sur la route blanche.
Quand ?	CC de temps	Nous arrivons enfin sur la terre ferme.
Comment ?	CC de manière	Nous roulons au trot.
Pourquoi ?	CC de cause	Le cocher emprunte le même chemin par habitude.
En sorte de quoi ?	CC de conséquence	Il fait trop chaud pour voyager.
Pour quoi ?	CC de but	Nous partons pour acheter de nouvelles chaussures.
Malgré quoi ?	CC d'opposition	Malgré la chaleur, j'aimais ces promenades.

2 La classe grammaticale des compléments circonstanciels

- Un CC peut avoir des **natures grammaticales variées**.

Nature du CC	Exemple
Groupe nominal	Le soir, nous partons en calèche. Nous roulons sur la route blanche.
Pronom	J'habite chez eux.
Gérondif	Le cocher roule en chantant.
Adverbe	Il avançait vite.
Verbe à l'infinitif	Nous partons pour acheter de nouvelles chaussures.
Proposition subordonnée	Pendant que la calèche roulait, nous dormions.

- Voir le chapitre sur les propositions subordonnées circonstancielles page 24.

Un peu de méthode

Distinguer les CC de cause, de conséquence et de but

- Un **CC de cause** donne la raison d'un événement ou d'un comportement.
  [À cause de la hauteur de la rivière], nous n'avons pas pu nous promener.
- Un **CC de conséquence** met en évidence le résultat, les effets d'une action, d'un fait.
  [La rivière était en crue], de sorte qu'il nous fut impossible de faire notre promenade.
- Un **CC de but** exprime la visée, l'objectif.
  Nous allions chaque été en Russie, [pour retrouver la famille].

On s'entraîne !

1 QUIZ

Vrai ou faux ?

	V	F
a. Un complément circonstanciel est lié au verbe et ne peut être supprimé.	☐	☐
b. La préposition « à » peut introduire un COI ou un CC.	☐	☐
c. Un CC peut se construire sans préposition.	☐	☐
d. *Ici* et *là-bas* sont des adverbes CC de lieu.	☐	☐

2 CC de lieu

a. Dans le texte qui suit, souligne 7 compléments circonstanciels de lieu.

Dans Enfance*, Nathalie Sarraute raconte ses souvenirs d'enfance, dans un récit autobiographique à deux voix, celle des souvenirs et celle qui porte un jugement critique sur la première.*

Nous sommes assis avec [ma tante], nous, les plus petits, dans la grande calèche découverte, tirée par deux chevaux, nous allons de l'autre côté du fleuve, où se trouvent les magasins, où s'élève la haute tour blanche entourée près de son sommet d'un balcon... Même de loin, de notre rive, on voit une silhouette qui se penche à la balustrade, elle émet des sons étranges qui ressemblent à des cris, à des chants.

Nathalie Sarraute, *Enfance*, © Éditions Gallimard, 1985.

? indice

N'oublie pas les deux pronoms relatifs *où*. Le GN *de l'autre côté du fleuve* est un complément essentiel de lieu et non un CC.

b. Classe ces compléments dans le tableau ci-dessous.

GN	Adverbe	Pronom
....	....	....
....	....	....
....	....	....
....	....	....
....	....	....

3 Sens des CC

Indique le sens des CC soulignés. Aide-toi de la liste ci-contre.

- but
- lieu
- manière
- temps

Nathalie Sarraute écrit ses souvenirs d'enfance <u>sous forme de dialogue</u>, <u>pour mettre au jour les souvenirs enfouis dans sa mémoire</u>. La narratrice regarde <u>avec ironie</u> ou attendrissement l'enfant naïve qu'elle fut <u>autrefois</u>. Des paroles brutales prononcées <u>devant elle</u>, pendant les premières années de sa vie, ont eu en elle de douloureuses répercussions.

4 CC de temps et de manière

Complète le texte avec les CC suivants, puis indique leur classe et leur fonction :
alors • mieux • rapidement • soudain

Ravinel roule .... la nuit. Par goût. On est seul. On s'enfonce dans l'ombre, à toute allure. On ne ralentit pas en traversant les villages. Les phares éclairent .... la route qui ressemble à un canal parcouru d'une légère houle. Impression de faire du hors-bord. Et puis, ..., impression de dévaler la pente d'un scenic-railway : les poteaux blancs qui balisent les virages passent ...., avec des miroitements de pierres précieuses.

Boileau-Narcejac, *Les Diaboliques* (*Celle qui n'était plus*), © Éd. Denöel, 1952.

5 LECTURE D'IMAGE

Observe la couverture du roman de Nathalie Sarraute.

a. Qui sont les deux personnes représentées sur la couverture ? Justifie ta réponse.
b. Comment est habillée l'enfant ?
c. Comment caractériserais-tu l'expression de la femme vue de profil ?

Corrigés page 8 du Guide

4 Les expansions du nom

Je me demande...
Un adjectif associé à un nom est-il une expansion du nom ? Quand dit-on qu'il est apposé ?

Les points clés

1 Épithète et complément du nom

● Un nom est fréquemment précisé par un **adjectif qualificatif** qui exerce la fonction d'épithète. Cet adjectif se place immédiatement avant ou après le nom qu'il qualifie. Il s'accorde en genre et nombre avec ce nom.

des baies blanches et pourpres
adj. épithètes

● Parfois, c'est une **proposition subordonnée relative** qui joue le rôle d'épithète.

Il découvrit un arbuste où poussaient des baies blanches.
prop. sub. relative épithète

● Un nom peut également être complété par un **groupe introduit par une préposition** (*à, de, en...*) ; ce groupe exerce la fonction de complément du nom.

des baies au goût de viande
complément du nom

Une expansion du nom peut toujours être supprimée.

2 Les expansions en apposition

● Une expansion est le plus souvent **liée** au nom noyau (voir les exemples ci-dessus). Parfois, cependant, elle est séparée du GN par une virgule ou un deux-points. Le mot ou le groupe de mots ainsi construit est dit **apposé** ou **en apposition**.

● Selon le cas, il s'agit d'un adjectif, d'une subordonnée relative, d'un GN, d'un infinitif...

Nehi, confiant dans ses talents de cultivateur, avait planté de nouvelles graines.
groupe adjectival apposé à *Nehi*

Ces fruits, des carnélias, sont succulents.
GN apposé à *ces fruits*

Nehi n'avait qu'une envie, nourrir au mieux ses animaux.
groupe infinitif apposé à *envie*

Un peu de méthode

Accorder correctement dans une subordonnée relative

● Avec le pronom *qui*
Quand le pronom relatif est le pronom sujet *qui*, le verbe de la relative s'accorde avec ce pronom ; il faut donc retrouver le nom remplacé par *qui*.

Les arbres qui pouss**ent** ici le mieux sont les pins maritimes.
C'est toi qui ir**as** cueillir les fruits pour ce soir.

● Avec le pronom *que*
Quand le pronom relatif est le pronom COD *que* et que le verbe de la relative est à un temps composé, son participe passé s'accorde avec *que*.

Les fleurs que j'ai cueilli**es** ce matin sont écloses.

On s'entraîne !

1 QUIZ

Vrai ou faux ?

	V	F
a. On peut enrichir un GN avec un adjectif qualificatif.	❑	❑
b. On peut enrichir un GN avec une subordonnée relative.	❑	❑
c. Un complément du nom est en général formé d'une préposition et d'un nom.	❑	❑
d. Un adjectif, un nom ou une subordonnée relative peuvent être apposés à un GN.	❑	❑

2 *Adjectifs épithètes*

Dans ce texte, souligne les 4 adjectifs épithètes.

Des années auparavant, au fond d'un vallon dissimulé derrière sept montagnes et sept vallées encaissées, Nehi avait découvert au cours de ses errances un arbuste où poussaient des baies blanches et pourpres au goût de viande. Nehi appela ces fruits des carnélias.

Amos Oz, *Soudain dans la forêt profonde*, traduit par Sylvie Cohen, © Éditions Gallimard, 2009.

? indice

Dans ton relevé, doivent figurer deux participes passés employés comme adjectifs.

3 *Fonction des expansions*

Surligne les groupes de mots soulignés dans la couleur qui convient.

- épithète
- C. du nom
- apposition

Vaste et profond, le jardin s'étirait à perte de vue jusqu'aux pentes fleuries avoisinant des bosquets obscurs, des vergers et des potagers. Des ruisseaux pareils à une dentelle de fils d'argent l'arrosaient. Dominant l'ensemble, une foule d'insectes et de minuscules bestioles s'agitaient, zigzaguaient et tourbillonnaient en tous sens dans une cacophonie assourdissante de bourdonnements, de vrombissements et de bruissements.

Amos Oz, *Soudain dans la forêt profonde*, traduit par Sylvie Cohen, © Éditions Gallimard, 2009.

4 *Se préparer au brevet*

Lis le texte et réponds aux questions.

Le jardin ombragé était un régal pour les yeux, illuminé qu'il était non seulement par les rayons du soleil couchant, mais aussi par les pinceaux d'une lumière extraordinaire, intense et polychrome. Ces rayons filtraient à travers les arbres et les buissons, les parterres fleuris, les bassins, les rivières et ruisselets cristallins qui coulaient ici et là entre les anfractuosités des rochers et au creux des gradins.

Amos Oz, *Soudain dans la forêt profonde*, traduit par Sylvie Cohen, © Éditions Gallimard, 2009.

a. Relève un adjectif apposé au GN *le jardin ombragé*.
b. Souligne les deux expansions des noms *rivières et ruisselets*.
c. Quelle impression ressort de cette description du jardin ?

? indice

Rappelle-toi qu'un adjectif apposé est détaché du GN auquel il se rapporte, le plus souvent par une virgule.

5 LECTURE D'IMAGE

Observe ce tableau d'Henri Rousseau dit « Le Douanier Rousseau ».

Henri ROUSSEAU (1844-1910), *La charmeuse de serpents*, 1907.

a. Quelles couleurs dominantes le peintre a-t-il choisies pour représenter la jungle ?
b. Comment est représentée la femme ?
c. Quelle impression se dégage de l'ensemble de la toile ?

Corrigés page 8 du Guide

GRAMMAIRE

5 Les formes de phrases

Je me demande...

Comment reconnaître une phrase de forme passive ? Qu'est-ce que la forme emphatique ?

Les points clés

Une phrase peut adopter différentes formes.

1 Les formes affirmative et négative

Dans *L'Île des esclaves* (1725), Arlequin essaye de conquérir le cœur d'Euphrosine.

● Une phrase négative se distingue d'une phrase affirmative par la **présence d'une négation**. L'adverbe de négation « ne » est le plus souvent utilisé avec un autre mot qui peut être :

Un autre adverbe	*ne... pas, ne... plus, ne... jamais*	Je n'ai jamais aimé ainsi.
Un pronom indéfini	*personne... ne, rien... ne*	Personne ne vous aime autant que moi.
Un déterminant	aucun + nom + *ne*	Aucune femme n'est aussi belle que vous.

● La **conjonction de coordination** *ni* relie deux termes ou deux propositions négatives.

Vous ne me trouvez ni beau ni intelligent mais vous changerez d'avis.

2 Les formes neutre et emphatique

● La phrase emphatique se distingue de la phrase neutre par la **mise en valeur d'un de ses constituants**. On distingue trois procédés de mise en valeur :

– le déplacement en tête de phrase ;

Quelles jolies petites mains vous avez !

– le déplacement et la reprise par un pronom ;

Les jolis doigts, que je serais heureux avec cela !

– l'ajout d'un présentatif (*c'est, voilà, il y a*).

C'est vous que j'aime.

3 Les formes active et passive

● Le passage d'une phrase active à la forme passive n'est possible que si le verbe est **transitif direct**. Le verbe est alors conjugué à la voix passive.

Arlequin (sujet) aime Euphrosine (COD). → Euphrosine (sujet) est aimée par Arlequin (comp. d'agent).

● Le COD de la phrase active devient sujet de la phrase de forme passive. Le sujet de la phrase active devient **complément d'agent**.

Un peu de méthode

Accorder le participe passé d'un verbe à la voix passive

● La voix passive exige l'auxiliaire *être*. Il faut donc faire attention à **accorder le participe passé avec le sujet**. Attention au cas où l'auxiliaire est à un temps composé (et donc conjugué avec l'auxiliaire *avoir*).

Aujourd'hui Euphrosine est aimée par Arlequin.

Autrefois elle a été courtisée par un jeune homme riche.

On s'entraîne !

1 QUIZ

Ces phrases sont à la forme passive.

	V	F
a. Je suis enthousiasmée par cette rencontre.	☐	☐
b. Vous êtes merveilleux.	☐	☐
c. Je suis allée au théâtre.	☐	☐
d. Cette pièce a été souvent jouée.	☐	☐
e. Les duos amoureux sont des passages obligés dans la comédie.	☐	☐

2 Mémoriser activement

Complète avec les mots du cours.

Une phrase peut être

- de forme active ou ……………………
- de forme neutre ou ……………………
- de forme affirmative ou ……………………

3 La forme négative

Souligne deux propositions de forme négative.

Sur l'île des esclaves, les rôles des maîtres et des valets sont inversés. Le valet Arlequin s'essaie à la séduction auprès de la noble Euphrosine, mais sans succès…

> ARLEQUIN. — Vous me trouvez un peu nigaud, n'est-il pas vrai ? Mais cela passera ; c'est que je vous aime et que je ne sais comment vous le dire.
> EUPHROSINE. — Vous ?
> ARLEQUIN. — Eh pardi oui ; qu'est-ce qu'on peut faire de mieux ? Vous êtes si belle, il faut bien vous donner son cœur.

MARIVAUX, *L'Île des esclaves*, scène VIII, 1725.

? indice

Attention, dans la seconde proposition de forme négative, l'adverbe de négation *ne* est employé seul.

4 La bonne forme

Quelle est la forme de ces phrases ?

a. Chérubin est protégé par toutes les femmes dans *Le Mariage de Figaro*.
☐ Forme active ☐ Forme passive

b. J'apprécie beaucoup cette nouvelle mise en scène de la pièce.
☐ Forme neutre ☐ Forme emphatique

c. Jouer le rôle d'Arlequin, voilà un joli début de carrière pour un acteur !
☐ Forme neutre ☐ Forme emphatique

d. Les comédies de Marivaux ont été souvent jouées à la Comédie-Française, ces dernières années.
☐ Forme active ☐ Forme passive

5 Transposer au passif

Réécris ces phrases au passif en faisant toutes les transformations nécessaires.

a. Le Comte Almaviva a découvert Chérubin, le page, chez Fanchette, la cousine de Suzanne.

……………………………………………………………………

b. Le Comte aurait poussé des grands cris de colère en les trouvant ensemble.

……………………………………………………………………

c. Il a finalement renvoyé le page du château.

……………………………………………………………………

6 VERS LE BREVET

Lis le texte et réponds aux questions.

> CHÉRUBIN. — C'est fait Suzon, je suis privé à jamais du plaisir de te voir.
> SUZANNE. — De me voir ! Moi ? C'est mon tour ! Ce n'est donc plus pour ma maîtresse que vous soupirez en secret ?
> CHÉRUBIN. — Ah ! Suzon, qu'elle est noble, qu'elle est belle ! Mais qu'elle est imposante !
> SUZANNE. — C'est-à-dire que je ne le suis pas et qu'on peut oser avec moi…

BEAUMARCHAIS, *Le Mariage de Figaro*, acte I, scène 7, 1778.

a. Réécris ce texte en supprimant tous les procédés d'emphase.
b. Que devient le dialogue ainsi rédigé ?

Corrigés page 8 du Guide

6 La phrase complexe et les différentes subordonnées

Je me demande…

Une phrase complexe contient-elle toujours une subordonnée ?

Les points clés

1 Phrase simple et phrase complexe

● Une phrase qui ne comprend qu'un seul verbe conjugué est une **phrase simple**.

Alain-Fournier a écrit *Le Grand Meaulnes*.

● Une phrase qui comprend au moins deux verbes conjugués est une **phrase complexe**. Elle se décompose en autant de propositions que de verbes conjugués. Les propositions peuvent être juxtaposées, coordonnées ou liées par un rapport de subordination.

2 Les propositions subordonnées

● Une proposition subordonnée n'a **pas d'existence autonome**, elle dépend toujours d'une proposition principale à laquelle elle est reliée le plus souvent par un mot subordonnant.

Je ris [parce qu'il a raconté une blague].
mot subordonnant

● On distingue **six types de propositions subordonnées**, en fonction du mot qui les introduit.

Mot subordonnant	Nature de la subordonnée	Exemple
Conjonction de subordination	• Conjonctive complétive • Conjonctive circonstancielle	Je pense [qu'il a raison]. Tu viens [quand tu veux].
Mot interrogatif	Interrogative indirecte	Il se demande [si c'est raisonnable].
Pronom relatif	Subordonnée relative	Les histoires [qu'il raconte] sont passionnantes.
Pas de mot subordonnant + verbe à l'infinitif	Subordonnée infinitive	J'entends [mon camarade rire de mes maladresses].
Pas de mot subordonnant + verbe au participe	Subordonnée participiale	[Les cours terminés,] nous discutions ensemble.

Un peu de méthode

Identifier le mot subordonnant *que*

● Le subordonnant *que* peut être identifié en fonction de la nature du mot qui le précède.

que

- après un nom ou un pronom → **pronom relatif**
  Meaulnes, [que je voyais souvent rêver dans la cour] s'en alla un beau matin.
- après un verbe → **conjonction de subordination**
  Le narrateur se rend compte [que Meaulnes a fugué].

On s'entraîne !

1 QUIZ

Parmi ces phrases, lesquelles sont simples, lesquelles sont complexes ?

a. Je sais que Meaulnes est parti. •

b. Plus exactement je le soupçonne de s'être échappé. •

c. Il aura demandé la jument de M. et Mme Charpentier qu'il fait atteler maintenant. •

• simple

• complexe

2 Créer une subordonnée

Transforme chaque couple de phrases en une phrase comprenant une proposition principale et une proposition subordonnée.

a. Ma famille habitait depuis dix ans le village. Un jour Augustin Meaulnes arriva.

b. Le dimanche d'hiver à la campagne, dans les années 1900, était parfois très triste. C'est pourquoi l'arrivée d'un invité était un événement.

c. J'étais inquiet. Meaulnes n'était pas rentré.

3 Nature des subordonnées

Surligne les propositions soulignées dans la couleur qui convient.

(rose)	subordonnée conjonctive
(bleu)	subordonnée relative

Le narrateur est fasciné par son ami Augustin Meaulnes qui ne se satisfait pas de la réalité.

> Mais <u>lorsque l'heure fut venue de partir</u> et <u>que je me levai pour faire signe au grand Meaulnes</u>, il ne m'aperçut pas d'abord. Adossé à la porte et tête penchée, il semblait profondément absorbé par <u>ce qui venait d'être dit</u>. En le voyant ainsi, perdu dans ses réflexions, regardant, comme à travers des lieues de brouillard, ces gens paisibles <u>qui travaillaient</u>, je pensais soudain à cette image de *Robinson Crusoé*, <u>où l'on voit l'adolescent anglais, avant son grand départ, « fréquentant la boutique d'un vannier »</u>.
>
> ALAIN-FOURNIER, *Le Grand Meaulnes*, 1913.

4 Expression du temps

Lis le texte et réponds aux questions.

> Dès le début de la classe, je me suis aperçu que Meaulnes n'était pas rentré après la récréation de midi. Son voisin de table a bien dû s'en apercevoir aussi. Il n'a rien dit encore, préoccupé par sa composition. Mais, dès qu'il aura levé la tête, la nouvelle courra par toute la classe et quelqu'un, comme c'est l'usage, ne manquera pas de crier à haute voix les premiers mots de la phrase : « Monsieur ! Meaulnes... ».
>
> ALAIN-FOURNIER, *Le Grand Meaulnes*, 1913.

a. Dans ce texte, souligne deux compléments circonstanciels de temps.

b. Quelle est la classe grammaticale de chacun de ces compléments ?

5 Nature de que

Quelle est la nature de la subordonnée introduite par *que* : relative (R) ou conjonctive (C) ?

	R	C
a. Je crains que vous ne m'ayez pas compris.	☐	☐
b. Je te prêterai les livres que j'ai lus cet été.	☐	☐
c. Nous souhaitons que vous reveniez très vite parmi nous.	☐	☐
d. L'équipe que nous avions constituée fonctionnait très bien.	☐	☐

6 VERS LE BREVET

Lis le texte et réponds aux questions.

a. Analyse les propositions de la première phrase.

b. Indique les nature et fonction des subordonnées.

c. Selon toi, quel effet produit le contraste entre la première phrase et la fin de l'extrait ?

> Tandis que les enfants couraient avec des cris de joie, que des groupes se formaient ou s'éparpillaient à travers bois, Meaulnes s'avança dans une allée, où, dix pas devant lui, marchait la jeune fille. Il se trouva près d'elle sans avoir eu le temps de réfléchir :
> « Vous êtes belle », dit-il simplement.
>
> ALAIN-FOURNIER, *Le Grand Meaulnes*, 1913.

Corrigés page 9 du Guide

7 Les subordonnées circonstancielles

Je me demande...
Quand dit-on d'une subordonnée qu'elle est circonstancielle ?

Les points clés

- Une **subordonnée conjonctive circonstancielle** exprime la circonstance dans laquelle se fait l'action du verbe de la proposition principale. Elle est introduite par une **conjonction ou locution conjonctive de subordination qui précise son sens.**
- On distingue plusieurs subordonnées circonstancielles selon leur sens.

Subordonnée circonstancielle	Conjonctions ou locutions conjonctives de subordination	Exemple
de temps (temporelle)	*quand, dès que, lorsque, tandis que, avant que, après que, comme*, etc.	[Lorsque nos cousins disent « maman »], on entend la tendresse dans leur voix.
de cause (causale)	*comme, parce que, puisque, sous prétexte que*, etc.	[Parce que la famille rentrait de Chine], notre vie allait changer.
de conséquence (consécutive)	*si bien que, de sorte que, de façon que, si... que*, etc.	Nous avions si peu vu notre mère [que nous ne la connaissions guère].
de but (finale)	*pour que, afin que, de peur que*	Nous nous sommes approchés [pour que notre grand-mère nous embrasse].
de concession (concessive)	*bien que, quoique, même si*, etc.	[Bien que nous voyagions beaucoup], nous aimons rentrer chez nous.
de condition (conditionnelle)	*si, à condition que*, etc.	[Si vous travailliez davantage], vous auriez de meilleurs résultats.
de comparaison	*comme, de même que, autant que*, etc.	Nous aimions chahuter [comme le font tous les enfants].

Un peu de méthode

Utiliser les subordonnées circonstancielles de condition

- Le **mode de la subordonnée** de condition dépend de la conjonction utilisée.

[**À condition qu'**il fasse beau], nous irons en forêt.
(fasse : subjonctif)

[**Au cas où** il ferait beau], nous irions en forêt.
(ferait : conditionnel)

- **Après la conjonction *si***, on emploie toujours l'indicatif.
On distingue trois « systèmes » selon le sens de la phrase.

Exemple	Verbe de la subordonnée	Verbe de la principale	Sens
[S'il fait beau demain], nous irons en forêt.	fait (présent de l'indicatif)	irons (futur de l'indicatif)	Éventuel
[S'il faisait beau], nous irions en forêt.	faisait (imparfait de l'indicatif)	irions (conditionnel présent)	Potentiel ou irréel du présent
[S'il avait fait beau], nous serions allés en forêt.	avait fait (plus-que-parfait de l'indicatif)	serions allés (conditionnel passé)	Irréel du passé

On s'entraîne !

1 QUIZ

Retrouve dans cette grille au moins cinq conjonctions de subordination.

S	I	Q	U	O	I	Q	U	E
U	L	U	V	R	Q	U	E	N
R	S	A	V	E	S	E	N	S
E	R	N	I	R	E	B	O	U
M	I	D	A	C	N	T	S	Q
P	U	I	S	Q	U	E	M	I
N	E	A	N	M	O	I	N	S
C	E	R	T	E	S	M	L	E
P	O	U	R	Q	U	O	I	T

2 *La cause*

Remplace les deux indépendantes juxtaposées par une principale et une subordonnée.

a. Je bois frais ; j'ai chaud.
b. Il n'a pas bien interprété son morceau de piano ; il était trop nerveux.
c. Il a eu une forte amende ; il dépassait la limite de vitesse autorisée.
d. Il n'a pas réussi à montrer sa joie ; il est trop timide.

? indice

Tu peux employer certaines de ces conjonctions de subordination : *comme, parce que, puisque, étant donné que...*

3 *La conséquence*

Remplace les deux indépendantes juxtaposées par une principale et une subordonnée en variant les conjonctions de subordination.

a. L'automobiliste a freiné très brusquement ; je n'ai pas pu l'éviter.
b. L'incendie a pris dans la forêt ; on a dû évacuer le village.
c. Il avait voyagé toute la nuit ; il tombait de fatigue.
d. Son histoire familiale lui pèse ; il a décidé d'en faire un récit autobiographique.

4 *La condition*

Conjugue les verbes comme il convient.

a. Si vous (travailler) .... vite, nous irons voir vos cousins.

b. Si nous recevions une aide, nous (pouvoir) .... monter un spectacle.

c. Ce père de famille (devoir) .... protéger ses fils contre la sévérité de leur mère.

d. Nous aurions lu *1984* même si ce roman n'(être) .... pas .... au programme.

5 *Le but*

Dans chaque phrase, insère une conjonction qui exprime le but.

a. Le ministère des Transports a pris des mesures .... il y ait moins d'accidents.

b. Tu devrais allumer la lumière .... on y voie mieux.

c. Je leur téléphone .... ils viennent immédiatement.

d. Ils parlent tout bas .... le bébé ne s'éveille.

? indice

Tu peux utiliser ces conjonctions de subordination : *de sorte que, pour que, afin que, de peur que...*

6 VERS LE BREVET

Souligne les propositions subordonnées, puis indique le rapport logique exprimé par chacune.

a. Dès que l'orage gronda, ils rentrèrent.
b. Le mal est-il si grand qu'il soit irréparable ? (Molière)
c. Si elle avait des nouvelles plus régulièrement, elle serait moins inquiète.
d. N'oublie pas de poster ton dossier de manière qu'il arrive avant la date de clôture.
e. Bien que ce roman soit triste, nous l'avons lu avec plaisir.
f. Lorsque je serai adulte, je m'occuperai des enfants maltraités.

Corrigés page 9 du Guide

8 L'expression de l'opposition

Je me demande…

Quand j'utilise ***bien que***, est-ce que j'exprime une opposition ?

Les points clés

1 L'expression de l'opposition

L'opposition simple	**La concession**
Les deux faits **contrastent** entre eux. Ma mère devait faire un régime <u>mais</u> elle prenait toujours son café avec deux sucres.	Le premier fait entraîne un **second fait inattendu**, contraire à la logique. <u>Bien qu'</u>il fasse un régime, il a encore grossi.

2 Dans une phrase simple

- Le **complément circonstanciel** peut prendre des natures diverses.

  [<u>En dépit du</u> faible **salaire** de mon père], nous vivions heureux. (GN)

  [<u>Au lieu de</u> nous **plaindre**], nous profitions des bons moments. (infinitif)

  [<u>Tout</u> **en faisant** attention aux dépenses], ma mère savait nous gâter. (gérondif)

3 Dans une phrase complexe

- Le complément circonstanciel d'opposition peut prendre la forme :

– d'une **subordonnée conjonctive** :

  Chloé est brune [<u>alors que</u> sa sœur **est** blonde]. (indicatif)

  [<u>Bien qu'</u>on **fût** en hiver], il aimait vivre fenêtres ouvertes. (subjonctif)

– d'une **subordonnée relative** indéfinie au **subjonctif**.

  [<u>Où que</u> vous **soyez**], téléphonez-moi souvent. (subjonctif)

- L'opposition peut également être exprimée par **deux propositions indépendantes coordonnées** par *mais*, *or*, *cependant*, *néanmoins*, *pourtant*, *toutefois*, etc.

  Il est tard <u>or</u> il n'est pas rentré du collège.

Un peu de méthode

Distinguer *quoique* et *quoi que*

- *Quoique* est une conjonction de subordination que l'on peut remplacer par *bien que*.

  [**Quoique** tu <u>aies</u> fait des progrès], tu peux encore t'améliorer.

- *Quoi que* est pronom relatif composé qui signifie ***quelle que soit la chose que***.

  [**Quoi que** tu <u>dises</u>], tu auras toujours raison, aux yeux de ta mère.

On s'entraîne !

1 QUIZ

Coche la bonne case.

a. ... cette pâte d'amandes soit un peu sucrée, je me régale.

☐ Quoique ☐ Quoi que

b. .... tu dises, ta tarte est délicieuse.

☐ Quoique ☐ Quoi que

c. .... indique cette balance, on ne peut pas s'y fier.

☐ Quoiqu' ☐ Quoi qu'

d. .... je mange, tu me grondes toujours.

☐ Quoique ☐ Quoi que

2 La concession

Relève deux procédés qui expriment la concession.

Dans le Livre de ma mère*, Albert Cohen entend rendre hommage à sa mère décédée et témoigner de l'amour maternel reçu pendant son enfance.*

> Ma mère arrivait chez moi, fermement résolue à ne pas s'écarter désormais de son régime. Mais ce régime, elle l'enfreignait constamment sans s'en douter, les infractions étant toutes exceptionnelles quoique quotidiennes. « Je veux seulement voir si ce feuilleté est réussi. »

A. Cohen, *Le Livre de ma mère*, 1954 , © Éd. Gallimard, 1991.

3 Le bon mode

Emploie les verbes au mode qui convient.

a. Victor aime voyager alors que sa sœur (être) .... d'un naturel casanier.

b. Quand bien même vous m'(offrir) .... une fortune, je ne quitterais pas cet emploi que j'aime.

c. Bien que cette plage ne (être) .... pas polluée, l'eau n'est pas limpide.

d. Au lieu de (manifester) .... sa joie, elle fit un pâle sourire.

? indice

N'oublie pas qu'il faut employer le conditionnel après *quand bien même*.

4 Expression de l'opposition

Complète les phrases avec un mot exprimant l'opposition.

Quand Albert Cohen a débarqué de Corfou avec ses parents, ils ne connaissaient personne à Marseille, ... un vieil oncle. .... son jeune âge, il se réveillait seul avant d'aller à l'école. Sa mère lui laissait un petit dessin rassurant qui remplaçait son baiser, ... les jours où elle était trop pressée. Devenu adulte, l'écrivain n'a rien oublié, ... le nombre d'années écoulées.

? indice

Tu peux employer les mots suivants : *mais, malgré, en dépit de, excepté...*

5 CC d'opposition

Classe les compléments circonstanciels d'opposition selon leur classe grammaticale.

a. Bien qu'elle soit très occupée, elle joue de la flûte tous les jours.
b. Malgré nos gros chandails de laine, nous grelottions de froid.
c. Venez, sauf contre-ordre de dernière minute de notre part.
d. Quand bien même il voudrait gagner davantage d'argent, il doit faire ses preuves.
e. En dépit de sa jeunesse, il a déjà beaucoup voyagé.
f. Tandis que ma mère m'attendait, j'oubliais l'heure, trop absorbé par mon nouveau jeu.

6 VERS LE BREVET

Modifie la manière d'exprimer l'opposition en fonction des indications données entre parenthèses.

a. Bien qu'il ait quinze ans, il n'est pas très autonome. (Employer une préposition et un GN)
b. Quoique cet exercice soit facile, il a du mal à le terminer. (Employer deux indépendantes coordonnées)
c. Malgré la chaleur, cette maison reste fraîche. (Employer une sub. conjonctive au subjonctif)
d. Au lieu d'être triste, tu ferais mieux de travailler. (Employer une sub. conjonctive au conditionnel)

Corrigés page 9 du Guide

9 Les difficultés de conjugaison à l'indicatif

Je me demande...

À un temps donné, un verbe a-t-il toujours les mêmes terminaisons ? Son radical peut-il varier ?

Les points clés

1 Les terminaisons aux temps simples de l'indicatif

- Au **présent** et au **passé simple**, les terminaisons dépendent du groupe du verbe.
- À l'**imparfait** et au **futur**, les terminaisons sont les mêmes pour tous les verbes.

	1er groupe	2e groupe	3e groupe
Présent	-e, -es, -e, -ons, -ez, -ent	-s, -s, -t, -ons, -ez, -ent	-s, -s, -t, -ons, -ez, -ent* * Voir la méthode pour les exceptions.
Passé simple	-ai, -as, -a, -âmes, -âtes, -èrent	-is, -is, -it, -îmes, -îtes, -irent	-is, -is, -it, -îmes, -îtes, -irent -ins, -ins, -int, -înmes, -întes, -inrent -us, -us, -ut, -ûmes, -ûtes, -urent
Imparfait	-ais, -ais, -ait, -ions, -iez, -aient		
Futur	-rai, -ras, -ra, -rons, -rez, -ront		

2 Les variations du radical

- Certains verbes du 1er groupe présentent de légères variations de radical liées à la **prononciation**.

Types de verbes	Règle	Exemples
Verbes en *-cer*	Prennent un ç devant des terminaisons commençant par *a* ou *o*.	nous commençons il commençait
Verbes en *-ger*	S'écrivent avec *ge* devant des terminaisons commençant par *a* ou *o*.	nous mangeons il mangeait
Verbes en *-yer*	Changent le *y* en *i* devant un *e* muet.	il essuie, il essuiera
Verbes en *-e*, *-er*	Changent le *e* en *è* devant une syllabe muette.	il sème, il achète, il gèle
appeler, *jeter* et leurs dérivés	Doublent le *l* ou le *t* devant un *e* muet.	il appelle, il jette

- Quant aux **verbes du 3e groupe**, la plupart ont un **radical variable**.
  je lis, nous lisons, il lut... • je vois, nous voyons, il vit... • je vais, nous allons, il ira...

Un peu de méthode

Orthographier les verbes du 3e groupe au présent du singulier

- La plupart des verbes du 3e groupe prennent les terminaisons : *-s, -s, -t*.
Mais il y a quelques **exceptions**.

	Terminaisons	Exemples
Verbes en *-dre* qui ne se terminent pas par *-indre* et *-soudre*	-ds, -ds, -d	je prends, tu prends, il prend
pouvoir, valoir, vouloir	-x, -x, -t	je peux, tu peux, il peut
Verbes en *-frir* et *-vrir*	-e, -es, -e	j'offre, tu offres, il offre

On s'entraîne !

1 QUIZ

Retrouve les formes conjuguées au passé simple des verbes suivants.

croire • manger • faire • devoir • avoir • voir • naître • nouer • plier • tenir • crier • lire

T	I	N	S	V	I	T	O
A	B	O	C	R	U	S	R
E	D	U	R	E	N	T	L
F	R	A	I	G	N	I	S
I	J	M	A	N	G	E	A
R	T	E	I	P	H	A	S
E	E	S	O	L	U	S	E
N	A	Q	U	I	T	E	U
T	R	E	N	A	T	M	T

? indice

Les mots s'écrivent horizontalement et verticalement, et certaines lettres sont communes.

2 Les personnes

Place un (ou deux) pronom(s) personnel(s) devant les formes verbales suivantes.

.... mangerai	.... dites
.... ferons	.... doit
.... courrai	.... veut
.... pèsent	.... fit
.... vaux	.... parcourrai
.... mourut	.... couvre
.... paie	.... payai
.... acquiers	.... tins

3 Reconnaître l'infinitif

Retrouve l'infinitif des verbes suivants.

il vainc :	il faut : ....
il vécut :	tu tins : ....
vous crûtes :	je vis : ....
il dut :	vous tîntes : ....
tu peignis :	vous sentîtes : ....

4 Futur

Mets ces phrases au futur.

a. Tu aères la salle de bains.

....

b. Nous nous asseyons à la terrasse d'un café.

....

c. Vous recevez bientôt de nos nouvelles.

....

d. Il parcourt rapidement la une du journal.

....

e. Tu résous tes équations facilement.

....

5 Imparfait

Mets ces phrases à l'imparfait.

a. J'éteins la lumière quand je sors d'une pièce.

....

b. Le fantôme apparaît chaque vendredi.

....

c. Vous travaillez et réussissez bien.

....

d. L'eau ruisselle le long de la roche.

....

6 VERS LE BREVET

Réécris cet extrait au futur.

Une heure et demie plus tard, lorsque furent publiés les résultats, c'est d'un pas tremblant et la gorge sèche que Pierre-Édouard s'approcha du tableau d'affichage. Mais il ne savait pas où trouver son nom et c'est le maître qui lui annonça qu'il était reçu premier de la commune et troisième du canton. C'était plus qu'un succès, un triomphe !

C. MICHELET, *Des grives aux loups*, © Robert Laffont, 2003.

→ Une heure et demie plus tard, lorsque seront publiés...

....

....

Corrigés page 9 du Guide

10 Les valeurs des temps de l'indicatif

Je me demande...

Justifier l'emploi d'un temps, est-ce indiquer sa valeur ?

Les points clés

1 Les emplois du présent

- Le **présent** exprime en général une action qui se déroule au moment de l'énonciation ou de l'écriture. Toutefois, il peut avoir d'autres valeurs.

    Je me réfugie dans une grotte pour rêver.

    ▶ Je suis en train d'entrer dans la grotte quand je prononce cette phrase.

Les autres valeurs du présent

- **présent de narration** dans un récit au passé pour rendre une action plus proche
- **présent de vérité générale** La Terre tourne.
- **présent d'habitude** Je me lève avec le soleil.
- **présent de passé** ou **de futur proche** Je rentre du travail. Je pars demain.

2 Les emplois du passé simple et de l'imparfait dans un récit au passé

L'imparfait et le passé simple sont les **temps de base** dans un récit au passé.

- Le **passé simple** rapporte les **actions de premier plan**, les événements principaux.

    Un jour mon frère me suivit et me surprit au moment où j'entrai dans la grotte.

- L'**imparfait** lui, permet de rapporter les **faits à l'arrière-plan du récit**.

    Elle marchait vers sa cachette quand...

Il sert dans les **descriptions** ou les commentaires.

La grotte était fraîche en été.

Il permet également d'exprimer une action qui s'est répétée dans le passé.

Chaque jour elle se reposait dans la grotte.

Un peu de méthode

Justifier l'emploi d'un plus-que-parfait ou d'un conditionnel présent

- Dans un récit au passé, **le plus-que-parfait** exprime une action antérieure aux faits exprimés au passé simple ou à l'imparfait.

    J'avais trouvé une cachette idéale.

- Dans un récit au passé, **le conditionnel présent** exprime une action à venir, un futur dans le passé.

    Je réfléchissais. Quand j'aurais fini mon travail, je me réfugierais dans ma grotte et partirais en voyage, au pays de mes rêves.

On s'entraîne !

1 QUIZ

Relie les verbes au présent à leur valeur.

a. Qui vole un œuf vole un bœuf. •	• Présent de narration
b. Je pars demain au lycée de la ville voisine. •	• Présent de futur proche
c. Elle va au marché toutes les semaines. •	• Présent de vérité générale
d. La chaleur était accablante, je marchais avec peine ; soudain un camion s'arrête pour me prendre en stop. •	• Présent d'habitude

2 *Valeur des temps*

À quel temps sont les verbes soulignés ? Justifie leur emploi.

Le lendemain [...], je disparus une bonne partie de l'après-midi. J'avais trouvé dans la montagne une cachette idéale, une espèce de trouée dans la roche qui ressemblait à une petite grotte. Je la considérais comme ma maison secondaire... L'été, il y faisait très bon.

Tahar Ben Jelloun, *Les Yeux baissés*, © Seuil, 1991.

3 *Conjuguer au passé*

Observe le temps du premier verbe en couleur et mets les verbes entre parenthèses au temps qui convient.

Un jour mon frère me suivit au moment où je (déplacer) .... la grosse pierre servant de porte. Je (sursauter) .... et n'(avoir) .... d'autre choix que de le faire entrer en lui faisant jurer de ne jamais parler à qui que ce soit. Nos deux corps se (glisser) .... dans la grotte et, tout en tenant mon frère par l'épaule, je lui (présenter) .... mes personnages et amis. Cela (provoquer) .... chez lui un fou rire émerveillé.

Tahar Ben Jelloun, *Les Yeux baissés*, © Seuil, 1991.

4 *Les temps du récit*

Dans ce récit, surligne les verbes dans la couleur qui convient.

- passé simple pour les actions principales du récit
- imparfait pour les faits secondaires
- présent d'énonciation

Mon père pénétra dans la chambre, ferma la porte à clé, et demanda à Lalla Radhia d'ôter les langes du nouveau-né. C'était évidemment une fille. Sa femme s'était voilé le visage pour pleurer. Il tenait le bébé dans son bras gauche et de sa main droite il tira violemment sur le voile et dit à sa femme : « Pourquoi ces larmes ? J'espère que tu pleures de joie ! Regarde, regarde bien c'est un garçon ! »

Tahar Ben Jelloun, *L'Enfant de sable*, © Seuil, 1985.

? indice

Tu dois trouver 5 verbes au passé simple, 4 au présent et 2 à l'imparfait. Attention, le verbe « dit » n'est pas au présent.

5 LECTURE D'IMAGE

Observe ce tableau de Delacroix.

Eugène Delacroix, *Femmes d'Alger dans leur appartement*, 1834.

a. Combien de plans distingues-tu ?
b. Quels sont les objets que l'on voit au premier plan ?
c. Décris l'attitude des personnages.
d. Comment est rendue l'ambiance d'un lieu renfermé et confiné ?

? indice

d. Pour répondre à cette question, observe les couleurs, la lumière et les volumes de l'espace représenté.

Corrigés page 10 du Guide

11 Le subjonctif

Je me demande…
Quand emploie-t-on le subjonctif plutôt que l'indicatif ? Quelles sont ses terminaisons ?

Les points clés

Le subjonctif est un mode personnel qui comprend **quatre temps** :
– le présent (qu'il parle) et l'imparfait (qu'il parlât) ;
– le passé (qu'il ait parlé) et le plus-que-parfait (qu'il eût parlé).

1 Formation du subjonctif

● Les règles de formation du subjonctif varient selon le temps employé.

Temps du subjonctif	Règle de formation	Exemple
Présent	terminaisons : *-e, -es, -e, -ions, -iez, -ent*	que je voi**e**, que tu voi**es**, qu'il/elle voi**e**
Imparfait	voyelle qui sert à former le passé simple + *-sse, -sses, ^t, -ssions, -ssiez, -ssent*	qu'il chant**ât**, qu'elle fin**ît**, qu'il s**ût**, qu'elle t**înt**
Passé	auxiliaire au présent du subj. + p. passé	que j'**aie** chanté, qu'il **soit** venu
Plus-que-parfait	auxiliaire à l'imparfait du subj. + p. passé	qu'elle **eût** chanté, qu'ils **fussent** venus

2 Emplois du subjonctif

● Tandis que l'indicatif présente les actions comme certaines, le subjonctif les présente comme possibles. C'est le **mode de l'éventuel**.

● On le trouve en particulier :
– dans des **subordonnées complétives** après des verbes qui expriment un sentiment la volonté, le doute, la crainte, la préférence… ;

Elle demande [qu'on la rembourse].

Je préfère [que vous retiriez ma plainte].

– dans certaines **subordonnées circonstancielles**.

[**Avant qu'**il ne soit trop tard], rejoins-le.

Je fais tout mon possible [**pour qu'**il parte].

[**Bien que** je n'y connaisse rien], cela m'intéresse.

Un peu de méthode

Repérer le subjonctif présent

Il faut que je voie le chef de rayon.

Je vois qu'il est occupé.

● Dans la première phrase, **il n'est pas sûr** que je puisse voir le chef de rayon. D'où le subjonctif présent : voie.

● Dans la seconde phrase, l'action exprimée par vois est présentée comme **certaine**. D'où l'indicatif présent.

On s'entraîne !

1 QUIZ

Dans cette grille de mots mêlés, retrouve des formes conjuguées au subjonctif des verbes : voir • croire • savoir • pouvoir

E	S	A	C	H	E	S	V
V	Û	V	R	O	P	A	O
U	T	I	O	U	O	I	Y
E	S	S	I	V	U	S	I
P	Û	T	E	H	V	T	O
O	M	V	O	I	E	S	N
O	E	Z	T	S	A	I	S
P	U	I	S	S	I	E	Z

? indice

Pour le verbe *voir*, tu peux repérer deux formes au subjonctif présent.

2 Emplois du subjonctif (1)

Relie les bonnes réponses.

a. Il regrette que vos produits ne soient pas de qualité •

b. Faites jouer la garantie avant que les délais ne soient dépassés. •

c. Qu'il vienne. •

d. Que le diable l'emporte. •

• Subjonctif dans une indépendante exprimant un souhait

• Subjonctif dans une indépendante exprimant un ordre

• Subjonctif dans une subordonnée circonstancielle

• Subjonctif dans une subordonnée complétive

? indice

Le subjonctif peut être employé dans une proposition indépendante pour exprimer le souhait, l'ordre ou la défense.

3 Emplois du subjonctif (2)

Justifie l'emploi du subjonctif pour les verbes soulignés.

Le narrateur Malaussène est employé dans un grand magasin pour désamorcer la colère des clients mécontents.

Il a suffi que je me mette à pleurer pour que la cliente prenne ma place. Compassion. Elle parvient à interrompre Lehmann au milieu d'une respiration. Machine arrière toute. Elle retire sa plainte. Qu'on se contente de faire jouer les garanties du réfrigérateur, elle n'en demande pas plus. Inutile de faire rembourser le réveillon de vingt-cinq personnes. Elle s'en voudrait de me faire perdre ma place une veille de fête.

Daniel PENNAC, *Au bonheur des ogres*, © Éditions Gallimard, 1988.

? indice

Le subjonctif peut être employé dans une tournure impersonnelle.

4 Formation du subjonctif

Conjugue les verbes entre parenthèses au subjonctif.

a. Je me réjouis qu'elle (pouvoir, subjonctif passé) .... reprendre son activité.

b. Préviens-le afin qu'il ne (surprendre, subjonctif présent passif) .... pas ....

c. Crois-tu qu'ils (déménager, subjonctif passé) .... déjà .... ?

5 VERS LE BREVET

Relève les verbes au subjonctif et justifie leur emploi.

Voilà, il y a trois jours, mes services auraient vendu à la dame ici présente un réfrigérateur d'une contenance telle qu'elle y a enfourné le réveillon de vingt-cinq personnes. « Enfourné » est le mot juste, puisque cette nuit, pour une raison dont Lehmann aimerait que je lui fournisse l'explication, le frigo en question s'est transformé en incinérateur. Un miracle que madame n'ait pas été brûlée vive en ouvrant la porte ce matin.

Daniel PENNAC, *idem*.

Corrigés page 10 du Guide

12 Le conditionnel

Je me demande…

Le conditionnel est-il un mode ou un temps ? Quand l'emploie-t-on ?

Les points clés

1 Formation du conditionnel

● Pour former le **conditionnel présent**, on ajoute au radical du futur les terminaisons de l'imparfait. Vous voudriez plus de fleurs.

● Le **conditionnel passé** se forme avec l'auxiliaire *être* ou *avoir* au conditionnel présent suivi du participe passé. Il aurait voulu plus de fleurs.

2 Emplois du conditionnel

● **Valeur temporelle : le futur dans le passé**

Dans une subordonnée complétive complément d'un verbe au passé, le **conditionnel présent** permet d'exprimer le futur par rapport au passé.

Je sav**ais** que vous voudriez plus de fleurs.

Avec le **conditionnel passé**, on peut exprimer l'antériorité par rapport à ce futur dans le passé. On parle de futur antérieur dans le passé.

Je sav**ais** qu'elle **regarderait** différemment le ciel quand elle aurait lu ce poème.

● **Valeurs modales : hypothèse, supposition, atténuation**

• Par opposition au futur qui exprime un fait à venir certain, le conditionnel introduit la notion d'**hypothèse**.

Demain, j'achèterai des géraniums (quasi certitude → futur).

Si j'avais un balcon, j'achèterais des géraniums (hypothèse → conditionnel).

• Le conditionnel permet d'exprimer une **supposition**.

Un incendie aurait ravagé toute la forêt.

• Le conditionnel permet d'exprimer une demande, une **volonté de manière atténuée.**

J'aimerais me transformer en fleur.

Un peu de méthode

Distinguer le futur et le conditionnel

● À la 1re **personne du singulier**, le conditionnel présent ne se distingue guère du futur, à l'oral. À l'écrit, **il se termine par** ***-ais*** **et le futur par** ***-ai***.

● En cas de doute, il faut mettre le verbe à la 2e **personne du singulier**.

L'année prochaine, j'aurai mieux à faire que de passer des heures sur internet.

→ L'année prochaine, tu **auras** mieux à faire que de passer des heures sur internet.

▶ Le verbe *avoir* est au futur : terminaison en *-ai*.

J'aurais mieux à faire que de passer des heures sur internet mais j'adore tchatter.

→ Tu **aurais** mieux à faire que de passer des heures sur internet mais tu adores tchatter.

▶ Le verbe *avoir* est au conditionnel : terminaison en *-ais*.

On s'entraîne !

1 QUIZ

Dans cette grille de mots mêlés, retrouve quatre verbes conjugués au conditionnel.

S	E	R	I	E	Z	O	O
A	B	Ê	T	C	E	P	N
U	R	G	M	L	I	E	S
R	I	M	E	R	A	I	T
A	S	S	I	E	R	A	S
I	E	U	T	I	L	E	B
T	A	I	R	A	I	S	V

2 Dans le bon sens

Remets les phrases suivantes dans l'ordre.

a. Tu • bientôt • arriverais • que • as annoncé • tu.
b. Que • je • tu • bien • rentrerais • à temps • savais.
c. Si • quitterait • pour • on • écoutait • cet endroit calme • ton frère • aller • on • dans une grande ville.

3 Valeur du conditionnel

Souligne les verbes au conditionnel.
Quelle est la valeur de ce conditionnel ?

Ce serait bien si les soixante-dix-huit boutons d'acné de ma sœur Édith se mettaient à clignoter. Bleu-rouge, vert-jaune citron, elle brillerait la nuit, comme une guirlande électrique. Et ce serait bien qu'elle brille longtemps, au moins jusqu'à Noël. Je lui accrocherais des boules dorées et ce serait notre sapin de Noël.

Bernard Friot, « Ce serait bien », *Encore des histoires pressées*, © Éditions Milan, 2007.

4 Formation du conditionnel

Conjugue les verbes entre parenthèses au conditionnel présent.

a. Le futur (être) .... pour vous présent ?

b. Si vous pouviez être une couleur, laquelle (choisir) ....-vous ?

c. Si vous étiez la nuit qui saisit la campagne, qu'est-ce qui vous (étonner) .... ?

d. Je croyais que le soleil me (quitter) .... avec des regrets à la tombée du jour.

e. Si les réveils n'existaient pas, votre existence en (être) ....-elle bouleversée ?

5 Au passé

Réécris les phrases suivantes au passé.

a. Je sais que le ciel changera de couleurs tous les soirs.

→ Je savais ....

b. Il dit qu'il peindra un toit de vieilles tuiles avant midi et qu'il le placera tout à côté d'un tilleul secoué par le vent.

→ Il a dit ....

c. Il affirme qu'il ne faut pas nécessairement lier la poésie à la versification.

→ Il affirmait ....

6 LECTURE D'IMAGE

Observe ce tableau de Magritte.

René Magritte, *La Trahison des images*, 1929.

a. Décris sommairement le tableau.

....

b. Comment est éclairée la pipe ?

....

c. Commente le titre du tableau : *La Trahison des images*.

....

....

d. Quelle est l'intention de Magritte quand il déclare : « Ceci n'est pas une pipe » ?

....

....

Corrigés page 10 du Guide

ORTHOGRAPHE

13 L'accord du verbe avec le sujet

Je me demande...

Un verbe s'accorde-t-il toujours avec son sujet ? Comment fait-on s'il y a plusieurs sujets ?

Les points clés

1 Règle générale

- Le verbe s'accorde **toujours en nombre et en personne avec son sujet.**

  Dans ma mémoire revienn**ent** les souvenirs heureux. (sujet : les souvenirs heureux)

2 Cas particuliers

Parfois on hésite : le sujet entraîne-t-il un accord au singulier ou au pluriel ?

- **Le verbe a un sujet.**

Nature du sujet	Règle	Exemple
chacun, nul, personne, rien, tout	Accord à la 3e personne du **singulier**	**Chacun** a des souvenirs heureux.
peu, assez, beaucoup, trop, tant, autant, combien (+ GN au pluriel)	Accord à la 3e personne du **pluriel**	**Beaucoup** d'événements lui ont laissé un souvenir douloureux.
Nom collectif au singulier + GN au pluriel	Accord, le plus souvent, à la 3e personne du **pluriel** (mais singulier possible)	**Une foule de souvenirs** heureux ont envahi ma mémoire. ou : **Une foule** de souvenirs heureux a envahi ma mémoire.

- **Le verbe a deux ou plusieurs sujets.**

Plusieurs sujets coordonnés par *et*	Accord à la 3e personne du **pluriel**	Prévert **et** Kosma ont écrit une chanson.
Plusieurs sujets coordonnés par *ou* ou *ni*	Accord, le plus souvent, à la 3e personne du **pluriel** (mais singulier possible quand les sujets s'excluent l'un l'autre)	**Ni** elle, **ni** lui n'ont oublié l'amitié qui les liait dans leur jeunesse.
Plusieurs sujets repris par *personne, tout* ou *rien*	Accord à la 3e personne du **singulier**	Son frère, son cousin, son oncle, **personne** ne se souvenait du jardin de son grand-père.

Un peu de méthode

Relire une dictée

Il faut relire sa dictée plusieurs fois et se poser les bonnes questions.

1. À quel temps sont conjugués les verbes ? Si le texte est au passé, le temps de base est souvent le passé simple. Vérifie alors les terminaisons.

2. Ai-je bien accordé... ?
– chaque adjectif avec le nom auquel il se rapporte ;
– chaque verbe avec son sujet ;
– les participes passés qui doivent être accordés (voir les chapitres 15 et 16).

3. Ai-je évité les fautes sur les terminaisons ou les mots homophones ?
– sur les terminaisons verbales en [e] : *-er, -é* ou *-ez* selon le cas ;
– sur les homophones grammaticaux (voir le chapitre 17).

On s'entraîne !

1 QUIZ

Lorsqu'un verbe a plusieurs sujets :

	V	F
a. Il s'accorde toujours avec le premier.	☐	☐
b. Il se met toujours au pluriel.	☐	☐
c. Il se met au singulier si les sujets sont repris par un pronom indéfini.	☐	☐
d. Il se met au singulier si les sujets sont coordonnés par *et*.	☐	☐

2 Trouver les sujets

Choisis la forme du verbe qui convient.

a. La devanture du magasin de jouets ☐ rouillait ☐ rouillaient.

b. Le vendeur de bicyclettes ☐ s'ennuie ☐ s'ennuient.

c. Les fruits que vous avez cueillis ☐ avaient ☐ avez un drôle de goût.

d. Ceux qui ☐ devait ☐ devaient nous rejoindre y ont renoncé.

e. Toi et lui ☐ avez ☐ avaient souvent voyagé.

f. C'est toi qui ☐ fera ☐ feras la vaisselle.

3 Conjuguer les verbes

Conjugue les verbes entre parenthèses.

La chanson « Les feuilles mortes » *a été écrite en 1945 par Jacques Prévert pour servir de générique au film de Marcel Carné, Les Portes de la nuit. Le film raconte une histoire d'amour tragique.*

Je (vouloir, cond. présent) .... tant
que tu te (souvenir, subj. présent) ....
....
Des jours heureux où nous (être, imparfait)
[.............................. amis
En ce temps-là la vie (être, imparfait) ....
[plus belle
Et le soleil plus brûlant qu'aujourd'hui.

J. Prévert, « Les feuilles mortes », © paroles de J. Prévert, musique de J. Kosma © MCMXLVII by Enoch & Cie.

4 Terminaison des verbes

Complète les verbes.

C'est une chanson qui nous ressembl...........
Toi qui m'aimai...........
Et je t'aimai...........
Et nous vivi........... tous deux ensemble
toi qui m'aim...........
et que j'aim...........
mais la vie sépare ceux qui s'aim...........

J. Prévert, « Les feuilles mortes », © paroles de J. Prévert, musique de J. Kosma © MCMXLVII by Enoch & Cie.

5 Réécriture

Écris au pluriel les GN soulignés et fais les transformations qui s'imposent.

a. La chatte, à la recherche de chaleur, s'est installée sur le radiateur.

b. La cliente qui a acheté un manteau vert pomme l'a rapporté dès le lendemain.

6 LECTURE D'IMAGE

Observe cette affiche de cinéma.

Affiche du film *Les Portes de la nuit* de Marcel Carné, 1946.

a. Décris cette affiche du premier plan à l'arrière-plan.

b. Que symbolise la silhouette rouge ?

c. Quel rapport établis-tu entre l'affiche et le titre du film ?

Corrigés page 10 du Guide

14 L'accord de l'adjectif qualificatif

Je me demande...
Un adjectif peut-il rester invariable ? Qu'en est-il des formes qui se terminent par *-ant* ?

Les points clés

1 Règle générale

● L'adjectif qualificatif **s'accorde en genre et en nombre** avec le nom (ou le pronom) auquel il se rapporte. Pour trouver ce nom (ou ce pronom), on peut poser la question *Qu'est-ce qui est... ?* suivi de l'adjectif.

Je remontais en auto avec elle, heureux...

▶ Qu'est-ce qui est heureux ? *Je* ; l'adjectif *heureux* s'accorde donc au masculin singulier avec le pronom *je* qui représente le narrateur (un homme).

● Cette règle s'applique aussi aux participes passés employés comme adjectifs (voir chapitre 15). Elle est valable **quelle que soit la fonction de l'adjectif**.

Fonction	Exemple
épithète ou apposé	[de vieux **poissons** aigus], [imbriqués d'écailles, moussus et roux] adj. épithètes — adj. apposés
attribut du sujet ou du COD	Le **ciel** était bleu et transparent. adj. attributs du sujet

2 Cas particuliers

● Quand un adjectif qualificatif **se rapporte à plusieurs noms**, il s'accorde :
- au féminin pluriel si les noms sont tous féminins (**une mer et une plage** merveilleuses) ;
- au masculin pluriel dans les autres cas (**un clocher et une tour** élevés).

On dit que le masculin l'emporte sur le féminin (mais uniquement en grammaire !).

● Attention aux **adjectifs de couleur**. Certains restent invariables :
- les adjectifs de couleur dérivés d'un nom, tels *orange*, *marron* (mais *rose, fauve, mauve* et *pourpre* s'accordent) (des tuiles orange mais des murs roses) ;
- les adjectifs de couleur composés, tels *bleu foncé, gris perle* (des tuiles rose saumon).

Un peu de méthode

Distinguer un adjectif verbal d'un participe présent

Quand on ajoute le suffixe *-ant* à un verbe, on obtient une forme qui peut être employée comme verbe ou comme adjectif. **Selon le cas, cette forme en *-ant* reste invariable ou s'accorde.**

● En tant que verbe, le **participe présent** est invariable. On le reconnaît car il est souvent suivi d'un complément d'objet.

Répondant distraitement à mes questions, Albertine regardait le garçon.
participe présent invariable

● En tant qu'adjectif, l'**adjectif verbal** s'accorde et peut être mis au féminin.

Je trouve la forme de ces clochers étonnante.
adjectif verbal au féminin

On s'entraîne !

1 QUIZ

Vrai ou faux ?

	V	F
a. Un adjectif s'accorde en personne et en nombre avec le nom auquel il se rapporte.	☐	☐
b. Quand l'adjectif qualifie plusieurs noms, il se met toujours au masculin pluriel.	☐	☐
c. Un adjectif composé de couleur comme *bleu clair* est invariable.	☐	☐
d. *Orange* et *marron* sont invariables mais *rose* et *mauve* s'accordent.	☐	☐

2 Réécriture

Remplace le nom *clochers* par le nom *tours* et réécris cette phrase.

> Sur la droite, on apercevait par-delà les blés les deux clochers ciselés et rustiques de Saint-André-des-Champs, eux-mêmes effilés, écailleux, imbriqués d'alvéoles, jaunissants et grumeleux, comme deux épis.
>
> Marcel Proust, *Du côté de chez Swann*, 1913.

? indice

Tu dois changer l'accord de 6 adjectifs.

3 -ant *ou* -ants ?

Coche la forme correctement écrite.

a. Les champs ☐ environnant ☐ environnants le village étaient éclairés par les rayons du soleil ☐ couchant ☐ couchants.

b. Albertine et le garçon avaient l'air d'être dans un tête-à-tête mystérieux, dont j'étais le tiers ☐ gênant ☐ gênants et de qui on se cache.

c. Dès les jours ☐ suivant ☐ suivants, j'avais oublié cette impression pénible.

d. Elle seule au monde existait pour moi ; je la poursuivais, la touchais, et la perdais tour à tour de mes regards ☐ fuyant ☐ fuyants.

4 Accords

Ajoute ou non des marques d'accord aux adjectifs et participes.

a. L'œuvre principal.......... de Marcel Proust s'intitule *À la recherche du temps perdu*. Commencée en 1907, le romancier la poursuivra pendant quinze ans, ne cessant.......... de la modifier. Il invente ainsi plus de deux cents personnages, couvrant.......... quatre générations.

b. Au cours de cette période, Proust vit en reclus : il dort le jour et ne sort qu'à la nuit tombé.......... pour dîner le plus souvent seul.........., parfois avec des amis.

5 Participe présent ou adjectif verbal ?

Surligne les mots soulignés selon leur nature.

(vert)	part. présent
(bleu)	adj. verbal

a. Elle a trouvé des arguments convaincants.
b. Il a pu sortir en convainquant ses parents.
c. La loi des vases communicants est une loi physique.
d. En communiquant ses résultats, la chercheuse fait avancer la science.
e. Cette promenade est fatigante.
f. Fatiguant son auditoire, l'avocat a mal défendu son client.

6 VERS LE BREVET

Lis le texte puis réponds aux questions.

> Je remontais en auto avec elle, heureux que nous dussions le lendemain aller ensemble à Saint-Mars, dont, par ces temps ardents où on ne pensait qu'au bain, les deux antiques clochers, d'un rose saumon, aux tuiles en losanges, légèrement infléchis et comme palpitants, avaient l'air de vieux poissons aigus, imbriqués d'écailles, moussus et roux, qui, sans avoir l'air de bouger, s'élevaient dans une eau transparente et bleue.
>
> Marcel Proust, *Sodome et Gomorrhe*, 1921.

a. Relève une comparaison et explique-la.
b. Pourquoi ce texte est-il descriptif ?
c. Mets au pluriel :
un clocher rose saumon → ....
d. Réécris la fin du texte en remplaçant *poissons* par *truites* : « Les antiques clochers avaient l'air de vieilles truites... »

Corrigés page 10 du Guide

15 L'accord du participe passé (1)

Je me demande...

Aimé, fini, venu sont-ils bien des participes passés ? Quand faut-il les accorder ? Et avec quoi ?

Les points clés

1 Employé seul

● Employé seul, le participe passé a une valeur d'adjectif. Dans ce cas, il s'accorde en genre et en nombre **avec le nom** (ou le pronom) auquel il se rapporte (voir chap. 14).

Le lieu dont rêve M. Goodman est un **pays** inventé par le peintre.

2 Employé avec un auxiliaire

● Lorsqu'il est employé avec **l'auxiliaire *être***, il s'accorde en genre et en nombre **avec le sujet.**

Les nuages sont passés.

● Lorsqu'il est employé avec **l'auxiliaire *avoir***, il ne s'accorde jamais avec le sujet.

Il avait rêvé posséder les nuages. Mais il peut s'accorder **avec le COD si celui-ci est placé avant le verbe**.

La toile qu'il avait vue à Londres lui avait donné l'envie de posséder les nuages.

► Ici le participe passé *vue* s'accorde avec le pronom COD antéposé *qu'* qui remplace *la toile* (féminin singulier).

3 Règles particulières

● Quand le COD est le **pronom *en***, le participe passé est invariable.

Des poèmes faciles à retenir, j'**en** ai peu lu.

● Le participe passé de *faire* et *laisser* **suivi d'un infinitif** est invariable.

Tous les tableaux qu'il a fait **encadrer** représentent des nuages.

Un peu de méthode

Orthographier un participe passé

● Il faut former le participe passé correspondant au verbe, puis se poser la question de son accord.

● Voici les **règles de formation** du participe passé.

Verbes du 1er groupe	Verbes du 2e groupe	Verbes du 3e groupe
terminaison en *-é*	terminaison en *-i*	terminaison en *-i*, en *–is*, en *–u* ou en *-t*
J'ai gagné la partie.	Il a grandi dans la forêt.	je suis parti, j'ai appris, j'ai vécu, j'ai offert

● **L'astuce :** Pour savoir si le participe passé d'un verbe du 3e groupe se termine au masculin singulier par un *s* ou un *t*, ou par une simple voyelle, je cherche le féminin : découvert → découverte • vécu → vécue.

On s'entraîne !

1 QUIZ

Relie les verbes à l'infinitif à leur participe passé masculin singulier.

a. lire •	• su
b. lier •	• vaincu
c. savoir •	• cousu
d. suer •	• sué
e. vaincre •	• lu
f. vivre •	• lié
g. coudre •	• couru
h. courir •	• vécu

2 Repérer les participes passés (1)

Relève les sept participes passés. Sont-ils toujours employés avec un auxiliaire ?

Monsieur Goodman avait aimé et rêvé posséder les nuages, et par les nuages, le ciel. Il avait rêvé d'un lieu sur la terre pour y vivre, qui avait eu pour lui le nom d'Angleterre et qui, il le savait maintenant, n'était pas un endroit ayant jamais existé en ce monde, mais un pays rêvé et inventé par un peintre, le pays de Constable, Constable Country.

Jacques Roubaud, *Ciel et terre et ciel et terre, et ciel*, © Argol, 2009.

3 Écrire des participes passés

Complète les phrases avec le participe passé du verbe entre parenthèses.

a. John Constable (1776-1837) est (naître) .... dans le Suffolk, en Angleterre.

b. Fils d'un riche minotier, il était (destiner) .... à prendre la succession paternelle.

c. Mais, en 1796, il s'est (inscrire) .... à la *Royal Academy* de Londres pour y étudier la peinture.

d. La réputation qu'il a (acquérir) .... lui a (permettre) .... d'arrêter de peindre des portraits de notables pour se consacrer à la peinture de paysages.

e. Spécialiste des ciels, il les a (étudier) .... comme « le plus insaisissable des phénomènes du monde ».

4 Repérer les participes passés (2)

Souligne les 8 participes passés du texte.

Monsieur Goodman avait perdu ces rêves, et de la manière la plus brutale. Et pourtant, il n'avait pas tout perdu. Par le chemin des images, de ciel et de sol, de nuages et de rivières, il pouvait revenir au centre de sa mémoire, au pin d'été dans la garrigue, à la chambre de l'hiver révolu.

Monsieur Goodman alors pensa que Constable avait fait d'une quête du temps la forme centrale de sa peinture, et découvert, là était son génie, une solution picturale à son mystère dans le contraste entre ciel et terre, entre une terre peuplée des images fixes du passé, des lieux de l'enfance, et un ciel peuplé des images mobiles du présent perpétué en futur, les nuages.

Jacques Roubaud, *Ciel et terre et ciel et terre, et ciel*, © Argol, 2009.

5 LECTURE D'IMAGE

Observe ce tableau de Friedrich.

Caspar David Friedrich, *Voyageur contemplant une mer de nuages*, (1774-1840).

a. D'après son titre, quel est le sujet de ce tableau ?

b. Combien de plans peut-on distinguer ? Comment les éléments du tableau sont-ils distribués sur ces différents plans ?

c. Décris le personnage.

d. En quoi ce tableau est-il de tonalité lyrique ?

Corrigés page 11 du Guide

ORTHOGRAPHE

16 L'accord du participe passé (2) : le cas des verbes pronominaux

Je me demande...
Comment savoir s'il faut accorder le participe passé dans une tournure comme *je me suis lavé* ?

Les points clés

Un verbe pronominal est toujours accompagné d'un pronom réfléchi : *me, te, se...*
Aux **temps composés**, il se conjugue **avec l'auxiliaire *être*.**
Pourtant son participe passé ne s'accorde pas systématiquement avec le sujet.

1 Accord avec le sujet

● Le participe passé d'un verbe pronominal s'accorde avec le sujet quand **le pronom réfléchi ne peut pas être analysé**. C'est le cas quand le verbe pronominal est :
– essentiellement pronominal ;

Elle s'est évanouie.

– de sens passif.

Ses traces se sont effacées. (= *Ses traces ont été effacées.*)

2 Accord avec le pronom réfléchi COD

● Le participe passé d'un verbe pronominal **s'accorde avec le pronom réfléchi** quand celui-ci peut être analysé comme le **COD** du verbe. Le verbe pronominal est alors de sens réfléchi ou réciproque et de construction directe.

Julie s'est mariée avec Julien. (*s'* = *soi-même* = COD)
Ils se sont regardés en souriant. (*se* = *l'un l'autre* = COD)

Donc pas d'accord dans : Je me suis lavé les mains *!*

3 Cas de non accord

● Le participe passé d'un verbe pronominal **reste invariable** quand le **pronom réfléchi est COI** et qu'il n'y a pas de COD antéposé. Le verbe pronominal est alors de sens réfléchi ou réciproque et de construction indirecte.

Elle s'est procuré une cafetière. (*s'* = **à** *soi-même*)
Elles se sont prêté des romans policiers. (*se* = *l'une* **à** *l'autre*)

▶ Le pronom réfléchi *se* est COI et le COD est derrière le verbe donc pas d'accord.

Un peu de méthode

Accorder le participe passé d'un verbe pronominal de sens réfléchi ou réciproque

Pour accorder le participe passé d'un verbe pronominal de sens réfléchi ou réciproque, il suffit d'analyser la fonction du pronom réfléchi.

● *se* = COD ▶ accord avec *se* (même genre et même nombre que le sujet).

Elle s'est réjouie de l'événement. (*s'* = *elle-même* = COD → accord)

● *se* = COI ▶ pas d'accord avec *se*, le participe passé reste invariable.

Ils se sont donné la main. (*se* = *l'un à l'autre* = COI → pas d'accord)

On s'entraîne !

1 QUIZ

Relie les verbes pronominaux à leur catégorie.

- a. s'entraider •
- b. s'enfuir •
- c. se terminer •
- d. se réconcilier •
- e. se perdre •

- • sens réfléchi
- • sens réciproque
- • sens passif
- • essentiellement pronominal

2 *Accorder au pluriel*

Réécris les verbes à la troisième personne du pluriel.

a. Il s'est baigné dans la mer.

→ Ils ....

b. Il s'est envolé à sept heures.

→ Ils ....

c. Il s'est excusé platement.

→ Ils ....

d. Il s'est souvenu de son rendez-vous.

→ Ils ....

? indice

Se souvenir est un v. essentiellement pronominal.

3 *Participes invariables*

Explique pourquoi, dans les phrases suivantes, le participe passé reste invariable.

a. Mes frères jumeaux se sont longtemps ressemblé comme deux gouttes d'eau.

→ ....

b. Les enfants se sont construit une cabane dans les arbres.

→ ....

c. Elle s'est foulé le poignet pendant le match.

→ ....

d. Ils se sont lancé des défis idiots.

→ ....

? indice

Analyse la fonction du pronom *se*.

4 *Orthographier les participes passés*

Écris correctement le participe passé dans les phrases suivantes.

a. Ils se sont (rencontrer) .... sur une île déserte.

b. Elles se sont (réchauffer) .... au coin du feu.

c. Ils se sont (revoir) .... après une longue absence.

d. Nous nous sommes (parler) .... sur le balcon.

e. Elles se sont (sourire) .... avec complicité.

f. Elle s'est (présenter) .... avec succès aux examens de fin d'année.

5 VERS LE BREVET

Lis le texte et réponds aux questions.

> Il est nuit. Je m'en aperçois d'un coup. Combien y a-t-il de temps que je suis dans ce livre ? Quelle heure est-il ? Je ne sais pas, mais voyons si je puis lire encore ! Je frotte mes yeux, je tends mon regard, les lettres s'effacent, les lignes se mêlent, je saisis encore le coin d'un mot, puis plus rien.
> C'est le petit pion qui s'est souvenu, en se levant, qu'il m'avait oublié et qui vient voir si j'ai été dévoré par les rats, ou si c'est moi qui les ai mangés. Il a l'air un peu embarrassé, le pauvre homme ! Il me retrouve gelé, moulu, les cheveux secs, la main fiévreuse : il s'excuse de son mieux et m'entraîne dans sa chambre, où il me dit d'allumer un bon feu et de me réchauffer.
>
> Jules Vallès, *L'Enfant*, 1879.

a. Relève les participes passés.

b. Justifie leur orthographe.

c. Réécris le deuxième paragraphe au passé et transpose la voix narrative au féminin. C'est une fille qui raconte l'anecdote.

→ C'est le petit pion qui s'est souvenu, en se levant, qu'il m'avait oub**liée** et qui **vint** voir...

? indice

c. Pour l'accord des participes passés précédés de l'auxiliaire *avoir*, identifie le COD et sa position dans la phrase.

Corrigés page 11 du Guide

17 Les homophones grammaticaux

Je me demande...
Deux homophones grammaticaux, c'est, par exemple, ***c'est*** et ***s'est*** ? Comment ne pas les confondre ?

Les points clés

1 En un mot ou en deux mots ?

Homophones	Analyse grammaticale	Exemple
ces, c'est, ses ou s'est ?	• ces : déterminant démonstratif • ses : déterminant possessif • c'est (= *cela est*) : présentatif • s'est : verbe pronominal au passé composé	**Ces** personnes attendent patiemment. **Ses** parents ont dit non. **C'est** de sa faute. Il **s'est** fait mal.
si ou s'y ?	• si : conjonction exprimant la condition ou adverbe d'intensité • s'y = *se* + *y*	**Si** tu veux. – Il est **si** grand. Qui **s'y** frotte **s'y** pique.
ni ou n'y ?	• ni : relie des termes négatifs • n'y = *ne* + *y*	Cette histoire n'a **ni** queue **ni** tête. Il **n'y** comprend rien.
quand, quant ou qu'en ?	• quand : évoque une idée de temps • quant à = « en ce qui concerne » • qu'en = *que* + *en*	**Quand** veux-tu venir ? **Quant** à mes ennemis, je m'en charge. **Qu'en** penses-tu ?
quel(les) ou qu'elle(s) ?	• quel(les) : dét. interrogatif ou exclamatif • qu'elle(s) = *que* + *elle*(*s*)	**Quelle** heure ? **Quelle** chance ! Je crois **qu'elle** n'est pas là.

2 Le verbe *avoir* ou le verbe *être* ?

Homophones	Analyse grammaticale	Exemple
es, est	verbe *être* au présent de l'indicatif	Il **est** huit heures. Tu **es** en retard.
ai	verbe *avoir* à la 1re personne du singulier du présent de l'indicatif	J'**ai** faim. J'**ai** pris un billet pour Pékin.
aie, aies, ait, aient	verbe *avoir* au présent de l'impératif ou du subjonctif	**Aie** confiance. Il faut que tu **aies** confiance. Je souhaite qu'ils **aient** compris.

Un peu de méthode

Distinguer *quelque(s)* et *quel(les) que*

• *Quelque* : adverbe invariable signifiant « environ ».

Ce pays possède quelque deux cent cinquante millions d'habitants.

• *Quelque(s)* : déterminant indéfini signifiant « un certain nombre » et s'accordant en nombre avec le nom déterminé.

J'ai passé quelques **années** de ma jeunesse à New York.

• *Quel(les) que* : expression signifiant l'opposition, toujours suivie d'un verbe au subjonctif, dans laquelle *quel(les)* est adjectif et s'accorde en genre et en nombre avec le sujet du verbe.

Quelle que soit votre **force**, vous n'arriverez pas à la soulever.

On s'entraîne !

1 QUIZ

Coche la bonne case.

a. Tu ☐ es ☐ est ☐ ai notre fille aînée.

b. Il faudrait que j' ☐ ai ☐ aie ☐ ait une plus grande marge de manœuvre.

c. Pendant l'été, ma sœur ☐ es ☐ est ☐ ai gardienne de musée.

d. Bien que tu ☐ ai ☐ aie ☐ aies seulement quinze ans, tu peux lire ce livre.

e. J'apprécie qu'il ☐ ai ☐ aie ☐ ait de bonnes relations avec ses grands-parents.

2 En un mot ou en deux ?

Choisis la forme qui convient.

a. Il ☐ ses ☐ s'est ☐ c'est cassé la jambe la semaine dernière.

b. Elle est malheureuse mais nous ☐ ni ☐ n'y pouvons rien.

c. Elle vient dîner ☐ si ☐ s'y elle a envie.

d. Je me demande ☐ quand ☐ quant ☐ qu'en reviendront les beaux jours.

e. Je ne sais pas ce ☐ quand ☐ quant ☐ qu'en pense Albertine.

f. Mon père ☐ ta ☐ t'a ☐ t'as donné de bons conseils.

3 Tes, t'es, t'est *ou* t'ai ?

Complète avec l'une de ces quatre formes homonymes.

a. Je .... aperçu au cinéma, dimanche.

b. Tu as perdu .... clés.

c. Il ne .... pas venu à l'esprit de me prévenir.

d. Heureusement, tu ne .... pas fait mal.

4 Lequel ?

Remplace les points de suspension par *quelque*, *quelques* ou *quel(les) que*.

a. Depuis .... jours, il fait très beau.

b. Il y a .... temps, il est parti au Pérou.

c. Ce magasin propose .... produits bio.

d. .... soit la raison de ton retard, tu dois présenter tes excuses.

e. .... soient tes résultats, tu dois poursuivre tes efforts.

? indice

Vérifie que tu as utilisé *quelle que* et *quels que*.

5 Différents homophones

Choisis la forme qui convient.

Andrew Warhola (1928-1987), plus connu sous ☐ son ☐ sont pseudonyme Andy Warhol ☐ est ☐ es un artiste américain, figure emblématique du Pop Art. Il est devenu célèbre ☐ en tant que ☐ en temps que peintre, réalisateur de film, ☐ voir ☐ voire producteur de musique. Au ☐ cours ☐ court des années 1960, il peint des produits de consommation courante ☐ ou ☐ où des portraits de célébrités médiatiques.

6 LECTURE D'IMAGE

Observe cette œuvre d'Andy Warhol.

Andy Warhol, *Bouteilles de Coca-Cola vertes*, 1962, huile sur toile.

a. Quelle technique utilise Andy Warhol ?
b. Est-ce une œuvre d'art ou une image publicitaire ? Justifie ton point de vue en analysant la composition du tableau.
c. Relève la date de création du tableau : que nous dit encore cette œuvre sur la société dans laquelle nous vivons ?

Corrigés page 11 du Guide

18 La formation des mots

Je me demande...

Peut-on créer des mots nouveaux ? Selon quels procédés ?

Les points clés

Le français comprend des mots simples qui ne peuvent pas être décomposés en **unités de sens** plus petites (par exemple *grand*). Il comprend également de nombreux mots formés par dérivation (grandeur, grandir, agrandir, etc.) ou par composition (grand-mère, grand-rue, etc.).

1 Les mots formés par dérivation

La dérivation consiste à **ajouter à un radical**, qui contient le sens principal du mot, un préfixe ou un suffixe ou les deux. Une **famille de mots** est formée de tous les mots dérivés à partir d'un même radical.

- Un **préfixe** est un groupe de lettres ajouté **avant le radical**. Il modifie le sens du mot (mais pas sa classe grammaticale).

  habile → malhabile : le préfixe *mal-* exprime la négation.
  dire → redire : le préfixe *re-* exprime la répétition.
  histoire → préhistoire : le préfixe *pré-* exprime l'antériorité.

- Un **suffixe** est un groupe de lettres ajouté **après le radical**. Il peut changer la classe grammaticale du mot auquel il s'ajoute. Par exemple :
  – *-er*, *-ir* servent à former des verbes à l'infinitif (chanter, grandir, etc.) ;
  – -(*a*)*tion*, *-eur*, -(*i*)*té*, etc. forment des noms (information, grandeur, pureté, etc.) ;
  – *-able*, *-al*, *-el*, *-eux*, etc. font des adjectifs (probable, fatal, rituel, brumeux, etc.).

2 Les mots formés par composition

Les mots composés

Mots composés usuels
- deux noms (salle de bain)
- un adj. et un nom (grand-père)
- un verbe et un nom (des porte-clés)

Mots composés savants
Ils sont formés à partir d'éléments empruntés au grec et au latin.
Exemple : *démocratie* formé à partir des deux éléments grecs *démo* (peuple) et *cratie* (pouvoir).

Un peu de méthode

Reconnaître des familles de mots irrégulières

- Quand une famille de mots est construite tout entière à partir du même radical, on dit qu'elle est régulière. Mais il y a des **familles irrégulières**. Par exemple :

  honneur mais honorer, honoraire ; rationnel mais rationalité, rationalisation.

- Attention en particulier à certains **noms formés à partir des verbes en** *-onner*.
  La plupart s'écrivent avec *-nn-* : abonner → abonnement. Mais il y a des exceptions :

  donner mais donation, donateur ; entonner mais intonation ; résonner mais résonance ; sonner mais sonore, sonorité ; tonner mais détoner, détonation.

On s'entraîne !

1 QUIZ

Quel est l'intrus dans chaque liste ?

a. ☐ honneur ☐ honnête ☐ honorable ☐ déshonorer

b. ☐ nommer ☐ nomination ☐ prénom ☐ renommée ☐ nombre

c. ☐ souffler ☐ soufflerie ☐ boursoufler ☐ souffrir

2 Formation des mots

Pour chaque mot, encadre le radical et fais ainsi apparaître le préfixe et/ou le suffixe utilisé(s).

- international
- dompteur
- nocturne
- maritime
- coreligionnaire
- indistinctement

3 Les mots en -ment

Le suffixe *-ment* permet de former des noms ou des adverbes. Classe les mots de cette liste selon leur classe grammaticale.

lentement • grognement • courageusement • fondement • élégamment • détournement • vraiment • appariement

Noms	Adverbes (de manière)
....	....
....	....
....	....
....	....
....	....

4 Étymologie

a. Associe chaque mot à sa définition.

misogyne •	• science qui étudie les statistiques de la population
démographie •	• qui n'aime pas les femmes
dysfonctionnement •	• nouveau mot
néologisme •	• mauvais fonctionnement

b. Déduis-en le sens des éléments d'origine grecque suivants.

mis- : ....

demo- : ....

dys- : ....

neo- : ....

5 Néologismes

Repère les mots ou suffixes entrant dans la formation de ces néologismes.

Néologisme	Formé à partir de :
tapuscrit	....
franglais	....
courriel	....
globalisation	....
écoresponsable	....

6 VERS LE BREVET

Lis le texte, puis réponds aux questions.

Le mot « presbytère » venait de tomber, cette année-là, dans mon oreille sensible, et d'y faire des ravages. [...]
J'avais recueilli en moi le mot mystérieux, comme brodé d'un relief rêche en son commencement, achevé en une longue et rêveuse syllabe... Enrichie d'un secret et d'un doute, je dormais avec le *mot* et je l'emportais sur mon mur. « Presbytère ! » Je le jetais, par-dessus le toit du poulailler et le jardin de Miton, vers l'horizon toujours brumeux de Moutiers. Du haut de mon mur, le mot sonnait en anathème* : « Allez ! Vous êtes tous des presbytères ! », criais-je à des bannis invisibles.

COLETTE, *La Maison de Claudine*, 1922, © Librairie Arthème Fayard et Hachette Littérature, 2004.

* Condamnation sévère ou malédiction visant une personne, ses actes ou ses opinions.

a. Explique la formation des mots soulignés.
b. Donne trois mots de la famille de *sensible*.
c. Donne plusieurs mots de la famille du verbe *sonner*.

? indice

Par exemple, *mystérieux* est formé à partir du radical *mystér-* et du suffixe *-ieux*.

Corrigés page 11 du Guide

19 Champ sémantique et champ lexical

Je me demande...
Un champ sémantique et un champ lexical désignent-ils la même chose ?

Les points clés

1 Le champ sémantique

- Les mots se distinguent en deux catégories de champ sémantique.

Mots monosémiques	champ sémantique = **un seul sens** (été = saison entre le printemps et l'automne)
Mots polysémiques	champ sémantique = **plusieurs sens** → en général : un sens propre (fruit = produit végétal) et un ou des sens figurés (fruit = avantage, bénéfice)

- La **dénotation** est le sens explicite précis d'un mot, indiqué par le dictionnaire (soleil = astre) alors que la **connotation** est l'ensemble des valeurs subjectives et implicites qu'un locuteur accorde à un mot.
- Quand le locuteur valorise ce qu'il dit, on parle de **connotation méliorative**. Quand il insiste sur les aspects négatifs, on parle de **connotation péjorative**.

  Cet enfant est mon soleil. = Il m'apporte de la joie.
  ▶ connotation méliorative.

2 Le champ lexical

- Un champ lexical regroupe des termes **exprimant une même idée**, une même notion. Ceux-ci peuvent appartenir à des classes grammaticales différentes.

  Par exemple : briller, éclat, scintillant, soleil, ampoule, lampe appartiennent au champ lexical de la lumière.

Un peu de méthode

Étudier l'emploi d'un champ lexical

L'étude d'un champ lexical permet de répondre aux questions : de quoi s'agit-il ? quel est le thème du texte ? Par exemple dans ce quatrain de Charles Baudelaire (« L'ennemi », *Les Fleurs du mal*, 1857) :

> Ma jeunesse ne fut qu'un ténébreux orage,
> Traversé çà et là par de brillants soleils ;
> Le tonnerre et la pluie ont fait un tel ravage,
> Qu'il reste en mon jardin bien peu de fruits vermeils.

1. On reprend entre guillemets toutes les **expressions du texte désignant la même notion** puis on dit que ces termes constituent tel ou tel champ lexical.

▶ Dans les poèmes de Baudelaire, les expressions *ténébreux orage*, *tonnerre et pluie* constituent le champ lexical des intempéries.

2. On essaie de comprendre les **effets voulus par l'auteur**.

▶ Ici, Baudelaire suggère de manière métaphorique que sa jeunesse a été agitée et tourmentée.

On s'entraîne !

1 QUIZ

Ces expressions sont-elles au sens figuré ?

	Oui	Non
a. Il a pris la clé des champs.	❑	❑
b. La punaise des bois est un insecte.	❑	❑
c. La police a arrêté le cerveau du hold-up.	❑	❑
d. Le prince demanda la main de la princesse au roi.	❑	❑
e. Cette lettre est bien timbrée.	❑	❑
f. Il mange beaucoup, c'est un ogre.	❑	❑
g. Il fait un froid de canard.	❑	❑

2 *Champ lexical*

Quel est le champ lexical dominant dans la citation entre guillemets ?

> J'ai des millions de lecteurs. « Gorgée de soleil, la pêche jaune est le fruit de l'été. Elle cache, sous sa peau fine et duveteuse, une chair juteuse et fondante ». Oui c'est de moi, sur le pot de yaourt X.
>
> Philippe DELERM, *Panier de fruits*, © Éditions Du Rocher, 1998.

3 *Sens propre et figuré*

Relie ces expressions de sens figuré à leur définition.

a. bayer aux corneilles •	• dire facilement du mal des gens
b. poser un lapin •	• ne pas être à un rendez-vous
c. s'occuper de ses oignons •	• refuser d'affronter un problème
d. avoir une langue de vipère •	• s'intéresser à ses affaires
e. passer du coq à l'âne •	• changer de sujet
f. faire l'autruche •	• pleuvoir fortement
g. tomber des cordes •	• rester sans rien faire

4 *Se préparer au brevet*

Lis cet extrait puis réponds aux questions.

a. Dans ces lignes, le narrateur fait l'explication de texte du slogan publicitaire de l'exercice 2. Relève les termes évoquant des sensations.

b. Quel est le but d'une publicité ?

> Et maintenant, songez bien au yaourt. Si l'on oublie les mots qui ornent le pot, ce n'est pas qu'on ne les ait pas lus : il y a bien eu ces quelques secondes distraites où l'on s'est évadé pour saisir le pot entre pouce et majeur et déchiffrer l'étiquette. Mais l'opération s'est faite presque inconsciemment. Preuve que le texte a coulé dans la gorge, pêche jaune ton sur ton. Cette harmonie du mot avec la chose n'est pas pour rien dans la sensation de fraîcheur ensoleillée, de fluidité laiteuse. Disparaître dans la sensation ; c'est une jolie devise poétique.
>
> Philippe DELERM, *Panier de fruits*, © Éditions du Rocher, 1998.

5 LECTURE D'IMAGE

Observe cette publicité du XIXe siècle.
Par quels arguments le produit est-il valorisé ?

MÉDAILLE D'OR À L'EXPOSITION DE 1819

HUILE CÉPHALIQUE

BREVETS D'INVENTION ET DE PERFECTIONNEMENT.

Nul cosmétique ne peut faire croître les cheveux, de même que nulle préparation chimique ne les teint sans danger pour le siège de l'intelligence. La science a déclaré récemment que les cheveux étaient une substance morte, que nul ne pouvait les empêcher de tomber ni de blanchir. Pour prévenir la Xérasie ou la Calvitie, il suffit de préserver le bulbe d'où ils sortent de toute influence atmosphérique, et de maintenir à la tête la chaleur qui lui est propre. […] Conserver au lieu de chercher à provoquer une stimulation impossible ou nuisible sur le derme qui contient les bulbes, telle est la destination de l'HUILE CÉPHALIQUE. […] La chevelure, ce produit magnifique conserve jusque dans l'âge avancé de la personne qui se sert de l'HUILE CÉPHALIQUE, ce brillant, cette finesse, ce lustre qui rendent si charmantes les têtes des enfants.

Honoré de BALZAC, *Grandeur et décadence de César Birotteau*, 1837.

Corrigés page 12 du Guide

LEXIQUE

20 Les figures de style

Je me demande…

Quand Victor Hugo compare la lune à une « faucille d'or », s'agit-il d'une figure de style ?

Les points clés

● On appelle figures de style les procédés par lesquels un auteur cherche à créer un **effet** particulier. On les classe en **quatre catégories**.

Figures d'analogie		
Comparaison	Elle établit un rapport de ressemblance entre deux termes (le comparé et le comparant), à l'aide d'un outil grammatical.	Le poète est semblable au prince des nuées. (Baudelaire)
Métaphore	Comparaison abrégée, sans outil grammatical (selon le cas, le comparé est ou non cité).	D'autres fois, calme plat, grand miroir de mon désespoir ! (Baudelaire) pour évoquer la mer.
Personnification	Elle attribue des traits humains à une chose, une idée ou un être non humain.	L'habitude venait me prendre dans ses bras comme un petit enfant. (Proust)
Allégorie	Elle représente une idée concrètement.	La mort est une faucheuse.

Figures d'opposition		
Antithèse	Elle oppose vigoureusement deux termes.	Un ver de terre amoureux d'une étoile. (Hugo)
Antiphrase	Faire comprendre le contraire de ce qu'on dit.	Ne vous gênez pas !

Figures de substitution		
Métonymie	Le mot que l'on attend est remplacé par un autre mot selon une relation logique.	Lire un Balzac ; boire un verre.
Périphrase	Elle évoque la chose au lieu de la nommer directement.	C'était l'heure tranquille où les lions vont boire (Hugo), pour dire le soir.

Figures d'amplification et d'atténuation		
Hyperbole	Elle utilise des termes exagérés pour insister.	Un bruit à réveiller un mort.
Anaphore	Elle répète un mot en tête de phrase, de proposition ou de vers.	Rome, l'unique objet de mon ressentiment ! / Rome […] (Corneille)
Gradation	C'est une accumulation organisée qui va crescendo ou decrescendo.	Va, cours, vole et nous venge. (Corneille)
Litote	Figure qui dit le moins pour suggérer le plus.	Va, je ne te hais point. (Corneille)
Euphémisme	Parler de façon atténuée.	Une personne non-voyante = aveugle.

Un peu de méthode

Distinguer comparaison et métaphore

● Une comparaison comprend trois éléments.

Il est des parfums frais (comparé) comme (comparatif) des chairs d'enfants (comparant). (Charles Baudelaire)

● Dans la métaphore, le rapprochement du comparé et du comparant se fait directement sans terme comparatif.

Cette faucille d'or dans le champ des étoiles. (Victor Hugo) = la lune

On s'entraîne !

1 QUIZ

Reconstitue ces expressions imagées dans le langage courant.

a. jurer comme un	Turc
b. avoir des doigts de	gorge déployée
c. rire à	âme en peine
d. être fort comme un	arracheur de dents
e. mentir comme un	fée
f. errer comme une	loup
g. avoir une faim de	charretier

2 *Les allégories*

Relie chaque allégorie à son symbole.

a. la colombe	la République
b. Marianne	la justice
c. la balance	la France
d. le sablier	la paix
e. le chardon	le temps qui passe
f. le coq	l'Écosse

3 *Comparaison ou métaphore ?*

Comparaison (C) ou métaphore (M) ? Coche la bonne case.

	C	M
a. La femme est l'avenir de l'homme. (Aragon)	☐	☐
b. La terre est bleue comme une orange. (Éluard)	☐	☐
c. Le temps a laissé son manteau de vent, de froidure et de pluie. (Charles d'Orléans)	☐	☐
d. Un gros serpent de fumée noire. (Maupassant)	☐	☐
e. Un petit baiser comme une folle araignée te courra sur le cou. (Rimbaud)	☐	☐
f. Quand le ciel bas et lourd pèse comme un couvercle. (Baudelaire)	☐	☐

4 *Devinettes*

Trouve pour chacun de ces exemples la figure de style correspondante.

a. Il n'est pas mauvais ce gâteau ! → ....

b. L'expression « jeune tambour » pour désigner un soldat. → ....

c. « X nous a quittés » (sur un faire-part).
→ ....

d. Au XVIIe siècle, les Précieuses se coiffaient devant le « conseiller des grâces ». Elles enfermaient « leurs chers souffrants » dans des escarpins à rubans.
→ ....

e. Un jour, Robinson aperçut une voile à l'horizon.
→ ....

5 VERS LE BREVET

Lis attentivement ce poème et réponds aux questions.

Quarante enfants dans une salle,
Un tableau noir et son triangle,
Un grand cercle hésitant et sourd
Son centre bat comme un tambour.

Des lettres sans mots ni patrie
Dans une attente endolorie.

Le parapet dur d'un trapèze,
Une voix s'élève et s'apaise
Et le problème furieux
Se tortille et se mord la queue.

La mâchoire d'un angle s'ouvre.
Est-ce une chienne ? Est-ce une louve ?

Et tous les chiffres de la terre,
Tous ces insectes qui défont
Et qui refont leur fourmilière
Sous les yeux fixes des garçons.

Jules SUPERVIELLE, « Mathématiques »,
dans *Gravitations*, © Éditions Gallimard, 1925.

a. Relève une comparaison dans la première strophe. Quel est l'effet produit ?
b. Quelles images relèves-tu dans les autres strophes ? Explique-les.

? indice

b. Tu peux relever 3 images. Explique le lien entre le comparé et le comparant.

Corrigés page 12 du Guide

21 La modalisation

Je me demande...
Un terme péjoratif est-il une marque de subjectivité ?

Les points clés

Dans la plupart des énoncés, on trouve des marques de la subjectivité du locuteur.

1 L'expression d'une plus ou moins grande certitude

● On appelle « **modalisateurs** » les procédés par lesquels le locuteur exprime sa plus ou moins grande adhésion à ce qu'il énonce. Parmi les modalisateurs, on peut citer :
– les verbes (*croire, douter*...), les adverbes (*évidemment, sans doute, peut-être*...) et les tournures impersonnelles (*il est probable que*...) exprimant la certitude, la supposition ou le doute ;

Il était, je crois, de la race de Guillaume le Conquérant.

– le conditionnel quand il est utilisé avec une valeur modale pour exprimer un fait hypothétique.

Le vicomte serait de la race de Guillaume le Conquérant.

2 L'expression d'un jugement ou d'une émotion

● Le **jugement** du locuteur se traduit par l'emploi :
– de termes mélioratifs ;

L'homme avait une belle prestance.

– ou, à l'inverse, de termes péjoratifs.

Mais il manifestait un profond cynisme.

● Le locuteur peut aussi exprimer son **émotion**. Les marques sont alors :
– un lexique affectif ;

J'éprouvai de la panique.

– la forme exclamative ;

Une telle expérience, je ne l'avais jamais vécue !

– les figures de style, en particulier les images, l'hyperbole, l'antithèse.

Un peu de méthode

Relever des marques d'émotion

Le vicomte de Brassard tombe amoureux d'Alberte. Un soir, celle-ci meurt brutalement dans ses bras. Il raconte le sentiment de peur qui l'étreint.

> Alberte m'avait fait passer dans l'âme plus d'un genre de frisson, plus d'un genre de terreur ; mais ce n'avait été encore que l'impression des balles qui sifflent autour de vous et des boulets dont on sent le vent ; on frissonne, mais on va toujours. Ce fut la peur, de la peur complète, de la vraie peur, non pour Alberte, mais pour moi, et pour moi tout seul ! Ce que j'éprouvai, ce fut positivement cette sensation qui doit rendre le cœur aussi pâle que la face ; ce fut cette panique qui fait prendre la fuite à des régiments tout entiers.
>
> Jules Barbey d'Aurevilly, *Les Diaboliques*, « Le rideau cramoisi », 1874.

L'émotion du vicomte est exprimée par :
• le vocabulaire de la peur : *frisson, terreur, peur, panique* ;
• les formes de phrases exclamative et emphatique : *Ce que j'éprouvai, ce fut*... ;
• les comparaisons : *le cœur aussi pâle que la face* ;
• l'adverbe *positivement* qui souligne sa sensation.

On s'entraîne !

1 QUIZ

Vrai ou faux ?

	V	F
a. *Cette chambre est trop petite.* L'adjectif *petite* a une valeur objective.	☐	☐
b. L'adverbe *peut-être* traduit l'absence de certitude.	☐	☐
c. Une phrase exclamative peut exprimer aussi bien la joie que la colère ou la peur.	☐	☐

2 Mise à distance (1)

À travers quelle expression le locuteur exprime-t-il qu'il tient ses informations d'autres personnes ?

[Le vicomte de Brassard] avait été dès sa jeunesse un des plus brillants officiers de la fin du premier Empire. J'ai ouï dire, bien des fois, à ses camarades de régiment, qu'il se distinguait par une bravoure à la Murat, compliquée de Marmont.

Jules Barbey d'Aurevilly, *Les Diaboliques*, « Le rideau cramoisi », 1874.

3 Mise à distance (2)

Souligne les modalisateurs qui mettent à distance les faits ou leur interprétation.

Le téléphone portable et les jeux vidéo seraient responsable de la désaffection des jeunes pour la lecture.
Certes ces derniers passent beaucoup de temps sur les écrans, notamment sur les réseaux sociaux. Et il est indéniable que les jeux vidéo nouvelle génération, particulièrement immersifs, les séduisent.
Cependant, beaucoup — semble-t-il — apprécient également la BD et les mangas. Ils pratiqueraient aussi volontiers la lecture de livres non illustrés sur leur téléphone.
Une chose est sûre : les pratiques culturelles évoluent !

? indice

N'oublie pas de souligner, entre autres, deux formes verbales au conditionnel présent.

4 Modalisateurs

Dans cet extrait, relève des marques de modalisation et classe-les dans le tableau.

Une seule fois, sa mère l'exigeant, la fillette se plaça devant son instrument de musique ouvert avec un de ses airs de « victime » qui, je vous assure, n'avait rien de doux, et elle commença je ne sais quelle partition avec des doigts abominablement contrariés. Elle avait le dos tourné et il n'y avait pas de glace dans laquelle elle pût voir que je la regardais.

Jules Barbey d'Aurevilly, *Les Diaboliques*, « Le plus bel amour de Don Juan », 1874.

Proposition incise exprimant la certitude du narrateur	Mots et expressions caractérisant négativement la fillette
....	....
....	....

5 VERS LE BREVET

Lis ces phrases extraites d'une nouvelle de Barbey d'Aurevilly et réponds aux questions.

A. Lionne, d'une espèce inconnue, qui s'imaginait avoir des griffes, et qui, quand elle voulait les allonger, n'en trouvait jamais dans ses magnifiques pattes de velours.

B. C'était, si vous voulez le savoir, une enfant chétive, parfaitement indigne du moule splendide d'où elle était sortie, laide, même de l'aveu de sa mère, qui ne l'en aimait que davantage ; une petite topaze brûlée... Que vous dirai-je ? Une espèce de maquette en bronze avec des yeux noirs... une magie !

Jules Barbey d'Aurevilly, *Les Diaboliques*, « Le plus bel amour de Don Juan », 1874.

a. Dans le portrait A, quels mots valorisent la femme évoquée ?

....

b. Dans l'extrait B, l'adjectif *chétive* a une valeur :
☐ méliorative ☐ péjorative

c. Que traduit l'expression « Que vous dirai-je » ?

....

d. Réécris l'extrait B dans la langue d'aujourd'hui, en insistant sur la laideur apparente du personnage. Puis fais ressortir sa beauté.

Corrigés page 12 du Guide

22 Les procédés de reprises

Je me demande...

Remplacer un nom ou un GN par un pronom, est-ce une reprise nominale ?

Les points clés

Dans un texte, **pour éviter les répétitions**, un mot ou un groupe de mots peuvent être repris totalement ou partiellement par un autre mot.

En 1996 naît la brebis Dolly, premier mammifère cloné à partir d'un animal adulte.

1 Reprises nominales

● Par exemple, dans un texte évoquant la brebis Dolly, on peut reprendre un groupe nominal par un autre nom ou un autre GN.

Reprises pour *la brebis*

- le **nom propre** : Dolly
- un **terme générique** : l'animal
- le même nom + **autre déterminant** : cette brebis
- une **périphrase** : l'animal cloné par des chercheurs écossais

2 Reprises pronominales

● Les **pronoms les plus utilisés** pour ces reprises sont les pronoms personnels de la 3e personne, les pronoms démonstratifs, et certains indéfinis (*chacun, tous*...).

Le clonage est une découverte étonnante. Celui d'une brebis est célèbre, elle s'appelle Dolly.

● Un pronom peut reprendre la totalité ou seulement une partie d'un GN.

Les mammifères clonés sont fragiles. Ils ne vivent pas longtemps. ▶ reprise totale

Ce scientifique a cloné deux brebis. L'une a vécu trois ans, l'autre est morte au bout de quelques jours. ▶ reprise partielle

Un peu de méthode

Utiliser des pronoms démonstratifs

● Quand les formes ***celui-ci*** et ***celui-là*** sont employées ensemble, elles s'opposent : *celui-ci* désigne ce qui est le plus proche dans le temps ou dans le texte ; *celui-là* désigne ce qui est le plus éloigné.

Les plantes utilisent naturellement deux manières de se reproduire à l'identique : le rejet et le marcottage. L'olivier a adopté celui-ci, le fraisier celui-là.

● ***Ce***, pronom démonstratif, peut être remplacé par *ceci* ou *cela*.

Une loi vient d'interdire le clonage humain. Ce (= ceci) n'est pas trop tôt.

● ***Ceux***, pronom démonstratif, remplace un nom masculin pluriel ; au féminin il est remplacé par ***celles***.

Ceux (ou celles) qui ne voulaient pas du clonage humain ont été rassurés par le vote de la nouvelle loi.

On s'entraîne !

1 QUIZ

Le ou les mots soulignés sont-ils des reprises nominales (N) ou pronominales (P) ?

	N	P
a. Ta planète est bleue, la mienne est rouge.	❑	❑
b. Les gens sont partagés sur le clonage humain. Certains y sont favorables pour la thérapie génique, d'autres farouchement opposés.	❑	❑
c. J'adore lire des romans de science-fiction. Cette activité me détend.	❑	❑
d. Je crois que tu es très content de ton travail. Ne le nie pas.	❑	❑

2 Nominale ou pronominale ? (1)

Classe les reprises des mots soulignés dans le tableau.

Dolly a donné naissance à quatre brebis, ce qui prouve qu'un animal cloné peut se reproduire. Cette brebis n'a pas eu de maladie particulière. Elle a été victime d'une infection pulmonaire, à la fin de sa vie. Les chercheurs ont décidé de l'euthanasier pour l'empêcher de souffrir. Une fois naturalisée, celle-ci sera exposée au musée d'Édimbourg.

Reprise nominale	Reprises pronominales
....	....
....	....
....	....
....	....

3 Créer des reprises

Complète le texte en évitant les répétitions.

Dolly a été l'animal le plus photographié du siècle. En effet, ... est la copie conforme d'une autre brebis. Depuis sa naissance en février 1997, tout le monde s'interroge sur les bienfaits et les méfaits du clonage. L'enjeu d'une telle .... est celui du clonage humain.

4 Nominale ou pronominale ? (2)

Classe les reprises des mots soulignés dans le tableau.

Aucune guerre ne fut aussi intense que la guerre des clones. Elle divisa la Galaxie en deux. Chacune de ses parties fut plongée dans les ténèbres.
Il y avait eu bien des signes avant-coureurs de cette catastrophe. Des membres du Sénat qui ne respectaient plus l'intérêt commun avaient voulu s'enrichir. Ces vils individus avaient corrompu leurs collègues en achetant leurs votes. Bientôt tous les sénateurs voulurent s'enrichir. Aucun membre de cette haute assemblée n'échappa à cette course au gain. Tous préférèrent leur petit profit égoïste au bon fonctionnement de la gouvernance de la galaxie.

Reprises nominales	Reprises pronominales
.... reprend le GN	.... reprend le GN ....
.... reprend le GN	.... reprend le GN ....

5 LECTURE D'IMAGE

Observe cette photo.

Rémi BENALI et Stephen FERRY. Cette photo a été assemblée digitalement (par ordinateur) par Steve Walkowiak

a. Décris cette photo.
b. Comment l'interprètes-tu ?

? indice

b. Tu peux faire le lien entre l'outil utilisé pour truquer cette photo (l'ordinateur) et ce qu'elle représente (le clonage).

Corrigés page 12 du Guide

23 Le récit

Je me demande…
Quand on lit ou écrit un récit, quelles en sont les caractéristiques ?

Les points clés

1 Le schéma narratif

- La **situation initiale** d'un récit est modifiée par un événement qui vient rompre l'équilibre initial, l'**élément perturbateur**. Dans un récit au passé, le passé simple succède à l'imparfait.
- L'enchaînement des actions (**péripéties**) permet la progression du récit jusqu'à la **situation finale** ou **dénouement**. Le dénouement marque un retour à l'équilibre.

2 Les personnages

- Le personnage principal est le **héros** ou le **sujet**. Les adjuvants l'aident. Les opposants s'opposent à lui.
- Les qualités des héros sont idéalisées. Quand il incarne une réalité sociale, morale ou psychologique, le personnage devient un **type**.

3 L'ordre et le rythme du récit

L'ordre du récit

- **Retour en arrière** : Le narrateur interrompt le récit pour évoquer un événement passé.
- **Ordre chronologique** : Le récit se déroule dans le même ordre que les événements.
- **Anticipation** : Le narrateur évoque des faits à venir plus tard dans le récit.

Le rythme du récit

- **Scène** : durée du récit = durée de l'histoire
- **Ellipse** : durée du récit < durée de l'histoire
- **Pause descriptive** : durée du récit > durée de l'histoire

Un peu de méthode

Repérer le point de vue du narrateur dans un récit

- Le **point de vue omniscient** : le narrateur connaît tout des personnages, leur passé, leurs pensées.
  Ils étaient inséparables, alors qu'ils ne partageaient pas les mêmes passions.
- Le **point de vue interne** : le narrateur s'efface derrière un (ou plusieurs) de ses personnages, et raconte l'histoire à travers leur regard.
  Je décidais de revenir. • Pierre était convaincu qu'il reviendrait.
- Le **point de vue externe** : le narrateur relate les faits comme un simple témoin.
  Pierre déménagea et ne revit plus son ami.

On s'entraîne !

1 QUIZ

Teste tes connaissances littéraires.

a. Je suis Antoine de Saint-Exupéry.	Dans le roman dont je suis l'héroïne, la narration est assurée par deux voix : une spontanée qui raconte ses souvenirs, une plus distanciée qui commente le récit de la première.
b. Je suis Hervé Bazin.	J'ai écrit *Le Petit Prince* et des romans racontant les débuts de l'aviation aéropostale.
c. Je suis Nathalie Sarraute.	Je suis surnommé « Brasse-Bouillon » par ma mère qui me rejette et me maltraite, et je le lui rends bien en l'appelant « Folcoche ».

2 Les personnages

Lis cet extrait et coche les bonnes réponses.

> Pierre et moi sommes nés la même année, dans le même village. Nous avons appris à lire et à écrire dans la même école mais c'est là que nos destins ont commencé à diverger. Alors que Pierre excellait en mathématiques, se passionnait pour la chimie et remportait tous les prix en physique, pour moi seules comptaient la littérature, la poésie et plus tard la philosophie.
>
> Michel Tournier, *Le Medianoche amoureux*, © Éditions Gallimard, 1989.

	V	F
a. Le narrateur est interne.	☐	☐
b. Ces lignes forment le début du récit.	☐	☐
c. Les personnages ont une dimension symbolique.	☐	☐

3 Le schéma narratif

Lis la suite du récit et réponds aux questions.

> Dès l'âge de vingt ans, Pierre s'expatriait, moi je restais au village dans la maison séculaire de mes ancêtres. Je ne voyais plus mon ami d'enfance mais j'en avais des nouvelles par ses parents [...]. Un jour brusquement Pierre reparut. Il sonna à ma porte. Il avait à peine changé. Malgré la distance il avait suivi mes travaux. Pas un de mes ouvrages qu'il n'eût lu et relu. Et il m'apportait une proposition fantastique.
>
> Michel Tournier, *idem*.

a. Quelle est la fonction du GN « un jour » ? Quel rôle joue cette expression dans le déroulement du récit ?

b. À quel temps est le verbe « reparut » ? Justifie sa valeur ici.

c. Quelle était la relation des deux personnages au début de l'histoire ? Comment évolue-t-elle ?

4 Résumer un texte

Lis la suite du récit, puis coche la phrase qui reformule le mieux ce passage.

> Sa firme venait de mettre au point un système de codage international. N'importe quel programme pouvait être enregistré sous un volume infime, et devenait accessible à une multitude de décodages en langues diverses. Il me proposait de devenir le premier écrivain au monde qui profiterait de ce système. Si j'en étais d'accord, toute mon œuvre serait mise sur ordinateur, et déchiffrée ensuite dans les cent trente pays actuellement pourvus d'un terminal approprié.
>
> Michel Tournier, *idem*.

☐ Pierre propose au narrateur de donner à traduire son œuvre en plusieurs langues.

☐ Pierre propose au narrateur de retranscrire son œuvre en langage informatique facile à traduire dans toutes les langues.

5 VERS LE BREVET

Invente la fin du récit en quelques lignes.

Tu veilleras :
- aux temps des verbes : le temps de base est le passé simple ;
- à l'énonciation : le récit est à la 1re personne ;
- à la cohérence de l'histoire.

Corrigés page 12 du Guide

24 La description

Je me demande...

Pourquoi un auteur insère-t-il une description dans un récit ?

Les points clés

1 Enjeux de la description

● Dans une description, l'énonciateur donne à voir le plus souvent, mais aussi à entendre, à sentir, ce que le destinataire n'est pas en mesure de percevoir. Au sein d'un récit, la description constitue souvent une **pause**, pour caractériser un lieu, un personnage, ou un objet.

● La **description des lieux** donne un cadre à l'action. Elle crée une impression dominante, une atmosphère plaisante, merveilleuse, inquiétante, effrayante...

● Quand on décrit un personnage, on fait son **portrait**. Le portrait peut être physique ou moral ou les deux. Il permet de dégager une impression du personnage.

Mot-clé

Autoportrait : portrait d'un artiste réalisé par lui-même. Dans un récit, le narrateur peut être amené à se décrire, afin d'éveiller la sympathie, l'antipathie ou la complicité du lecteur.

2 Les marques de la description

● Pour comprendre la manière dont se construit une description, il faut identifier les procédés auxquels l'auteur a recours.

Les marques de la description

Champs lexicaux
- formes, couleurs
- sensations

Organisation
- premier plan, second plan, arrière-plan
- de haut en bas
- de gauche à droite

Temps
- imparfait dans un récit passé
- présent

Connecteurs spatiaux
Ils mettent en évidence l'organisation de la description.

Un peu de méthode

Présenter un personnage dans un récit

● On peut brosser un portrait classique en allant **du général** (*c'est une vieille dame...*) **au particulier** (*ses cheveux, ses yeux...*). Il est possible de s'attarder sur un **détail** (*son sourire, ses lunettes...*) dont on montre qu'il est **significatif** au moyen d'une anecdote. On peut aussi décrire le personnage **en action** : ses gestes révèlent alors sa personnalité.

● L'emploi d'**adjectifs** permet à la fois de qualifier le personnage et de révéler les sentiments qu'il suscite (*belle, forte, caressante...*).

● Ne pas oublier qu'un portrait peut aussi être moral : il décrit alors les **qualités et défauts** du personnage.

Quand j'écris un récit, je présente souvent le personnage en action.

On s'entraîne !

1 QUIZ

Vrai ou faux ?

	V	F
a. Une description donne à voir.	❑	❑
b. Pour faire le portrait d'un personnage, on utilise le passé composé.	❑	❑
c. Un portrait le plus souvent est ordonné.	❑	❑
d. Une description peut être réaliste ou symbolique.	❑	❑

2 Comparer deux portraits

Voici deux portraits de « mère ».

A. Tout était bien ce jour-là et elle aspirait l'odeur du myrte traditionnel que nous lui apportions. Elle frottait les brins entre ses petites mains et en humait l'odeur un peu théâtralement, comme il convient aux gens de notre tribu orientale. Elle était alors si jolie, ma vieille Maman qui se mouvait avec peine, ma Maman.

Albert COHEN, *Le Livre de ma mère*, 1954, © Éditions Gallimard.

B. On m'a dit cent fois qu'elle avait été belle. Je vous autorise à le croire, malgré ses grandes oreilles, ses cheveux secs, sa bouche serrée et ce bas du visage agressif qui faisait dire à Frédie, toujours fertile en mots :
« Dès qu'elle ouvre la bouche, j'ai l'impression de recevoir un coup de pied au cul. Ce n'est pas étonnant avec ce menton en galoche. »

Hervé BAZIN, *Vipère au poing*, © Éditions Grasset & Fasquelle, 1948.

a. Compare les titres des œuvres dont sont extraits ces passages.
b. Un portrait tendre : dans l'extrait A, quels sont les termes qui montrent la tendresse du narrateur pour sa mère ?
c. Un portrait à charge : dans l'extrait B, quels sont tous les termes à connotation négative qui sont utilisés pour décrire la mère ?

? indice

a. Dans ce roman, la vipère désigne la mère du narrateur, de manière métaphorique.

3 Analyser un portrait

Lis cet extrait, puis réponds aux questions.

a. Quelle sensation est évoquée par le narrateur ?
b. Quels adjectifs apportent une note méliorative ?
c. Décris en quelques mots l'impression qui se dégage du portrait.

Le matin, la lumière du jour me parvenait de concert avec le parfum dont usait ma grand-mère, une senteur de jasmin restée associée pour moi à l'image d'une vieille dame aux manières exquises et aux yeux clairs comme de l'eau, avec de beaux cheveux neigeux, ramenés en un chignon sur lequel elle agrafait une barrette de jade. Cette barrette était un cadeau — son unique coquetterie — elle ne portait jamais de bijoux, à part son alliance.

M. TRAN HUY, *La Double Vie d'Anna Song*, © Actes Sud, 2009.

4 LECTURE D'IMAGE

Observe ce tableau de Picasso.

Pablo PICASSO, *Portrait de Dora Maar*, 1937. Huile sur toile. Musée Picasso, Paris.

a. Observe la position du nez et des yeux : comment est présenté ce visage de femme ?
b. Observe et commente les couleurs.
c. Pourquoi s'éloigne-t-on de l'art figuratif ?
d. Quelle impression se dégage de ce portrait de femme ?

Corrigés page 12 du Guide

25 Les paroles rapportées

Je me demande...

Pour faire entendre les personnages, le narrateur rapporte leurs paroles. Comment ?

Les points clés

1 Le discours direct

● Les paroles sont rapportées **telles qu'elles ont été prononcées.**
Le discours direct rend une scène proche. Il est introduit par un verbe de parole et présente :
- **un tiret** ou **des guillemets** au début et en fin de paroles ;
- les caractéristiques vivantes du **langage oral** : apostrophe, interjection, exclamation, interrogation (« Bien sûr ») ;
- des temps verbaux qui font référence **au moment de l'énonciation** ;
- les pronoms du dialogue.

L'infirmière lui dit : « Bien sûr que vous pouvez emmener Eva en promenade ! »

Mot-Clé
Paroles rapportées : paroles d'un personnage que le narrateur retranscrit.

2 Le discours indirect

● Le narrateur rapporte les paroles des personnages **sans les citer mot à mot.**
Le discours indirect introduit une certaine distance. Il se repère parce que :
- le verbe de parole est suivi d'une proposition **subordonnée complétive** ;
- la ponctuation du discours direct disparaît ;
- toutes les phrases sont **déclaratives** ;
- les temps deviennent ceux du récit et suivent la **concordance des temps.**

L'infirmière lui dit que, bien sûr, il pouvait emmener Eva en promenade.

3 Le discours indirect libre

● Le narrateur rapporte des paroles intérieures ou des pensées **en les intégrant complètement au récit.** Le passage au discours indirect libre est signalé par :
- l'absence de verbe introducteur ;
- l'absence de ponctuation de dialogue ;
- l'absence de subordonnant ;
- la présence des **pronoms** et de la **concordance des temps** du style indirect.

Bien sûr il pouvait l'emmener en promenade !

Un peu de méthode

Respecter la concordance des temps au style indirect

Discours direct	Discours indirect
Présent L'infirmière affirmait : « Eva marche. »	Imparfait L'infirmière affirmait qu'Eva marchait.
Passé composé L'infirmière affirmait : « Eva a marché. »	Plus-que-parfait L'infirmière affirmait qu'Eva avait marché.
Futur simple L'infirmière affirmait : « Eva marchera. »	Conditionnel présent L'infirmière affirmait qu'Eva marcherait.
Futur antérieur L'infirmière affirmait : « Eva aura marché. »	Conditionnel passé L'infirmière affirmait qu'Eva aurait marché.

On s'entraîne !

1 QUIZ

Coche la bonne réponse.

a. Il me demande ce que sont devenus nos amis de l'école primaire.
☐ Discours indirect ☐ Discours indirect libre

b. « Comment ferons-nous en cas de tempête de neige ? » demanda la fillette.
☐ Discours direct ☐ Discours indirect

c. « Serons-nous toujours amis ? » demanda la fillette.
☐ Au discours indirect, le verbe *être* restera au futur.
☐ Au discours indirect, le verbe *être* passe au conditionnel présent.

2 *Le style indirect*

a. Écris les propos soulignés au discours direct.
La mère d'Eva suggéra à Vollard qu'il rende visite à la fillette dans son centre de rééducation.

....

....

b. Explique l'emploi du conditionnel dans cette phrase.
Vollard déclara qu'il serait ravi d'aller voir Eva.

....

....

c. Justifie l'emploi de l'imparfait dans cette phrase.
Il l'assura qu'elle ne devait pas s'inquiéter d'être loin de sa fille et peu disponible.

....

....

3 *Identifier le style*

Lis l'extrait puis réponds aux questions.

Vollard s'étonna de ne pas devoir justifier son identité, mais il suivit sans rien dire le sous-directeur à travers les couloirs.
— Je dois vous avouer, Monsieur Vollard, que vous étiez très attendu. Vous êtes un oncle ? Un parent ? Enfin ça ne me regarde pas ! Mais il est souhaitable que la fillette ait des visites. La maman a dû accepter un travail loin d'ici, je crois... Elle n'est que très peu venue et restait à peine quand elle venait. Pourtant l'enfant va bien, mais il n'y a guère de changement. Les séquelles paraissent irréversibles. Toujours ce mutisme.

Pierre Péju, *La Petite Chartreuse*, © Éditions Gallimard, 2002.

a. À quelle forme de discours rapporté correspondent les paroles du sous-directeur ?
b. Pour justifier ta réponse, relève des indices et remplis le tableau ci-dessous.

Ponctuation du dialogue	Types de phrases	Pronoms personnels
....	....	....
....	....	....
....	....	....

c. Quel effet produit l'emploi de ce discours ?
d. Réécris les propos du sous-directeur au style indirect.

→ Le sous-directeur dit à Vollard que ....

....

....

....

....

....

4 VERS LE BREVET

Invente la suite en commençant par une phrase au discours indirect, puis tu introduiras un dialogue et enfin une partie narrative.

Ils pénétrèrent dans une vaste salle où les jeunes gens cabossés par les accidents les plus terribles jouaient aux cartes. [...] Un téléviseur déversait une sauce épaisse d'inepties. Eva était assise dans ce vacarme, exactement sous le téléviseur [...]. Rêveuse à vide. Regard vague.
Vollard en l'observant pensa que ....

Pierre Péju, *La Petite Chartreuse*, © Éditions Gallimard, 2002.

? indice
Cet extrait vient juste après celui de l'exercice 3.

Corrigés page 13 du Guide

26 L'argumentation

Je me demande...
Quels procédés utilise-t-on dans une argumentation pour convaincre ?

Les points clés

1 Structure du texte argumentatif

- La **thèse** est le point de vue défendu par l'auteur, on parle de **thèse proposée**.
- La **thèse réfutée** est celle que le destinataire est supposé soutenir sur le sujet en question. Pour mieux convaincre le destinataire de la légitimité de son point de vue, l'énonciateur réfute par avance cette autre thèse, ou la dévalorise.
- Les **arguments** sont les idées qui prouvent la thèse proposée.
- Les **exemples** sont des faits concrets, par opposition aux arguments plutôt abstraits, qui servent à illustrer et justifier les arguments.

Mots-Clés
- **Argumenter** : défendre une thèse à l'aide d'arguments illustrés par des exemples.
- **Convaincre / persuader** : amener quelqu'un à admettre quelque chose en faisant appel au raisonnement / à la sensibilité.

2 Les marques de l'argumentation

Les marques de l'argumentation

Marques de l'énonciation
- pronoms de la 1re personne
- temps dominant : présent
- marques de subjectivité

Connecteurs logiques
- Ils soulignent la cohérence des arguments.
- Ils expriment l'addition, la cause, la conséquence, l'opposition.

Un peu de méthode

Distinguer les arguments et les exemples

Le modèle ci-dessous provient d'un roman évoquant l'esclavage.

- La **thèse** des esclavagistes est la suivante :

  Les colonies ont besoin de main-d'œuvre, donc d'hommes habitués à l'esclavage.
  (voir la réfutation dans les extraits de la page 57)

- Les **arguments** donnés par le capitaine esclavagiste sont les suivants :

1. Les Africains pratiquent déjà entre eux l'esclavage.
2. Les maîtres blancs traitent mieux leurs esclaves que les rois africains.

- Avec ces **exemples :**

– **pour l'argument 1 :** Les bateaux négriers embarquent des gens qui sont déjà esclaves. Les rois les échangent contre des marchandises.
– **pour l'argument 2 :** Les esclaves vivent avec les familles de planteurs. Les femmes sont les nourrices des enfants et sont appréciées par les mères de famille.

On s'entraîne !

1 QUIZ

Dans cette liste, combien de verbes expriment :
je crois • je pense • je considère • j'affirme • je doute • je suppose • j'ignore si • je confirme • j'admets • je conviens • j'adhère • je suis certain

a. une position neutre ☐ 5 ☐ 6 ☐ 8
b. une conviction ☐ 2 ☐ 4 ☐ 5
c. une incertitude ☐ 3 ☐ 5 ☐ 6

2 Analyser des arguments

Lis ce texte et réponds aux questions.

Le narrateur a embarqué pour les Antilles sans savoir qu'il est à bord d'un navire qui fait du commerce d'esclaves.

« Sachez pour vous rassurer, reprit le capitaine d'une voix forte, que nous ne volons personne : nous achetons les esclaves un bon prix, et cela fait à la fois les affaires de leur pays et du nôtre, car nos colonies ont un cruel besoin de main-d'œuvre.
— Pas l'affaire de ceux qui sont vendus, saint Capitaine », siffla Blaise-Benoît entre ses dents. Il n'avait pas parlé assez fort pour que Chevillot entende et celui-ci continua : « Vous ignorez sans doute que, chez eux, ils sont déjà esclaves. L'esclavage existe depuis toujours en Afrique, et ces gens ont été capturés bien avant notre arrivée.
— Si on n'allait pas en acheter, susurra Jos par un coin de sa bouche qu'il tordait avec un grand savoir-faire, ils auraient moins de raisons de faire des prisonniers.
— Et croyez-moi, poursuivit le capitaine, ils seront mieux aux colonies que chez leur actuel maître africain. »

Évelyne Brisou-Pellen, *Deux graines de cacao*, coll. « Le Livre de poche Jeunesse », © Hachette, 2001.

a. Dans la 1re phrase soulignée, par quelle conjonction de subordination pourrait-on remplacer les deux-points ? Reformule les deux arguments avec des connecteurs logiques.
b. Dans la deuxième phrase soulignée, relève trois compléments de temps. Explique leur rôle. Résume la théorie du capitaine.
c. Montre que les deux phrases en couleur contredisent l'argumentation du capitaine.

3 Réfuter une thèse

Lis la suite du texte et réponds aux questions.

Cette fois, c'est de nouveau Blaise-Benoît qui grinça :
« Il croit ce qu'il veut. Il n'a jamais vu le travail des Noirs sur les plantations.
— Chez les planteurs, ils sont nourris et soignés. Ils font presque partie de la famille.
— Ils sont mal nourris, battus, ils sont loin de leur pays, arrachés à leur famille, ils travaillent du matin au soir sans espoir de sortir de là, commenta Blaise-Benoît avec colère.
— J'entends des murmures ! » s'exclama le capitaine d'un ton menaçant.
Les officiers levèrent brièvement leur cravache, ce qui fit taire les protestataires. De l'arrière du groupe, Anselme surveillait lui aussi les matelots d'un air inquisiteur. S'il y avait mutinerie, c'était son travail sur le faux-pont qui en pâtirait et il refusait de dire adieu à sa prime.
« Qui peut se donner le droit de soumettre les autres à l'esclavage ? s'écria alors Youenn.
— Qui a parlé ?
— Le timonier ! dénonça Anselme.
— Trois douzaines de coups de fouet ! » hurla le capitaine.

Évelyne Brisou-Pellen, *idem*.

a. Quel argument du capitaine est rappelé par le groupe nominal « le travail des Noirs » ? Que sous-entend alors Blaise-Benoît ?
b. Montre qu'il développe ensuite son argument.
c. Quelle est la thèse du timonier ? En quoi réfute-t-elle celle du capitaine ?

? indice

a. Blaise-Benoît ouvre le dialogue avec un sous-entendu et c'est le capitaine qui lui répond.

4 VERS LE BREVET

Lis ce texte et réponds aux questions.

« Vous avez la peau de couleur de cendre, et nous de couleur d'ébène ; par conséquent nous devons, par les lois sacrées de la nature, être toujours ennemis. »

Voltaire, *Candide*, 1759.

a. Quel lien logique exprime « par conséquent » entre les deux propositions ? En quoi cette affirmation est-elle absurde ?
b. Réécris ces lignes en ne jouant plus sur l'absurde.

Corrigés page 13 du Guide

27 L'autobiographie

Je me demande...
Dans une autobiographie, qui est le *je* ? l'auteur ? le narrateur ? le personnage ?

Les points clés

L'autobiographie est le récit rétrospectif, donc distancié, qu'un auteur fait de sa propre vie.

1 Les marques de l'autobiographie

- La **situation d'énonciation** est caractérisée par les traits suivants :
  – le narrateur, qui se confond avec l'auteur, s'exprime à la 1re personne ;
  – le point de vue du narrateur est un **point de vue interne** ;
  – le temps de l'écriture se distingue du temps du souvenir.
- Le récit comprend des **marques de subjectivité** : un vocabulaire péjoratif ou mélioratif, des modalisateurs... L'auteur cherche à convaincre le destinataire de la justesse et de la sincérité de son propos.
- L'autobiographie est **chronologique**, mais l'auteur peut passer sous silence certains faits, ou s'attarder sur certains événements de son passé, puisqu'il fait une **sélection** dans ses souvenirs.

> Je forme une entreprise qui n'eut jamais d'exemple, et dont l'exécution n'aura point d'imitateur. Je veux montrer à mes semblables un homme dans toute la vérité de la nature ; et cet homme, ce sera moi.
>
> J.-J. Rousseau, *Les Confessions*, « Préambule », 1782.

Mot-Clé
Mémoires : récit qu'un auteur fait, par écrit, d'événements dont il a été témoin ou auxquels il a pris part.

2 Les enjeux de l'autobiographie

Le texte répond à un projet explicite ou implicite.

- L'auteur peut vouloir se souvenir de moments agréables, notamment de son **enfance**. Dans le cas contraire, il vise à exorciser des souvenirs douloureux. Quoi qu'il en soit, le récit autobiographique est un moyen pour **mieux se connaître**.
- Il peut aussi servir à **témoigner** de son époque.

Un peu de méthode

Identifier et analyser un texte autobiographique

- On observe la situation d'énonciation du texte. Il est écrit à la **première personne**.
- C'est un texte **rétrospectif** qui alterne le plus souvent évocation de moments du **passé** et commentaires au **présent**.

> J'<u>étais</u> fortement constituée, et, durant toute mon enfance, j'<u>annonçais</u> devoir être fort belle, promesse que je n'ai point tenue.

▶ L'imparfait renvoie au moment du souvenir.

> Pour moi, je ne pus jamais m'astreindre à soigner ma personne. Autant j'<u>aime</u> l'extrême propreté, autant les recherches de la mollesse m'<u>ont</u> toujours <u>paru</u> insupportables.

▶ Le présent et le passé composé renvoient au commentaire de l'adulte.

On s'entraîne !

1 QUIZ

Vrai ou faux ?

	V	F
a. Tout texte écrit à la 1re personne est un texte autobiographique.	☐	☐
b. Un récit autobiographique raconte l'intégralité d'une vie.	☐	☐
c. Autobiographie vient de *auto* = soi-même, *bio* = vie, *graphie* = écriture.	☐	☐

2 L'énonciation

Quelles sont les marques de la situation d'énonciation dans cet extrait ?

J'étais fortement constituée, et, durant toute mon enfance, j'annonçais devoir être fort belle, promesse que je n'ai point tenue. Il y eut peut-être de ma faute, car à l'âge où la beauté fleurit, je passais déjà les nuits à lire et à écrire. Étant fille de deux êtres d'une beauté parfaite, j'aurais dû ne pas dégénérer, et ma pauvre mère, qui estimait la beauté plus que tout, m'en faisait souvent de naïfs reproches. Pour moi, je ne pus jamais m'astreindre à soigner ma personne. Autant j'aime l'extrême propreté, autant les recherches de la mollesse m'ont toujours paru insupportables.

George Sand, *Histoire de ma vie*, IV 13, 1855.

? indice

Relève, par exemple, des termes subjectifs.

3 Le champ lexical

Relis l'extrait précédent et relève le champ lexical de la beauté. Que veut nous montrer la narratrice à propos de son apparence physique ?

....

....

....

4 La visée du texte

Voici la suite du texte. En quoi la narratrice rejette-t-elle l'éducation traditionnelle des filles au XIXe siècle ? Comment revendique-t-elle sa liberté ?

Se priver de travail pour avoir l'œil frais, ne pas courir au soleil quand ce bon soleil de Dieu vous attire irrésistiblement, ne point marcher dans de bons gros sabots de peur de se déformer le cou-de-pied, porter des gants, c'est-à-dire renoncer à l'adresse et à la force de ses mains, se condamner à une éternelle gaucherie, à une éternelle débilité, ne jamais se fatiguer quand tout nous commande de ne point nous épargner, vivre enfin sous une cloche pour n'être ni hâlée, ni gercée, ni flétrie avant l'âge, voilà ce qu'il me fut toujours impossible d'observer. Ma grand'mère renchérissait encore sur les réprimandes de ma mère, et le chapitre des chapeaux et des gants fit le désespoir de mon enfance.

George Sand, *Histoire de ma vie*, IV 13, 1855.

5 LECTURE D'IMAGE

a. Comment Corot met-il l'accent sur sa condition de peintre ?

....

....

....

b. En quoi le jeu de lumière dramatise-t-il cet autoportrait ?

....

....

....

Jean-Baptiste Camille Corot (1796-1875), *Portrait de l'artiste, assis près d'un chevalet*, Paris, musée du Louvre, 1825.

Corrigés page 13 du Guide

28 Le théâtre

Je me demande...

Peut-on dire aussi d'une pièce de théâtre qu'elle raconte une histoire ?

Les points clés

Une pièce de théâtre est une histoire racontée sous forme de **dialogues**, sans narrateur. Elle est d'abord faite pour être **jouée et représentée**.

1 Le texte de théâtre

- Les **didascalies** sont les indications données par l'auteur aux comédiens et au metteur en scène sur la façon de jouer, sur le lieu, les déplacements, etc. Elles ne sont pas prononcées pendant la représentation et sont écrites en italiques.
- Les personnages sont caractérisés par la **manière dont ils parlent**, c'est-à-dire : leur registre de langue ; leurs gestes, mimiques et attitudes ; la répartition de la parole entre eux (un dominant parle davantage qu'un dominé).

Mots-Clés

- **Acte** : partie d'une pièce de théâtre qui présente une unité dans la progression de l'intrigue.
- **Scène** : est délimitée par l'entrée ou la sortie des personnages. Il y a plusieurs scènes dans un acte.

2 La composition d'une pièce de théâtre classique

La structure d'une pièce classique (3 à 5 actes)

1. **L'exposition** → Elle informe le spectateur sur la situation.
2. **Le nœud de l'action** → L'intrigue est alors à son point culminant.
3. **Le coup de théâtre** → Cet événement imprévu change les données de l'action.
4. **Le dénouement** → Il résout le problème posé par la pièce.

3 L'énonciation au théâtre

- Elle est double généralement puisque les répliques s'adressent à **deux destinataires**, les autres personnages de la pièce et le spectateur.
- Dans l'**aparté** le personnage s'adresse directement au public. Dans le **monologue**, le personnage livre à voix haute, ses pensées intimes.

Un peu de méthode

Définir les genres théâtraux

- **La comédie** telle que Molière l'a définie, cherche à divertir en dénonçant par le rire les défauts des personnages ordinaires ; son dénouement est heureux.
- **La tragédie** montre le destin de personnages mythologiques ou historiques, sur lesquels pèse un destin implacable. Ses ressorts sont la crainte et la pitié. Son dénouement est malheureux.
- **Le drame romantique** apparaît dans la première moitié du XIXe siècle. Il mélange les tons tragique et comique.

On s'entraîne !

1 QUIZ

Coche la bonne réponse.

a. Un quiproquo est :
- ☐ comique
- ☐ tragique

b. L'exposition d'une pièce classique doit être finie :
- ☐ à la fin de la scène 1 de l'acte I
- ☐ au début de l'acte II

c. Le héros tragique est :
- ☐ aux prises avec son destin
- ☐ maître de ses choix

2 *L'énonciation*

Complète ces phrases en puisant dans la liste :

- bienséances
- Athènes
- Corneille
- Racine

La tragédie naît en Grèce, à .... au VIe siècle avant J.-C.

Au XVIIe siècle, la tragédie se développe en France avec deux auteurs : .... et ....

Pour ne pas choquer le public, on suit la règle des .... et on s'interdit de montrer un meurtre sur scène.

3 *Lecture critique*

Lis ce monologue et réponds aux questions.

Figaro croit que sa fiancée Suzanne a accepté de céder aux avances du Comte Almaviva. Il fait éclater sa colère dans un long monologue.

Ô femme ! femme ! femme ! Créature faible et décevante ! Nul animal créé ne peut manquer à son instinct ; le tien est-il donc de tromper ?... Après m'avoir obstinément refusé quand je l'en pressais devant sa maîtresse, à l'instant qu'elle me donne sa parole ; au milieu de la cérémonie... Il riait en lisant, le perfide ! et moi comme un benêt !... Non, monsieur le Comte, vous ne l'aurez pas... vous ne l'aurez pas. Parce que vous êtes un grand seigneur, vous vous croyez un grand génie !... noblesse, fortune, un rang, des places ; tout cela rend si fier !

Beaumarchais, *Le Mariage de Figaro*, V, 3, 1778.

a. Les répétitions marquent :
- ☐ la colère
- ☐ l'hésitation de Figaro

b. Ce monologue a une portée :
- ☐ narrative
- ☐ argumentative

c. Qu'exprime la ponctuation ? Quelles indications donne-t-elle aux acteurs ?

4 VERS LE BREVET

Lis cet extrait et réponds aux questions.

Le Comte, qui veut obtenir les faveurs de Suzanne, convoque Figaro pour savoir s'il est au courant. Or Suzanne a averti Figaro.

Le Comte — [...] Ce Figaro se fait bien attendre ! Il faut le sonder adroitement *(Figaro paraît dans le fond, il s'arrête)* et tâcher, dans la conversation que je vais avoir avec lui, de démêler d'une façon détournée s'il est instruit ou non de mon amour pour Suzanne.

Figaro, *à part.* — Nous y voilà.

Le Comte — ... S'il en sait par elle un seul mot...

Figaro, *à part.* — Je m'en suis douté.

Le Comte — [...] Et voyons ce que nous ferons de la jeunesse.

Figaro, *à part.* — Ah ! Ma femme, s'il vous plaît.

Le Comte, *se retourne.* — Hein ? Quoi ? Qu'est-ce que c'est ?

Figaro, *s'avance.* — Moi qui me rends à vos ordres.

[...]

<u>Le Comte. — Les domestiques ici... sont plus longs à s'habiller que les maîtres !</u>

<u>Figaro. — C'est qu'ils n'ont point de valets pour les y aider.</u>

Le Comte, [...] *à part.* — Je m'emporte, et nuis à ce que je veux savoir.

Figaro, *à part.* — Voyons-le venir et jouons serré.

Beaumarchais, *Le Mariage de Figaro*, III, 4-5, 1778.

a. Qu'indiquent les didascalies ? Quel est l'effet de ce procédé ?

b. Dans le passage souligné, que penses-tu de la réplique de Figaro ?

c. Qui mène le dialogue : Figaro ou le Comte ?

? indice

c. Celui qui mène le dialogue est celui qui en sait le plus sur les intentions de l'autre.

Corrigés page 14 du Guide

29 Le théâtre contemporain

Je me demande...

Qu'ont en commun *Antigone* de J. Anouilh ou *Rhinocéros* d'E. Ionesco ?

Les points clés

Le théâtre du XXe siècle est riche et varié. On distingue trois axes de création.

1 La reprise des mythes antiques

- Entre 1920 et 1950, des auteurs puisent leur inspiration dans les **mythes gréco-romains** qu'ils transposent dans leur époque (1933 : *La Machine infernale*, Cocteau ; 1935 : *La guerre de Troie n'aura pas lieu*, Giraudoux ; 1944 : *Antigone*, Anouilh).
- Les personnages deviennent **humains** et le système de valeurs des héros de tragédie classique est **tourné en dérision**.

Mot-Clé

Mythe antique : récit fabuleux qui met en scène des êtres surnaturels, divinités et monstres, pour expliquer les phénomènes cosmiques et la condition humaine.

2 Le théâtre engagé (1940-1950)

- Le théâtre engagé pose le problème de la **légitimité de la violence** en politique et de l'engagement. L'homme est confronté au **tragique de l'histoire** (1944 : *Huis clos*, Sartre ; 1948 : *Les Mains sales*, Sartre ; 1949 : *Les Justes*, Camus).

3 Le théâtre de l'absurde

- En 1896, Alfred Jarry avec *Ubu roi* ouvre les voies d'un « nouveau théâtre » ou « théâtre de l'absurde » qui vise à la provocation. Le mot « absurde » apparaît en littérature après la Seconde Guerre mondiale et caractérise la **difficulté de l'homme à comprendre le monde dans lequel il vit**.
- Les héritiers mêlent pour la plupart dérision, humour et tragique :
  - Eugène Ionesco : *La Cantatrice chauve* (1950), *La Leçon* (1951), *Les Chaises* (1952), *Le roi se meurt* (1962) ;
  - Samuel Beckett : *En attendant Godot* (1952), *Fin de partie* (1957), *Oh les beaux jours* (1963).

Un peu de méthode

Différencier le théâtre classique du théâtre moderne

	Théâtre traditionnel	Théâtre de l'absurde
L'histoire/ la structure	Il y a une exposition, un développement de l'intrigue et finalement un dénouement.	Il n'y a pas toujours d'histoire cohérente. Chaque fragment peut être autonome.
Les personnages	Les personnages ont une psychologie. Le Comte Almaviva croit qu'il n'aime plus sa femme.	Ce sont des types interchangeables. Ubu est le symbole de la cupidité des tyrans.
Le langage	Le langage a du sens, il aide à communiquer. Souvent, le langage est d'un niveau soutenu.	Le langage sert de révélateur de la difficulté à communiquer.

On s'entraîne !

1 QUIZ

Lis le texte puis coche la bonne réponse.

La Cantatrice chauve *est représentée pour la première fois le 11 mai 1950. Avant le premier dialogue, on trouve ces lignes.*

Intérieur bourgeois anglais, avec des fauteuils anglais. Soirée anglaise. M. Smith, Anglais, dans son fauteuil anglais et ses pantoufles anglaises, fume sa pipe anglaise et lit un journal anglais, près d'un feu anglais. Il a des lunettes anglaises, une petite moustache grise, anglaise. À côté de lui, dans un autre fauteuil anglais, Mme Smith, Anglaise, raccommode des chaussettes anglaises. Un long moment de silence anglais. La pendule anglaise frappe dix-sept coups anglais.

Eugène IONESCO, *La Cantatrice chauve*,

a. Ces lignes en italiques correspondent :
- ☐ aux didascalies
- ☐ à une introduction pour le metteur en scène

b. Les personnages sont :
- ☐ des héros empruntés à la mythologie
- ☐ des personnages ordinaires

c. Le ton de ces lignes est :
- ☐ neutre
- ☐ ironique

2 Une scène absurde

Voici les premières répliques de la pièce. Lis-les puis réponds aux questions.

Mme SMITH. — Tiens, il est neuf heures. Nous avons mangé de la soupe, du poisson, des pommes de terre au lard, de la salade anglaise. Les enfants ont bu de l'eau anglaise. Nous avons bien mangé, ce soir. C'est parce que nous habitons dans les environs de Londres et que notre nom est Smith.

M. SMITH, *continuant sa lecture, fait claquer sa langue.*

Mme SMITH. — Les pommes de terre sont très bonnes avec le lard, l'huile de la salade n'était pas rance. L'huile de l'épicier du coin est de bien meilleure qualité que l'huile de l'épicier d'en face, elle est même meilleure que l'huile de l'épicier du bas de la côte. Mais je ne veux pas dire que leur huile à eux soit mauvaise.

M. SMITH, *continuant sa lecture, fait claquer sa langue.*

Eugène IONESCO, *idem.*

a. À quoi correspondent ces premières répliques ?
b. Quel est le rôle attribué au langage ?
c. Ionesco a dit qu'il s'était inspiré de la méthode Assimil. À quoi le voit-on ?

3 Comprendre un monologue

Mme Smith continue son monologue. Sur quoi repose la parodie ici ?

Mme SMITH. — Cependant, la soupe était peut-être un peu trop salée. Elle avait plus de sel que toi. Ah, ah, ah. Elle avait aussi trop de poireaux et pas assez d'oignons. Je regrette de ne pas avoir conseillé à Mary d'y ajouter un peu d'anis étoilé. La prochaine fois, je saurai m'y prendre.

M. SMITH, *continuant sa lecture, fait claquer sa langue.*

Eugène IONESCO, *idem.*

? indice

Le monologue tenu par Mme Smith fait-il avancer l'action ? As-tu l'habitude de lire de tels propos au théâtre ?

4 LECTURE D'IMAGE

Observe cette photographie d'une scène de théâtre.

Les Smith reçoivent les Martin. Représentation de *La Cantatrice chauve*, mise en scène de Jean-Luc Lagarce, diffusée sur Arte en 1991.

a. Comment sont habillés les acteurs ?
b. Quelle est la mimique des femmes ?
c. Quel décor a choisi le metteur en scène ?

Corrigés page 14 du Guide

30 La poésie

Je me demande...

Comment peut-on définir la poésie ? Est-elle toujours en vers ?

Les points clés

La poésie joue sur la langue (les sonorités, le rythme et les images). Elle peut être en **vers** ou en **prose**.

Mots-Clés

- **Poésie lyrique** : exprime les sentiments et les émotions du poète.
- **Lyrique** : vient du mot « lyre » car, à l'origine, cette poésie était chantée et accompagnée de cet instrument.

1 La poésie en vers

● Un poème est généralement constitué de **vers**, regroupés en **strophes**. Les vers sont nommés d'après leur nombre de syllabes, comme **l'alexandrin** (12), **le décasyllabe** (10), **l'octosyllabe** (8).

2 Le jeu sur les sons

● **La rime** est un effet de sonorité avec la répétition d'un même son à la fin de deux ou plusieurs vers. Les rimes alternent selon trois combinaisons :

Rimes plates	Rimes embrassées	Rimes croisées
a/a/b/b	a/b/b/a	a/b/a/b

● **L'allitération** est la répétition d'une **consonne** dans une suite de mots rapprochés :

Priez pour le pauvre Gaspard !

● **L'assonance** est la répétition d'une même **voyelle** dans une suite de mots rapprochés :

Suis-je né trop tôt ou trop tard ?

3 Les effets de rythme

● Le vers est divisé en **groupes rythmiques** séparés par des **coupes**. La coupe principale d'un vers s'appelle la **césure**.

Un soir,/t'en souvient-il ? // nous voguions en silence
2 coupe 4 césure 6

Cet alexandrin est découpé en deux **hémistiches** de 6 syllabes par la **césure**.

● Il y a **enjambement** quand une proposition commencée dans un vers se prolonge dans le vers suivant.

Les beaux habits du soir un à un que l'on quitte
Tombent indolemment sur l'aube des planchers. Louis Aragon, *Le Roman inachevé*, 1956.

● Il y a **rejet** quand un élément d'une proposition commencée dans un vers est placé en tête du vers suivant.

L'empereur se tourna vers Dieu ; l'homme de gloire
Trembla ; Napoléon comprit qu'il expiait... Victor Hugo, *Les Châtiments*, 1852.

Un peu de méthode

Compter le nombre de syllabes

● Le vers se décompose en **syllabes**. On ne compte pas le **e muet** en fin de vers ou suivi d'une voyelle. On le compte quand il est suivi d'une consonne.

Ô vous tous, ma peine est profonde

▶ Ce vers est un octosyllabe. Les *e* de *peine* et de *profonde* ne comptent pas.

On s'entraîne !

1 QUIZ

Vrai ou faux ? Lis le poème et coche la bonne réponse.

Depuis longtemps déjà je t'ai laissé tout seul
Cependant me voici t'apportant mon
[mensonge
Poète sois joyeux tu sembles un linceul
Regarde-moi c'est moi je ne suis pas un songe.

Guillaume Apollinaire, « La ceinture », *Poèmes à Lou*, 1955.

	V	F
a. Les rimes sont croisées.	☐	☐
b. Les rimes masculines alternent avec les rimes féminines.	☐	☐
c. Ce sont des décasyllabes.	☐	☐

2 *Jeu sur les sons*

Quelle est la disposition des rimes dans les vers suivants ? Relève deux allitérations et une assonance.

Je tresserai mes vers de verre et de verveine
Je tisserai ma rime au métier de la fée
Et trouvère du vent je verserai la vaine
Avoine verte de mes veines
Pour récolter la strophe et t'offrir ce trophée

Louis Aragon, « Cantique à Elsa » *Les Yeux d'Elsa*, © Seghers, 1942.

3 *Étude des vers*

Souligne les e muets qui se comptent dans un vers et barre ceux qui ne comptent pas.

a. Une atmosphère obscure enveloppe la ville (Baudelaire)
b. J'ai cueilli ce brin de bruyère
L'automne est morte souviens-t'en (Apollinaire)

4 *Mots mêlés*

Retrouve dans la grille les mots qui correspondent aux définitions suivantes.

a. Quand une phrase se poursuit dans le vers suivant.
b. Un vers de huit syllabes.
c. La répétition d'une même voyelle ou diphtongue.
d. La combinaison des rimes a/b/a/b.
e. Une strophe de quatre syllabes.
f. Le rythme d'un alexandrin qui a deux coupes.

E	Q	U	A	T	R	A	I	N	O
N	U	R	T	E	P	O	E	M	C
J	A	D	O	R	D	R	I	O	T
A	S	S	O	N	A	N	C	E	O
M	E	T	R	A	P	R	R	L	S
B	C	R	O	I	S	E	E	S	Y
E	B	V	H	R	I	M	I	G	L
M	O	K	R	E	A	L	S	B	L
E	J	B	U	A	H	S	F	E	A
N	P	C	L	Q	Y	O	E	N	B
T	A	E	R	U	A	H	S	B	E

5 VERS LE BREVET

Lis le poème et réponds aux questions.

Le dormeur du val

C'est un trou de verdure où chante une rivière
Accrochant follement aux herbes des haillons
D'argent ; où le soleil, de la montagne fière,
Luit ; c'est un petit val qui mousse de rayons.

Un soldat jeune, bouche ouverte, tête nue,
Et la nuque baignant dans le frais cresson bleu,
Dort ; il est étendu dans l'herbe, sous la nue,
Pâle dans son lit vert où la lumière pleut.

Les pieds dans les glaïeuls, il dort. Souriant
[comme
Sourirait un enfant malade, il fait un somme
Nature, berce-le chaudement : il a froid.

Les parfums ne font pas frissonner sa narine ;
Il dort dans le soleil, la main sur sa poitrine
Tranquille. Il a deux trous rouges au côté droit.

Arthur Rimbaud, *Poésies*, 1870.

a. Dans la strophe 1 : le mot « luit » occupe une place particulière : laquelle ? Pourquoi ? Quel est le champ lexical dominant ?
b. Comment s'appelle la strophe 2 ? Quel est le rythme du premier vers ? Comment sont disposées les rimes ?
c. Quel champ lexical est lié au soldat dans les strophes 2 et 3 ? Comment évolue-t-il ?
d. En quoi ce poème dénonce-t-il la guerre ?

Corrigés page 14 du Guide

31 La poésie engagée

Je me demande...

Un poète peut-il s'engager au service d'une cause ? Quels exemples peut-on donner ?

Les points clés

1 Définition et enjeux

● « Être engagé » signifie se mettre au **service d'une cause**. Tout artiste peut, dans un contexte historique précis, utiliser son art pour défendre une cause.

● La poésie engagée est toujours **ancrée dans la réalité**, dans l'histoire. Elle vise à témoigner de la réalité, à convaincre d'adhérer à une cause, à mettre en garde contre l'oubli, à rendre hommage.

2 Thèmes

● Le poète dénonce des maux dans différents domaines :
- **religieux** (intolérance, fanatisme) ;
- **social** (injustice, inégalité, misère, racisme...) : Victor Hugo dénonce ainsi le travail des enfants dans « Melancholia » ;
- **politique** (guerre, dictature, violence...).

3 La poésie engagée du xxe siècle

Les combats de la poésie engagée au xxe s.

contre les horreurs de la guerre
- Apollinaire, *La Nuit d'avril* (1915)
- B. Vian, *Le Déserteur* (1954)

contre l'oppression nazie
- P. Éluard, *Poésie et vérité* (1942)
- R. Desnos, *État de veille* (1943)
- L. Aragon, *La Diane française* (1945-1946)

contre la colonisation
- A. Césaire, *Cahier d'un retour au pays natal* (1939)
- L. S. Senghor, *Hosties noires* (1948)

Un peu de méthode

Repérer les procédés de la poésie engagée

Quand les mêmes mots sont repris au début d'un vers, on parle d'anaphore.

● Pour incarner des idées, la poésie engagée a recours à des **symboles, des personnifications, des allégories**. Les figures de style telles que les hyperboles, les métaphores, les comparaisons sont nombreuses, et utilisées dans une démarche argumentative, pour susciter l'émotion et l'adhésion du lecteur.

● **Le rythme et le jeu sur les sonorités** sont particulièrement importants dans un poème engagé : la reprise d'expressions ou de structures syntaxiques, les rejets et les enjambements, les assonances et les allitérations créent un dynamisme musical qui **facilite la mémorisation et la diffusion des textes**.

On s'entraîne !

1 QUIZ

Lis ces vers et coche les bonnes cases.

Le ciel est étoilé par les obus des Boches
La forêt merveilleuse où je vis donne un bal
La mitrailleuse joue un air à triples-croches
Mais avez-vous le mot
Eh ! oui le mot fatal
Aux créneaux Aux créneaux
Laissez là les pioches

Guillaume Apollinaire, « La Nuit d'avril 1915 », 1918.

	V	F
a. Le champ lexical est celui de la guerre.	☐	☐
b. Le vers 3 est une litote.	☐	☐
c. Le ton est ironique.	☐	☐

2 *La poésie en contexte (1)*

Dans le poème « Courage » (1942), Paul Éluard dresse le portrait de Paris sous l'occupation.

Paris a froid Paris a faim
Paris ne mange plus de marrons dans la rue
Paris a mis de vieux vêtements de veille
Paris dort debout sans air dans le métro
Plus de malheur encore est imposé aux pauvres
Et la sagesse et la folie
De Paris malheureux
C'est l'air pur c'est le feu
C'est la beauté c'est la bonté
De ses travailleurs affamés
Ne crie pas au secours Paris
Tu es vivant d'une vie sans égale

Paul Éluard, « Courage » (1942, sous le pseudonyme de Maurice Hervent), dans *Au rendez-vous allemand*, © Éditions de Minuit, 1945.

a. Pourquoi ce poème a-t-il été d'abord écrit sous un pseudonyme ?
b. Quel effet de contraste produisent ces vers ?

3 *La poésie en contexte (2)*

Pablo Neruda écrit l'épopée de l'Amérique latine dans son Chant général.

Gabriel Gonzales Videla. Je le nomme
afin qu'un jour, quand le temps aura effacé
l'ignominie, quand ma patrie aura lavé
son visage éclairé par le blé et la neige,
plus tard, quand ceux d'ici chercheront l'héritage
que je laisse entre ces lignes telle une braise [verte,
ils trouvent aussi le nom du traître qui brandit
la coupe d'agonie qu'un peuple repoussa.
Mon peuple, mon pays, dresse enfin ton destin !
Démolis la prison, ouvre les murs qui t'incar- [cèrent !
Écrase le pas tortueux du rat qui commande
en son Palais : lève tes lances vers l'aurore,
et au plus haut laisse ton étoile irritée
briller, illuminant les chemins d'Amérique.

Pablo Neruda, « Gonzales Videla, le traître du Chili (Épilogue, 1948) », dans *Le sable trahi*, recueilli dans *Chant général*, traduit par Claude Couffon, © Éditions Gallimard.

a. Vers 1, pourquoi le poète tient-il à dire « Je le nomme » ?
b. Relève les verbes à l'impératif. En quoi invitent-ils le peuple à gagner sa liberté ?

4 LECTURE D'IMAGE

Observe cette illustration.

Illustration de Fernand Léger pour le poème « Liberté » de Paul Éluard (1953).

a. Recherche le poème illustré par ce dessin.
b. Quelles sont les couleurs dominantes ? Pourquoi ?
c. Pourquoi le nom « Liberté » est-il écrit en haut ? Pourquoi le peintre utilise-t-il plusieurs polices de caractères ?
d. Comment est représentée la liberté ?

Corrigés page 14 du Guide

Test - Bilan

Grammaire

1 J'ai visité les musées de Londres.
Quelle est la fonction du groupe de mots souligné ?
- ❑ CC de lieu
- ❑ COI
- ❑ complément du nom

2 Parmi ces phrases complexes, laquelle est incorrecte ?
- ❑ Le cas dont il est question est difficile à traiter.
- ❑ Le témoin que j'ai interrogé ne se souvient de rien.
- ❑ Je n'ai pas reçu les renseignements que j'ai besoin.

3 Une subordonnée de concession introduite par *bien que* comporte un verbe conjugué :
- ❑ à l'indicatif
- ❑ à l'impératif
- ❑ au subjonctif

.... /3

Conjugaison

4 Après qu'il eut fini ses devoirs, il partit se promener.
La forme verbale soulignée est conjuguée au :
- ❑ subjonctif plus-que-parfait
- ❑ passé antérieur de l'indicatif
- ❑ conditionnel passé

5 Il craignait que l'incendie ne ....
Comment s'écrit la forme verbale ?
- ❑ s'étendis
- ❑ s'étendit
- ❑ s'étendît

.... /2

Orthographe

6 Dans quelle(s) phrase(s) le verbe est-il correctement accordé ?
- ❑ L'un ou l'autre sait.
- ❑ Tout le monde le savent.
- ❑ Ni lui, ni sa sœur, personne ne sait.
- ❑ Peu de personnes sait.

7 On écrit :
- ❑ des poissons volant
- ❑ des poissons volants

8 Les livres qu'elle s'achète sont intéressants.
Au passé, la proposition relative devient :
- ❑ Les livres qu'elle s'est achetée sont intéressants.
- ❑ Les livres qu'elle s'est achetés sont intéressants.
- ❑ Les livres qu'elle s'est acheté sont intéressants.

9 .... soient les difficultés, il ne se décourage pas.
Avec quel(s) mot(s) compléter cette phrase ?
- ❑ Qu'elles que
- ❑ Quelques
- ❑ Quelles que

.... /4

Lexique

10 Dans quel mot le radical *arch-* (du grec *arkhein*, « commander ») se prononce [ark] ?
- ❑ archange
- ❑ archevêque
- ❑ hiérarchie
- ❑ monarchie

11 L'IVG est .... en France depuis 1975.
Quel est le mot juste pour compléter la phrase ?
- ❑ légale
- ❑ légitime
- ❑ légitimée

12 L'hyperbole est une figure de style permettant :
- ❑ d'amplifier un énoncé
- ❑ d'exprimer une opposition
- ❑ de créer une répétition

.... /3

Lire et écrire

13 Un récit autobiographique peut être défini comme :
- ❑ le récit de sa propre vie
- ❑ un témoignage
- ❑ le récit d'une histoire fictive

14 Quel auteur a écrit des pièces relevant du « théâtre de l'absurde » ?
- ❑ Molière
- ❑ Ionesco
- ❑ Voltaire

15 Comment définir la poésie engagée ?
- ❑ Elle défend une cause sociale ou politique.
- ❑ Elle célèbre les actions d'un héros.
- ❑ Elle exprime l'engagement amoureux du poète.

.... /3

Score total : .... /15 CORRIGÉS P. 14 DU GUIDE

MATHS

1 Nombres premiers

Je me demande...
Quels nombres divisent un nombre premier ?

Les points clés

- Un nombre premier est un nombre entier dont les **seuls diviseurs** sont **1 et lui-même**.

  EXEMPLE 13 n'est divisible que par 1 et par 13, donc 13 est un nombre premier.

- Les nombres premiers sont des **nombres impairs sauf 2**. En effet, 2 est le seul nombre premier pair : 2 est divisible par 1 et par lui-même.

  Attention ! Tous les nombres impairs ne sont pas premiers.

  EXEMPLES 1 n'est pas premier puisqu'il n'a qu'un seul diviseur. 15 est un nombre impair mais il n'est pas premier (divisible par 1 ; 3 ; 5 et 15).

- Les nombres premiers jusqu'à 20 sont : 2 ; 3 ; 5 ; 7 ; 11 ; 13 ; 17 et 19.

Mots-Clés

- **Critères de divisibilité** : Ce sont les règles expliquant si un nombre est divisible par 2, par 3, par 5, par 9 ou par 10.
- **Facteurs premiers** : Dans une opération, on appelle facteurs premiers les nombres premiers que l'on multiplie.

Un peu de méthode

Décomposer un nombre entier en produit de facteurs premiers

J'utilise les **critères de divisibilité**.

7 020 est divisible par 10 (se termine par 0).
$7\,020 = 702 \times 10$
donc $7\,020 = 702 \times 2 \times 5$

702 est divisible par 2 (se termine par 2).
$702 = 351 \times 2$
donc $7\,020 = 351 \times 2 \times 2 \times 5$

351 est divisible par 9 $(3 + 5 + 1 = 9)$.
$351 = 39 \times 9$
donc $7\,020 = 39 \times 3 \times 3 \times 2 \times 2 \times 5$

39 est divisible par 3 $(3 + 9 = 12)$.
$39 = 13 \times 3$
donc $7\,020 = 13 \times 3 \times 3 \times 3 \times 2 \times 2 \times 5$

2 ; 3 ; 5 et 13 sont des nombres premiers.
Donc $7\,020 = 1 \times 2 \times 2 \times 3 \times 3 \times 3 \times 5 \times 13$.

Donner la liste des diviseurs d'un nombre

Pour déterminer les diviseurs de 330 :

1. Je décompose 330 en produits de facteurs premiers : $330 = 1 \times 2 \times 3 \times 5 \times 11$.
2. Je peux diviser 330 :
   - par 1 et par 330 ;
   - par 2 et par 165 ;
   - par 3 et par 110 $(= 2 \times 5 \times 11)$;
   - par 5 et par 66 $(= 2 \times 3 \times 11)$;
   - par 6 et par 55 ;
   - par 10 et par 33 ;
   - par 11 et par 30 ;
   - par 15 et par 22.

On s'entraîne !

1 QUIZ

Vrai ou faux ?

	V	F
a. 23 est un nombre premier.	☐	☐
b. 42 est un nombre premier.	☐	☐
c. $38 = 2 \times 19$ est une décomposition en produit de facteurs premiers.	☐	☐
d. 145 n'est pas un nombre premier.	☐	☐

2 *Décomposition*

Décompose les nombres suivants en produits de facteurs premiers.

a. 756 **b.** 4 125

3 *PGCD*

Décompose 210 et 150 en produits de facteurs premiers et déduis-en le plus grand diviseur commun à 210 et 150.

Remarque : Ce plus grand diviseur commun s'appelle le PGCD et se note PGCD (210 ; 150).

4 *Partage*

Baptiste a gagné 60 stylos à une loterie. Il veut en faire profiter certains de ses amis en offrant à chacun le même nombre de stylos sans en garder pour lui.

a. Baptiste peut-il choisir 7 amis ? Justifie.

b. Combien d'amis Baptiste peut-il choisir ? **Combien de stylos** auront-ils chacun ? Donne toutes les possibilités.

5 *DVD*

Arthur et Aïcha ont acheté des DVD sur Internet. Tous les DVD sont au même prix, qui est un nombre entier d'euros. Arthur a payé 90 € et Aïcha 72 €.

a. Détermine le prix maximum d'un DVD.

b. Dans ce cas, indique le nombre de DVD achetés par chacun d'eux.

6 *Avec un tableur*

Voici une feuille de calcul d'un tableur permettant de tester si un nombre est premier ou non.

	A	B	C
1	Nombre à tester		251
2			
3	division par	quotient	reste
4	2	125	1
5	3	83	2
6	4	62	3
7	5	50	1
8	6	41	5
9	7	35	6
10	8	31	3
11	9	27	8
12	10	25	1
13	11	22	9
14	12	20	11
15	13	19	4
16	14	17	13

a. Quelle formule permet de compléter la cellule B6 ?

=QUOTIENT(C1;A5)

=QUOTIENT(C1;A6) =QUOTIENT(C1;A5)

b. Écris la formule permettant de compléter la cellule C6.

c. À quelle condition le test s'arrête-t-il ? Tire les colonnes A, B et C jusqu'à l'obtenir.

d. À ton avis, 251 est-il un nombre premier ?

? indice

c. La notation C1 permet de fixer la cellule C1 lorsque l'on tire la formule.

7 VERS LE BREVET

a. Pourquoi 72 819 n'est-il pas premier ?

b. Au collège, il y a 65 filles et 78 garçons en 3e. Pour un tournoi d'EPS, les professeurs forment le nombre maximum d'équipes. Chaque élève fait partie d'une équipe, et les équipes ont le même nombre de filles et le même nombre de garçons.

Calcule le nombre maximum d'équipes formées et précise la composition de chaque équipe.

Corrigés page 15 du Guide

2 Nombres rationnels et fractions irréductibles

Je me demande...

Qu'est-ce qu'un nombre rationnel ? Tous les nombres sont-ils rationnels ?

Les points clés

1 Nombres rationnels

- Un nombre **rationnel** est un nombre qui peut s'écrire sous la forme d'un quotient de deux nombres entiers.

EXEMPLE $\frac{132}{9}$ est un nombre rationnel.

- Un nombre **entier** est un nombre rationnel : on peut l'écrire sous la forme d'une fraction de dénominateur 1.

EXEMPLE $159 = \frac{159}{1}$

- Un nombre **décimal** est un nombre rationnel : on peut l'écrire sous la forme d'une fraction dont le dénominateur est une puissance de dix.

EXEMPLE $17{,}53 = \frac{1753}{100} = \frac{1753}{10^2}$

- **Cas particulier** : π n'est pas un nombre rationnel : il est **irrationnel**.

Mot-Clé

Nombres irrationnels : Ce sont les nombres qui ne sont pas rationnels.

2 Fractions irréductibles

- Une fraction ne change pas si on multiplie ou si on divise le numérateur et le dénominateur par un même nombre.
- Une fraction est **irréductible** quand on ne peut plus la simplifier, c'est-à-dire lorsque le numérateur et le dénominateur n'ont plus d'autres diviseurs communs que 1.

EXEMPLE 15 et 18 sont divisibles par 3 : on peut simplifier $\frac{15}{18}$ par 3.

$\frac{15}{18} = \frac{3 \times 5}{3 \times 6} = \frac{5}{6}$ La fraction $\frac{5}{6}$ est irréductible.

Un peu de méthode

Rendre une fraction irréductible

Pour rendre une fraction irréductible :

1. Je décompose son numérateur et son dénominateur en facteurs premiers.

2. Je simplifie la fraction par les facteurs communs.

EXEMPLE Écrire $A = \frac{525}{990}$ sous la forme d'une fraction irréductible.

$525 = 5 \times 105 = 5 \times 5 \times 21 = 5 \times 5 \times 3 \times 7$

et $990 = 10 \times 99 = 2 \times 5 \times 9 \times 11 = 2 \times 5 \times 3 \times 3 \times 11$

Donc $A = \frac{525}{990} = \frac{5 \times 5 \times 3 \times 7}{2 \times 5 \times 3 \times 3 \times 11} = \frac{5 \times 7}{2 \times 3 \times 11} = \frac{35}{66}$

On s'entraîne !

1 QUIZ

Vrai ou faux ?

	V	F
a. $\frac{18}{27}$ est irréductible.	☐	☐
b. $\frac{27}{25}$ est irréductible.	☐	☐
c. 0,365 est un nombre rationnel.	☐	☐
d. On peut simplifier $\frac{5\,931}{2\,136}$ par 3.	☐	☐
e. On ne peut pas simplifier le produit $\frac{16}{25} \times \frac{15}{12}$.	☐	☐

2 Fractions

Écris les nombres suivants sous la forme d'une fraction.

a. $17 = \frac{\ldots}{\ldots}$

b. $25{,}7 = \frac{\ldots}{\ldots}$

c. $-3{,}29 = \frac{\ldots}{\ldots}$

d. $-8 = \frac{\ldots}{\ldots}$

3 Irréductibles

Entoure les fractions qui sont irréductibles.

$\frac{17}{23}$ $\frac{18}{24}$ $\frac{7}{5}$ $\frac{81}{36}$

$\frac{63}{49}$ $\frac{54}{77}$ $\frac{56}{42}$

4 Simplifiées

Écris les fractions suivantes sous la forme de fractions irréductibles.

a. $\frac{35}{40} =$ ……

b. $\frac{18}{54} =$ ……

c. $\frac{72}{48} =$ ……

5 Écran TV

Les écrans de télévision sont des rectangles caractérisés par le rapport entre leur longueur et leur largeur. Ils sont, selon le cas, au format $\frac{4}{3}$ ou $\frac{16}{9}$.

Détermine le format de l'écran de télévision ci-contre.

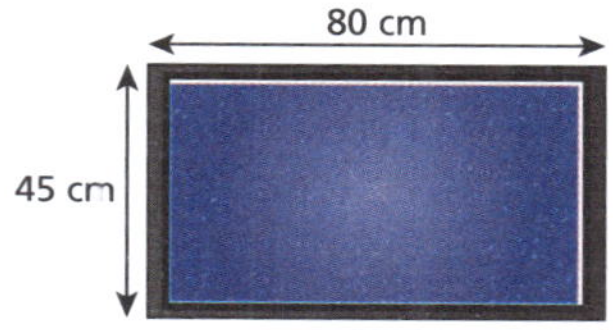

6 Rationnels

On veut vérifier que le nombre N = 0,145 145 145... est un nombre rationnel.

a. Calcule $1\,000 \times N$.

……

b. Montre que $1\,000 \times N - N$ est un nombre entier.

……

c. Écris N sous la forme d'une fraction de dénominateur 999.

7 Multiplications

Simplifie les fractions avant de multiplier.

$A = \frac{18}{35} \times \frac{14}{30} =$ ……

$B = \frac{36}{40} \times \frac{56}{42} =$ ……

8 Irréductible

Écris la fraction $\frac{1625}{1375}$ sous forme irréductible.

9 VERS LE BREVET

a. Le nombre 441 est-il un nombre premier ?

b. Écris la fraction $\frac{210}{441}$ sous forme irréductible.

c. Calcule $\frac{210}{441} + \frac{4}{21}$ et donne le résultat sous la forme d'une fraction simplifiée.

? indice
Utilise les critères de divisibilité.

Corrigés page 15 du Guide

3 Puissances d'un nombre entier

Je me demande...

Qu'appelle-t-on l'exposant dans une puissance ? Qu'est-ce que l'inverse d'un nombre ?

Les points clés

- Le produit de n facteurs tous égaux à a se note a^n.

Le nombre n s'appelle l'**exposant**.

a^n est la **puissance** du « nombre a exposant n ». a^{-n} est l'**inverse** de a^n.

- Pour tout entier positif n et tout nombre $a \neq 0$:

$$a^n = \underbrace{a \times a \times a \times \ldots \times a}_{n \text{ facteurs}}$$

$$a^{-n} = \frac{1}{a^n}$$

- Il faut noter des cas particuliers : $a^1 = a$ et $a^0 = 1$.

Mot-Clé

Nombres inverses : Deux nombres inverses ont leur produit égal à 1.

EXEMPLES

$5^3 = 5 \times 5 \times 5 = 125$

$(-2)^4 = (-2) \times (-2) \times (-2) \times (-2) = 16$

$3^{-2} = \frac{1}{3^2} = \frac{1}{9}$

$(-4)^{-3} = \frac{1}{(-4)^3} = \frac{1}{(-4) \times (-4) \times (-4)} = \frac{-1}{64}$

Un peu de méthode

Multiplier ou diviser des puissances d'un même nombre

Multiplier des puissances d'un même nombre

$7^2 \times 7^3 = 7 \times 7 \times 7 \times 7 \times 7 = 7^5$

Donc, pour multiplier des puissances d'un même nombre, **j'ajoute** les exposants.

Diviser des puissances d'un même nombre

$\frac{11^7}{11^3} = \frac{11 \times 11 \times 11 \times 11 \times 11 \times 11 \times 11}{11 \times 11 \times 11} = 11 \times 11 \times 11 \times 11 = 11^4$

Donc, pour diviser des puissances d'un même nombre, **je soustrais** les exposants.

EXEMPLES

$15^7 \times 15^4 = 15^{7+4} = 15^{11}$

$(-6)^{21} \times (-6)^{-9} = (-6)^{21+(-9)} = (-6)^{12}$

$\frac{13^{19}}{13^8} = 13^{19-8} = 13^{11}$

$\frac{8^{35}}{8^{-17}} = 8^{35-(-17)} = 8^{35+17} = 8^{52}$

Multiplier et diviser des puissances d'un même exposant

$7^3 \times 5^3 = 7 \times 7 \times 7 \times 5 \times 5 \times 5 = (7 \times 5) \times (7 \times 5) \times (7 \times 5) = (7 \times 5)^3 = 35^3$

$\frac{3^6}{4^6} = \frac{3 \times 3 \times 3 \times 3 \times 3 \times 3}{4 \times 4 \times 4 \times 4 \times 4 \times 4} = \frac{3}{4} \times \frac{3}{4} \times \frac{3}{4} \times \frac{3}{4} \times \frac{3}{4} \times \frac{3}{4} = \left(\frac{3}{4}\right)^6$

Donc je **conserve** l'exposant commun.

On s'entraîne !

1 QUIZ

Vrai ou faux ?

	V	F
a. $7^{-9} \times 7^{-3} = 7^{-6}$	☐	☐
b. $\frac{5^3}{5^{-2}} = 5^{-1}$	☐	☐
c. $(-8)^2 = 64$	☐	☐
d. $\frac{15^7}{5^7} = 3^7$	☐	☐
e. $7^5 \times 7^{-5} = 1$	☐	☐

2 Définition

Calcule.

a. $3^3 =$ ....

b. $(-2)^4 =$ ....

c. $137^0 =$ ....

d. $1^{127} =$ ....

e. $5^{-2} =$ ....

f. $(-3)^{-4} =$ ....

g. $1^{-57} =$ ....

h. $-7^2 =$ ....

3 Signes

Détermine les signes des nombres suivants en complétant par $<$ ou $>$.

a. -9^2 0

b. $(-7)^2$ 0

c. $(-5)^7$ 0

d. $(-9)^{12}$ 0

e. 0 ...... 13^{-5}

f. 0 ...... $(-5)^9$

g. $(-11)^{-12}$ 0

h. $(-12)^{-13}$ 0

4 Une puissance

Écris les nombres suivants sous la forme d'une seule puissance.

a. $7^{12} \times 7^{-20}$

b. $(-8)^{-13} \times (-8)^{-15}$

c. $\frac{9^{12}}{9^{19}}$

d. $\frac{(-11)^{-7}}{(-11)^{-12}}$

e. $\frac{17^{-11}}{17^5}$

5 Mêmes exposants

Écris les nombres suivants sous la forme d'une seule puissance.

a. $15^8 \times 100^8$

b. $25^{-12} \times 8^{-12}$

c. $\frac{15^9}{3^9}$

d. $\frac{27^{-15}}{(-3)^{-15}}$

6 Simplifications

Écris les nombres suivants sous la forme d'une puissance d'une fraction simplifiée.

a. $\frac{9^{15}}{12^{15}}$

b. $\frac{(-32)^8}{28^8}$

c. $\frac{25^{-11}}{35^{-11}}$

7 Octets

Pour les nouvelles technologies, l'unité de stockage des informations est l'octet. Un octet permet de stocker 2^8 informations.

Par définition :

1 mégaoctet (Mo) $= 2^{20}$ octets ;

1 gigaoctet (Go) $= 2^{30}$ octets ;

1 téraoctet (To) $= 2^{40}$ octets.

a. Donne sous la forme d'une puissance de deux le nombre d'informations correspondants à : 2 Mo, 4 Go et 1 To.

b. Précise à combien d'octets correspondent : 2^{38} informations et 2^{50} informations.

8 Rectangle

La réciproque du théorème de Pythagore permet de prouver qu'un triangle est rectangle : « Si le carré de la longueur du plus grand côté est égal à la somme des carrés des longueurs des deux autres côtés, alors le triangle est rectangle. »

Soit ABC un triangle tel que :

$AB = 2^{12}$; $AC = 2^{12}$ et $BC^2 = 2^{25}$.

Détermine la nature exacte du triangle ABC.

9 VERS LE BREVET

Écris les nombres suivants sous la forme d'une seule puissance.

$A = (2^3)^2$ $B = 4^5 \times 3^5$ $C = \frac{5^{26}}{5^{17}}$ $D = \frac{5^3 \times 5^{-8}}{5^{-7} \times 5^6}$

Corrigés page 15 du Guide

MATHS

4 Puissances de dix

Je me demande…
Comment peut-on définir l'infiniment petit ?

Les points clés

1 Définition

● Une puissance de « dix exposant n » est le produit de n facteurs, **tous égaux à 10**.
Pour tout entier naturel n :

$$10^n = \underbrace{10 \times 10 \times 10 \times \ldots\ldots \times 10}_{n \text{ facteurs}} = 1\underbrace{0000\ldots\ldots000}_{n \text{ zéros}}$$

$$10^{-n} = \frac{1}{10^n} = 0,\underbrace{0000\ldots01}_{n \text{ décimales}}$$

EXEMPLES $10^5 = 100\ 000$ — 1 milliard $= 10^9$ — $10\ 000\ 000 = 10^7$
$10^{-3} = 0,001$ — $10^{-7} = 0,000\ 000\ 1$ — 1 centième $= 10^{-2}$

● Il faut relever des cas particuliers : $10^1 = 10$ et $10^0 = 1$.

2 Écriture scientifique

● L'écriture scientifique d'un nombre est égale au produit d'un nombre décimal, supérieur ou égal à 1 et strictement inférieur à 10, par une puissance de dix.

EXEMPLES
L'écriture scientifique de 250 000 est $2,5 \times 10^5$.
L'écriture scientifique de 0,0000523 est $5,23 \times 10^{-5}$.

● Cette notation est dite « scientifique » car elle est souvent utilisée en sciences pour écrire des nombres **très grands** ou **très petits**.

Un peu de méthode

Calculer avec des puissances de dix

● J'applique les **règles de calcul** du chapitre précédent.

EXEMPLE

Calculer $A = \dfrac{10^7 \times 10^{-15}}{10^{-3}}$.

$$A = \frac{10^{7+(-15)}}{10^{-3}} = \frac{10^{-8}}{10^{-3}} = 10^{-8-(-3)} = 10^{-8+3} = 10^{-5}$$

Écrire un nombre en notation scientifique

● J'applique la définition ci-dessus.

EXEMPLE
$364\ 000\ 000 = 3,64 \times 100\ 000\ 000 = 3,64 \times 10^8$
$268,75 \times 10^5 = 2,6875 \times 10^2 \times 10^5 = 2,6875 \times 10^7$
$0,000785 = 7,85 \times 0,0001 = 7,85 \times 10^{-4}$
$0,00596 \times 10^2 = 5,96 \times 10^{-3} \times 10^2 = 5,96 \times 10^{-1}$

L'exposant est égal au nombre de fois où tu décales la virgule.

NOMBRES ET CALCULS

On s'entraîne !

1 QUIZ

Vrai ou faux ?

	V	F
a. $10^{-6} = 0{,}000001$	☐	☐
b. $5\,800 = 5{,}8 \times 10^3$	☐	☐
c. $12{,}5 \times 10^{-6}$ est une écriture scientifique.	☐	☐
d. 10^7 et 10^{-7} sont opposés.	☐	☐
e. 6×10^5 est une écriture scientifique.	☐	☐

2 Zéros

Complète.

a. $10^4 =$ ....

b. $10^{-3} =$ ....

c. $10^{-5} =$ ....

d. $100\,000 =$ ....

e. $0,\,000\,1 =$ ....

f. un dixième = ...

3 Scientifique ou non ?

Entoure les nombres qui sont écrits en notation scientifique.

$3{,}52 \times 10^{-15}$ $5{,}247 \times 10^{25}$ $0{,}256 \times 10^2$

7×10^{-9} $12{,}54 \times 10^{12}$

4 Une seule puissance

Écris les nombres suivants sous la forme d'une seule puissance.

a. $10^9 \times 10^{-15}$

b. $10^{-12} \times 10^{-7}$

c. $\dfrac{10^8}{10^{-8}}$

d. $\dfrac{10^9}{10^{15}}$

5 Notation scientifique

Écris les nombres suivants en notation scientifique.

$A = 2\,001$

$B = 52$

$C = 12$ milliards

$D = 0{,}000256$

$E = 0{,}00000007864$

$F = 0{,}73 \times 10^4$

$G = 31456 \times 10^{-9}$

6 Calculs

Calcule et donne le résultat en notation scientifique.

$A = 3 \times 10^2 + 10^1 + 4 \times 10^{-1} + 2 \times 10^{-2}$

$B = 25 \times 10^{-12} \times 7 \times 10^9$

$C = \dfrac{1{,}2 \times 10^7}{4 \times 10^{-3}}$

7 Globules blancs

Pour une personne en bonne santé, 1 mm^3 de sang contient entre 5 000 et 8 000 leucocytes (globules blancs). Il y a 5 L de sang dans le corps d'un patient.
Rappel : 1 L = 1 dm^3.

Donne un encadrement du nombre de leucocytes contenus dans le sang de ce patient en utilisant la notation scientifique.

....

8 Atomes

Pour mesurer les dimensions d'un atome, on utilise souvent comme unités le micromètre (1 µm = 10^{-6} m) ou le nanomètre (1 nm = 10^{-9} m).

Voici les rayons de trois atomes :

Fer → 126×10^{-9} mm

Zinc → $0{,}138 \times 10^{-3}$ µm

Cuivre → $0{,}128$ nm

Quel atome a le plus grand rayon ?

....

9 VERS LE BREVET

Écris les nombres suivants en notation scientifique.

$A = \dfrac{3{,}2 \times 10^{-3} \times 0{,}5 \times (10^3)^2}{4 \times 10^{-2}}$

$B = \dfrac{39 \times 10^{-4} \times 5 \times 10^{-2}}{3 \times 10^{-1} \times 2 \times 10^{-6}}$

? indice

Regroupe les nombres entre eux et les puissances de dix entre elles.

Corrigés page 16 du Guide

5 Calcul littéral

Je me demande...

Que fait-on quand on développe une expression ? quand on la factorise ?

Les points clés

- Une expression dans laquelle un ou plusieurs nombres sont désignés par des lettres s'appelle une **expression littérale**.
- Pour **simplifier l'écriture** des expressions, on ne note pas le symbole × devant une lettre ou devant des parenthèses.

EXEMPLES $a \times b = ab$ Attention ! $x \times x = x^2$
$3x \times 5x = 15x^2$

- Pour **réduire** des expressions, on compte ensemble les termes qui ont la même partie littérale.

EXEMPLE $2x + 8a - 5x + 3a = -3x + 11a$

Mots-Clés

- **Développer** : Transformer un produit en une somme ou une différence.
- **Factoriser** : Transformer une somme ou une différence en un produit.

Un peu de méthode

Développer et réduire une expression littérale

- $A = (2x + 3)(5x - 4)$

Je distribue $2x$ et 3 aux nombres situés dans la seconde parenthèse, puis je réduis le résultat.

$A = (2x+3)(5x-4) = 2x \times 5x + 2x \times (-4) + 3 \times 5x + 3 \times (-4)$

$A = (2x+3)(5x-4) = 10x^2 - 8x + 15x - 12$

$A = (2x+3)(5x-4) = 10x^2 + 7x - 12$

- Cas particuliers :

$B = (3x+2)^2 = (3x+2)(3x+2)$

$B = 9x^2 + 6x + 6x + 4 = 9x^2 + 12x + 4$

$C = (2x-5)^2 = (2x-5)(2x-5)$

$C = 4x^2 - 10x - 10x + 25 = 4x^2 - 20x + 25$

$D = (4x-3)(4x+3) = 16x^2 + 12x - 12x - 9 = 16x^2 - 9$

$(a+b)^2 = a^2 + 2ab + b^2$
$(a-b)^2 = a^2 - 2ab + b^2$
$(a+b)(a-b) = a^2 - b^2$
*Ce sont les **identités remarquables**.*

Factoriser une expression littérale

- $A = 7x - 35 = 7 \times x - 7 \times 5$

7 est le facteur commun.
Je peux factoriser par 7 :
$A = 7x - 35 = 7(x - 5)$

- $B = (5x-2)(3x+4) - (7x-3)(3x+4)$

$(3x+4)$ est le facteur commun.
Je peux factoriser par $(3x+4)$:
$B = (3x+4)\left[(5x-2) - (7x-3)\right]$
Je peux réduire les termes entre crochets :
$B = (3x-4)\left[5x - 2 - 7x + 3\right] = (3x-4)[-2x+1]$

- $C = 4x^2 - 25$

Il n'y a pas de facteur commun apparent.
Je reconnais la différence de deux carrés : $C = (2x)^2 - 5^2$.
J'utilise l'identité remarquable $a^2 - b^2 = (a+b)(a-b)$ avec $a = 2x$ et $b = 5$.
$C = (2x)^2 - 5^2 = (2x-5)(2x+5)$

On s'entraîne !

1 QUIZ

Vrai ou faux ?

	V	F
a. $6x(3x-2)$ est une forme développée.	☐	☐
b. Tu peux factoriser $15x-40$ par 5.	☐	☐
c. $8x^2-56x=8x(x-7)$	☐	☐
d. $(x-7)(x+7)=x^2+49$	☐	☐
e. $(2x-1)(x+2)=2x^2+5x-2$	☐	☐

2 *Développement simple*

Développe les expressions suivantes.

a. $2x(4x-7)$ = ...

= ....

b. $7x^2(5+3x)$ = ...

= ....

3 *Double développement*

Développe les expressions suivantes.

a. $(2x-5)(3x+4)$ = ...

= ....

b. $(5x-2)(4x-6)$ = ...

= ....

4 *Facteur*

Factorise les expressions suivantes.

a. $5x^2-20$ = ...

b. $18x+12$ = ...

c. $-8x+24$ = ...

5 *Factorisation*

Factorise les expressions suivantes.

$A=(3x-7)(2x+3)+(3x-7)(4x-9)$

A = ...

A = ...

$B=(5x+8)(6x-7)-(11x-5)(5x+8)$

B = ...

B = ...

6 *Identités remarquables*

Développe les identités remarquables suivantes.

a. $(5x-4)^2$ = ...

= ....

b. $(4x+3)^2$ = ...

= ....

c. $(3x-7)(3x+7)$ = ...

= ....

7 *Identités factorisées*

Factorise les identités remarquables suivantes.

a. x^2-6x+9 = ...

= ....

b. $x^2+10x+25$ = ...

= ....

c. x^2-81 = ...

= ....

8 *Facteur caché*

Factorise l'expression remarquable suivante.

$A=49x^2-36$

A = ...

? indice

C'est la différence de deux carrés.

9 VERS LE BREVET

On donne l'expression :

$E=7x(2x-6)+(3x-4)(2x-6)$.

a. Développe et réduis E.

....

....

b. Calcule E pour $x=-2$.

....

....

c. Factorise E.

....

Corrigés page 16 du Guide

6 Résoudre une équation

Je me demande...
Qu'est-ce qu'une équation produit ? Comment la résout-on ?

Les points clés

1 Définition

- Une **équation** est une égalité dans laquelle une ou plusieurs lettres apparaissent. Cette lettre est appelée l'**inconnue**.

EXEMPLE L'égalité $18 = 2x + 8$ est une équation dont l'inconnue est x.

- **Résoudre** une équation, c'est déterminer les valeurs de l'inconnue x pour lesquelles l'égalité est vérifiée.

EXEMPLE 5 est la solution de l'équation $18 = 2x + 8$; en effet, $2 \times 5 + 8 = 18$.

2 Équation produit

- Une équation produit nulle est une équation de la forme $(ax + b)(cx + d) = 0$.
- Un produit est nul si l'un au moins des facteurs est nul.
- Pour résoudre une équation produit nulle, il faut résoudre deux équations : $ax + b = 0$ et $cx + d = 0$.

Un peu de méthode

Résoudre une équation par le calcul

- Résoudre l'équation $4x + 7 = 1$.

Je cherche la valeur de x pour que l'égalité soit vérifiée.
L'égalité **ne change pas** si j'effectue une même opération dans chaque membre de l'équation.

$$4x + 7 = 1$$
$$4x + 7 - 7 = 1 - 7$$
$$4x = -6$$
$$\frac{4x}{4} = \frac{-6}{4}$$
$$x = \frac{-6}{4} = \frac{-3}{2}$$

$4 \times \left(\frac{-3}{2}\right) + 7 = 1$
Donc $\frac{-3}{2}$ est bien la solution de l'équation.

Résoudre une équation produit

- Résoudre l'équation $(2x + 8)(x - 9) = 0$.

$2x + 8 - 8 = 0 - 8$
$2x = -8$
$\frac{2x}{2} = \frac{-8}{2}$
$x = -4$

Le produit $(2x + 8)(x - 9)$ est nul si $2x + 8 = 0$ ou $x - 9 = 0$.
Je résous séparément les deux équations.

$x - 9 + 9 = 0 + 9$
$x = 9$

L'équation $(2x + 6)(x - 9) = 0$ admet deux solutions : -4 et 9.

On s'entraîne !

1 QUIZ

Vrai ou faux ?

	V	F
a. − 2 est solution de l'équation $x^2 - x + 3 = 9$.	☐	☐
b. − 5 est solution de $-2 = 8 - 2x$.	☐	☐
c. L'équation $(x-4)(x+3) = 0$ a deux solutions : 4 et − 3.	☐	☐
d. Pour $x = 3$, on a $5x - 8 = 6$.	☐	☐
e. 9 est solution de l'équation $\dfrac{45}{x} = 5$.	☐	☐

2 Équations simples

Résous les équations.

a. $x - 17 = 42$

b. $16 - x = -9$

c. $-15x = 45$

d. $\dfrac{x}{6} = -4$

3 Plusieurs étapes

Résous les équations.

a. $5x - 19 = 26$

b. $7x + 11 = 39$

4 Avec développement

Résous les équations.

a. $5(3x + 4) = 8$

b. $3(4x - 5) = 2x + 5$

? indice

Commence par développer le premier membre de chaque équation.

5 Équation produit

Résous les équations suivantes.

a. $(2x - 4)(x + 5) = 0$

b. $x^2 - 81 = 0$

c. $3x^2 - 75 = 0$

? indice

c. Pense à diviser par 3.

6 Graphiquement

Sur le graphique, la droite bleue a pour équation $y = 3x - 5$ et la droite rouge a pour équation $y = -5x + 3$.

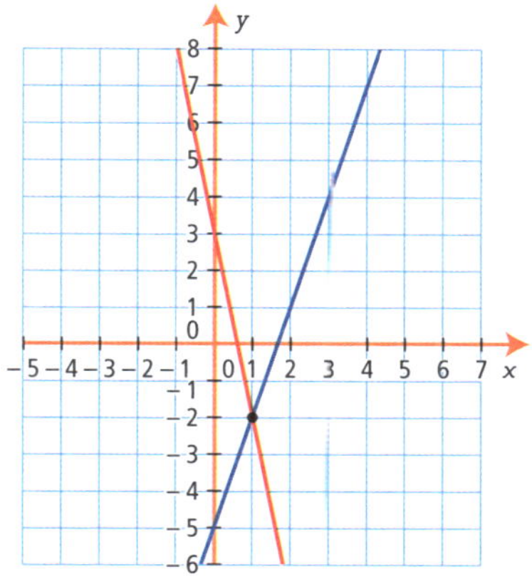

Détermine graphiquement les solutions des équations suivantes.

a. $3x - 5 = 4$

b. $-5x + 3 = 8$

c. $3x - 5 = -5x + 3$

? indice

Graphiquement, la solution d'une équation est l'abscisse du point d'intersection de deux droites.

7 Taxi

Un taxi propose le tarif suivant : 10 € pour la prise en charge et 1,50 € par kilomètre parcouru.
Un client a payé 40 € pour une course.

Détermine la distance parcourue.

8 Géométrie littérale

On considère un rectangle de longueur $x + 3$ et de largeur $x - 2$ et un carré de côté x.

Détermine pour quelle valeur de x ce rectangle a la même aire que le carré.

9 VERS LE BREVET

Résous les équations.

a. $4x + 5 = 29$

b. $5 - x = -13$

c. $6x - 29 = -5x + 15$

Corrigés page 16 du Guide

7 Pourcentages

Je me demande...
Une variation peut-elle correspondre à un pourcentage négatif ?

Les points clés

● Une **variation** d'une quantité en pourcentage correspond soit à une augmentation soit à une diminution de cette quantité d'un certain pourcentage.

Augmenter de t %	Multiplier par $\left(1+\frac{t}{100}\right)$
Diminuer de t %	Multiplier par $\left(1-\frac{t}{100}\right)$

EXEMPLE Un collège de 600 élèves voit son effectif augmenter de 5 %.

On calcule $600\times\left(1+\frac{5}{100}\right)=630$.

Il y a alors 630 élèves dans le collège.

Un peu de méthode

Traduire une variation en pourcentage

Dans un magasin, un pull coûte 53 €. En période de soldes, son prix baisse de 20 %. Quel est le prix du pull après la baisse ?

1. Je traduis l'énoncé : diminuer de 20 %, c'est multiplier par $1-\frac{20}{100}=0{,}8$.

2. Je multiplie le prix du pull par 0,8 : $53\times0{,}8=42{,}4$.

3. Après la baisse, le pull coûte 42,40 €.

Appliquer des pourcentages successifs

La population d'une ville est de 20 000 habitants en 2017.
La population baisse de 3 % en 2018, puis augmente de 2 % en 2019.
Quel est le nombre d'habitants en 2019 ?

1. Je traduis l'énoncé :

– diminuer de 3 %, c'est multiplier par $1-\frac{3}{100}=0{,}97$;

– augmenter de 2 %, c'est multiplier par $1+\frac{2}{100}=1{,}02$.

2. Je multiplie les variations entre elles :
$0{,}97\times1{,}02=0{,}9894$

3. Je multiplie la population en 2017 par 0,9894 :
$20\,000\times0{,}9894=19\,788$
En 2019, la population est de 19 788 habitants.

On s'entraîne !

1 QUIZ

Vrai ou faux ?

	V	F
a. Une diminution de 50 % revient à multiplier par 0,5.	☐	☐
b. Une diminution de 100 % revient à multiplier par 0.	☐	☐
c. Une variation de 0 % revient à multiplier par 0.	☐	☐
d. Multiplier un nombre par 1,04 c'est augmenter ce nombre de 4 %.	☐	☐

2 Hausses et baisses de prix

Complète le tableau suivant.

Prix initial (en €)	Variation	Nouveau prix (en €)
13	augmentation de 12 %	....
125	baisse de 15 %	....
45	augmentation de 32 %	....
240	baisse de 32 %	....

3 Prix d'un article

a. Un article coûtait 20 € en 2013. Entre 2013 et 2019, il a augmenté de 108 %. **Calcule son prix en 2019.**
b. Le prix de cet article a ensuite un peu diminué entre 2019 et 2020 de 0,82 %. **Calcule le prix de l'article en 2020** (arrondis à 0,01 € près).

4 Compte bancaire

Margot place 150 € sur un compte bancaire. Ce compte lui rapporte 4 % par an. Elle ne retire pas d'argent pendant deux ans.

a. Par quel nombre la somme de Margot doit-elle être multipliée après deux ans ?
b. Calcule la somme que possède Margot au bout de deux ans.

5 Rollers

Après une baisse de 25 %, une paire de rollers coûte 61,74 €.

Calcule son prix avant la baisse.

6 Avec un tableur

Pour acheter une nouvelle voiture, Mélanie a emprunté la somme de 10 000 €. Le premier mois, elle rembourse 500 € et, chaque mois, elle rembourse 10 % de plus que le mois précédent. Mélanie souhaite savoir au bout de combien de mois elle aura terminé de rembourser son emprunt.

a. Reproduis la feuille de calcul sur un tableur.

	A	B	C
1	Mois	Remboursement (en €)	Somme restante à rembourser (en €)
2	1	500	9 500
3	2		
4	3		

b. Quelle formule a été rentrée en A3 pour calculer le nombre de mois de remboursement ?
c. Quelle formule dois-tu rentrer en B3 pour obtenir le montant à rembourser ?
d. Quelle formule dois-tu rentrer en C3 pour obtenir la somme restante à rembourser ?
e. Au bout de combien de mois Mélanie aura-t-elle remboursé son emprunt ?

7 Coffret de thé

Dans l'épicerie *Thé et plaisirs*, le prix d'un coffret de thé coûtant 21,30 € a baissé de 2 %, puis de 18 %.
Dans l'épicerie *L'heure du thé*, le même coffret, coûtant 22,10 €, a vu son prix baisser de 11 %, puis de 9 %.
Antoine pense qu'il a intérêt à acheter ce coffret à l'épicerie *L'heure du thé*.

A-t-il raison ? Justifie ta réponse.

8 VERS LE BREVET

Vincent souhaite offrir un cadeau à sa femme pour son anniversaire. Il dispose de 200 € et profite des soldes.

a. Dans la vitrine d'une bijouterie, il aperçoit de superbes boucles d'oreilles à 130 €. **Calcule le prix** des boucles d'oreilles après une remise de 25 %.
b. Dans la même bijouterie, il repère une belle bague. Après une remise de 20 %, le prix de la bague est de 140 €. **Quel était son prix initial ?**

Corrigés page 17 du Guide

8 Représentation et traitement de données

Je me demande...
Dans une série statistique, quelle est la part des valeurs inférieures à la médiane ?

Les points clés

Pour une série statistique :

- La **médiane** est une valeur qui partage la série en deux groupes de même effectif.
  EXEMPLE La médiane de la série 1 ; 2 ; 3 ; 4 ; 4 ; 5 ; 6 est 4. Cette valeur partage la série en deux groupes d'effectif 3.
- L'**étendue** est la différence entre le maximum et le minimum de la série.
  EXEMPLE L'étendue de la série 20 ; 15 ; 12 ; 19 ; 8 est 20 – 8 = 12.

Un peu de méthode

Construire un histogramme

On considère la série statistique suivante donnant le nombre de SMS envoyés par élève en une journée, dans une classe de 32 élèves.

Nombre de SMS	Entre 0 et 4	Entre 4 et 8	Entre 8 et 12	Entre 12 et 16	Entre 16 et 20	Entre 20 et 24
Nombre d'élèves	2	2	6	18	3	1

1. Je reconnais que les valeurs (nombre de SMS) sont données en classes.
Le graphique que je peux construire est donc un histogramme.

Le diagramme à barres est réservé aux séries avec des valeurs isolées.

2. Je construis un repère en graduant :
– l'axe des abscisses avec les classes de valeurs ;
– l'axe des ordonnées avec les effectifs.

3. Je construis des rectangles.
Chaque rectangle a pour largeur l'étendue de la classe et pour longueur la valeur de l'effectif.
Ici, tous les rectangles ont pour largeur 4.

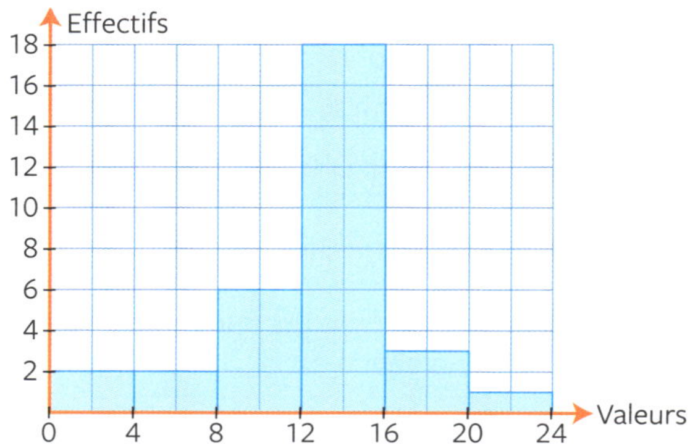

On s'entraîne !

1 QUIZ

Un arboriste a mesuré la taille de cinq peupliers :
35 m ; 38 m ; 34 m ; 41 m ; 32 m.

Coche la bonne réponse.

a. L'étendue de cette série est :
- ☐ 3 m
- ☐ 9 m
- ☐ 41 m

b. La médiane de cette série est :
- ☐ 35 m
- ☐ 34 m
- ☐ 36 m

2 *Lancer de javelot*

On considère les résultats (en mètres) obtenus en EPS au lancer de javelot par un groupe d'élèves :
12 ; 4 ; 1 ; 14 ; 14 ; 6 ; 0 ; 11 ; 14 ; 15.

a. Quelle est l'étendue de cette série ?

....

b. Calcule la médiane de la série.

....

? indice

Pour déterminer la médiane, pense à ranger les valeurs dans l'ordre croissant.

3 *Coupe interclubs*

Ce graphique donne le nombre de buts marqués par match lors de la coupe interclubs de Mathoville.

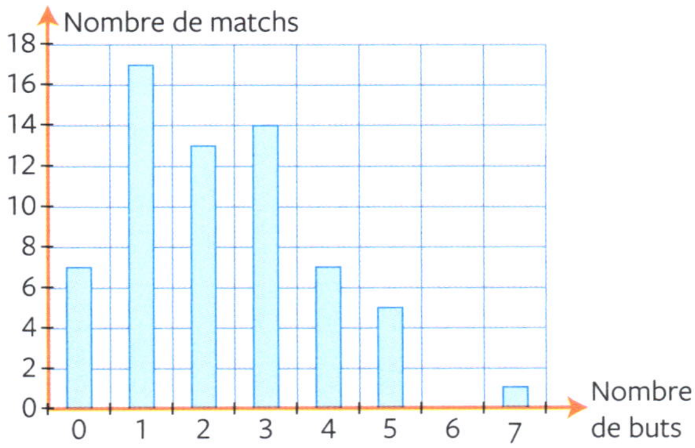

a. Combien de matchs ont été joués ?
b. Calcule le nombre moyen de buts marqués par match (arrondis le résultat à l'unité).
c. Calcule le nombre médian de buts marqués par match.
Interprète le résultat obtenu.

4 *Stage de basket*

Lors d'un stage de basket pour jeunes, on a mesuré les tailles des joueurs, que l'on a ensuite regroupées dans un tableau.

Taille (en cm)	165	166	170	171	174	175	176	177	178	181
Nombre de joueurs	2	1	1	1	2	3	2	3	2	1

a. Quelle est l'étendue de cette série ?
b. Calcule la taille moyenne de ces joueurs.
c. Quelle est la taille médiane de ces sportifs ? Justifie ta réponse.
d. Construis le diagramme à barres de cette série.

5 *Saut en hauteur*

Un entraîneur a relevé ci-contre les performances de saut en hauteur, en mètres, de ses athlètes.

Hauteur h (en m)	Effectif
$0{,}9 \leqslant h < 1$	2
$1 \leqslant h < 1{,}1$	4
$1{,}1 \leqslant h < 1{,}2$	12
$1{,}2 \leqslant h < 1{,}3$	20
$1{,}3 \leqslant h < 1{,}4$	8
$1{,}4 \leqslant h < 1{,}5$	4

a. Construis l'histogramme de cette série.
b. Détermine la hauteur moyenne en utilisant le centre des classes.
c. Détermine l'étendue et la classe à laquelle appartient la médiane de la série.
d. Interprète les résultats obtenus.

6 VERS LE BREVET

Dans une bibliothèque, on a relevé le nombre de livres empruntés par les abonnés pendant 1 an.

Nombre de livres empruntés	0	1	2	3	4	5	6	7
Nombre d'abonnés	29	31	34	35	27	20	15	6

a. Calcule le nombre moyen de livres empruntés par abonné (donne le résultat au livre près).
b. Combien d'abonnés ont emprunté au moins 3 livres pendant cette année ?
c. Détermine l'étendue de cette série.
d. Détermine la médiane de cette série.
e. Donne une interprétation en langage courant des résultats obtenus aux questions **c.** et **d.**

Corrigés page 17 du Guide

9 Probabilités (1)

Je me demande...
Qu'appelle-t-on une situation équiprobable lorsqu'on calcule une probabilité ?

Les points clés

1 Définitions

- Une **expérience aléatoire** est une expérience dont on ne connaît pas à l'avance le résultat. Chaque **issue** est soumise au hasard. Une expérience aléatoire peut être constituée d'une ou de plusieurs **épreuves**.
- La **probabilité** d'un événement est la « chance » que cet événement se réalise. Une probabilité est un nombre décimal compris entre 0 et 1. On peut aussi l'exprimer sous la forme d'une fraction (entre 0 et 1) ou d'un pourcentage (entre 0 % et 100 %).

Mots-Clés
- **Issue** : C'est un résultat de l'expérience aléatoire.
- **Équiprobabilité** : Une expérience aléatoire est équiprobable si toutes les issues de cette expérience ont la même probabilité.

2 Probabilité et fréquence

- Dans le cas d'une expérience aléatoire **équiprobable**, la probabilité de l'événement E est :

$$p(\text{E}) = \frac{\text{nombre d'issues réalisant E}}{\text{nombre d'issues possibles}}$$

- Lorsqu'on répète un très grand nombre de fois la même expérience aléatoire, la **fréquence** de réalisation d'un événement E se stabilise autour d'une **valeur fixe**. Cette valeur est la probabilité $p(\text{E})$ de l'événement E.

Un peu de méthode

Faire le lien entre fréquence et probabilité

- Dans une usine de fabrication de boîtes de conserve, un contrôle a été effectué sur 20 000 boîtes pour mesurer leur diamètre. Voici les résultats :

Diamètre	trop petit	correct	trop grand
Nombre de boîtes	1 250	14 540	4 210

On choisit une boîte de conserve au hasard. Quelle est la probabilité de chacun des événements suivants ?
A : « La boîte a un diamètre trop petit » ;
B : « La boîte a un diamètre correct » ;
C : « La boîte a un diamètre trop grand ».

Pour calculer les fréquences, j'utilise la formule : $f = \frac{\text{effectif de l'événement}}{\text{effectif total}}$

- Pour l'événement A : $f_A = \frac{1\,250}{20\,000} = 0{,}0625$ donc $p(A) = 0{,}0625$.
- Pour l'événement B : $f_B = \frac{14\,540}{20\,000} = 0{,}727$ donc $p(B) = 0{,}727$
- Pour l'événement C : $f_C = \frac{4\,210}{20\,000} = 0{,}2105$ donc $p(C) = 0{,}2105$

Ici, comme on a contrôlé un grand nombre de boîtes, la probabilité et la fréquence de l'événement sont égales.

On s'entraîne !

1 QUIZ

Je lance un dé à 6 faces équilibré et je regarde le chiffre de la face supérieure.

Vrai ou faux ?

	V	F
a. Il y a 6 issues possibles.	☐	☐
b. La probabilité de tomber sur un chiffre impair est 0,5.	☐	☐
c. J'ai plus de chance de tomber sur 2 que sur 6.	☐	☐
d. Si je tire 100 fois le dé, alors la fréquence de la face 1 sera presque égale à $\frac{1}{6}$.	☐	☐

2 Groupes sanguins

Voici la répartition des groupes sanguins dans la population française :

Rhésus	Groupes sanguins			
	O	A	B	AB
Rh +	37 %	39 %	7 %	2 %
Rh –	6 %	6 %	2 %	1 %

On choisit une personne au hasard dans la population française. On donnera les probabilités sous la forme d'un nombre compris entre 0 et 1.

a. Quelle est la probabilité que cette personne soit de groupe sanguin A+ (A et Rh+) ? de groupe sanguin AB– (AB et Rh–) ?

b. Quelle est la probabilité que cette personne soit de groupe sanguin O ? de Rhésus – (Rh –) ?

3 Langue vivante

Parmi les 300 élèves d'un lycée qui étudient une 2e langue vivante, 54 élèves choisissent d'étudier l'allemand et 12 le russe ; 40 % des élèves choisissent l'anglais, 23 % l'espagnol, 12 % l'italien et 3 % le japonais. On choisit au hasard un élève du lycée qui étudie une 2e langue vivante et on note les événements suivants :

I : « L'élève a choisi d'étudier l'italien » ;

G : « L'élève n'a pas choisi de faire de l'anglais » ;

R : « L'élève a choisi l'allemand ou le russe » ;

E : « L'élève n'a choisi ni l'espagnol ni le russe ».

Détermine les probabilités des événements I, G, R et E.

4 Avec un tableur

Tom et Léa jouent avec un dé équilibré à 6 faces numérotées de 1 à 6. Chacun lance le dé à son tour : celui qui a le plus grand chiffre gagne.

a. Reproduis cette feuille de calcul sur un tableur :

	A	B	C	D	E	F
1	Parties	Tom	Léa	Victoire de Tom ?	Nombre de victoires	Fréquence des victoires
2	1					
3						

b. Rentre une formule en A3 pour créer une liste de nombres entiers numérotant les parties dans la colonne A. Étire-la dans la colonne A pour 2 000 parties.

c. À l'aide de la fonction « ALEA.ENTRE.BORNES( ) », **entre les formules** en B2 et C2 pour simuler les lancers de dé. Étire ces formules dans les colonnes B et C.

d. À l'aide de la fonction « SI », **entre une formule** en D2 pour tester la victoire de Tom en marquant 1 en cas de victoire et 0 en cas de défaite. Étire cette formule dans la colonne D.

e. Fais apparaître le nombre de victoires de Tom dans la colonne E, puis leur fréquence dans la colonne F.

f. Comment évoluent les fréquences lorsqu'un grand nombre de parties sont jouées ?

g. Quelle probabilité a Tom de gagner à ce jeu ?

5 VERS LE BREVET

Une entreprise emploie 355 salariés dont les âges, de 25 à 53 ans, sont donnés ci-dessous.

	Homme	Femme	Total
De 25 à 40 ans	....	93	....
De 41 à 53 ans	79	81	....
Total	....	....	355

a. Complète le tableau.

b. On choisit au hasard un employé dans cette entreprise. **Quelle est la probabilité** que cet employé soit âgé de plus de 40 ans ? la probabilité qu'il soit un homme ?

c. Sachant qu'on a choisi un employé âgé de plus de 40 ans, **quelle est la probabilité** que ce soit une femme ?

Corrigés page 18 du Guide

10 Probabilités (2)

Je me demande…
Sur un arbre pondéré, que vaut la somme des probabilités partant d'un même nœud ?

Les points clés

- On peut représenter une expérience aléatoire à une ou plusieurs épreuves à l'aide d'un **arbre pondéré** de probabilités :
  - chaque **branche** représente un événement ;
  - pour calculer la probabilité d'un événement, on calcule le **produit des probabilités des branches** qui mènent à cet événement.
- Deux événements sont **incompatibles** s'ils ne peuvent pas se réaliser en même temps.

  EXEMPLE Lors d'un lancé de dé, les événements « tomber sur la face 4 » et « tomber sur la face 3 » sont incompatibles.
- La probabilité de l'événement $\overline{A}$, **événement contraire** de l'événement A, est :

$$p(\overline{A}) = 1 - p(A)$$

EXEMPLE $p(\text{ne pas tomber sur la face 6}) = 1 - p(\text{tomber sur la face 6})$

$$= 1 - \frac{1}{6} = \frac{5}{6}$$

Mot-Clé
Arbre pondéré de probabilités : Un arbre est pondéré lorsque les probabilités sont notées sur chaque branche de l'arbre.

Un peu de méthode

Utiliser un arbre pondéré pour calculer des probabilités

- On lance d'abord un dé équilibré avec 2 faces 1, 2 faces 2 et 2 faces 3 ; on note la face apparue. Puis, on lance une pièce équilibrée et note la face sortie. Quelle est la probabilité de chacune des issues ?
- Je construis l'arbre pondéré représentant cette expérience à 2 épreuves :
  - avec 3 branches pour les 3 issues de la 1re épreuve (lancer du dé) ;
  - avec 2 branches partant de chaque issue de la 1re épreuve pour les 2 issues de la 2de épreuve (lancer de la pièce) ;
  - je pondère les branches avec les probabilités de chaque événement.

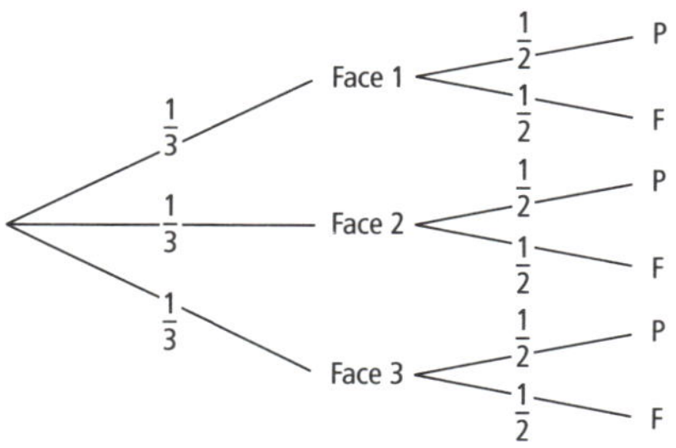

Ce jeu a 6 issues : (1 ; P), (1 ; F), (2 ; P), (2 ; F), (3 ; P), (3 ; F).

$p(1\,;\,P) = \frac{1}{3} \times \frac{1}{2} = \frac{1}{6}$; $p(2\,;\,F) = \frac{1}{3} \times \frac{1}{2} = \frac{1}{6}$; etc.

La probabilité de chaque issue est la même : $\frac{1}{6}$.

On s'entraîne !

1 QUIZ

On lance deux fois de suite une pièce non truquée et on note la face sortie à chaque lancer.
Voici l'arbre pondéré de probabilités :

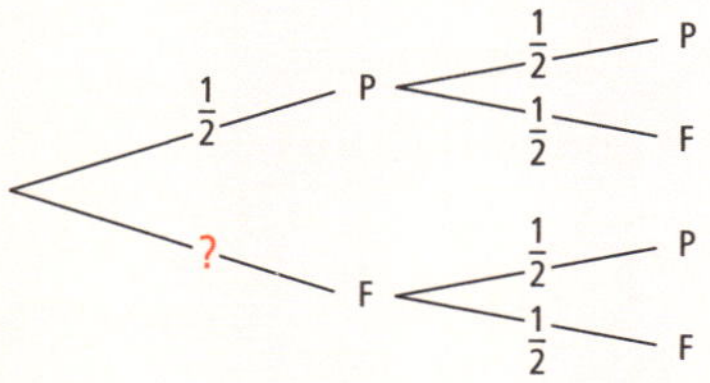

Coche la bonne réponse.

a. La probabilité à écrire à la place du point d'interrogation est :

- ☐ $\frac{1}{2}$
- ☐ 1
- ☐ 2

b. La probabilité d'obtenir Pile au 1er lancer et Pile au 2e lancer est :

- ☐ 1
- ☐ $\frac{1}{2}$
- ☐ $\frac{1}{4}$

c. La probabilité d'obtenir deux fois Face est :

- ☐ $\frac{1}{2}$
- ☐ 1
- ☐ $\frac{1}{4}$

d. La probabilité d'obtenir Face et Pile (dans n'importe quel ordre) est :

- ☐ $\frac{1}{4}$
- ☐ $\frac{1}{2}$
- ☐ 1

2 Urnes

Deux urnes contiennent des boules. La première contient des boules rouges et des boules bleues. La deuxième contient des boules vertes et des boules jaunes. On pioche au hasard une boule dans la première urne, puis une boule dans la seconde urne. Voici l'arbre pondéré des probabilités :

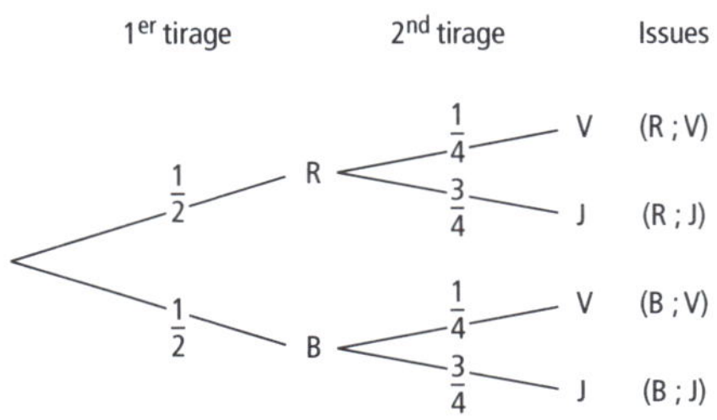

Calcule les probabilités $p(R ; V)$, $p(R ; J)$, $p(B ; V)$ et $p(B ; J)$.

3 Roue gagnante

Dans un jeu, on fait tourner une roue divisée en 8 secteurs : 3 secteurs verts, 1 secteur jaune et 4 secteurs rouges. La roue n'est pas truquée.
On considère les événements :
A : « tomber sur un secteur vert » ;
B : « tomber sur un secteur jaune » ;
C : « tomber sur un secteur jaune ou rouge ».

a. Détermine les probabilités $p(A)$, $p(B)$ et $p(C)$.
b. Détermine la probabilité $p(\overline{B})$.

4 Choix de tenue

Julie a deux pantalons : un bleu et un rouge. Elle a aussi trois chemisiers : un rouge, un bleu et un vert. Elle prend au hasard un pantalon, puis un chemisier.

a. Représente cette expérience aléatoire à l'aide d'un arbre pondéré de probabilités.
b. Calcule la probabilité de chacun des événements suivants :
A : « Julie est habillée tout en rouge » ;
B : « Julie porte un pantalon et un chemisier de couleurs différentes » ;
C : « Julie ne porte ni pantalon rouge ni chemisier bleu ».

5 Lancer de pièce

On lance une pièce de monnaie équilibrée trois fois de suite.

a. Quelle est la probabilité d'obtenir au moins une fois Face ?
b. Quelle est la probabilité d'obtenir au moins deux fois Face ?
c. Quelle est la probabilité d'obtenir au moins deux fois Face consécutivement (à la suite) ?

6 VERS LE BREVET

On pioche au hasard une carte dans un jeu de 32 cartes.

a. Quelle est la probabilité de piocher un carreau ?
b. Quelle est la probabilité de ne piocher ni un carreau ni un pique ?
c. On pioche ensuite, en remettant la première carte dans le jeu, une autre carte. **Représente cette expérience aléatoire** à l'aide d'un arbre pondéré de probabilités, puis détermine la probabilité que les deux cartes piochées soient des trèfles.

Corrigés page 19 du Guide

11 Notion de fonction

Je me demande...

Qu'est-ce qu'une fonction ? Qu'appelle-t-on un antécédent ou une image par une fonction ?

Les points clés

1 Définition

- Une **fonction** est un processus qui associe à un nombre un unique nombre.
- On note $f : x \mapsto f(x)$ (« fonction qui au nombre x associe le nombre $f(x)$ »). x est la **variable**.

Mot-Clé

Variable : Une variable mathématique est une lettre (souvent x ou y) qui représente un nombre et qui peut changer de valeur.

EXEMPLE Soit la fonction f définie par $f : x \mapsto x^2 + 1$.

- Pour $x = 3$, le nombre correspondant est $f(3) = 3^2 + 1 = 10$.
10 est l'**image** de 3 par la fonction f.
3 est un **antécédent** de 10 par la fonction f.

Attention ! Un nombre peut avoir plusieurs antécédents par la fonction f.

- On peut dresser le tableau de valeurs de la fonction :

x	– 3	– 2	– 0,5	1	1,5	3
f(x)	10	5	1,25	2	3,25	10

10 est l'image de – 3 et de 3 par la fonction f.
– 3 et 3 sont deux antécédents de 10 par f.

2 Représentation graphique

- Dans un repère, la représentation graphique $\mathscr{C}_f$ d'une fonction f est l'ensemble des points de coordonnées $(x\,;f(x))$.

EXEMPLE Par lecture graphique, l'image de – 1 par la fonction $f : x \mapsto x^2 + 1$, représentée ci-contre, est 2.

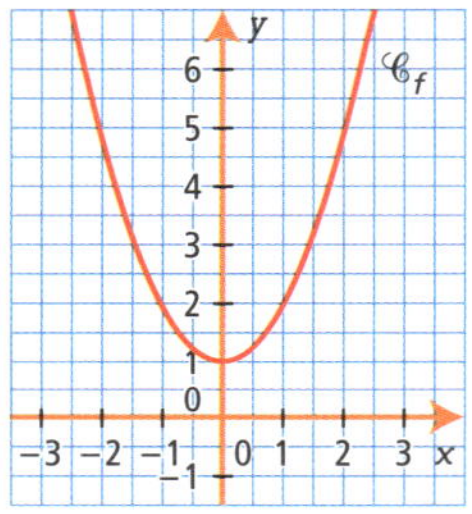

Un peu de méthode

Soit la fonction f définie par $f(x) = 3x - 5$.

Déterminer l'image d'un nombre par une fonction

- Pour déterminer l'image de 3 par f, je calcule $f(3)$ en remplaçant x par 3 dans l'expression de $f(x)$:
$f(3) = 3 \times 3 - 5 = 4$
Donc, l'image de 3 par f est 4.

Déterminer un antécédent d'un nombre par une fonction

- Pour déterminer un antécédent de 4 par f, je résous l'équation $f(x) = 4$:

$$f(x) = 4$$
$$3x - 5 = 4$$
$$3x = 9$$
$$x = 3$$

Donc, l'antécédent de 4 par f est 3.

On s'entraîne !

1 QUIZ

On considère la fonction g définie par $g(x) = -2x + 3$.

Coche la bonne réponse.

a. L'image de -3 par la fonction g est :

☐ -3 ☐ 0 ☐ 9

b. Un antécédent de -6 par la fonction g est :

☐ $-4{,}5$ ☐ $-1{,}5$ ☐ $4{,}5$

2 *Images*

On considère la fonction f définie par $f(x) = \dfrac{x+3}{2}$.

a. Calcule $f(5)$ et $f(-3)$.
b. Détermine l'image de 2 par la fonction f.

3 *Antécédents*

On considère la fonction h définie par : $h(x) = -2x + 5$.

Calcule les antécédents de 7, -9 et de 0 par h.

4 *Tableau de valeurs*

On considère la fonction g définie par : $g(x) = -2x^2 + 3$.

Complète le tableau de valeurs suivant.

x	-3	-1	....	5	10
$g(x)$	....	....	3	....	....

5 *Avec un tableur*

On considère la fonction f définie par : $f(x) = 4x - 5 + x^2$.

a. Reproduis la feuille de calcul sur un tableur.

	A	B	C	D	E	F	G
1	x	-5	-2	1			
2	$f(x)$						

b. Entre en B2 **la formule** permettant de calculer $f(-5)$.
c. Étire cette formule sur la ligne 2. **Quelles sont les images** de -5, -2 et 1 par la fonction f ?
d. Utilise les cellules E1, F1 et G1 pour **déterminer les valeurs** de $f(-3{,}5)$ et $f(0{,}5)$ ainsi que l'image de 6,2 par f.

6 *Physique*

On a tracé dans le repère ci-dessous, le graphique représentant la tension $U(t)$, en volts, délivrée par un générateur en fonction du temps, en secondes.

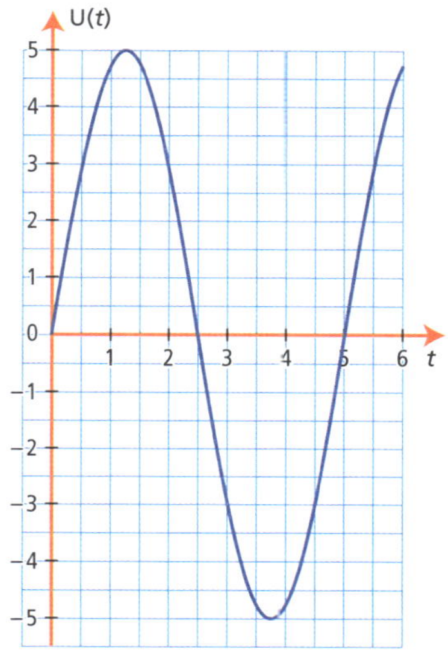

a. Détermine graphiquement la tension que délivre le générateur au bout de 2 secondes.
b. Détermine graphiquement l'image de 6.
Interprète concrètement le résultat.
c. Détermine graphiquement les antécédents de 0.
Interprète concrètement le résultat.

7 VERS LE BREVET

On donne la courbe représentative de la fonction f définie par $f(x) = x^2 - 2$.

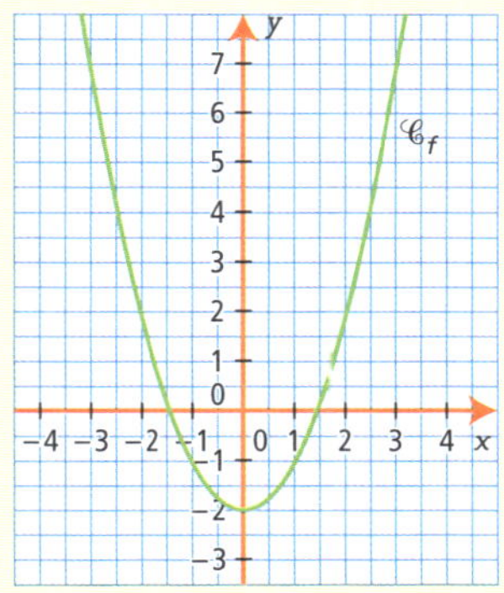

a. Lis graphiquement les images de -1 et 0 par f, puis **détermine graphiquement** $f(2)$.
b. Vérifie les résultats de la question **a.** par calculs.
c. Détermine graphiquement les antécédents de 7 par f.
d. Vérifie les résultats de la question **c.** par calculs.

Corrigés page 19 du Guide

12 Fonction linéaire

Je me demande...
Comment tracer la droite représentative d'une fonction linéaire ?

Les points clés

1 Définition et lien avec la proportionnalité

Soit a un nombre fixé.

- La fonction linéaire de **coefficient a** associe à tout nombre x le nombre ax.

On la note : $f : x \mapsto ax$

- Une fonction linéaire définie par $f(x) = ax$ représente une **situation de proportionnalité** de coefficient a : l'image $f(x)$ est proportionnelle à l'antécédent x.

Mot-Clé
Coefficient directeur : Le coefficient directeur d'une droite indique la pente de la droite.

2 Représentation graphique

- La représentation graphique d'une fonction linéaire $f(x) = ax$ est une **droite qui passe par l'origine** du repère, de coefficient directeur a.

- Un point M de coordonnées $(x\,;y)$ appartient à la droite représentative de la fonction lorsque ses coordonnées vérifient l'égalité $y = ax$.

EXEMPLE On a tracé ci-contre la droite représentant $f(x) = 4x$. Son coefficient directeur est 4.

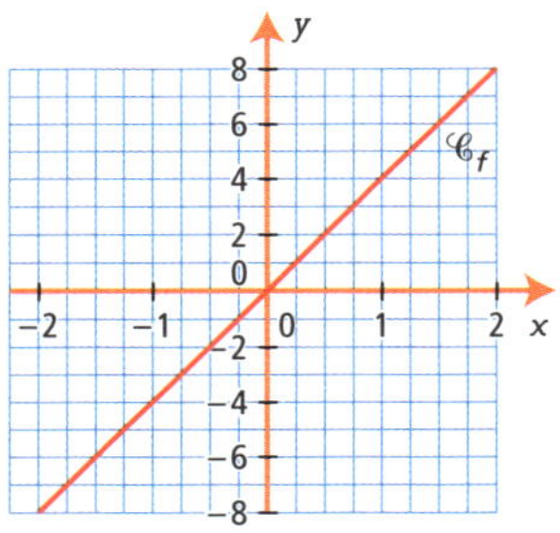

Un peu de méthode

Représenter une fonction linéaire

- Représenter la fonction f définie par $f(x) = \frac{4}{7}x$ dans un repère.

Sachant que la droite représentant la fonction linéaire f passe par l'origine du repère, je cherche un autre point de la droite. Je choisis une valeur de x et je calcule son image par f :

si $x = 7$, alors $f(7) = \frac{4}{7} \times 7 = 4$ donc la droite passe par le point A$(7\,;4)$.

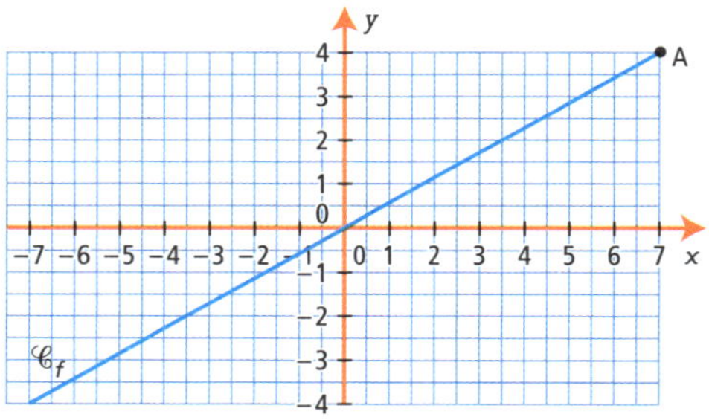

Déterminer l'expression d'une fonction linéaire

- Déterminer l'expression de la fonction linéaire f telle que $f(-2) = 5$.

Je sais que f est une fonction linéaire, donc f est définie par $f(x) = ax$.
Je cherche à déterminer a. Si je prends $x = -2$, alors $f(-2) = 5$.
Je peux écrire : $f(-2) = a \times (-2)$, d'où $a \times (-2) = 5$.

Je résous l'équation obtenue : $a = -\frac{5}{2}$.

Donc $f(x) = -\frac{5}{2}x$.

On s'entraîne !

1 QUIZ

Parmi les fonctions suivantes, coche celles qui sont des fonctions linéaires.

- ☐ $f(x)=3{,}5x$
- ☐ $f(x)=\frac{2}{3}x$
- ☐ $f(x)=\frac{2}{x}$
- ☐ $f(x)=3x^2$

2 Images

On considère la fonction f définie par $f(x) = -3x$.

a. **Complète** le tableau de valeurs suivant.

x	-2	0	1	4	7
$f(x)$	....	....	....	....	....

b. **S'agit-il d'un tableau de proportionnalité ?** Justifie.

c. **Donne la nature** de la fonction f.

d. **Représente** f dans un repère.

3 Représentation graphique

On donne la représentation graphique de la fonction g.

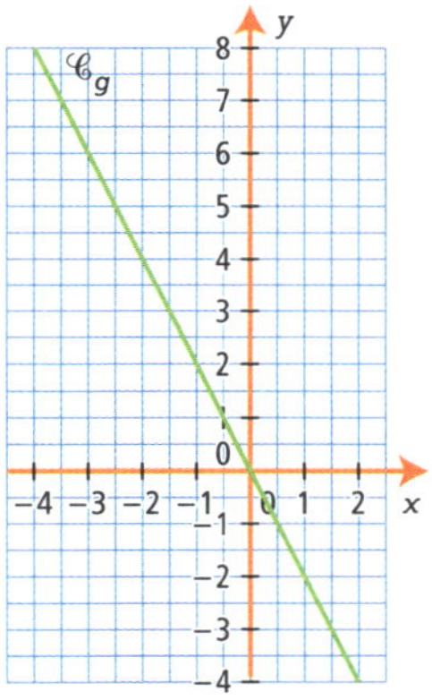

a. **Quelle est la nature** de la fonction g ?

b. **Détermine graphiquement** les images de -4 et 2 par g.

c. Par lecture graphique, **donne** $g(-1)$.

d. Par lecture graphique, **donne les antécédents** de 1 et -3 par g.

e. **Détermine l'expression** de $g(x)$ en fonction de x.

4 Fonction et points

Soit h la fonction linéaire telle que $h(6) = 24$.

a. **Quelle est l'expression** de $h(x)$ en fonction de x ?

b. **Le point A(2 ; 8)** est-il un point de la droite représentative de h ?

c. **Le point B(– 1 ; 4)** est-il un point de la droite représentative de h ?

5 Avec un tableur

En physique, la tension U (en volts), l'intensité I (en ampères) et la résistance R (en ohms) vérifient la loi d'Ohm : U = RI.

	A	B	C
1	U(V)	I(A)	R(Ω)
2			

a. **Reproduis** la feuille de calcul ci-contre.

b. On fixe l'intensité I à 50 mA. On définit une fonction f telle que U = f(R).
Quelle est la nature de la fonction f ?
Donne l'expression de f(R) en fonction de R.
Quel nombre faut-il entrer dans la cellule B2 ?
Étire ce nombre jusqu'à la cellule B4.

c. On cherche la tension obtenue avec une résistance de 4 800 Ω. **Entre la valeur** de la résistance dans la cellule C2. **Quelle formule** dois-tu entrer dans la cellule A2 ?

d. En utilisant le tableur, **détermine les tensions** correspondant à des résistances de $52\times10^2\,\Omega$ et de $6{,}5\times10^3\,\Omega$.

6 Soldes

Pendant les soldes, un commerçant applique une remise de 15 % sur tous les articles de son magasin.

a. **Calcule le prix** après la remise d'une chemise dont le prix initial est de 70 €.

b. **Quel est le prix initial** d'un article coûtant 110,50 € après remise ?

c. Soit f la fonction qui au prix initial x associe le prix après la baisse. **Donne l'expression** de f en fonction de x.

d. **Quelle est la nature** de f ?

e. **Calcule** $f(20)$. **Interprète le résultat** concrètement.

7 VERS LE BREVET

Soit la fonction linéaire f définie par $f(x)=-\frac{3}{2}x$.

a. **Calcule** $f(-1)$, puis **les images** de 2 et – 4 par f.

b. **Détermine les antécédents** de 0, de – 3 et de $\frac{9}{4}$ par f.

c. **Le point A(6 ; 9)** appartient-il à la droite représentative de f ?

d. **Le point B(– 5 ; 7,5)** appartient-il à la droite représentative de f ?

Corrigés page 20 du Guide

13 Fonction affine

Je me demande...
Une fonction linéaire est-elle une fonction affine ?

Les points clés

1 Définition

- Soit a et b deux nombres quelconques fixés.
Une **fonction affine** associe à tout nombre x le nombre $ax+b$.

On la note : $f : x \mapsto ax+b$

- Une **fonction linéaire** est une fonction affine avec $b=0$.

2 Représentation graphique

- La représentation graphique d'une fonction affine $f(x)=ax+b$ est une **droite** telle que :
a est le **coefficient directeur** de la droite ;
b est l'**ordonnée à l'origine** de la droite.

EXEMPLE On a tracé ci-contre la droite représentant la fonction affine f définie par $f(x)=3x-5$.
Le coefficient directeur est 3 ; l'ordonnée à l'origine est -5, donc la droite passe par le point $(0;-5)$.

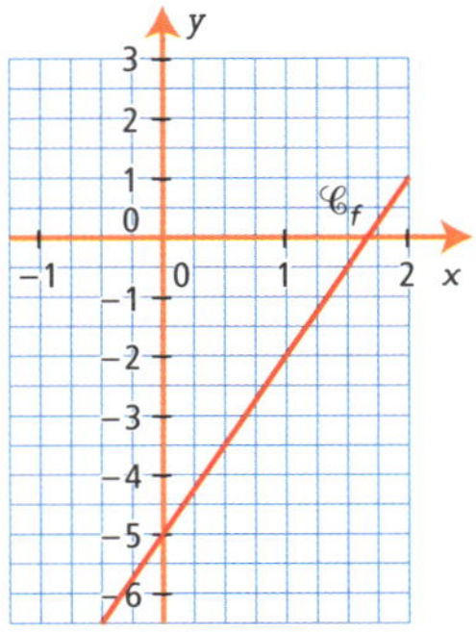

Mot-Clé
Ordonnée à l'origine :
L'ordonnée à l'origine d'une courbe représentative d'une fonction affine est l'ordonnée du point d'abscisse $x=0$, là où la courbe coupe l'axe des ordonnées.

Un peu de méthode

Déterminer l'expression d'une fonction affine à l'aide de sa représentation graphique

Soit la fonction affine g représentée ci-contre.
Je cherche à déterminer son expression.

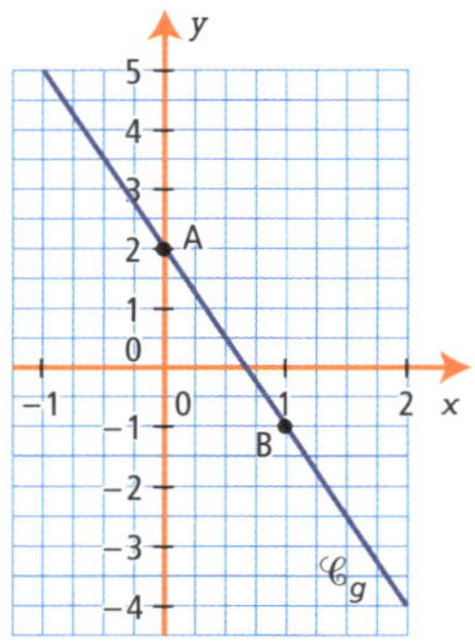

1. Je sais que g est une fonction affine, donc $g(x)=ax+b$.

2. Je détermine graphiquement le coefficient directeur a de la droite.
Pour cela, je choisis deux points de la droite à coordonnées entières (A et B par exemple) et je calcule :

$$a=\frac{\text{différence des ordonnées}}{\text{différences des abscisses}}$$

$$a=\frac{-1-2}{1-0}=\frac{-3}{1}=-3$$

3. Je lis l'ordonnée à l'origine b (l'ordonnée du point d'abscisse $x=0$).
Je trouve $b=2$.

4. Je conclus que $g(x)=-3x+2$.

On s'entraîne !

1 QUIZ

On considère la fonction g représentée ci-dessous.

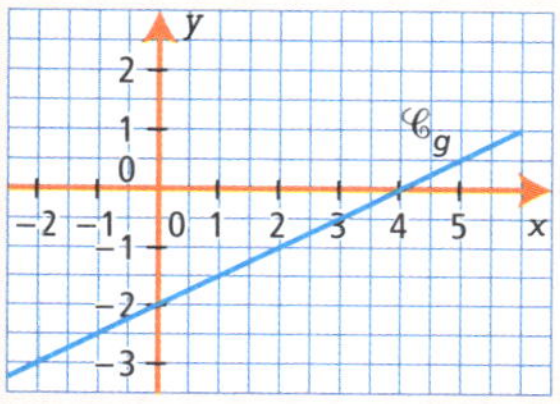

Coche la bonne réponse.

a. La fonction g est :
- ❑ quelconque
- ❑ linéaire
- ❑ affine

b. L'image de − 2 par g est :
❑ − 3 ❑ − 1 ❑ 0

c. $g(4)$ est égal à :
❑ − 4 ❑ 0 ❑ On ne peut pas savoir.

d. L'antécédent de 1 par g est :
❑ 6 ❑ 1 ❑ On ne peut pas savoir.

2 Images et antécédents

Soit la fonction f définie par $f(x) = -2x - 4$.

a. Complète le tableau de valeurs suivant.

x	− 3	....	$\frac{1}{2}$	....	− 5	$\frac{3}{4}$
$f(x)$	....	0	....	− 4	....	....

b. S'agit-il d'un tableau de proportionnalité ? Justifie.
c. Donne la nature de la fonction f.
d. Représente f dans un repère.

3 Fonction, droite et points

On considère la fonction affine h définie par :
$h(x) = -\frac{1}{2}x + 2$.

a. Quelle est la représentation graphique de h dans un repère ?
b. Calcule les images de 0 et de 2 par h.
c. Déduis-en les coordonnées de 2 points appartenant à la représentation graphique de h.
d. Représente h dans un repère.

4 Achat de chaises

Vincent et Margot ont acheté des chaises et doivent se les faire livrer. Vincent a acheté 4 chaises et paie 80 €. Margot a acheté 9 chaises et paie 155 €.

Pour Margot et Vincent, les frais de livraison s'élèvent à 20 € (ils ne dépendent pas du nombre de chaises achetées).

a. On considère la fonction p qui au nombre de chaises achetées associe le montant payé en euros. **Détermine la nature** de la fonction p.
b. Donne $p(4)$ et $p(9)$.
c. Détermine l'expression de $p(x)$ en fonction de x.
d. Prisca achète 11 chaises et se les fait livrer. **Combien va-t-elle payer ?**

5 Avec un tableur

Un club de sport propose deux formules différentes :
Formule 1 : 10 € la séance ;
Formule 2 : abonnement de 50 € puis 2 € par séance.

a. Reproduis la feuille de calcul sur un tableur.

	A	B	C
1	Nombre de séances	Prix avec formule 1	Prix avec formule 2
2	1		

b. Quelle formule dois-tu entrer dans la cellule A3 et étirer dans la colonne A pour calculer le nombre de séances ? **Étire** cette formule jusqu'en A11.
c. Quelle formule dois-tu entrer dans la cellule B2 pour calculer le prix d'une séance avec la formule 1 ? **Étire cette formule** jusqu'à la cellule B11.
d. Quelle formule dois-tu entrer dans la cellule C2 pour calculer le prix d'une séance avec la formule 2 ? **Étire cette formule** jusqu'à la cellule C11.
e. À partir de combien de séances la formule 2 est-elle plus intéressante ?

6 VERS LE BREVET

a. Détermine la fonction affine g telle que $g(-1) = 1$ et $g(6) = -2$.
b. On a représenté ci-dessous la fonction affine f.

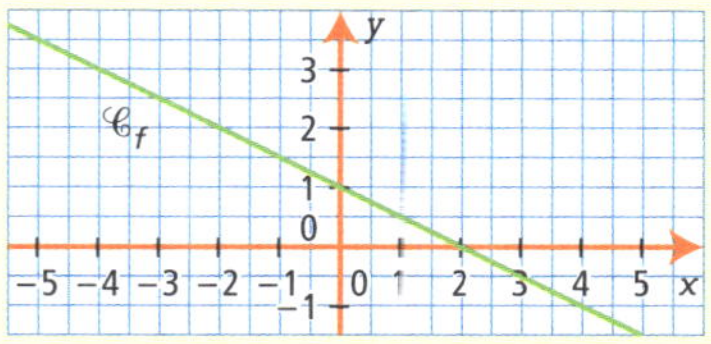

Détermine graphiquement : l'image de − 1 par f ; l'antécédent de 2 par f ; le coefficient directeur de la droite ; l'ordonnée à l'origine de la droite.
c. Déduis-en l'expression de $f(x)$ en fonction de x.

Corrigés page 21 du Guide

14 Théorème de Pythagore

Je me demande...
Quelle est la relation entre les longueurs des côtés d'un triangle rectangle ?

Les points clés

● **Théorème** : Si un triangle est rectangle, alors le carré de la longueur de l'hypoténuse est égal à la somme des carrés des longueurs des deux autres côtés.

EXEMPLE
Le triangle ABC est rectangle en B.
D'après le théorème de Pythagore :
$AC^2 = AB^2 + BC^2$.

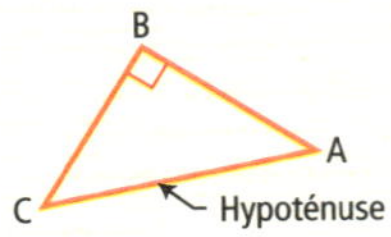

● **Réciproque** : Si le carré de la longueur du plus grand côté est égal à la somme des carrés des longueurs des deux autres côtés, alors le triangle est rectangle.

Pythagore est un mathématicien grec ayant vécu entre 570 et 480 av. J.-C.

Un peu de méthode

Calculer des longueurs

● Soit ABC un triangle rectangle en C tel que BC = 5 cm et AC = 6 cm. Calculer AB (valeur arrondie au dixième près).

Le triangle ABC est rectangle en C.

D'après le théorème de Pythagore :
$AB^2 = AC^2 + BC^2$
$AB^2 = 5^2 + 6^2$
$AB^2 = 25 + 36$
$AB^2 = 61$
$AB = \sqrt{61}$ cm
$AB \approx 7{,}8$ cm

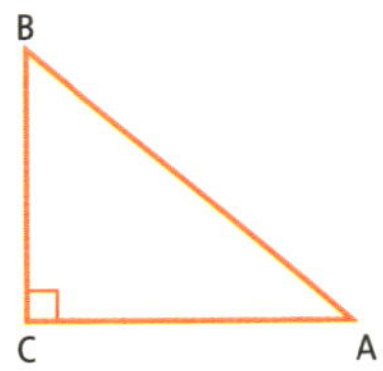

● Soit ABC un triangle rectangle en C tel que AB = 7 cm et AC = 6 cm. Calculer BC (valeur arrondie au dixième près).

Le triangle ABC est rectangle en C.

D'après le théorème de Pythagore :
$AB^2 = AC^2 + BC^2$
$7^2 = 6^2 + BC^2$
$49 = 36 + BC^2$
$BC^2 = 49 - 36$
$BC^2 = 13$
$BC = \sqrt{13}$ cm
$BC \approx 3{,}6$ cm

Démontrer qu'un triangle est ou n'est pas rectangle

Déterminer dans les deux cas si le triangle ABC est rectangle.

● Soit ABC un triangle tel que BC = 7,5 cm, AC = 6 cm et AB = 4,5 cm.

BC est le plus grand côté.

$BC^2 = 7{,}5^2 = 56{,}25$
$AB^2 + AC^2 = 6^2 + 4{,}5^2 = 36 + 20{,}25 = 56{,}25$
Donc $BC^2 = AB^2 + AC^2$.

D'après la réciproque du théorème de Pythagore, ABC **est rectangle** en A.

● Soit ABC un triangle tel que AB = 7 cm, AC = 6 cm et BC = 3 cm.

AB est le plus grand côté.

$AB^2 = 7^2 = 49$
$AC^2 + BC^2 = 6^2 + 3^2 = 36 + 9 = 45$
Donc $AB^2 \neq AC^2 + BC^2$.

L'égalité de Pythagore n'est pas vérifiée, ABC **n'est pas rectangle**.

On s'entraîne !

1 QUIZ

Vrai ou faux ?

	V	F
a. Le théorème de Pythagore s'applique dans tous les triangles.	☐	☐
b. Dans le triangle FGH rectangle en H, l'hypoténuse est HG.	☐	☐
c. Dans le triangle REC rectangle en E, $RC^2 = RE^2 + EC^2$.	☐	☐
d. 17^2 est égal à $12^2 + 5^2$.	☐	☐
e. Le triangle de côtés 5 cm, 4 cm et 3 cm est rectangle.	☐	☐

2 *Hypoténuse*

Soit DEF un triangle rectangle en F tel que DF = 9 cm et EF = 7 cm.

Calcule la valeur exacte, puis approchée au mm près, de DE.

3 *Autre côté*

Soit FGH un triangle rectangle en F tel que GF = 8 cm et HG = 16 cm.

Calcule la valeur exacte, puis approchée au mm près, de HF.

4 *Rectangle ?*

Soit LMN un triangle tel que LM = 9,6 cm, LN = 16 cm et MN = 12,8 cm. **LMN est-il rectangle ?**

5 *Nature du triangle*

Soit REC un triangle tel que RE = 9,6 cm, EC = 7,2 cm et RC = 11,5 cm. **REC est-il rectangle ?**

6 *Complet*

On donne : LH = 24 cm, KH = 18 cm et LM = 40 cm. (LH) est la hauteur issue de L.

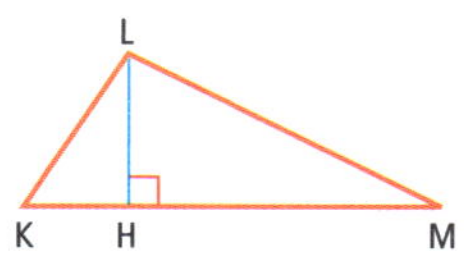

a. Calcule KL.
b. Calcule HM.
c. Le triangle KLM est-il rectangle ? Justifie.

7 *Dans l'espace*

La base ABCD de la pyramide SABCD est un rectangle de centre H. M est le milieu de [AB]. La droite (SH) est la hauteur de la pyramide.

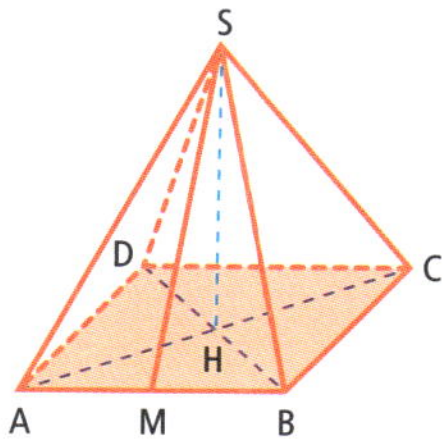

On donne : AB = 8 cm, BC = 6 cm et SA = 13 cm.

a. Calcule AC. **Déduis-en** AH.
b. Calcule SH.
c. Déduis-en le volume de cette pyramide.

? indice

$$\text{volume d'une pyramide} = \frac{\text{aire de la base} \times \text{hauteur}}{3}$$

8 *Avec un logiciel de géométrie*

Un professeur a demandé à ses élèves de dessiner un carré d'aire 13 cm^2.
Voici le travail obtenu avec un logiciel de géométrie.

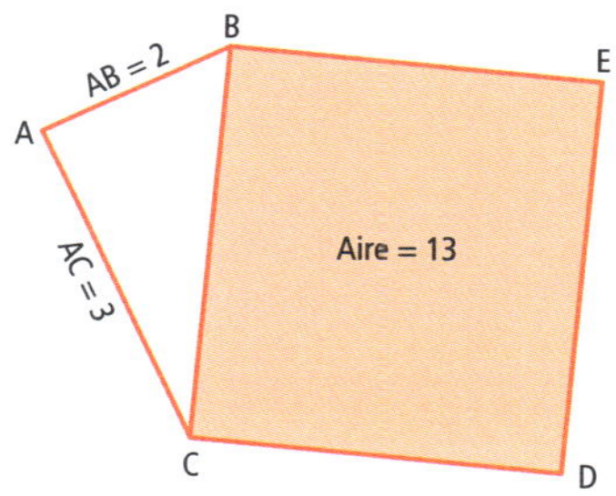

Décris le raisonnement qu'a suivi l'élève pour construire cette figure.

9 VERS LE BREVET

Pour un écran de télévision $\frac{16}{9}$, le quotient de la longueur de l'écran par sa largeur est égal à $\frac{16}{9}$. (On suppose qu'il est rectangulaire.)

a. Détermine la longueur de la diagonale, arrondie au mm près, d'un écran $\frac{16}{9}$ de largeur 72 cm.

b. Détermine la longueur, arrondie au cm près, d'un écran dont la diagonale mesure 81 cm et la largeur 54 cm. Est-ce un écran $\frac{16}{9}$?

c. Est-il possible d'avoir un écran $\frac{16}{9}$ de longueur 48 cm, de largeur 27 cm et de diagonale 56 cm ?

Corrigés page 21 du Guide

15 Théorème de Thalès (1)

Je me demande...

Quand peut-on utiliser le théorème de Thalès ? Que peut-il servir à calculer ?

Les points clés

1 Théorème de Thalès

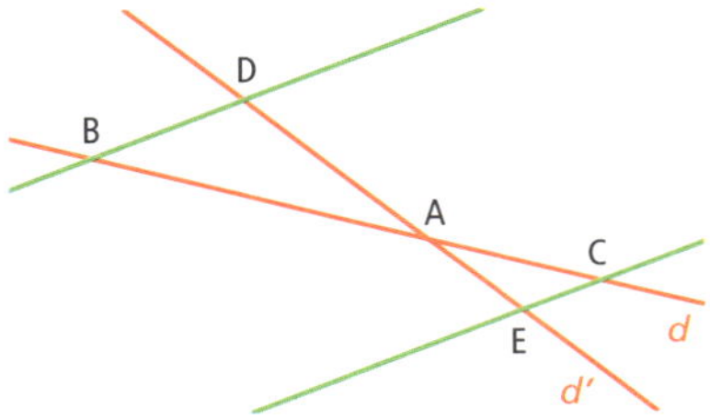

● Si deux droites d et d' sont sécantes en A, si les points B, A, C et D, A, E sont alignés respectivement sur d et d' dans le même ordre, si les droites (BD) et (CE) sont parallèles, alors on a :

$$\frac{AB}{AC}=\frac{AD}{AE}=\frac{BD}{CE}$$

2 Produits en croix (rappels)

● Si des fractions sont égales, alors les produits en croix sont égaux.
Soit a, b, c et d quatre nombres ($b \neq 0$ et $d \neq 0$) :

$$\frac{a}{b}=\frac{c}{d} \Leftrightarrow ad=cb$$

Un peu de méthode

Calculer des longueurs

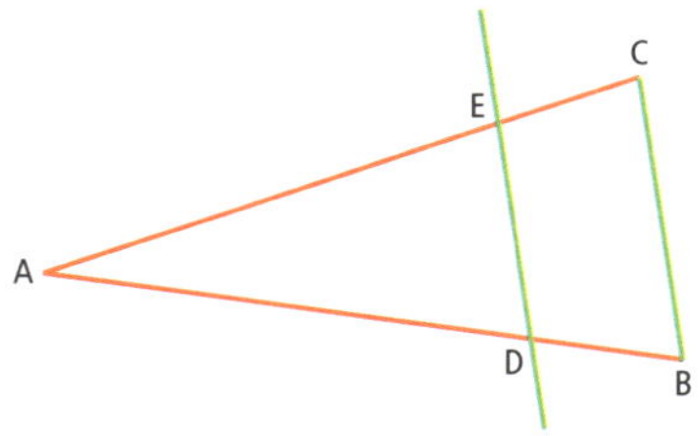

Sur la figure ci-contre :
E ∈ [AC], D ∈ [AB]
(DE) // (BC)
AB = 5 cm, BC = 3 cm,
AE = 4,8 cm, AD = 4 cm.
Calculer AC et ED.

Les triangles AED et ABC ont un sommet commun A, E ∈ [AC], D ∈ [AB] et (DE)//(BC).

1. J'applique le théorème de Thalès :

$$\frac{AE}{AC}=\frac{AD}{AB}=\frac{ED}{BC}.$$

2. Je remplace les longueurs connues :

$$\frac{4{,}8}{AC}=\frac{4}{5}=\frac{ED}{3}.$$

3. Je calcule à l'aide des **produits en croix** :

$AC=\dfrac{4{,}8\times 5}{4}$ donc AC = 6 cm

$DE=\dfrac{4\times 3}{5}$ donc DE = 2,4 cm

On s'entraîne !

1 QUIZ

Vrai ou faux ?

	V	F
a. $\frac{11}{5}$ et $\frac{165}{75}$ sont égales.	☐	☐
b. Si $\frac{AB}{9} = \frac{24}{27}$, alors $AB = 8$.	☐	☐
c. Je peux appliquer le théorème de Thalès dans toutes les situations.	☐	☐
d. Si $\frac{15}{18} = \frac{5}{DE}$, alors $DE = 9$.	☐	☐
e. $\frac{12}{16}$ et $\frac{3,3}{4,2}$ sont égales.	☐	☐

2 *Configuration classique*

Les points A, B et M sont alignés, ainsi que les points A, C et N.
AB = 8 cm, AC = 6 cm, MN = 9,8 cm et AM = 11,2 cm.
Les droites (BC) et (MN) sont parallèles.

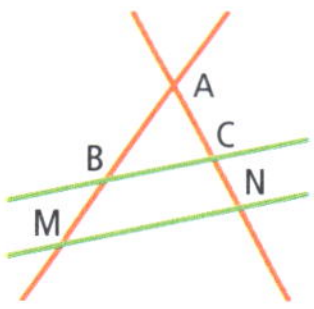

Calcule AN et BC.

3 *Papillon*

Les points A, R et T sont alignés, ainsi que les points N, R et M.
RM = 20 mm, RT = 36 mm, RN = 30 mm et AM = 25 mm.
Les droites (AM) et (NT) sont parallèles.

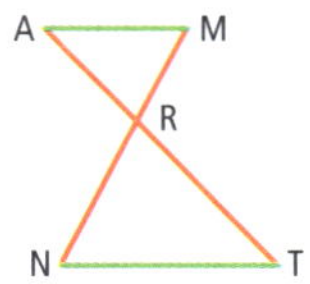

Calcule AR et NT.

4 *Avec étapes*

DB = 3,3 cm ; DE = 4,4 cm ; BE = 5,5 cm et AC = 6 cm.

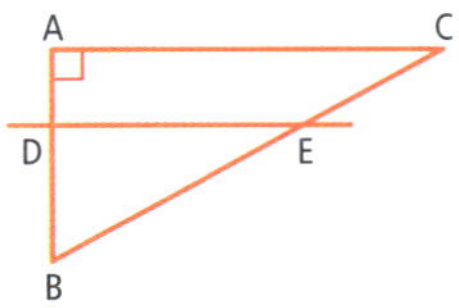

a. Montre que le triangle BDE est rectangle en D.
b. Montre que les droites (DE) et (AC) sont parallèles.
c. Calcule AB.

5 *Arbre*

Un arbre est situé à 20 m d'un poteau de 2 m de haut. À une certaine heure de la journée, l'ombre de cet arbre recouvre exactement celle du poteau et son extrémité est située à 5 m du poteau.

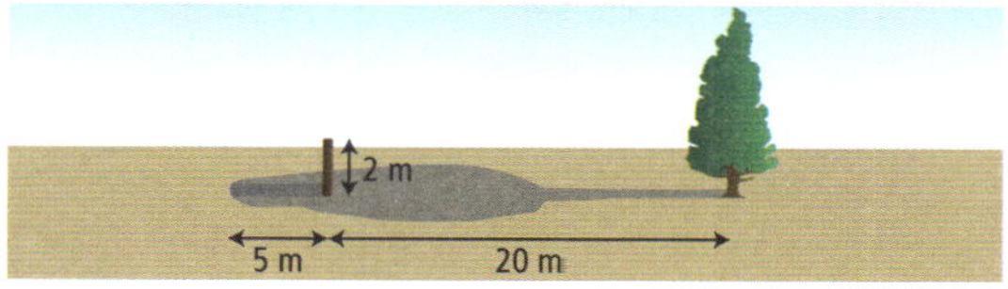

Détermine la hauteur de l'arbre.

....

....

? indice

Fais un schéma et nomme les points utiles.

6 *Avec un logiciel de géométrie*

Voici la consigne d'un professeur : « Sur la demi-droite [AB) donnée, place le point M tel que $AM = \frac{9}{7}AB$. » Paul a utilisé un logiciel de géométrie et a envoyé l'image ci-dessous à son professeur.

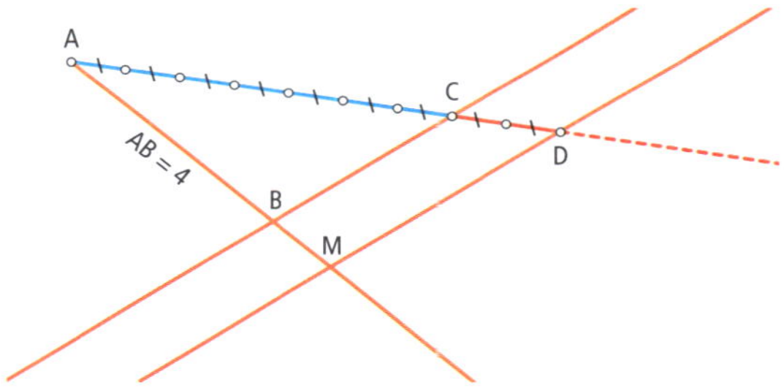

À ton avis Paul a-t-il réussi son exercice ?

....

....

7 VERS LE BREVET

Les droites (HG) et (DE) sont parallèles.
GF = 6 cm et ED = 2,1 cm.

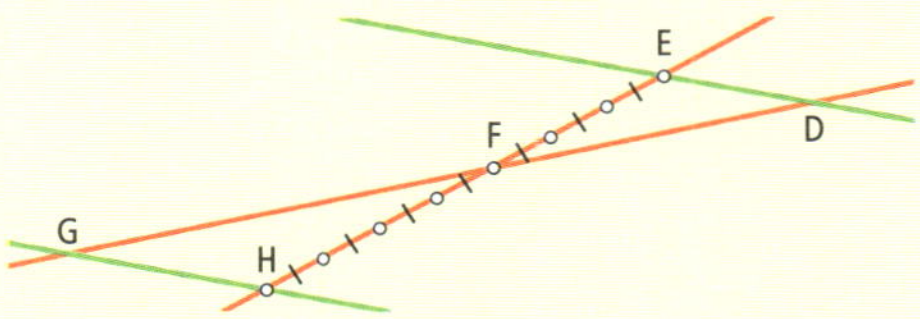

Calcule les longueurs HG et FD.

Corrigés page 22 du Guide

16 Théorème de Thalès (2)

Je me demande…

Comment montrer que des droites sont ou ne sont pas parallèles ?

Les points clés

Réciproque du théorème de Thalès

- Si deux droites *d* et *d′* sont sécantes en A, si les points B, A, C et D, A, E sont alignés respectivement sur *d* et *d′* dans le même ordre,

si les rapports de longueurs $\frac{AB}{AC}$ et $\frac{AD}{AE}$ sont égaux,

alors les droites (BD) et (CE) sont parallèles.

EXEMPLE

Sur la figure ci-contre, on a :

$\frac{AB}{AC} = \frac{4}{6} = \frac{2}{3}$ et $\frac{AD}{AE} = \frac{2}{3}$

D'après la réciproque du théorème de Thalès : (BD) // (EC).

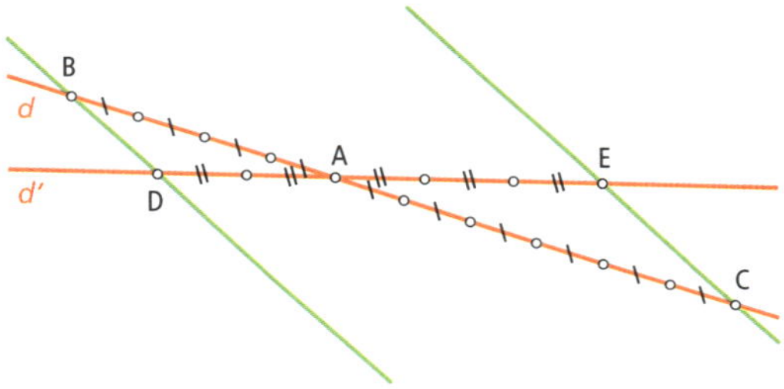

Mots-Clés

- **Théorème** : Un théorème est une proposition qui peut être démontrée.
- **Réciproque d'un théorème** : Une réciproque consiste à échanger les données et la conclusion d'un théorème.

Un peu de méthode

Démontrer que deux droites sont ou ne sont pas parallèles

- Sur la figure ci-dessous :
AD = 4 cm, AB = 5 cm, AE = 6 cm et AC = 7,5 cm.

Les droites (ED) et (BC) sont-elles parallèles ?

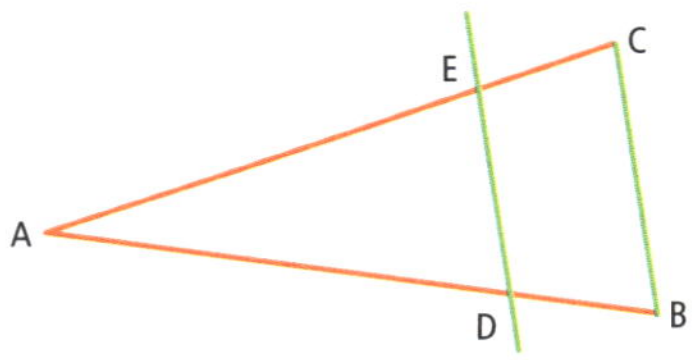

(AC) et (AB) sont sécantes en A.

A, E et C sont alignés dans le même ordre que A, D et B.

$\frac{AE}{AC} = \frac{6}{7,5} = \frac{12}{15}$

$\frac{AD}{AB} = \frac{4}{5} = \frac{12}{15}$

Donc $\frac{AE}{AC} = \frac{AD}{AB}$.

D'après la réciproque du théorème de Thalès, (ED) et (BC) **sont parallèles**.

- Sur la figure ci-dessous :
AR = 3 cm, RT = 5 cm, MR = 3,8 cm et RN = 6 cm.

Les droites (AM) et (NT) sont-elles parallèles ?

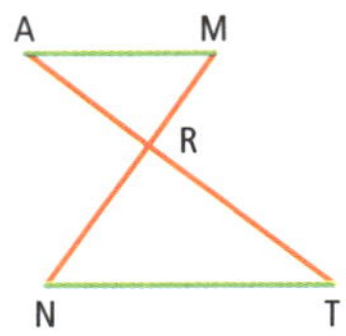

(AT) et (MN) sont sécantes en R.

A, R et T sont alignés dans le même ordre que M, R et N.

$\frac{AR}{RT} = \frac{3}{5} = \frac{18}{30}$

$\frac{MR}{RN} = \frac{3,8}{6} = \frac{38}{60} = \frac{19}{30}$

Donc $\frac{AR}{RT} \neq \frac{RM}{RN}$.

Donc (AM) et (NT) **ne sont pas parallèles**.

On s'entraîne !

1 QUIZ

Vrai ou faux ?

	V	F
a. Si M est le milieu de [AB], alors $AM = \frac{1}{2}AB$.	❑	❑
b. Si $AM = \frac{5}{3}AB$, alors $M \in [AB]$.	❑	❑
c. Les points A, M et B étant alignés, si $\frac{AM}{AB} = \frac{2}{3}$, alors M est placé aux deux tiers de [AB].	❑	❑
d. Les points A, M et B étant alignés, si $\frac{AM}{AB} > 1$, alors M appartient à la demi-droite [AB).	❑	❑
e. $\frac{4,8}{4,2}$ et $\frac{6}{7}$ sont égales.	❑	❑

2 *Configuration classique*

Sur la figure ci-dessous : CN = 2,25 cm, CM = 5,4 cm, AC = 7,2 cm et BC = 3 cm.

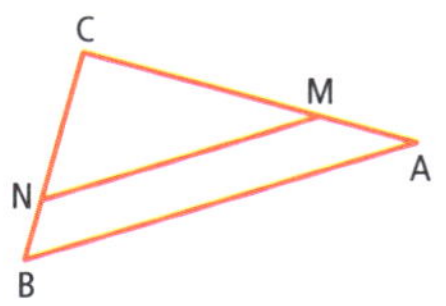

Les droites (MN) et (AB) sont-elles parallèles ?

....

....

3 *Papillon*

Sur la figure ci-dessous : BA = 5 cm, BC = 7 cm, BR = 4 cm et BS = 6 cm.

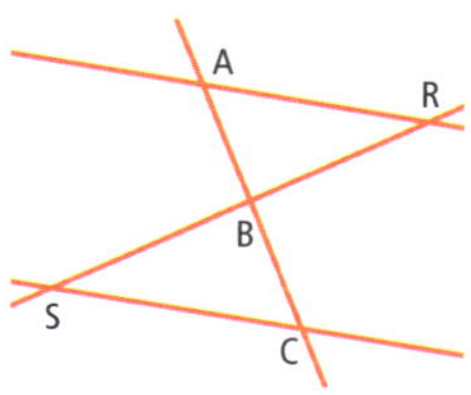

Les droites (AR) et (SC) sont-elles parallèles ?

....

....

4 *Avec étapes*

Sur la figure ci-dessous : AB = 3 cm, AC = 5,4 cm, NB = 2 cm et NM = 4,5 cm.

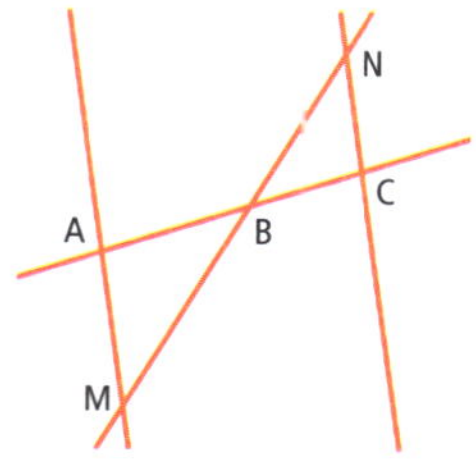

Les droites (AM) et (CN) sont-elles parallèles ?

....

....

....

5 *Thalès ou réciproque*

Les points R, A et B sont alignés, les points R, C et D sont alignés, ainsi que les points R, E et F.
Les droites (AC) et (BD) sont parallèles.
On donne : RA = 14 cm, RB = 18 cm, RC = 14,7 cm, RE = 13,3 cm et RF = 17,1 cm.

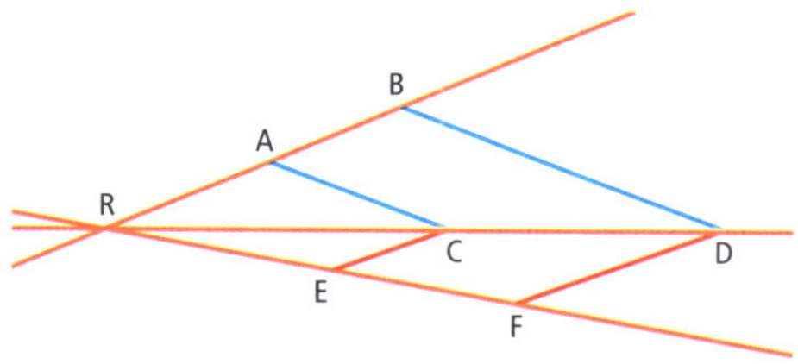

a. Calcule RD.
b. Les droites (EC) et (FD) sont-elles parallèles ?

6 VERS LE BREVET

Les droites (EB) et (AD) se coupent au point C.
On donne : CE = 5, CD = 12, CA = 18, CB = 7,5 et AB = 19,5.

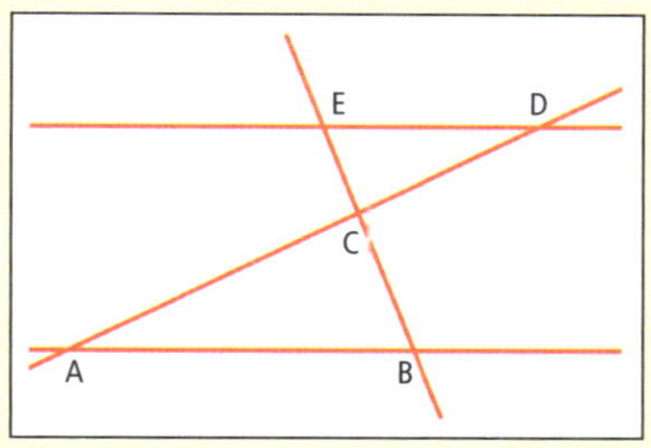

a. **Montre** que les droites (ED) et (AB) sont parallèles.
b. **Montre** que ED = 13.

Corrigés page 23 du Guide

17 Symétries et translations

Je me demande…
Comment construire l'image d'un point par une translation ?

Les points clés

1 Définitions

- Les symétries axiales, centrales et les translations sont des **transformations** du plan qui conservent les longueurs : ce sont des **isométries**.
- Remarques :
  – Une **symétrie axiale** consiste à plier la figure suivant un axe de symétrie.
  – Une **symétrie centrale** consiste à faire un demi-tour par rapport à un point.
  – Une **translation** est un déplacement dans un sens et une direction donnés.

2 Propriété

- Les isométries **conservent** les aires, les angles, l'alignement et le parallélisme.

Mots-Clés

- **Image** : L'image est la figure obtenue après une transformation de la figure de départ.
- **Invariant** : Un point invariant ne bouge pas lors d'une transformation.

Un peu de méthode

Reconnaître les différentes transformations

- Symétrie axiale

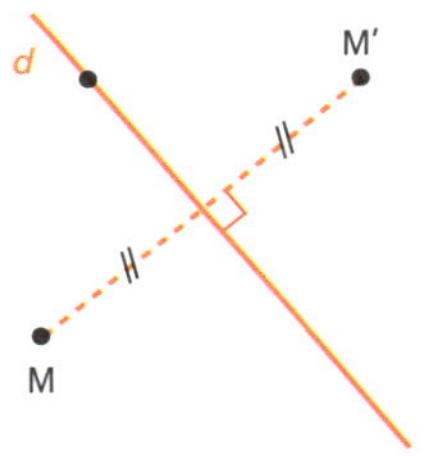

La droite *d* est la médiatrice de [MM′].
M′ est l'image du point M par la **symétrie axiale** d'axe la droite *d*.

- Symétrie centrale

A, B et A′ sont alignés et B est le milieu de [AA′].
A′ est l'image du point A par la **symétrie centrale** de centre B.

- Translation

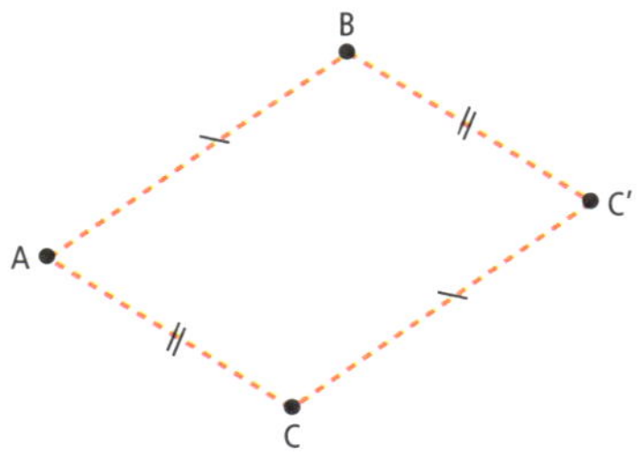

AB = CC′ et (AB) // (CC′).
C′ est l'image du point C par la **translation** qui transforme A en B.
C′ est le quatrième sommet du parallélogramme ABC′C.

On s'entraîne !

1 QUIZ

Vrai ou faux ?

	V	F
a. L'image d'une droite par une symétrie centrale est une droite parallèle.	☐	☐
b. L'image d'un segment de 3 cm par une translation est un segment de 3 cm.	☐	☐
c. L'image d'un angle de 30° par une translation est un angle de 100°.	☐	☐
d. Appliquer une symétrie centrale consiste à faire un demi-tour.	☐	☐

2 *Image*

Complète.

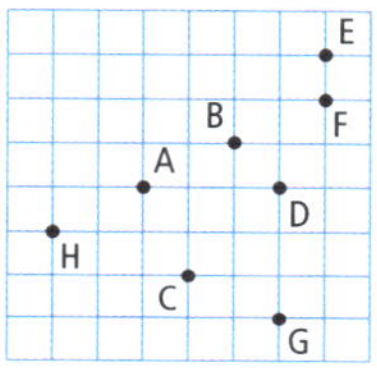

a. L'image de A par la symétrie centrale de centre B est ....

b. L'image de B par la translation qui transforme C en D est ....

c. L'image de A par la symétrie d'axe (CD) est ....

3 *Transformations*

En observant la figure de l'exercice précédent, complète.

a. H est l'image de B par ....

b. F est l'image de A par la translation qui transforme .... en ....

c. A est l'image de F par ....

d. B est l'image de E par .... qui transforme D en C.

4 *Points*

Sur le quadrillage, place les points D, E, F et G suivants.

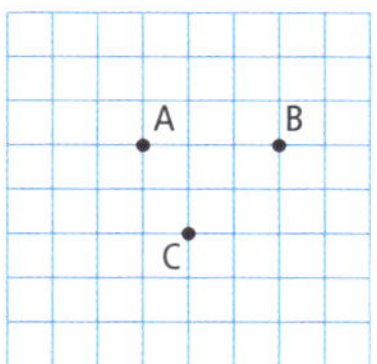

D image de A par la symétrie de centre C.
E image de C par la symétrie d'axe (AB).
F image de C par la translation qui transforme B en A.
G image de B par la translation qui transforme A en C.

5 *Figure et transformations*

À l'aide du quadrillage, construis :

a. le symétrique $\mathcal{F}_1$ de la figure $\mathcal{F}$ par la symétrie de centre O.

b. le symétrique $\mathcal{F}_2$ de la figure $\mathcal{F}$ par la symétrie d'axe *d*.

c. l'image $\mathcal{F}_3$ de la figure $\mathcal{F}$ par la translation qui transforme B en O.

d. l'image $\mathcal{F}_4$ de la figure $\mathcal{F}$ par la translation qui transforme A en B.

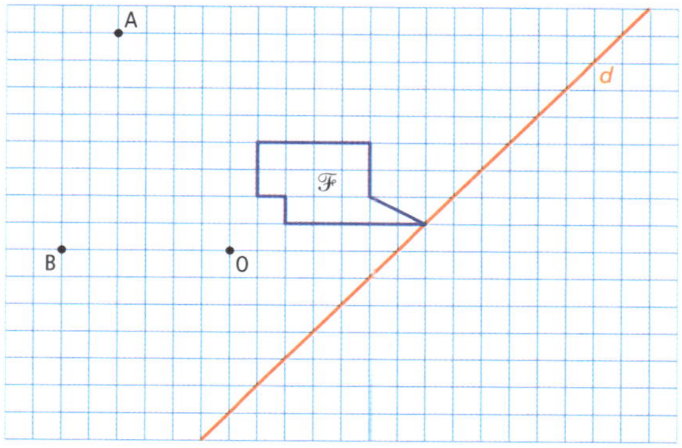

6 VERS LE BREVET

a. Décris les différentes transformations qui permettent de passer du triangle ABC au triangle HKL.

? indice

a. Décris la transformation pour passer de ABC à DEF, de DEF à GFH, puis de FGH à HKL.

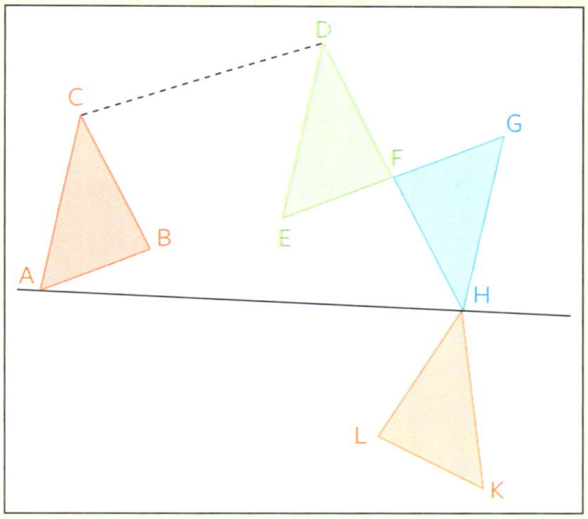

b. Le triangle ABC est tel que AB = 3 cm, BC = 4 cm et $\widehat{ABC} = 85°$.
Donne les caractéristiques du triangle HKL.

Corrigés page 23 du Guide

18 Rotations

Je me demande...
Quelle est l'image d'un triangle par une rotation ?

Les points clés

1 Image d'un point M par la rotation de centre O et d'angle α

● **Définition :** Dire que le point M′ est l'image du point M par la rotation de sens direct (ou positif) de centre O et d'angle α signifie que :
- OM = OM′ ;
- $\widehat{MOM'} = \alpha$;
- on tourne de M à M′ dans le sens contraire des aiguilles d'une montre.

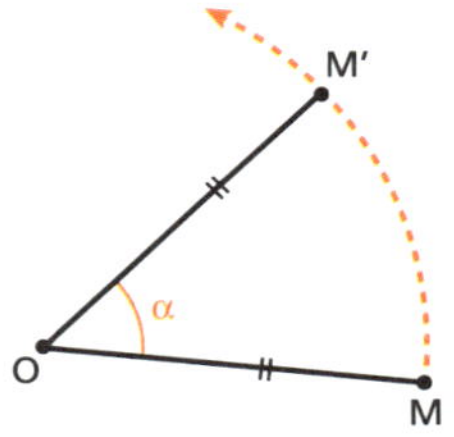

2 Propriétés des rotations

● L'image d'une figure par rotation est superposable à la figure initiale. On en déduit qu'une rotation **conserve** les longueurs, les alignements, les angles et les aires.

EXEMPLE Sur la figure ci-contre, le triangle A′B′C′ est l'image du triangle ABC par la rotation de sens direct, de centre O et d'angle 50°.

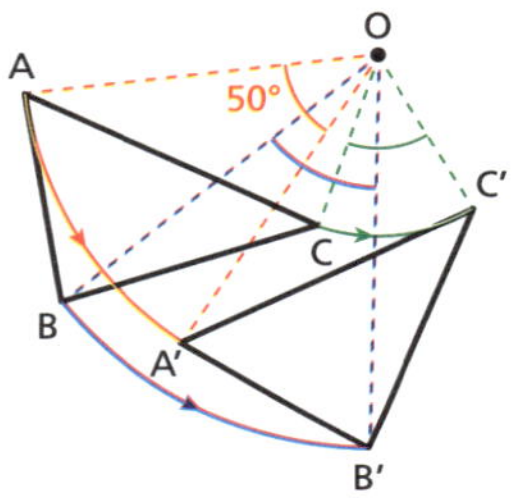

Les longueurs des côtés correspondants de ABC et A′B′C′ sont égales : AB = A′B′ ; AC = A′C′ ; BC = B′C′.

Les angles correspondants de ABC et A′B′C′ sont égaux :
$\widehat{BAC} = \widehat{B'A'C'}$; $\widehat{ABC} = \widehat{A'B'C'}$; $\widehat{BCA} = \widehat{B'C'A'}$.

ABC et A′B′C′ ont la même aire.

Donc, les triangles ABC et A′B′C′ sont **superposables**.

Mots-Clés

● **Angle au centre** : C'est un angle dont le sommet est le centre d'un cercle (par exemple, A et B étant deux points distincts d'un cercle de centre O, l'angle $\widehat{AOB}$ est un angle au centre de ce cercle).

● **Sens direct et sens indirect** : Dans une rotation, le sens **direct** est le sens contraire du sens des aiguilles d'une montre ; le sens **indirect** est le sens des aiguilles d'une montre.

Un peu de méthode

Construire l'image d'un point par une rotation

Étant donnés deux points O et A, pour construire l'image A′ de A par la rotation de sens direct, de centre O et d'angle de mesure 60° :

Le point A se déplace dans le sens de la flèche, sur un cercle de centre O et de rayon [OA].

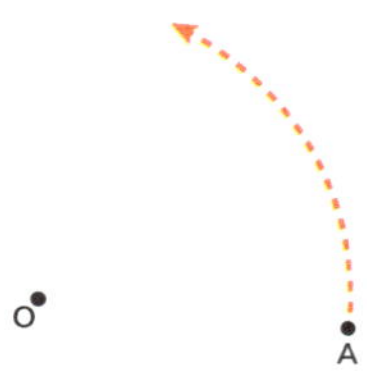

1. Je trace un arc de cercle de centre O et de rayon [OA].

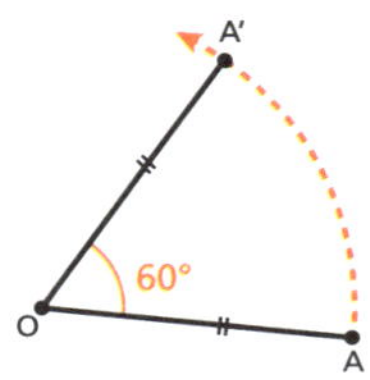

2. Sur cet arc de cercle, et dans le sens contraire des aiguilles d'une montre, je marque le point A′ tel que $\widehat{AOA'} = 60°$.

On s'entraîne !

1 QUIZ

Vrai ou faux ?

	V	F
a. Par une rotation de centre O, si M′ est l'image de M, alors OM = OM′.	☐	☐
b. Si MA = MB, alors il existe une rotation de centre M qui transforme A en B.	☐	☐
c. Une symétrie centrale est une rotation d'angle 180°.	☐	☐
d. Une figure ayant ses côtés de même longueur est un polygone régulier.	☐	☐
e. Le losange est un polygone régulier.	☐	☐
f. Le carré est un polygone régulier.	☐	☐
g. Un polygone régulier est le résultat d'une rotation de centre le centre de son cercle circonscrit.	☐	☐

2 *Identifier une rotation*

a. Construis un triangle ABC, isocèle en A.
b. Indique le centre et l'angle de la rotation qui transforme B en C ou C en B.

3 *Polygones réguliers*

a. Trace un cercle de centre O et de rayon 3 cm. Puis, en partageant ce cercle en 4 parties égales, **construis un carré** ABCD inscrit dans ce cercle.
b. De la même façon, **construis un pentagone** (5 côtés) régulier ABCDE inscrit dans un cercle.
c. Puis **construis** un octogone (8 côtés) régulier ABCDEFGH inscrit dans un cercle.

4 *Démonstration*

a. Place deux points distincts B et C (dans ce sens). **Construis le point** A, image de C par la rotation de centre B et d'angle 60°. **Trace les côtés** du triangle ABC.
b. Démontre que ABC est un triangle équilatéral.

5 *Avec un logiciel de géométrie*

a. À l'aide d'un logiciel de géométrie :
- **Place deux points** distincts B et C (dans ce sens).
- **Construis le point** A, image du point C par la rotation de centre B et d'angle de mesure 60°.
- **Trace les côtés** du triangle ABC.
- **Vérifie** que le triangle ABC est bien un triangle équilatéral, en faisant afficher à l'écran la mesure en degrés de chacun des angles $\widehat{BAC}$, $\widehat{ABC}$, $\widehat{ACB}$ et la longueur de chacun des segments [AB], [AC] et [BC].
- **Construis le point** O, centre du cercle circonscrit au triangle ABC, puis ce cercle.
- **Trace les segments** [OA], [OB] et [OC].
- **Fais afficher** à l'écran la mesure en degrés de chacun des angles au centre $\widehat{AOB}$, $\widehat{AOC}$ et $\widehat{BOC}$.

Que constates-tu ?

b. Indique le centre et l'angle d'une rotation qui transforme le triangle ABC en lui-même.
Par cette rotation, **indique les images** de A, de B et de C.

6 *Frise*

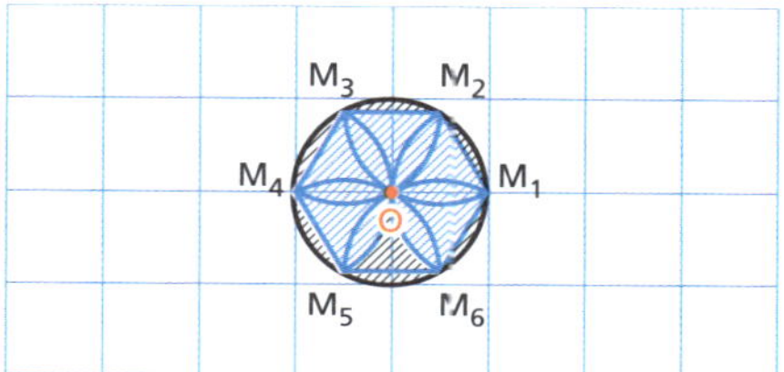

On donne ci-dessus une figure géométrique constituée d'une rosace et d'un hexagone régulier inscrits tous deux dans un cercle de centre O.

a. Quelle rotation transforme M_1 en M_2 ? M_1 en M_3 ? M_1 en M_4 ?
b. Quelle est l'image du point M_1 par la symétrie centrale de centre O ?
c. Quel autre nom porte une rotation d'angle de mesure 180° ?
d. En utilisant tes connaissances sur les transformations, **déplace la figure** donnée pour réaliser une frise, en reproduisant deux fois la figure initiale.

7 CONTRÔLE EXPRESS

Construis un triangle équilatéral ABC.
Indique le centre et l'angle de la rotation qui transforme :

a. B en C ou C en B.
b. A en C ou C en A.
c. A en B ou B en A.

Corrigés page 24 du Guide

19 Homothéties

Je me demande...
Qu'est-ce qu'une homothétie ? Comment transformer une figure par une homothétie ?

Les points clés

1 Définition

- Une homothétie de centre O et de rapport k est une **transformation du plan** qui à un point M fait correspondre un point M′ tel que :
  - O, M et M′ sont alignés ;
  - $k = \dfrac{OM'}{OM}$.
- Si $0 < k < 1$, on parle de **réduction**.
On dit qu'il y a **agrandissement** lorsque $k > 1$.

EXEMPLE

Sur la figure ci-contre O, M et M′ sont alignés et $OM' = 3 \times OM$, donc M′ est l'image du point M par l'homothétie de centre O et de rapport 3.

2 Propriétés

- L'image d'une droite par une homothétie est une **droite parallèle**.
- Une homothétie **conserve les angles**.

Un peu de méthode

Reconnaître une homothétie

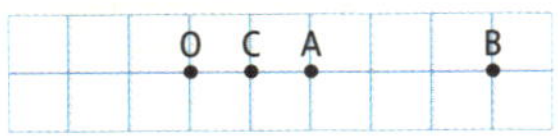

- B est l'image du point A par l'homothétie de centre O de rapport $\dfrac{5}{2}$.
- C est l'image du point A par l'homothétie de centre O de rapport $\dfrac{1}{2}$:
je remarque que C est le milieu de [OA].

Tracer une image par une homothétie

Pour construire le triangle A′B′C′ image de ABC par l'homothétie de centre O et de rapport 0,8 :

1. Je trace la droite (OA).

2. Je place le point A′ tel que $OA' = 0{,}8 \times OA$.

3. Je recommence cette construction avec les points B et C pour obtenir B′ et C′.

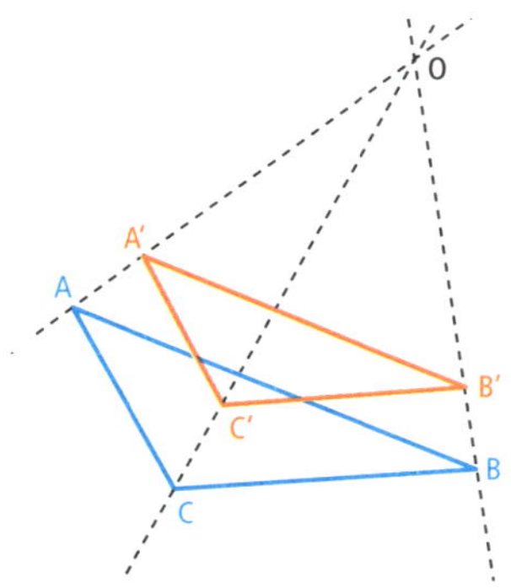

Le triangle A′B′C′ est une réduction du triangle ABC.

On s'entraîne !

1 QUIZ

Vrai ou faux ?

	V	F
a. Une homothétie conserve les longueurs.	☐	☐
b. Une homothétie conserve le parallélisme.	☐	☐
c. Si $k = \frac{15}{7}$ alors on fait un agrandissement.	☐	☐
d. Si $k = \frac{5}{2}$ on fait une réduction.	☐	☐
e. Si le rapport est 1, alors la figure est invariante.	☐	☐

2 Points

Place les points B et C tels que :

- B est l'image de A par l'homothétie de centre O et de rapport 1,5 ;
- C est l'image de A par l'homothétie de centre O et de rapport 0,25.

3 Aire

Le triangle A′B′C′ est l'image du triangle ABC par l'homothétie de centre O et de rapport 3.
On sait que le triangle ABC est rectangle en A et que AB = 3 cm, AC = 4 cm et BC = 5 cm.

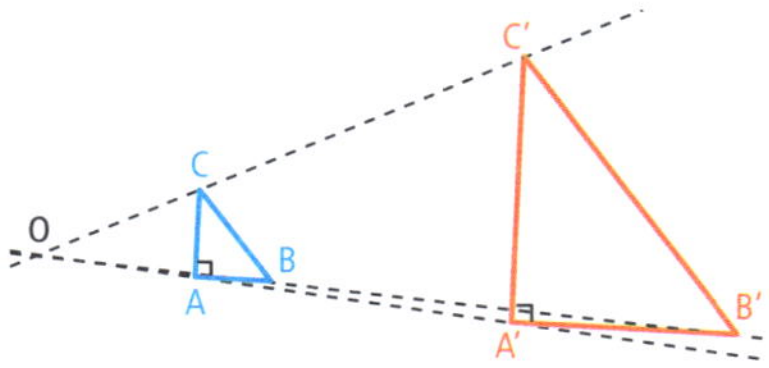

a. Complète : une homothétie de rapport k .... les longueurs par ....

b. Détermine les longueurs des côtés du triangle A′B′C′.

c. Calcule l'aire des triangles ABC et A′B′C′.
Par quel nombre a été multipliée l'aire du triangle ABC ?

d. Complète : une homothétie de rapport k multiplie les aires par ....

4 Rapport d'homothétie

On considère l'homothétie de centre A qui transforme B en C et D en E.
On sait que AB = 3, AC = 4,8, AD = 5 et AE = 8.

Détermine le rapport k de cette homothétie.

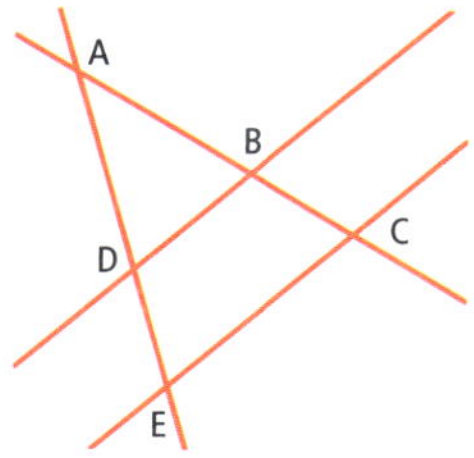

5 Centre d'homothétie

Dessine le centre de l'homothétie qui transforme le rectangle ABCD en EFGH.

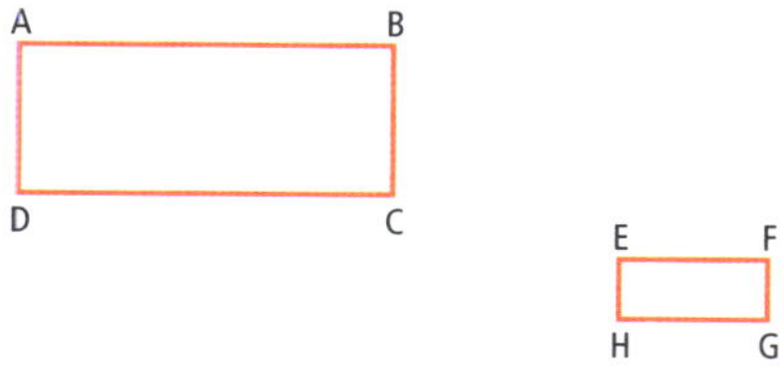

6 VERS LE BREVET

La figure ci-contre représente une pyramide P de sommet S.
Sa base est un carré ABCD tel que AB = 6 cm ; sa hauteur [SA] mesure 9 cm.

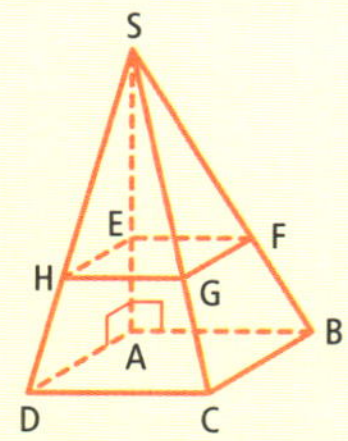

a. Calcule le volume de la pyramide P.

b. E est le point de [SA] défini par SE = 6 cm.
On considère l'homothétie qui transforme le carré ABCD en EFGH.
Précise le centre de cette homothétie.
Détermine le coefficient k de cette homothétie.

c. La pyramide P′ de sommet S et de base EFGH est donc une réduction de la pyramide P.
Calcule le volume de la pyramide P′.

d. Pierre pense que le volume de P′ est égal au volume de P multiplié par $\left(\frac{2}{3}\right)^3$.

A-t-il raison ?

? indice

volume d'une pyramide $= \frac{\text{aire de la base} \times \text{hauteur}}{3}$

Corrigés page 25 du Guide

20 Trigonométrie (1)

Je me demande...
Comment calculer la mesure d'un angle aigu dans un triangle rectangle ?

Les points clés

- Dans un triangle rectangle :
  - le **cosinus** d'un angle aigu est le quotient de la longueur du côté adjacent à l'angle par la longueur de l'hypoténuse ;
  - le **sinus** d'un angle aigu est le quotient de la longueur du côté opposé à l'angle par la longueur de l'hypoténuse ;
  - la **tangente** d'un angle aigu est le quotient de la longueur du côté opposé à l'angle par la longueur du côté adjacent à l'angle.

EXEMPLE Dans le triangle BAC, rectangle en B :

$$\cos\widehat{BAC} = \frac{\text{longueur du côté adjacent à l'angle } \widehat{BAC}}{\text{longueur de l'hypoténuse}} = \frac{AB}{AC}$$

$$\sin\widehat{BAC} = \frac{\text{longueur du côté opposé à l'angle } \widehat{BAC}}{\text{longueur de l'hypoténuse}} = \frac{BC}{AC}$$

$$\tan\widehat{BAC} = \frac{\text{longueur du côté opposé à l'angle } \widehat{BAC}}{\text{longueur du côté adjacent à l'angle } \widehat{BAC}} = \frac{BC}{AB}$$

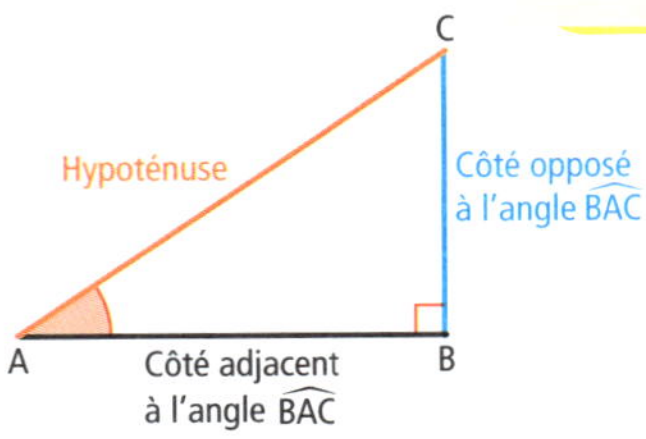

- Remarque : L'hypoténuse étant le plus grand côté, le cosinus et le sinus d'un angle sont des nombres compris entre 0 et 1.

Mot-Clé
SOHCAHTOA :
Ce moyen mnémotechnique permet de retenir les formules trigonométriques grâce aux initiales des mots.

$\text{Sinus} = \dfrac{\text{Opposé}}{\text{Hypoténuse}}$

$\text{Cosinus} = \dfrac{\text{Adjacent}}{\text{Hypoténuse}}$

$\text{Tangente} = \dfrac{\text{Opposé}}{\text{Adjacent}}$

Un peu de méthode

Calculer la mesure d'un angle

1. Je fais un schéma pour repérer l'hypoténuse, l'angle recherché, et les côtés adjacent et opposé à l'angle.

2. Suivant les données de l'exercice, je choisis la formule qui me permet de calculer l'angle demandé.

3. J'utilise la calculatrice et la fonction inverse du cosinus, du sinus ou de la tangente (2nde cos ou shift cos, 2nde sin ou shift sin, 2nde tan ou shift tan) pour déterminer la mesure de l'angle.

EXEMPLE Dans le triangle LMN rectangle en M tel que LM = 9 cm et MN = 8 cm, quelle est la mesure au degré près de l'angle $\widehat{LNM}$?

Je sais que LMN est rectangle en M :

$\tan\widehat{LNM} = \dfrac{LM}{MN}$

$\tan\widehat{LNM} = \dfrac{9}{8}$

Donc $\widehat{LNM} \approx 48°$.

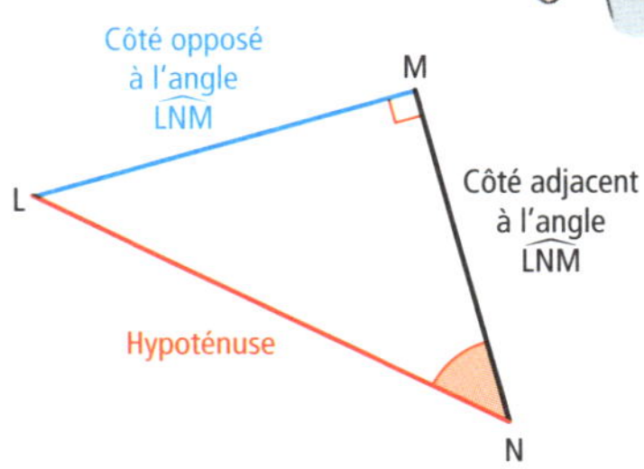

On s'entraîne !

1 QUIZ

Vrai ou faux ?

	V	F
a. cos (87°) = 1,5	☐	☐
b. sin $\widehat{ABC} < 1$	☐	☐
c. La tangente d'un angle peut être supérieure à 1.	☐	☐
d. Si tan $\widehat{FGH} = 0{,}7$, alors $\widehat{FGH} \approx 35°$.	☐	☐
e. Si cos $\widehat{RST} = 0{,}7$, alors $\widehat{RST} \approx 35°$.	☐	☐

2 Côtés

Complète les phrases.

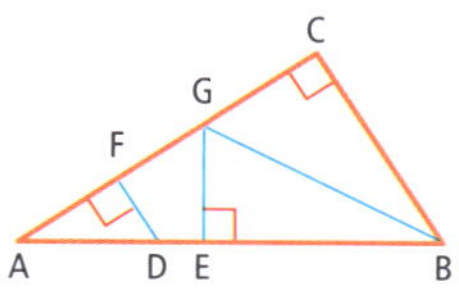

a. L'hypoténuse du triangle rectangle ABC est ....

b. L'hypoténuse du triangle rectangle AEG est ....

c. Dans le triangle rectangle EGA, le côté opposé à l'angle $\widehat{EGA}$ est ....

d. Dans le triangle rectangle FAD, le côté opposé à l'angle $\widehat{ADF}$ est ....

e. Dans le triangle rectangle AEG, le côté adjacent à l'angle $\widehat{AGE}$ est ....

f. Dans le triangle rectangle BEG, le côté adjacent à l'angle $\widehat{EGB}$ est ....

3 Formules

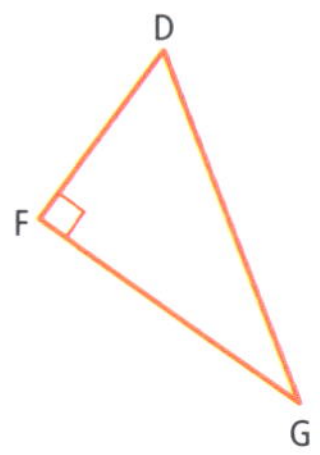

Dans le triangle FDG rectangle en F, complète les formules.

a. tan $\widehat{GDF}$ = ...

b. sin .... $= \dfrac{FD}{DG}$

c. cos $\widehat{FGD}$ = ...

d. sin $\widehat{FDG}$ = ...

e. tan .... $= \dfrac{FD}{FG}$

4 Au degré près

On considère le triangle MKL rectangle en L tel que ML = 6 cm et KL = 8 cm.

Calcule la mesure de l'angle $\widehat{MKL}$.
(Tu donneras un résultat arrondi au degré près.)

5 Encore au degré près

On considère le triangle FGH rectangle en H.
On donne FG = 7 cm et HF = 2,5 cm.

Calcule la mesure de l'angle $\widehat{HGF}$.
(Tu donneras un résultat arrondi au degré près.)

6 Souvenir de 4e

On considère le triangle RST rectangle en T.
On donne RS = 7 cm et RT = 4 cm.

Calcule la mesure de l'angle $\widehat{TRS}$.
(Tu donneras un résultat arrondi au degré près.)

7 Ératosthène

Voici la démarche suivie par Ératosthène pour déterminer la circonférence de la Terre.

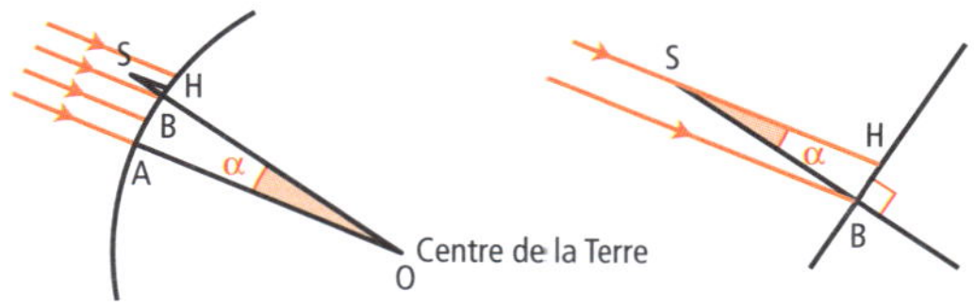

À midi, dans une ville A, le Soleil est au zénith et éclaire jusqu'au fond d'un puits.
Au même instant, dans la ville B distante de 768 km de la ville A, la tour BS fait sur le sol une ombre BH.
La tour mesure 10 m et son ombre 1,22 m.
On suppose les rayons du Soleil parallèles et donc les angles alternes-internes $\widehat{AOB}$ et $\widehat{BSH}$ sont égaux.

a. Détermine la mesure α au dixième de degré près de l'angle $\widehat{BSH}$.

b. Déduis-en la circonférence de la Terre, au km près.
Cette mesure α est proportionnelle à la distance AB = 768 km.

8 VERS LE BREVET

Dans le triangle ABC, (AH) est la hauteur issue de A et relative à [BC].
AC = 8,7 cm, AH = 5 cm et BH = 3,5 cm.

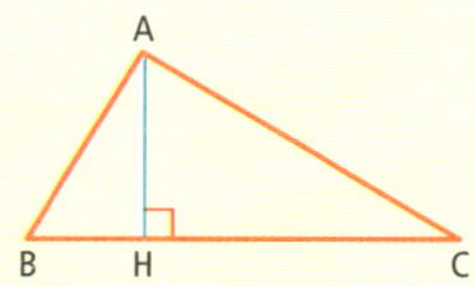

Calcule la mesure des angles du triangle ABC au degré près et déduis-en la nature du triangle ABC.

Corrigés page 25 du Guide

21 Trigonométrie (2)

Je me demande…
Comment calculer une longueur d'un triangle rectangle quand on connaît la mesure d'un angle ?

Les points clés

Propriétés des formules trigonométriques

- Quel que soit l'angle $\widehat{BAC}$, les formules trigonométriques vérifient les égalités suivantes :

$$\left(\cos\widehat{BAC}\right)^2+\left(\sin\widehat{BAC}\right)^2=1$$

$$\tan\widehat{BAC}=\frac{\sin\widehat{BAC}}{\cos\widehat{BAC}}$$

- Il faut savoir que $\cos 90° = 0$; $\sin 90° = 1$ et $\tan 90°$ n'existe pas.

Un peu de méthode

Calculer des longueurs

1. Je fais un schéma pour repérer l'hypoténuse, l'angle donné, et les côtés adjacent et opposé à l'angle.

2. Suivant les données de l'exercice, je choisis la formule qui me permet de calculer la longueur demandée.

3. Je fais un **produit en croix** en utilisant la valeur exacte du cosinus, du sinus ou de la tangente de l'angle, donnée par la calculatrice.

Attention ! La calculatrice doit être en mode degrés.

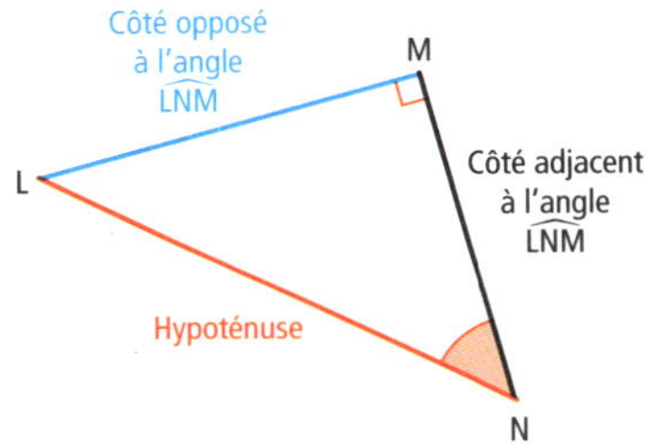

EXEMPLES

- **1er cas :** Dans le triangle LMN rectangle en M tel que LM = 11 cm et $\widehat{LNM}=35°$.
Quelle est la longueur LN au mm près ?
Je sais que LMN est rectangle en M.

$\sin\widehat{LNM}=\frac{LM}{LN}$ $\quad\sin 35°=\frac{11}{LN}$

Donc $LN=\frac{11}{\sin 35°}\approx 19{,}2\text{ cm}$

- **2e cas :** Dans le triangle LMN rectangle en M tel que LN = 6 cm et $\widehat{LNM}=55°$.
Quelle est la longueur LM au mm près ?
Je sais que LMN est rectangle en M.

$\sin\widehat{LNM}=\frac{LM}{LN}$ $\quad\sin 55°=\frac{LM}{6}$

Donc $LM=6\times\sin 55°\approx 4{,}9\text{ cm}$

On s'entraîne !

1 QUIZ

Vrai ou faux ?

	V	F
a. $\cos 39° < 1$	☐	☐
b. $\sin 85°$ est proche de 1.	☐	☐
c. $\cos 12°$ est proche de 1.	☐	☐
d. $\tan 45° = 1$	☐	☐
e. Si $\tan 25° = \frac{AB}{7}$, alors $AB = \frac{\tan 25°}{7}$.	☐	☐

2 *Côté*

ABC est un triangle rectangle en B. On a AC = 12 cm et $\widehat{BAC} = 50°$.

Calcule BC. (Tu arrondiras au mm près.)

3 *Autre côté*

KLM est un triangle rectangle en L. On a LM = 4,2 cm et $\widehat{LKM} = 65°$.

Calcule KL. (Tu arrondiras au centimètre près.)

4 *Relations*

Sachant que $\cos \widehat{BAC} = 0,6$, détermine $\sin \widehat{BAC}$ et $\tan \widehat{BAC}$.

? indice

Utilise les relations entre formules trigonométriques, données à la page précédente.

5 *Périmètre*

BC = 15 mm, $\widehat{CDB} = 30°$ et $\widehat{BAD} = 55°$.

Calcule le périmètre, au mm près, du quadrilatère ABCD.

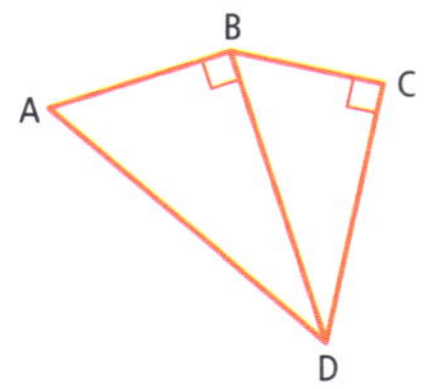

6 *Triangle rectangle*

Calcule, en justifiant, la longueur AB au cm près.

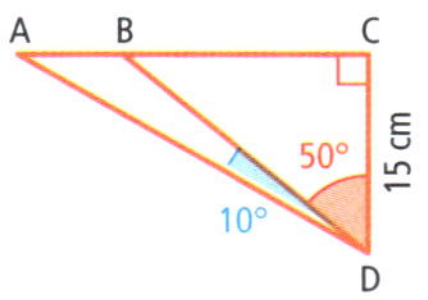

7 *Distance Terre-Lune*

En 1761, deux astronomes français, Lalande et La Caille, évaluèrent pour la première fois la distance de la Terre à la Lune, grâce à une méthode appelée triangulation. Pour cela, ils choisirent deux lieux d'observation situés approximativement sur le même méridien : Berlin et le Cap de Bonne-Espérance.
Ils repérèrent la position de la Lune simultanément, en pointant sa direction lors de son passage dans le plan du méridien. Ces observations leur permirent d'aboutir à la représentation schématique ci-dessous.
[EF] représente l'équateur.

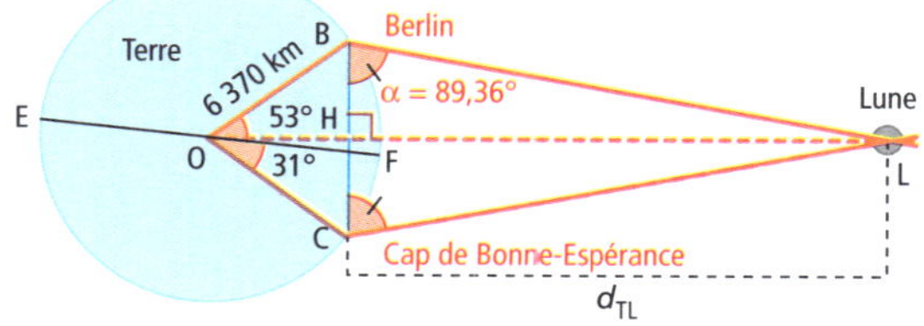

a. Sachant que Berlin a pour latitude 53° Nord et que le Cap de Bonne-Espérance est à la latitude 31° Sud, **détermine la mesure** de l'angle $\widehat{BOC}$.
Déduis-en la mesure de l'angle $\widehat{BOH}$.

b. Sachant que le rayon de la Terre est de 6 370 km, **calcule la longueur** BH au km près.

c. Sachant que les astronomes mesurèrent $\alpha = 89,36°$, **détermine la distance** Terre-Lune d_{TL}, assimilée ici à la longueur HL, au km près.

8 VERS LE BREVET

Le triangle ABC est tel que AB = 3,9 cm, AC = 5,2 cm et BC = 6,5 cm.
H est le pied de la hauteur issue de A.

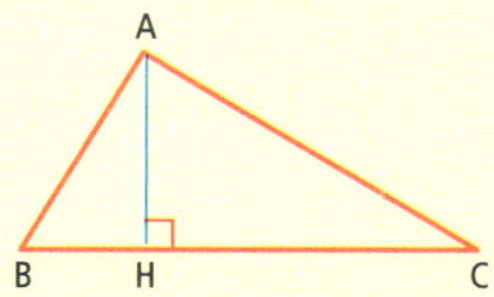

a. Démontre que le triangle ABC est rectangle.

b. Calcule la valeur arrondie au degré près de l'angle $\widehat{ACB}$.

c. Calcule la valeur arrondie au mm près de la longueur HC.

d. Déduis-en la valeur arrondie au mm près de la longueur AH.

Corrigés page 25 du Guide

22 Sphères et boules

Je me demande...

Quelle est la différence entre une sphère et une boule ?

Les points clés

1 Définitions

- Une **sphère** de centre O et de rayon r est l'ensemble des points de l'espace situés à la même distance r du point O.
- Une **boule** de centre O et de rayon r est l'ensemble des points de l'espace situés à une distance inférieure ou égale à r du point O.

EXEMPLE Les points A, B, E, F, G, H, I et J appartiennent à la sphère de centre O et de rayon OA.
[IJ] est un diamètre de la sphère.

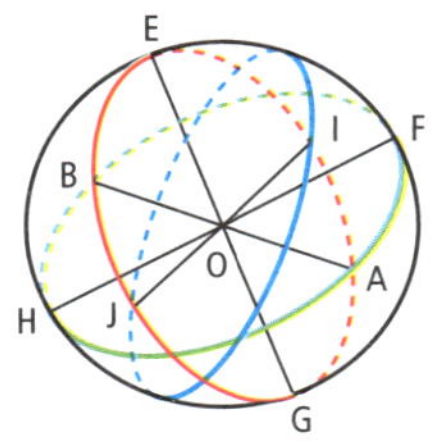

2 Aire et volume

- Aire d'une sphère

$$\mathcal{A} = 4 \times \pi \times \text{rayon}^2$$

- Volume d'une boule

$$\mathcal{V} = \frac{4}{3} \times \pi \times \text{rayon}^3$$

EXEMPLES

Aire d'une sphère de rayon 5 cm :
$\mathcal{A} = 4 \times \pi \times 5^2$
Valeur exacte :
$\mathcal{A} = 100 \times \pi \text{ cm}^2$
Valeur approchée au mm^2 près :
$\mathcal{A} \approx 314{,}16 \text{ cm}^2$

Volume d'une boule de rayon 5 cm :
$\mathcal{V} = \frac{4}{3} \times \pi \times 5^3$
Valeur exacte :
$\mathcal{V} = \frac{500}{3} \times \pi \text{ cm}^3$
Valeur exacte au mm^3 près :
$\mathcal{V} \approx 523{,}599 \text{ cm}^3$

Mots-Clés

- **Grand cercle** : Cercle de même centre et de même rayon que la sphère considérée.
- **Calotte sphérique** : Partie obtenue en coupant une sphère par un plan.

Un peu de méthode

Observer les sections d'une sphère par un plan

Je coupe une sphère de centre O et de rayon r par un plan.

- Si $OH < r$, alors le plan coupe la sphère ; la section obtenue est un cercle de centre H de rayon HA et les deux solides obtenus sont appelés **calottes sphériques**.

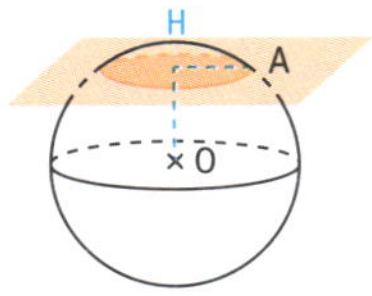

- Si $OH = 0$, alors la section obtenue est un **grand cercle** de la sphère de centre O de rayon OA et les deux solides obtenus sont deux demi-sphères, appelées hémisphères.

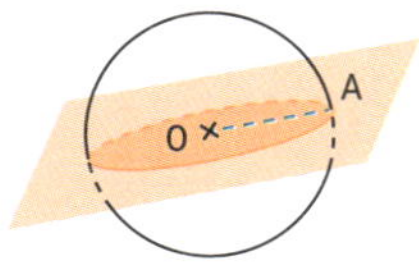

- Si $OH = r$, le plan et la sphère n'ont qu'un point commun H ; dans ce cas, le plan est **tangent** en H à la sphère.

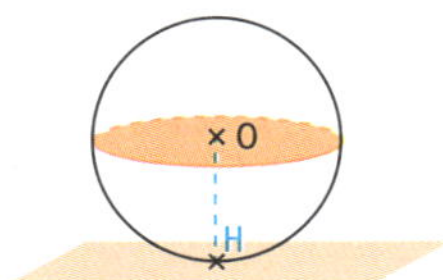

On s'entraîne !

1 QUIZ

Vrai ou faux ?

	V	F
a. Le diamètre d'une sphère de rayon 4 cm est 2 cm.	☐	☐
b. L'aire d'une demi-sphère est égale à $2 \times \pi \times \text{rayon}^2$.	☐	☐
c. La longueur d'un grand cercle d'une sphère de rayon r est $2 \times \pi \times r$.	☐	☐
d. Un plan tangent à une sphère a deux points d'intersection avec la sphère.	☐	☐
e. 3,14 est la valeur exacte de π.	☐	☐

2 Vocabulaire

On considère une sphère de centre O et sa section par un plan perpendiculaire à un diamètre et passant par un point O′.

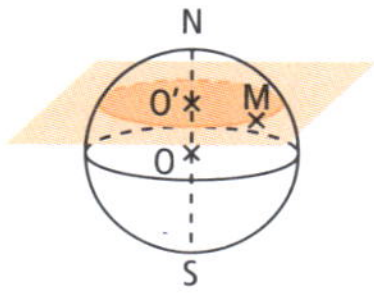

Complète les phrases suivantes.

a. Le segment [NS] est un .... de la sphère.

b. Le segment [OM] est un .... de la sphère.

c. La section de la sphère par le plan perpendiculaire au diamètre et passant par O' est un ....

d. Le triangle OO'M est un triangle ....

e. La section de la sphère par un plan passant par O est un ....

f. Si le plan passe par N, alors le plan est .... à la sphère.

3 Terre

On assimile la Terre à une sphère de rayon 6 370 km. L'équateur et les méridiens sont des grands cercles de cette sphère.

a. Calcule la longueur de l'équateur au kilomètre près.

....

b. Quelle est la distance entre le pôle Nord et le pôle Sud ?

....

4 Gaz

Des immenses citernes de gaz liquéfié ont la forme d'une sphère de 10,5 m de rayon.

Calcule le volume de gaz, exprimé en m^3, puis en litres, contenu dans une telle citerne.

5 À la louche

Une louche est demi-sphérique ; son diamètre est égal à 80 mm.
Michel s'est servi une louche et demie de soupe.

Détermine la quantité en millilitres de soupe que cela représente.

6 Pétanque

Une boule de pétanque a un diamètre de 76 mm et une épaisseur d'acier de 6 mm.
La figure ci-contre montre une coupe transversale de cette boule.

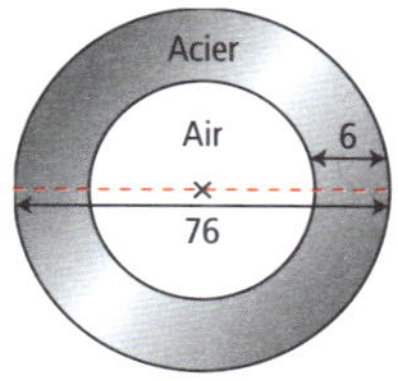

a. Calcule la valeur exacte du volume d'acier contenu dans cette boule.

b. On sait que 1 dm^3 de l'acier utilisé a une masse d'environ 7,8 kg.
En négligeant la masse d'air contenu dans cette boule, **calcule la masse**, arrondie au gramme près, de cette boule.

7 VERS LE BREVET

La Terre est assimilée à une sphère de rayon 6 370 km.

Sur le dessin ci-contre, le cercle de centre O et de rayon OM représente l'équateur, et le point L, appartenant au cercle de centre S, représente la ville de Londres.

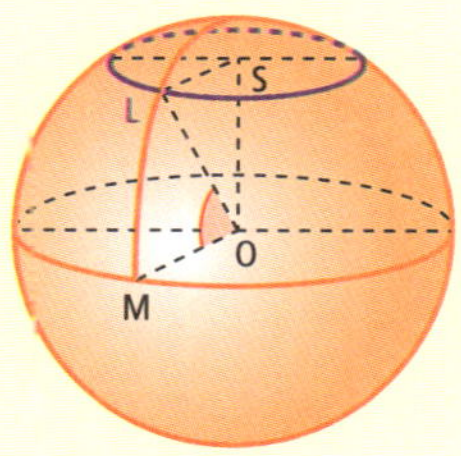

On admet que l'angle $\widehat{LSO}$ est un angle droit et OS = 4 880 km.

a. Calcule LS au km près.

b. Calcule l'angle $\widehat{LOS}$ au degré près.

c. Déduis-en la latitude Nord de la ville de Londres, c'est-à-dire la mesure de l'angle $\widehat{LOM}$.

Corrigés page 26 du Guide

23 Agrandissement et réduction

Je me demande...

Quels sont les effets d'un agrandissement sur les dimensions d'une figure ?

Les points clés

1 Définitions

- L'**agrandissement** de rapport k d'un objet est la transformation qui consiste à multiplier toutes les dimensions de cet objet par un nombre k supérieur à 1.

- La **réduction** de rapport k d'un objet est la transformation qui consiste à multiplier toutes les dimensions de cet objet par un nombre k inférieur à 1.

Mot-Clé

Coefficient d'agrandissement ou de réduction : C'est le quotient de la nouvelle longueur par la longueur de départ.

2 Propriétés

- Dans un agrandissement ou une réduction de rapport de k :
– les **longueurs** sont multipliées par k ;
– les **aires** sont multipliées par k^2 ;
– les **volumes** sont multipliés par k^3.

Un peu de méthode

Comprendre les effets d'un agrandissement

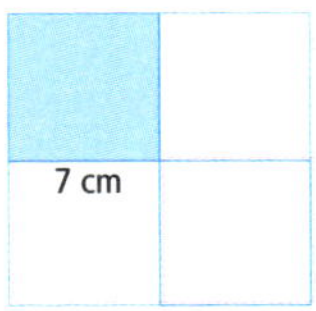

Je double les dimensions d'un carré ($k = 2$), l'aire est multipliée par $2^2 = 4$.

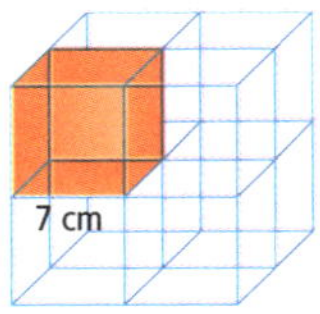

Je double les dimensions d'un cube ($k = 2$), le volume est multiplié par $2^3 = 8$.

Le carré bleu a pour côté 7 cm, donc le nouveau carré a pour côté $7 \times 2 = 14$ cm.
Le carré bleu a pour aire 49 cm^2, donc le nouveau carré a pour aire $2^2 \times 49 = 4 \times 49 = 196$ cm^2.
Le volume du cube rouge est de $7 \times 7 \times 7 = 343$ cm^3, donc le volume du nouveau cube est $2^3 \times 343 = 8 \times 343 = 2\,744$ cm^3.

Comprendre les effets d'une réduction

Je coupe un cône par un plan parallèle à sa base. La section obtenue est une réduction de la base. Le « petit cône » obtenu est une réduction du cône de départ.

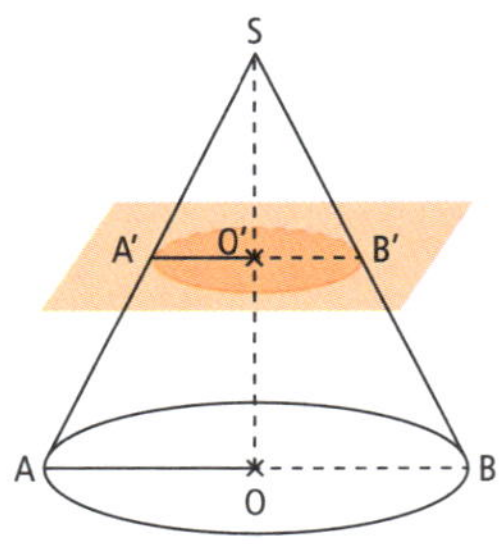

1. Les droites (AB) et (A'B') sont parallèles ; en utilisant le théorème de Thalès, je peux en déduire le rapport de réduction :

$$k = \frac{SA'}{SA} = \frac{SB'}{SB} = \frac{SO'}{SO} = \frac{O'A'}{OA} = \frac{O'B'}{OB} = \frac{A'B'}{AB}$$

2. Je note $\mathcal{A}$ l'aire du disque de rayon OA et $\mathcal{A}'$ l'aire du disque de rayon O'A', alors $\mathcal{A}' = k^2 \times \mathcal{A}$.

3. Je note $\mathcal{V}$ le volume du « grand cône » et $\mathcal{V}'$ le volume du « petit cône », alors $\mathcal{V}' = k^3 \times \mathcal{V}$.

On s'entraîne !

1 QUIZ

Vrai ou faux ?

	V	F
a. Si $k = \frac{1}{3}$, alors il s'agit d'une réduction.	❑	❑
b. Si le rapport est $\frac{4}{5}$, alors il s'agit d'un agrandissement.	❑	❑
c. Si le rapport est $\frac{6}{5}$, alors il s'agit d'un agrandissement.	❑	❑

2 Français

Complète les phrases suivantes.

a. Si on multiplie toutes les dimensions d'un objet par 1,8, on réalise .... de rapport k ....

b. Si on multiplie toutes les dimensions d'un objet par 0,7, on réalise .... de rapport k ....

c. Dans un agrandissement à l'échelle 5, les aires sont multipliées par .... et les volumes par ....

d. Dans une réduction à l'échelle $\frac{3}{7}$, les aires sont multipliées par .... et les volumes par ....

3 Photographies

Le format normal d'une photographie est 10 cm sur 15 cm. On propose des agrandissements : 13×19 ; 20×30 ; 30×45 ; 50×75.

L'un des formats proposés n'est pas correct, lequel ? Corrige les dimensions et précise le coefficient utilisé pour que ce format soit correct.

4 Pavé

Le pavé ci-contre a pour longueur AD = 5 cm, pour largeur AB = 3 cm et pour hauteur AE = 1,5 cm.

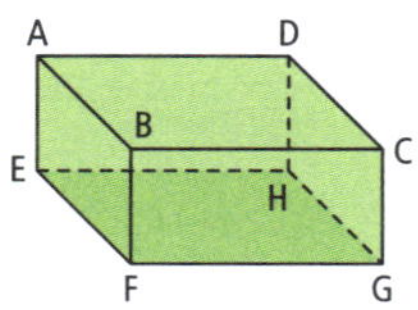

On en fait un agrandissement de rapport 4.

a. Précise les nouvelles dimensions du pavé obtenu.

b. Précise par quel nombre sera multiplié
le périmètre de ce pavé ; l'aire de la face ABCD ;
le volume de ce pavé.

5 Maquette

La grande pyramide de Gizeh en Égypte est une pyramide régulière à base carrée. Sa hauteur actuelle est de 138 m et le côté de la base est de 227 m.

a. Calcule le volume exact de cette pyramide.

b. Tu veux construire une maquette de cette pyramide à l'échelle 1/1 000. **Calcule les dimensions** de cette maquette ainsi que son volume.

6 Pourcentage

Une éponge sèche a la forme d'un parallélépipède rectangle de dimensions 12 cm, 8 cm et 3 cm. Lorsqu'elle est plongée dans l'eau, ses dimensions augmentent de 10 %.

Détermine son volume humide.

7 Initial

a. Lors d'un agrandissement, une surface mesurant 2 cm^2 est représentée par une surface de 14 cm^2. **Détermine le rapport** exact d'agrandissement.

b. Dans une réduction de rapport 0,4, une surface est représentée par 3 cm^2. **Détermine l'aire** exacte de cette surface avant réduction.

c. Après un agrandissement de rapport 1,5, un solide a pour volume 270 cm^3.
Détermine le volume initial exact du solide.

8 VERS LE BREVET

Lors d'une fête, on sert un cocktail dans des verres qui ont la forme d'un cône de révolution.
OC = 6 cm et OS = 6,5 cm.

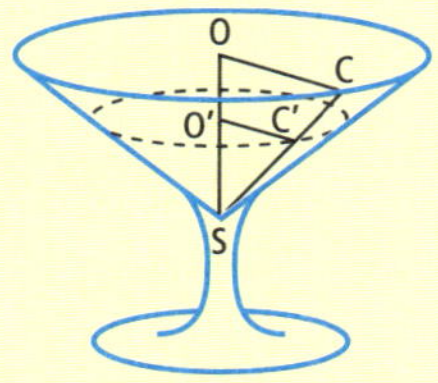

a. Calcule le volume de ce verre vide arrondi au cm^3 près. Déduis-en la contenance de ce verre en cL. Tu utiliseras cette valeur dans la suite du problème.

b. On remplit les verres. Le liquide occupe alors un cône de hauteur SO' = 5,2 cm dont la base est le disque de rayon O'C'. On considère que ce cône est une réduction du cône formé par le verre.
Détermine le coefficient de réduction k, puis **calcule le volume** de cocktail contenu dans ce verre. Tu donneras la valeur approchée au mL près.

Rappel :
volume d'un cône $= \frac{\text{aire de la base} \times \text{hauteur}}{3}$.

Corrigés page 26 du Guide

24 Grandeurs composées

Je me demande...
Comment convertir des unités de grandeurs composées ?

Les points clés

1 Grandeurs produits

- Une grandeur produit correspond au **produit de deux grandeurs simples.**

EXEMPLES

- L'**aire** correspond au produit de deux longueurs.
Si les longueurs sont exprimées en mètres (m), l'aire s'exprime en mètres carrés : $m \times m = m^2$.
- Le **volume** correspond au produit de trois longueurs.
Si les longueurs sont exprimées en mètres (m), le volume s'exprime en $m \times m \times m = m^3$.

Mot-Clé
Grandeur composée : Une grandeur composée est définie par le quotient ou le produit de deux grandeurs simples.

2 Grandeurs quotients

- Une grandeur quotient correspond au **quotient de deux grandeurs simples.**

EXEMPLES

- La **vitesse moyenne** est le quotient d'une distance par une durée.
- Le **prix à l'unité** est le quotient du prix en euros par la quantité en litres ou en kilogrammes : 5 €/kg signifie qu'un kilogramme coûte 5 € et 0,4 €/L signifie qu'un litre coûte 0,4 €.

Un peu de méthode

Convertir des unités de grandeurs quotients

Je dois convertir chaque unité simple constituant la grandeur quotient.

- Convertir des unités de vitesse de m/s en km/h.

$$1\text{ m/s} = \frac{1\text{ m}}{1\text{ s}} = \frac{3\,600\text{ m}}{3\,600\text{ s}} = \frac{3\,600\text{ m}}{1\text{ h}} = \frac{3{,}6\text{ km}}{1\text{ h}} = 3{,}6\text{ km/h}$$

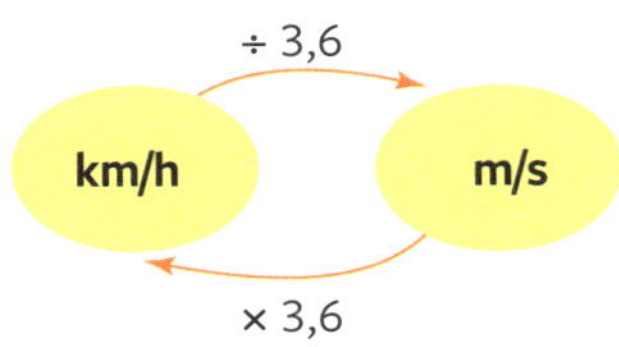

- Convertir des masses volumiques.

$$15\text{ g/L} = \frac{15\text{ g}}{1\text{ L}} = \frac{15\text{ g}}{100\text{ cL}} = 0{,}15\text{ g/cL}$$

$$15\text{ g/L} = \frac{15\text{ g}}{1\text{ L}} = \frac{0{,}015\text{ kg}}{1\text{ L}} = 0{,}015\text{ kg/L}$$

Voilà qui peut être pratique pour cuisiner ou pour bricoler !

Convertir des unités de grandeurs produits

Je dois convertir chaque unité simple constituant la grandeur produit.

- Convertir des unités énergétiques.

1 kWh = 1 000 Wh
6 kWh = 6 kW × 60 min = 6 000 W × 60 min = 360 000 Wmin

On s'entraîne !

1 QUIZ

Vrai ou faux ?

	V	F
a. 36 km/h = 10 m/s	☐	☐
b. 2 km^2 = 2 000 m^2	☐	☐
c. La masse volumique en g/L est une grandeur produit.	☐	☐
d. $\frac{1\text{ g}}{1\text{ L}} = \frac{1\text{ g}}{1\,000\text{ mL}} = 0{,}001\text{ g/mL}$	☐	☐

2 Conversions d'unités

a. Convertis la vitesse 72 km/h en m/s.
b. Convertis le débit 0,6 L/s en L/h.
c. Convertis la masse volumique de l'air, 1,293 kg/m^3, en g/L.

3 Densité

La densité de population mesure le nombre d'habitants d'une population pour une surface donnée. Elle s'exprime le plus souvent en habitants/km^2. La densité moyenne en France est de 99 habitants/km^2.

Calcule la population moyenne sachant que la superficie de la France est de 640 699 km^2.

4 Énergie

L'énergie consommée par un appareil électrique de puissance P fonctionnant pendant une durée t est $E = P \times t$. Si la puissance est exprimée en watts (W) et la durée en heures (h), l'énergie sera exprimée en wattheures (Wh).

Compare les énergies consommées par :

a. 1 ampoule de 75 W pendant 60 heures.
b. 5 ampoules de 75 W pendant 12 heures.

5 Lingot d'or

Un lingot d'or a la forme d'un pavé dont les dimensions sont 117 mm, 51 mm et 9 mm.
La masse volumique de l'or est de 19,3 g/cm^3 et le cours de l'or est d'environ 32,50 €/g.

Calcule le prix, au centime près, d'un tel lingot.

6 Voiliers

La Route du rhum est une course de voiliers qui relie Saint-Malo à Pointe-à-Pitre.
En marine, les distances sont exprimées en milles marins et les vitesses en nœuds, notés nd.
1 nœud correspond à 1 mille/h et 1 mille marin est égal à 1,852 km.

Calcule la durée de course d'un voilier naviguant en moyenne à 14 nd pour rallier les 3 542 milles entre Saint-Malo et Pointe-à-Pitre.

....

....

7 Rapidité

Aline roule pendant 25 min à la vitesse moyenne de 45 km/h puis, pendant 1 h 20 min, à la vitesse moyenne de 90 km/h.

a. **Calcule la distance** totale parcourue par Aline.
b. **Calcule la vitesse** moyenne sur l'ensemble du trajet.

? indice
Pense à convertir en minutes.

8 Carburant

En Europe, la consommation en carburant d'un véhicule est usuellement exprimée en L/100 km (litres par centaine de kilomètres).
Dans les pays anglo-saxons, la consommation de carburant est donnée en km/L.
Paul compare deux véhicules : le véhicule A consomme 8 L/100 km et le véhicule B consomme 12,8 km/L.

Quel véhicule est le plus économique ?

9 VERS LE BREVET

a. **Calcule le temps** nécessaire pour remplir une baignoire de 150 L si le débit du robinet est de 12 L/min.
b. **Calcule la durée** de fonctionnement d'un radiateur de 1 500 W si l'énergie dépensée est de 12 750 Wh.
c. **Calcule la distance** que peut parcourir un véhicule consommant 3 L/100 km dont le réservoir contient 15,6 L.

Corrigés page 27 du Guide

25 Écrire et exécuter un programme simple

Je me demande...
Sur Scratch, quelle brique utilise-t-on pour envoyer un message ?

Les points clés

→ *Scratch Offline Editor est téléchargeable gratuitement à l'adresse suivante :* scratch.mit.edu/scratch2download/

1 Objets

- Un **objet** est une donnée utilisée pour exécuter un algorithme. Il porte un nom, que tu peux définir.
- Un objet est soit de nature **constante**, soit de nature **variable**.

  EXEMPLE Dans le logiciel de programmation Scratch, les « lutins » (comme le chat) sont des objets.

Mot-Clé
Objet de nature constante : Si un objet est de nature constante, alors son contenu ne varie pas pendant l'exécution de l'algorithme.

2 Messages entre objets

- Les objets d'un algorithme sont en relation entre eux. Ils peuvent s'envoyer des **messages** pour interagir pendant l'exécution de l'algorithme.

Un peu de méthode

Programmer l'envoi d'un message par un objet

Écrire un programme pour que le chat envoie un message lorsqu'il rencontre le lion dans le labyrinthe (quand leurs coordonnées sont proches).

- **Avant de commencer à programmer**

1. J'ouvre le logiciel Scratch : le lutin « chat » est déjà présent.

2. J'importe un nouveau lutin « labyrinthe » (depuis un fichier image enregistré sur l'ordinateur). Je choisis le lutin « lion » dans la bibliothèque et lui donne une place précise dans le labyrinthe en insérant, au début de la suite d'instructions associée au lion, la brique « aller à *x*: 29 *y*: – 14 ».

Les valeurs de x et y dépendent du labyrinthe choisi.

3. Je réduis la taille du chat et du lion pour qu'ils puissent entrer dans le labyrinthe.

- **Pour programmer l'envoi du message par le chat**

Dans la suite d'instructions liée au chat, j'insère le bloc « si ... alors » suivant :

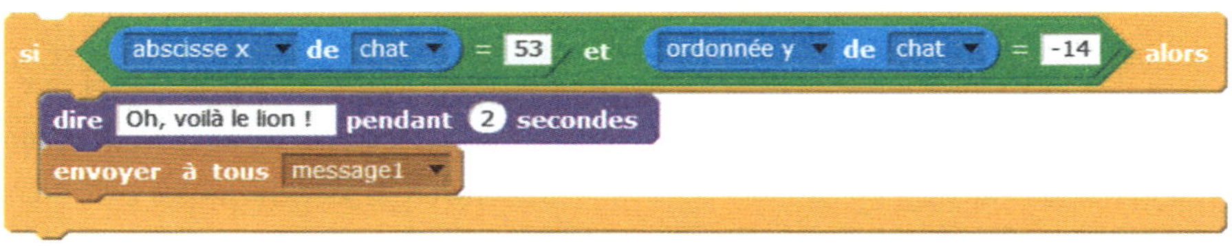

Une fois que le chat est à proximité du lion, il dit : « Oh, voilà le lion ! »
Il envoie ensuite un message au lion pour lui signifier sa présence.

On s'entraîne !

1 QUIZ

Vrai ou faux ?

Dans le logiciel de programmation Scratch :

	V	F
a. On ne peut créer que deux lutins par programme.	☐	☐
b. Chaque lutin a sa propre suite d'instructions (programme).	☐	☐
c. Les objets peuvent échanger des messages entre eux.	☐	☐
d. Pour faire interagir les objets, on doit utiliser les variables.	☐	☐

2 *Programmer les déplacements du chat*

a. Écris un programme permettant de déplacer le chat dans le labyrinthe à l'aide des flèches directionnelles du clavier.

b. Complète ce programme pour que le chat s'arrête dès qu'il rencontre une paroi (dans chacune des quatre directions).

c. Teste le programme en déplaçant le chat avec les flèches du clavier.

3 *Programmer un dialogue entre objets*

On souhaite programmer un dialogue entre le chat et le lion au début de chaque partie (lorsqu'on clique sur le drapeau vert). Voici les suites d'instruction associées respectivement au chat et au lion. Certaines instructions ont été effacées.

Chat

```
quand [drapeau vert] pressé
aller à x: 3 y: 166
penser à [Je dois trouver la sortie du labyrinthe.] pendant 3 secondes

dire [Allons-y !] pendant 2 secondes
```

Lion

```
quand [drapeau vert] pressé
aller à x: 29 y: -14
montrer
attendre ( ) secondes
penser à [Si un chat vient, je le mange !] pendant 3 secondes
```

a. Trouve le nombre de secondes manquant pour que le lion attende la fin de la première réplique du chat.

b. Trouve l'instruction manquante entre les deux répliques du chat.

c. Teste le programme pour observer le dialogue entre le chat et le lion.

4 *Programmer le jeu du labyrinthe*

Dans « Un peu de méthode » page précédente, tu as appris à programmer l'envoi d'un message par le chat. On insère à la fin du bloc « si ... alors » la suite d'instructions suivante.

Chat

```
attendre 2 secondes
dire [Comment faire pour passer ?] pendant 3 secondes
attendre 3 secondes
dire [Je t'écoute.] pendant 2 secondes
attendre 3 secondes
dire [Je sais : l'hypoténuse.] pendant 3 secondes
attendre 3 secondes
aller à x: 3 y: -14
```

On associe au lion la suite d'instructions suivante. (Une des répliques du lion a été effacée.)

Lion

```
quand je reçois [message1 ▼]
dire [Ah, te voilà le chat !] pendant 2 secondes
attendre 3 secondes
dire [Tu dois répondre à mon énigme.] pendant 3 secondes
attendre 2 secondes
dire [ ] pendant 3 secondes
attendre 3 secondes
dire [Bravo ! Tu peux passer !] pendant 3 secondes
cacher
stop [ce script ▼]
```

a. Quelle est la première brique insérée dans la suite d'instructions associée au lion ?
Pourquoi ?

b. Devine quelle est l'énigme posée au chat par le lion dans la réplique effacée.

c. À la fin de son dialogue avec le chat, le lion doit disparaître.
Pour cela, **quelle brique a été insérée ?**

d. À quoi sert la brique « aller à x: 3 y: −14 » à la fin de la suite d'instructions associée au chat ?

e. Assemble le programme du jeu du labyrinthe, puis teste-le.

Corrigés page 27 du Guide

26 Programmer le tracé de figures

Je me demande…

Sur Scratch, quelle brique utilise-t-on pour stocker une valeur dans une variable ?

Les points clés

→ *Scratch Offline Editor est téléchargeable gratuitement à l'adresse suivante :* scratch.mit.edu/scratch2download/

Les variables

● Une variable est utilisée pour **stocker** une valeur permettant d'exécuter le programme.

● Les valeurs des variables peuvent leur être **attribuées** lors de l'écriture du programme. Elles peuvent aussi être demandées à l'utilisateur ou modifiées par le programme lors de son exécution.

EXEMPLE Le programme de tracé d'un polygone régulier demande à l'utilisateur combien de côtés doit avoir le polygone. Le nombre indiqué par l'utilisateur est alors stocké dans une variable.

Mots-Clés

- **Stocker** : Une variable prend la valeur (nombre, mot, etc.) qu'on lui donne et qu'elle stocke.
- **Polygone régulier** : C'est un polygone dont tous les côtés ont la même longueur et dont tous les angles ont la même mesure.

Un peu de méthode

Créer des variables

Créer les variables qui vont permettre de tracer un polygone régulier.

1. Pour créer la variable qui stocke le nombre de côtés du polygone, je clique dans *Données* sur « Créer une variable » et je nomme cette variable *n*.

2. De même, je crée 3 autres variables :
– P : le périmètre du polygone ;
– L : la longueur de chaque côté du polygone ;
– *a* : la mesure de l'angle au centre du polygone.

Demander la valeur d'une variable à l'utilisateur

Demander à l'utilisateur de définir le nombre de côtés du polygone et attribuer cette valeur à la variable *n*.

1. J'insère la brique « demander [Combien de côtés ?] et attendre ». Lors de l'exécution du programme, la valeur donnée par l'utilisateur sera stockée dans la variable *réponse*.

2. J'insère ensuite la brique « mettre *n* à *réponse* ». La valeur stockée dans la variable *réponse* sera aussi stockée dans la variable *n*.

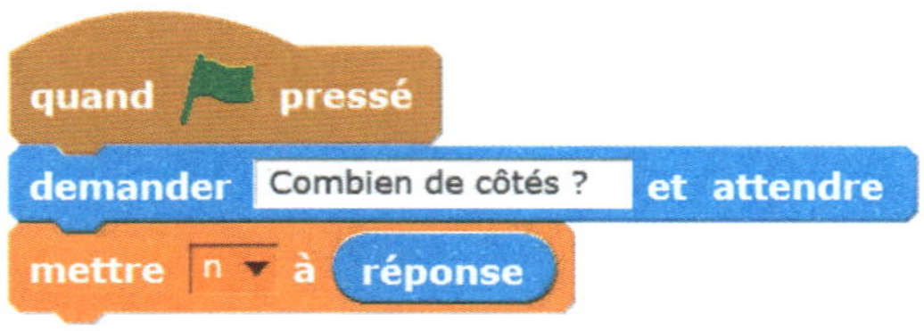

On s'entraîne !

1 Polygones et angles

Le but de cet exercice est de déterminer la mesure de l'angle intérieur d'un polygone régulier à n côtés.

Pour cela, on va d'abord déterminer la mesure de l'angle $\widehat{ABC}$ dans chacun des polygones réguliers de centres O suivants :

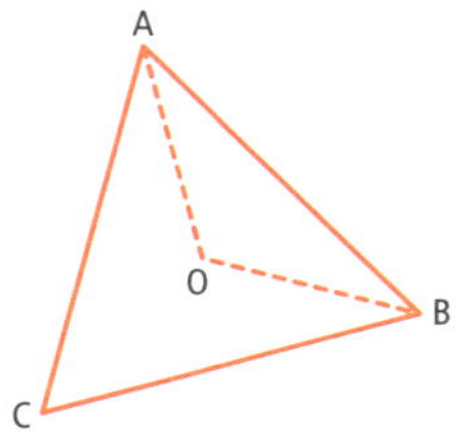

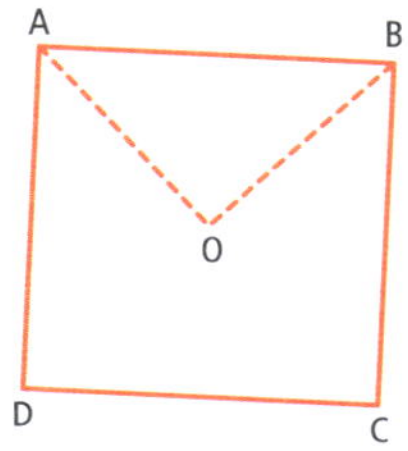

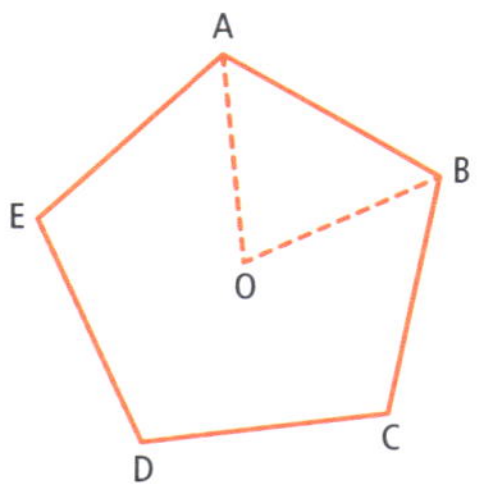

a. Quelle est la mesure de l'angle au centre $\widehat{AOB}$ dans le triangle équilatéral ? le carré ? le pentagone régulier ?
Déduis-en la formule donnant l'angle au centre d'un polygone régulier à n côtés.

b. Quelle est la nature du triangle AOB dans chacun de ces 3 polygones réguliers ?

c. Quelle est la mesure de l'angle $\widehat{ABO}$ dans le triangle équilatéral ? le carré ? le pentagone régulier ?

d. Quelle est alors la mesure de l'angle $\widehat{ABC}$ dans le triangle équilatéral ? le carré ? le pentagone régulier ?

e. Que remarques-tu concernant les angles $\widehat{ABC}$ et $\widehat{AOB}$ dans chaque cas ?
Déduis-en que la mesure de l'angle $\widehat{ABC}$ dans un polygone régulier à n côtés est égale à $180 - \dfrac{360}{n}$ (en degrés).

2 Attribuer des valeurs à des variables

Dans « Un peu de méthode » page précédente, tu as appris à attribuer une valeur à la variable n. Pour tracer un polygone régulier à n côtés de périmètre constant égal à 400, le programme utilise 3 autres variables : P (périmètre du polygone), L (longueur du côté du polygone) et a (angle au centre du polygone).

a. Quelle valeur doit-on attribuer à la variable P ? **Quelle est l'instruction** permettant d'attribuer cette valeur à P ?
b. Quelle valeur doit-on attribuer à la variable L ? **Quelle est l'instruction** permettant d'attribuer cette valeur à L ?
c. Quelle valeur doit-on attribuer à la variable a ? **Quelle est l'instruction** permettant d'attribuer cette valeur à a ?

3 Programmer le tracé du polygone

Voici le programme pour dessiner un polygone régulier à n côtés de périmètre constant égal à 400 : certaines instructions ont été effacées.

a. Quelle variable doit-on insérer dans la brique « répéter ... fois » pour que le stylo trace le polygone régulier demandé par l'utilisateur ?
b. Quelle variable doit-on insérer dans la brique « avancer de ... » ?
c. Quelle variable doit-on insérer dans la brique « tourner de ... degrés » ?
d. Teste le programme en traçant un polygone à 9 côtés.

Corrigés page 28 du Guide

Test - Bilan

Nombres et calculs

1 La fraction $\frac{30}{105}$ est :

☐ simplifiable par 3 ☐ irréductible ☐ égale à $\frac{2}{7}$

2 L'écriture scientifique de $5\,870 \times 10^{-7}$ est :

☐ $5{,}870 \times 10^{-21}$
☐ $5{,}870 \times 10^{-4}$
☐ $5{,}870 \times 10^{-11}$

3 L'expression $(3x-5)(2x+3)$ est :

☐ une forme développée
☐ une forme factorisée
☐ une identité remarquable

4 La solution de l'équation $4x-9=9$ est :

☐ 0 ☐ $\frac{18}{4}$ ☐ $\frac{9}{2}$

.... /4

Gestion de données, fonctions

5 La population d'une ville est de 15 000 habitants en 2014. Elle augmente de 2 % entre 2014 et 2015, puis diminue de 2 % entre 2015 et 2016.
La population en 2016 est de :

☐ 15 000 habitants
☐ 14 994 habitants
☐ 14 700 habitants

6 Une usine fabrique des bonbons jaunes ou rouges. Chaque jour, elle en fabrique 5 000 dont 3 560 de jaunes et le reste de rouges. À la fin d'une journée, on prend au hasard un bonbon dans le lot.
La probabilité de prendre un bonbon rouge est égale à :

☐ 0,288 ☐ 0,712 ☐ 0,5

7 On considère la fonction f définie par $f(x) = x^2 + 3$.
Le ou les antécédents éventuels de 12 par f sont :

☐ -3 et 3 ☐ 12 n'a pas d'antécédents par f.

8 On considère la fonction affine g telle que $g(-1) = 12$ et $g(3) = -8$.
Quelle est l'expression de $g(x)$?

☐ $g(x) = -5x + 7$
☐ $g(x) = -0{,}2x + 7$
☐ $g(x) = -x + 12$

.... /4

Géométrie
Grandeurs et mesures

9 Dans un triangle RST rectangle en R, le théorème de Pythagore permet d'écrire :

☐ $RS^2 = RT^2 + TS^2$
☐ $RT^2 = RS^2 + ST^2$
☐ $ST^2 = RS^2 + RT^2$

10 Dans un triangle ABC, un point M appartient à [AB]. N est le point d'intersection de [BC] et de la droite parallèle à (AC) passant par M.
Alors le théorème de Thalès permet d'écrire :

☐ $\frac{BM}{BA} = \frac{BN}{BC}$ ☐ $\frac{AM}{AB} = \frac{AN}{AC}$ ☐ $\frac{AM}{AB} = \frac{BN}{BC}$

11 Sur un cercle de centre O et de diamètre [AB], on passe du point A au point B par une :

☐ symétrie centrale
☐ translation
☐ rotation

12 Dans un triangle RST rectangle en R, on peut écrire :

☐ $\cos \widehat{RST} = \frac{TR}{ST}$ ☐ $\tan \widehat{RST} = \frac{RT}{RS}$

13 La valeur exacte du volume d'une boule de rayon 3 cm est :

☐ $4 \times \pi \times 3^2$ ☐ 36π ☐ 12π

14 Lors d'un agrandissement de rapport 6, l'aire d'une figure est multipliée par :

☐ 36 ☐ 6 ☐ 12

15 Si je parcours 180 km en 2 h 30, alors ma vitesse moyenne est de :

☐ 72 km/h ☐ 20 m/s ☐ 78 km/h

.... /7

Score total : .... /15 CORRIGÉS P. 28 DU GUIDE

HISTOIRE-GÉO EMC

HISTOIRE

GÉOGRAPHIE

EMC

TEST – BILAN

1 La Première Guerre mondiale

Je me demande...
Pourquoi toute la population est-elle impliquée dans la guerre ?

Les points clés

La **Grande Guerre** oppose la **Triple Entente** (France, Royaume-Uni, Russie) aux **Empires centraux** (Allemagne, Autriche-Hongrie et Empire ottoman). Entre deux phases de **guerre de mouvement** (en 1914 et 1918), le conflit est une **guerre de position** (1915 à 1917).

1 Une guerre totale

- Elle nécessite l'**investissement de tous** (soldats et civils) et mobilise **toutes les forces**. Les **femmes** remplacent les hommes dans les champs et les usines qui reconvertissent leurs productions pour soutenir l'**effort de guerre**.
- Par une intense **propagande**, les populations sont appelées à financer la guerre (**emprunts nationaux**).

2 Une guerre brutale

- Combattants et civils subissent une **violence de masse**. Dans les **tranchées**, les **conditions de vie sont épouvantables** et le **danger permanent** (**assauts**).
- Deux exemples témoignent particulièrement de cette violence :
  - La **bataille de Verdun** (1916) qui fait plus de 300 000 morts.
  - Le **génocide des Arméniens** (1915-1916), ordonné et organisé (massacres, déportations, camps de concentration) par le gouvernement ottoman, qui entraîne 1,2 million de morts.
- Lorsque l'**armistice** est signé le **11 novembre 1918**, le **bilan est lourd**. Les **traités de paix** dessinent une **nouvelle carte de l'Europe**, source de **tensions**.

Mot-Clé
Génocide : extermination volontaire et systématique d'un peuple.

Le document clé

La notion de « guerre totale »

FORCES HUMAINES
- Soldats au front
- Civils à l'arrière (dans les usines d'armement, dans les champs)

FORCES MATÉRIELLES
- Reconversion des usines pour l'effort de guerre
- Invention de nouvelles armes

GUERRE TOTALE
=
Guerre qui mobilise l'ensemble des forces d'un pays

FORCES FINANCIÈRES
- Populations invitées à souscrire aux emprunts nationaux
- Endettement des États

FORCES MORALES
- Recours à la propagande, censure et « bourrage de crâne »
- Appel au patriotisme

1. Expliquer. La Première Guerre mondiale a mobilisé soldats et civils. Pour gagner la guerre, l'économie se reconvertit dans la fabrication d'armes, financées par les emprunts, notamment auprès de la population. Pour que l'ensemble de la population résiste, une intense propagande est mise en œuvre.

2. Conclure. La Première Guerre mondiale est donc une guerre totale, puisque toutes les forces humaines, matérielles, financières et morales sont mobilisées.

On s'entraîne !

1 QUIZ

Vrai ou faux ?

	V	F
a. La guerre débute en août 1914.	☐	☐
b. La Triple-Entente comprend la France, la Russie et l'Allemagne.	☐	☐
c. Les femmes participent indirectement au conflit.	☐	☐
d. Les États-Unis entrent en guerre en 1917.	☐	☐
e. Les Arméniens sont victimes d'un génocide.	☐	☐
f. L'armistice est signé le 11 septembre 1918.	☐	☐

2 *Le bilan humain du conflit*

Étudie le document, puis réponds aux questions.

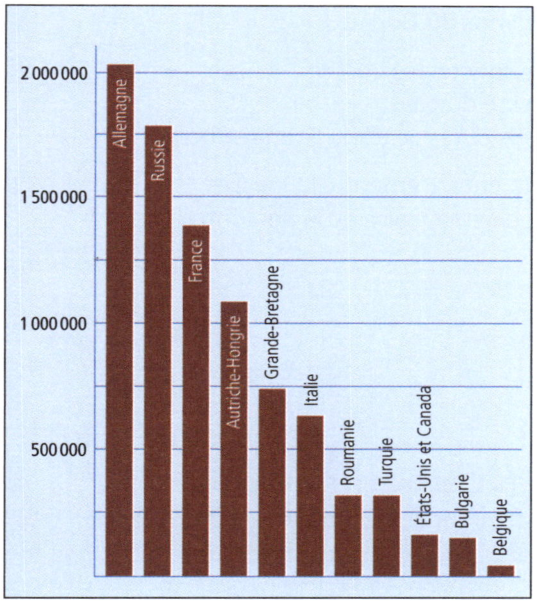

Morts et disparus militaires durant la 1re Guerre mondiale.

a. Comment s'appelle ce type de document ?
b. Combien la France compte-t-elle de victimes à la fin de la guerre ?
c. Quels sont les trois pays qui ont le plus souffert ?
d. Comment expliques-tu le nombre relativement faible de victimes américaines ?
e. Explique pourquoi cette guerre a été beaucoup plus meurtrière que les précédentes.

3 *La notion de « génocide »*

Lis le texte, puis élabore un schéma pour expliquer la notion de « génocide ».

Il a été précédemment communiqué que le gouvernement a décidé d'exterminer tous les Arméniens habitant en Turquie. Ceux qui s'opposeront à cet ordre ne pourront plus faire partie de l'administration. Sans égard pour les femmes, les enfants, les infirmes, quelque tragiques que puissent être les moyens de l'extermination, sans écouter les sentiments de la conscience, il faut mettre fin à leur existence.

Télégramme de Talaat Pacha au gouverneur de la province d'Alep, 15 sept. 1915.

? indice

Talaat Pacha est alors ministre de l'Intérieur de l'Empire ottoman depuis 1913.

4 SPÉCIAL BREVET

Lis le texte, puis réponds aux questions.

Verdun, 15 juillet 1916, 4 heures, soir

Mes chers parents,

Je suis encore vivant et en bonne santé, pas même blessé, alors que tous mes camarades sont tombés morts, ou blessés, aux mains des Boches qui nous ont fait souffrir les mille horreurs, liquides enflammés, gaz lacrymogènes — gaz suffocants — asphyxiants, attaques...
Je suis redescendu de première ligne ce matin. Je ne suis qu'un bloc de boue [...] J'ai eu soif... pas faim... J'ai connu l'horreur de l'attente de la mort sous un tir de barrage inouï... Je tombe de fatigue. [...]
J'ai sommeil, je suis plein de poux, je pue la charogne des macchabées.
Je vous écrirai dès que je vais pouvoir. Soyez donc tranquilles. J'espère que le gros coup pour nous a été donné. [...]

Georges

J.-P. Guéno et Y. Laplume (dir.), *Paroles de Poilus, Lettres et carnets du front 1914-1918*, Librio, 1998.

a. De quel type de texte s'agit-il ?
b. À quel moment de la guerre a-t-il été écrit ?
c. Montre la violence et l'atrocité des combats.
d. À quelles autres difficultés les soldats sont-ils confrontés ?

Corrigés page 28 du Guide

2 L'URSS de Staline (années 1930)

Je me demande...

Que veut dire URSS ?
Par quels moyens Staline gouverne-t-il l'URSS ?

Les points clés

1 Les révolutions de 1917

- En **1917**, la lassitude de la guerre et des pénuries provoquent deux **révolutions** (février et octobre) qui débouchent sur la **prise de pouvoir des bolcheviks de Lénine**. Ils mettent en œuvre un programme inspiré du **communisme** pour créer une société égalitaire, où l'État possède tous les moyens de production.
- En 1922 est créée l'**Union des républiques socialistes soviétiques** (URSS).

2 Staline au pouvoir (1924-1953)

- Lénine meurt en 1924. **Staline** lui succède et s'impose comme le seul dirigeant du parti communiste et de l'URSS. Il met en place une **économie étatisée** avec des **plans quinquennaux** imposant la **collectivisation des terres**, l'**industrialisation** et la **nationalisation** des entreprises.

3 Terreur et propagande

- Pour soumettre la population, Staline fait régner la **terreur**. La **police politique** (Guépéou puis NKVD) surveille et arrête les opposants. Plus de deux millions de koulaks sont fusillés ou déportés dans les **camps du Goulag**.
- En 1937-1938 ont lieu à Moscou de **grands procès spectacles** contre des personnalités communistes, tandis que dans le reste du pays, plus de 700 000 opposants, réels ou supposés, sont exécutés : c'est la **Grande Terreur**.
- Staline renforce le **contrôle de la population** par un **encadrement** (Jeunesses communistes) et une intense **propagande** (affiches, cinéma, culte de la personnalité).

Mots-Clés

- **Collectivisation** : mise en commun des terres, du bétail et des outils au sein de kolkhozes (exploitations agricoles collectives).
- **Koulaks** : paysans hostiles à la collectivisation.

Le document clé

La propagande soviétique

Grande parade sportive sur la place Rouge, Moscou, 13 juillet 1935.

1. **Expliquer.** Sur le bâtiment figurent des symboles de l'URSS (étoile, CCCP), et les portraits de Lénine (à gauche) et Staline (à droite), avec le slogan : « Vive le guide du grand parti communiste, le camarade Staline. » Des sportifs défilent, formant une faucille et un marteau.
2. **Conclure.** Cette manifestation rassemble le peuple pour le culte du chef. La société soviétique, disciplinée et soudée par le sport, rend hommage à son chef Staline, présenté comme l'héritier de Lénine.

On s'entraîne !

1 QUIZ

Vrai ou faux ?

	V	F
a. Lénine meurt en 1924.	☐	☐
b. Staline reste au pouvoir jusqu'en 1945.	☐	☐
c. Le parti communiste est le seul parti en URSS (parti unique).	☐	☐
d. La « grande terreur » stalinienne a lieu en 1927-1928.	☐	☐
e. Le culte de la personnalité désigne les moyens visant à vénérer une personne.	☐	☐
f. Les koulaks sont des camps de travaux forcés où sont déportés les opposants.	☐	☐
g. Les kolkhozes sont des paysans opposés à la collectivisation.	☐	☐
h. Le marteau et la faucille sont des symboles de l'URSS et du communisme.	☐	☐

2 *Le régime stalinien*

Relis le cours, puis complète le schéma suivant.

Le régime stalinien veut imposer l'idéologie .... par 3 moyens

→ **La dictature**
- Un chef qui concentre tous les pouvoirs : ....
- Un parti unique : ....

→ **La terreur**
- Une police politique pour surveiller et réprimer les opposants : ....
- Des camps de travaux forcés : ....

→ **La** ....
- Culte de la personnalité
- Affiches, défilés, presse...

3 SPÉCIAL BREVET

Lis la légende et étudie la photographie, puis réponds aux questions.

L'ouvrier et la kolkhozienne, sculpture de Vera MOUKHINA pour décorer le pavillon de l'URSS à l'Exposition universelle de Paris en 1937. Cette sculpture est un exemple du réalisme socialiste, le courant artistique défini par l'État, seul autorisé en URSS, et souvent utilisé à des fins de propagande. Les artistes doivent représenter fidèlement la réalité, donner une vision de l'histoire et faire passer l'idéologie communiste.

a. En quelle année et pour quelle occasion cette sculpture a-t-elle été réalisée ?
b. Qui sont les deux personnages représentés sur cette sculpture ?
c. Que tiennent-ils dans la main ?
d. Quelle est leur attitude ?
e. À quel courant artistique peut-on relier cette sculpture ?
f. Quels messages veut faire passer l'artiste ?
g. Qu'est-ce qui montre que le régime soviétique est un État totalitaire ?

? indice

c. La kolkhozienne, paysanne d'une exploitation agricole collective, brandit la faucille, outils qui sert à récolter les céréales.

Corrigés page 29 du Guide

3 Le régime nazi (1933-1945)

Je me demande...
Comment Hitler accède-t-il au pouvoir ? Quelle idéologie porte-t-il ?

Les points clés

Vaincue en 1918, l'Allemagne est frappée au début des années 1930 par une grave crise économique, due à la Grande Dépression (krach de 1929) venue des États-Unis.

1 Conquête du pouvoir et idéologie nazie

- Adolf Hitler, chef du **NSDAP** (parti nazi), promet de redonner sa puissance à l'Allemagne et de résoudre le chômage. Le parti nazi progresse aux élections et le 30 janvier 1933, **Hitler** est nommé **chancelier**.
- Hitler impose une **idéologie nationaliste, raciste et antisémite** : les **Aryens** sont censés être supérieurs aux autres « races » comme les Juifs, considérés comme une menace pour le peuple allemand.

Mot-Clé
SS (*Schutzstaffel*, « escadron de protection ») : sorte de milice du parti nazi qui regroupe les éléments les plus fanatiques.

2 La fin de la démocratie

L'Allemagne nazie, régime totalitaire

La dictature
- Un chef : Hitler, élu chancelier (chef de gouvernement) en 1933
- Un parti unique : le NSDAP, parti national-socialiste, dit « nazi »

La propagande
- La société est encadrée (SS, jeunesse hitlérienne)
- Un culte de la personnalité est rendu au *Fürher* (chef)

La terreur
- La Gestapo (police politique) surveille la population
- Les opposants sont déportés en camps de concentration
- Les lois de Nuremberg (1935) excluent les Juifs de la société

3 La marche à la guerre

- Hitler **réarme** le pays, en violation du traité de Versailles. Il se rapproche de l'Italie de Mussolini (axe Rome-Berlin) et signe un **pacte de non-agression avec l'URSS** (août 1939). Dès 1938 débutent les **annexions** pour rassembler le peuple allemand dans un même État (Autriche, Sudètes) et conquérir l'« espace vital » (Tchécoslovaquie, Pologne).

Le document clé

Une affiche de propagande nazie

1. Expliquer. Le slogan donne trois idées : un peuple (*Volk*), un État (*Reich*) et un chef (*Führer*). L'aigle, emblème du *Reich*, surmonte une croix gammée (symbole nazi). Le portrait d'Hitler, tourné vers l'Est en direction des futures conquêtes, figure sur un fond de carte (le *Reich* ayant intégré l'Autriche).

2. Conclure. Ce document illustre les aspects racistes et expansionnistes de l'idéologie nazie : regrouper les populations de « race » allemande dans un même État et faire des conquêtes afin de lui assurer un espace pour s'épanouir, sous l'obéissance d'Hitler.

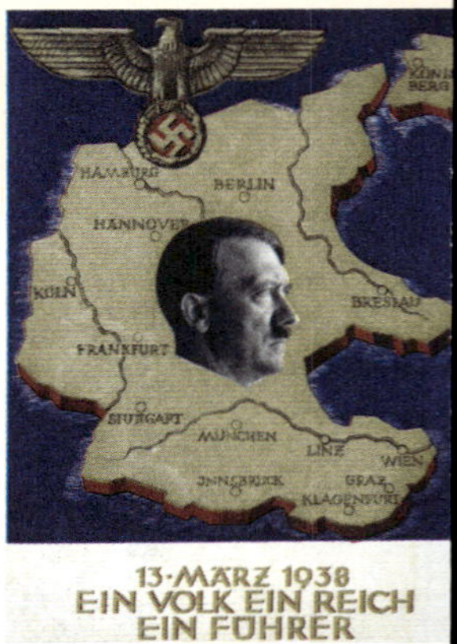

Carte postale réalisée après l'annexion de l'Autriche, le 13 mars 1938.

On s'entraîne !

1 QUIZ

Coche la (ou les) bonne(s) réponse(s).

a. Une dictature repose sur :
☐ un parti unique.
☐ la suppression des libertés fondamentales.
☐ la concentration des pouvoirs entre les mains d'une seule personne.

b. Les lois de Nuremberg sont rédigées en :
☐ 1933. ☐ 1935. ☐ 1936.

c. Hitler reste au pouvoir en Allemagne de :
☐ 1930 à 1939. ☐ 1933 à 1945. ☐ 1933 à 1953.

d. Les nazis veulent :
☐ regrouper toutes les populations de « race » allemande dans un même État.
☐ conquérir un « espace vital » indispensable pour la « race » allemande.
☐ respecter le traité de paix de 1919 signé à Versailles.

e. Dans l'Allemagne nazie, la population est contrôlée par :
☐ le parti nazi.
☐ la police politique.
☐ des organisations spécialisées (Jeunesses hitlériennes...).

2 *Caractériser le nazisme*

Relis le cours, puis complète le schéma suivant.

L'idéologie nazie

Une vision raciste du monde
- justification d'une hiérarchie entre les « races », selon laquelle les .... sont la « race » supérieure

L'antisémitisme
- racisme particulier à l'égard des ....
- les lois de .... (1935) interdisent les mariages entre .... et ....

L'expansionnisme
- justification des conquêtes militaires pour conquérir l'« espace .... » : par exemple l'annexion de .... en 1938

3 SPÉCIAL BREVET

Lois pour la défense du sang et de l'honneur allemands (lois de Nuremberg), 1935

Art. 1. Les mariages entre Juifs et sujets de sang allemand ou assimilés sont interdits.
Art. 2. Le rapport extra-marital (hors mariage) entre Juifs et sujets de sang allemand ou assimilés est interdit.
Art. 5. Les infractions au paragraphe 1 seront sanctionnées par des peines de réclusion. Les infractions au paragraphe 2 seront sanctionnées par une peine d'emprisonnement ou une peine de réclusion.

Lis le texte, puis réponds aux questions.

a. Qu'est-ce que ces lois interdisent ?
b. Que risque-t-on en ne les respectant pas ?
c. Quel est l'objectif de ces lois pour les nazis ?
d. En quoi ces lois sont-elles révélatrices de l'idéologie nazie ?

? indice
Le terme réclusion désigne une longue période d'emprisonnement.

Corrigés page 29 du Guide

4 La France dans les années 1930

Je me demande...
Par quoi la République est-elle fragilisée dans les années 1930 ?

Les points clés

Déclenchée aux États-Unis en 1929, la crise s'abat sur la France au début des années 1930. C'est une **crise économique** (chute de la production), **sociale** (hausse du chômage) et **politique**.

1 La République en danger

● La IIIe République est marquée par une forte **instabilité ministérielle**. Les **ligues d'extrême-droite** l'attaquent violemment (antiparlementarisme). La contestation atteint son apogée avec les manifestations du 6 février 1934, qui dégénèrent en émeute devant la Chambre des députés.

2 La victoire du Front populaire

● Pour contrer la menace d'extrême-droite, la **gauche** (communistes, socialistes et radicaux) s'unit au sein d'un **Front populaire** autour du slogan : **« Pain, Paix, Liberté. »**

● Le Front populaire gagne les élections législatives de 1936. **Léon Blum**, dirigeant socialiste, est nommé **chef du gouvernement** (président du Conseil). Dans une ambiance joyeuse, **grèves et occupations d'usines** se multiplient pour lui rappeler ses promesses.

3 Les réformes de 1936

● Le Front populaire permet une amélioration des droits et des conditions de vie des plus modestes.

Lois sociales
(votées par le Parlement)

- 15 jours de congés payés
- semaine de 40h de travail (au lieu de 48h)

Accords de Matignon
(signés entre les syndicats de patrons et d'ouvriers)

- augmentation des salaires
- meilleure reconnaissance des syndicats
- fin des grèves de 1936

Mots-Clés

- **Instabilité ministérielle** : changements fréquents de gouvernements lorsqu'ils perdent leur majorité au Parlement.
- **Ligues** : organisations d'extrême-droite opposées à la République parlementaire (Action française, Croix de feu...).

Le document clé

Le résultat des élections législatives de 1936

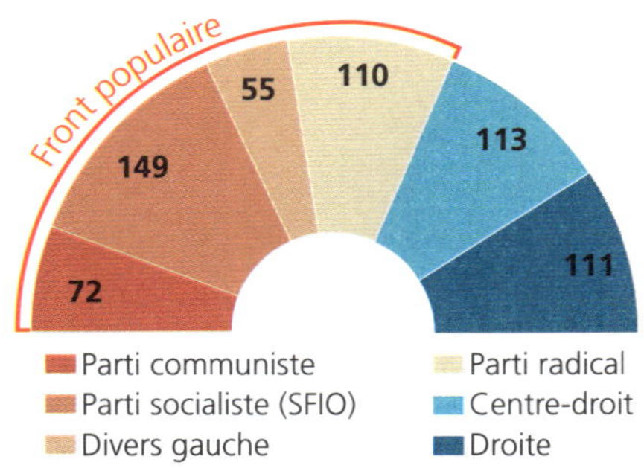

1. Expliquer. Ce diagramme semi-circulaire indique pour chaque parti politique le nombre de sièges, donc de députés élus. Il précise les partis alliés au sein du Front populaire.

2. Conclure. Le Front populaire a une majorité absolue de députés et peut donc soutenir un gouvernement et faire voter ses lois. La SFIO arrivée en tête, son dirigeant Léon Blum est nommé chef du gouvernement.

On s'entraîne !

1 QUIZ

Étudie l'affiche, puis coche les bonnes réponses.

Affiche de 1936, Raoul CABROL (1895-1956). Sur le manche du couteau figurent les insignes des ligues d'extrême droite.

a. Cette affiche a été publiée pour les élections législatives de l'année :
- ❑ 1929 ❑ 1934 ❑ 1936

b. Cette affiche de propagande a été réalisée pour :
- ❑ le PCF.
- ❑ la SFIO.

c. L'alliance à laquelle appartient ce parti est :
- ❑ les ligues d'extrême droite.
- ❑ le Front populaire.

d. Le personnage caricaturé sur l'affiche est :
- ❑ Hitler.
- ❑ Staline.

2 Les accords de Matignon

Étudie le texte, puis réponds aux questions.

De nouveaux droits du travail

Les délégués de la Confédération générale du patronat français (CGPF) et de la Confédération générale du travail (CGT) se sont réunis sous la présidence de M. le président du Conseil [Léon Blum] et ont conclu l'accord ci-après. [...]

Art. 3. Les employeurs reconnaissent la liberté d'opinion ainsi que les droits pour les travailleurs d'adhérer librement et d'appartenir à un syndicat. Ils s'engagent à ne pas prendre en considération le fait d'appartenir ou non à un syndicat pour décider de l'embauche, de la répartition du travail, de la discipline ou du licenciement.

Art. 4. Les salaires seront réajustés à 15 % pour les salaires moins élevés [...], à 7 % pour les salaires les plus élevés.

Art. 5. Dans chaque établissement comprenant dix ouvriers, il sera institué deux ou plusieurs délégués ouvriers suivant l'importance de l'établissement. Ces délégués ont qualité pour présenter à la direction les réclamations visant l'application du Code du travail, les salaires et les mesures d'hygiène et de sécurité.

Extraits des accords de Matignon, signés le 7 juin 1936.

a. Où ces accords ont-ils été signés ? entre qui ?
b. Dans quel contexte ont lieu les négociations ?
c. Que prévoit l'article 4 ?
d. Quel est le rôle des délégués ouvriers dans l'entreprise ?
e. À quoi s'engagent les ouvriers en échange de la signature de ces accords ?

3 SPÉCIAL BREVET

Étudie le tableau suivant, puis réponds aux questions.

	1929	1930	1931	1932	1933	1934	1935
Production industrielle (indice 100 en 1929)	100	98	85	72	81	75	72
Salaires (indice 100 en 1929)	100	106	101	92	88	81	75
Chômeurs secourus	1 000	1 700	45 000	260 000	275 000	335 000	426 000

a. Comment évoluent les trois indicateurs présentés ?
b. À quel type de crise est confrontée la France dans les années 1930 ?
c. À l'aide de tes connaissances, explique quelles en sont les conséquences sur le plan politique ?

? indice

La crise débute aux États-Unis en 1929, mais ses effets touchent la France en 1931.

Corrigés page 29 du Guide

5 La Seconde Guerre mondiale (1939-1945)

Je me demande...
Pourquoi cette guerre est-elle la plus meurtrière de l'histoire ?

Les points clés

De **1939 à 1945**, les forces de l'**Axe** et des **Alliés** s'affrontent en Europe et en Afrique du Nord. En 1941, l'Allemagne envahit l'URSS et le Japon attaque les États-Unis. C'est une guerre aux **dimensions planétaires**.

1 Une guerre d'anéantissement

- Dans cette **guerre totale**, les belligérants **mobilisent toutes leurs forces** pour anéantir l'adversaire. Une violence de masse sans précédent s'abat tant sur les soldats (armes de plus en plus meurtrières) que sur les civils (déportations, massacres).
- En Europe, des résistances s'organisent progressivement pour lutter contre le régime nazi et les régimes qui collaborent.
- La guerre s'achève le **8 mai 1945** en Europe. Les **6 et 9 août 1945**, le Japon est frappé par les **bombes atomiques sur Hiroshima et Nagasaki**, c'est la fin de la **guerre du Pacifique**.

Mots-clés
- **Guerre d'anéantissement** : a pour objectif de détruire l'adversaire par tous les moyens, sans distinction entre militaires et civils.
- **Tziganes** : populations nomades originaires du centre et de l'Est de l'Europe (Hongrie, Roumanie).

2 Les génocides des Juifs et des Tziganes

- Avec les **conquêtes à l'Est** (Pologne, URSS), les nazis sont confrontés à de plus en plus de populations juives, alors regroupées dans des **ghettos**.
- En URSS à l'été 1941, des unités mobiles de tuerie (*Einsatzgruppen*) fusillent les Juifs. La poursuite de la guerre entraîne le basculement dans le **génocide** (fin 1941). Des Juifs de toute l'Europe sont déportés dans des **centres de mise à mort** (Treblinka, Auschwitz) où ils sont immédiatement tués (**Shoah**). Les **Tziganes** subissent le même sort.

Le document clé

Rapport de l'*Einsatzgruppen* A

Le commando 3 est entré en action le 2 juillet 1941. [...]
— 28 juillet 1941 à Panevezys* : 234 Juifs, 15 Juives, 19 communistes russes, 20 communistes lituaniens 288
— 23 août 1941 à Panevezys* : 1 312 Juifs, 4 602 Juives, 1 609 enfants Juifs 7 523
[...]
— 29 octobre 1941 à Kauen* : 2 007 Juifs, 2 920 Juives, 4 273 enfants Juifs.............................. 9 200
[...]
Total du 2 juillet 1941 au 25 novembre 1941...133 346

Extrait du rapport de K. Jäger (chef du commando 3 pour le commandant de l'Einsatzgrupper A, 1er déc. 1941.

* Villes de Lituanie.

1. Expliquer. Pour chaque tuerie, le lieu, le nombre de victimes et leur « catégorie » sont précisés.

2. Conclure. Au début, les *Einsatzgruppen* prétendent éliminer les potentiels ennemis (Juifs et communistes).
À la mi-août 1941, on bascule dans le génocide avec l'exécution de femmes et d'enfants.
Le nombre de victimes augmente entre juillet et octobre 1941.

On s'entraîne !

1 QUIZ

Associe chaque événement avec la bonne date sur la frise : 1 Début de la guerre 2 fin de la guerre en Europe (capitulation allemande) 3 bombes atomiques sur Hiroshima et Nagasaki 4 attaque japonaise sur Pearl Harbor (entrée en guerre des États-Unis) 5 opération Barbarossa (attaque allemande sur l'URSS)

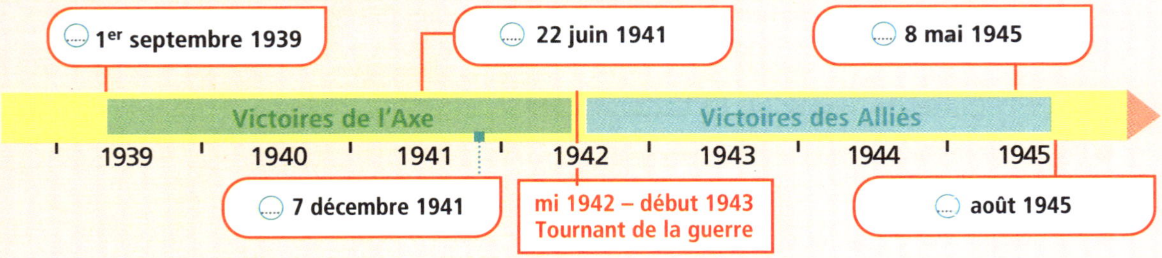

2 *L'extension du conflit*

Étudie le planisphère pour répondre aux questions.

a. Quelles sont les trois régions du monde où se déroule la guerre ?
b. Entoure en noir les trois pays de l'Axe et en rouge trois pays qui font partie des Alliés.
c. Nomme les deux batailles qui stoppent l'avancée des Allemands.
d. Que représente l'année 1942 dans le cours de la Seconde Guerre mondiale ?

? indice

La bataille de Stalingrad dure de juillet 1942 à février 1943.

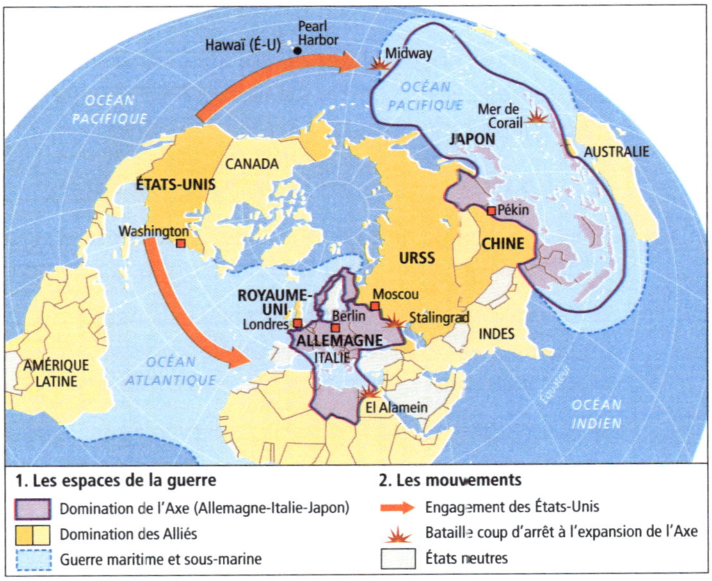

Le monde en guerre (1942)

3 SPÉCIAL BREVET

Lis cette lettre, puis réponds aux questions.

J'ai donc participé à la grande opération de mise à mort d'avant-hier. Aux premiers véhicules chargés de gens, mes mains ont quelque peu tremblé au moment de tirer, mais l'on s'y habitue. À la dixième voiture, je visai calmement et tirai de façon sûre sur les femmes, les enfants et les nourrissons nombreux en pensant que j'avais moi-même deux nourrissons à la maison, avec lesquels ces hordes agiraient de même, voire peut-être dix fois pire. La mort que nous leur avons donnée était belle et courte [...] Mogilev est maintenant moins peuplée d'un nombre à trois zéros. Je me réjouis vraiment, et beaucoup disent ici que, quand nous rentrerons dans la patrie, ce sera le tour de nos Juifs locaux. [...]

Lettre de Walter Mattner, soldat allemand, à sa femme, le 5 octobre 1941.

a. Présente l'auteur de la lettre.
b. Comment les Juifs sont-ils exécutés ?
c. Quels sentiments l'auteur éprouve-t-il ?
d. Comment justifie-t-il ses actes ?

Corrigés page 29 du Guide

6 La France défaite et occupée (1940-1944)

Je me demande…

Qui dirige le régime de Vichy ?
En quoi le général de Gaulle incarne-t-il la Résistance ?

Les points clés

Au printemps **1940, les armées françaises sont battues, le pays envahi**. Le maréchal **Pétain**, nommé président du Conseil, annonce l'armistice. Les deux tiers nord du pays sont occupés, l'Alsace-Moselle est annexée, le territoire est divisé par la ligne de démarcation.

1 Le régime de Vichy ou l'État français

- Le 10 juillet 1940, Pétain obtient les **pleins pouvoirs** et le droit de changer la Constitution. La République est remplacée par un **régime autoritaire**.
- Un **nouvel ordre politique, moral et social** est instauré. Pétain concentre les pouvoirs et restreint les libertés. La France doit revenir à des valeurs traditionnelles : « **Travail, Famille, Patrie**. » Une politique **antisémite** est mise en place. C'est la « **Révolution nationale** ».
- Pétain propose à Hitler de **collaborer**. La France livre du matériel, des denrées et de la main-d'œuvre (**STO**). À partir de 1941, policiers et gendarmes français participent aux **rafles** pour arrêter les Juifs.

2 La résistance au nazisme et à Vichy

- Le **18 juin 1940**, le **général de Gaulle** lance un **appel à la Résistance** depuis Londres sur les ondes de la BBC. Il forme la **France libre**.
- En France occupée, la Résistance est menée par des **réseaux** et **maquis** engagés dans une **lutte idéologique** (tracts, journaux) et **armée** (sabotages, attentats) contre l'occupant et contre Vichy.
- Envoyé par de Gaulle, Jean Moulin unifie la Résistance intérieure au sein du CNR. Les **FFL** et **FFI** participent ainsi à la libération du pays.

Mots-Clés

- **STO** : Service du travail obligatoire.
- **FFL** : Forces françaises libres.
- **FFI** : Forces françaises de l'intérieur.
- **CNR** : Conseil national de la Résistance.

Le document clé

Une chanson à la gloire du maréchal Pétain

[Refrain]
Maréchal nous voilà !
Devant toi, le sauveur de la France
Nous jurons, nous, tes gars
De servir et de suivre tes pas
Maréchal nous voilà !
Tu nous as redonné l'espérance
La Patrie renaîtra !
Maréchal, Maréchal, nous voilà !

[2e couplet]
Tu as lutté sans cesse
Pour le salut commun
On parle avec tendresse
Du héros de Verdun
En nous donnant ta vie
Ton génie et ta foi
Tu sauves la Patrie
Une seconde fois

Chanson créée en France en 1941.

1. Expliquer. La chanson est un serment de fidélité au maréchal. Elle fait référence à son passé militaire et à sa victoire à Verdun en 1916, ainsi qu'à la Patrie.

2. Conclure. Ce chant devient l'hymne officieux du régime de Vichy. Il montre que la musique peut devenir un moyen de propagande.

On s'entraîne !

1 QUIZ

Coche la (ou les) bonne(s) réponse(s).

a. Le régime de Vichy débute en :
- ☐ 1936.
- ☐ 1940.
- ☐ 1939.
- ☐ 1942.

b. Le régime de Vichy est dirigé par :
- ☐ Hitler.
- ☐ Blum.
- ☐ Pétain.
- ☐ de Gaulle.

c. Le régime de Vichy est :
- ☐ autoritaire.
- ☐ antisémite.
- ☐ démocratique.
- ☐ expansionniste.

d. Le général de Gaulle lance son appel à résister le :
- ☐ 18 juin 1940.
- ☐ 7 décembre 1941.
- ☐ 14 juillet 1940.
- ☐ 6 juin 1944.

2 *La Révolution nationale*

Étudie ce document, puis réponds aux questions.

Image réalisée par les Services de l'Information et de la Propagande du régime de Vichy, 1941.

a. Quelle est la devise du régime de Vichy ?
b. Quelle devise remplace-t-elle ?
c. Qui est le personnage au centre du document ?
d. Quelles activités économiques sont représentées ?
e. Comment appelle-t-on ce type de document ? Quel est son but ?

3 SPÉCIAL BREVET

Lis le texte, puis réponds aux questions.

L'appel du général de Gaulle

Ce gouvernement, alléguant la défaite de nos armées, s'est mis en rapport avec l'ennemi pour cesser le combat.
Certes, nous avons été, nous sommes, submergés par la force mécanique, terrestre et aérienne, de l'ennemi. [...] Mais le dernier mot est-il dit ? L'espérance doit-elle disparaître ? La défaite est-elle définitive ? Non !
Croyez-moi, moi qui vous parle en connaissance de cause et vous dis que rien n'est perdu pour la France. [...] Car la France n'est pas seule ! Elle n'est pas seule ! Elle n'est pas seule ! Elle a un vaste Empire derrière elle. Elle peut faire bloc avec l'Empire britannique qui tient la mer et continue la lutte. Elle peut, comme l'Angleterre, utiliser sans limite l'immense industrie des États-Unis. Cette guerre n'est pas limitée au territoire malheureux de notre pays. Cette guerre est une guerre mondiale. [...]
Moi, Général de Gaulle, actuellement à Londres, j'invite les officiers et les soldats français qui se trouvent en territoire britannique ou qui viendraient à s'y trouver, avec leurs armes ou sans leurs armes, j'invite les ingénieurs et les ouvriers spécialistes des industries d'armement qui se trouvent en territoire britannique ou qui viendraient à s'y trouver, à se mettre en rapport avec moi.
Quoi qu'il arrive, la flamme de la résistance française ne doit pas s'éteindre et ne s'éteindra pas.
Demain, comme aujourd'hui, je parlerai à la Radio de Londres.

Appel du général de Gaulle, discours radiodiffusé par la BBC le 18 juin 1940.

a. De quand date ce discours ? Donne le jour, le mois et l'année.
b. Quel est le contexte militaire et politique de la France au moment du discours ?
c. Quelles sont les raisons invoquées par de Gaulle pour refuser la défaite ? Justifie ta réponse à l'aide d'extraits du discours.
d. Quel est le but de ce discours ?

? indice

Prends note que le général de Gaulle s'adresse aux Français depuis un pays étranger.

Corrigés page 30 du Guide

7 Un monde bipolaire durant la guerre froide

Je me demande...
Quels sont les deux camps qui s'affrontent durant la guerre froide ?

Les points clés

En **1945**, les États vainqueurs créent l'**ONU** pour garantir la paix. Mais dès 1947, Américains et Soviétiques s'opposent au nom d'idéologies différentes.

1 La guerre froide

Bloc de l'Ouest	Un monde bipolaire (1947-1989)	Bloc de l'Est
→ États-Unis et démocraties libérales (Europe de l'Ouest...)		→ URSS et États communistes (Europe de l'Est, Chine, Cuba...)

- Les deux superpuissances, États-Unis et URSS, **s'opposent par alliés interposés**, comme en Corée (1950-1953) ou à Cuba (1962). Elles se tiennent en respect par la **dissuasion nucléaire**, mais se livrent une **intense guerre d'opinion**.
- Dès 1980, l'URSS connaît de graves difficultés économiques. En 1985, **Gorbatchev** entame une politique de **restructuration économique** (*perestroïka*) et instaure plus de libertés (*glasnost*). En Europe de l'Est, les communistes perdent les élections libres à partir de 1989. **L'URSS implose en 1991.**

De 1948 à 1990, la ville de Berlin est coupée en deux !

2 L'Allemagne et Berlin, symboles d'un monde bipolaire

- En **1948-49**, le **blocus soviétique de Berlin-Ouest** échoue et entraîne une **division de l'Allemagne en deux États opposés :** à l'Ouest, la République fédérale allemande (**RFA**) et à l'Est, la République démocratique allemande (**RDA**).
- En **1961**, les Soviétiques décident de construire un **mur autour de Berlin-Ouest**, enclave occidentale en RDA, pour empêcher les Allemands de fuir vers l'Ouest.
- Le pays se réunifie en 1990, après la **chute du mur de Berlin (9 novembre 1989)**.

Le document clé

Une guerre de propagande

1. Expliquer. Cette affiche de propagande soviétique représente la statue de la Liberté, symbole des États-Unis, la bouche cadenassée. Les quatre vignettes dénoncent le non-respect de la liberté de la presse (1), d'opinion (2) et de manifestation (3), ainsi que le non-respect des droits de l'homme (4).

2. Conclure. L'affiche dénonce le modèle américain qui se prétend garant des libertés. Elle révèle l'intense guerre d'opinion que se livrent les deux superpuissances.

« Liberté à l'américaine » de Efim Dolgorouki, 1949.

On s'entraîne !

1 QUIZ

Vrai ou faux ?

	V	F
a. La première crise à Berlin a lieu en 1951.	☐	☐
b. La RFA, c'est l'Allemagne de l'Est.	☐	☐
c. Un monde bipolaire est un monde divisé en deux blocs (deux camps).	☐	☐
d. Le bloc de l'Est regroupe l'URSS et ses alliés.	☐	☐
e. La deuxième crise à Berlin a lieu en 1961.	☐	☐
f. La dissuasion nucléaire est le fait de menacer son ennemi d'utiliser l'arme atomique.	☐	☐
g. Le Mur est détruit à partir de 1991.	☐	☐
h. L'URSS disparaît en 1991.	☐	☐

2 *La chute du mur de Berlin*

Relis le cours et étudie la photographie.

Mauerfall (chute du Mur), Berlin, 9 novembre 1989.

a. Quand a été construit le mur de Berlin ? Pourquoi ?
b. Quel monument figure à l'arrière-plan de la photographie ?
c. Qu'est-ce qui prouve sur la photographie que le Mur est tombé ?
d. Pourquoi la chute du Mur symbolise-t-elle la fin de la guerre froide ?

3 SPÉCIAL BREVET

Observe la carte, puis réponds aux questions.

Le monde bipolaire et les crises de la guerre froide.

a. Cite deux alliés de l'URSS.
b. Qu'est-ce que le rideau de fer ?
c. Quelle est la situation de l'Allemagne et de Berlin ?
d. Cite deux crises de la guerre froide et leurs dates.
e. Comment s'appellent les alliances militaires mises en place par les États-Unis et l'URSS ?

? indice

L'Otan est l'Organisation du traité de l'Atlantique nord, alliance mise en place en 1949 pour assurer la coopération militaire du « bloc de l'Ouest ».

Corrigés page 30 du Guide

8 Indépendances et nouveaux États

Je me demande...

Comment se déroule la décolonisation après 1945 ?

Les points clés

Dès 1945, les **colonies** réclament leur **indépendance** au nom du **droit des peuples à disposer d'eux-mêmes,** soutenues par les deux Grands et par l'ONU.

1 Les types de décolonisation

Les décolonisations négociées

- **En Inde (1947)** : des leaders nationalistes (Gandhi et Nehru) mènent une résistance non-violente (boycotts, désobéissance civile) qui fait céder l'autorité anglaise.
- **En Afrique subsaharienne (1960)** : des concertations aboutissent à l'indépendance de 17 pays, dont 14 colonies françaises.

● D'autres indépendances sont obtenues par la guerre, comme en **Algérie**. À partir de 1954, le **FLN** organise des **attentats** et une **guérilla** contre les colons français. La guerre ne s'achève qu'en mars 1962 avec les **accords d'Évian**.

2 Les nouveaux États sur la scène internationale

● Ces nouveaux États sont confrontés à de multiples problèmes, révélateurs de leur retard de développement. Mais surtout, ils obtiennent leur **indépendance** en pleine **guerre froide** et craignent de retomber sous l'**influence d'un des deux Grands**.

● Pour cela, ils s'associent pour **s'affirmer sur la scène internationale**, notamment aux **conférences de Bandung** (1955) et **Belgrade** (1961), et revendiquent une « 3e voie » possible. C'est la naissance du « **tiers-monde** ».

Mots-Clés

FLN : Front de libération nationale, mouvement indépendantiste algérien.

Le document clé

La position souhaitée par les nouveaux États

Nous sommes résolus à n'être d'aucune façon dominés par aucun pays, par aucun continent. Nous sommes de grands pays du monde et voulons vivre libres sans recevoir d'ordres de personne. Nous attachons de l'importance à l'amitié des grandes puissances, mais à l'avenir, nous ne coopérerons avec elle que sur un pied d'égalité. C'est pourquoi nous élevons notre voix contre l'hégémonie et le colonialisme dont beaucoup d'entre nous ont souffert pendant longtemps. Et c'est pourquoi nous devons veiller à ce qu'aucune forme de domination ne nous menace. Nous voulons être amis avec l'Ouest, avec l'Est, avec tout le monde.

Discours de clôture de Nehru à la conférence de Bandung, avril 1955.

1. Expliquer. Nehru, responsable politique indien, condamne le colonialisme. Il explique qu'il souhaite de bonnes relations, fondées sur le principe d'égalité, avec les deux blocs. Enfin, il exprime ses craintes de voir l'un des blocs étendre son influence sur les nouveaux États.

2. Conclure. Nehru pose les bases de la position des nouveaux États dans ce contexte de guerre froide, ce qui devient la politique du non-alignement, adoptée à Belgrade en 1961.

On s'entraîne !

1 QUIZ

Coche la (ou les) bonne(s) réponse(s).

a. L'Inde devient indépendante en :
❑ 1945. ❑ 1947. ❑ 1949. ❑ 1951.

b. L'organisation des nationalistes algériens est :
❑ le FLN. ❑ l'OAS. ❑ le MRP. ❑ le CNR.

c. Les accords qui mettent fin à la guerre d'Algérie sont signés :
❑ en 1960 à Dijon. ❑ en 1954 à Paris.
❑ en 1962 à Évian. ❑ en 1958 à Versailles.

d. Le terme créé pour désigner l'ensemble des nouveaux pays indépendants est :
❑ colonies. ❑ tiers-monde. ❑ pays pauvres.

2 *Les étapes de la décolonisation*

Étudie le planisphère, puis réponds aux questions.

a. Quel est le continent le plus colonisé en 1945 ?
b. Quelles sont les deux puissances opposées au colonialisme ?
c. Où se situent les puissances coloniales ?
d. Quand l'Inde devient-elle indépendante ? De quelle manière ?
e. Quand l'Algérie devient-elle indépendante ? De quelle manière ?
f. Durant quelle période a lieu la grande vague de décolonisation ?

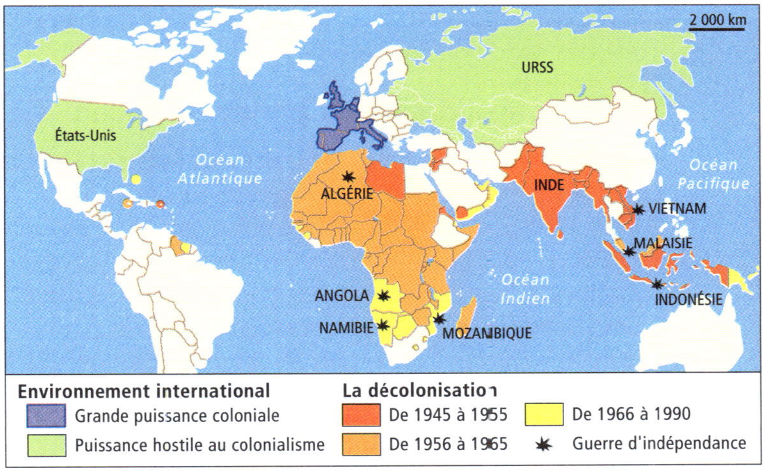

3 SPÉCIAL BREVET

Lis le texte, puis réponds aux questions.

Le déclenchement de la guerre d'Algérie

Nous considérons avant tout qu'après des décades de lutte, le Mouvement National a atteint sa phase finale de réalisation. [...] Une équipe de jeunes responsables et militants a jugé le moment venu de sortir le Mouvement National de l'impasse [...] pour le lancer aux côtés des frères marocains et tunisiens dans la véritable lutte révolutionnaire. Notre action est dirigée uniquement contre le colonialisme, seul ennemi obstiné et aveugle, qui s'est toujours refusé d'accorder la moindre liberté par des moyens pacifiques. Ce sont là, nous pensons, des raisons suffisantes qui font que notre mouvement de rénovation se présente sous le nom de : FRONT DE LIBÉRATION NATIONALE.
BUT : INDÉPENDANCE NATIONALE
MOYENS DE LUTTE : Conformément aux principes révolutionnaires [...], la continuation de la lutte par tous les moyens jusqu'à la réalisation de notre but.

Tract du FLN, 31 octobre 1954.

a. Que demande le FLN ?
b. Par quel moyen compte-t-il l'obtenir ?
c. Comment le FLN justifie-t-il sa décision ?
d. Fais une recherche pour savoir quel événement a lieu en Algérie le 1er novembre 1954.

? indice
En 1958, le FLN forme un gouvernement provisoire de la république algérienne.

Corrigés page 30 du Guide

9 Le projet européen (1945 à nos jours)

Je me demande...

Qu'est-ce qui a motivé la création de l'UE ? Que prévoit le traité de Maastricht ?

Les points clés

Après la Seconde Guerre mondiale, pour **garantir la paix sur le continent** et **se renforcer économiquement**, six pays lancent la construction européenne.

1 Les débuts de la construction européenne

- En **1951**, la RFA, la Belgique, la France, l'Italie, le Luxembourg et les Pays-Bas créent la **CECA** (Communauté européenne du charbon et de l'acier).
- En **1957**, les Six signent les **traités de Rome** qui créent la **CEE** (Communauté économique européenne avec la libre circulation des marchandises et politiques communes dans certains domaines) et **Euratom** (pour l'énergie nucléaire). Fondée sur des bases économiques, la construction européenne **s'élargit à de nouvelles démocraties** (une des conditions d'adhésion) du bloc occidental.

2 La consolidation du projet européen

- En **1992**, 12 États signent le **traité de Maastricht** qui crée l'**Union européenne (UE)** et une **citoyenneté européenne**. Ce traité prévoit :
  - la mise en place d'une Politique étrangère et de sécurité commune (**PESC**), pour permettre aux États membres d'adopter une position commune face aux problèmes internationaux, et pour faire de l'UE une grande puissance diplomatique ;
  - la mise en place d'une **monnaie commune, l'euro (2002)**, pour renforcer la puissance économique et commerciale de l'UE.

Ça veut dire que mes grands-parents ont dû naître avant la fondation de l'Union européenne !

- **L'UE continue de s'élargir** et, dans les années 2000, des États issus de l'ancien bloc communiste l'intègrent. L'UE compte aujourd'hui **28 membres**. Néanmoins, en juin 2016, les Britanniques ont choisi, par référendum, de quitter l'UE (« **Brexit** »).

Le document clé

Les objectifs de la construction européenne

1. Expliquer. Sur un fond de carte de l'Europe, se détachent six femmes se tenant la main. Leurs jupes représentent les drapeaux des six États signataires.

2. Conclure. Cette affiche rappelle les buts de la construction européenne : garantir la paix en Europe et coopérer économiquement pour favoriser le développement économique et social.

Affiche italienne lors des traités de Rome (25 mars 1957) : « L'Europe unie pour le progrès et pour la paix », « Signature des traités pour le marché commun et pour l'Euratom ».

HISTOIRE

On s'entraîne !

1 QUIZ

Relie chacune des organisations à ses compétences et à sa date de création.

Organisation	Compétences	Création
Euratom •	• Production de charbon et d'acier •	• 1992
CECA •	• Marché commun •	• 1957
UE •	• Industrie nucléaire •	• 1951
CEE •	• Euro et PESC •	• 1957

2 *La construction de l'Union européenne*

Étudie la carte, puis réponds aux questions.

a. Quels pays sont à l'origine de la construction européenne ?

b. Combien l'UE compte-t-elle de membres en 2020 ? ....

c. Quels pays membres n'ont pas adopté l'euro ?

....

d. Quels pays membres n'ont pas signé les accords de Schengen ?

....

....

e. Pourquoi peut-on parler d'une UE à plusieurs vitesses ?

....

....

? indice

b. Votée par référendum en juin 2016, la sortie du Royaume-Uni hors de l'UE prend effet le 31 janvier 2020.

3 SPÉCIAL BREVET

Lis le texte, puis réponds aux questions.

Traité de Maastricht, 7 février 1992

Art. A : Par le présent traité, les Hautes Parties Contractantes instituent entre elles une Union européenne [...]

Art. B : L'Union se donne pour objectifs :

– de promouvoir un progrès économique et social équilibré et durable, notamment par la création d'un espace sans frontières intérieures [...] et par l'établissement d'une union économique et monétaire comportant, à terme, une monnaie unique ;

– d'affirmer son identité sur la scène internationale, notamment par la mise en œuvre d'une politique étrangère et de sécurité commune, y compris la définition à terme d'une politique de défense commune, qui pourrait conduire, le moment venu, à une défense commune ;

– de renforcer la protection des droits et des intérêts des ressortissants de ses États membres par l'instauration d'une citoyenneté de l'Union [...].

a. Présente le document.

b. Quel est le nouveau nom de la CEE ?

c. Montre que la construction européenne prend une dimension politique. Quel en est le but ?

d. Quelle est la nouveauté économique ? Quels en sont les objectifs ?

? indice

a. N'oublie pas de préciser la nature, la date, le lieu et les auteurs.

Corrigés page 30 du Guide

10 Enjeux et conflits dans le monde après 1989

Je me demande…
Quels conflits subsistent après la fin de la guerre froide ?

Les points clés

Malgré l'espoir d'une paix durable dans le monde après la guerre froide, les années 1990 et le début du XXIe siècle sont marqués par la guerre.

1 Des conflits multiples

● **Guerres civiles** ou **guerres entre États**, la plupart des conflits ont lieu en **Afrique** et au **Moyen-Orient**. Ces guerres ont des **conséquences dramatiques pour les populations** (massacres, pillages, famines…).

● La **menace terroriste** est revenue au premier plan depuis que l'organisation Al-Qaïda a commis les attentats du World Trade Center de New-York, le 11 septembre 2001.

2 Le cas de l'Irak

● En 1990, l'Irak envahit le Koweït. L'ONU condamne l'agression et autorise une **intervention militaire armée**. En janvier 1991, les **États-Unis** et une **coalition de 29 États** libèrent le Koweït.

● En 2003, l'Irak est **accusé de détenir des armes de destruction massive et d'entretenir des liens avec Al-Qaïda**. Malgré le **refus de l'ONU**, les **États-Unis** interviennent militairement et **renversent le régime de Saddam Hussein**.

● En juin 2014, l'**État islamique** (ou Daesh) proclame un **califat qui s'étend sur une partie de l'Irak et de la Syrie**. Vaincu en 2019, il poursuit les combats et les externalise sous forme d'**attentats** partout dans le monde.

Mots-Clés

- **Guerre civile** : guerre qui oppose les populations d'un même pays.
- **Coalition** : alliance de pays afin de lutter contre un adversaire commun.
- **Al-Qaïda (« la base » en arabe)** : organisation terroriste islamique, hostile à l'Occident, créée en 1988 notamment par Ben Laden.

Le document clé

Un monde instable

Un monde instable (1991-2019)
- Guerres à dimension internationale
- Autres guerres et conflits
- Attentats islamistes (Al-Qaïda, État islamique)
- Principales zones de piraterie

1. Expliquer. Depuis 1991, les conflits persistent : guerres civiles ou interétatiques. Certains ont nécessité la mise en place d'une coalition, agissant parfois sous l'égide de l'ONU.

2. Conclure. Les guerres n'ont pas disparu avec la fin de la guerre froide. Tous les continents sont concernés. La sécurité internationale est aussi menacée par les attentats et la piraterie.

On s'entraîne !

1 QUIZ

Vrai ou faux ?

	V	F
a. Le nombre de conflits se multiplie depuis la fin de la guerre froide.	☐	☐
b. La plupart des conflits ont lieu en Amérique latine.	☐	☐
c. Le terrorisme est né avec le 11 septembre 2001.	☐	☐
d. Lors de la première guerre du Golfe en 1991, l'ONU a autorisé une intervention militaire contre l'Irak.	☐	☐
e. En 2003, l'ONU a autorisé une intervention militaire en Irak.	☐	☐
f. L'ONU a été créée pour garantir la paix dans le monde.	☐	☐

2 *La 2e guerre d'Irak*

Lis le texte, puis réponds aux questions.

> Les renseignements que je vous ai présentés sur ces terribles armes[1] et sur le refus continuel de l'Irak de respecter ses obligations en vertu de la résolution 1441 du Conseil de Sécurité[2] sont liés à un sujet qui a trait au terrorisme. Les liens entre l'Irak et le terrorisme remontent à plusieurs décennies. Mais ce que je veux porter à votre attention aujourd'hui, c'est la connexion qui existe entre l'Irak et le réseau Al-Qaïda. [...] Si nous n'agissons pas, nous aurons à faire face à un avenir encore plus effrayant.
>
> Discours de Colin Powell, secrétaire d'État américain, devant le Conseil de Sécurité de l'ONU, le 5 février 2003.
>
> 1. Des armes biologiques, chimiques et nucléaires.
> 2. La résolution demandait à l'Irak de détruire ses armes de destruction massive.

a. Présente le document.
b. De quoi l'auteur accuse-t-il l'Irak ?
c. Qu'espère-t-il du Conseil de Sécurité de l'ONU ?
d. Obtient-il gain de cause ?

3 SPÉCIAL BREVET

Étudie la carte puis réponds aux questions.

Une opération militaire menée par la France en Afrique : Barkhane

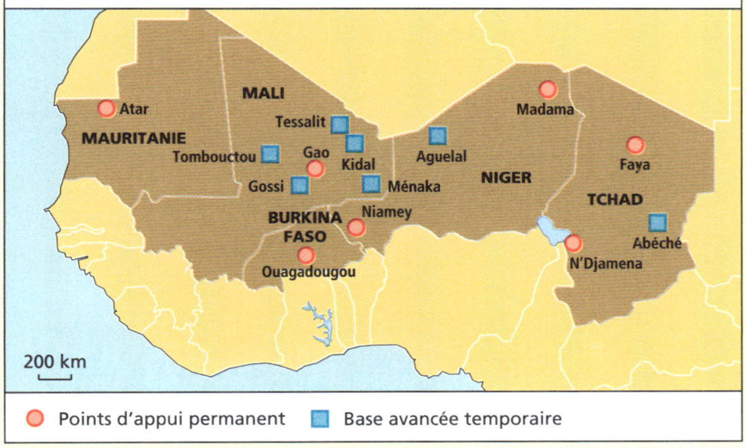

Source : www.defense.gouv.fr

a. D'où est extrait ce document ? Pourquoi peut-on dire que c'est une source fiable ?
b. Quel est le nom de l'opération engagée dans l'Ouest de l'Afrique ?
c. Combien de soldats français participent à cette opération ?
d. Dans combien de pays africains sont-ils présents ? Cite-les d'Ouest en Est.
e. Pourquoi les soldats français sont-ils envoyés dans cette partie de l'Afrique ?

Missions (depuis 2014)
- Appuyer les forces armées des pays partenaires de la bande sahélo-saharienne dans la lutte contre les groupes armés terroristes.
- Empêcher la reconstitution de sanctuaires terroristes dans la région.

Moyens déployés (à l'été 2019)
4 500 militaires, 3 drones, 7 avions de chasse, 19 hélicoptères, 6 à 10 avions transports, 360 véhicules logistiques, 260 blindés lourds, 210 blindés légers.

Corrigés page 31 du Guide

11 République et démocratie en France (1944-1947)

Je me demande...

De quelle manière se reconstruit la France après la Seconde Guerre mondiale ?

Les points clés

1 La Libération de la France

- À partir de 1944, la France est libérée de l'occupation allemande grâce aux **débarquements alliés** en Normandie (juin 1944) puis en Provence (août 1944), avec le soutien de la Résistance intérieure.
- Le **GPRF** dirigé par De Gaulle (1944-1946), puis les premiers gouvernements de la **IVe République (1946-1958)** rétablissent un **régime parlementaire et démocratique** et mettent en œuvre d'importantes **réformes**.

Mots-Clés

- **GPRF** : Gouvernement provisoire de la République française.
- **CNR** : Conseil national de la Résistance.
- **Nationalisation** : transfert d'une entreprise privée à l'État.

2 Le retour de la démocratie et les avancées sociales

- Le GPRF et les premiers gouvernements de la IVe République appliquent les **mesures prévues par le CNR** dans son programme, rédigé en 1943 pendant la guerre.

La Libération (1944-1946)

Réformes politiques
- droit de vote des femmes (1944)
- organisation d'élections
- IVe République adoptée par référendum (1946)

Réformes économiques et sociales
- nationalisations de grandes entreprises (banques, transports, énergie...)
- création de la Sécurité sociale (1945)
- création d'un système de retraite pour tous

Le document clé

Affiche pour la création de la Sécurité sociale, 1945

1. Expliquer. Cette affiche est diffusée en 1945 au moment de la création de la Sécurité sociale, organisme qui rembourse les frais de santé, et verse les pensions de retraite et les allocations familiales. Elle illustre l'idée de solidarité, représentée par la transfusion sanguine entre le bras de gauche, plus fort, et le bras de droite, plus faible.

2. Conclure. La création de la Sécurité sociale est fondée sur les valeurs d'égalité et de fraternité : tout le monde y a accès (« tous bénéficiaires ») et tout le monde la finance (« tous solidaires »).

Affiche pour la création de la Sécurité sociale, 1945.

On s'entraîne !

1 QUIZ

Coche la (ou les) bonne(s) réponse(s).

a. Le territoire français est libéré grâce :
- ☐ aux débarquements alliés.
- ☐ aux troupes soviétiques.
- ☐ aux résistants français.

b. Les femmes obtiennent le droit de vote en :
☐ 1944. ☐ 1946. ☐ 1947.

c. Des nationalisations ont lieu dans le domaine :
- ☐ des banques.
- ☐ des transports.
- ☐ de l'énergie.

d. La Sécurité sociale est créée en :
☐ 1945. ☐ 1946. ☐ 1947.

2 La Libération de la France

Étudie cette photographie historique.

Charles de Gaulle descend les Champs-Elysées accompagné des membres du Conseil national de la Résistance, du gouvernement provisoire de la République française et des chefs militaires de la 2e DB (26 août 1944).

a. Où et quand a été prise cette photographie ?
b. Entoure le général de Gaulle. Quelle fonction occupe-t-il alors ?
c. Que signifie une telle photo ?

3 SPÉCIAL BREVET

Lis le texte et réponds aux questions.

Préambule de la Constitution de 1946

1. Au lendemain de la victoire remportée par les peuples libres sur les régimes qui ont tenté d'asservir et de dégrader la personne humaine, le peuple français proclame à nouveau que tout être humain, sans distinction de race, de religion ni de croyance, possède des droits inaliénables et sacrés. Il réaffirme solennellement les droits et libertés de l'Homme et du citoyen consacrés par la Déclaration des droits de 1789 [...].
3. La loi garantit à la femme, dans tous les domaines, des droits égaux à ceux de l'homme.
5. Chacun a le devoir de travailler et le droit d'obtenir un emploi. [...]
6. Tout homme peut défendre ses droits et ses intérêts par l'action syndicale et adhérer au syndicat de son choix.
9. Tout bien, toute entreprise, dont l'exploitation a ou acquiert les caractères d'un service public national ou d'un monopole de fait, doit devenir la propriété de la collectivité.
11. Tout être humain qui, en raison de son âge, de son état physique ou mental, de la situation économique, se trouve dans l'incapacité de travailler a le droit d'obtenir de la collectivité des moyens convenables d'existence.

a. À l'aide du document et de tes connaissances, rappelle de quels textes s'inspire ce préambule.

....

....

b. Entoure les droits économiques qui sont énoncés ?
c. À quelles nouveautés, mises en place par le GPRF, font référence les articles 3, 9 et 11 ?

....

....

d. Quelles valeurs de la République sont donc ici posées ?

....

....

? indice

c. Le document clé page 150 illustre l'application de l'article 11.

Corrigés page 31 du Guide

12 La Ve République : les années de Gaulle

Je me demande...
Comment de Gaulle fonde-t-il la Ve République ?
En quelle année ?

Les points clés

En **1958**, à la faveur des événements d'Algérie, le président de la République charge **de Gaulle** de former un gouvernement. Il accepte et rédige une **nouvelle Constitution**.

1 Les institutions républicaines

La Ve République

Permanences
- pouvoir législatif : Assemblée nationale et Sénat
- pouvoir exécutif : président de la République et gouvernement

Changements
- pouvoirs du président renforcés :
  - dissoudre l'Assemblée nationale
  - proposer des référendums
  - pouvoirs spéciaux en cas de crise grave
- élection du président au suffrage universel direct (à partir de 1962)

2 De Gaulle président (1958-1969)

- De Gaulle **réaffirme la puissance française dans le monde**. En pleine guerre froide, sa politique étrangère est originale : il se démarque des États-Unis et dote la France de l'**arme nucléaire**. En outre, il poursuit la **construction européenne**.
- En mai 1968 s'exprime une partie de la population qui aspire à **plus de libertés** et une **plus juste répartition des revenus**, critiquant le pouvoir. En **1969**, **de Gaulle démissionne** après un référendum perdu.

Mots-Clés
- **Référendum** : vote sous forme de question à laquelle les citoyens répondent par oui ou par non sur un sujet donné.
- **Constitution** : texte qui fixe l'organisation politique d'un pays.

Le document clé

L'élection du président au suffrage universel direct

Françaises, Français !
Le 28 octobre, ce que vous allez répondre à ce que je vous demande engagera le destin de la France. [...]
Si votre réponse est : « Non » ! comme le voudraient tous les anciens partis afin de rétablir leur régime de malheur, [...] il est bien évident que ma tâche sera terminée aussitôt et sans retour. Car, que pourrais-je faire, ensuite, sans la confiance chaleureuse de la Nation ?
Mais si, comme je l'espère, comme je le crois, comme j'en suis sûr, vous me répondez « Oui » ! une fois de plus et en masse, alors me voilà confirmé par vous toutes et par vous tous dans la charge que je porte ! Voilà le pays fixé, la République assurée et l'horizon dégagé ! Voilà le monde décidément certain du grand avenir de la France !
Vive la République ! Vive la France !

Discours radiotélévisé du général de Gaulle, 18 octobre 1962.

1. Expliquer. De Gaulle affirme que tous les autres partis politiques sont contre l'élection du président de la République au suffrage universel direct, qui accentue le pouvoir du Président. Il indique qu'il démissionnera si la réponse est négative ou si le « oui » l'emporte faiblement.

2. Conclure. Avec la Ve République, de Gaulle renforce les liens directs entre le Président et la population par des discours télévisés fréquents, des référendums et une élection au suffrage universel. Cela fait de lui le représentant de tous les citoyens et lui confère une plus grande place politique.

On s'entraîne !

1 QUIZ

Relie les dates aux événements correspondants.

Fin de la présidence du général de Gaulle •	• 1958
Référendum sur l'élection du Président au suffrage universel direct •	• 1962
Fin de la Ve République •	• 1962
Manifestations et grèves contestant le régime •	• 1968
Indépendance de l'Algérie •	• 1969
Début de la Ve République •	• ?

2 Les institutions de la Ve République

Étudie le document et réponds aux questions.

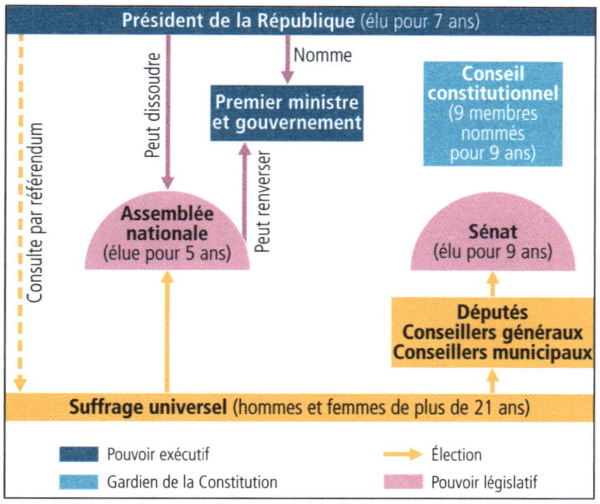

La Ve République sous de Gaulle.

a. Comment s'appelle ce type de document ?
b. À partir de quel texte est-il réalisé ?
c. Quelle est la durée du mandat présidentiel ?
d. De quels pouvoirs dispose le Président ?
e. Qui détient le pouvoir législatif ?
f. Qu'est-ce qui prouve que la Ve République est toujours parlementaire ?

? indice

f. Le gouvernement a besoin du soutien d'une majorité de députés.

3 SPÉCIAL BREVET

Étudie l'affiche et le texte, puis réponds aux questions.

Affiche étudiante, mai 1968.

Mai 1968 en France

La crise de mai 1968 commence par une révolte étudiante, se poursuit par un mouvement ouvrier avec des grèves qui paralysent le pays et débouche sur une crise politique qui remet en cause le général de Gaulle, sa manière d'exercer le pouvoir et son gouvernement.

Pour résoudre la crise, le général de Gaulle s'adresse au pays et annonce la dissolution de l'Assemblée nationale. Aux élections législatives, une large majorité gaulliste l'emporte et de Gaulle reste au pouvoir jusqu'à son échec sur le référendum de 1969.

a. En 1968, depuis combien de temps le général de Gaulle est-il président ?
b. Par quoi débute la crise de mai 1968 ?
c. Qui est le personnage caricaturé au second plan de l'affiche ?
d. Qui a réalisé cette affiche ? Que critique-t-elle ?
e. Comment se termine la crise de mai 1968 ?

? indice

c. Le personnage porte un képi, couvre-chef porté dans l'armée

Corrigés page 31 du Guide

13 La Ve République depuis 1969

Je me demande...

En France, le président dispose-t-il de tous les pouvoirs ? Qu'est-ce que la cohabitation ?

Les points clés

G. Pompidou (1969-1974) et **V. Giscard d'Estaing** (1974-1981), de droite, mènent leur politique avec le soutien de l'Assemblée nationale (majorité de droite et du centre).

1 Les alternances politiques

- À partir de 1981, les présidents élus sont issus **alternativement** de la gauche et de la droite.

1981 et 1988	1995 et 2002	2007	2012
F. Mitterrand (socialiste)	J. Chirac (droite)	N. Sarkozy (droite)	F. Hollande (socialiste)

- En mai **2017**, **E. Macron** est élu face à la candidate d'extrême-droite M. Le Pen (Front national, depuis 2018 Rassemblement national). Il gouverne avec des **personnalités de droite et de gauche**. Son parti, La République en marche (**LREM**), obtient la majorité des sièges à l'Assemblée nationale.

2 Les cohabitations politiques

- Les années 1980 et 1990 mettent la République dans une situation nouvelle, la **cohabitation**, à trois reprises (1986-1988 ; 1993-1995 ; 1997-2002). C'est la politique du gouvernement qui est alors appliquée.
- Pour éviter une autre cohabitation, J. Chirac (droite) en accord avec son Premier ministre L. Jospin (gauche), obtient par référendum (2000) la réduction du **mandat présidentiel à cinq ans (quinquennat)**. Ainsi, les mandats législatif et présidentiel ont la même durée, et les élections ont lieu la même année.

Mots-Clés

- **Alternance politique** : changement de majorité politique à la tête d'un pays.
- **Cohabitation** : Lorsque le président et le gouvernement ne sont pas du même bord politique.

Le document clé

La cohabitation de 1997

1. Expliquer. En 1995, la droite remporte les présidentielles avec J. Chirac. En 1997, il dissout l'Assemblée nationale. La gauche remporte alors les législatives.

2. Conclure. J. Chirac doit nommer un Premier ministre issu du parti qui a gagné les législatives, le socialiste L. Jospin. C'est la cohabitation. La politique du Premier ministre est alors appliquée, puisqu'elle est soutenue par l'Assemblée nationale.

(En % des suffrages exprimés)

Résultats du 2e tour des élections présidentielles (mai 1995)

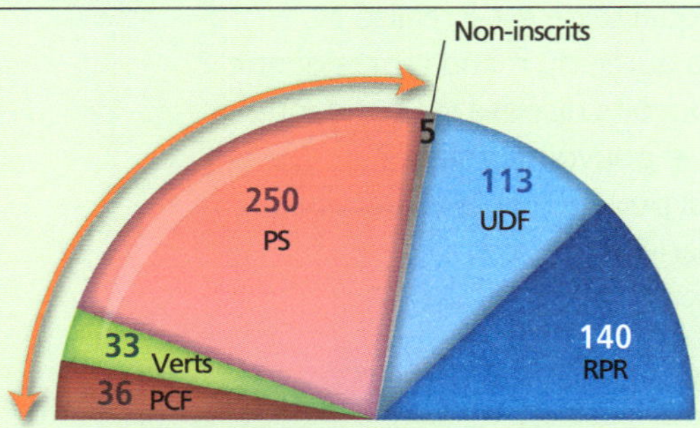

(En nombre de députés)

Résultats des élections législatives (juin 1997)

On s'entraîne !

1 QUIZ

Vrai ou faux ?

	V	F
a. La Ve République a été créée en 1962.	❑	❑
b. Un référendum est une loi sur une question économique.	❑	❑
c. Le président de la République exerce plus de pouvoir sous la Ve République que sous la IVe.	❑	❑
d. Le Premier ministre est élu par les députés.	❑	❑
e. La Ve République est un régime parlementaire.	❑	❑
f. Il n'y a eu qu'un président de gauche sous la Ve République.	❑	❑
g. F. Mitterrand est réélu président de la République en 1988.	❑	❑
h. J. Chirac fait passer la durée du mandat présidentiel à sept ans (septennat).	❑	❑
i. N. Sarkozy est un président de gauche et F. Hollande de droite.	❑	❑

2 L'élection présidentielle de 1981

Étudie le dessin, puis répond aux questions.

Caricature de Plantu, publiée dans *Le Monde*, mai 1981.

a. Présente le document.

....

b. Décris le document.

....

....

c. À quel événement ce document fait-il référence ? Date-le.

....

d. Comment expliquer l'étonnement des deux personnages ?

....

3 SPÉCIAL BREVET

Lis attentivement le texte pour pouvoir répondre aux questions.

> J'ai décidé d'appeler les Français à se prononcer par référendum sur la réduction du mandat présidentiel. Cette réforme, dont j'ai pris l'initiative sur proposition du Premier ministre, est souhaitable et nécessaire.
> En permettant à chacun de choisir, à intervalles plus rapprochés, celui ou celle qui doit présider aux destinées de la nation, la réduction de sept à cinq ans du mandat présidentiel donnera à notre pays une meilleure respiration démocratique. Elle vous permettra de participer plus souvent, personnellement et directement, à notre débat public. À une époque marquée par des changements profonds et rapides, partout, en France, en Europe et dans le monde, elle adaptera nos institutions au rythme de notre temps.
>
> Intervention télévisée de Jacques Chirac, 6 juillet 2000.

a. Quelle réforme est proposée ? Qui l'a proposée ?
b. Comment cette réforme va-t-elle être adoptée ?
c. Pourquoi est-ce J. Chirac qui annonce le référendum ?
d. Selon J. Chirac, quels sont les avantages de cette mesure ?
e. Quel problème cette mesure doit-elle aussi résoudre ?

? indice

b. Un référendum est une question posée aux citoyens, à laquelle ils peuvent répondre par « oui » ou par « non ».

Corrigés page 31 du Guide

HISTOIRE

14 La société française (1950-1990)

Je me demande...

Quels phénomènes marquent la société française durant la seconde moitié du XXe siècle ?

HISTOIRE

Les points clés

Après la guerre, les Français bénéficient de la période d'une forte croissance : les **Trente Glorieuses (1945-1973)**. À partir des années 1950, la société française voit naître de nouvelles aspirations et connaît de **profonds changements**.

1 Nouveaux enjeux sociaux-culturels et réponses politiques

- Dans les années 1970, les femmes se mobilisent pour obtenir de nouveaux droits. Les **mouvements féministes** obtiennent des **avancées dans le domaine du travail et de la vie privée**. Les femmes peuvent travailler et ouvrir un compte bancaire sans l'autorisation de leur mari (loi de 1965). Les **lois Neuwirth** (1967) et **Veil** (1975) autorisent la contraception et l'IVG.
- Dès 1974, la croissance ralentit et le chômage se développe. Pour lutter contre la pauvreté, l'État augmente le **SMIC** (1981) et crée le **RMI** (1988).

Mots-Clés

- **IVG** : Interruption volontaire de grossesse.
- **SMIC** : Salaire minimum interprofessionnel de croissance, créé en 1970.
- **RMI** : Revenu minimum d'insertion.

2 Immigration et réponses politiques

- Pendant les Trente Glorieuses, une **population étrangère**, principalement originaire du **bassin méditerranéen** (Espagne, Portugal, Maghreb), arrive en France. Elle cherche des conditions de vie meilleure et répond à l'important **besoin de main-d'œuvre**. Avec la crise, **l'immigration est stoppée** et concerne alors avant tout des femmes et des enfants au titre du **regroupement familial**.
- L'immigration modifie la composition de la société française, fait émerger des discours xénophobes et suscite des débats (droit de vote des étrangers aux élections locales).

Le document clé

Le droit de vote aux étrangers ?

La participation des immigrés qui se trouvent en France depuis un certain temps à la gestion locale, dès que leur vie en est affectée, me paraît une revendication fondamentale qu'il faudra réaliser. Mais le gouvernement doit tenir compte aussi de l'état des mœurs. C'est une revendication que je pense juste, mais qui ne doit pas nécessairement exposer le gouvernement à l'incompréhension générale... Sur tel ou tel problème, il faut d'abord gagner l'opinion.

François Mitterrand, allocution du 20 avril 1985 au 65e Congrès de la Ligue des Droits de l'Homme.

1. Expliquer. F. Mitterrand remporte la présidentielle de 1981. Parmi ses 110 propositions figure celle d'accorder le droit de vote aux étrangers aux élections municipales. Considérant que les étrangers sont concernés par les décisions politiques au même titre que les Français, il estime qu'ils devraient pouvoir exprimer leur avis et choisir leurs représentants.

2. Conclure. Néanmoins, lors de cette allocution, F. Mitterrand renonce à ce projet, car il va à l'encontre des souhaits de la majorité de l'opinion publique. Cela illustre le poids que peut avoir l'opinion publique sur la vie politique du pays.

On s'entraîne !

1 QUIZ

Vrai ou faux ?

	V	F
a. La loi Neuwirth légalise l'IVG.	❑	❑
b. Le RMI est créé pour lutter contre la grande pauvreté.	❑	❑
c. Pendant les Trente Glorieuses, les immigrés sont surtout originaires d'Europe de l'Est.	❑	❑
d. À partir de 1975, la France stoppe l'immigration.	❑	❑

2 *La population immigrée en France*

Étudie le graphique, puis réponds aux questions.

Un immigré est une personne née à l'étranger, qui réside en France. Elle peut être étrangère ou avoir acquis la nationalité française. Les enfants nés en France de parents étrangers ne sont pas comptabilisés car ils ont le droit de demander la nationalité française à leur majorité (droit du sol).

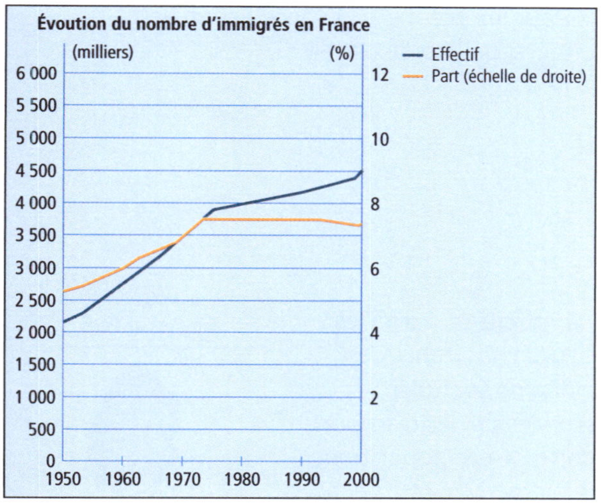

Source : Insee

a. Combien d'immigrés compte la France en 1950 ? en 2000 ?

b. Qu'observe-t-on au milieu des années 1970 ? Comment l'expliquer ?

c. En 2000, peut-on dire que la part des immigrés en France reste minoritaire ?

? indice

b. En 1973, le premier choc pétrolier entraîne une crise économique et une hausse du chômage.

3 SPÉCIAL BREVET

Observe la photo et lis le texte pour répondre aux questions.

Simone Veil face à l'Assemblée nationale

Pourquoi ne pas continuer à fermer les yeux ? Parce que la situation actuelle est mauvaise. Je dirai même qu'elle est déplorable et dramatique.

Mais, me direz-vous, pourquoi avoir laissé la situation se dégrader ainsi et pourquoi la tolérer ? Pourquoi ne pas faire respecter la loi ? Parce que si des médecins, si des personnels sociaux, même un certain nombre de citoyens participent à ces actions illégales, c'est bien qu'ils s'y sentent contraints.

Parce qu'en face d'une femme décidée à interrompre sa grossesse, ils savent qu'en refusant leur conseil et leur soutien, ils la rejettent dans la solitude et dans l'angoisse d'un acte perpétré dans les pires conditions, qui risque de la laisser mutilée à jamais. Ils savent que la même femme, si elle a de l'argent, si elle sait s'informer, se rendra dans un pays voisin ou même en France dans certaines cliniques et pourra, sans encourir aucun risque ni aucune pénalité, mettre fin à sa grossesse. [...] C'est à ce désordre qu'il faut mettre fin. C'est cette injustice qu'il convient de faire cesser.

Discours de Simone Veil (ministre de la Santé) devant l'Assemblée nationale, le 26 novembre 1974.

a. Présente le document.

b. Quel projet de loi est ici défendu ? devant qui ?

c. Quels arguments l'auteur donne-t-elle en faveur de ce projet ?

d. Réussit-elle à convaincre l'Assemblée nationale ? Justifie ta réponse.

? indice

Jusqu'en 1977, la loi considérait l'avortement comme un délit, puni d'une peine de prison.

Corrigés page 31 du Guide

15 Les aires urbaines

Je me demande...
Quels espaces composent une aire urbaine ? Comment évoluent-ils ?

Les points clés

1 Une France de plus en plus urbaine

● En France, la population urbaine et la surface occupée par l'espace urbain n'ont cessé d'augmenter : on parle d'**urbanisation**. Aujourd'hui, 85 % de la population vit dans une **aire urbaine**.

Une aire urbaine comprend...

- **un pôle urbain** avec :
  - une **ville-centre** qui concentre emplois et services
  - des **banlieues**
- **une couronne périurbaine** qui attire une population à la recherche d'un meilleur cadre de vie

Mot-Clé
Conflit d'usage : rivalité entre les usagers d'une même ressource (l'eau, le territoire, etc.) pour son utilisation.

2 Les conséquences de l'étalement urbain

● Habiter loin de la ville-centre entraîne des déplacements quotidiens, notamment pour le travail (**migrations pendulaires**). Ces déplacements se font très souvent en voiture, ce qui génère des **pollutions** et une **saturation des axes** (embouteillages).

● Aussi les collectivités s'efforcent-elles de mieux répartir les activités et de développer les **transports en commun**.

● L'**étalement** urbain, qui se fait au détriment des espaces ruraux, génère aussi des **conflits d'usage** entre les nouveaux et les anciens habitants. Pour les premiers, l'espace est un lieu de vie et de loisirs ; pour les seconds, parfois agriculteurs, un lieu de travail.

Le document clé

Les 10 premières aires urbaines

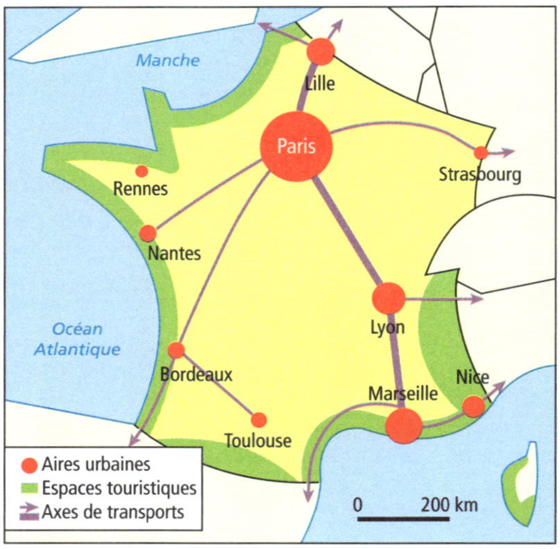

Le réseau urbain français est dominé par Paris.

1. Expliquer. Parmi les aires urbaines françaises, une dizaine sont bien desservies par les transports et concentrent population, emplois, activités et fonctions de commandement, exerçant une forte influence sur le territoire : on les qualifie de métropoles. Paris se distingue par sa prépondérance et sa position centrale dans le réseau urbain, qui lui donnent un rayonnement mondial (ville-monde).

2. Conclure. Le territoire français est marqué par la métropolisation (développement des métropoles), entretenue par la mondialisation.

On s'entraîne !

1 QUIZ

Coche la (ou les) bonne(s) réponse(s).

a. Depuis 50 ans, la population urbaine a :
- ☐ baissé.
- ☐ stagné.
- ☐ augmenté.

b. Une aire urbaine est constituée :
- ☐ d'un pôle urbain.
- ☐ d'une couronne périurbaine.
- ☐ d'une ville-centre.

c. Aujourd'hui, au sein de l'aire urbaine, les espaces ayant connu la plus forte croissance démographique sont :
- ☐ la ville-centre.
- ☐ la banlieue.
- ☐ la couronne périurbaine.

2 *Les mobilités au sein d'une aire urbaine*

À l'aide de tes connaissances, complète ce schéma d'une aire urbaine et sa légende.

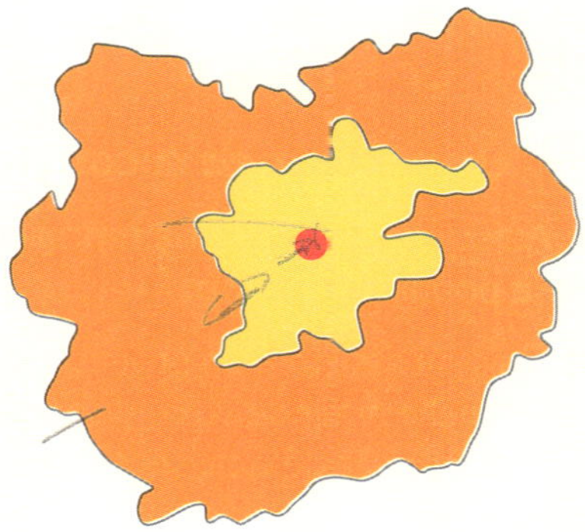

● .... ▬ ....

▬ .... Migrations pendulaires

? indice

Pour représenter les migrations, utilise un figuré linéaire (lignes auxquelles tu ajouteras des flèches, à orienter dans le sens adéquat).

3 SPÉCIAL BREVET

Évolution démographique de Rennes

	Population en 2016	Taux de variation 2011-2016
Aire urbaine de Rennes	726 194 hab.	+ 6,9 %
Rennes (ville-centre)	216 268 hab.	+ 3,9 %
Bruz (dans la banlieue)	18 094 hab.	+ 8,9 %
Gévezé (dans la couronne périurbaine)	5 180 hab.	+ 20,9 %

Emploi et déplacements à Rennes en 2016

	Part
Actifs travaillant dans sa commune de résidence	31,9 %
Actifs travaillant dans une autre commune	68,1 %
Moyens de transport utilisés pour se rendre au travail	• Véhicule personnel : 73,7 % • Transport en commun : 12,4 % • Marche à pied : 5,2 % • Deux-roues : 4,3 % • Pas de transport : 4,4 %

www.insee.fr, 2019.

Étudie ces deux tableaux, puis réponds aux questions.

a. Comment a évolué la population de l'aire urbaine de Rennes ?

b. Dans quel espace de l'aire urbaine se situe la commune qui a connu la plus forte croissance démographique ? Explique pour quelles raisons.

c. La majorité des habitants de l'aire urbaine ne travaillent pas dans leur commune de résidence. D'après toi, dans quelle commune travaillent-ils ?

d. Majoritairement, comment les habitants se rendent-ils à leur travail ? Explique quelles sont les conséquences.

e. En quoi le cas de Rennes est-il représentatif de l'évolution des autres aires urbaines en France ?

Corrigés page 32 du Guide

16 Les espaces industriels

Je me demande...
Où se situent les espaces industriels en France ? Qu'est-ce qui a changé leur localisation ?

Les points clés

Mot-Clé
Industrie de pointe (ou de haute technologie) : activités qui associent les secteurs de la recherche aux productions à haute valeur ajoutée (aérospatiale, informatique, biotechnologies...).

1 Un secteur en recomposition

● Aujourd'hui, l'industrie représente près de 17 % du PIB et emploie 18,8 % de la population active.

● Mais on assiste à un processus de **désindustrialisation**. L'activité industrielle diminue voire disparaît à cause de la concurrence mondiale, les entreprises **délocalisent** dans des pays où la main-d'œuvre est moins chère.

2 La localisation des activités

● La **mondialisation** a modifié la localisation des activités industrielles en France. Auparavant, les activités industrielles se trouvaient dans le Nord et dans l'Est, à proximité des matières premières (charbon). Après la crise des années 1970, ces régions sont aujourd'hui en **reconversion**.

Facteurs de localisation → **Centres des activités industrielles en France**

Facteurs de localisation
- **accessibilité** (= proximité des infrastructures de transport)
- **centres de recherche et universités** situés à proximité
- **main-d'œuvre qualifiée**
- **cadre de vie attractif**

Centres des activités industrielles en France
- **Ile-de-France** et **région lyonnaise** : les régions les plus industrialisées
- **métropoles** : notamment celles du Sud et de l'Ouest spécialisées dans les **hautes technologies**
- **zones industrialo-portuaires (ZIP)** : Le Havre, Saint-Nazaire, Dunkerque, Fos-sur-Mer

● Plusieurs **types d'acteurs** interviennent dans l'aménagement d'un espace industriel :
– les **entreprises** : de la petite et moyenne (PME) à la firme transnationale (FTN) ;
– les **pouvoirs publics** : collectivités territoriales, État, UE.

Le document clé

Étudier un paysage industriel

1. Décrire. La photo montre un technopôle où se concentrent et travaillent ensemble des centres de recherche 1, des centres de formation 2 et des unités de production spécialisés dans l'aéronautique 3.

2. Expliquer. L'aéronautique fait partie des industries de haute technologie (ou industries de pointe). Ce site a été implanté ici car la métropole toulousaine offre des centres de recherche, une main-d'œuvre qualifiée ainsi qu'une excellente accessibilité (aéroport, autoroutes).

Photo aérienne du site AéroConstellation où est assemblé l'A380 d'Airbus, à Blagnac (banlieue de Toulouse).

On s'entraîne !

1 QUIZ

Vrai ou faux ?

	V	F
a. L'industrie emploie la majorité des actifs (ceux qui travaillent ou qui cherchent un travail) en France.	❑	❑
b. L'industrie se développe en France.	❑	❑
c. Les régions du Nord et de l'Est sont les plus industrialisées en France.	❑	❑
d. Pour s'implanter dans une région, une industrie a besoin de réseaux de transport développés.	❑	❑
e. Les industries de haute technologie nécessitent beaucoup de recherche avant de produire.	❑	❑
f. La production d'acier est une industrie de haute technologie.	❑	❑
g. Les métropoles sont peu industrialisées.	❑	❑
h. Le Sud et l'Ouest de la France attirent des industries de pointe.	❑	❑

2 Les mutations des espaces industriels

À l'aide des expressions suivantes, complète le schéma ci-dessous pour présenter les mutations des espaces industriels français.

reconversion • désindustrialisation • accessibilité • innovation • métropoles • technopôles • mondialisation

La ....

↓

met en concurrence les territoires selon divers critères :
- ....
- ....

↓

Certains espaces en profitent :
- ....
- ....

Les anciennes régions industrielles subissent une ....

? indice

Le phénomène ne concerne pas que la France : on peut même dire qu'il est global.

3 SPÉCIAL BREVET

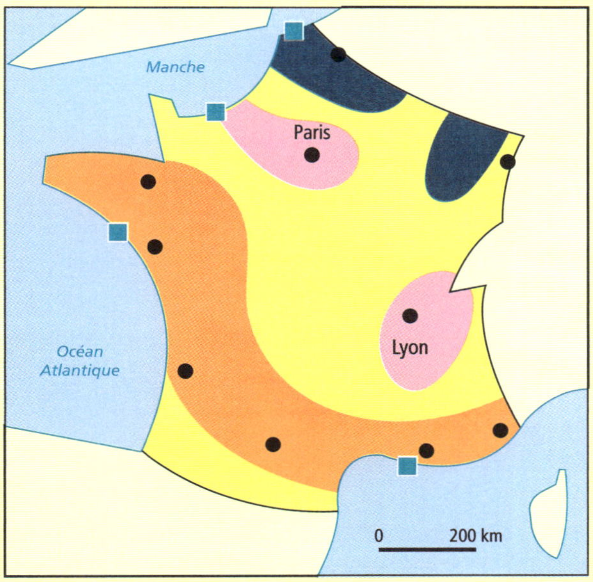

Complète cette carte de synthèse.

a. Observe le fond de carte puis remplis la légende en indiquant à quels espaces correspondent les figurés.

Titre : Les espaces industriels
Légende :
- (rose) ....
- (orange) ....
- (bleu foncé) ....
- (carré bleu) ....
- ● ....

b. Finalise la carte en indiquant le nom de quelques métropoles.

Corrigés page 32 du Guide

17 Les espaces agricoles

Je me demande…
Comment les évolutions de l'agriculture se traduisent-elles dans les paysages français ?

Les points clés

1 La France, une puissance agricole

● La France est le 1er **pays agricole de l'Union européenne**, même si l'agriculture ne représente que **3 % du PIB et de la population active française**.

● Le **système agroalimentaire** encourage les productions agricoles. En amont, les banques prêtent de l'argent ; en aval, les industries agroalimentaires transforment les produits.

2 Les régions agricoles de plus en plus spécialisées

● Sous l'effet de la construction européenne (**PAC**) et de la **mondialisation**, l'agriculture française s'est **modernisée** (mécanisation, irrigation, engrais) et **spécialisée** pour **augmenter sa productivité**.

Mot-Clé
PAC : Politique agricole commune.

● Chaque région, en fonction de ses atouts (relief, climat, etc.), s'est concentrée sur un type de production :
– les **grandes cultures céréalières intensives** (blé, maïs), comme le **Bassin Parisien** ;
– l'**élevage intensif** ou **hors sol**, comme dans l'**Ouest** ;
– les **cultures spécialisées** comme le **maraîchage** (**Roussillon**), la **viticulture** (**Bordelais**).

3 Les défis de l'agriculture

● La spécialisation a creusé les **inégalités entre espaces agricoles** : seules certaines régions sont bien intégrées aux marchés européens et mondiaux. La France doit également faire face à des **concurrents de plus en plus puissants** (États-Unis, Brésil, etc.).

● Enfin, ce **modèle productiviste** pose des **questions environnementales** (pollutions, forte consommation d'eau, etc.) et **sociétales** (scandales alimentaires). Depuis quelques années, l'État comme l'UE encouragent une **agriculture plus durable**.

Le document clé

Étudier un paysage agricole

Un espace agricole en Beauce (Île-de-France).

1. Localiser. Cette photo a été prise en France, dans le Bassin parisien.

2. Décrire le paysage. On voit une plaine avec de grandes parcelles non délimitées par des haies ou des murets (*openfields*), et une seule exploitation desservie par plusieurs petites routes.

3. Préciser le type d'agriculture. Cet espace est spécialisé dans la céréaliculture (blé, colza…).

4. Expliquer la localisation. L'absence de relief, la proximité de Paris, un climat tempéré avec des étés chauds, des réserves en eau douce… autant d'avantages pour la céréaliculture.

5. Interpréter. L'activité est pratiquée de manière mécanisée et intensive (forte productivité) et les productions sont en partie destinées à l'exportation.

On s'entraîne !

1 QUIZ

a. En France, la part de la population active employée dans l'agriculture représente :

☐ 3 %. ☐ 15 %. ☐ 70 %.

b. L'agriculture moderne intensive entraîne :

☐ une augmentation des productions agricoles.
☐ une pollution des sols, des sous-sols et de l'air.
☐ une diminution du nombre d'agriculteurs.

c. Depuis quelques années, la France et l'UE encouragent une agriculture :

☐ plus durable. ☐ plus intensive.
☐ plus traditionnelle.

d. Les espaces agricoles les plus productifs se rencontrent surtout là où il y a :

☐ peu de relief
☐ des moyens d'irrigation (fleuves, eau, etc.).
☐ des moyens de transport développés.

2 Les espaces agricoles français

Étudie la carte, puis réponds aux questions.

a. Quelle est l'activité agricole dominante dans l'Ouest de la France ?

....

b. Dans quelles parties de la France trouve-t-on des cultures spécialisées ?

....

c. Cite une région qui pratique la polyculture.

....

d. Quel type d'espace a tendance à voir reculer l'activité agricole ?

....

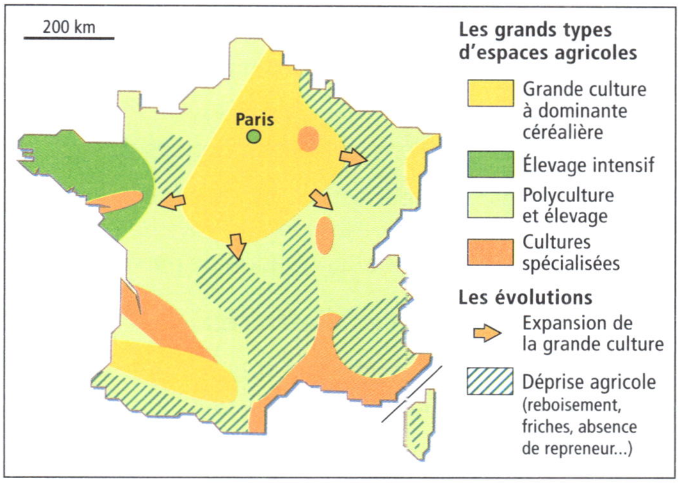

3 SPÉCIAL BREVET

Les mutations de l'agriculture française

À partir de 1945, l'agriculture française connaît de profondes mutations. [...] En France métropolitaine, la taille moyenne des exploitations triple en 50 ans : 14 hectares en 1950 et 42 en 2000. Parallèlement, la polyculture traditionnelle décline et la spécialisation s'affirme : production laitière en Normandie, élevage hors-sol en Bretagne. Le nombre d'agriculteurs diminue considérablement. La modernisation concerne aussi les techniques agricoles. Le tracteur se généralise à partir des années 50, les engrais chimiques sont couramment utilisés. Ainsi, les rendements s'accroissent de façon spectaculaire.

Vincent Adoumié (dir.), *Géographie de la France*, Hachette supérieur, 2007.

Réponds aux questions.

a. Présente le document.

b. Relève les données qui montrent que l'agriculture française s'est modernisée.

c. On parle d'une spécialisation des espaces productifs agricoles. À l'aide du document et de tes connaissances, explique et justifie cette affirmation.

d. Souligne les conséquences de cette modernisation de l'agriculture.

e. À l'aide de tes connaissances, liste les possibles conséquences sur l'environnement, que l'extrait n'évoque pas.

Corrigés page 32 du Guide

18 Les espaces de services

Je me demande...

Où sont localisés les services sur le territoire français ? Qu'abritent les centres d'affaires ?

Les points clés

Les services représentent aujourd'hui 80 % du PIB et emploient plus de 78 % de la population active en France.

> **Mot-Clé**
> **Services** : secteur économique qui regroupe des services non marchands (éducation, santé, administration...) et des services marchands (transport, commerce...).

1 La localisation des services

- Les services se trouvent surtout dans les **villes**. Plus la ville est grande, plus elle abrite de services, et plus ceux-ci sont **spécialisés** (universités, laboratoires, hôpitaux, etc.). À l'inverse, dans les zones rurales, on trouve principalement des services de base (petits commerces, écoles, médecins).

2 Les espaces touristiques

- La France est la **1re destination touristique mondiale**. Le tourisme y est donc un secteur important pour l'économie. Ce succès s'explique par de **nombreux facteurs** : richesse du patrimoine, infrastructures développées...
- Outre **Paris**, 1er lieu visité en France, les **littoraux** et certaines **montagnes** sont bien équipés (stations balnéaires, stations de ski).
- L'un des enjeux actuels est de **concilier tourisme de masse** et **développement durable**. La fréquentation excessive de certains sites entraîne des atteintes à l'environnement. La création de **parcs naturels** tente d'y remédier.

3 Les centres d'affaires

- Ces quartiers regroupent **bureaux** et **sièges sociaux** d'entreprises et sont généralement situés dans les **métropoles**, soit au centre des villes, soit dans des quartiers créés à la périphérie. Bien desservis par les transports, ils sont constitués de **grandes tours**, qui ont un aspect pratique (abriter un grand nombre de bureaux) et symbolique (montrer la puissance de l'entreprise).

En anglais, les quartiers d'affaires sont appelés Central Business District (*CBD*).

Le document clé

Les espaces touristiques en France

1. Expliquer. La légende contient trois types de figurés : des couleurs pour les formes de tourisme (baignade, ski, culturel), des figurés ponctuels (carrés pour les parcs de loisirs) et des figurés linéaires (traits pour les axes et flèches pour les flux).

2. Conclure. Le tourisme se localise dans les villes, mais il peut aussi concerner des espaces peu habités (montagnes). Les zones les plus touristiques sont la région parisienne, les littoraux méditerranéen et atlantique, les Alpes et les Pyrénées.

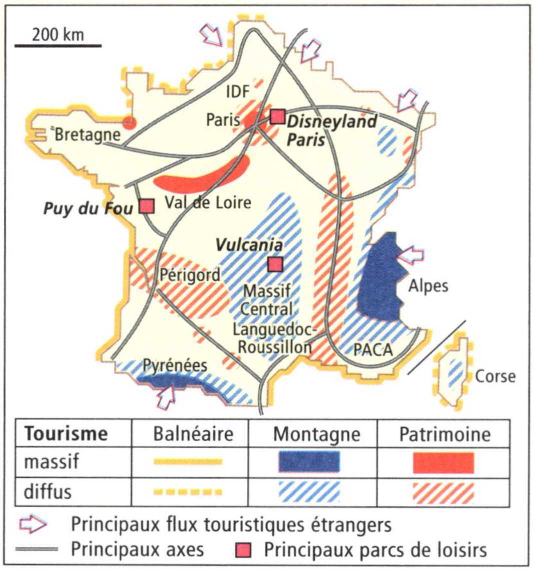

On s'entraîne !

1 QUIZ

Vrai ou faux ?

	V	F
a. L'industrie emploie plus de monde que les services.	❑	❑
b. La France est un pays touristique.	❑	❑
c. Les services spécialisés se situent sur tout le territoire.	❑	❑
d. Les services représentent la plus grosse part du PIB.	❑	❑
e. Disneyland Paris est un parc naturel.	❑	❑
f. Le tourisme balnéaire se pratique en montagne.	❑	❑
g. Une métropole est une ville qui abrite des centres de décision exerçant une influence sur un espace plus ou moins large.	❑	❑
h. Des espaces peu peuplés, comme les montagnes, peuvent être des lieux touristiques.	❑	❑

2 Un espace dédié aux services

Étudie la photographie, puis réponds aux questions.

a. Où se situe ce quartier ?

....

b. De quel type de quartier s'agit-il ? Qu'y trouve-t-on ?

....

....

c. Quel type de bâtiments domine dans ce quartier ?

....

d. Quelles sont les fonctions de ces bâtiments ?

....

e. Dans quelle autre partie des villes peut-on trouver ce type de quartier ?

....

Le quartier d'affaires de La Défense, à l'Ouest de Paris.

3 SPÉCIAL BREVET

Dans un développement construit d'une vingtaine de lignes, décris et explique les évolutions récentes des espaces productifs français.

Pense à bien structurer ton développement, et n'oublie pas de rédiger une introduction et une conclusion.

? indice

Un espace productif est aménagé et mis en valeur pour produire des richesses. Tu dois donc parler des activités industrielles, agricoles et de services. Commence par relire les chapitres 16, 17 et 18.

Corrigés page 33 du Guide

19 Les espaces de faible densité

Je me demande...
Quels sont les atouts de ces espaces ? Pourquoi certains sont-ils en difficultés ?

Les points clés

Les espaces de faible densité (moins de 30 hab./km^2) s'étendent principalement des Ardennes aux Pyrénées en passant par le Massif Central : c'est la **« diagonale des faibles densités »**.

1 Des difficultés à surmonter

- Certains espaces voient leur **population diminuer et vieillir** (Corse, Morvan, Massif Central). Cela s'explique par :
  - leur **enclavement** (isolement) ;
  - la **disparition des services publics** (école, bureau de poste, etc.) et **de proximité** (petits commerces, etc.) ;
  - le **recul des activités agricoles**, un tourisme peu développé.
- Les pouvoirs publics essaient d'y relancer l'activité (octroi de labels agricoles, tourisme).

2 Des atouts à valoriser

Certains espaces de faible densité sont dynamisés par...

- **un cadre de vie agréable** qui attire de nouveaux habitants.
  EXEMPLES
  Périgord, Corse
- **une agriculture productiviste**
  EXEMPLES
  Beauce, Picardie
- **le tourisme** (ski, tourisme vert...).
  EXEMPLES
  Alpes, Pyrénées

Le document clé

Les espaces de faible densité

Une inégale répartition de la population
- Corse : Espace marqué par la déprise et le dépeuplement
- Espaces de faible densité (< à 30 hab./km^2)
- « Diagonale des faibles densités »
- Aire urbaine

Des espaces dynamisés par le tourisme
- Stations de sports d'hiver
- Littoraux touristiques
- Parcs naturels
- Landes : Tourisme vert

Des espaces dynamisés par l'agriculture
- Beauce : Région d'agriculture intensive
- Champagne : Région d'agriculture spécialisée

1. Expliquer. La carte présente les espaces de faible densité en France (moins de 30 hab./km^2), en jaune. Elle montre également les différentes activités présentes dans ces espaces : différentes formes de tourisme ou d'agriculture.

2. Conclure. Tous ces espaces ne sont pas « en crise », ni en voie de dépeuplement. Certains s'en sortent mieux que d'autres, dynamisés par l'agriculture, le tourisme et/ou l'industrie.

On s'entraîne !

1 QUIZ

Coche la (ou les) bonne(s) réponse(s).

a. Les espaces de faible densité correspondent :
- ☐ aux espaces ruraux.
- ☐ aux montagnes.
- ☐ à certains littoraux.

b. Une agriculture moderne nécessite :
- ☐ peu de main-d'œuvre.
- ☐ beaucoup de main-d'œuvre.
- ☐ aucune main-d'œuvre.

c. Les espaces ruraux en difficulté sont marqués :
- ☐ par une diminution de leur population.
- ☐ par un vieillissement de leur population.
- ☐ par la disparition des services publics.

d. Dans les montagnes en difficulté, les aides au développement proviennent :
- ☐ de l'État.
- ☐ de l'Union européenne.
- ☐ des collectivités territoriales.

2 *Des montagnes dynamiques*

Étudie la carte, puis réponds aux questions.

a. Sur la carte, indique le nom des différents massifs montagneux.
b. Quelles activités permettent un dynamisme des montagnes ?
c. Est-ce le cas pour tous les massifs montagneux ? Justifie ta réponse.
d. À quelle difficulté supplémentaire sont confrontés une partie du Massif central et les Vosges ? Explique ta réponse.

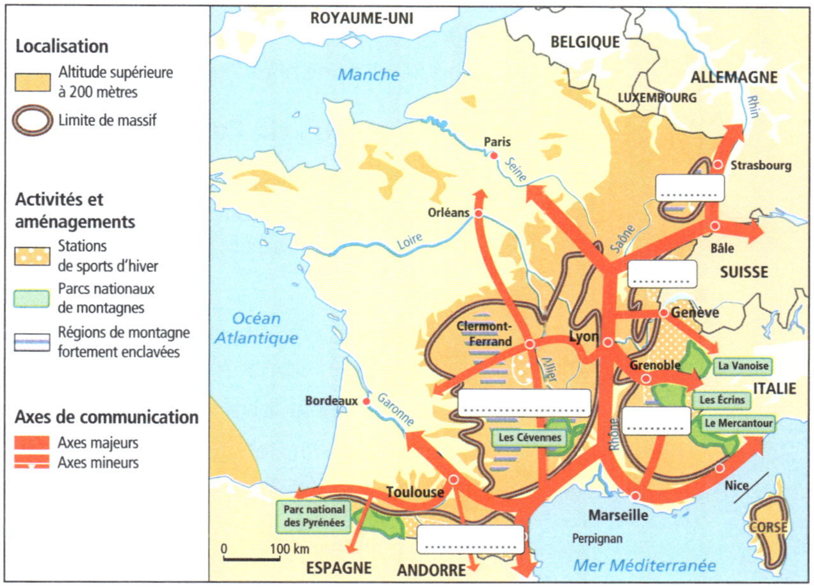

Les montagnes dans l'espace français.

3 SPÉCIAL BREVET

Observe la photo puis réponds aux questions.

a. Présente et localise le document.
b. Comment qualifier la densité de population ?
c. Quel type de paysage agricole apparaît sur la moitié gauche du document ? Justifie ta réponse.
d. Pourquoi avoir installé l'usine à cet endroit ?

La culture de la pomme de terre dans la Marne.
(A) Usine McCain (B) Champs
(C) Gare de marchandises de Fagnières (D) Autoroute A26.
L'usine McCain est la plus grande usine de frites surgelée d'Europe.

Corrigés page 33 du Guide

20 L'aménagement contre les inégalités

Je me demande…
De quelles natures sont les inégalités entre territoires ? Comment les réduire ?

Les points clés

1 Les inégalités entre territoires

- L'organisation du territoire français est dominée par **Paris**.

Les espaces les plus dynamiques sont…
- **les métropoles** (en premier lieu Paris) qui concentrent pouvoirs et richesses
- **les régions frontalières** (surtout Nord et Est) qui ont une position d'interface
- **les façades littorales** qui ont une position d'interface

- Tous ces espaces dynamiques sont particulièrement **bien desservis par les transports** et peuvent donc **s'intégrer à la mondialisation**.

2 Les acteurs et les enjeux de l'aménagement

- La mondialisation a accentué les inégalités entre territoires. L'aménagement du territoire est donc une **tentative des pouvoirs publics** – UE, État via le CGET (Commissariat général à l'égalité des territoires) et collectivités territoriales – pour **réduire ces inégalités**.
- Les **enjeux** sont donc de :
  - **désenclaver les territoires** en permettant à chacun de **se déplacer plus facilement** (création de LGV, transports en commun dans les aires urbaines…) ;
  - **redynamiser les espaces ruraux** grâce à de **nouvelles activités** et **populations** ;
  - **assurer plus de mixité sociale** dans les aires urbaines et **améliorer les conditions de vie** dans certains espaces pauvres (installations culturelles, transports…).

Le document clé

Carte par anamorphose des liaisons TGV en France

1. Expliquer. Les distances sont déformées par le temps de parcours. Ainsi, Lyon, Marseille, Lille, Rennes ou Strasbourg apparaissent plus proches que dans la réalité car elles profitent de liaisons TGV qui les relient directement à Paris.

2. Conclure. Le TGV est révélateur de la métropolisation, puisqu'il ne relie que des grandes villes. Cette carte montre aussi que certaines parties du territoire sont moins bien reliées, comme le centre ou le Sud-Ouest. Paris domine le réseau ferroviaire et reste le centre des LGV.

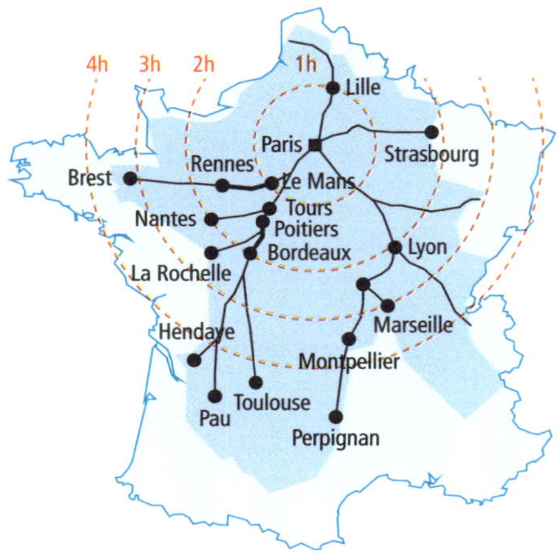

— LGV mises en service en 2017 *Source* : SNCF

On s'entraîne !

1 QUIZ

Coche la (ou les) bonne(s) réponse(s).

a. Sur le territoire français, la prépondérance de Paris est :
- ❑ démographique.
- ❑ économique.
- ❑ politique.

b. Les littoraux sont dynamisés par des activités :
❑ agricoles. ❑ industrielles. ❑ touristiques.

c. Les territoires sont aménagés par :
❑ l'UE. ❑ la région. ❑ le département.

d. La politique d'aménagement du territoire entraîne la réalisation de projets à l'échelle :
❑ nationale. ❑ régionale. ❑ locale.

2 *Le territoire français*

Observe le fond de carte, puis complète la légende et la carte.

a. Complète la légende en intégrant les figurés manquants et en choisissant les couleurs appropriées.
b. Indique le nom des mers et océans, et des ZIP suivants : Dunkerque ; Le Havre ; Fos-sur-Mer.

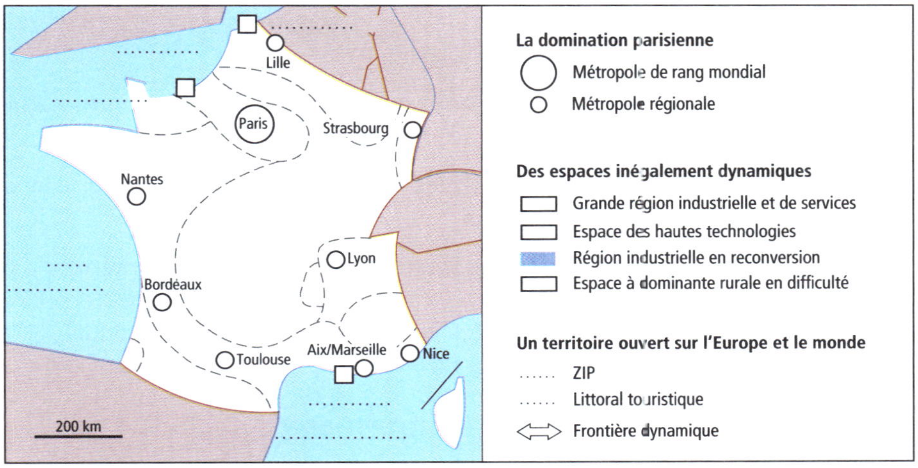

L'organisation du territoire français.

3 SPÉCIAL BREVET

Lis le texte et réponds aux questions.

La LGV Sud Europe Atlantique

La nouvelle ligne [à grande vitesse] améliorera l'attractivité économique des territoires desservis grâce à une réduction des temps de parcours. La LGV assurera la liaison Paris-Bordeaux en 2 heures environ contre 3 aujourd'hui. Cette performance confère au rail un avantage comparatif significatif sur les autres modes de transport. En termes d'aménagement du territoire, la LGV SEA constituera un maillon de l'axe transeuropéen reliant, par la façade atlantique, les régions du Nord de l'Europe avec le Sud-Ouest de la France et la péninsule ibérique. [...] Son coût est estimé à 7,8 milliards d'euros.

Communiqué de la LGV SEA Tours-Bordeaux, 2015. DR.

a. En quoi consiste l'aménagement présenté ?

....

b. Quels acteurs interviennent dans ce projet ?

....

....

c. Montre que le projet est important tant à l'échelle nationale qu'européenne.

....

....

? indices

b. Le financement est réparti entre la SNCF (1 milliard d'euros), les pouvoirs publics (3 milliards d'euros, dont 1,5 de l'UE) et la société privée LISEA (3,8 milliards d'euros).
c. Le TGV est avantageux aussi parce qu'il émet moins de gaz à effet de serre que le transport routier.

Corrigés page 33 du Guide

21 Les territoires ultramarins

Je me demande...

Quelles sont les spécificités des territoires ultramarins français ?

Les points clés

1 Les territoires ultramarins français

- La France possède des territoires ultramarins de quatre types : les **DROM**, les **COM**, la Nouvelle-Calédonie (**POM**) et les **TAAF** au statut particulier.
- Grâce à eux, la France possède la 2ᵉ **ZEE** du monde, notamment exploitée pour la pêche. Ces territoires ont aussi un **intérêt stratégique** : avec eux, la France est présente sur tous les continents et océans (bases militaires).

2 Les spécificités de l'outre-mer

- Les territoires ultramarins sont exposés à de fortes **contraintes naturelles** : climat polaire (Terre Adélie), cyclones aux Antilles, volcanisme (Martinique).
- **L'industrie y est peu développée** et on a, au contraire, une **survalorisation de l'agriculture et du tourisme**.
- Enfin, le **niveau de développement** de ces territoires est **inférieur à celui de la métropole**. Néanmoins, par rapport aux pays voisins, ces territoires apparaissent comme riches et développés : ils sont donc **attractifs**, ce qui entraînent d'**importants flux migratoires**, parfois illégaux.

Mots-Clés

- **DROM** : Département et région d'outre-mer.
- **COM** : Collectivité d'outre-mer.
- **POM** : Pays d'outre-mer.
- **TAAF** : Terres australes et antarctiques françaises.
- **ZEE** : Zone économique exclusive.

3 L'aménagement de l'outre-mer

- De nombreux projets sont menés pour **aménager ces territoires spécifiques** et répondre aux **besoins des populations**, tout en réduisant les **inégalités**. Ce peuvent être des projets liés aux **transports** (route, pont, aéroport) et au **tourisme**.
- Pour cela, l'outre-mer reçoit des **aides financières** de l'État, mais aussi de l'Union européenne.

Le document clé

La France ultramarine

1. Expliquer. La France possède quatre types de territoires ultramarins, représentés en différentes couleurs sur la carte.

2. Conclure. Les DROM sont administrés comme les départements et régions de métropole. Dans les COM, l'État garde ses fonctions régaliennes, mais il existe une Assemblée territoriale qui possède une certaine autonomie. La Nouvelle-Calédonie bénéficie d'une autonomie encore plus grande.

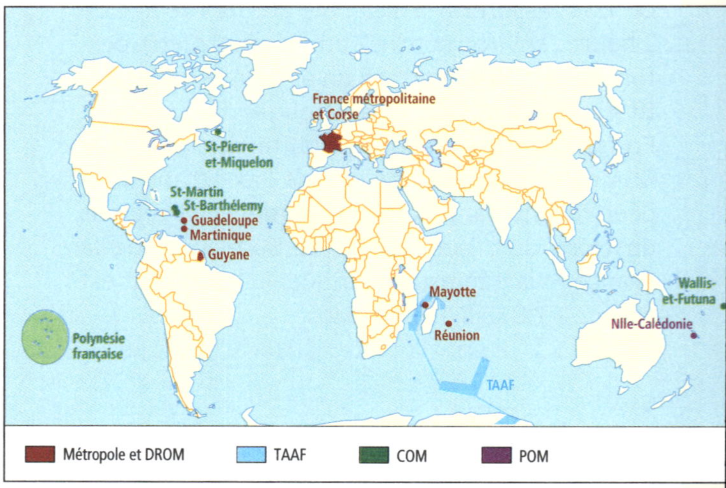

On s'entraîne !

1 QUIZ

Vrai ou faux ?

	V	F
a. La Guyane est un DROM.	☐	☐
b. Les territoires ultramarins représentent un intérêt économique.	☐	☐
c. En métropole, le PIB/hab. est moins élevé qu'outre-mer.	☐	☐
d. Les territoires ultramarins ne reçoivent aucune aide spécifique.	☐	☐

2 Un DROM : la Réunion

Étudie la carte et le texte, puis réponds aux questions.

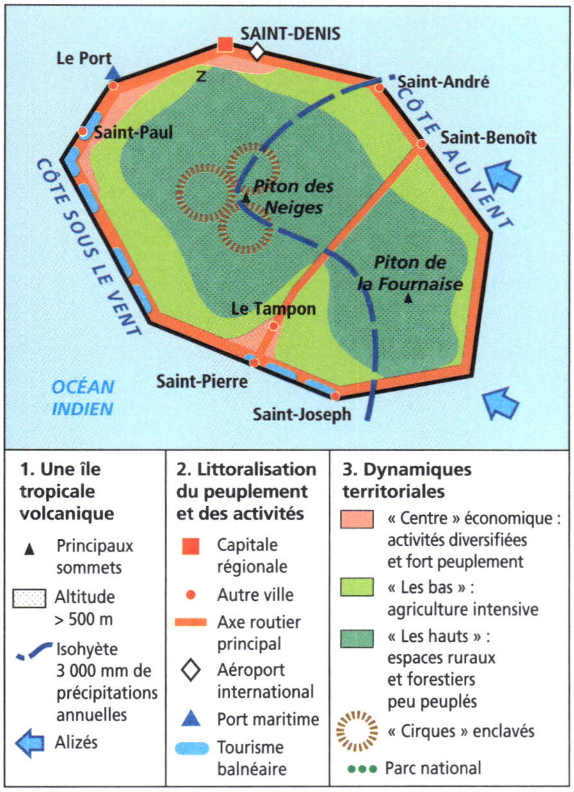

La route du littoral à La Réunion

Pour mettre fin aux embouteillages, la région décide en 2013 de construire, entre Saint-Denis et Le Port, une nouvelle route (2 × 3 voies) de 12 km, ainsi qu'un viaduc de 5,5 km. Construite sur pilotis, cette route est conçue pour résister à des rafales de vent de 150 km/h et des vagues de 10 m. Coût initial : 1,66 milliards d'euros, financé à 49 % par l'État, 42 % par la région et 9 % par l'UE.

a. À quelles contraintes naturelles est soumis le territoire réunionnais ?
b. Sur quelles activités repose l'économie réunionnaise ?
c. De quel projet d'aménagement est-il question dans le texte ?
d. Quelles améliorations un tel projet peut-il apporter ?

? indice

Située à flanc de falaise, l'ancienne route reliant Saint-Denis à Le Port coûtait cher à entretenir, était souvent impraticable, et pas suffisamment large pour absorber le trafic routier.

3 SPÉCIAL BREVET

Étudie les données du tableau pour répondre aux questions.

	Guyane	France métropolitaine
Part des moins de 25 ans (en % de la population totale, en 2019)	48,1 %	29,7 %
Part des plus de 60 ans (en % de la population totale, en 2019)	8,8 %	26,1 %
Taux de natalité (en ‰, en 2018)	26,4 ‰	11,3 ‰
Taux de mortalité infantile (en ‰, en 2017)	9,9 ‰	3,7 ‰
Taux de chômage (en % de la population active, en 2018)	19,1 %	9,1 %
PIB par habitant (en euros, en 2015)	15 853 €	32 967 €

Source : www.insee.fr, octobre 2019.

a. La Guyane est-elle une région jeune ou vieillissante ? Justifie ta réponse.
b. Compare le taux de chômage de la Guyane et de la France métropolitaine.
c. Compare le PIB/hab. de la Guyane et de la France métropolitaine.
d. Montre que ces deux indicateurs ont des conséquences sur les conditions de vie de la population en Guyane.

Corrigés page 34 du Guide

22 L'Union européenne

Je me demande…
Qu'est-ce qui caractérise le territoire de l'UE ? Quelle place y occupe la France ?

Les points clés

1 L'UE, un territoire en construction et en contrastes

- Après plusieurs élargissements et suite à la sortie du Royaume-Uni en janvier 2020 (Brexit), l'UE compte **27 membres**. **Sept pays souhaitent y adhérer** (Turquie, Serbie, Macédoine…).
- La **coopération** entre pays membres est incomplète : certains n'appartiennent pas à la zone euro et/ou à l'espace Schengen.
- Le territoire est marqué par de **fortes inégalités** entre anciens et nouveaux membres. Les **États du Nord-Ouest** sont plus **riches et développés** que ceux du Sud et de l'Est.
- La **mégalopole** est l'espace le plus riche et le plus dynamique, du sud de l'Angleterre au nord de l'Italie, en passant par l'Allemagne (voir carte p. 178).
- Pour réduire ces écarts, l'UE a mis en place une **politique de cohésion sociale et territoriale** : elle verse des **aides financières** pour la réalisation de projets.

Mot-clé
Mégalopole : Très grande agglomération urbaine formée de plusieurs grandes villes proches.

2 La France dans le territoire européen

- La France joue un **rôle important** au sein de l'UE : membre fondateur ; 2e rang dans la participation au budget ; Parlement européen à Strasbourg.
- Elle garde une **position de carrefour** avec l'**axe majeur de transport Lille-Paris-Lyon-Marseille**. Position renforcée par la **politique de transport** qui s'inscrit dans une **logique européenne** (Thalys, LGV SEA…).
- Seul le Nord-Est appartient à la mégalopole. Mais, les **régions frontalières** sont très bien intégrées dans l'espace européen : elles permettent les **échanges** et les **projets entre pays européens**, grâce notamment aux versements d'**aides financières** au titre de la **coopération transfrontalière**.

Le document clé

Le PIB par habitant dans quelques pays de l'UE

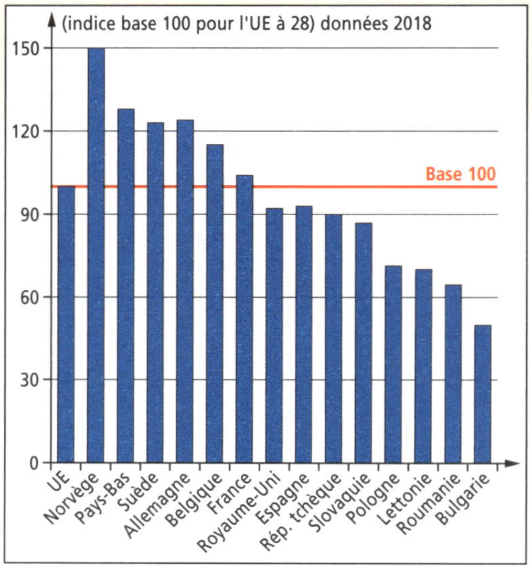

Source : Insee.

1. Expliquer. À gauche du graphique, les pays au-dessus de 100 sont plus riches que la moyenne européenne. À droite, les pays en dessous sont moins riches que la moyenne.

2. Conclure. Les pays les moins riches sont ceux d'Europe de l'Est qui n'ont intégré l'UE qu'à partir de 2004. L'UE fournit des aides financières à ces pays et à leurs régions les plus en difficulté pour qu'ils comblent leur retard.

On s'entraîne !

1 QUIZ

Vrai ou faux ?

	V	F
a. La Turquie et la Serbie sont candidates à l'entrée dans l'UE.	☐	☐
b. La mégalopole est un espace faiblement urbanisé.	☐	☐
c. La mégalopole est l'espace le plus riche de l'UE.	☐	☐
d. La mégalopole s'étend de Paris à Berlin.	☐	☐
e. Les pays d'Europe de l'Est sont entrés dans l'UE à partir de 2004.	☐	☐
f. La France appartient à la partie la plus riche et la plus développée de l'UE.	☐	☐
g. En France, la politique de transport s'inscrit aujourd'hui dans une dimension nationale.	☐	☐
h. L'UE n'incite pas à la coopération transfrontalière.	☐	☐

2 *Une coopération transfrontalière*

Lis le texte, puis réponds aux questions.

L'Eurodistrict Strasbourg-Ortenau

L'Eurodistrict Strasbourg-Ortenau a été créé en 2005. C'est un territoire franco-allemand rassemblant des communes de part et d'autre du Rhin, qui se sont regroupées pour faire disparaître la frontière, faire tomber les barrières administratives et faciliter la vie quotidienne des habitants.

Le Conseil de l'Eurodistrict, une assemblée à parité franco-allemande, prend les décisions importantes qui permettent à l'Eurodistrict de fonctionner, il vote ainsi le budget et fixe annuellement les grandes orientations.

L'Eurodistrict est actif dans tous les domaines de la vie quotidienne, du transport (prolongation du tram strasbourgeois jusque Kehl) à la sécurité (formation conjointe de policiers français et allemands) en passant par la culture (organisation d'événements) ou l'éducation (aide au bilinguisme avec le remboursement des frais de transport en cas d'échanges entre élèves français et allemands). La participation des citoyens et des associations du territoire permet de construire un programme d'actions partagé par l'ensemble de la population des deux rives du Rhin.

Source : www.eurodistrict.eu.DR

a. Qui dirige l'Eurodistrict ?
b. Quels sont ses objectifs ?
c. Cite deux domaines d'action de l'Eurodistrict, avec un exemple d'action pour chaque domaine.
d. Pourquoi peut-on parler d'une coopération transfrontalière ?

3 SPÉCIAL BREVET

Étudie la carte, puis réponds aux questions.

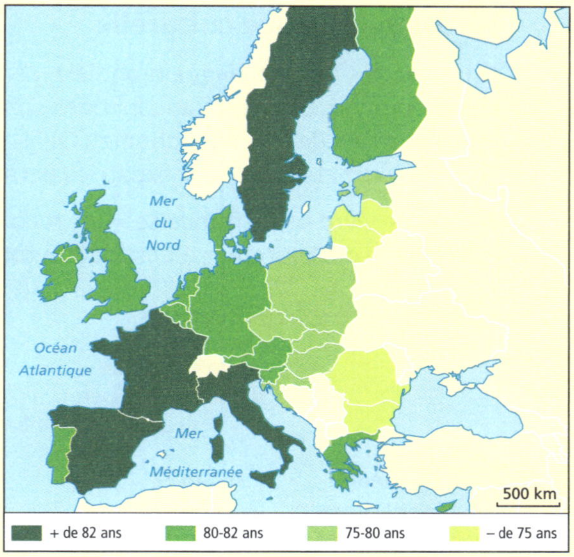

Espérance de vie à la naissance dans l'UE en 2018.
Source : PNUD.

a. Définis l'espérance de vie.
b. Quel indicateur prend en compte l'espérance de vie ?
c. Cite deux pays avec une forte espérance de vie (> 82 ans) et deux pays avec une faible espérance de vie (< 75 ans).
d. Que peux-tu en conclure ?

? indice

L'espérance de vie est l'un des indicateurs pris en compte dans l'IDH, et permet donc d'apprécier les conditions de vie dans un pays.

Corrigés page 34 du Guide

23 La France dans le monde

Je me demande...

Quelle influence la France exerce-t-elle dans le monde ? par quels moyens ?

Les points clés

1 Une des 10 premières économies mondiales

- La France joue un **important rôle économique** dans le monde. Elle figure **parmi les 10 premières économies mondiales** avec un PIB de plus de 2 700 milliards de dollars en 2018.
- Elle est une **puissance agricole, industrielle et de services**. Son savoir-faire est reconnu et plusieurs de ses **firmes transnationales** (FTN) figurent parmi les premières mondiales.
- La France est également une **puissance commerciale**. Elle est un des 10 premiers pays exportateurs **de marchandises et de services**. Mais, sa **balance commerciale est négative** : elle importe plus qu'elle n'exporte.

2 Une influence culturelle

- Le français est une **langue mondiale**, parlée par plus de 300 millions de personnes dans le monde. Les pays francophones sont d'ailleurs regroupés dans l'**Organisation Internationale de la Francophonie** (OIF). Les **médias** (France 24, TV5 Monde) et la présence de nombreux **expatriés** permettent aussi la promotion de la langue française.
- L'**art de vivre « à la française »** est reconnu partout (gastronomie, mode, luxe) et la France est la **première destination touristique au monde**.

3 Un rôle géopolitique

L'influence géopolitique de la France est...

diplomatique
- membre permanent du Conseil de Sécurité de l'ONU
- réseau de 160 ambassades à travers le monde

militaire
- un des 9 pays disposant de l'arme nucléaire
- nombreuses bases à travers le monde

humanitaire
- un des principaux pays donateurs de l'Aide publique au développement (APD)
- troupes militaires menant des missions d'aides aux populations

Le français est la 5e langue la plus parlée dans le monde.

Le document clé

Les opérations extérieures

1. Expliquer. La carte montre où intervenaient les militaires français en août 2019.

2. Conclure. Ils intervenaient surtout en Afrique et au Moyen-Orient, à titre national (opérations Barkhane ou Sangaris), ou international (opération Minusma au Mali).

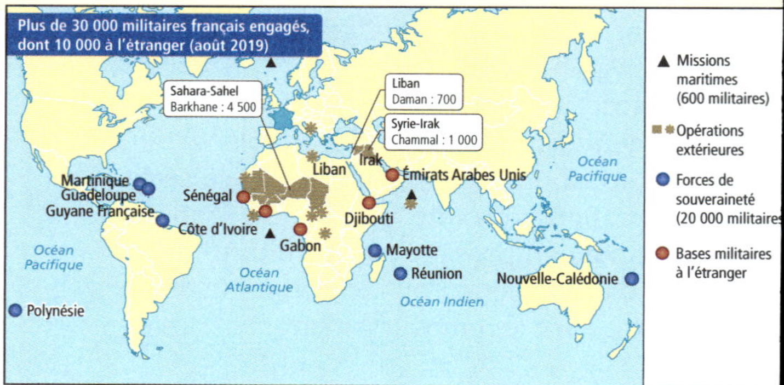

On s'entraîne !

1 QUIZ

Vrai ou faux ?

	V	F
a. La France est une puissance de services.	☐	☐
b. La France n'est pas membre permanent du Conseil de sécurité de l'ONU.	☐	☐
c. La France dispose de l'arme nucléaire.	☐	☐
d. Le français est la langue officielle d'autres pays que la France.	☐	☐
e. La France est la 3e destination touristique au monde.	☐	☐

2 La France, une puissance économique

Le classement des FTN basées en France

	Rang mondial	Chiffres d'affaires (en milliards de $)
Axa (assurances)	27e	149,4
Total (énergie)	28e	149
BNP Paribas (banque)	44e	117,3
Carrefour (commerce)	68e	91,2
Crédit Agricole (banque)	82e	84,2
EDF (énergie)	94e	78,4
Engie (énergie)	104e	75,2

Source : *Fortune Global 500*, 2018.

a. Présente le document.
b. Quel aspect de la puissance française est ici illustré ?
c. Sur quel secteur repose la puissance française ? Justifie ta réponse.

3 SPÉCIAL BREVET

Étudie la carte, lis le texte, puis réponds aux questions.

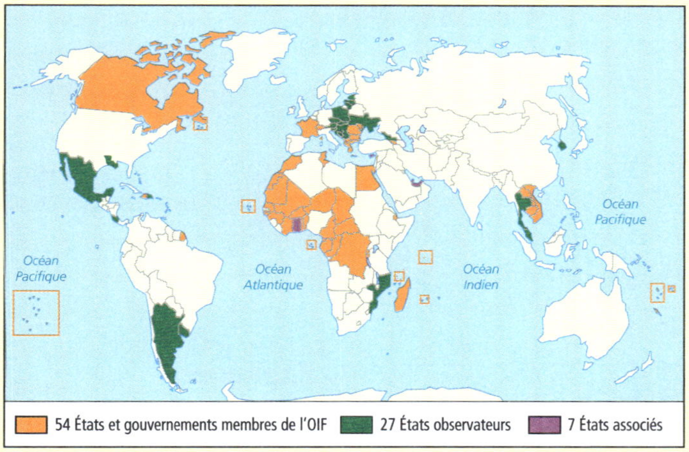

L'OIF dans le monde.

a. Qu'est-ce que l'OIF ?
b. Quelles sont les missions de cette organisation ?
c. Combien de pays regroupe cette organisation ?
d. Sur quel continent se situe la majorité des pays membres de l'organisation ? Cite des exemples.
e. Pourquoi ces pays sont-ils francophones ?

? indice

e. Les raisons sont historiques : relis donc le chapitre 8 de la partie Histoire.

Les missions de l'OIF

Les objectifs de la Francophonie ont été définis pour 8 ans par le sommet des chefs d'État et de gouvernement des pays membres, réunis en novembre 2014 à Dakar :

- accroître le rayonnement international et le développement de l'usage de la langue française ;
- renforcer le rôle et la place de la Francophonie sur la scène internationale pour améliorer le multilatéralisme et la gouvernance mondiale ;
- renforcer le rôle des femmes et celui des jeunes en tant que vecteurs de paix et acteurs de développement ;
- soutenir l'innovation et la créativité au service de l'économie dans une perspective de développement durable.

D'après www.francophonie.org

Corrigés page 34 du Guide

24 L'Union européenne dans le monde

Je me demande...
Quelle influence l'Union européenne exerce-t-elle dans le monde ?

GÉOGRAPHIE

Les points clés

1 Une puissance à l'échelle mondiale

L'UE, une puissance...

économique et commerciale
- 1re puissance commerciale grâce au marché commun et à l'euro
- un des pôles de la Triade
- puissance agricole, industrielle et de services
- abrite des FTN très dynamiques

financière
- euro comme monnaie mondiale
- places boursières importantes (Paris, Francfort)
- importance des IDE entrants et sortants

culturelle
- 1re destination touristique

2 Un rôle diplomatique et militaire encore limité

● Le **traité de Maastricht** en 1992 et celui de **Lisbonne** en 2007 confèrent à l'UE un **rôle sur la scène internationale**. Toutefois, les pays membres **n'arrivent pas à adopter des positions communes** face aux crises internationales (lutte contre l'État islamique, crise des migrants...).

● L'UE n'a **pas d'armée véritable**. La défense de chaque pays repose sur ses propres moyens militaires et sur ses **alliances** (OTAN). Toutefois, avec la PESC (voir chapitre 9), des **opérations communes** peuvent être assurées.

Mots-Clés
- **Triade** : désigne les trois principaux pôles de puissance mondiaux (Amérique du Nord, UE et façade Asie-Pacifique).
- **Investissements directs à l'étranger (IDE)** : argent investi par une entreprise pour créer/acheter une activité à l'étranger.

Le document clé

Les pôles de puissance dans le monde

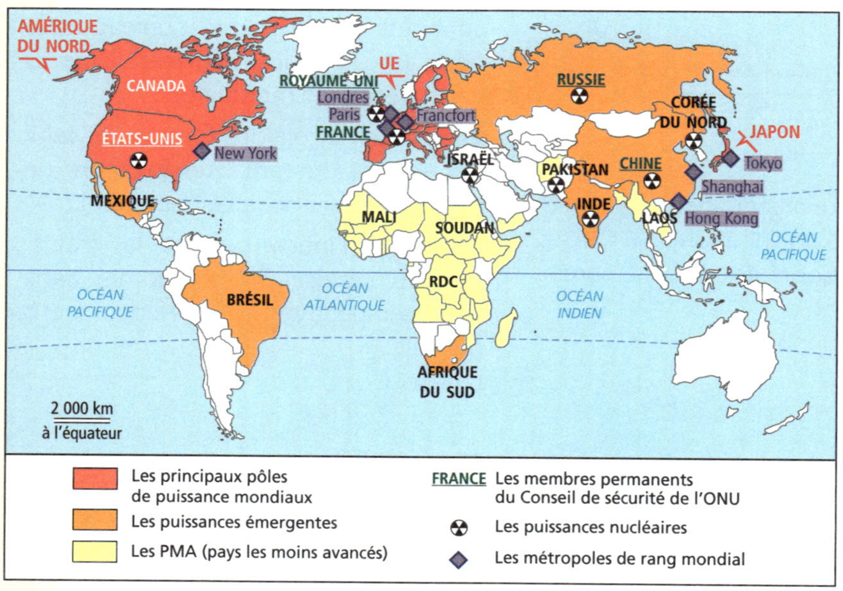

1. Expliquer.
Le planisphère montre trois catégories de pays. Il indique aussi des aspects de la puissance militaire et diplomatique.

2. Conclure.
L'UE est un des trois pôles économiques de la Triade, face aux puissances émergentes. La France et le Royaume-Uni disposent d'une puissance militaire, mais leur influence mondiale est limitée.

On s'entraîne !

1 QUIZ

Coche la (ou les) bonne(s) réponse(s).

a. L'UE est une puissance :
- ☐ commerciale.
- ☐ financière.
- ☐ diplomatique.
- ☐ militaire.

b. L'euro est entré en circulation en :
- ☐ 1992.
- ☐ 2002.
- ☐ 2004.
- ☐ 2009.

c. La PESC a été mise en place par :
- ☐ le traité de Rome.
- ☐ le traité de Maastricht.
- ☐ le traité de Paris.
- ☐ le traité de Versailles.

d. Lesquels de ces pays sont membres permanents du Conseil de sécurité de l'ONU ?
- ☐ La France.
- ☐ L'Allemagne.
- ☐ Le Brésil.
- ☐ La Russie.

e. L'UE a une puissance militaire limitée car :
- ☐ elle n'a pas d'armée propre.
- ☐ elle a un budget militaire limité.
- ☐ les États membres n'arrivent pas toujours à se mettre d'accord.

2 La puissance de l'UE

Étudie le graphique, puis réponds aux questions.

Part dans les exportations mondiales de marchandises en 2018

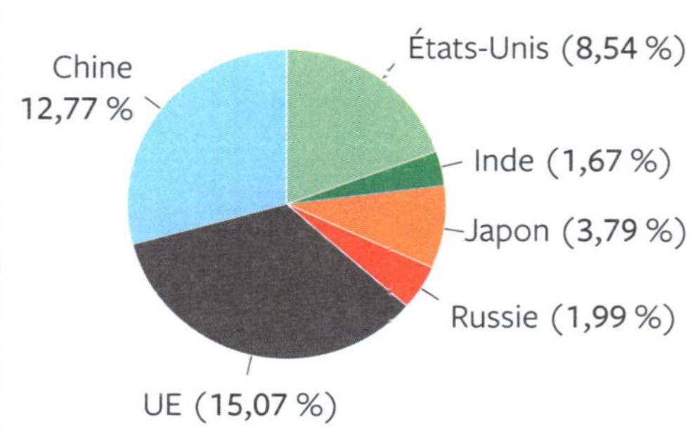

Source : Profils commerciaux, OMC, 2018.

a. Présente le document.
b. Quelle est la part de l'UE dans les exportations mondiales de marchandises en 2018 ?
c. Quel type de puissance cela montre-t-il ?
d. Selon tes connaissances, comment expliquer cette part ?
e. Donne un exemple de domaine dans lequel l'UE a encore un rôle limité.

? indice

Rappelle-toi de ce qu'ont en commun certains pays de l'UE en termes économiques.

3 SPÉCIAL BREVET

Lis le texte et regarde la photographie pour répondre aux questions.

L'opération Atalante

L'opération Atalante a pour but de lutter contre la piraterie au large des côtes de la Somalie. Elle repose sur une force opérationnelle de l'UE (ou Eufor) créée en 2008, en application de la Politique européenne de sécurité et de défense commune, avec l'accord de l'ONU. Une dizaine de pays de l'UE (France, Espagne, Belgique, Royaume-Uni...) participent à cette opération qui mobilise près de 1 800 soldats et une vingtaine de navires et d'avions jusqu'en décembre 2020.

Source : ministère de la Défense.

Des soldats allemands protègent les navires au large du Yémen.

a. Quel est le but de l'opération Atalante ?
b. Qui a organisé cette opération ?
c. Que fait le navire sur la photographie ?
d. De quelle nationalité sont les soldats de cette mission ?
e. Quels autres pays participent à cette opération ?
f. Quel rôle de l'UE est évoqué par ces documents ?

Corrigés page 34 du Guide

25 L'Union européenne et la France

1 Les adhésions à l'Union européenne

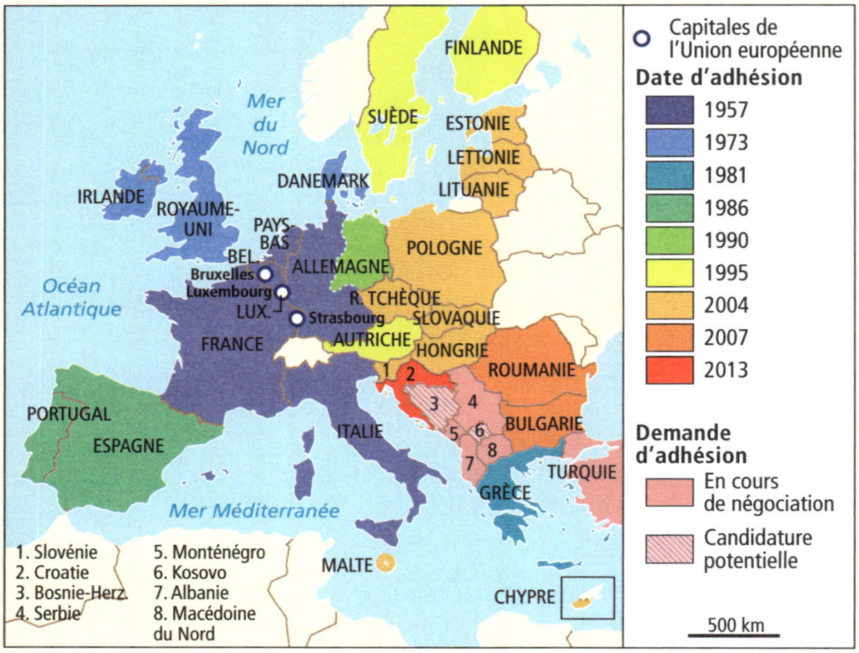

- La construction européenne est un processus long, **débuté en 1951** et toujours en cours.
- Elle est **ancrée à l'Ouest**, là où se trouvent les capitales européennes. Elle a débuté dans les démocraties alliées des États-Unis, puis, après la fin de la guerre froide, s'est ouverte à d'anciennes «démocraties populaires».
- Le 23 juin 2016, le **Royaume-Uni** a voté par référendum pour une **sortie de l'UE** (Brexit). Celle-ci prend effet le 31 janvier 2020.

2 Le PIB par habitant des régions de l'Union européenne

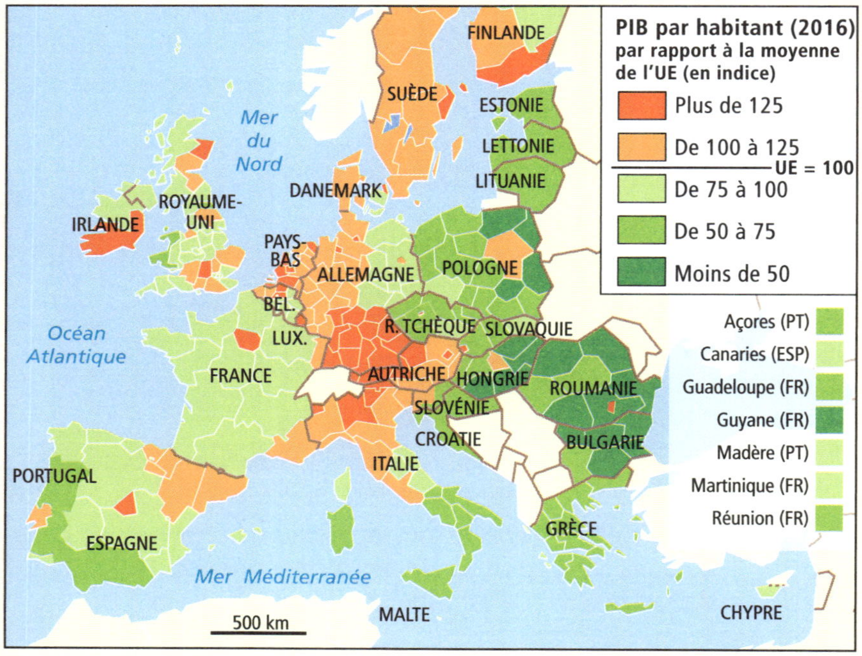

- Le PIB par habitant donne une idée du **niveau de richesse des habitants** dans un pays.
- Les populations des régions périphériques du Sud et de l'Est de l'UE sont moins riches que celles de l'Ouest.
La **mégalopole européenne** (de l'Angleterre au nord de l'Italie) est l'espace qui concentre les **plus forts PIB par habitant**.

3 La France : les grands repères et les principales aires urbaines

● La France est une « **Europe en miniature** » **des reliefs**, car on y trouve la même répartition des reliefs : des plaines et quelques plateaux au Nord, des moyennes et hautes montagnes au Sud.

● De nombreux cours d'eau s'écoulent sur le territoire français. Les **cinq fleuves principaux** sont : le Rhin, la Seine, la Loire, le Rhône et la Garonne.

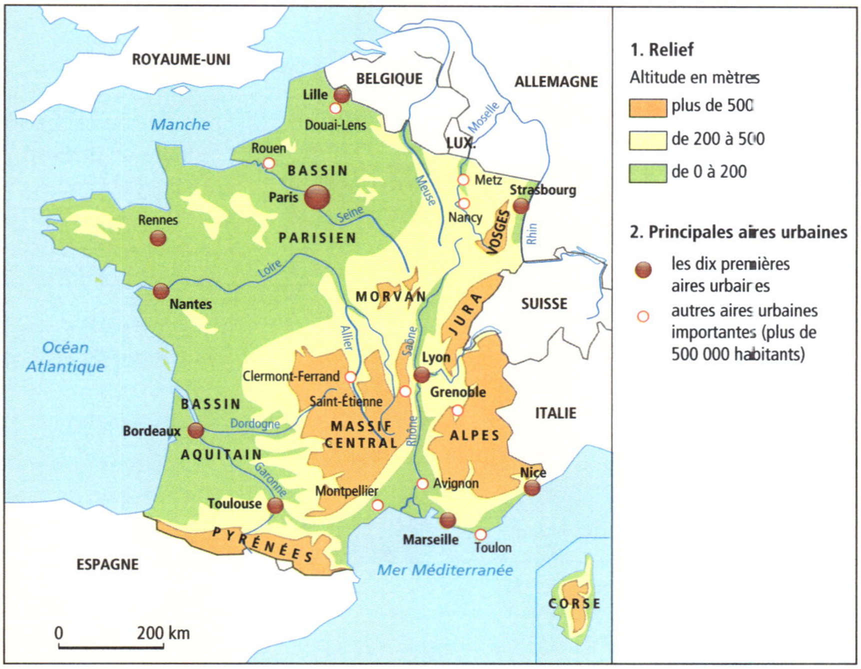

4 Les domaines bioclimatiques en France

● La France est également une « **Europe en miniature** » **des climats**, car on y retrouve la même variété de climats : océanique, continental et méditerranéen.

● Aussi, la France métropolitaine est ouverte sur le monde grâce à ses **trois grandes façades maritimes** : mer du Nord / Manche, océan Atlantique et mer Méditerranée.

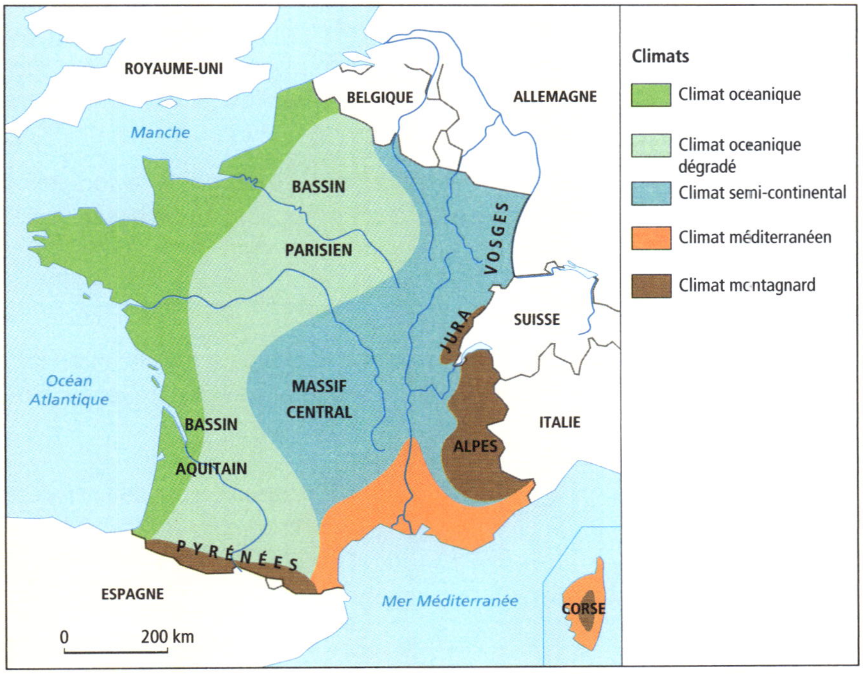

GÉOGRAPHIE

26 Être citoyen français et européen

Je me demande...

Quels sont les valeurs et les symboles des citoyennetés française et européenne ?

L'exemple qui fait réfléchir

Pourquoi ce tableau est-il souvent choisi pour représenter la République ?

Eugène Delacroix, ***La Liberté guidant le peuple***, 1830. Huile sur toile, 259 × 325 cm. Département des peintures, musée du Louvre, Paris.

- Ce tableau représente le combat pour la liberté. La **liberté** est reconnue comme un **droit fondamental** depuis la Déclaration des droits de l'homme et du citoyen de 1789 mais elle n'a pas toujours été respectée par les différents régimes politiques français du XIXe siècle.
- L'œuvre est inspirée de la **révolte du peuple de Paris en 1830** contre le roi Charles X qui voulait restreindre les libertés des Français.
- La femme au centre est devenue l'**incarnation de la liberté** et l'un des symboles de la République sous le nom de **Marianne**.

Les points clés

Les citoyens, français et européens, ont des droits mais aussi des devoirs. Ils partagent également des valeurs et des principes.

1 Être citoyen français

- Être citoyen français, c'est **adhérer aux valeurs républicaines** : la liberté, l'égalité, la fraternité et la laïcité. Ces valeurs sont à l'origine de **principes** sur lesquels repose l'organisation de l'État. Elles sont incarnées par des **symboles** : le drapeau, l'hymne (*la Marseillaise*), la devise (*Liberté, Égalité, Fraternité*), Marianne et le 14 juillet.
- La mise en œuvre de ces valeurs permet d'assurer la **cohésion de la société** par la lutte contre les discriminations au nom de l'égalité ou par l'application de droits sociaux comme l'accès aux soins au nom de la fraternité.

2 Être citoyen européen

- Depuis le **traité de Maastricht de 1992**, les citoyens des pays membres de l'Union européenne (UE) sont également des citoyens européens. Cette citoyenneté repose aussi sur des **valeurs** et des **symboles**.

Valeurs de l'UE
- la liberté
- l'égalité
- la démocratie
- le respect des droits de l'homme

Symboles de l'UE
- le drapeau (cercle de 12 étoiles sur fond d'azur)
- la devise *Unie dans la diversité*
- l'hymne tiré de la Symphonie n°9 de Beethoven
- la journée de l'Europe (le 9 mai)

On s'entraîne !

1 QUIZ

Relie chaque mot à sa définition.

▶ **Les valeurs de la République**

a. liberté
b. égalité
c. fraternité
d. laïcité

1. Fait de traiter tous les hommes de la même manière.
2. Liberté de penser et de croire ou de ne pas croire.
3. Possibilité d'agir et de s'exprimer selon sa volonté.
4. Lien de solidarité entre les hommes, comme celui qui unit des frères.

▶ **Les principes de la République**

e. indivisible
f. laïque
g. démocratique
h. sociale

5. Indépendant de toute religion.
6. Respectueux de la souveraineté du peuple.
7. Qui applique la même loi pour tous.
8. Qui se soucie des conditions de vie matérielles des membres de la société.

2 Les symboles de la République française

a. **Complète le tableau** en t'aidant des informations que tu trouveras sur le site web de l'Élysée.

	Que représente ce symbole ?	Quand a-t-il été adopté ?
Le drapeau	....	....
L'hymne	....	....
Marianne	....	....
La devise	....	....
Le 14 juillet	....	....

b. **Quels autres symboles** sont cités sur ce site ?

Le drapeau français

Liberté
Égalité
Fraternité

La devise

La Marseillaise
Allons enfants de la Patrie
Le jour de gloire est arrivé
Contre nous de la tyrannie
L'étendard sanglant est levé
L'étendard sanglant est levé
Entendez vous dans les campagnes
Mugir ces féroces soldats
Ils viennent jusque dans vos bras
Égorger nos fils, nos compagnes
Aux armes citoyens ! Formez vos bataillons !
Marchons, marchons,
Qu'un sang impur abreuve nos sillons
[...]

L'hymne français

Marianne

Le défilé du 14 juillet

3 CONTRÔLE EXPRESS

Réponds aux questions.

Manifestation du dimanche 11 janvier 2015 place de la Nation à Paris, en réaction à l'attentat du 7 janvier 2015 contre le journal *Charlie Hebdo*, dans lequel douze personnes ont été tuées. Les assassins reprochaient aux journalistes la parution de dessins qu'ils jugeaient insultants pour l'islam.

a. Explique le sens du slogan « Je suis Charlie » inscrit sur les pancartes des manifestants.
b. Quels éléments de cette photographie rappellent le tableau *la Liberté guidant le peuple* ?
c. Explique pourquoi ces personnes incarnent ici leur rôle de citoyen.

Corrigés page 35 du Guide

27 Le principe de laïcité

Je me demande...

Qu'est-ce que la laïcité ? En quoi permet-elle de mieux vivre ensemble ?

L'exemple qui fait réfléchir

Comment la laïcité est-elle appliquée dans les établissements scolaires ?

- Une **charte** est un texte composé d'un ensemble de règles à respecter.
- Depuis 2013, la Charte de la laïcité doit être **affichée dans toutes les écoles publiques** de France. Elle rappelle la **définition de la laïcité** (article 2) et la manière dont elle doit être appliquée dans les écoles publiques.
- Les personnels et les élèves sont **libres d'avoir leurs propres convictions** mais ils ne doivent pas les manifester de manière visible (articles 11 et 14).

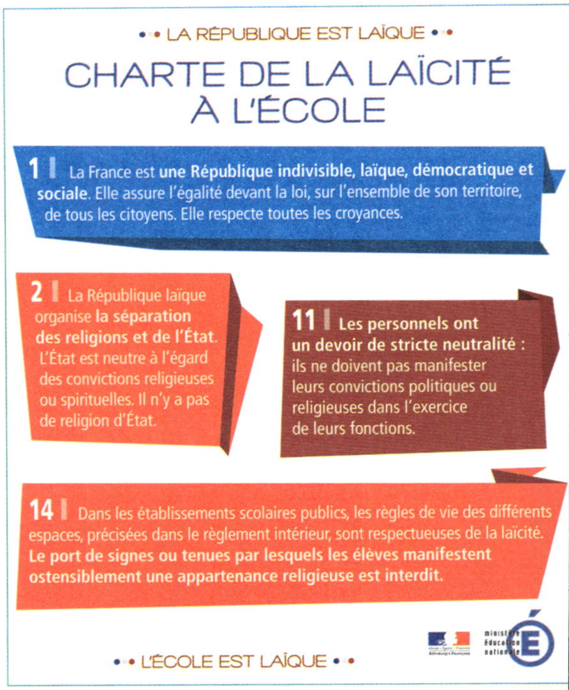
• • LA RÉPUBLIQUE EST LAÏQUE • •

CHARTE DE LA LAÏCITÉ À L'ÉCOLE

1 La France est **une République indivisible, laïque, démocratique et sociale**. Elle assure l'égalité devant la loi, sur l'ensemble de son territoire, de tous les citoyens. Elle respecte toutes les croyances.

2 La République laïque organise **la séparation des religions et de l'État**. L'État est neutre à l'égard des convictions religieuses ou spirituelles. Il n'y a pas de religion d'État.

11 **Les personnels ont un devoir de stricte neutralité :** ils ne doivent pas manifester leurs convictions politiques ou religieuses dans l'exercice de leurs fonctions.

14 Dans les établissements scolaires publics, les règles de vie des différents espaces, précisées dans le règlement intérieur, sont respectueuses de la laïcité. **Le port de signes ou tenues par lesquels les élèves manifestent ostensiblement une appartenance religieuse est interdit.**

• • L'ÉCOLE EST LAÏQUE • •

Affiche du ministère de l'Éducation nationale, de l'Enseignement supérieur et de la Recherche.

Les points clés

1 L'instauration de la laïcité

- La laïcité est un **principe fondateur** de la République française instaurant la séparation du pouvoir religieux et du pouvoir politique. Il naît avec l'affirmation de la liberté de conscience au moment de la Révolution française.
- Il s'enracine ensuite tout au long du XIXe siècle chez les défenseurs de la République, en réaction à l'influence de l'Église catholique qui s'oppose aux valeurs libérales et démocratiques. La loi de **séparation des Églises et de l'État** est votée en 1905. Désormais, aucune religion n'est reconnue ni financée par l'État.

2 Le principe à la croisée des valeurs républicaines

- L'article premier de la Constitution française indique que la République assure l'égalité devant la loi de tous les citoyens sans distinction d'origine, de race ou de religion. La laïcité renforce donc l'**égalité entre les citoyens** puisque tous ont les mêmes droits et les mêmes devoirs quelle que soit leur religion.

3 Les défis de la laïcité

- L'article 14 de la Charte de la laïcité fait référence à la loi de 2004 sur les signes religieux : elle interdit dans l'enceinte des établissements scolaires le port du voile islamique, de la kippa et des croix de grande taille. Garantie du vivre ensemble, la laïcité est un **principe républicain qui doit être expliqué et défendu**.

On s'entraîne !

1 QUIZ

Coche la (ou les) bonne(s) réponse(s).

a. La laïcité est :

- ☐ un principe d'organisation de la société.
- ☐ l'interdiction des religions.
- ☐ un droit de l'homme.

b. La laïcité renforce :

- ☐ l'égalité entre les citoyens.
- ☐ la liberté de conscience.
- ☐ la liberté d'expression.

2 *Les enjeux de la laïcité*

Étudie cette bande dessinée et ce texte pour répondre aux questions.

Document 1 : La laïcité au quotidien

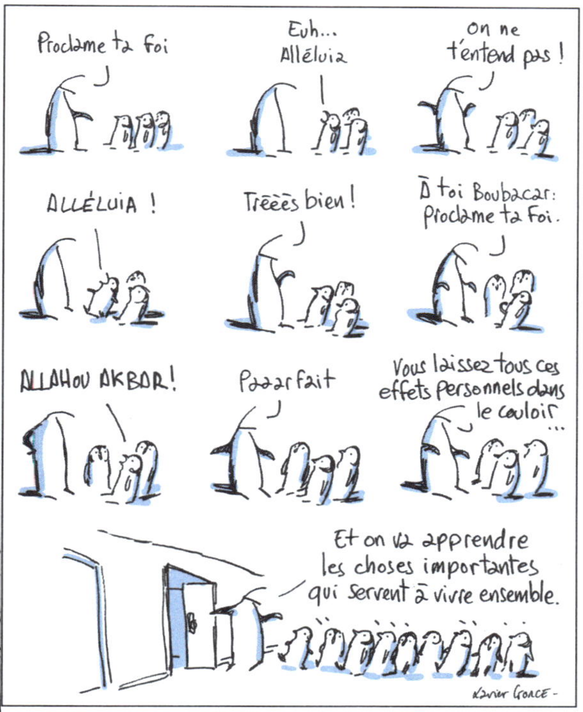

xaviergorce.blog.lemonde.fr/

a. Quelle situation est représentée ?
b. Comment cette bande dessinée représente-t-elle la diversité des croyances religieuses ?
c. En quoi illustre-t-elle la laïcité à l'école ?

Document 2 : Des débats complexes

Plus de 110 ans après la promulgation de la loi fondatrice de séparation des Églises et de l'État, en 1905, le principe de laïcité continue d'animer les débats de société. Un enseignant du CNAM (Conservatoire National des Arts et Métiers) évoque ici les enjeux du débat.

> Au-delà des traditions, des multiples définitions de la laïcité (comme valeur antireligieuse ou comme principe de séparation et en France progressivement de neutralité de l'État), on a vu ressurgir des polémiques ou des discours prônant une laïcité intransigeante. [...] L'extrême droite française, dès la fin des années 2000, a dénoncé le communautarisme et défendu la laïcité, contre les manifestations ostentatoires d'appartenance religieuses, particulièrement le voile islamique intégral. Les héritiers des traditions d'extrême droite étaient antérieurement hostiles à la laïcité d'État ou du moins très proche de conceptions catholiques ultra conservatrices. Cette situation dans laquelle la laïcité est instrumentalisée de manière différente entraîne des ambiguïtés [...] et des débats enchevêtrés entre combat contre l'islamisme, pour la laïcité, contre les discriminations, etc.
>
> *« Quels enjeux pour la laïcité en France ? », entretien avec Jean-Claude Ruano-Borbalan, CNAM-Le Blog, 2017.*

d. Explique les deux définitions de la laïcité évoquées par l'auteur.
e. Comment a évolué l'attitude de l'extrême-droite française à l'égard de la laïcité ? Explique cette évolution.
f. Explique les différentes manières d'instrumentaliser la laïcité selon l'auteur.

? indice

Tu peux mobiliser un exemple tiré de l'actualité pour enrichir ton explication.

3 CONTRÔLE *EXPRESS*

Rédige un paragraphe de quelques lignes en suivant la consigne.

Dans un collège public, un élève souhaite venir avec un turban, qu'il porte pour des raisons religieuses. Explique pourquoi il n'a pas le droit.

? indice

Appuie-toi sur la charte de la laïcité en la citant.

Corrigés page 35 du Guide

28 Le citoyen et la démocratie

Je me demande…
De quelles manières le citoyen est-il au cœur de la démocratie française ?

L'exemple qui fait réfléchir

Des collégiens acteurs de la démocratie

Le conseil municipal des collégiens de Pierrefitte-sur-Seine

Seuls les élèves de 5e et de 4e peuvent voter et présenter leur candidature à l'élection des conseillers. […] le mandat de conseiller dure deux ans. Chaque élève qui se porte candidat doit remplir une profession de foi qui le présente, un document qui est affiché dans son établissement au regard de tous ses camarades. Une fois élus, les conseillers peuvent débattre de toutes les questions relatives à la politique municipale.

Quelques actions réalisées depuis 2010 :
— organisation d'une collecte en faveur des sinistrés affectés par le tremblement de terre d'Haïti ;
— visite de Bruxelles et découverte du Parlement européen.

Site Internet de la mairie de Pierrefitte-sur-Seine (Seine-Saint-Denis).

- Dans certaines villes, les jeunes citoyens ont la possibilité de se présenter et d'être élus dans un **conseil municipal des collégiens**, comme à Pierrefitte-sur-Seine.
- Ils peuvent ainsi faire l'apprentissage de la démocratie en s'impliquant dans la **vie municipale**. Ils se réunissent régulièrement pour proposer au maire des actions à mener.

EMC

Les points clés

1 Les institutions de Ve République

- Depuis 1789, le fonctionnement de la démocratie repose en France sur la **séparation des pouvoirs** : le pouvoir **législatif** (voter la loi) ; le pouvoir **exécutif** (gouverner le pays) ; le pouvoir **judiciaire** (juger les litiges).
- La Constitution de la Ve République (1958) dispose que la souveraineté nationale appartient au peuple qui l'exerce par le vote. En effet, les citoyens de nationalité française et âgés de plus de 18 ans votent pour des élus qui les représentent : on parle de **démocratie représentative**.

2 Le rôle des citoyens

- L'**opinion publique** est un acteur majeur de la vie politique. Il joue un rôle complexe de soutien et d'obstacle au pouvoir politique. Les conditions de sa formation évoluent dans le contexte de la **société numérique** où se développent les modes d'expression et l'échange d'informations (blogs, réseaux sociaux…).
- Face à la hausse de l'abstention aux élections, il apparaît nécessaire de développer la **démocratie participative** : des débats et des dispositifs de consultation sont organisés pour renforcer l'engagement des citoyens (les conseils de quartiers). Les citoyens ont aussi la possibilité de s'engager dans des associations, des syndicats ou des partis politiques.
- Les citoyens bénéficient de « **droits-libertés** », comme la liberté d'expression ou le droit de vote, et de **droits économiques et sociaux**, comme le droit à l'instruction ou celui d'appartenir à un syndicat.

On s'entraîne !

1 QUIZ

Relie chaque mot ou expression à sa définition.

a. opinion publique •
b. démocratie participative •
c. démocratie représentative •
d. engagement •
e. vote •

• 1. Forme de démocratie dans laquelle les citoyens élisent des représentants.
• 2. Fait de prendre parti par une action ou par des discours.
• 3. Ensemble des avis de la population d'un pays.
• 4. Moyen d'expression de la souveraineté nationale.
• 5. Forme de démocratie qui associe les citoyens à la prise de décision.

2 *Les institutions de la Ve République*

Étudie cet organigramme et réponds aux questions.

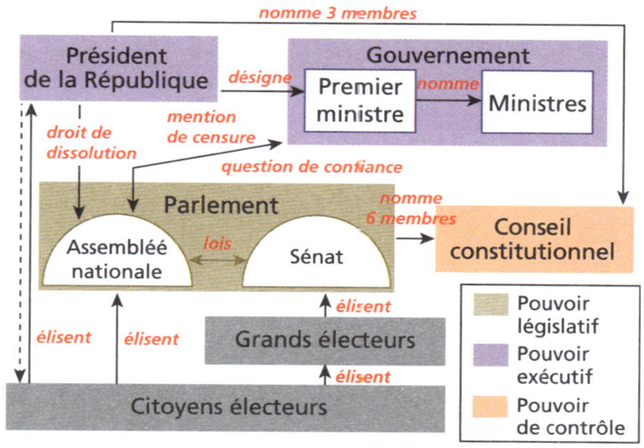

a. Les pouvoirs sont-ils bien séparés en France ?
b. Comment le peuple exerce-t-il sa souveraineté ?
c. La France est une démocratie représentative. Justifie cette affirmation à l'aide du document.
d. En France, la République est dite présidentielle. Montre que le président de la République a un pouvoir supérieur à celui du Parlement.

3 CONTRÔLE EXPRESS

La conquête des droits en France

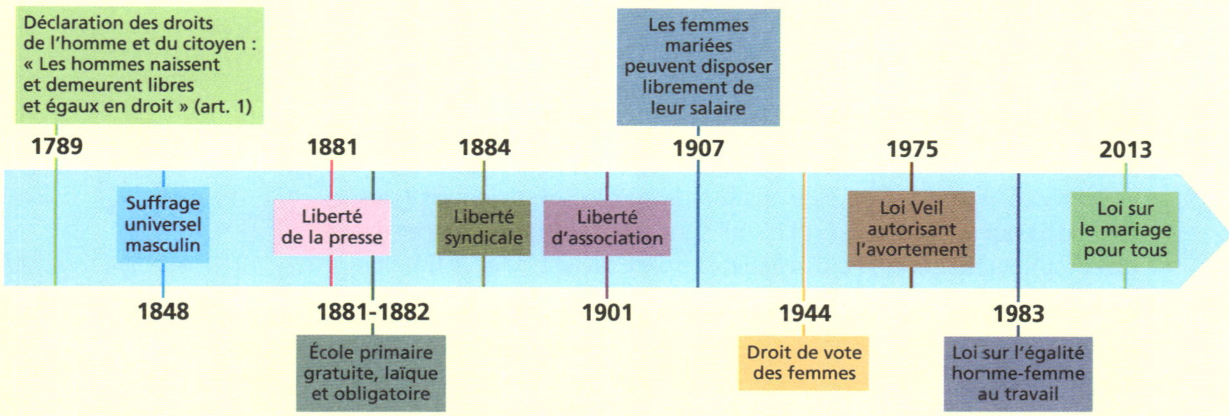

Utilise la frise chronologique pour répondre aux questions.

a. Souligne en bleu les droits-libertés conquis depuis 1789.
b. Souligne en rouge les droits économiques et sociaux.
c. Encadre en vert les droits qui concernent spécifiquement les femmes. Dans quels domaines la conquête des droits a-t-elle été plus lente pour les femmes que pour les hommes ?
d. Imagine que tu es un député qui fait un discours à l'Assemblée nationale pour inciter les parlementaires à voter en faveur de l'un de ces droits (celui de ton choix). Que dirais-tu pour les convaincre ?

Corrigés page 35 du Guide

29 L'État en action

Je me demande...

En quoi le fonctionnement et les actions de l'État s'inspirent-ils des valeurs républicaines ?

L'exemple qui fait réfléchir

L'inauguration d'un lycée

Présidente de la région Occitanie, Carole Delga (au centre) inaugure un lycée à Lézignan-Corbières (Aude), en 2016.

- Dans le système éducatif français, les compétences sont partagées entre l'**État** (qui fixe les programmes, rémunère les enseignants) et les **collectivités territoriales** qui assurent le fonctionnement matériel des établissements : des écoles pour les **communes**, des collèges pour les **départements**, des lycées pour les **régions**.
- Depuis les premières lois de décentralisation de 1982, la France cherche à évoluer d'un État très unitaire et centralisé **vers un État décentralisé et déconcentré** afin de mieux prendre en compte les particularismes locaux.

EMC

Les points clés

Les valeurs et les principes de la République peuvent être identifiés dans le **fonctionnement** et les **actions** de l'État.

1 Un État garant de la cohésion sociale

- Dans le cadre de la démocratie représentative, l'État représente la **collectivité**. Il exerce à ce titre des **fonctions** dites **régaliennes** (des fonctions qui relevaient du roi et qui sont aujourd'hui du ressort exclusif de l'État) : la défense, la diplomatie, la police, la justice et la fiscalité.
- L'État garantit aussi les **conditions de vie en société** en assurant la sécurité intérieure et extérieure et en protégeant les droits des individus comme dans la lutte contre les discriminations (tout le monde peut par exemple saisir le Défenseur des droits s'il juge que ses droits ne sont pas respectés).

2 La prise en compte des particularismes locaux

- Afin d'améliorer la légitimité, l'efficacité et la rapidité des décisions (gestion des services de l'État, ordre public...), l'État a engagé un double processus de **décentralisation** et de **déconcentration**.

Décentralisation	Déconcentration
Transfert de compétences de l'État aux collectivités territoriales (communes, départements et régions)	Implantation d'autorités administratives représentant l'État (comme les préfets) dans les circonscriptions locales

On s'entraîne !

1 QUIZ

Coche la (ou les) bonne(s) réponse(s).

a. L'État dispose de fonctions régaliennes comme :
- ❑ la fiscalité.
- ❑ l'éducation.
- ❑ la défense.

b. L'État lutte contre les discriminations au nom de :
❑ la liberté. ❑ l'égalité. ❑ la fraternité.

c. Les collectivités territoriales sont :
- ❑ des structures administratives autonomes.
- ❑ gérés par des agents de l'État.
- ❑ gérés par des élus.

2 *Décentralisation ou déconcentration*

Relie la question à la réponse associée.

a. Les communes doivent assurer la construction des écoles publiques. •

b. Les rectorats gèrent et contrôlent les services des établissements d'enseignement au niveau académique. •

c. Les préfets de départements et de régions sont des agents de l'État responsables de l'ordre public. •

d. Les plans des itinéraires de randonnées sont réalisés sous l'autorité des conseils généraux. •

e. Les polices municipales travaillent sur les questions de stationnement et les conflits de voisinage •

• décentralisation

• déconcentration

3 CONTRÔLE EXPRESS

Lis ce texte, puis réponds aux questions.

Le rôle du Défenseur des droits

À l'occasion de la Journée internationale des droits de l'enfant, le Défenseur des droits [Jacques Toubon depuis 2014] dévoile son rapport sur les droits « *des enfants de la naissance à six ans.* » En France, on en compte environ cinq millions. [...]

« *Les collectivités publiques doivent prendre toutes les mesures nécessaires pour permettre l'accès effectif de tous les enfants, sans aucune discrimination, aux modes d'accueil collectif de la petite enfance [...] souvent réservées aux parents qui travaillent, ce qui a pour effet d'évincer les enfants dont l'un des parents est inactif ou au chômage.* » Difficile de le contredire : selon les chiffres énoncés par le président de la République lui-même, seuls 5 % des enfants de quartiers défavorisés sont accueillis en crèche, contre 20 % ailleurs. [...]

Selon l'Organisation de coopération et de développement économiques (OCDE), la France se classe parmi les pays ayant le plus faible taux d'encadrement par classe dans l'enseignement maternel, à savoir un encadrant pour vingt-deux élèves. [...] Un manque d'encadrants scolaires qui pénalise en premier lieu les élèves en situation de handicap qui ont généralement besoin d'un référent à plein temps. [...] ces enfants sont 20 % moins nombreux à être scolarisés que les autres.

« Droits de l'enfant : les principales recommandations de Jacques Toubon » par Anaïs Moran, *Libération*, 19 novembre 2018.

a. Quelles propositions fait ici le Défenseur des droits ? De quels moyens dispose-t-il pour agir ?

b. Contre quelles discriminations cherche-t-il ici à lutter et au nom de quelle valeur ?

c. Propose pour conclure une définition du rôle du Défenseur des droits.

Corrigés page 36 du Guide

30 La France dans le monde

Je me demande...

Sous quelles formes et avec quels objectifs la France est-elle engagée sur le plan international ?

L'exemple qui fait réfléchir

Quels sont les engagements de la France face à la crise migratoire ?

L'accueil des réfugiés

Le premier de ces choix, c'est de faire face à l'afflux des réfugiés, des déplacés avec humanité et responsabilité. [...]
La Commission européenne propose de répartir 120 000 réfugiés sur les deux prochaines années. Ce qui représentera pour la France 24 000 personnes. Nous le ferons. [...]
Il y a 4 millions de déplacés dans des camps en Turquie, en Jordanie, au Liban. Si nous voulons éviter l'exode de ces populations, l'enjeu est de fournir une aide humanitaire massive pour les réfugiés pour que ces personnes restent au plus près des pays qu'ils ont fui. [...]
Nous connaissons les causes de ces horreurs auxquelles nous voulons répondre par l'honneur et l'action. Ces causes, ce sont le terrorisme, la guerre. Nous devons donc parallèlement lutter contre les terroristes, ici en France et sur les lieux mêmes où il est installé.

Extraits de la conférence de presse de François Hollande, le 7 septembre 2015.

- Le chef de l'État rappelle que la France doit respecter ses **obligations**, comme tous les autres pays membres de l'Union européenne, et accueillir un certain nombre de réfugiés.
- François Hollande évoque ensuite les **aides humanitaires** que la France apporte aux pays en difficulté pour qu'ils (re) trouvent une **dynamique de développement**.

Les points clés

1 Les engagements militaires et coopératifs de la France

- Avec une armée de **300 000 hommes**, la France est une puissance militaire de premier plan. Elle est **capable d'intervenir rapidement partout dans le monde** grâce aux 20 000 engagés de ses **bases militaires** (Djibouti par exemple). La France est récemment intervenue au Mali (2013), en Irak (2014), et en Syrie (2015).
- Les interventions françaises sont toujours menées avec l'accord de l'ONU. La France participe aussi à des **opérations militaires** dans le cadre de l'**ONU** (Centrafrique, 2013) ou avec ses **alliés** de l'OTAN ou de l'**Union européenne**.

2 Les actions humanitaires de la France

- Les militaires jouent souvent un **rôle humanitaire direct** (distribution de nourriture, aide médicale, etc.).
- La France apporte aussi un **soutien financier** aux pays en grande difficulté sous la forme d'**aides publiques au développement (APD)**. Le but est de permettre aux pays concernés par ces aides de se développer afin de limiter l'afflux de migrants vers les pays européens.

Mot-clé

Francophonie : ensemble des personnes qui ont en commun l'usage de la langue française, environ 300 millions de locuteurs dans le monde.

3 Une présence culturelle

- Dans le cadre de la **francophonie** notamment, la France est aussi culturellement ouverte sur le monde (réseaux d'associations, regroupements de journalistes ou d'écrivains).

On s'entraîne !

1 QUIZ

Vrai ou faux ?

	V	F
a. La France est plus engagée en Afrique qu'en Amérique du Sud.	☐	☐
b. La France intervient parfois seule, sans l'accord de l'ONU.	☐	☐
c. Les interventions militaires françaises ont aussi des objectifs humanitaires.	☐	☐
d. L'objectif principal des APD est de permettre aux pays bénéficiaires de se défendre en cas de conflit.	☐	☐

2 *Les engagements militaires français*

Étudie cette carte, puis réponds aux questions.

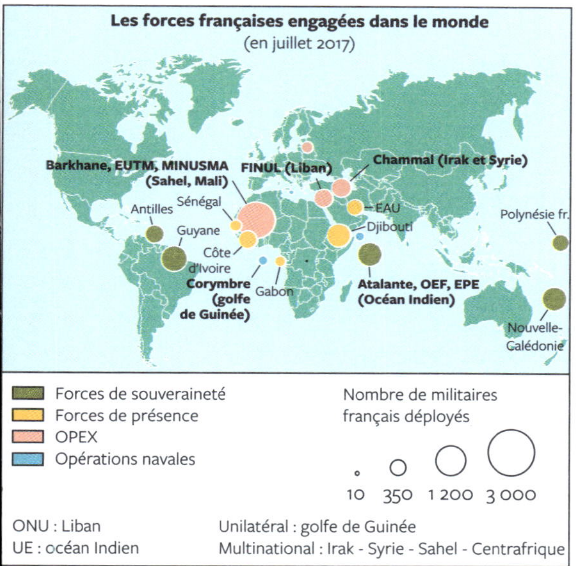

a. Cite deux interventions que la France mène avec deux partenaires différents.
b. Cite une intervention que la France mène seule.
c. Dans quelles régions du monde se concentrent les engagements militaires français ?

? indice

Pour en savoir plus sur ces opérations, tu peux te rendre sur le site de la Défense nationale : www.defense.gouv.fr/

3 *La répartition des APD dans le monde*

Étudie ces graphiques, puis réponds aux questions.

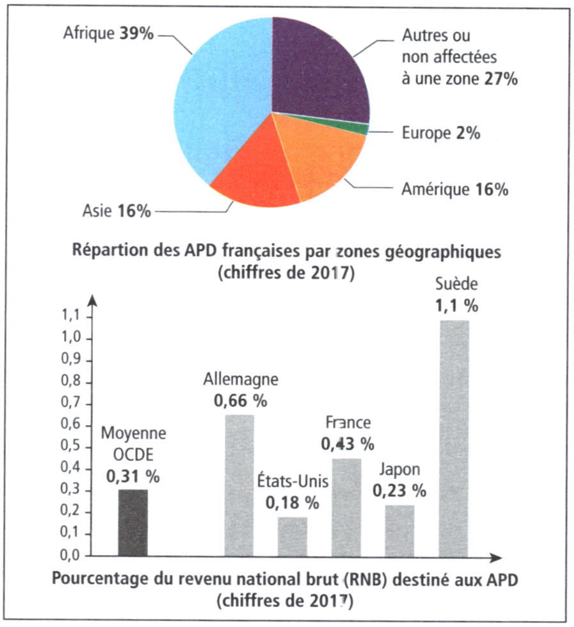

a. Dans quelle zone géographique se concentrent surtout les APD françaises ? Quelles zones sont peu concernées par ces aides ?
b. Pourquoi certains pays reçoivent-ils plus d'APD françaises que d'autres ?
c. La France est-elle un important contributeur d'APD ? Justifie ta réponse.

4 CONTRÔLE EXPRESS

Réponds à la consigne en suivant bien les conseils de rédaction.
Présente et décris, dans un texte de 10 à 15 lignes, les engagements militaires et humanitaires de la France dans le monde.

? indices

Voici quelques conseils de rédaction :
- utilise les informations du cours ainsi que les réponses aux questions des exercices ;
- classe tes idées au brouillon avant de te lancer dans la rédaction ;
- organise ton développement en deux paragraphes : un sur les engagements militaires et un sur les engagements humanitaires ;
- cite des chiffres et des exemples précis trouvés dans les exercices ;
- relis-toi pour vérifier la syntaxe et l'orthographe.

Corrigés page 36 du Guide

31 Le citoyen et la Défense nationale

Je me demande...

Comment les citoyens peuvent-ils participer à la Défense nationale ?

L'exemple qui fait réfléchir

Comment se déroule la Journée défense et citoyenneté ?

• La Journée défense et citoyenneté (JDC) est la troisième étape du **parcours de citoyenneté**. Tous les jeunes Français sont convoqués pour la suivre **avant leurs 18 ans**.

• Différents ateliers y sont organisés : une **sensibilisation aux enjeux** de la Défense, une **information** sur l'entrée dans la vie active et des **tests** de maîtrise de la langue française.

• À la fin de la journée, les jeunes citoyens reçoivent un **certificat de participation**. Celui-ci est obligatoire pour s'inscrire aux examens et aux concours.

Les points clés

1 Le parcours de citoyen

● La réforme du service national en 1997 a remplacé le service militaire obligatoire par un **parcours de citoyenneté** en trois étapes.

Parcours de citoyenneté

1. **Sensibilisation au devoir de défense** : en classe de 3me et de 1re, enseignement des principes et de l'organisation de la Défense nationale.
2. **Recensement** des jeunes Français de 16 ans à la mairie de leur domicile ou en ligne.
3. **Journée défense et citoyenneté** (JDC) avant 18 ans.

2 Les engagements citoyens dans la Défense nationale

Il y a plusieurs moyens de s'engager au service de la Défense nationale.

- **Le service civique** : mission d'intérêt général au service de l'État ou d'une association.
- **Les contrats Armée-jeunesse** : stages rémunérés au sein des armées.
- **Le volontariat pour l'insertion** : formation pour les jeunes sans qualification.
- **La réserve opérationnelle** : préparation à intégrer l'armée en cas de nécessité.
- **L'engagement volontaire dans les armées** : devenir militaire.

3 Les enjeux du Service national universel (SNU)

● Le SNU est amené à remplacer la JDC. Les objectifs affichés sont de **renforcer la cohésion sociale et territoriale** (période de vie collective, détection des difficultés de lecture, de santé ou d'insertion de certains jeunes) et de **développer la culture de l'engagement** (découverte des opportunités civiles et militaires).

On s'entraîne !

1 QUIZ

Complète la grille.

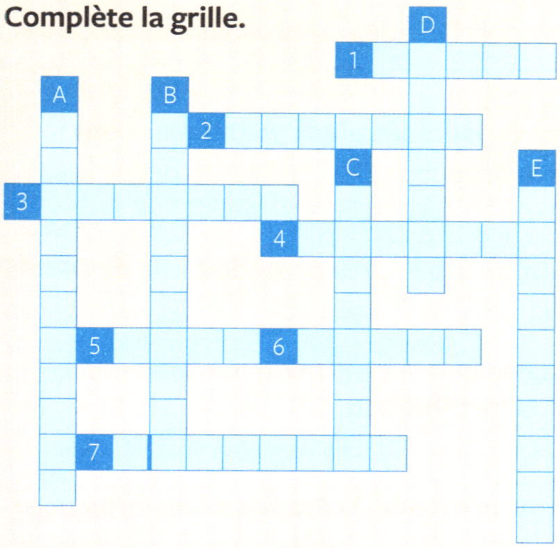

Horizontalement

1. Nombre d'étapes du parcours de citoyenneté.
2. Elle est nationale lorsqu'elle concerne la sécurité de l'ensemble du territoire et de sa population.
3. Lieu de la première étape du parcours de citoyenneté.
4. Avant 1997, il était obligatoire et durait 10 mois.
5. Ancien nom de la JDC.
6. Ensemble des forces militaires d'un État.
7. Intégrer volontairement l'armée.

Verticalement

A. Deuxième étape du parcours de citoyenneté.
B. Qui accepte de son plein gré.
C. Situation dans laquelle une personne n'est pas exposée à un danger.
D. Ensemble des militaires susceptibles d'être convoqué en cas de danger.
E. Un des ateliers de la JDC.

2 *Le Service national universel débattu*

Lis ces textes, puis réponds aux questions.

POUR : *M. Armanet, journaliste*

On ne naît pas bon citoyen, on le devient. Il faut reconstruire un espace de fraternité et de mixité sociale. Le service militaire, en plus du brassage social, permettait aussi de repêcher les 60 000 jeunes en situation d'illettrisme quittant chaque année le système éducatif. Le service civique pourrait les aider à acquérir une expérience. Et qu'on soit diplômé ou pas, passer six mois à aider les autres, permet à chacun de se rendre utile et de se forger une identité citoyenne.

CONTRE : *N. Bellaoui, secrétaire général de la Ligue de l'enseignement*

[...] c'est une proposition irréaliste : pourquoi faire croire qu'on peut accueillir, du jour au lendemain, 800 000 jeunes en mission de service civique ? Ensuite, cela participe à la stigmatisation d'une certaine catégorie de jeunes, dont on sous-entend qu'ils manqueraient de civisme. Il faudrait, bien sûr, que chaque jeune de ce pays ait la possibilité de faire son service civique, parce que c'est une expérience qui transforme. [...] Cependant, la condition essentielle, c'est que la mission soit perçue comme utile, nécessaire. Pour cela, il faut du temps, un encadrement, une indemnité. Le rendre obligatoire en ferait un service civique au rabais.

Extrait de www.femina.fr. DR

a. Quels sont les arguments de M. Armanet en faveur du Service national universel ?
b. Quels sont les arguments de N. Bellaoui contre le Service national universel ?
c. Rédige quelques lignes pour expliquer ton opinion sur cette question (pour répondre, reprends les arguments que tu trouves les plus pertinents).

3 CONTRÔLE EXPRESS

Observe l'affiche et réponds aux questions.

Une affiche de recrutement

a. Décris cette affiche (les différents éléments, les personnages, ce qu'ils font...).
b. Explique le sens du slogan.
c. Comment l'affiche cherche-t-elle à motiver des jeunes pour qu'ils s'engagent dans l'armée ?

Corrigés page 36 du Guide

Test - Bilan

Histoire

1 Quand fut signé l'armistice mettant fin à la Première Guerre mondiale ?

- ☐ le 11/12/1917
- ☐ le 11/09/1918
- ☐ le 11/11/1918

2 Sur quels « piliers » repose le nazisme ?

- ☐ l'inégalité des races
- ☐ l'antisémitisme
- ☐ l'« espace vital »

3 Comment appelle-t-on l'union des partis de gauche qui arrive au pouvoir en France en 1936 ?

- ☐ le Bloc national
- ☐ le Cartel des gauches
- ☐ le Front populaire

4 Quand ont eu lieu les bombardements atomiques de Hiroshima et de Nagasaki ?

- ☐ en juin 1944
- ☐ en mai 1945
- ☐ en août 1945

5 Quelles populations sont victimes d'un génocide durant la Seconde Guerre mondiale ?

- ☐ les Juifs
- ☐ les Tziganes
- ☐ les Arméniens

6 Quand de Gaulle lance-t-il un appel à la Résistance sur les ondes de la BBC ?

- ☐ le 18/06/1940
- ☐ le 14/07/1940
- ☐ le 18/06/1941

7 Quand le mur de Berlin, symbole de la guerre froide, est-il tombé ?

- ☐ en 1947
- ☐ en 1961
- ☐ en 1989

8 Que crée le traité de Rome signé en 1957 ?

- ☐ la CECA
- ☐ la CEE
- ☐ l'UE

9 En quelle année est rédigée et approuvée la Constitution de la Ve République ?

- ☐ 1946
- ☐ 1958
- ☐ 1981

.... /9

Géographie

10 Qu'est-ce qui compose une aire urbaine ?

- ☐ une ville-centre
- ☐ une banlieue
- ☐ une couronne périurbaine

11 La superficie des aires urbaines françaises :

- ☐ diminue.
- ☐ stagne.
- ☐ augmente.

12 Les espaces les plus dynamiques sont :

- ☐ les métropoles
- ☐ les littoraux
- ☐ les espaces frontaliers

13 Combien la France possède-t-elle de DROM ?

- ☐ cinq
- ☐ six
- ☐ sept

14 Quelle partie de l'Union européenne a le plus fort PIB/hab. ?

- ☐ le Sud
- ☐ l'Est
- ☐ l'Ouest

15 Dans le monde, la France a une influence :

- ☐ économique
- ☐ diplomatique
- ☐ militaire

16 Pourquoi l'UE est-elle une puissance incomplète ?

- ☐ Parce quelle n'est pas une puissance commerciale.
- ☐ Parce qu'elle n'est pas une puissance financière.
- ☐ Parce qu'elle n'est pas une puissance militaire.

.... /7

EMC

17 Quelles valeurs sont attachées à la citoyenneté française ?

- ☐ l'égalité
- ☐ la fraternité
- ☐ la prospérité

18 Qu'est-ce que le pouvoir législatif ?

- ☐ le pouvoir de gouverner le pays
- ☐ le pouvoir de faire la loi
- ☐ le pouvoir de trancher les litiges entre les citoyens

19 Une démocratie dans laquelle le peuple confie le pouvoir à des représentants élus est une démocratie :

- ☐ directe
- ☐ participative
- ☐ représentative

20 Quelles étapes font partie du parcours de citoyenneté ?

- ☐ le recensement à la mairie
- ☐ le passage du brevet
- ☐ la Journée défense et citoyenneté

.... /4

Score total : .... /20 CORRIGÉS P. 37 DU GUIDE

SCIENCES DE LA VIE ET DE LA TERRE

SVT

1 Climats et météorologie

Je me demande...

Qu'est-ce qui détermine le climat terrestre ? Comment prévoit-on la météo ?

Les points clés

1 Le système climatique terrestre

- Le climat est défini par l'étude des **paramètres atmosphériques** (températures, précipitations) dans une région donnée, sur une période longue. L'étude des roches et des fossiles a permis d'identifier, dans le passé, des périodes de réchauffement comme le Crétacé (– 130 à – 65 Ma), et des périodes froides comme les glaciations du Quaternaire (– 2,6 Ma).
- À l'échelle du globe, la répartition inégale de l'**énergie solaire** crée deux zones polaires, deux zones tempérées et une zone chaude.
- Des **courants océaniques** chauds formés à l'équateur, comme le Gulf Stream, permettent des transferts de chaleur. Aux pôles, l'eau de mer gèle en surface. Les eaux, alors très salées et denses, coulent en créant des courants froids profonds.
- La **force de Coriolis** due à la rotation de la Terre dévie la direction des vents. Mais la dynamique des masses d'air est aussi régie par les **différences de pression atmosphérique**. Ces masses d'air sont séparées par des surfaces de discontinuité appelées fronts. Leur confrontation provoque des perturbations atmosphériques.

2 Prévoir les risques météorologiques

- L'étude des données obtenues *via* les stations météorologiques ou le satellite Météosat permet de publier des **cartes météorologiques** et de vigilance de plus en plus fiables.
- Les **simulations du climat à long terme**, grâce à des logiciels spécialisés, sont en revanche plus incertaines car elles font intervenir de nombreux paramètres.

Mots-Clés

- **Climatologie** : étude des paramètres atmosphériques sur une période longue (plus de 30 ans).
- **Météorologie** : étude des vents, des températures et des précipitations sur une période courte.

Le document clé

La carte de vigilance de Météo-France

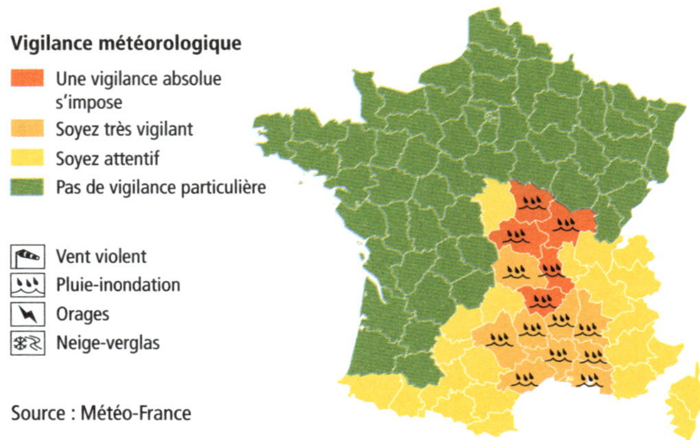

Source : Météo-France

- Des cartes de vigilance établies par Météo-France permettent d'**alerter** les populations.
- Une vigilance orange ou rouge correspond à la prévision de phénomènes météorologiques **dangereux ou très dangereux** (vents violents, pluies, inondations, avalanches, verglas).
- Le respect des conseils, comme éviter les déplacements, permet de **limiter les risques** pour l'homme.

On s'entraîne !

1 QUIZ

Vrai ou faux ?

	V	F
a. Il y a cinq grandes zones thermiques sur Terre.	☐	☐
b. La température était froide au Crétacé (– 130 à – 65 Ma).	☐	☐
c. Les vents sont déviés par la rotation de la Terre.	☐	☐
d. Les courants froids profonds sont formés d'eau douce.	☐	☐

2 Les acteurs du système climatique

Complète le texte avec les mots suivants :
courants froids • énergie solaire • Gulf Stream • masses d'air • perturbations atmosphériques

Sur Terre, la répartition inégale de l'.. crée des zones chaudes et froides. À l'équateur, l'eau de mer se réchauffe et un courant chaud appelé .... se forme. Aux pôles, l'eau de mer gèle et des .... sont créés. Dans l'atmosphère, la confrontation des .... provoque des .... comme les précipitations.

3 Limiter les risques

À l'aide du document clé page précédente :

a. Explique la différence entre les quatre couleurs visibles sur la carte de vigilance.
b. Cite le phénomène météorologique dangereux faisant l'objet de l'alerte.

4 Les glaces polaires, archives des climats

Un prélèvement de glace de 3 km réalisé par carottage[1] en Antarctique, sur le forage EPICA, donne accès à 800 000 ans d'histoire du climat. Plus le forage est profond, plus il est ancien. L'étude des atomes d'oxygène contenus dans la glace et du taux de dioxyde de carbone contenu dans les bulles d'air renseigne sur la température à une époque donnée.

L'analyse des pollens de végétaux retrouvés dans les échantillons permet également de reconstituer les climats anciens par comparaison avec les peuplements actuels. Ainsi, les chercheurs ont identifié une alternance de périodes chaudes (+ 5 °C) et de glaciations, la dernière s'étant produite il y a 14 000 ans.

1. Prélèvement d'un échantillon de glace à l'aide d'un tube, le carottier.

Un prélèvement de glace.

a. Explique pourquoi les glaces sont des archives du climat.
b. Cite les informations qu'elles apportent sur les climats passés et explique l'intérêt de ces informations.

5 VERS LE BREVET

Le Gulf Stream est un courant océanique chaud (schéma 1). Si les glaces polaires continentales (les calottes) fondent, le Gulf Stream sera décalé vers le sud (schéma 2).

Schéma 1 : cas actuel

Schéma 2 : hypothèse d'une fonte des glaces

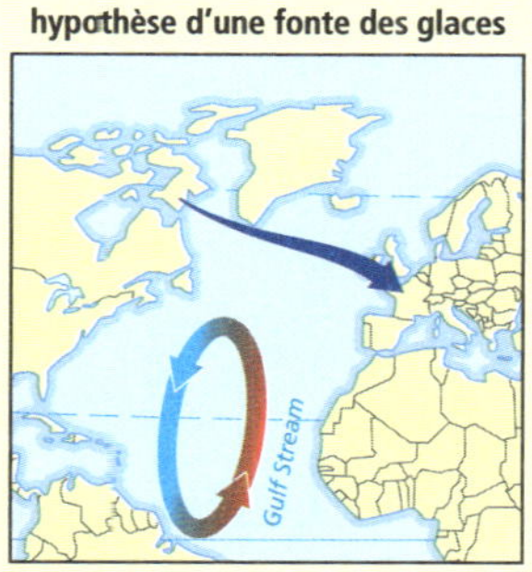

Courant marin profond
Courant marin de surface chaud
Vent dominant se réchauffant
Vent dominant froid

a. À l'aide du schéma 1, **décris les effets du Gulf Stream** sur les vents arrivant vers l'Europe.
b. À l'aide du schéma 2, **décris les conséquences** sur ces vents et sur le climat en Europe si les calottes fondent.

Corrigés page 37 du Guide

2 Le changement climatique

Je me demande…
Quelles sont les conséquences de l'utilisation des énergies fossiles sur le climat ?

Les points clés

1 Les ressources naturelles énergétiques

- Le pétrole, le gaz et le charbon sont des **sources d'énergie fossiles**. Ils représentent 80 % de la production d'énergie mondiale. Ils sont **non renouvelables** à l'échelle humaine, et leurs stocks sont limités.

- Les énergies solaire, hydraulique, éolienne et géothermique, ainsi que la biomasse, sont **renouvelables** mais ne représentent que 20 % de la production.

2 Une gestion durable pour préserver le climat

- L'étude des climats passés montre que la variation du taux de CO_2 a une influence sur le climat. Depuis le début de l'ère industrielle, en 1750, les rejets de CO_2 dus à l'utilisation des énergies fossiles et à la déforestation augmentent. Ils provoquent un **réchauffement de l'atmosphère** et une diminution des quantités de glace générant une augmentation des phénomènes climatiques extrêmes.

- Scientifiques et politiques doivent trouver des solutions face au changement climatique.

Face au réchauffement climatique

Mesures d'atténuation
- Transition vers les énergies renouvelables rejetant moins de CO_2
- Captation de CO_2 émis (et stockage dans le sol)

Objectif Maintenir le réchauffement à moins de 2 °C

Mesures d'adaptation
- Digues et surélévation des habitations en zones côtières
- Décisions politiques pour gérer les effets du réchauffement

Objectif Éviter les conséquences dramatiques (famines, réfugiés climatiques)

Le document clé

L'effet de serre

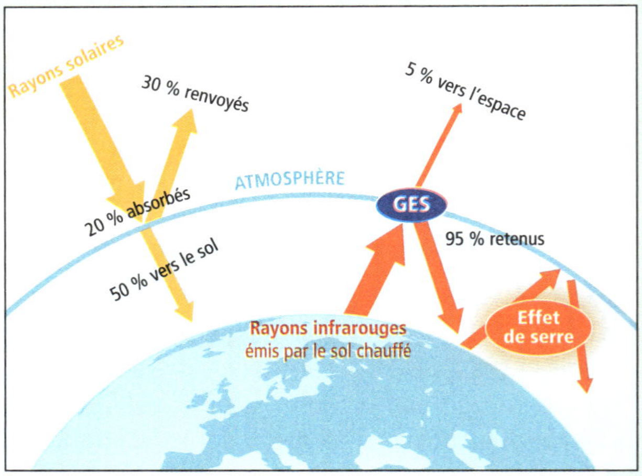

- Si tout le rayonnement infrarouge issu du sol chauffé par les rayons solaires était renvoyé vers l'espace, la **température moyenne** sur Terre serait de – 18 °C, or elle est de + 15 °C.

- En effet, il est retenu par des **gaz à effet de serre**, ou GES, naturels (vapeur d'eau et CO_2 principalement) et réchauffe la Terre.

- L'augmentation actuelle de la température moyenne est due au **rejet excessif de GES anthropiques** (d'origine humaine), ce qui amplifie l'effet de serre naturel. Ces gaz sont le CO_2 (pour 70 %), le méthane (CH_4), le protoxyde d'azote (N_2O), l'ozone et les gaz fluorés.

On s'entraîne !

1 QUIZ

Vrai ou faux ?

	V	F
a. Les énergies fossiles représentent 20 % de notre production d'énergie.	❑	❑
b. L'effet de serre naturel est un phénomène néfaste pour les êtres vivants.	❑	❑
c. Les mesures d'atténuation du taux de CO_2 ont pour objectif de maintenir l'augmentation de la température moyenne à moins de 2 °C.	❑	❑

2 L'effet de serre

À l'aide du document clé page précédente :

a. Indique quelle serait la température moyenne sur Terre si le rayonnement infrarouge était entièrement renvoyé vers l'espace.
b. Explique le phénomène de l'effet de serre et le rôle de l'Homme dans ce phénomène.

3 L'énergie éolienne

Lis le texte puis liste les avantages et les inconvénients de l'énergie éolienne.

L'énergie éolienne ne nécessite aucun carburant. Elle ne crée ni GES, ni déchets toxiques, et ne pollue pas les eaux et les sols. Les activités agricoles et industrielles sont compatibles avec l'installation d'un parc éolien, et le site retrouve son état initial après démontage du parc.
Mais l'électricité éolienne n'est pas continue, et elle est dépendante de la météo et des reliefs. De plus, elle peut générer du bruit et modifier l'esthétique des paysages. Pour contrer ces problèmes, des recherches actuelles portent sur le développement d'éoliennes de haute altitude ou en haute mer.

D'après www.les-energies-renouvelables.eu

Des éoliennes *offshore*.

4 CO_2 atmosphérique et activités humaines

Depuis les premiers chasseurs-cueilleurs, la civilisation humaine s'est développée jusqu'à l'ère industrielle, puis avec l'essor des transports et l'urbanisation. D'après le 5e rapport du GIEC[1], « il est extrêmement probable que l'influence humaine soit la cause principale du réchauffement observé depuis le milieu du xxe siècle ».

1. Groupe d'experts intergouvernemental sur l'évolution du climat.

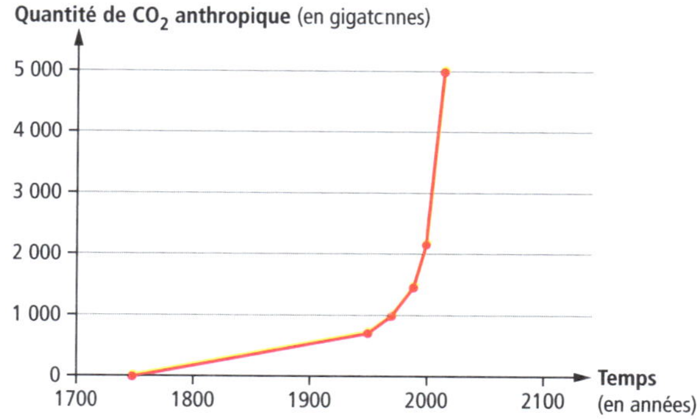

Variation de la quantité de CO_2 atmosphérique à partir de 1750.

a. Décris les variations de la quantité de CO_2 atmosphérique à partir de 1750.
b. Explique l'affirmation du GIEC à l'aide de l'étude de la courbe et de tes connaissances.

5 VERS LE BREVET

Voici deux simulations climatiques sur les conséquences du réchauffement sur les océans.

D'ici 2100	Mesures prises par les États	Conséquences sur les océans
Scénario 1 : maintien de l'augmentation de la température à moins de 2 °C	Atténuation : diminution des émissions et captation du CO_2	Augmentation du niveau marin de 0,3 à 0,5 m
Scénario 2 : augmentation de la température de 5 °C	Pas de diminution des émissions de CO_2	– Augmentation du niveau marin de 0,5 à 0,8 m – Habitats côtiers inondés

a. Explique la différence entre les mesures prises dans les scénarios 1 et 2.
b. Décris les conséquences du scénario 2 sur les océans.

Corrigés page 37 du Guide

3 Activités humaines et écosystèmes

Je me demande...
Quelles sont les conséquences des activités humaines sur les écosystèmes ?

Les points clés

1 Les impacts néfastes de l'activité humaine sur les écosystèmes

● Un **écosystème** est défini comme un ensemble d'êtres vivants qui interagissent entre eux et avec leur milieu de vie.

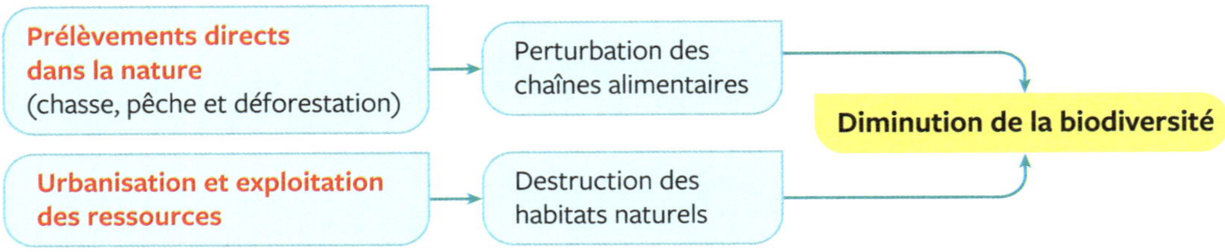

2 Des exemples d'actions bénéfiques

● Des mesures de **gestion durable des ressources aquatiques** (halieutiques) sont prises au niveau mondial. Des quotas de pêche permettent à la population de certaines espèces de se reconstituer. Cependant, les pays doivent respecter les accords internationaux et lutter contre la pêche illégale.

● Des mesures pour une **gestion forestière durable** ont été prises dès 1992, au Sommet de la Terre de Rio. Des labels de certification forestière (FSC) garantissent que le bois est exploité en préservant l'environnement et les intérêts des populations. Cela permet aux consommateurs de privilégier l'achat de bois certifié. Par ailleurs, les pays doivent lutter contre les coupes illégales.

Mots-Clés
- **Extinction d'une espèce** : disparition définitive d'une espèce d'êtres vivants.
- **Gestion durable** : exploitation des ressources qui ne nuit pas aux générations futures.

Le document clé

Les points chauds de biodiversité

● 34 territoires (en rouge) sont considérés comme **les plus riches en espèces** de la planète, certaines étant encore inconnues. Ce sont aussi des « points chauds de biodiversité », où ces espèces sont **le plus menacées de disparaître**.

● Des **mesures de conservation** doivent permettre de préserver les espèces sauvages sans empêcher l'activité humaine.

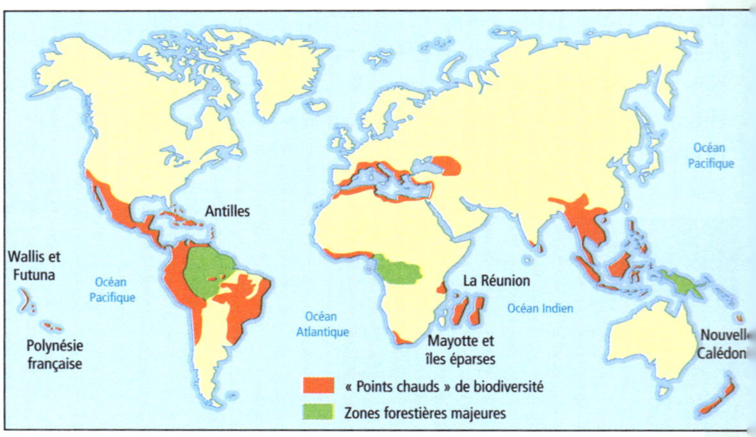

On s'entraîne !

1 QUIZ

Coche la (ou les) bonne(s) réponse(s).

a. L'impact de l'Homme sur les habitats naturels est dû :
- ☐ à l'exploitation des ressources.
- ☐ à l'urbanisation.

b. Les activités humaines affectent la biodiversité :
- ☐ par prélèvement direct.
- ☐ par réduction des habitats.

c. Le taux d'extinction des espèces :
- ☐ est stable.
- ☐ est en augmentation.

2 *Biodiversité et points chauds*

À l'aide du document clé de la page précédente :

a. Explique ce qu'est un point chaud de la biodiversité.
b. Identifie sur la carte les cinq points chauds français. Quel est leur point commun ?

? indice

Reporte-toi à la page 170 de l'ouvrage pour te remémorer où se situent les territoires ultramarins.

3 *Des mesures de protection des espèces*

Le CITES est une convention sur le commerce international des espèces de faune et de flore sauvages menacées d'extinction. La convention est entrée en vigueur en 1975, et elle est aujourd'hui signée par 181 États. Plus de 5 000 espèces d'animaux et 30 000 espèces végétales sont inscrites sur une liste interdisant leur importation et leur exportation.
En France, en 2014, les douaniers ont saisi 1 392 animaux vivants dont 1 161 tortues, 197 oiseaux et 14 serpents. Ils ont également saisi 470 pièces d'ivoire et 915 kg de mollusques protégés. Les peines encourues par les trafiquants sont la confiscation, des amendes et la prison.

a. Cite la mesure mise en œuvre suite à la signature de la convention CITES.
b. Explique pourquoi cette mesure est bénéfique.

4 *Vers l'Anthropocène ?*

Lis le texte et réponds aux questions.

Une des missions de la Commission internationale de stratigraphie[1] est d'établir le calendrier géologique. Certains de ses membres estiment que notre époque pourrait être nommée « Anthropocène » car elle se caractérise par l'impact de l'Homme sur l'environnement. En effet, on observe dans les sédiments récents la présence d'atomes radioactifs (essais nucléaires), de nouveaux matériaux (plastiques) et une diminution de la biodiversité à un rythme rapide.

1. Étude de la succession des couches géologiques.

a. Trouve des arguments en faveur de l'introduction de l'Anthropocène dans le calendrier géologique.
b. D'après toi, pourquoi cette proposition n'a pas encore été retenue ?

? indice

L'unité de mesure des ères géologiques est le million d'années.

5 VERS LE BREVET

Il a été décrit un 7e continent composé de plastiques à la surface de l'océan. Il s'agit en réalité de très nombreux petits fragments de moins de 5 mm, en suspension sous l'eau, jusqu'à 30 mètres de profondeur. Ces déchets proviennent des continents. Ils polluent les océans et sont dangereux pour les animaux.

a. Décris la photo et explique les risques pour l'animal.
b. Propose des solutions pour éviter l'accumulation de plastiques dans les océans.

? indice

Les mesures à prendre peuvent être des gestes individuels, mais elles auront bien plus d'efficacité si elles sont des initiatives collectives.

Corrigés page 38 du Guide

4 Transport des matières chez les animaux

Je me demande...
Comment sont transportées les matières au sein du corps ?

Les points clés

Une cellule animale a **besoin** de **dioxygène et de nutriments**. Elle produit également des **déchets**, transportés par les liquides du corps : le sang et la lymphe.

1 Les liquides du corps

- Le **sang** est composé de différents éléments.

Sang
- **Plasma** : eau, nutriments, déchets, éléments minéraux
- **Leucocytes** (ou globules blancs)
- **Hématies** (ou globules rouges)
- **Plaquettes** pour la coagulation du sang en cas de blessure

Mot-Clé
Hématie : cellule du sang, dépourvue de noyau, qui permet le transport du dioxygène et du dioxyde de carbone dans l'organisme.

- La **lymphe** a la même composition que le plasma sanguin : c'est du sang dépourvu d'hématies. Elle transporte essentiellement les déchets et les lipides.

2 La circulation du sang et de la lymphe

- Le sang circule dans des **vaisseaux sanguins** (voir le document clé). C'est le **cœur** qui, en se contractant, permet de mettre le sang en mouvement. Le sang circule à **sens unique** et l'appareil circulatoire est clos.
- La lymphe circule dans des **vaisseaux lymphatiques**, parallèles aux vaisseaux sanguins et reliés à eux. De petits muscles permettent de la mettre en mouvement. Elle circule à **sens unique**. On trouve aussi la lymphe autour des cellules.

Le document clé

La circulation sanguine et les vaisseaux sanguins

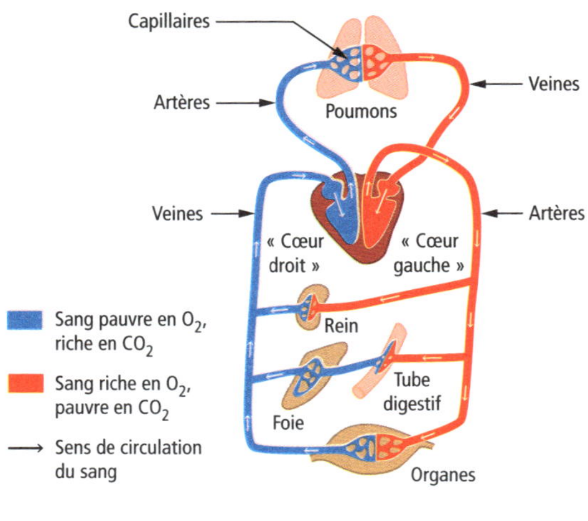

- Les **artères**, qui transportent le sang du cœur aux organes, ont une paroi épaisse et élastique. À l'intérieur, la pression sanguine est forte. Ce sont les vaisseaux qui ont le diamètre le plus important.
- Les **veines**, qui transportent le sang des organes au cœur, ont une paroi fine et rigide. La pression sanguine dans les veines est faible.
- Les **capillaires sanguins** sont de petits vaisseaux à paroi très fine se trouvant au niveau des organes. C'est à leur niveau que se font les échanges entre les tissus et le sang. Leur diamètre est minuscule.

On s'entraîne !

1 QUIZ

Vrai ou faux ?

	V	F
a. Dans les vaisseaux sanguins, le sang circule dans les deux sens.	☐	☐
b. Les capillaires sont aussi fins qu'un cheveu.	☐	☐
c. La lymphe contient des hématies.	☐	☐
d. Ce sont les leucocytes qui transportent le dioxygène.	☐	☐

2 La composition du sang

a. **Légende et titre** la photo microscopique ci-dessous en utilisant les mots suivants :
sang • hématie • plasma

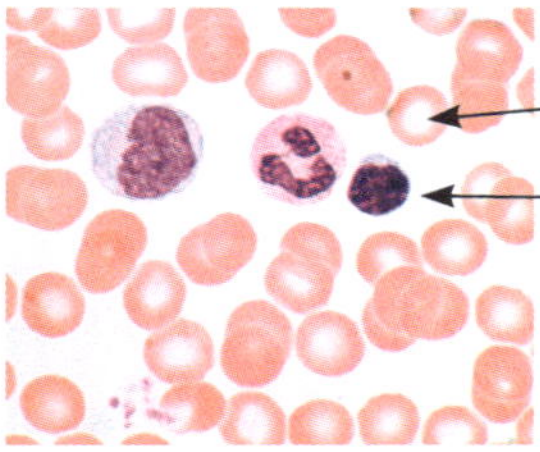

❶ ....
❷ ....
❸ (titre)........................

b. **Pourquoi** les hématies, qui donnent leur couleur au sang, sont-elles rouges ?

3 Le sang et la lymphe

Le sang et la lymphe, qui se trouve autour des cellules, ne sont séparés que par la paroi très fine des capillaires. On peut donc penser que la lymphe se forme à partir du plasma sanguin et que l'on devrait retrouver des substances identiques dans le plasma sanguin et dans la lymphe.

On réalise une expérience dans laquelle on injecte dans le sang une substance fluorescente, puis on observe ce qu'il se passe dans la lymphe au bout de quelques minutes.

Présence de substance fluorescente	Sang	Lymphe
En début d'expérience	Oui	Non
En fin d'expérience	Non	Oui

a. Rappelle l'hypothèse de départ.
b. Décris le résultat de l'expérience.
c. L'hypothèse est-elle vraie ou fausse ? Explique ta réponse.

4 Les effets de l'altitude sur l'hémoglobine

Lis le texte et réponds aux questions.

En altitude, l'air contient moins de dioxygène qu'en plaine. Des chercheurs ont mesuré la quantité d'hémoglobine chez un même groupe d'individus avant et après un séjour en montagne. Ils ont constaté qu'en début d'expérience, la quantité moyenne d'hémoglobine était de 13,5 g/mL de sang et, qu'en fin d'expérience, après un séjour de quelques semaines à haute altitude, elle était de 16,6 mg/L de sang.

a. Compare les résultats obtenus en début et en fin d'expérience. Que constates-tu ?

....

b. Pourquoi observe-t-on une modification de la quantité d'hémoglobine après un séjour en altitude ?

....

c. Quel rôle de l'hémoglobine met-on en évidence ici ?

....

5 VERS LE BREVET

Lis le texte et réponds aux questions.

William Harvey, médecin anglais, a découvert la circulation sanguine au XVIIe siècle. Il a démontré grâce à des expériences que du sang était bien envoyé par le cœur dans les artères, puis dans les veines.
Il n'a par contre pas su expliquer comment le sang passait des veines aux artères et a formulé l'hypothèse qu'il y avait des « pores » (trous) dans les organes pour permettre ce passage.

a. Rappelle brièvement comment fonctionne la circulation sanguine.

....

....

b. Quel est le rôle des veines ? Quel est celui des artères ?

....

....

c. Indique quel élément de la circulation sanguine Harvey n'a pas réussi à mettre en évidence.

....

Corrigés page 38 du Guide

5 La reproduction sexuée chez les vertébrés

Je me demande...
La reproduction fonctionne-t-elle de la même façon d'un milieu à un autre ?

Les points clés

1 Fécondation externe ou fécondation interne

- Chez de nombreux vertébrés aquatiques, la fécondation est **externe** : elle a lieu dans l'eau. Mâles et femelles libèrent de **nombreux gamètes**, qui se rencontrent au hasard.
- Chez les vertébrés aériens, la fécondation est **interne** : elle a lieu à l'intérieur des voies génitales femelles. Elle nécessite un **accouplement** des partenaires. Le rapprochement des mâles et des femelles peut être facilité par certains comportements comme les **parades nuptiales**.

2 Le maintien des espèces dans le milieu

- Chez certains ovipares, quand les œufs ne sont pas protégés comme chez les grenouilles, de **nombreux œufs** sont produits pour compenser les pertes.
- En milieu terrestre, il y a moins de cellules œufs produites mais la **protection des œufs et des jeunes** est plus importante. Chez certains ovipares comme les oiseaux, les œufs contiennent un liquide de protection. Chez les mammifères (vivipares), les petits sont protégés dans l'organisme maternel et les soins aux jeunes sont importants après la naissance.

3 Les facteurs influençant la reproduction sexuée

- Les **ressources alimentaires** du milieu ont une influence directe : plus la quantité d'aliments est importante, plus le nombre d'individus issus de la reproduction sexuée est grand.
- Les **activités humaines** peuvent nuire à la biodiversité ou, au contraire, la préserver. Elles ont donc une influence directe sur la **dynamique des populations**.

Mots-Clés
- **Ovipares** : se dit d'espèces dont l'embryon se développe à l'intérieur d'un œuf pondu par la femelle.
- **Vivipares** : se dit d'espèces dont l'embryon se développe dans l'utérus de la femelle.

Le document clé

Le schéma bilan

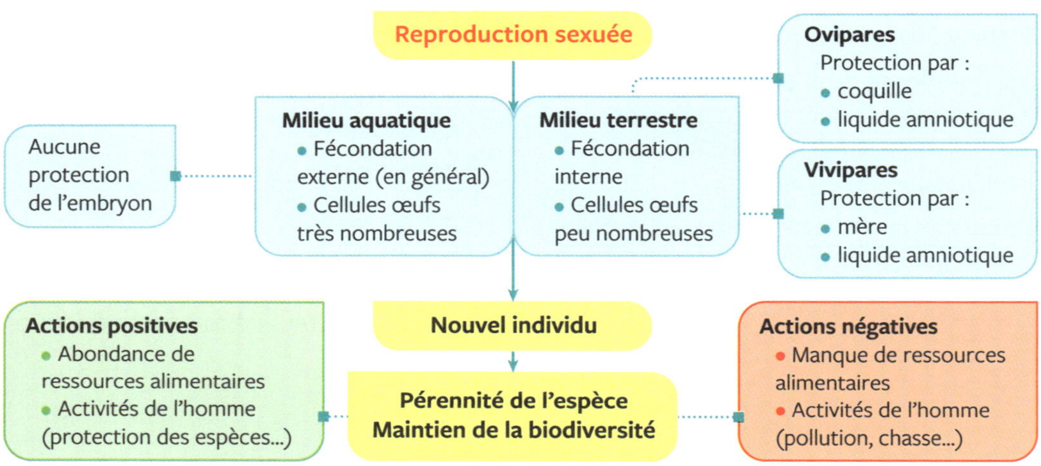

On s'entraîne !

1 QUIZ

Vrai ou faux ?

	V	F
a. En milieu terrestre, la fécondation est toujours interne.	☐	☐
b. La fécondation externe entraîne la production d'un petit nombre de gamètes.	☐	☐
c. L'abondance des ressources alimentaires influence la reproduction sexuée chez les vertébrés.	☐	☐

2 *Établir des relations*

Associe chaque proposition de la colonne de gauche à celles qui conviennent à droite.

	• œufs et jeunes abandonnés
fécondation externe •	• surveillance des jeunes
	• nombreuses pertes
fécondation interne •	• soins aux œufs et aux jeunes
	• couvaison

3 *La parade nuptiale du cerf*

Au début de l'automne, le cerf entre en rut. Les mâles, qui vivent alors seuls, essaient d'attirer plusieurs femelles en bramant. Ce chant permet aussi de déterminer un territoire particulier, au sein duquel aura lieu l'accouplement. Le brame du cerf déclenche par ailleurs l'ovulation des femelles. Enfin, les cerfs utilisent leurs bois pour combattre : le mâle victorieux peut s'accoupler avec les femelles de la harde.

a. Le cerf est-il **ovipare ou vivipare** ?
b. Quelles sont les stratégies adoptées par le cerf pour attirer les femelles ?
c. Explique comment le brame du cerf influence la physiologie (fonctionnement du corps) des femelles.

4 *La vipère aspic : un animal é*

Lis le texte puis réponds aux questions.

La vipère aspic est un serpent particulier œufs sont pondus à l'intérieur du corps de femelle et se développent uniquement à partir des réserves accumulées dans les œufs, la mère n'assurant aucun apport alimentaire aux embryons. On dit que ces animaux sont ovovivipares. Lorsque les femelles sont bien nourries avant la période de reproduction, il y a naissance de 5 à 6 jeunes vipères. Si les ressources alimentaires viennent à manquer, le nombre de descendants est seulement de 1 à 3.

a. Pourquoi dit-on que les vipères sont « ovovivipares » ?
b. Décris l'intérêt de ce mode de reproduction.
c. Que constates-tu sur la relation entre ressources alimentaires et nombre de descendants ? Déduis-en l'influence de ces ressources sur les réserves accumulées dans les œufs.

5 VERS LE BREVET

Le faucon pèlerin est le plus gros faucon français. Dans les années 1950, on a constaté une baisse du taux de reproduction de cet oiseau. Des études ont alors montré que les proies consommées par ces rapaces contenaient une grande quantité de substances chimiques que l'on trouve dans certains insecticides. Au début des années 1970, ces produits ont été interdits.

On a mesuré l'évolution de l'épaisseur de la coquille d'œuf du faucon pèlerin au cours du temps :

	1950	1960	1965	1970	1980	1990
Épaisseur moyenne des coquilles (en mm)	5	5	3	2	3	4

Réponds aux questions suivantes à partir du texte et du tableau.

a. La quantité disponible de ressources alimentaires a-t-elle joué un rôle sur la reproduction sexuée du faucon pèlerin ?
b. Quelle conséquence l'emploi d'insecticides a-t-il sur l'épaisseur des coquilles ?
c. L'homme a-t-il eu une action positive ou négative sur la reproduction de ce rapace ? Justifie ta réponse.

Corrigés page 38 du Guide

diversité génétique

Je me demande...
Que sont les gamètes ? Portent-ils tous l'ADN de l'individu ?

points clés

L'ADN, c'est l'acide désoxyribonucléique !

1 La formation des gamètes : la méiose

● Les chromosomes portent l'information génétique à l'origine de la diversité des êtres vivants. Ils sont constitués d'une longue molécule, l'**ADN**, qui se prépare à la méiose en se pelotonnant sur elle-même.

Cellule-souche → **Duplication de chaque chromosome** → 2 chromatides → **Séparation des chromosomes** de la même paire → **Séparation des chromatides** de chaque chromosome → Gamètes

● Les gamètes ont un caryotype particulier : ils ne possèdent qu'un chromosome de chaque paire, donc seulement la moitié des chromosomes. Chaque gamète ne contient qu'**un seul chromosome sexuel** (X ou Y).

● La méiose désigne donc deux divisions successives. La première division se faisant **au hasard**, il existe une infinité de combinaisons possibles des différents allèles portés par les gènes des chromosomes.

> **Mot-Clé**
> **Chromatide** : branche de chromosome ; un chromosome dupliqué possède deux chromatides.

2 La formation d'un individu unique : la fécondation

● La fécondation est la **fusion** du noyau d'un **ovule** avec le noyau d'un **spermatozoïde**, chacun possédant 23 chromosomes (chez l'Homme). Cela permet de rétablir le nombre de chromosomes de l'espèce (23 paires).

● La fécondation se faisant **au hasard**, il existe un nombre infini de possibilités de cellules œufs différentes et donc d'individus différents.

Le document clé

La transmission des chromosomes sexuels lors de la méiose

● On positionne un gène quelconque sur le chromosome X avec deux allèles : « A », dominant, et « *b* », récessif.

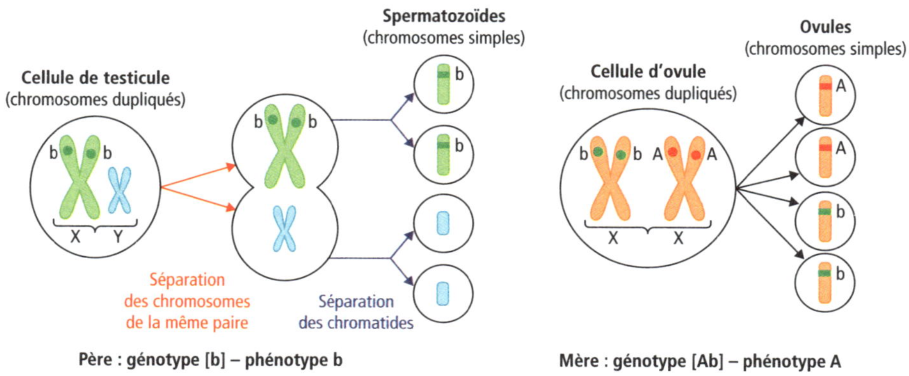

● Au final, chaque gamète ne contient qu'**un seul chromosome sexuel simple**.

On s'entraîne !

1 QUIZ

Vrai ou faux ?

	V	F
a. Les gamètes ont le même caryotype que les cellules de la peau.	❑	❑
b. La quantité d'ADN reste constante pendant toute la vie de la cellule.	❑	❑
c. Les ovules possèdent tous le même chromosome sexuel.	❑	❑
d. La cellule œuf possède plus de chromosomes venant du père.	❑	❑
e. Avant la méiose, les chromosomes se dupliquent.	❑	❑
f. La cellule de testicule subit trois divisions pour former un spermatozoïde.	❑	❑

2 La rencontre des gamètes chez l'Homme

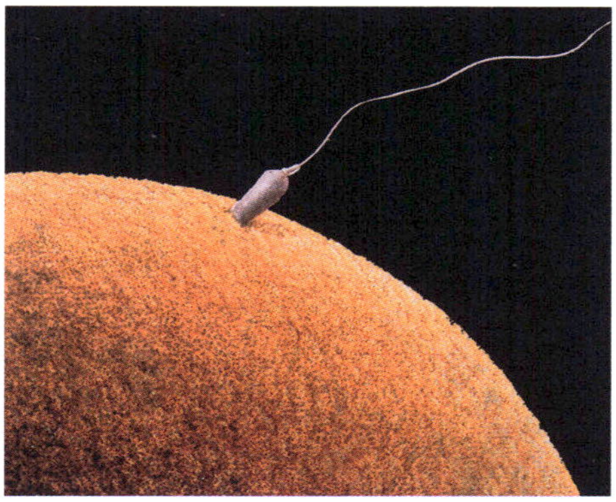

a. Nomme les cellules apparaissant sur cette photo.

....

b. Pourquoi dit-on que ce sont les mâles qui déterminent le sexe d'un futur individu ?

....

....

3 L'origine d'une anomalie chromosomique

Il arrive que des femmes, à partir d'un certain âge, présentent des ovules possédant deux chromosomes 21 et d'autres n'en possédant aucun.

a. Combien de chromosomes de chaque paire un gamète doit-il normalement posséder ?

b. Complète le texte ci-dessous avec les mots : chromosomes • gamètes • paire • méiose

Lors de la ...., il arrive que la séparation des .... de la même .... se fasse de manière incorrecte. Certains .... contiennent alors deux chromosomes de la même paire au lieu d'un seul.

c. Si un ovule possédant deux chromosomes 21 est fécondé, **quelle sera la conséquence** pour le caryotype de la cellule œuf ? **Comment appelle-t-on** cette anomalie chromosomique ?

4 La formation des cellules reproductrices

Schématise les cellules reproductrices que l'on peut obtenir à partir de la cellule de testicule de départ.

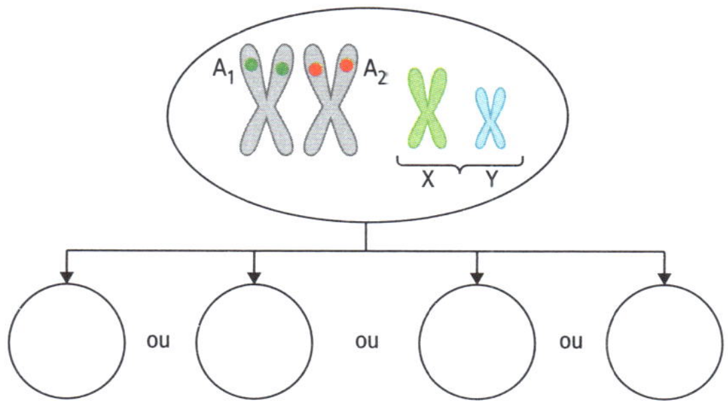

5 VERS LE BREVET

M. et Mme Durand ont déjà 4 enfants, tous des garçons. Mme Durand est à nouveau enceinte et aimerait connaître ses chances d'attendre une fille. On sait que la moitié des spermatozoïdes contiennent un chromosome X, l'autre moitié un chromosome Y. On sait également que tous les ovules contiennent un chromosome X.

a. Construis le tableau de croisement entre un ovule de Mme Durand et un spermatozoïde de M. Durand. Le tableau doit montrer les différentes combinaisons possibles de chromosomes sexuels pour les enfants du couple.

? indice

L'ovule ne peut contenir qu'un chromosome X, une ligne suffit dans le tableau pour le représenter.

b. Exprime en pourcentage les chances que ce couple a d'avoir une fille et celles d'avoir un garçon.

Corrigés page 38 du Guide

7 L'évolution des êtres vivants

Je me demande...

Comment démontrer les liens de parenté entre des espèces différentes ?

Les points clés

1 Les roches sédimentaires : archives géologiques

● Les roches sédimentaires renferment des **fossiles** qui permettent de reconstituer l'histoire de la vie, apparue sur Terre il y a 3,5 milliards d'années. L'étude de certains groupes de fossiles, comme celui des ammonites (animaux marins aujourd'hui disparus), prouve que les espèces se renouvellent.

● Certaines périodes se caractérisent par des changements rapides des peuplements. Pendant ces **crises biologiques**, des espèces disparaissent tandis que d'autres se diversifient et prolifèrent.

2 Le principe d'évolution des espèces

● Bien que très différents les uns des autres, tous les êtres vivants ont en commun la présence de **cellules** et d'**ADN** comme support du programme génétique. Cela montre qu'ils ont un **ancêtre commun**.

● On observe des liens de parenté entre des espèces distinctes, d'une même époque ou d'époques différentes, en particulier dans le **plan d'organisation** du squelette.

● Lors de la formation d'une nouvelle espèce, il y a apparition et sélection au fil des générations de **nouveaux caractères**, qui favorisent souvent une meilleure adaptation au milieu de vie. Des **mutations génétiques** sont à l'origine de l'apparition de ces caractères.

● L'Homme est un **primate**. Il partage avec le chimpanzé de nombreux caractères mais possède certains caractères spécifiques, comme la bipédie, ce qui fait de lui une espèce à part entière.

Mots-Clés

- **Crise biologique** : période pendant laquelle a lieu une extinction brutale et simultanée de nombreuses espèces.
- **Mutation génétique** : modification du matériel génétique héréditaire permettant l'apparition de nouveaux caractères.

Le document clé

Le plan d'organisation des membres supérieurs de trois vertébrés

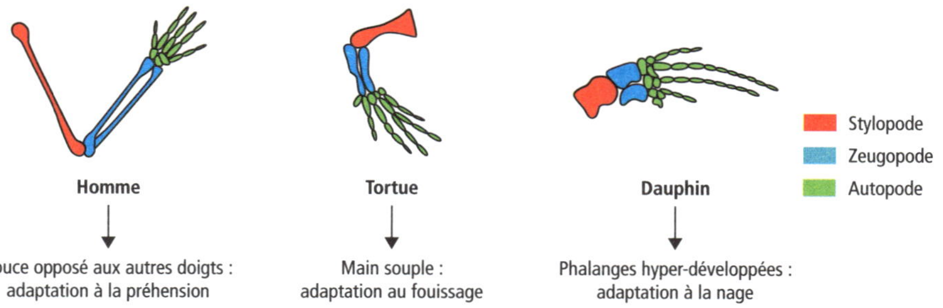

● Les membres supérieurs des vertébrés actuels possèdent le **même plan d'organisation** en trois parties : le stylopode, le zeugopode et l'autopode. Cela prouve l'existence d'un ancêtre commun.

● Cependant, les **caractères ancestraux** ont été modifiés, laissant place à des **caractères évolués** assurant une meilleure adaptation de l'animal à son milieu.

On s'entraîne !

1 QUIZ

Vrai ou faux ?

	V	F
a. Depuis l'apparition de la vie, les êtres vivants sont toujours les mêmes.	☐	☐
b. L'observation des plans d'organisation permet de déterminer des liens de parenté entre les espèces.	☐	☐
c. Les mutations génétiques empêchent l'évolution des espèces.	☐	☐

2 *Une origine commune*

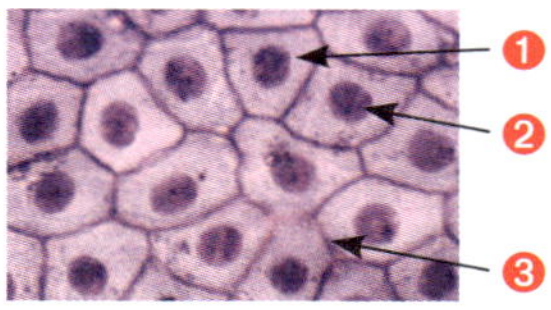

Mue de grenouille

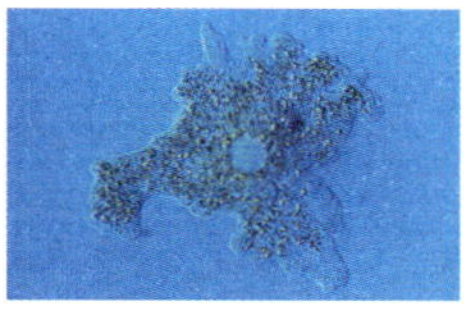
Amibe

a. Légende la photo microscopique de gauche.
b. Observe les deux photos. Qu'est-ce qui permet de dire que tous les êtres vivants ont une origine commune ?

3 *La disparition d'espèces*

Lis le texte et réponds aux questions.

Au début de l'ère Tertiaire, il y a 65 millions d'années, les dinosaures, les ammonites ainsi que d'autres êtres vivants disparaissaient de façon brutale. Cette disparition serait due soit à une chute de météorite, soit à un volcanisme exceptionnel, l'un et l'autre entraînant la modification et le réchauffement du climat, ce qui génère de nombreux phénomènes comme la montée des eaux. L'extinction massive de ces espèces a permis à d'autres de se développer, notamment les mammifères, car de nombreuses niches écologiques sont ainsi devenues vacantes.

a. Pourquoi peut-on parler de crise géologique il y a 65 millions d'années ?

....

....

b. Indique la cause de cette extinction massive.

....

c. Liste les conséquences de cette crise sur la biodiversité.

....

....

4 VERS LE BREVET

Observe le document, puis réponds aux questions.

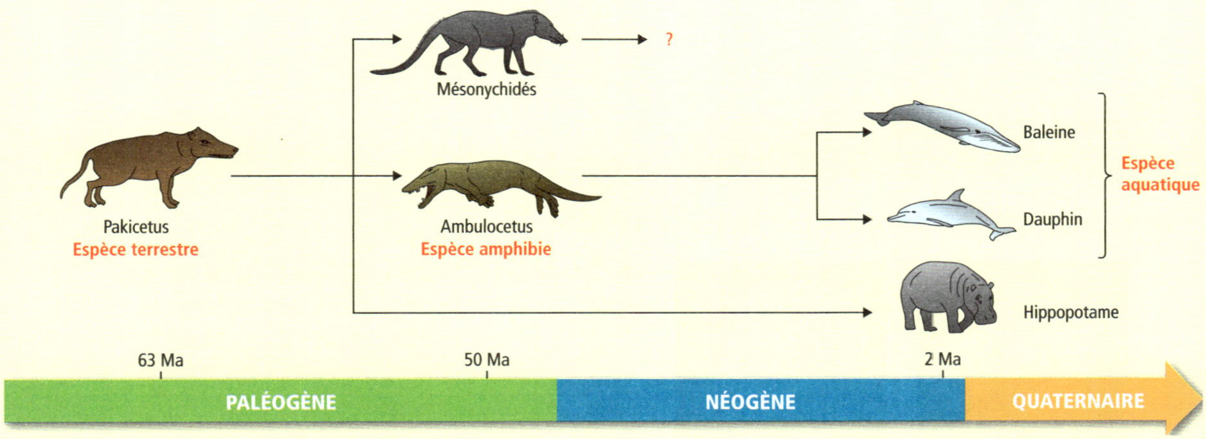

a. Quel est l'ancêtre commun au dauphin, à la baleine et à l'hippopotame ?
b. À quelle période a eu lieu la séparation entre ces trois espèces ?
c. En quoi les caractères nouveaux apparus chez le dauphin sont-ils mieux adaptés à son milieu de vie ? Illustre ta réponse avec deux exemples : la disparition des poils et la transformation de l'autopode (voir document clé page précédente).

Corrigés page 39 du Guide

8 L'activité cérébrale et le sommeil

Je me demande…
De quoi est constitué le système nerveux ? Quelle est l'importance du sommeil pour la santé ?

Les points clés

1 Le système nerveux

● Toutes les fonctions du corps sont contrôlées par le système nerveux. Le système nerveux périphérique est constitué de **nerfs**, reliant les centres nerveux (cerveau et moelle épinière) aux organes sensoriels ou effecteurs (muscles et glandes).

● Le **cerveau** intègre et analyse toutes les informations reçues. En retour, il régule l'ensemble du fonctionnement des organes, les mouvements et la pensée (conscience, mémoire).

● Il est formé de milliards de cellules nerveuses appelées **neurones**. Pour assurer la communication entre cellules, chaque extrémité de neurone (**synapse**) peut émettre un message nerveux sous forme de neurotransmetteur : c'est la transmission synaptique.

2 L'étude du fonctionnement cérébral

● Des **techniques d'imagerie** permettent de cartographier le cerveau et d'étudier son activité. Un électroencéphalogramme plat traduit l'arrêt du fonctionnement cérébral (mort).

● Chez l'adulte, l'activité cérébrale est permanente et suit un rythme **veille-sommeil**. Le sommeil est un état réversible d'inconscience vitale pour l'organisme.

Mot-clé
Sommeil : état cyclique et réversible d'inconscience, vital pour l'organisme.

Le sommeil
se déroule par cycles d'1 h 30 à 2 h

- **Phases de sommeil lent**
  Développement et régénération des tissus
- **Phases de sommeil paradoxal**
  - Mémorisation
  - Gestion des émotions

Le document clé

Manque de sommeil et activité cérébrale

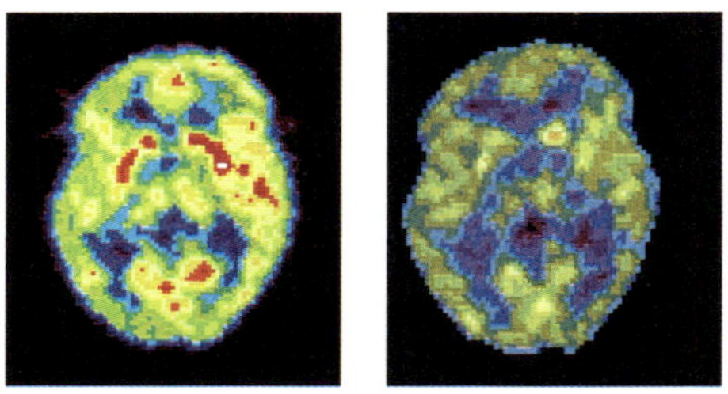

● Ces deux clichés de TEP (tomographie par émission de positons) montrent le cerveau :
– après un **sommeil normal** (à gauche)
– après **privation de sommeil** (à droite).
Les zones en rouge témoignent d'une forte activité cérébrale. Le manque de sommeil a donc un effet négatif sur l'activité du cerveau.

● Pour un adolescent, un temps de sommeil de moins de 9 heures a des conséquences négatives sur les **processus moteurs** : baisse de la vigilance et augmentation du temps de réaction. Ceci peut provoquer des accidents ou limiter les performances sportives. Le manque de sommeil affecte aussi les **processus intellectuels**, ce qui se traduit par l'irritabilité et les difficultés de concentration ou de mémorisation.

On s'entraîne !

1 QUIZ

Vrai ou faux ?

	V	F
a. Le cerveau et la moelle épinière sont des centres nerveux.	☐	☐
b. Les neurones transmettent les messages nerveux.	☐	☐
c. Le sommeil se compose de plusieurs cycles.	☐	☐
d. Le manque de sommeil est sans conséquence sur l'activité du cerveau.	☐	☐
e. Le sommeil paradoxal favorise la mémorisation.	☐	☐

2 *Sommeil et réussite scolaire*

Lisa a du mal à se réveiller le matin et elle somnole en classe. Elle peine à se concentrer et à apprendre ses leçons. Ses notes ont baissé.

Comportement de Lisa	Comportement recommandé
• Travailler jusqu'au moment du coucher. • Faire du sport le soir. • Jouer aux jeux vidéo après 22 h. • Regarder la TV tard et répondre au téléphone à toute heure.	• Faire ses devoirs en rentrant de cours. • Privilégier les activités calmes avant de dormir (lecture) et faire du sport le matin. • Réduire l'intensité lumineuse de la chambre le soir et favoriser l'éclairage le plus important possible le matin.
• Dormir moins de 9 h par nuit. • Faire des siestes dans la journée.	• Dormir 9 h par nuit pour être en forme. • Se réveiller à horaires réguliers.

a. Trouve les causes du manque de sommeil de Lisa.
b. Propose-lui des solutions pour être moins fatiguée et plus performante en classe.

3 *La transmission synaptique*

On observe la zone située entre deux cellules nerveuses ou synapse. L'arrivée d'un message nerveux dans le neurone présynaptique provoque la libération de substances chimiques appelées neurotransmetteurs. Ces derniers franchissent la synapse et se fixent sur le neurone postsynaptique. Un nouveau message nerveux est alors créé dans ce neurone. C'est la transm ssion synaptique.

Légende le schéma ci-dessous en utilisant des mots ou expressions du texte.

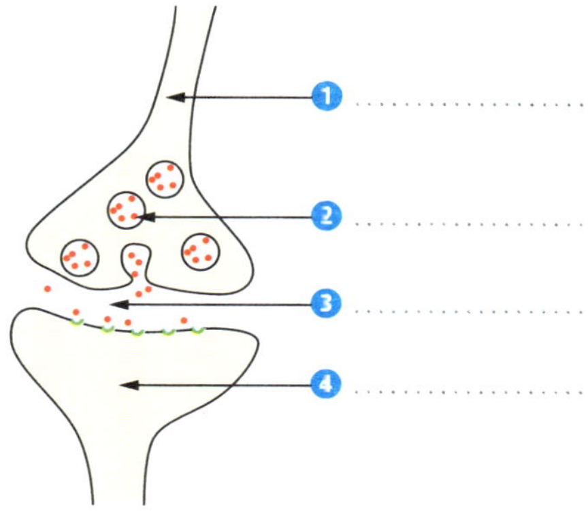

4 *Sommeil et sécurité routière*

Un chauffeur de poids lourd a provoqué un accident sur l'autoroute. Il a vu les voitures arrêtées dans un embouteillage à la dernière minute et n'a pas pu freiner assez tôt. Il avait roulé une grande partie de la nuit.

En t'appuyant sur le document clé page précédente et le texte ci-dessus :

a. Explique pourquoi le chauffeur n'a vu les voitures arrêtées qu'au dernier moment.
b. Explique pourquoi il n'a pas freiné suffisamment tôt.

? indice

Tu dois chercher les conséquences du comportement sur le système nerveux.

5 VERS LE BREVET

Tom Simpson, cycliste, est décédé en 1967 lors de l'ascension du mont Ventoux, suite à la consommation d'amphétamines.
Les amphétamines, produits dopants, sont des excitants qui agissent sur le système nerveux central. Elles augmentent la motivation, et suppriment la sensation de fatigue et la douleur. L'individu ne reçoit plus de signaux d'alerte et peut alors aller au-delà des limites de son corps.

a. Cite les effets des produits dopants sur le système nerveux.
b. Explique pourquoi la prise d'amphétamines a provoqué le décès du cycliste.

Corrigés page 39 du Guide

9 La digestion

Je me demande…

Que deviennent les aliments dans le tube digestif ?
À quoi servent les enzymes digestives ?

Les points clés

1 Le devenir des aliments dans le tube digestif

- Au cours de la digestion, les aliments sont décomposés et transformés en nutriments grâce aux **enzymes**, molécules contenues dans les sécrétions des glandes digestives (salive, sucs gastrique, pancréatique et intestinal).
- Les nutriments sont ensuite absorbés vers le milieu intérieur à travers la paroi intestinale : c'est l'**absorption intestinale**. Puis, ils sont transportés par le sang jusqu'aux cellules où ils sont utilisés (**assimilation**).
- Les aliments non digérés (fibres) sont **rejetés** dans les excréments.

La digestion d'un gros repas peut prendre plus d'une journée !

2 Les processus digestifs

- La digestion est une **simplification moléculaire**. Ce processus associe deux types d'action.

Action mécanique	**Brassage et fragmentation** dans la bouche et l'estomac	qui permettent un bon contact entre aliment et enzyme.
Action chimique	En présence d'eau, les enzymes déclenchent l'**hydrolyse**	qui décompose les molécules en nutriments assimilables.

Le document clé

À chaque enzyme sa spécialité

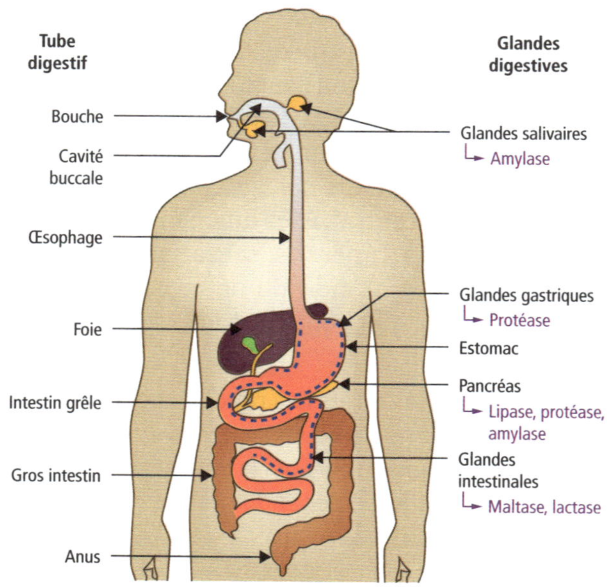

- Les **amylases** de la salive et de l'intestin ainsi que la **maltase** de l'intestin hydrolysent les sucres complexes comme l'amidon en maltose (formé de deux molécules de glucose), puis en glucose.
- Les **protéases** des sécrétions gastriques et pancréatiques hydrolysent les protéines en acides aminés.
- Les lipides sont réduits en gouttelettes par la bile du foie et transformés en acides gras par les **lipases** du pancréas.

On s'entraîne !

1 QUIZ

Vrai ou faux ?

	V	F
a. Les aliments sont directement assimilables par les cellules.	☐	☐
b. La digestion n'est que chimique.	☐	☐
c. Les fibres des aliments ne sont pas digérées par les enzymes.	☐	☐

2 La digestion

Complète avec les mots suivants :
absorption intestinale • aliments • assimilation • enzymes • nutriments • tube digestif

Dans le ...., les .... formés de molécules complexes sont transformés en .... formés de molécules simples. Les petites molécules obtenues par l'action des .... passent ensuite dans le sang au niveau de l'intestin grêle : c'est l'.................................. . Les nutriments sont alors utilisés par les cellules : c'est l'.................................. .

3 L'intolérance au lactose

Recherche pourquoi certaines personnes sont intolérantes au lactose (glucide du lait) et les solutions proposées par l'industrie alimentaire.

4 Le rôle d'une enzyme

Le pain est un aliment formé de glucides (amidon), d'eau, de protides (gluten), de matières grasses et de sels minéraux. Quand on mâche longtemps un morceau de pain, on perçoit un léger goût sucré.

À l'aide du texte ci-dessus et du document clé page précédente :

a. Indique l'enzyme contenue dans la salive.

....

b. Indique à quel moment la digestion de l'amidon du pain sera achevée.

....

....

c. Utilise les propriétés de l'enzyme concernée pour expliquer l'apparition d'un goût sucré quand on mâche du pain.

....

....

5 VERS LE BREVET

Dès le XVIIe siècle, des scientifiques ont étudié les processus digestifs.

Scientifiques	Espèce étudiée	Expériences	Découverte
Giovanni Borelli (1608-1679)	Oiseaux (poules)	Broyage de billes de verre par le gésier	Digestion mécanique
René-Antoine Ferchault de Réaumur (1683-1757)	Oiseaux (rapaces)	Rejet d'un tube avec viande digérée par une buse	Digestion chimique
Lazzaro Spallanzani (1729-1799)	Homme (Spallanzani lui-même)	Étude *in vitro* de la digestion de la viande par le suc gastrique	
William Beaumont (1785-1853)	Homme (un trappeur blessé à l'estomac)	Étude directe de la digestion d'aliments par le suc gastrique à travers une plaie	
Anselme Payen (1795-1871) Jean-François Persoz (1805-1868)	Orge de blé	Dégradation de l'amidon par des substances contenues dans l'orge de blé et la salive	Notion d'enzyme
James B. Sumner (1887-1955)	Haricot	Extraction et cristallisation de l'uréase du haricot	Première purification d'une protéine enzymatique

À l'aide du tableau, identifie les 4 étapes dans la compréhension scientifique des processus digestifs. Tu préciseras les expériences réalisées et les découvertes associées.

Corrigés page 39 du Guide

10 Le système immunitaire

Je me demande...
Quelles sont les découvertes médicales qui ont permis de réduire la mortalité infectieuse ?

Les points clés

1 Les réactions de l'organisme face à une infection

- L'entrée d'**antigènes** provoque l'intervention du **système immunitaire** qui reconnaît le soi et le non-soi grâce à des marqueurs sur les cellules.
- Une première réaction de défense fait intervenir des globules blancs, les phagocytes. Cette réaction **non spécifique**, appelée **phagocytose**, permet souvent de stopper l'infection. Si elle échoue, il y a formation de pus.
- Une seconde réaction de défense, plus lente, intervient alors et met en jeu les **lymphocytes B** qui sécrètent des **anticorps spécifiques** pour piéger les bactéries. Le complexe antigène-anticorps ainsi formé est ensuite phagocyté. Les **lymphocytes T** détruisent les cellules infectées par des virus.

Mot-Clé
Antigène : élément étranger à l'organisme qui déclenche la réaction immunitaire.

Les lymphocytes B sont aussi des globules blancs.

2 Santé et société

- Depuis le XIXe siècle, la mortalité infectieuse a été réduite par certaines avancées.

Avancées médicales majeures
- **Les antibiotiques**
  - Découverts par Alexander Fleming (1881-1955)
  - Détruisent les bactéries
- **La vaccination**
  - Découverte par Edward Jenner (1749-1823) et Louis Pasteur (1822-1895)
  - Stimule la mémoire immunitaire

- L'utilisation des antibiotiques doit être raisonnée. Ils sont inefficaces contre les virus, et il ne faut pas interrompre un traitement aux antibiotiques, car sinon il y a un risque de développement de **bactéries résistantes**.

Le document clé

Le principe de la vaccination

- Lors de la vaccination, on injecte l'antigène atténué ou un fragment de celui-ci, qui ne déclenche pas la maladie mais active la **mémoire immunitaire**. Des rappels sont nécessaires pour entretenir cette mémoire au cours de la vie.
- Au **premier contact** avec l'antigène, a lieu une première production lente d'anticorps.
- Au **deuxième contact**, la production d'anticorps est plus rapide et importante. À partir d'une certaine quantité d'anticorps produits, l'individu est protégé. On dit qu'il est **immunisé**.
- C'est l'activation de **lymphocytes B mémoire** qui permet cette deuxième réaction.

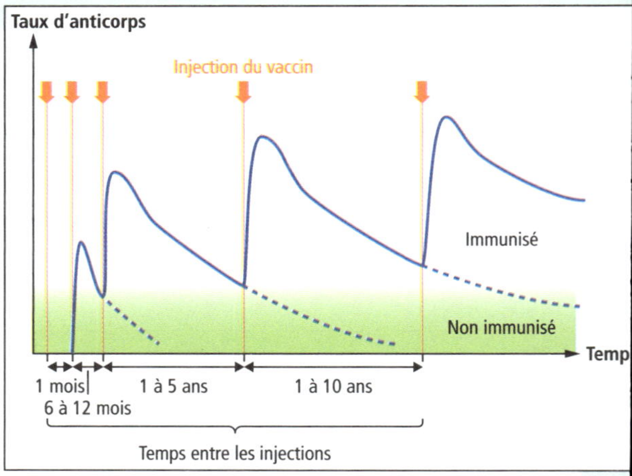

On s'entraîne !

1 QUIZ

Coche la (ou les) bonne(s) réponse(s).

a. Le système immunitaire :

☐ peut détecter le soi grâce aux marqueurs présents sur nos cellules.

☐ peut détecter les éléments étrangers, appelés anticorps.

☐ possède des lymphocytes B mémoire.

b. Les anticorps :

☐ sont sécrétés par les lymphocytes B.

☐ sont efficaces avec tous les antigènes.

☐ forment un complexe avec les antigènes pour faciliter la phagocytose.

2 *La réponse aux injections de vaccin*

À partir du document clé de la page précédente :

a. Compare les quantités d'anticorps produites lors de la première et de la troisième injection du vaccin.

b. Explique cette différence.

3 *Les étapes de la phagocytose*

Lors de la réaction non spécifique de phagocytose, le phagocyte reconnaît la bactérie et émet des prolongements cytoplasmiques pour l'englober. Il emprisonne ainsi la bactérie dans une vésicule de phagocytose, où elle est digérée. Les déchets de la digestion sont ensuite évacués.

Replace ces trois schémas dans le bon ordre.

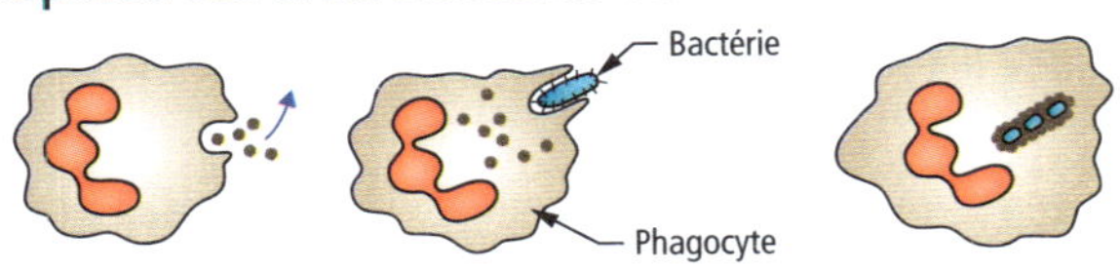

Schéma a. Schéma b. Schéma c.

4 *Les bactéries résistantes*

Acinetobacter baumannii est une bactérie responsable d'infections du sang, des poumons ou des plaies chez l'Homme. Ces infections sont dites « nosocomiales » car elles se produisent à l'hôpital. La particularité de cette souche bactérienne est qu'elle est résistante à de très nombreux antibiotiques.

On a réalisé un antibiogramme de cette bactérie pour observer sa réaction à certains antibiotiques.

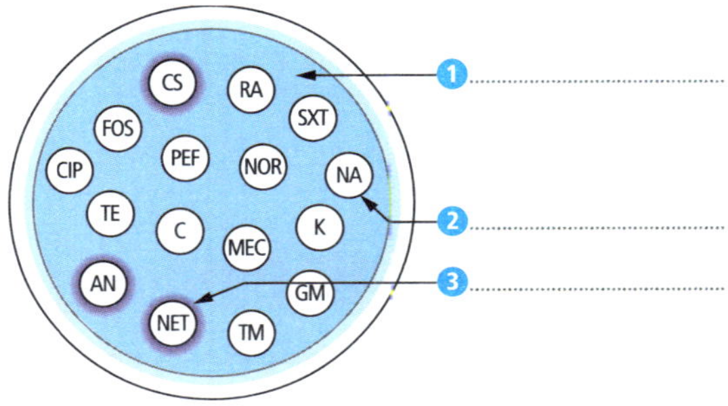

a. Légende l'antibiogramme avec les expressions suivantes : pastille d'antibiotique • zone d'inhibition (destruction) des bactéries par l'antibiotique • milieu de culture nutritif

b. Trouve le nombre d'antibiotiques actifs contre cette bactérie. Que constates-tu ?

c. Il faut plusieurs jours pour réaliser cet antibiogramme. **Explique les risques** pour le patient.

? indice

La zone foncée autour de la pastille d'antibiotique montre son efficacité contre les bactéries.

5 VERS LE BREVET

Lis le texte puis réponds aux questions.

Dans une population, plus le nombre de personnes vaccinées contre une maladie est grand, moins elle risque de se propager. La vaccination permet de réduire le nombre de germes circulants, et parfois de les éradiquer (faire disparaître). La rougeole est une maladie virale très contagieuse transmise par la salive. Elle se manifeste par des boutons rouges, de la fièvre et une toux. La rougeole provoque le décès de près d'un million d'enfants chaque année dans le monde. Éradiquée aux États-Unis en 2000, l'infection a refait surface en 2008 en raison de nouvelles personnes non vaccinées, qui ont propagé la maladie, et d'un taux insuffisant de vaccination. La rougeole pourrait être éradiquée si 95 % de la population était vaccinée. En France, seulement 80 % de la population est vaccinée.

D'après l'Organisation mondiale de la santé.

a. Définis l'expression « éradication d'une maladie ».

b. Explique pourquoi la rougeole a refait surface aux États-Unis en 2008.

c. Propose une solution pour éradiquer la rougeole en France.

Corrigés page 40 du Guide

11 La sexualité humaine

Je me demande...
Qu'est-ce qui détermine la période de fécondité d'une femme ?

Les points clés

1 Les spécificités de la sexualité humaine

● Dans notre espèce, l'acte sexuel est possible **à tout moment**, contrairement à d'autres mammifères qui ne s'accouplent qu'à certaines périodes.

● Toutefois, la fécondation n'est possible qu'autour de l'ovulation. En effet, la **période de fécondité** de la femme, d'environ 7 jours par cycle, est déterminée par la durée de vie de l'ovule (24 heures) et celle des spermatozoïdes (4 à 6 jours).

2 Maîtriser la procréation

● Les **méthodes contraceptives** permettent aujourd'hui de choisir le moment d'avoir un enfant. Les préservatifs empêchent la rencontre des gamètes ou fécondation. La pilule et l'implant agissent sur le cycle féminin, et contiennent des hormones qui bloquent l'ovulation.

● Les **méthodes contragestives** (DIU, ou stérilet, pilule du lendemain) empêchent la nidation. En cas d'échec, l'interruption volontaire de grossesse (IVG) est autorisée en France jusqu'à 12 semaines de grossesse.

● Les couples infertiles ne parviennent pas à concevoir un enfant. Chez la femme, cela peut être dû à des troubles de l'ovulation ou à des trompes bouchées. Chez l'homme, ce peut être des spermatozoïdes non mobiles ou en nombre insuffisant. La **Fivette** (fécondation *in vitro* et transfert d'embryon) est une technique de procréation médicalement assistée (PMA).

Mots-Clés

- **Contraception** : ensemble des méthodes qui empêchent la fécondation.
- **Contragestion** : ensemble des méthodes qui empêchent l'implantation de l'embryon.

Le document clé

Les moyens pour éviter une grossesse

● Il existe différents moyens, adaptés à chaque cas.

Éviter une grossesse

- **Rapports sexuels occasionnels** → Contraception mécanique → Préservatif masculin ou féminin
- **Vie de couple, rapports sexuels réguliers**
  - → Contraception et contragestion mécaniques → Préservatif, DIU (stérilet)
  - → Contraception chimique → DIU hormonal, pilule, implant, patch
- **Échec de contraception**
  - → Contraception d'urgence → Pilule du lendemain
  - → IVG

On s'entraîne !

1 QUIZ

Vrai ou faux ?

	V	F
a. La contraception empêche la nidation de l'embryon.	☐	☐
b. La pilule contraceptive est prescrite par un médecin.	☐	☐
c. La contraception d'urgence est efficace si elle est prise très rapidement après un rapport non protégé.	☐	☐
d. L'IVG est autorisée en France dans un délai de 10 semaines de grossesse.	☐	☐

2 *Faire face à l'infécondité*

a. Cite des causes d'infécondité chez la femme ; chez l'homme.
b. Indique une solution médicale pour aider un couple à avoir un enfant.

3 *Un comportement responsable*

Seuls les préservatifs protègent des infections sexuellement transmissibles (IST) comme le sida. Ils sont en vente libre.
La pilule (comprimé) est prescrite par le médecin et doit être prise sans oubli tout le long du cycle pour être efficace. De nouvelles méthodes hormonales (implant, patch) évitent les oublis.
Le stérilet est un dispositif placé dans l'utérus par le gynécologue.
La pilule du lendemain est une dose massive d'hormones, efficace si elle est prise dans les 24 à 48 heures après un rapport sexuel non protégé.

À l'aide du document clé page précédente et du texte ci-dessus, réponds aux questions.

a. Propose les moyens de contraception adaptés.

	Partenaire occasionnel	Couple stable
Femme	....	....
Homme	....	....

b. Lequel de ces moyens permet une protection contre les IST ?

c. Que faut-il faire en cas d'accident de contraception ?

4 *Reproduction chez la brebis*

La brebis ne s'accouple que pendant une période de l'année, et la reproduction est déclenchée par un facteur de l'environnement.

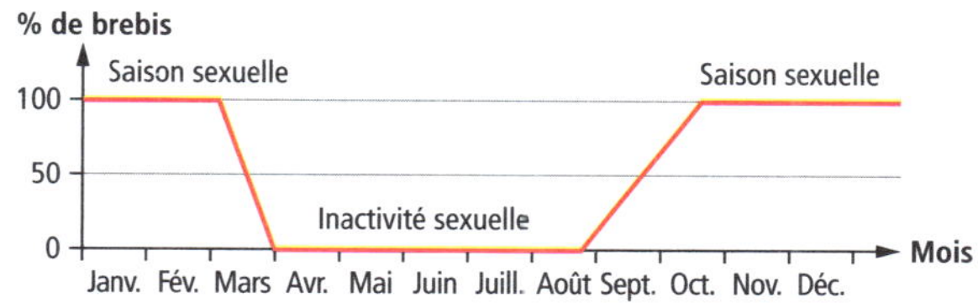

Graphique 1. Pourcentage de l'activité sexuelle des brebis sur l'année.

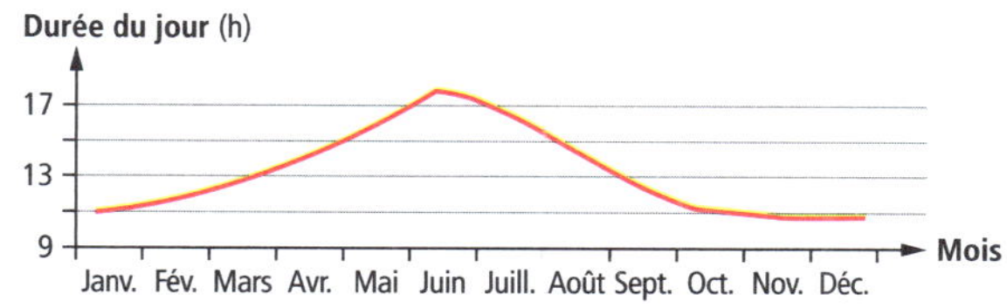

Graphique 2. Durée du jour au cours de l'année.

a. À l'aide du graphique 1, cite les mois d'activité sexuelle de la brebis. Compare la reproduction de la brebis à celle de l'Homme.
b. À l'aide du graphique 2, trouve le facteur de l'environnement qui déclenche la période d'activité sexuelle chez la brebis.

5 VERS LE BREVET

Observe le document, puis réponds aux questions.

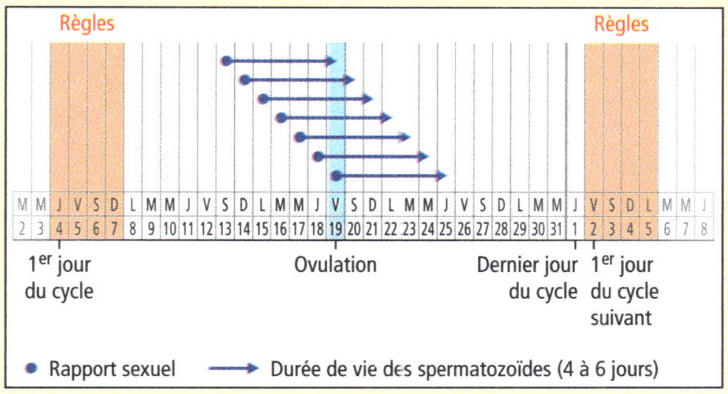

a. Sur un axe, reproduis ce cycle de 28 jours : place la date des règles et celle d'ovulation.
b. Place la période de fécondité.
c. Explique pourquoi la fécondation n'est possible que quelques jours par mois dans l'espèce humaine.
d. Indique à quel moment du cycle la pilule doit commencer à être prise pour éviter une grossesse.

Corrigés page 40 du Guide

Test - Bilan

La planète Terre, l'environnement et l'action humaine

1 Le système climatique terrestre :

☐ est influencé par la répartition des vents et des courants océaniques.
☐ a varié au cours des temps géologiques avec une alternance de périodes chaudes et froides.
☐ est prévisible à long terme grâce aux simulations climatiques.

2 L'exploitation des énergies fossiles par l'homme :

☐ représente 20 % de la production mondiale d'énergie.
☐ affecte le climat par le rejet de gaz à effet de serre.
☐ doit diminuer pour éviter un réchauffement de 2 °C.

3 Des mesures de préservation de la biodiversité :

☐ sont nécessaires pour éviter l'extinction de nombreuses espèces.
☐ ont permis de répertorier des « points chauds » où la vie est rare.
☐ comme les quotas de pêche laissent le temps aux populations de certaines espèces de se reconstituer.

.... /3

Le vivant et son évolution

4 Le sang :

☐ ne circule que dans les veines.
☐ circule à sens unique.
☐ contient des déchets, des nutriments et des éléments minéraux.

5 La fécondation :

☐ est interne chez les individus vivipares.
☐ entraîne la formation d'un petit nombre d'œufs lorsqu'elle est externe.
☐ est influencée par les ressources alimentaires du milieu.

6 Les gamètes :

☐ se forment lorsque la cellule de départ subit trois divisions successives.
☐ ne possèdent qu'un chromosome de chaque paire.
☐ contiennent deux chromosomes sexuels.

7 Au cours du temps, les espèces :

☐ ne présentent aucun lien de parenté entre elles.
☐ ont toujours eu les mêmes caractères.
☐ peuvent disparaître au cours de crises géologiques.

.... /4

Le corps humain et la santé

8 Le manque de sommeil :

☐ peut entraîner une baisse de vigilance.
☐ n'est pas détectable lors de l'analyse de l'activité cérébrale.
☐ peut avoir un impact sur les performances scolaires d'un élève.

9 Les enzymes digestives :

☐ sont produites par des glandes digestives.
☐ ont une action favorisée par la mastication et les mouvements de brassage.
☐ permettent la transformation des aliments en nutriments en absence d'eau.

10 La vaccination :

☐ désactive la mémoire immunitaire.
☐ empêche la production d'anticorps.
☐ permet l'éradication de certaines maladies si plus de 95 % de la population est vaccinée.

11 En France, un couple peut :

☐ choisir le moment pour avoir un enfant.
☐ bénéficier des techniques de PMA s'il présente une infécondité.
☐ décider d'interrompre une grossesse dans un délai légal de 12 semaines.

.... /4

Score total : .... /11 **CORRIGÉS P. 40 DU GUIDE**

PHYSIQUE-CHIMIE TECHNOLOGIE

structure
e la matière

Je me demande...

De quoi sont composés les atomes ? À quoi correspond un numéro atomique ?

es points clés

Tous les matériaux dans l'Univers sont constitués d'atomes invisibles à l'œil nu. Mais que sait-on réellement de leur structure ?

Mot-Clé
Modèle : représentation simplifiée de la réalité d'un phénomène.

1 Évolution des modèles atomiques

- Dès l'Antiquité, **Démocrite** a l'intuition de l'existence des **atomes** (*atomos* signifiant « insécable »). Cette idée, rejetée par **Aristote**, est finalement reprise en 1805 par **John Dalton**. En 1897, **Joseph John Thomson** prouve expérimentalement l'existence des **électrons** (particules de charge négative).

- Puis en 1910, **Ernest Rutherford** déduit d'une expérience qu'une charge positive occupe un tout petit volume au centre de l'atome qu'il appelle « **noyau** ». Depuis, d'autres **modèles** plus complexes ont été développés (modèle de Bohr, etc.).

Atome de Rutherford (1911)

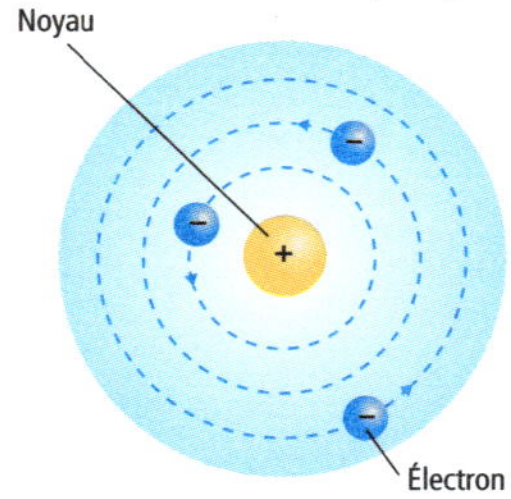

- Un atome est **électriquement neutre**. Presque toute la masse de l'atome se trouve dans le noyau.

- Un atome est représenté par son **symbole atomique** et est caractérisé par un **numéro atomique** noté Z (nombre de charges positives dans son noyau). Depuis les travaux de Dmitri Mendeleïev en 1869, les chimistes classent les atomes par « familles » en fonction de leur numéro atomique dans un tableau appelé **classification périodique**.

3 Li	4 Be		
11 Na	12 Mg		
19 K	20 Ca	21 Sc	22 Ti
37 Rb	38 Sr	39 Y	40 Zr

2 Structure des ions et solutions ioniques

- Un **ion** est un atome (ou un groupement d'atomes) qui a perdu ou gagné un ou plusieurs électrons. Il existe donc des ions positifs (**cations**) et des ions négatifs (**anions**).

- On appelle **solution ionique** tout liquide qui contient des ions.
Elle est notée (formule cation + formule anion) et est toujours électriquement neutre :
– chlorure de sodium ($Na^+ + Cl^-$) : il y a autant d'ions Cl^- que d'ions Na^+.
– chlorure de fer III ($Fe^{3+} + 3\ Cl^-$) : il y a 3 fois plus d'ions Cl^- que d'ions Fe^{3+}.

Un peu de méthode

Déterminer le nombre de charges d'un atome ou d'un ion

Atomes et ions	Na	Na^+	Cl	Cl^-
Charges positives dans le noyau	11	11	17	17
Nombre d'électrons (négatifs)	11	10	17	18

- Le nombre de charges du noyau est constant. Le cation Na^+ a perdu un électron, l'ion est donc globalement positif. L'anion Cl^-, lui, a gagné une charge négative.

On s'entraîne !

1 QUIZ

Vrai ou faux ?

	V	F
a. Les atomes sont toujours électriquement neutres.	☒	☐
b. Le noyau de l'atome représente plus de 99 % de la masse de l'atome.	☒	☐
c. Le noyau et les électrons sont tous chargés négativement.	☐	☒
d. Il peut exister des ions négatifs et des ions positifs.	☒	☐

2 *Modèles atomiques*

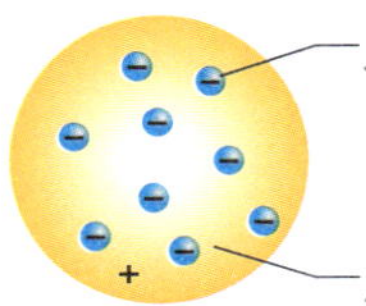

Modèle de Thomson

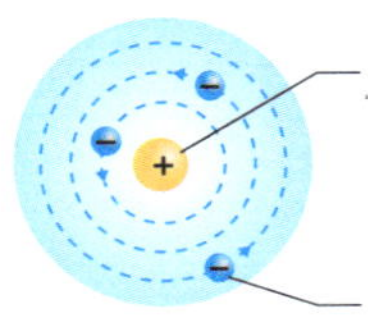

....

....

a. Complète les schémas et rappelle la découverte fondamentale réalisée par Thomson ?

....

....

b. Qui est à l'origine de l'évolution du second modèle ? **Résume la découverte** fondamentale concernant la structure de l'atome observée sur le schéma.

....

....

....

c. Ces deux scientifiques ont plusieurs points communs. **Effectue une recherche** sur Internet pour les découvrir.

....

....

3 *Nature du courant électrique*

Dans chaque atome d'un métal, certains élec sont éloignés du noyau, donc peu liés à celui-ci. Ces électrons sont des électrons libres. Le courant électrique est un déplacement d'ensemble de ces particules chargées négativement.

Lorsque le circuit électrique est fermé, le générateur donne un mouvement d'ensemble aux électrons libres : ils se déplacent tous dans le même sens, c'est-à-dire de la borne – vers la borne + du générateur.

C'est ce mouvement qui est à l'origine du courant électrique.

N'y a-t-il pas quelque chose de troublant par rapport au sens conventionnel du courant ?

....

....

....

....

? indice

Le sens du courant a été fixé par une convention (c'est-à-dire une décision faisant office de règle).

4 VERS LE BREVET

a. Complète le schéma suivant.

L'atome de chlore

↓

possède 17 électrons qui gravitent autour de son noyau, composé de .... charges positives.

↓

L'ion chlorure Cl^- est chargé ....
Il a donc .... un électron : c'est un ....

↓

Son noyau contient .... charges positives.

b. Rédige un texte similaire avec l'ion Na^+ (cherche le numéro atomique de l'atome de sodium sur Internet).

? indice

Le nombre de charges du noyau est constant.

Corrigés page 41 du Guide

PHYS.-CHIMIE

…ntification des ions

Je me demande…

Comment vérifier la présence de tel ou tel ion dans une solution ?

…points clés

…s déjà une série de tests chimiques permettant d'identifier les espèces chimiques …$_2$O, O_2, H_2). Désormais, il devient également nécessaire d'être capable d'identifier la p…ence d'ions dans des solutions.

1 Identification des ions par la couleur de la solution

● Certains ions donnent une **couleur caractéristique** à la solution qui les contient.

Nom de l'ion	Ion fer II	Ion fer III	Ion cuivre II	Ion zinc	Ion aluminium
Formule de l'ion	Fe^{2+}	Fe^{3+}	Cu^{2+}	Zn^{2+}	Al^{3+}
Couleur de la solution	Vert pâle	Rouille	Bleu	Incolore	Incolore

Mais cela n'exclut pas d'avoir recours à des **tests** pour valider leur présence.

Mots-Clés

- **Réactif** : espèce chimique introduite pour prendre part à une réaction chimique.
- **Précipité** : produit peu soluble formé par réaction, qui se dépose généralement au fond du tube à essai.

2 Identification des ions par la méthode de précipitation

● Pour identifier les ions présents dans des solutions, on utilise des **réactifs** qui provoquent l'**apparition d'un précipité coloré** caractéristique.

Ion à caractériser	Aspect initial	Réactif	Précipité
Ion sulfate SO_4^{2-}	Incolore	Chlorure de baryum	Blanc
Ion chlorure Cl^-	Incolore	Nitrate d'argent	Blanc (noircit à la lumière)
Ion cuivre II Cu^{2+}	Bleu	Hydroxyde de sodium (soude)	Bleu
Ion fer II Fe^{2+}	Vert pâle	Hydroxyde de sodium (soude)	Vert foncé
Ion fer III Fe^{3+}	Rouille	Hydroxyde de sodium (soude)	Rouille
Ion aluminium Al^{3+}	Incolore	Hydroxyde de sodium (soude)	Blanc
Ion zinc Zn^{2+}	Incolore	Hydroxyde de sodium (soude)	Blanc

3 Identification par mesure du pH

● Pour tester la présence d'ions hydroxydes (HO^-) ou d'ions hydrogène H^+ dans une solution, on **mesure le pH** de la solution (papier indicateur pH ou pH-mètre) :
- si pH > 7, il y a des ions HO^- dans la solution ;
- si pH < 7, il y a des ions H^+ dans la solution.

Un peu de méthode

Identifier des ions avec rigueur

● Mener une démarche d'identification des ions demande de la rigueur et le respect de règles précises :
- connaissance des **consignes de sécurité** des produits ;
- rédaction d'un **protocole précis** sous la forme d'un organigramme et préparation du matériel (série de tubes à essai) ;
- préparation d'un **tableau de saisie des résultats**.

Une expérience chimique n'est pas un jeu !

ORGANISATION ET TRANSFORMATIONS DE LA MATIÈRE

On s'entraîne !

1 QUIZ

Relie chaque test à l'ion qu'il permet d'identifier.

Hydroxyde de sodium •	• H^+
Nitrate d'argent •	• Ions métalliques
Mesure du pH •	• Cl^-

2 *Sulfate ou chlorure*

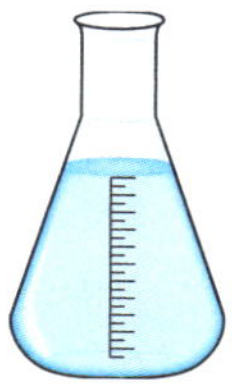

'ai une solution qui est de couleur leue. Je crois qu'elle contient des ions uivre Cu^{2+}, mais je ne sais plus si c'est ne solution de chlorure de cuivre ou e sulfate de cuivre.

ue proposes-tu de faire pour identifier a solution ?

....

....

....

? indice

Trouve des réactifs qui permettent d'identifier les ions Cl^- et SO_4^{2-}.

3 *Trois solutions*

e tableau ci-dessous récapitule les couleurs es précipités obtenus lors des réactions entre rois solutions et trois réactifs différents.

Solution	Réactif		
	Hydroxyde de sodium	**Nitrate d'argent**	**Chlorure de baryum**
A	Vert foncé	....	Blanc
B	Rouille	Blanc	....
C	....	Blanc	....

utre test : pH = 2 pour la solution C.

uelles sont les compositions chimiques t les noms des solutions A, B et C ?

....

....

....

4 *Solution inconnue*

Tu reçois un flacon contenant des ions. Tu ignores les espèces présentes et leur nombre.

Complète ce protocole expérimental.

Protocole d'identification des ions

Tu connais trois réactifs chimiques :
- ....
- chlorure de barium
- ....

Tu peux aussi faire des mesures de ....

Il te faut séparer la solution initiale dans trois .... Avec chaque échantillon de solution, tu vas pouvoir réaliser un ....

Les observations permettront d'indiquer.................... ou .... (formelle ou possible) des ions listés.

? indice

Un test chimique nécessite souvent d'avoir recours à un tube à essai.

5 VERS LE BREVET

Tu disposes de cinq flacons étiquetés contenant des solutions. Tu souhaites simplement vérifier les étiquettes.

Indique dans ce tableau, les résultats prévisibles (couleur des précipités).

Solution	Réactifs		
	Hydroxyde de sodium	**Nitrate d'argent**	**Chlorure de baryum**
Sulfate de cuivre	....	....	....
Chlorure de cuivre	....	....	....
Sulfate de zinc	....	....	....
Sulfate d'aluminium	....	....	....
Chlorure de zinc	....	....	....

Corrigés page 41 du Guide

éactions acides-
nétaux et acides-bases

Je me demande…
Que peut-il se passer lorsqu'un acide est en contact avec un métal ?

es points clés

Les espèces acides et basiques occupent une place essentielle dans le monde vivant et sont également fabriquées en grandes quantités par l'industrie (produits ménagers, etc.). Voici quelques exemples de réactions chimiques…

1 Attaque d'un métal par un acide

- Dans un tube à essai, on dépose de la **poudre de fer**, puis on ajoute de l'**acide chlorhydrique** de formule ($H^+ + Cl^-$). On observe un dégagement de chaleur et de gaz. À la fin de l'expérience, il y a moins de fer dans le tube à essai. Il y a eu une réaction chimique car un produit est apparu (le gaz) et un réactif a disparu (le fer).

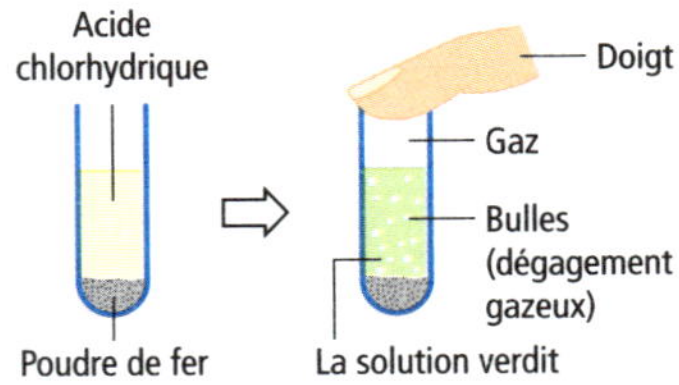

Test	Observation	Conclusion
Flamme	Détonation	Formation de dihydrogène H_2
Mesure du pH	Augmentation	Disparition d'ions H^+
Nitrate d'argent	Précipité blanc	Présence d'ions chlorures Cl^-
Hydroxyde de sodium	Précipité vert	Présence d'ions fer II Fe^{2+}

- Du fer et des ions H^+ ont disparu. Des ions Fe^{2+} et du dihydrogène H_2 sont apparus. Les ions chlorures Cl^- toujours présents n'ont donc pas participé à la réaction. **Bilan** :

fer + acide chlorhydrique → dihydrogène + chlorure de fer II

2 Réaction entre un acide et une base

- La réaction entre l'**acide chlorhydrique** HCl (acide fort) et l'**hydroxyde de sodium** NaOH (base forte) a pour **bilan** :

$$HCl + NaOH \rightarrow H_2O + NaCl$$

- C'est une réaction rapide, totale et **exothermique** (dégagement de chaleur)

Un peu de méthode

Distinguer acide fort et acide faible

- Les **acides forts** et les **bases fortes** sont des acides et des bases pour lesquels la réaction avec l'eau est **totale**, c'est-à-dire que les réactifs disparaissent totalement. L'équation s'écrit avec une flèche à sens unique (→).

EXEMPLE L'acide chlorhydrique est un acide fort :
$$HCl + H_2O \rightarrow H_3O^+ + Cl^-$$

- Les **acides faibles** et les **bases faibles** sont des acides et des bases pour lesquels la réaction avec l'eau n'est pas totale. Les réactions sont dites **équilibrées** (⇄).

EXEMPLE L'acide acétique CH_3COOH est un acide faible :
$$CH_3COOH + H_2O \rightleftarrows H_3O^+ + CH_3COO^-$$

On s'entraîne !

1 QUIZ

Relie chaque acide/base à sa formule chimique puis à son pH.

Acide chlorhydrique	NaOH	pH < 7
Hydroxyde de sodium	HCl	pH > 7
Acide acétique	CH_3COOH	

2 Le bon test

Complète le tableau en associant le test et l'observation permettant d'identifier l'une des espèces chimiques proposées.

Tests : flamme ; mesure du pH ; nitrate d'argent.

Observations : détonation ; précipité blanc ; < 7.

Test	Observation	Identification
....	....	H^+
....	....	Cl^-
....	....	H_2

3 Décollage d'une fusée VBS

Lors d'un atelier scientifique sur les fusées VBS (vinaigre blanc-bicarbonate de soude), on s'intéresse à la réaction chimique permettant le décollage de ce type de fusées.

Peux-tu décrire brièvement le principe de cette fusée et la réaction chimique à l'origine de la propulsion ?

Données :

Formule chimique du vinaigre blanc (ou acide acétique) : CH_3COOH.

Formule chimique du bicarbonate de soude : $NaHCO_3$.

L'acide carbonique (H_2CO_3) se décompose en dioxyde de carbone (CO_2) et en eau (H_2O).

....

....

4 Canettes de soda

Les canettes de soda sont constituées en partie de fer et d'aluminium.
Or, le pH de cette boisson est acide.

À partir de tes connaissances, explique le problème éventuel et la solution qu'ont trouvé les fabricants pour y remédier.

? indice

Pense à ce qui se passe quand un acide entre en contact avec du métal. Imagine comment on peut éviter qu'il y ait contact.

5 VERS LE BREVET

Dans un tube à essai, on met une spatule de fer en poudre et on y ajoute environ 5 cm^3 d'acide chlorhydrique. On maintient le tube fermé par un bouchon.

a. Qu'observes-tu ?

....

....

....

b. Lorsqu'il s'est formé suffisamment de gaz, on débouche le tube en y approchant une allumette enflammée. **Décris ce qui se passe** et précise le gaz ainsi mis en évidence.

....

....

....

c. Pour identifier les autres espèces chimiques, tu partages le contenu du tube en deux tubes A et B. Dans le tube A, tu verses quelques gouttes de nitrate d'argent. Dans le tube B, tu ajoutes quelques gouttes de soude. **Que va-t-il se passer ?**

....

....

....

? indice

Le résultat de l'identification va dépendre de la couleur du précipité.

Corrigés page 41 du Guide

[redacted]gles de conservation rs d'une transformation himique

Je me demande…

Comment écrire et comment équilibrer une réaction chimique ?

Les points clés

Les transformations chimiques permettent d'expliquer beaucoup de phénomènes : combustion, attaque d'un métal par un acide, réaction acido-basique, etc.

1 Propriété des transformations chimiques

- Une **équation-bilan** modélise toute transformation chimique en traduisant des règles de conservation.

EXEMPLE La combustion du méthane :

Méthane	+	Dioxygène	→	Dioxyde de carbone	+	Eau
CH_4	+	$2\ O_2$	→	CO_2	+	$2\ H_2O$

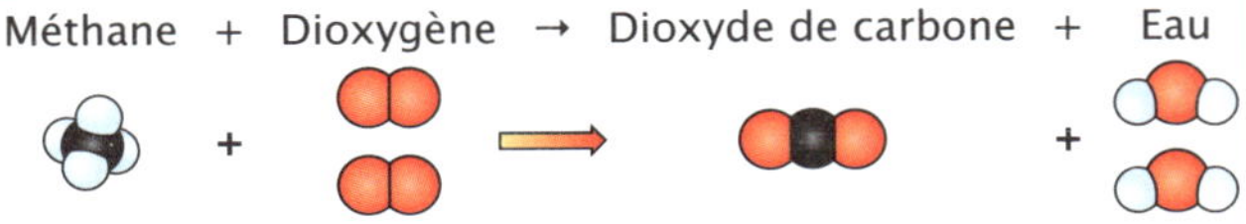

Les nombres placés devant les formules chimiques sont appelés **coefficients stœchiométriques**.

En 1776, Lavoisier énonce : « Lors d'une transformation chimique, rien ne se perd, rien ne se crée, tout se transforme. »

2 Règles de conservation

- Pour équilibrer l'équation-bilan d'une réaction, il faut ajouter les quantités des espèces chimiques en tenant compte de :

– la **conservation de la nature et du nombre des éléments** : tous les éléments (atomes, ions) présents dans les réactifs doivent être présents (en genre et en nombre) dans les produits. Cela traduit la règle de conservation de la masse.
Dans l'exemple précédent, côté réactifs et côté produits, il y a 1 C, 4 H et 4 O ;

– la **conservation de la charge électrique globale**.

Un peu de méthode

Établir l'équation-bilan d'une transformation chimique

1. Établir le **bilan** de la transformation chimique :

Aluminium + Acide chlorhydrique → Dihydrogène + Chlorure d'aluminium

2. Établir la **correspondance mot/symbole** ou formule :

$$Al + (H^+ + Cl^-) \rightarrow H_2 + (Al^{3+} + Cl^-)$$

3. Respecter la **conservation des éléments**. Les ions Cl^- sont inertes car présents en début et en fin de réaction :

$$Al + 2\ H^+ \rightarrow H_2 + Al^{3+}$$

Les éléments sont conservés, mais il subsiste un déséquilibre de charges.

4. Respecter la **conservation de la charge globale** : même nombre de charges côté réactifs et coté produits, sans modifier l'équilibre entre les éléments. Équation équilibrée :

$$2\ Al + 6\ H^+ \rightarrow 3\ H_2 + 2\ Al^{3+}$$

On s'entraîne !

1 QUIZ

Vrai ou faux ?

Lors d'une transformation chimique, il y a conservation :

	V	F
a. des atomes présents dans les réactifs	☐	☐
b. des espèces chimiques initiales	☐	☐
c. de la charge électrique globale	☐	☐

2 *Équations équilibrées ?*

Vérifie chaque équation-bilan et trouve celles qui sont correctement équilibrées.

a. $C + O_2 \rightarrow CO_2$
b. $2\ C + O_2 \rightarrow 2\ CO$
c. $2\ CO + O_2 \rightarrow 2\ CO_2$
d. $3\ Fe + 2\ O_2 \rightarrow Fe_3O_4$
e. $2\ Zn + O_2 \rightarrow 2\ ZnO$
f. $4\ Al + 3\ O_2 \rightarrow 2\ Al_2O_3$

3 *Les bons coefficients*

Complète le schéma représentant la réaction chimique de la combustion complète du propane (C_3H_8).

Écris la réaction chimique.

formule chimique des réactifs — formule chimique des produits

.... + ... → .... + ...

Équilibre les quantités de chaque espèce chimique.

C .... + ... → .... + ...

H .... + ... → .... + ...

O .... + ... → .... + ...

4 *Termine le travail*

Aide ton camarade à vérifier son travail.

Il a écrit l'équation-bilan suivante :
$Fe^{3+} + Zn \rightarrow Fe + Zn^{2+}$.
Il considère avoir terminé car il a bien respecté la règle de conservation des éléments.

a. Es-tu d'accord avec lui ?

....

b. S'est-il bien assuré de la conservation des charges ?

....

....

c. Que doit-il faire pour corriger cette erreur ?

....

....

....

indice

Pense à équilibrer les charges et le nombre d'éléments entre réactifs et produits de la réaction.

5 VERS LE BREVET

L'acide sulfurique ($2\ H^+ + SO_4^{2-}$) réagit avec le zinc. Un dégagement de dihydrogène est observé. En fin de réaction, on détecte également la présence d'ions sulfates et d'ions zinc II.

a. **Quels sont les réactifs de la réaction ?**

....

....

b. **Quels sont les produits de la réaction ?**

....

....

c. **Écrire et équilibrer la réaction chimique** de l'attaque du zinc par l'acide sulfurique.

....

....

indice

Pour écrire la réaction chimique, remplace le nom des espèces chimiques par leurs formules.

Corrigés page 41 du Guide

5 De l'énergie chimique à l'énergie électrique

Je me demande...

Que se passe-t-il dans une pile ? Comment un courant électrique apparaît-il ?

Les points clés

D'où vient l'énergie des piles que l'on utilise tous les jours ? Pourquoi ont-elles une durée d'utilisation limitée ?

1 Énergie chimique

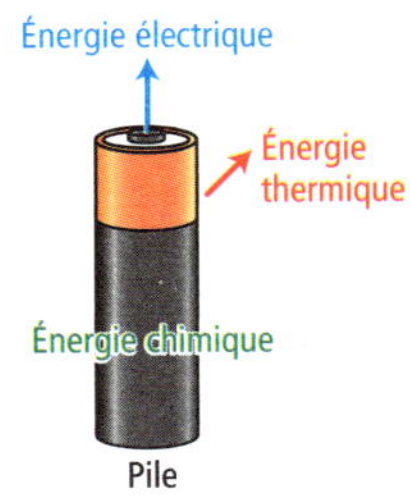

● Une **pile** est un réservoir d'**énergie chimique.** Lorsque la pile fonctionne, une partie de cette énergie est transformée sous forme d'**énergie électrique** et de **chaleur**. L'énergie électrique libérée par une pile provient d'une réaction chimique entre les matières qui constituent la pile. La consommation des réactifs entraîne l'usure de la pile.

2 Échange d'électrons

● Dans un bécher contenant une solution bleue de sulfate de cuivre, on ajoute de la poudre de zinc. La solution se décolore (des ions Cu^{2+} disparaissent), un dépôt rouge se forme sur le zinc (apparition de cuivre) et la température de la solution passe de 21 °C à 35 °C. De plus, un test avec la soude permet d'identifier la formation d'ions Zn^{2+}.

Bilan de la réaction : $Cu^{2+} + Zn \rightarrow Zn^{2+} + Cu$.

Il y a donc eu un **échange d'électrons** entre les réactifs.

3 Pile électrochimique et électrolyse

● Une **pile électrochimique** est constituée de deux électrodes de natures différentes, généralement métalliques, plongées dans une solution conductrice. Elle permet de transformer de l'énergie chimique en énergie électrique.

● L'**électrolyse**, à l'inverse, permet de transformer de l'énergie électrique en énergie chimique. Elle s'effectue dans une cuve contenant un **électrolyte** dans lequel sont plongées deux électrodes reliées à un générateur de courant électrique.

Mots-Clés

- **Électrolyte** : substance conductrice contenant des ions.
- **Électrolyse** : dissociation chimique d'une substance par le passage d'un courant électrique.

Un peu de méthode

Fonctionnement d'une pile électrochimique

● L'électrode de cuivre constitue la borne + de la pile et l'électrode de zinc constitue la borne –.

● Du zinc disparaît et des ions Zn^{2+} apparaissent. Des ions Cu^{2+} disparaissent et du cuivre se dépose sur l'électrode de zinc.

● L'énergie chimique des réactifs est transférée au circuit sous forme d'énergie électrique et sous forme d'énergie thermique.

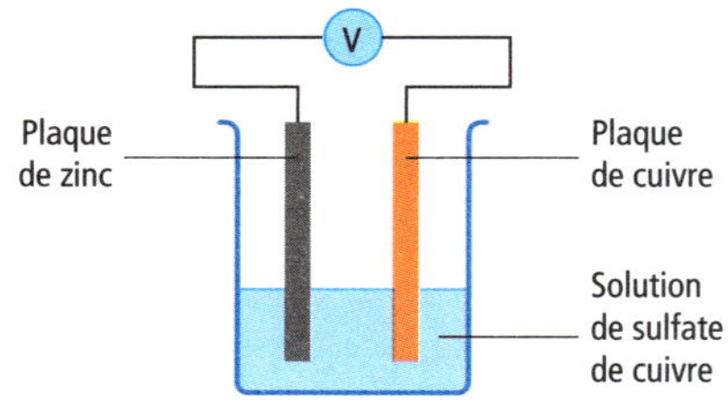

On s'entraîne !

1 QUIZ

Coche la (les) réponse(s) qui convien(nen)t.

a. La pile stocke de l'énergie :

☐ électrique ☐ chimique ☐ thermique

b. Lors de son fonctionnement, la pile produit de l'énergie :

☐ électrique ☐ chimique ☐ thermique

2 *Pile électrochimique*

Complète le schéma suivant.

La pile électrochimique

est le siège d'une ....

qui utilise les atomes, ions et molécules comme ....

Comme dans toute réaction, les.............................. disparaissent et des produits ....

La consommation des réactifs est la cause de .... des piles.

? indice

Tu auras besoin d'utiliser deux fois le terme *réactifs*.

3 *Pile et demi-piles*

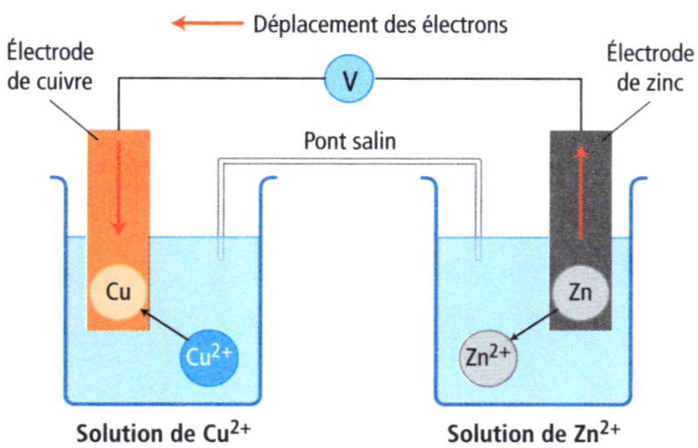

a. Quel est le rôle du pont salin ?

....

....

....

b. Que se passe-t-il dans la demi-pile de gauche et dans la demi-pile de droite ?

Complète le tableau.

	Demi-pile droite	Demi-pile gauche
Électrode	....	....
Espèces dans l'électrolyte	....	....
Demi-équations	....	....

4 VERS LE BREVET

On introduit de la poudre de fer dans un tube à essai contenant une solution de sulfate de cuivre à la température de 19 °C.
Après avoir mélangé et laissé décanter, une couleur rouge apparaît sur la poudre de fer tandis que la solution devient verdâtre. La température du mélange atteint alors 47 °C.

a. Quelles observations suggèrent qu'il y a eu transformation chimique dans le tube à essai ?

....

....

....

b. Quels sont les réactifs de cette transformation ?

....

....

....

c. Quelles observations suggèrent que les produits de la transformation chimique sont le cuivre et les ions Fe^{2+} ?

....

....

....

....

....

? indice

Observe la couleur des produits pour en déduire leur composition.

Corrigés page 42 du Guide

6 L'interaction gravitationnelle

Je me demande...

De quoi dépend la force de gravitation qui s'exerce entre deux objets ?

Les points clés

Les lois qui régissent le mouvement des planètes autour du Soleil sont-elles également applicables aux objets sur Terre ?

1 Force de gravitation

● La **gravitation** est une **interaction attractive** entre tous les **objets massifs** (Isaac Newton, 1687). Elle s'exerce **à distance** et dépend à la fois de la masse des objets et de la distance qui les sépare.

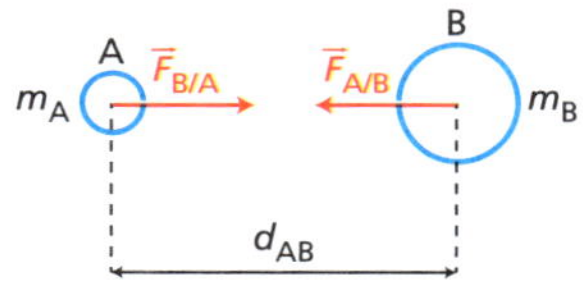

● L'interaction gravitationnelle entre deux corps ponctuels A et B de masses respectives m_A et m_B, séparés d'une distance d, est modélisée par des forces d'attraction gravitationnelle suivant la formule :

$$F_{A/B} = F_{B/A} = G \times \frac{m_A \times m_B}{d^2}$$

avec $F_{A/B}$ la force exercée par A sur B ;

$F_{B/A}$ la force exercée par B sur A ;

m_A et m_B en kilogrammes (kg) ; d en mètres (m) ;

G, constante de gravitation universelle, $G = 6{,}67 \times 10^{-11}$ N·m²·kg⁻².

Mots-Clés

- **Interaction** : action réciproque entre deux objets, produisant une modification de leurs états.
- **Force** : modélisation d'une interaction.

2 Exemples de situation

● L'interaction gravitationnelle s'exerce sur tous les objets possédant une masse : livre, crayon, personne, etc. Mais ces objets ne se déplacent pas les uns vers les autres comme deux aimants qui s'attirent. L'interaction existe mais elle reste beaucoup plus faible que les frottements de l'air qui sépare ces objets.

● Pourquoi l'interaction entre la Lune et la Terre ne conduit-elle pas à un rapprochement de ces deux corps ? On peut comparer cette situation à celle d'une fronde. La rotation de l'objet génère une **force centrifuge** (vers l'extérieur). La rotation de la Lune produit elle aussi une force centrifuge qui s'oppose à la force gravitationnelle, créant un équilibre entre les deux astres.

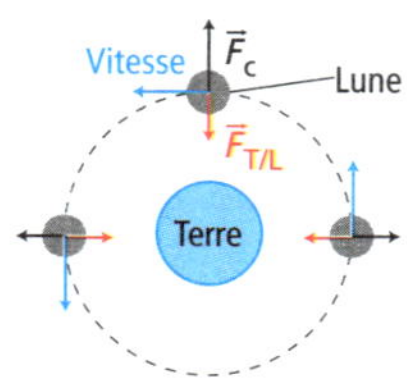

Un peu de méthode

Calculer l'intensité de la force d'interaction gravitationnelle

● Calcul de l'intensité de la force d'interaction gravitationnelle entre le Soleil et la Terre, avec $m_S = 1{,}989 \times 10^{30}$ kg, $m_T = 5{,}98 \times 10^{24}$ kg, et $d_{S\text{-}T} = 1{,}49 \times 10^8$ km $= 1{,}49 \times 10^{11}$ m.

$$F_{T/S} = F_{S/T} = G \times \frac{m_S \times m_T}{d^2} = 6{,}67 \times 10^{-11} \times \frac{1{,}989 \times 10^{30} \times 5{,}98 \times 10^{24}}{(1{,}49 \times 10^{11})^2} = 3{,}57 \times 10^{22}\ \text{N}$$

On s'entraîne !

1 QUIZ

Vrai ou faux ?

	V	F
a. Le Soleil attire la Terre.	☐	☐
b. La Terre attire le Soleil.	☐	☐
c. La Lune n'attire pas la Terre.	☐	☐
d. La Terre n'attire pas la Lune.	☐	☐

2 *Interaction gravitationnelle*

Imaginons un corps sphérique A de masse m_A et un autre corps sphérique B de masse m_B, séparés par une distance d.

a. Représente la situation sur un schéma.

b. Trace, en vert, la force exercée par le corps B sur le corps A et en rouge, la force exercée par le corps A sur le corps B.

3 *La bonne formule*

Soit G la constante de gravitation universelle, m la masse du satellite, M la masse de la Terre, et r la distance du satellite au centre de la Terre.

Peux-tu exprimer la formule de calcul de la force d'attraction gravitationnelle de la Terre sur le satellite ?

4 Gravity *quiz*

Coche la ou les bonnes réponses.

La gravitation universelle est une interaction qui s'exerce :

- ☐ uniquement entre des astres.
- ☐ entre tous les corps présents dans l'Univers.
- ☐ uniquement entre les corps les plus proches.
- ☐ uniquement entre les corps les plus massifs.

5 VERS LE BREVET

Le satellite naturel Phobos de la planète Mars décrit une trajectoire circulaire dont le centre est confondu avec le centre de Mars. Le rayon de cette trajectoire a pour valeur $R = 9\,378$ km.

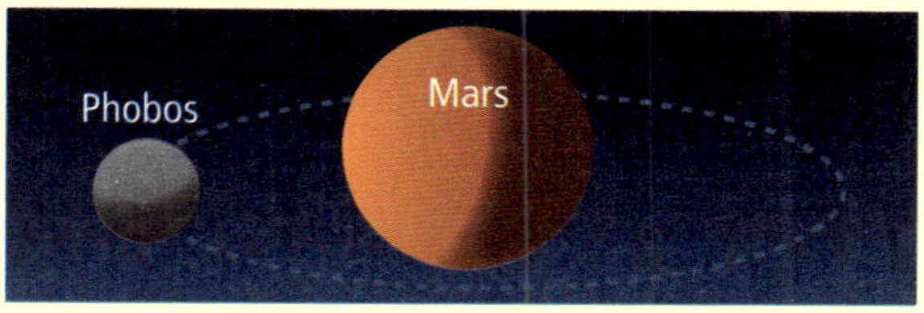

Exprime littéralement puis calcule la valeur de la force exercée par Mars sur le satellite Phobos.

Données :
- masse de la planète Mars : $m_M = 6{,}42 \times 10^{23}$ kg ;
- masse du satellite Phobos : $m_P = 9{,}6 \times 10^{15}$ kg ;
- constante de gravitation universelle : $G = 6{,}67 \times 10^{-11}$ SI.

? indice

Pour calculer l'intensité de cette force, la distance doit être exprimée en m.

Corrigés page 42 du Guide

7 La force de pesanteur

Je me demande...

Y a-t-il une différence entre la masse et le poids ?

Les points clés

1 Force de pesanteur

● À la surface de la Terre, tout corps est soumis à la **pesanteur**, force à distance par laquelle tout objet à proximité de la Terre est attiré vers elle. Sa direction est **verticale**, son sens est **vers le bas**, son **intensité** s'exprime **en newtons** (N) et son point d'application est le **centre de gravité** du corps.

2 Gravitation, masse et poids

Masse
- représente la **quantité de matière** contenue dans un objet
- est **invariable** quel que soit le lieu
- s'exprime en **kilogrammes** (kg)

Poids
- représente la **force d'attraction de la planète** sur un corps
- **dépend de la distance** qui le sépare de la planète et **de la masse** de la planète où il se trouve
- s'exprime en **newtons** (N)

● Sur Terre, le poids d'un objet correspond à la force d'attraction gravitationnelle F exercée par la Terre sur cet objet :

$$F = G \times \frac{m_T \times m}{R_T^2}$$

avec $G = 6{,}67 \times 10^{-11}\ N{\cdot}m^2{\cdot}kg^{-2}$ (constante gravitationnelle) ;
$m_T = 5{,}98 \times 10^{24}$ kg (masse de la Terre) ;
$R_T = 6\,378$ km (rayon de la Terre).

● La valeur de F dépend donc uniquement de la masse m, les autres grandeurs étant des constantes regroupées en une seule grandeur appelée **intensité de la pesanteur terrestre** :

$$g_T = G \times \frac{m_T}{R_T^2} = 6{,}67 \times 10^{-11} \times \frac{5{,}98 \times 10^{24}}{(6\,378)^2} = 9{,}81\ N{\cdot}kg^{-1}.$$

● Le poids d'un corps de masse m s'écrit alors : $P_T = m \times g_T$. Sa valeur dépend donc à la fois de sa masse et de l'intensité de pesanteur du lieu de mesure.

Un peu de méthode

Vérifier la relation entre le poids et la masse

● Nous allons mesurer la masse de différents objets avec une balance, puis leurs poids à l'aide d'un dynamomètre.

Masse (en kg)	0	0,2	0,5	0,8	1,0	1,2
Poids (en N)	0	1,7	4,9	7,8	9,8	11,7

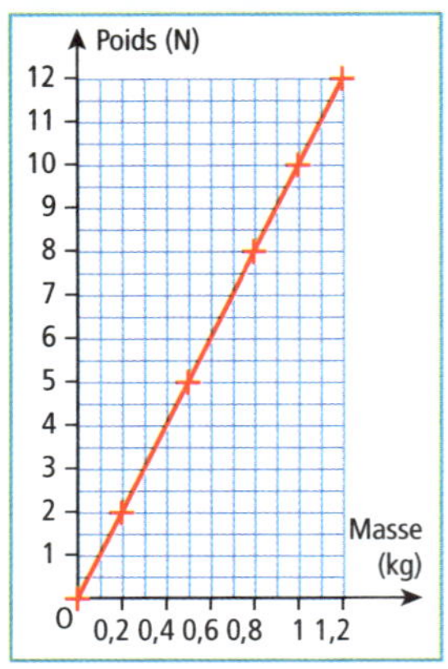

● Interprétation : la représentation graphique du poids en fonction de la masse se traduit par une droite passant par l'origine : la masse et le poids sont donc deux grandeurs proportionnelles.

● L'intensité du poids est $P = m \times g$ avec $g = 9{,}8\ N{\cdot}kg^{-1}$.

On s'entraîne !

1 QUIZ

Vrai ou faux ?

	V	F
a. Le poids et la masse sont deux grandeurs proportionnelles.	☐	☐
b. L'intensité de pesanteur est plus forte sur Terre que sur la Lune.	☐	☐
c. Si ma masse est de 60 kg sur Terre, elle sera plus faible sur la Lune.	☐	☐

2 Masse et poids

Complète le tableau.

	Masse	Poids
Instrument de mesure	....	....
Unité de mesure	....	....

3 Calcul de poids

Un objet a une masse de 780 g.

a. **Quel est le poids** de cet objet sur Terre ?

....

b. **Quel est le poids** de cet objet sur la Lune ?

....

c. **Quelle est sa masse** sur la Lune ?

....

Données :
Intensité de pesanteur sur la Terre : g_T = 9,81 N·kg^{-1} ;
Intensité de pesanteur sur la Lune : g_L = 1,6 N·kg^{-1}.

4 Sportif extraterrestre !

Voici les valeurs de l'intensité de pesanteur g de différents astres :

Astre	Terre	Lune	Jupiter	Mars
g	9,81	1,6	22,9	3,72

Un lanceur de poids a réalisé ses records sur ces différents astres :

Record	9,4 m	56 m	22 m	126 m

Peux-tu retrouver le lieu de chaque record ?

5 VERS LE BREVET

Voici quelques valeurs de l'intensité de la pesanteur en fonction de la latitude du lieu.

Lieu	Latitude	Valeur de g
Paris	49°	9,81
Pôle Nord	90°	9,83
Équateur	0°	9,78

a. **Comment varie l'intensité de la pesanteur g** lorsque la latitude augmente ?

....

....

....

....

....

....

....

b. La fusée Ariane 5 ES ATV pèse 775 tonnes au décollage.
Calcule le poids P de cette fusée aux différents lieux cités.

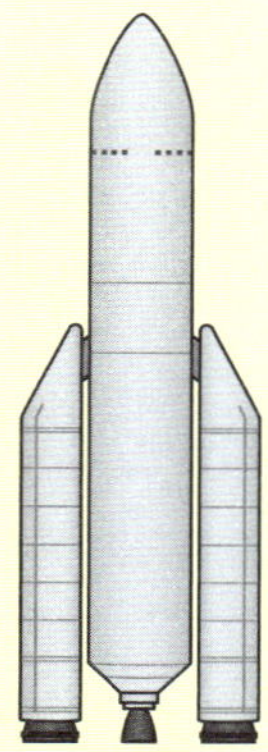

....

....

....

....

....

....

c. La base de lancement de la fusée Ariane est située à Kourou en Guyane française, à une latitude de 5°. **Pourquoi est-il plus facile de lancer la fusée Ariane depuis Kourou plutôt que depuis Paris ?**

....

....

....

....

....

? indice

Demande-toi quelles distances séparent Kourou et Paris de l'équateur.

Corrigés page 42 du Guide

8 Les énergies d'un objet en mouvement

Je me demande...

Un objet qui va vite a-t-il plus d'énergie qu'un objet lent ?

Les points clés

1 L'énergie de position

- Prenons un objet et lâchons-le à différentes hauteurs. Plus l'objet est lâché de haut et plus sa vitesse augmente. Il possède une **énergie de position**, notée E_p.

- Cette énergie s'explique par la présence d'une force que nous connaissons déjà : la **gravité** (ou attraction gravitationnelle) exercée par la Terre.

2 L'énergie de mouvement

- Lorsque l'objet tombe, il perd de l'énergie de position mais acquiert une nouvelle énergie due à son mouvement : c'est l'**énergie cinétique**, notée E_c.

- Elle dépend de la masse m de l'objet et de sa vitesse v : $E_c = \frac{1}{2}mv^2$

avec E_c en joules (J), m en kilogrammes (kg), v en mètres par seconde ($m{\cdot}s^{-1}$).

3 L'énergie mécanique et les conversions d'énergie

- Au cours de la chute d'un objet, son énergie de position diminue et son énergie cinétique augmente :
– il y a **conversion** d'une forme d'énergie en une autre ;
– et **conservation de l'énergie totale** de l'objet tout au long de son mouvement.
On définit ainsi l'**énergie mécanique** d'un objet comme la somme de l'énergie de position et de l'énergie cinétique de l'objet :

$$E_m = E_c + E_p$$

- Lorsqu'il n'y a pas de **frottements** (dus à l'air par exemple), l'énergie mécanique se conserve totalement au cours du mouvement. Dans le cas contraire, l'énergie mécanique perdue est convertie en énergie thermique (chaleur).

Le frottement, c'est une force qui s'oppose au mouvement d'un objet.

Un peu de méthode

Calculer la distance d'arrêt d'un véhicule

- La **distance d'arrêt** D_A d'un véhicule correspond à la distance parcourue entre le moment où le conducteur voit le danger et le moment où la voiture s'arrête. Cette distance se décompose en deux parties : $D_A = D_R + D_F$.

- D_R est la **distance de réaction** parcourue par le véhicule entre le moment où le conducteur voit le danger et le moment où il freine.

- D_F est la **distance de freinage** parcourue par le véhicule entre le moment où le conducteur freine et le moment où la voiture s'arrête.

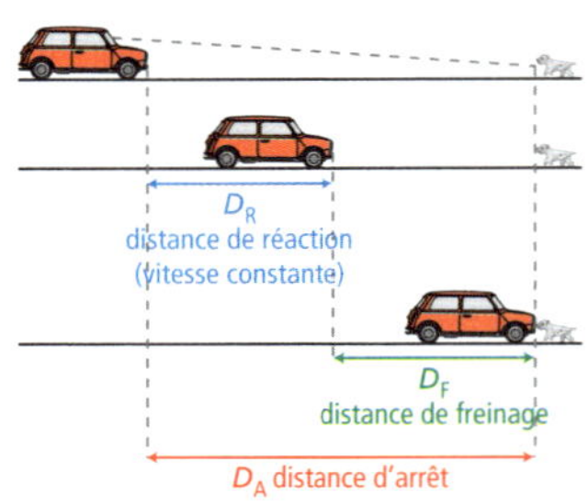

On s'entraîne !

1 QUIZ

Vrai ou faux ?

	V	F
a. Un objet qui ne se déplace pas peut posséder de l'énergie.	☐	☐
b. Un objet en mouvement possède toujours de l'énergie.	☐	☐
c. L'énergie d'un objet en chute libre est constante.	☐	☐

2 *Centrale hydroélectrique*

Principe d'un barrage hydroélectrique : l'eau est stockée en altitude dans un réservoir contenu par un barrage. Lorsqu'on ouvre le barrage pour faire circuler l'eau dans un canal d'écoulement, elle acquiert de la vitesse et fait tourner une turbine. Celle-ci entraîne un alternateur qui génère de l'électricité.

Que peux-tu dire du point de vue énergétique ?

....

....

....

? indice

Commence par te demander comment est l'eau avant l'ouverture du réservoir.

3 *Distance d'arrêt*

Soit D_R la distance de réaction, D_F la distance de freinage et D_A la distance d'arrêt.

Indique les paramètres qui influencent les distances de réaction, de freinage et d'arrêt.

Paramètre	D_R	D_F	D_A
Fatigue	....	....	....
Réflexe	....	....	....
État de la route	....	....	....
Alcool	....	....	....
Adhérence	....	....	....
Pluie, neige	....	....	....
Drogues	....	....	....
Téléphone	....	....	....
Verglas	....	....	....

4 *Le grand huit !*

Associe chaque diagramme d'énergie à la situation correspondante.

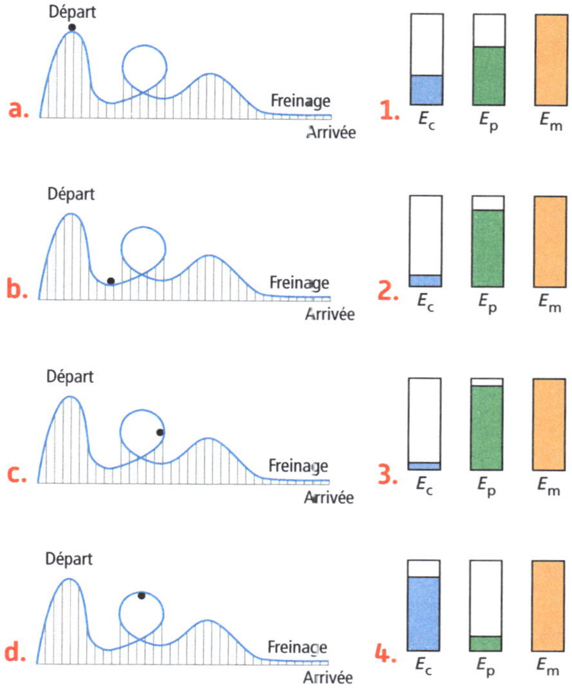

5 VERS LE BREVET

Une voiture de gamme moyenne a une masse de 1,23 tonne.

a. Quelle est son énergie cinétique E_1 à $v_1 = 45\ \text{km·h}^{-1}$?

....

....

b. Quelle est son énergie cinétique E_2 à $v_2 = 90\ \text{km·h}^{-1}$?

....

....

c. Que remarques-tu au niveau des résultats ?

....

....

d. Quel est l'intérêt, selon toi, de réduire la masse des véhicules ?

....

....

Corrigés page 43 du Guide

9 Signaux et transmission des informations

Je me demande...
Comment faire pour transmettre un message à longue distance ?

Les points clés

L'information est au cœur de nos sociétés modernes : Internet, téléphone...

1 Chaîne de transmission

● Pour transmettre une information, il faut un **émetteur** et un **récepteur** d'informations, ainsi qu'un **canal de transmission**.

● Les informations que l'on échange sont de différents types : sons, images, vidéos, textes...

Différents modes de transmission

- **sonore** — EXEMPLES : parole, musique
- **lumineuse** — EXEMPLES : vision, fibres optiques
- **électrique** — EXEMPLES : câbles téléphoniques, réseaux
- **hertzienne** — EXEMPLES : téléphonie sans fil, satellites

● Lors de l'émission, le **signal** est porteur des informations à échanger. Par exemple, pour transmettre un signal sonore à longue distance et à grande vitesse, sans transport de matière mais avec transport d'énergie, on utilise des ondes électromagnétiques dites **ondes porteuses**. Les informations contenues dans l'onde sonore sont transmises à l'onde porteuse : on dit que l'on **module** l'onde porteuse par l'onde sonore.

2 Réception et conversion

● Des ondes porteuses de **fréquences** différentes permettent de transporter des signaux sans qu'ils interfèrent. On définit ainsi plusieurs canaux de transmission. Le récepteur sélectionne la fréquence de la porteuse et « démodule » l'information. Elle est parfois restituée avec une dégradation liée à la qualité de la chaîne de transmission.

● Un signal **analogique** peut être converti en signal **numérique** grâce à un convertisseur. Le signal devient une suite de « 0 » et de « 1 » et peut alors être transmis sans pertes.

Mots-Clés

- **Signal** : représentation physique de l'information.
- **Signal analogique** : signal qui varie de façon continue dans le temps.
- **Onde porteuse** : onde modulée par un signal d'entrée pour transporter les informations.

Un peu de méthode

Connaître les techniques de modulation d'une onde porteuse

Modulation d'amplitude

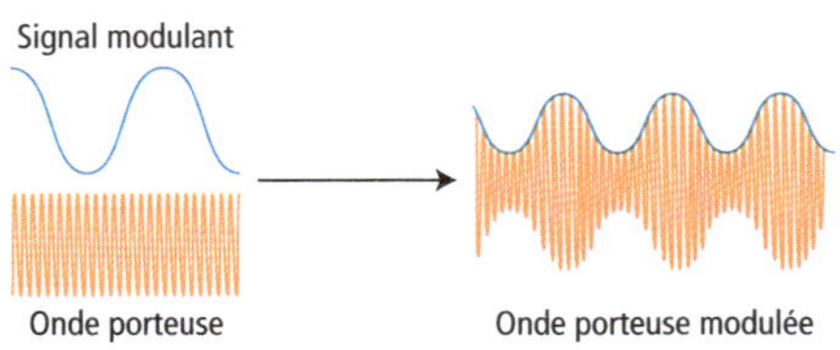

Modulation de fréquence

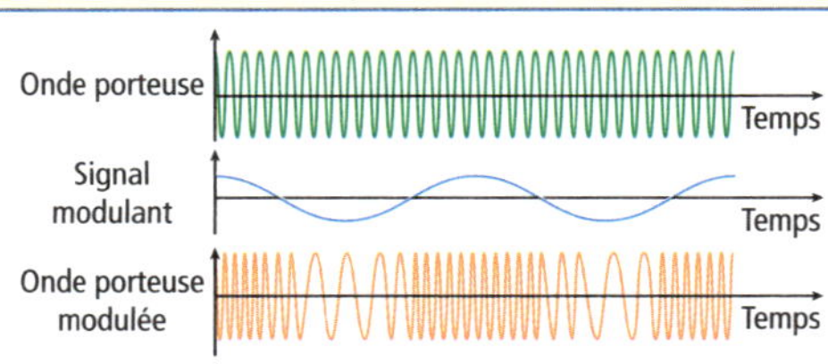

On s'entraîne !

1 QUIZ

Relie chaque mode de transmission à la nature de son signal.

Transmission	Signal
a. par câble •	• électromagnétique
b. par fibre optique •	• électrique
c. hertzienne •	• lumineux

2 Suivez le guide !

On rappelle que la propagation d'un signal est :
- guidée, lorsque les signaux sont contraints de suivre une ligne de transmission entre l'émetteur et le récepteur ;
- libre, lorsque les signaux peuvent se propager dans toutes les directions de l'espace.

Indique le type de propagation pour chaque mode de transmission.

	Propagation libre	Propagation guidée
Câble coaxial	....	....
Transmission hertzienne	....	....
Fibre optique	....	....
Câble HDMI	....	....
Réseau wi-fi	....	....

3 Fréquence et modulation

Voici deux signaux analogiques.

a. Peux-tu retrouver lequel correspond à :

1 une modulation de fréquence ?

2 une modulation d'amplitude ?

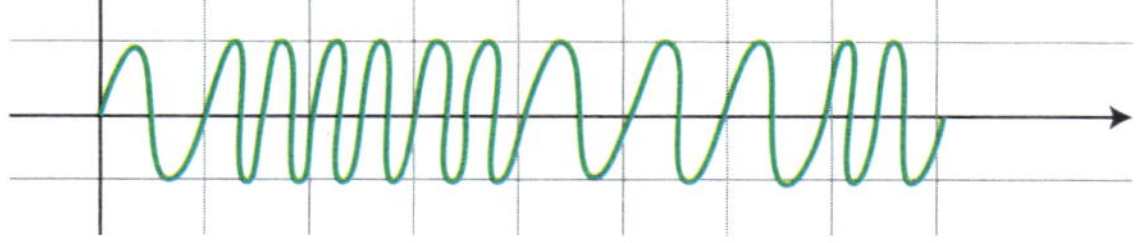

b. Un signal peut être numérisé. Poursuis la série de 0 et de 1 correspondant à ce signal.

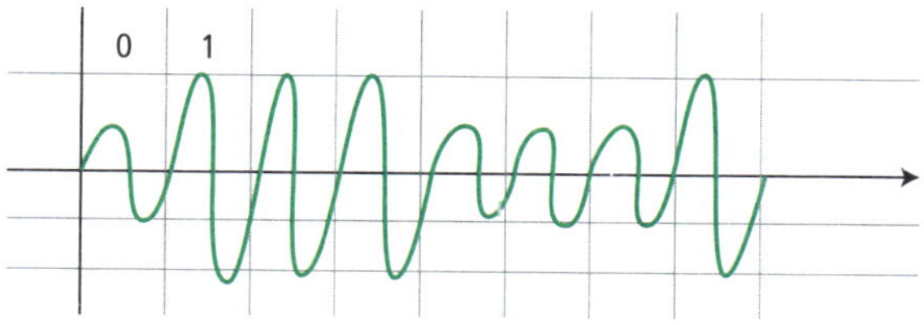

4 Transducteur

Le transducteur à l'émission permet de convertir le signal original (voix, image...) en un signal électrique utile pour l'émetteur. Le transducteur à la réception fait la démarche inverse.

Pour chaque type de transducteur, précise le signal original et l'information restituée.

Transducteur	Signal original
Microphone	....
Clavier	....
Capteur CCD	....

Transducteur	Information
Haut-parleur	....
Écran	....

5 VERS LE BREVET

On s'intéresse au canal de transmission d'une communication entre téléphones mobiles.

a. Quelle est la nature des informations qui peuvent être transmises par le réseau ?

....

....

....

....

? indice

Demande-toi quels sont les émetteur, récepteur et milieu de propagation associés à ce canal de transmission.

b. À ton avis, le signal associé à la voix est-il analogique ou numérique ?

....

Corrigés page 43 du Guide

10 Les différentes formes d'énergie

Je me demande…
Comment identifier les différents types d'énergie ? Comment peut-on les classer ?

Les points clés

Stockée dans la matière, l'énergie se manifeste de multiples façons.
Elle est le moteur de la plupart des phénomènes naturels.

1 Les formes d'énergie

- Un corps possède de l'énergie s'il peut agir sur lui-même ou sur d'autres corps. « Agir » signifie une modification de forme, de position, de vitesse, de température, de composition chimique, etc.

L'énergie peut être
- **cinétique** : énergie du mouvement
- **thermique** : chaleur due à l'agitation des atomes et des molécules
- **chimique** : liée aux réactions entre les molécules, les atomes
- **rayonnante** : transportée par les rayonnements (rayons X, etc.)
- **nucléaire** : stockée dans les noyaux atomiques

Il en existe encore bien d'autres : l'énergie **potentielle** liée à la position des objets, l'énergie **électrique**, l'énergie **sonore**, etc.

- Les conséquences liées à l'utilisation d'une forme d'énergie deviennent parfois des enjeux essentiels : **changement climatique** lié à l'utilisation massive d'**énergies fossiles**, stockage des **déchets radioactifs**, etc.

2 Unités de mesure

- Dans le Système international, l'énergie se mesure en **joules** (J).
- Dans le secteur industriel et économique, on utilise surtout la **tonne d'équivalent pétrole (tep)** : elle représente la quantité d'énergie contenue dans 1 tonne de pétrole brut.
- On mesure la consommation d'énergie électrique en **kilowattheure** (kWh).

Mots-Clés
- **Énergie renouvelable (EnR)** : énergie qui peut être renouvelée ou régénérée naturellement.
- **Énergie fossile** : énergie stockée dans le sous-sol (pétrole, gaz, charbon).
- **Énergie de flux** : énergie qui ne peut être stockée.

Un peu de méthode

Utiliser différents critères de classement de l'énergie

- Il existe de multiples façons de classer les énergies. Voici quelques critères utiles :

Forme	Source	Durable/Non durable	Primaire/Secondaire	Flux/Stock
Électrique Thermique Cinétique Rayonnante …	Vent Soleil Hydraulique Charbon …	**Durable** : énergies renouvelables **Non durable** : énergies fossiles	**Primaire** : issue de la nature **Secondaire** : transformation d'une énergie primaire	**Flux** : directement consommable (vent, soleil…) **Stock** : piles, batteries…

On s'entraîne !

1 QUIZ

Énergie primaire (P) ou secondaire (S) ?

	P	S
a. Énergie nucléaire	☐	☐
b. Énergie hydraulique	☐	☐
c. Énergie électrique	☐	☐
d. Énergie solaire	☐	☐

2 *Formes et sources d'énergie*

Complète le tableau suivant l'exemple.

Dispositif	Forme	Source
Barrage	Cinétique	Hydraulique
Hélice		
Pile		
Radiateur électrique		

3 *Les bonnes sources*

Complète le tableau par oui ou non.

Source	Renouvelable	Déchets
Nucléaire		
Hydraulique		
Éolien		
Solaire		
Géothermique		

4 *Flux ou stock ?*

Coche la bonne case.

Forme d'énergie	Flux	Stock
Thermique		
Chimique		
Électrique		
Rayonnante		

5 VERS LE BREVET

Voici la répartition de la production d'électricité en France et en Allemagne en 2015.

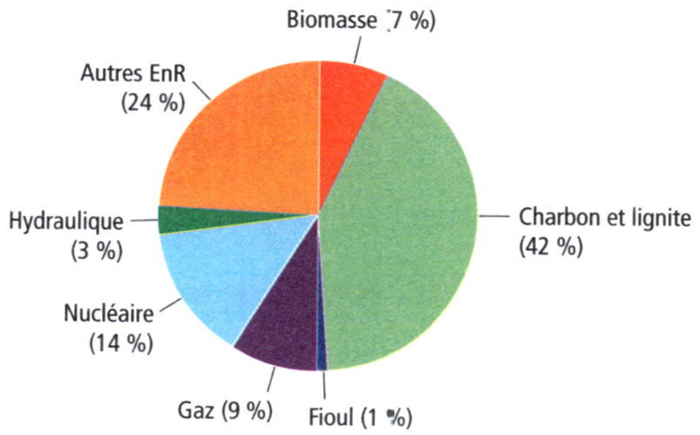

Décomposition des sources de la production d'électricité en Allemagne en 2015

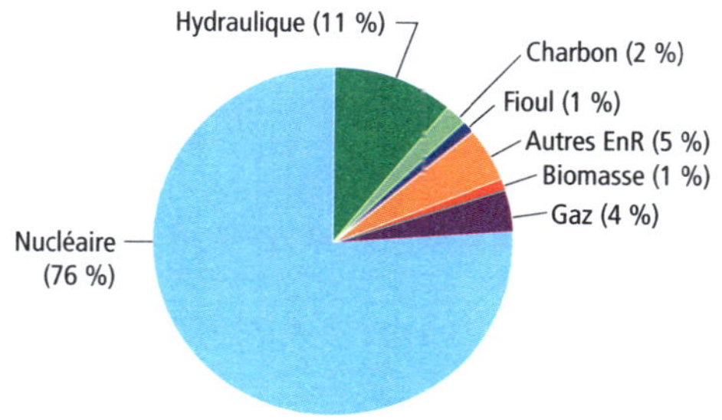

Décomposition des sources de la production d'électricité en France en 2015

a. À partir des données, complète ce tableau.

	France	Allemagne
Part des énergies émettrices de GES	..... %	..... %
Part des énergies renouvelables	..... %	..... %

? indice

Quoiqu'elle n'émette pas de GES, la production d'énergie nucléaire n'est pas renouvelable car elle nécessite la consommation d'une ressource rare et limitée : l'uranium.

b. Pourquoi peut-on dire du modèle énergétique allemand qu'il est contradictoire en matière d'écologie ? Pourquoi peut-on dire du modèle énergétique français qu'il est risqué ?

Corrigés page 43 du Guide

11 Le bilan énergétique d'un système

Je me demande...

Comment rendre compte du « comportement énergétique » d'un appareil ?

Les points clés

L'un des enjeux concernant les dispositifs de production d'électricité est d'optimiser leur rendement et de réduire les pertes d'énergie liées à leur fonctionnement.

1 Transferts et conversion d'énergie

● Lorsque l'énergie d'un corps est transmise à d'autres corps, on parle de **transfert d'énergie** (transfert de chaleur). Lorsque l'énergie d'un corps change de forme, il s'agit d'une **conversion d'énergie** (lors de la combustion du bois, l'énergie chimique est transformée en chaleur).

Mot-Clé

Chaîne énergétique : diagramme sur lequel on présente les différentes énergies et leur conversion.

● Ces phénomènes répondent à deux principes.

La conservation de l'énergie

L'énergie totale d'un système isolée reste constante : cette énergie peut changer de forme, mais sa quantité reste la même.

La déperdition d'énergie

La conversion d'une forme d'énergie en une autre n'est jamais parfaite : il y a souvent des déperditions (exemple : dégagement de chaleur).

2 Bilan énergétique et rendement

● Un **bilan énergétique** résume de manière schématique les énergies mises en jeu lorsque le système est en fonction.

● Dans tous les dispositifs de conversion d'énergie, une partie de l'énergie consommée est réellement utilisée : c'est l'**énergie utile**. Une autre partie de l'énergie est dissipée (**pertes**). Le **rendement**, noté **η**, est le quotient de l'énergie utile sur l'énergie consommée :

$$\eta = \frac{E_{\text{utile}}}{E_{\text{consommée}}}$$

où η est un nombre sans unité, compris entre 0 et 1 (il peut aussi s'exprimer en pourcentages).

Un peu de méthode

Représenter le diagramme d'une chaîne énergétique

● Pour modéliser un dispositif et représenter les énergies mises en jeu, on représente par convention :
– les systèmes dans des ellipses ;
– les réservoirs d'énergie dans des rectangles ;
– les transferts d'énergie par des flèches, en précisant leur nature.

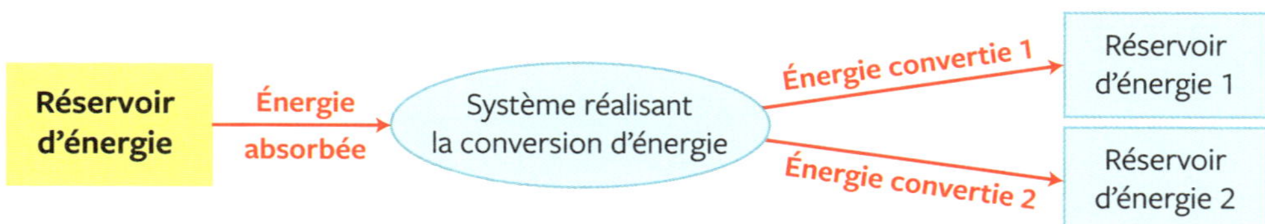

On s'entraîne !

1 QUIZ

Pour chaque système, indique s'il permet une conversion (C) ou un transfert (T).

	C	T
a. Poulie	☐	☐
b. Moteur électrique	☐	☐
c. Radiateur électrique	☐	☐

2 *Des énergies sous toutes les formes*

Ces dispositifs permettent de convertir une énergie en une autre forme d'énergie. Pour chacun, indique desquelles il s'agit.

a. Lampe

.... → ....

b. Réacteur nucléaire

.... → ....

c. Barrage – éolienne

.... → ....

d. Pile

.... → ....

3 *Calcul de rendement*

Calcule le rendement d'un moteur électrique qui reçoit une énergie électrique de 14 752 J et produit une énergie mécanique de 10 496 J.

....

....

....

....

....

? indice

Le rendement sera un nombre compris entre 0 et 1 (mais jamais 1 car il y aura toujours des déperditions). Tu peux aussi exprimer le rendement en %.

4 *Diagramme énergétique*

Trace le diagramme énergétique correspondant à un moteur électrique destiné à faire tourner un axe.

? indice

Prends en compte la déperdition d'énergie qu'il peut y avoir.

5 VERS LE BREVET

Place sur le schéma les mots de la liste correspondant à chaque flèche :

Cellule photovoltaïque • Pile • Électrolyseur • Moteur électrique • Générateur électrique • Lampe à LED.

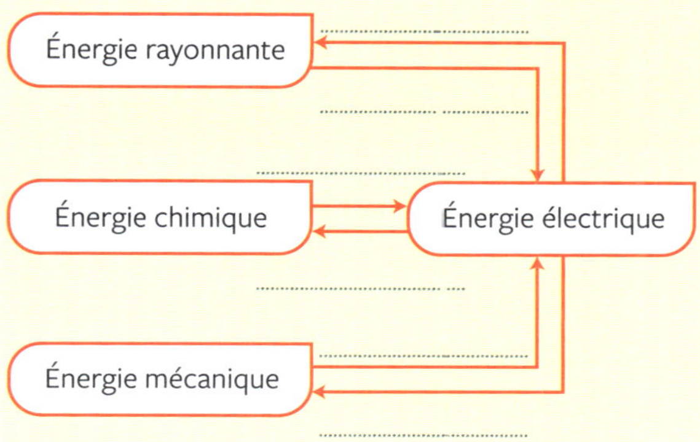

Corrigés page 44 du Guide

12 Le calcul de l'énergie électrique consommée

Je me demande...
Comment calcule-t-on le coût d'un appareil en veille pendant une heure ?

Les points clés

1 Consommation d'énergie électrique

● À la maison, le **compteur électrique** indique et mesure la **consommation** cumulée de l'énergie consommée par les différents appareils électriques branchés sur le secteur : télévision, réfrigérateur...

Mot-Clé
Consommation : ensemble de l'énergie électrique utilisée par une installation pendant une certaine durée.

L'énergie électrique consommée ΔE

- dépend de :
  - la puissance de l'appareil (P)
  - la durée d'utilisation de l'appareil (Δt)
- s'exprime par la relation : $\Delta E = P \times \Delta t$
- se mesure avec les unités suivantes :
  - en Joules (J) avec P en watts et Δt en secondes
  - ou en kilowattheures (kWh), avec P en kilowatts et Δt en heures

Remarque : 1 kWh = 1 000 W × 3 600 s = $3{,}6 \times 10^6$ J.

2 Coût de l'électricité

● Avant de se connecter au réseau de distribution d'électricité, il faut choisir un type d'abonnement. Cela correspond à la **puissance maximale** que pourra consommer l'ensemble de la maison à un moment donné.

● Si on dépasse ce seuil, l'installation dispose d'un **système de sécurité** et disjoncte pour éviter une surchauffe.

● À ce forfait, il faut ajouter la somme due pour la consommation d'énergie électrique réelle, relevée par le compteur électrique sur une durée précise. Il suffit alors de connaître le coût du kilowattheure (environ 0,15 €/kWh), d'où :

prix à payer = nombre de kWh utilisés × prix de 1 kWh

Un peu de méthode

Résoudre un problème par étapes et avec méthode

1. **Je reformule la question** pour vérifier précisément la grandeur que je dois trouver.
2. À partir des formules littérales connues et des données de l'énoncé, **je choisis la formule adaptée** pour résoudre mon problème.
3. **Je convertis les données** de l'exercice pour correspondre aux unités de la formule.
4. **Je remplace les lettres** de la formule par les valeurs des données.
5. **Je calcule le résultat** et je m'assure du nombre de chiffres significatifs, ainsi que de l'unité.
6. **Je rédige une phrase de conclusion** qui répond à la question initiale.

On s'entraîne !

1 QUIZ

Relie chaque grandeur à la lettre qui la désigne puis à son unité.

a. Tension •	• *U* •	• W
b. Intensité •	• *E* •	• A
c. Puissance •	• *I* •	• V
d. Énergie •	• *P* •	• J ou kWh

2 *Les bonnes unités*

Complète le tableau avec les unités correspondantes.

ΔE	P	Δt
Joules (J)	....	....
Kilowattheures (kWh)	....	....

3 *Conversions*

Convertis les durées suivantes en un nombre décimal d'heures.

a. 1 h 30 min = ...

b. 45 min = ...

c. 1 h 20 min = ...

d. 15 min = ...

e. 3 h 50 min = ...

4 *Appareils en veille*

Considérons un téléviseur consommant 50 W en fonctionnement normal et 5 W en veille. Ce téléviseur est utilisé en moyenne 4 heures par jour.

a. Quelle est la consommation annuelle de l'appareil et son coût annuel **en mode de fonctionnement** ?

....

....

....

b. Quelle est la consommation annuelle de l'appareil et son coût annuel **en mode veille** ?

....

....

....

? indice

Si le téléviseur reste toujours en veille, sa consommation d'électricité coûtera 50 % de plus à l'année.

5 VERS LE BREVET

Vous venez d'acheter un nouvel aspirateur sur lequel est inscrit « contrôle de puissance variable 350-1 600 W ».

Sur la notice, un tableau permet de comparer, selon le mode, le temps d'utilisation pour une efficacité de dépoussiérage équivalente.

Puissance	Temps
Mini	12 minutes
Maxi	2 minutes

Quel est le mode de fonctionnement le plus économique ? Justifie ta réponse en calculant l'énergie qui sera consommée pour aspirer une quantité de poussières équivalente.

....

....

....

....

....

....

....

....

? indice

Dans la réalité, l'efficacité d'un aspirateur ne dépend pas que de la puissance variable de son moteur. Mais le modèle acheté dans l'exercice aspire beaucoup mieux la poussière en fonctionnant en mode Maxi.

Corrigés page 44 du Guide

13 Un système innovant d'assainissement

Je me demande…
Quels problèmes la construction des égouts de Paris a-t-elle permis de régler ?

Le problème

- Au milieu du XIXe siècle, sous l'impulsion du préfet Haussmann, l'ingénieur Eugène Belgrand entreprend d'assainir Paris en créant un **réseau d'égouts souterrain**. Celui-ci doit permettre de **distribuer des eaux propres** et de **recueillir les eaux pluviales et ménagères**.
- En quoi ce système a-t-il représenté une véritable innovation ?

Mot-clé
Innovation conceptuelle : invention qui fonctionne en théorie, sans avoir été, contrairement à une innovation matérielle, validée par l'expérience.

Les documents

Les égouts de Paris

Doc. 1 Une rue de Paris au début XIXe siècle.

Problèmes	Solutions
• La consommation d'une eau non potable est source d'infections et d'épidémies.	• Distribuer, dans des conduites séparées, les eaux pour les usages domestiques (eaux de sources) et celles pour les usages publics (eaux de rivière).
• La population de Paris augmente, la demande d'eau également.	• Construire des réservoirs pour stocker l'eau et des aqueducs pour l'acheminer.
• Les égouts existants sont pour la plupart en plein air et couramment bouchés.	• Séparer les eaux propres des eaux sales au sein d'un vaste réseau de galeries souterraines, entretenu par des égoutiers.

Doc. 2 Les égouts de Belgrand : une rupture d'envergure.

Des rues propres empêchent la propagation des virus et des bactéries.

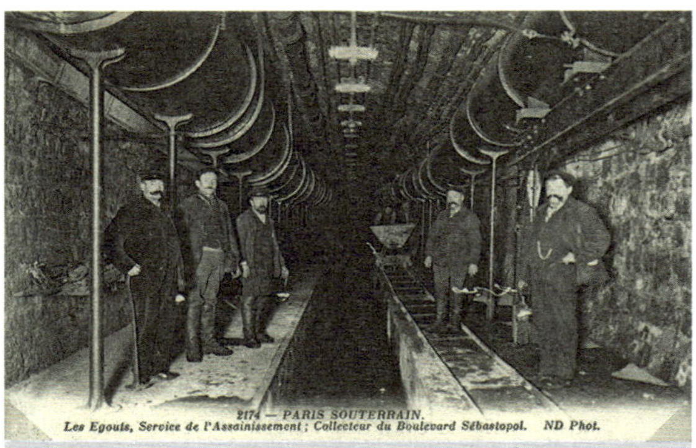

- Les canalisations en hauteur acheminent les eaux propres.
- Les eaux usées s'écoulent dans le conduit central qui recueille les eaux de plusieurs conduites secondaires.
- Les égoutiers sont chargés d'entretenir ce réseau.

Doc. 3 Une galerie du réseau d'égouts de Paris au début du XXe siècle.

On s'entraîne !

1 QUIZ

Coche la (ou les) bonne(s) réponse(s).

a. Sur le document 1, on remarque que :

- ☐ l'eau s'écoule au milieu de la rue
- ☐ il n'y a pas de bouche d'égout
- ☐ les habitants jettent leurs déchets par la fenêtre

b. En comparant la photo ci-contre au document 3, on peut dire que :

- ☐ l'aménagement du réseau d'égouts parisien a beaucoup changé
- ☐ les différentes eaux circulent dans des canalisations séparées
- ☐ la tenue des égoutiers a évolué

Le réseau d'égouts de Paris de nos jours.

2 Définir

Retrouve le mot auquel correspond chacune des définitions.

aqueduc • château d'eau • égout • égoutier

? indice

De même qu'ils avaient doté Rome d'égouts, les Romains construisaient déjà des aqueducs.

a. Construction, placée en général sur une hauteur, permettant de stocker l'eau : ....

b. Ensemble de conduites servant à collecter et évacuer les eaux usées, naturelles (pluie, ruissellement) ou d'origine humaine (eaux ménagères, industrielles) : ....

c. Construction permettant d'acheminer l'eau aux habitants d'une ville : ....

d. Personne qui surveille et nettoie un réseau d'égouts : ....

3 Analyser

En t'aidant du document 2, associe les innovations conceptuelles d'Eugène Belgrand aux innovations matérielles qui en ont découlé.

Innovations conceptuelles		Innovations matérielles
1. Faire venir l'eau de source aux robinets des Parisiens	• •	**a.** Dérivation de sources et construction d'aqueducs pour l'acheminer l'eau vers Paris
2. Distribuer les eaux du service privé et celles du service public	• •	**b.** Création du métier d'égoutier
3. Permettre que le service fonctionne sans interruption	• •	**c.** Construction d'un réseau d'égouts souterrain, avec des canalisations séparées pour les eaux propres et pour les eaux usées.

4 CONTRÔLE EXPRESS

Complète la conclusion à l'aide des mots : assainir • application • innover • conceptuelle • hygiène

Dans une ville en pleine croissance, les anciens égouts de Paris posaient des problèmes d' ....

Les innovations d'Eugène Belgrand ont permis d'........................ la ville.

........................, c'est concrétiser une invention qui modifie le mode de vie. L'innovation .... permet de répondre à un problème de façon théorique ; l'innovation matérielle valide le concept à travers une .... concrète.

Corrigés page 44 du Guide

TECHNOLOGIE

14 L'utilisation de nouveaux matériaux

Je me demande…
Quels sont les nouveaux matériaux utilisés dans l'industrie ? Que permettent-ils ?

Le problème

- Depuis plusieurs décennies, les automobiles n'ont cessé de s'alléger en métal et de gagner en **performance** grâce à l'emploi de **matériaux composites** (constitués, entre autres, de matériaux plastiques).
- Quels **avantages** présentent ces matériaux pour l'industrie automobile ?

Mots-Clés

- **Matériau composite** : assemblage d'au moins deux matériaux.
- **Ergonomique** : qui peut être utilisé avec le maximum de confort et d'efficacité par le plus grand nombre.

Les documents

Les carrosseries de voiture

- Lors de sa fabrication, une aile de voiture en acier est emboutie : on la frappe fortement jusqu'à lui conférer la forme voulue. En cas de choc léger, il est nécessaire de l'emboutir à nouveau afin de lui redonner sa forme d'origine.

Doc. 1 Aile de voiture en acier, à la suite d'un accident.

- En cas de choc léger, une aile en composite thermoplastique peut facilement reprendre sa forme d'origine (matériau à **mémoire de forme**).

Doc. 2 Aile de voiture en thermoplastique, à la suite d'un accident.

Doc. 3 Prototype de Bertone Birusa (2003), avec une carrosserie en fibre de verre.

- Le recours à des matériaux composites permet d'obtenir des formes plus **ergonomiques**.

Doc. 4 Différentes masses volumiques.

Type de matériau	Matériau	Masse volumique (kg/m^3)
Métaux	Acier	7 800
	Argent	10 500
	Fer	7 860
	Plomb	11 300
Minéraux	Fibre de verre	2 600
Bois	Chêne	1 170
	Sapin	450
Plastiques	Noryl	1 250
	Polypropylène PVC	1 400

On s'entraîne !

1 QUIZ

Complète le texte. Coche la bonne réponse.

a. Les ailes de voitures composées en ☐ acier ☐ thermoplastique gardent la trace d'un événement : en cas de choc, l'aile est cabossée. Un garagiste spécialisé en tôlerie doit restaurer la forme, déposer un produit anticorrosion, puis la repeindre.

b. Les ailes de voitures réalisées en ☐ acier ☐ thermoplastique ont une mémoire de forme : en cas de choc, la forme revient à son état initial. Le garagiste n'a besoin que de repeindre.

2 Véhicule écologique

Réponds aux questions à l'aide du tableau de la page précédente.

a. Lequel de ces matériaux a la masse volumique la plus importante : l'acier ou le Noryl ?

....

b. Plus une voiture est légère, moins elle consomme de carburant.
Quel matériau choisir pour les ailes si l'on souhaite une voiture écologique ?

☐ du plomb
☐ de l'acier
☐ du Noryl

c. Imaginons que, lors de la conception d'une voiture, on s'intéresse uniquement à sa consommation.
Quel matériau choisir ?

☐ du sapin
☐ de la fibre de verre

3 Se documenter

Sur Internet, cherche des informations sur les voitures créées à partir d'une imprimante 3D.

a. Quel type de matériau est utilisé ?

....

....

b. Quels sont les avantages de ce type de fabrication ?

☐ une voiture ultra-légère
☐ un faible coefficient de pénétration dans l'air
☐ une grande facilité pour réparer la carrosserie en cas de choc
☐ une très forte réduction de la consommation de carburant

Projet Urbee 2 (2013). Une voiture totalement imprimée en 3D.

? indice

Le constructeur italien XEV a développé Yoyo, une petite voiture électrique imprimée en 3D, qui coûtera moins de 8 000 euros.

4 CONTRÔLE EXPRESS

Complète la conclusion à l'aide des mots ci-dessous.

acier • chocs • écologiques • carburant • formes • matériaux plastiques

Pour fabriquer les carrosseries, les fabricants d'automobiles ont désormais de plus en plus recours à des ....
Ces derniers présentent une excellente tenue aux petits ....
Ils permettent également de réduire la consommation de .... ; ils sont donc plus .... Enfin, grâce à ces nouveaux matériaux, on peut créer des .... ergonomiques, difficilement réalisables en série avec un matériau tel que l'.............................. .

Corrigés page 44 du Guide

TECHNOLOGIE

15 La conception d'un site Web

Je me demande...

Que faut-il prendre en compte pour rendre un site Web utile et efficace ?

Le problème

● Maxime, 15 ans, souhaite créer une plateforme d'échanges de jeux vidéo. Il commence par identifier les **besoins** des utilisateurs, afin d'en tirer des **règles de fonctionnement** pour son site.

● Quoi d'autre doit-il prendre en compte pour bien concevoir son site ?

Les documents

Une plateforme d'échange de jeux vidéo

Besoins des utilisateurs	Règles de fonctionnement du site
• Se débarrasser des jeux vidéo qu'ils n'utilisent plus	• Les jeux proposés à l'échange sont décrits par leur propriétaire.
• Se procurer de nouveaux jeux vidéo sans dépenser d'argent	• Les jeux ne sont pas rachetés : ils sont obligatoirement échangés.
• S'informer à propos des jeux nouveaux • Se procurer des jeux anciens qui ne sont plus commercialisés	• Chaque utilisateur peut donner son avis sur les jeux proposés à l'échange.

Doc. 1 Besoins des utilisateurs et règles de fonctionnement du site.

Doc. 2 Une console de jeu vintage.

● La plateforme de Maxime doit prendre en compte la diversité des supports de jeu.

Mots-Clés

- **Architecture d'un site** : plan, lien entre les différentes pages.
- **Fonction d'usage** : elle répond à la question « à quoi l'objet sert-il ? ».

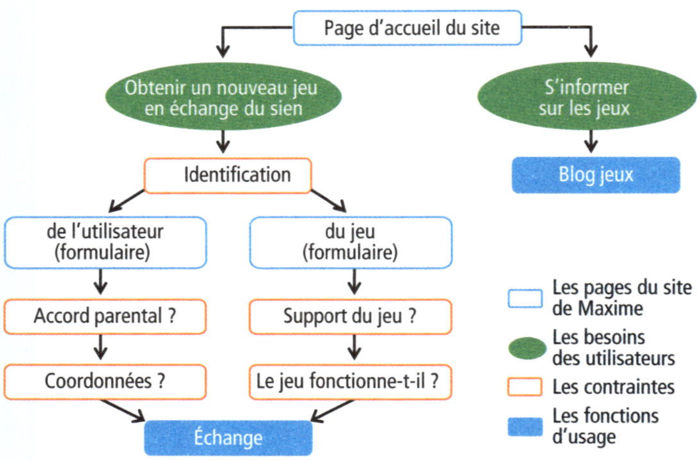

Doc. 3 L'analyse fonctionnelle du site de Maxime.

● L'**analyse fonctionnelle** doit prendre en compte l'environnement du produit ou du service : donc à la fois les besoins des utilisateurs, les fonctions d'usage et les contraintes techniques. Celle du site de Maxime peut se traduire par le schéma ci-contre.

● Pour **échanger un jeu** *via* le site, l'utilisateur doit remplir un formulaire pour s'identifier et caractériser le jeu qu'il souhaite échanger.

● Pour **s'informer sur les jeux**, l'utilisateur peut consulter un blog d'informations.

On s'entraîne !

1 QUIZ

Coche la (ou les) bonne(s) réponse(s).

D'après le document 1 :

- ☐ les règles du site répondent aux besoins des utilisateurs
- ☐ il n'existe pas de lien entre besoins et règles
- ☐ les besoins sont établis en fonction des règles

2 *Les contraintes*

Un utilisateur souhaite échanger un jeu dont le support est la console représentée sur le document 2.

Coche la (ou les) bonne(s) réponse(s).

a. Quel(s) problème(s) cela peut-il poser dans le cadre du site de Maxime ?

- ☐ La console est ancienne, donc le jeu est forcément inintéressant.
- ☐ Peu d'internautes pourront utiliser le jeu (contrainte de compatibilité).

b. Comment Maxime peut-il régler ce(s) problème(s) ?

- ☐ Il peut fixer une limite d'ancienneté à ne pas dépasser pour les supports des jeux échangés.
- ☐ Il peut créer un autre site, dont la fonction d'usage sera l'échange de jeux de collection.

3 *Le formulaire d'identification*

Pour lever des contraintes liées à l'utilisation de son site, Maxime décide d'en enrichir le formulaire d'identification.

Observe les questions ajoutées et caractérise les contraintes à l'aide des mots suivants : inguistique • juridique • technique.

a. Disposez-vous de l'accord de vos parents pour procéder à l'échange ?

[contrainte ....]

b. Quelle est la date de fabrication de votre console ?

[contrainte ....]

c. Quelle est la langue du jeu à échanger ?

[contrainte ....]

4 *Analyser*

Coche les bonnes réponses.

a. L'analyse des fonctions permet de ☐ distinguer ☐ créer les usages d'un produit ou d'un service.

b. À chaque fonction correspond un usage ☐ unique ☐ multiple.

c. Dans le cas du site Web, une fonction correspond à ☐ une page ☐ une image, qui délivre une information spécifique.

d. Ce sont les contraintes qui permettent de ☐ définir ☐ contourner les règles du site.

e. L'architecture du site prend en compte les contraintes identifiées. Dans le cas du site de Maxime, l'utilisateur doit renseigner le formulaire d'identification avant de pouvoir accéder à la fonction d'usage ☐ « échange » ☐ « information sur les jeux ».

5 CONTRÔLE EXPRESS

Complète la conclusion à l'aide des termes suivants : règles • usages • besoin

L'analyse fonctionnelle est une approche qui permet de définir les .... d'un objet technique ou d'un service. Elle est d'autant plus pertinente que chaque fonction d'usage identifiée répond à un .... précis du client. De cette analyse découlent des .... de fonctionnement, qui prennent en compte les contraintes éventuelles.

Corrigés page 44 du Guide

Test - Bilan

Organisation et transformations de la matière

1 Dans un atome, les électrons gravitent autour d'un noyau :

☐ chargé positivement ☐ neutre
☐ chargé négativement

2 a. L'ion Cl^- peut être identifié grâce :

☐ à la soude ☐ au nitrate d'argent
☐ au sulfate de cuivre anhydre

b. Un pH < 7 implique la présence d'ions :

☐ H^+ ☐ OH^- ☐ Na^+

3 Un acide est qualifié d'« acide fort » lorsque :

☐ la réaction avec l'eau est totale
☐ la réaction avec l'eau est partielle

4 a. Lors d'une transformation chimique, il y a conservation :

☐ de la masse ☐ des charges
☐ des espèces chimiques

b. Quelle est l'équation-bilan correctement équilibrée ?

☐ $Al + H^+ \rightarrow H_2 + Al^{3+}$
☐ $Al + 2\,H^+ \rightarrow H_2 + Al^{3+}$
☐ $2\,Al + 6\,H^+ \rightarrow 3\,H_2 + 2\,Al^{3+}$

5 Une pile est un réservoir d'énergie :

☐ chimique ☐ électrique ☐ thermique

.... /7

Mouvement et interaction

6 De quoi dépend la force de gravitation entre deux objets ?

☐ de leurs masses ☐ de leur distance
☐ de leurs volumes

7 a. La relation mathématique entre le poids *P* et la masse *m* s'écrit :

☐ $P = m \times g$ ☐ $P = \frac{m}{g}$ ☐ $m = P \times g$

b. La masse d'un objet sur la Lune :

☐ est inférieure à sa masse sur Terre
☐ est identique à sa masse sur Terre
☐ est supérieure à sa masse sur Terre

8 L'énergie cinétique d'un objet qui chute est :

☐ proportionnelle à sa vitesse
☐ proportionnelle à sa masse
☐ constante

.... /4

Des signaux pour observer et pour communiquer

9 a. Pour transporter un signal, on peut utiliser des ondes électromagnétiques comme ondes porteuses. **Pourquoi ?**

☐ car elles se déplacent très vite
☐ car elles ont une grande portée

b. Pour transporter des signaux différents, les ondes porteuses doivent avoir :

☐ deux fréquences distinctes
☐ deux amplitudes distinctes

.... /2

L'énergie et ses conversions

10 a. L'unité officielle de l'énergie est :

☐ le watt (W) ☐ le joule (J) ☐ la calorie (cal)

b. Parmi la liste, quelles sont les énergies renouvelables ?

☐ nucléaire ☐ chimique ☐ éolienne
☐ hydraulique ☐ thermique ☐ solaire

11 a. Une lampe transforme l'énergie électrique reçue en énergie :

☐ thermique ☐ lumineuse ☐ chimique

b. Un moteur reçoit 2 000 J sous forme d'énergie électrique et produit 1 600 J sous forme mécanique. **Quel est son rendement** ?

☐ 80 % ☐ 20 % ☐ 32 %

12 L'énergie électrique consommée dépend :

☐ de la puissance des appareils
☐ de leur durée d'utilisation

.... /5

Score total : .... /18

CORRIGÉS P. 45 DU GUIDE

ANGLAIS

1 Le présent, la comparaison

Je me demande...
Quand dois-je employer les deux présents ? Comment comparer ?

Les points clés

1 Les deux présents

- Le présent simple et le présent continu (*be* + V-*ing*) s'emploient dans des cas différents.

Le présent simple...
- sert à exprimer des **vérités générales** (Water boils at 100°C), des **actions habituelles** (He never speaks to her) ou une **situation permanente** (They live in Tokyo).
- s'emploie avec les verbes exprimant la **pensée**, l'**opinion**, le **goût** : think, know, agree, like, prefer, etc.

Le présent continu...
- sert à exprimer une action **en cours** (He's singing) ou prévue dans un **futur proche** (She's coming tomorrow morning).
- s'emploie avec les verbes de **position** : lie, stand, sit, etc.

2 La comparaison

- Les comparatifs et le superlatif

	Adjectif court	Adjectif long
Comparatif de supériorité	adj. + *-er* + *than* Pat is taller than Erick.	*more* + adj. + *than* Susan is more careful than her sister.
Comp. d'égalité	*as* + adj. (court ou long) + *as* My bag is as heavy as yours.	
Comparatif d'infériorité	*less* + adj. (court ou long) + *than* Helen is less tall than Jane.	
Superlatif	*the* + adj. + *-est* This train is the fastest.	*the most* + adj. This car is the most expensive.

- Le **double comparatif** exprime une progression (de plus en plus...).

  Her children are nicer and nicer.
  Ses enfants sont de plus en plus gentils.
  Taxi fares are more and more expensive.
  Les courses en taxi sont de plus en plus chères.

- Comparatifs et superlatifs **irréguliers** : good → better → the best
• bad → worse → the worst • far → farther → the farthest • little → less → the least.

Les expressions clés

Pour exprimer la probabilité

- He may / might be angry.
- Perhaps he is in London.
- He's likely to be angry.
- It's quite probable, possible.
- It's likely that he is at home.
- He can / could be on time.
- She must have / She has probably called you.
- I suppose...

mini-dico
- **board (to)**: embarquer
- **neighbour**: voisin
- **proud**: fier

ANGLAIS

On s'entraîne !

1 QUIZ

Relie ces phrases à l'auxiliaire qui convient.

a. What time ...... he get up in the morning? •
b. The plane ...... leaving at 12. •
c. ...... your neighbours make a lot of noise? •
d. ...... he doing his homework? •
e. ...... your neighbours making noise today? •

• do
• does
• is
• are

2 Présent simple ou continu ?

Mets les phrases suivantes au temps qui convient.

a. Jessie always .... (enjoy) travelling.
b. The passengers .... (board) now.
c. He .... (know) how to get cheap tickets.
d. Ben often .... (drive) his Mom's car.
e. Look! The old man .... (fall).
f. Pat .... (work) for eight hours every day.

3 Le comparatif de supériorité

Remplace le comparatif d'égalité par le comparatif de supériorité.

a. Your apple pie is as good as mine.
b. Susan's bike is as expensive as Tom's.
c. Allison is as pretty as Jessica.
d. The blue book is as heavy as the red one.
e. Your house is as far as mine.

4 Le superlatif

Mets les adjectifs au superlatif.

a. This is .... (expensive) restaurant in town.
b. This is .... (long) film I have ever seen.
c. Paul Simon is .... (good) pianist in the school.
d. This game is .... (bad) I have ever played.

5 Exprimer la persuasion

The saleswoman is trying to persuade the client that the dress suits her well.

How does she persuade her?

6 Vocabulaire

Complète avec des mots du vocabulaire.

a. His parents are proud of him; he .... from Oxford last year.
b. Jennifer is .... today; she has worked a lot, I hope she'll pass it.
c. Unfortunately she didn't pass it, she ....
d. Mr Board specialised in English literature, he is very ....
e. I'm good at languages but I'm .... economics.

7 CONTRÔLE EXPRESS

Mets les verbes au présent qui convient et les adjectifs au degré indiqué.

a. Adam .... (live) in Marseille.
b. "What are you doing now?" "I .... (eat)."
c. Paul is .... (tall ; comp. de sup.) than Jane.
d. This book is .... (good ; sup.) I've ever read.

Vocabulaire | *Education* (L'éducation)

- degree, diploma: diplôme
- higher education: éducation supérieure
- timetable: emploi du temps
- graduate (to): obtenir son diplôme
- have a degree in (to): avoir un diplôme en
- mark (to): noter
- take an exam (to): passer un examen
- revise (to): réviser
- succeed (to), pass (to): réussir, être reçu à
- fail (to): rater
- educated: cultivé
- good at, bad at: bon en, mauvais en

Corrigés page 45 du Guide

2 L'interrogation

Je me demande...

Comment formuler une interrogation ? Quels sont les mots interrogatifs ?

Les points clés

1 Wh- questions

- Le mot interrogatif interroge sur...

l'objet, l'activité	**what**	What is this?
la personne	**who**	Who called Jim? (sujet) Who did he kiss? (complément)
le possesseur	**whose**	Whose dog is it?
le lieu	**where**	Where will you travel?
la cause	**why**	Why did you lie?
le moment	**when**	When are they leaving?
le choix	**which**	Which painting will you buy?
le but	**what... for**	What do you study for?
l'aspect	**what... like**	What's the weather like in Rome?

- Lorsque *who* est sujet, l'ordre des mots est habituel.

  Who does he call at night? (complément) Qui appelle-t-il le soir ?

  Mais Who helped you? (sujet) Qui t'a aidé ?

- Ne pas oublier de rejeter la **préposition en fin de question**.

  What does he write with? Who is she looking for?

2 Questions avec *how*

- *How* sert à interroger sur la **manière**.

  How did you repair the chair? Comment as-tu réparé la chaise ?

- *How* peut être combiné à des **adjectifs** ou à des **adverbes**.

How old is Jane? (âge)	How difficult is the exercise? (difficulté)
How far is the bus station? (distance)	How much is the plane ticket? (quantité ou prix)
How often do you travel? (fréquence)	How well does he dance? (qualité)
How long will it take? (durée)	How long is the line? (longueur)

- Pour interroger sur la **quantité**, on utilise *how much* (+ indénombrables) ou *how many* (+ dénombrables) : how much bread, how many drinks.

mini-dico
- **anger**: colère
- **messy**: en désordre
- **translate (to)**: traduire

Les expressions clés

Pour exprimer la colère

- I'm so angry at him!
- How could she do that to me!
- I'll never forgive him!
- How dare you do this to me!
- I'm fed up with her behaviour!

Pour exprimer l'admiration

- It's wonderful, great, terrific, amazing!
- What a great band!
- It was such a fantastic film!
- Brian was so talented!
- How beautiful this book is!

On s'entraîne !

1 QUIZ

Complète avec un mot interrogatif de la liste.

which • how long • who • how often • how far

a. .... needs help? John.

b. .... do you go dancing? Once a month.

c. .... is the station? Five miles.

d. .... one will you buy? The blue one.

e. .... will it take you to come? One hour.

2 Questions

Pose des questions sur les mots en bleu.

a. I saw "Titanic" last year.
b. I go to London three times a year.
c. The river is 25 kms long.
d. We put ten eggs in this omelette.
e. This car is Paul's.
f. I'll take a taxi to get there on time.

3 Vocabulaire

Complète cette grille en t'aidant du vocabulaire.

Ex. : be healthy (to) ; health ; healthy

Verbe	Nom	Adjectif
live (to)	....	....
....	death	....
....	sickness	....
....	....	painful
....	disability	....

4 Exprimer la colère

Mrs and Mr Blake are coming back from a short trip. They are very angry at their two teenaged sons because their house is really messy.

How do they express their anger?

5 CONTRÔLE EXPRESS

En utilisant la préposition qui se trouve dans la réponse, pose les questions qui correspondent aux réponses données.

a. Raphael is waiting for the train.

→ ....?

b. Romane comes from Greece.

→ ....?

c. Lucas is looking for his toy.

→ ....?

d. Emma will write with her new pen.

→ ....?

e. Ben and Jo work with a new manager.

→ ....?

f. Allison and Jessica are sitting on a bench.

→ ....?

Vocabulaire | *Health* (La santé)

- live (to), life: vivre, la vie
- be alive (to): être vivant
- die (to): mourir
- death: la mort
- healthy: en bonne santé
- sick, ill: malade
- sore, painful: douloureux
- disabled: handicapé
- deaf: sourd
- disease, sickness: maladie
- prescription: ordonnance
- catch a cold (to): attraper froid
- cough (to): tousser
- have the flu (to): avoir la grippe
- have a headache, a toothache, a stomachache (to): avoir mal à la tête, aux dents, à l'estomac
- recovered: rétabli(e)

Corrigés page 45 du Guide

3 L'expression du passé

Je me demande…

Qu'expriment les différents temps du passé ?

Les points clés

1 Le prétérit simple

- Le prétérit simple sert à raconter des **faits passés** sans lien avec le présent. Le moment du passé est souvent précisé par ago, last, when, in, etc.
- Il se forme en ajoutant ***-ed*** aux verbes réguliers à toutes les personnes : play**ed**, stay**ed**. Les verbes irréguliers sont à connaître par cœur : eat → **ate**.
- *Used to* décrit une action que l'on avait **coutume de faire avant** et que l'on ne fait plus.
  I used to go to clubs when I was 18. J'allais en boîte de nuit quand j'avais 18 ans.

2 Le prétérit continu

- Le prétérit en *was/were* + V-*ing* (ou continu) exprime qu'une action **était en cours** à un moment du passé ou qu'elle **se déroulait** quand quelque chose s'est produit.
- Il se forme avec ***be*** conjugué au prétérit suivi du verbe + ***-ing***.
  I was driving when a policeman **stopped** me. Je conduisais quand un policier m'a arrêté.

3 Le *present perfect*

- Le *present perfect* exprime le **résultat dans le présent** d'une action passée.
  He has finished his homework. He can relax now.
- Il se forme avec ***have*** au présent suivi du participe passé.

I/you/we/they **have** ('ve) worked	he/she/it **has** ('s) worked

- Il peut aussi exprimer une action qui a **démarré dans le passé** et qui **continue dans le présent**. On utilise alors *for* (+ durée) ou *since* (+ point de départ).
  I've worked here **for** ten years. Je travaille ici depuis dix ans.
  She has lived here **since** 1999. Elle vit ici depuis 1999.

mini-dico
- **be used to (to)**: être habitué à
- **jump (to)**: sauter
- **scare (to)**: effrayer

Les expressions clés

Pour décrire une image

- I can see a photograph, a painting, an advertisement (*une publicité*).
- There are captions (*légendes*), frames (*vignettes*), a punch line (*chute*).
- The characters (*personnages*) are sad, cheerful (*enjoués*), old.
- The colours are bright, blurred (*floues*), light, dark.
- In the left-hand corner / the right-hand corner…
- At the top / the bottom ; on the left / the right ; in the upper / lower part…
- In the distance / the background / the foreground / the middle…
- The photographer, artist… suggests / conveys (*transmet*) a message.
- His aim, goal, purpose (*but*) is… The slogan underlines (*souligne*)…
- The artist has / hasn't reached his goal. He has succeeded in…

On s'entraîne !

1 QUIZ

Coche la case qui convient.

a. I ☐ went ☐ was going to China one year ago but I ☐ did not see ☐ was not seeing Tibet.

b. When he ☐ called ☐ was calling me, I ☐ cooked ☐ was cooking.

c. When I visited them, my mum ☐ played ☐ was playing the piano while my dad ☐ planted ☐ was planting roses.

d. They ☐ built ☐ were building it in 1989.

e. Lena ☐ slept ☐ was sleeping when her dog ☐ jumped ☐ was jumping on her bed.

2 Le prétérit continu

Voici ce qu'a fait Amanda hier.

1. 8.30-9: breakfast.
2. 9-9.45: drive to work.
3. 10-5.30: work.
4. 6.30-7.30: dinner.

Complète les phrases avec le prétérit continu.

a. At 8.45 ....

b. At 9.10 ....

c. At 2.30 ....

d. At 6.45..........

3 Le prétérit simple

Mets ces verbes au prétérit.

a. I .... (not go) to school yesterday.

b. Last summer I .... (eat) a lot of ice cream.

c. My parents .... (watch) an old movie last night.

d. My sister and I .... (like) to hide in trees when we .... (be) young.

4 Description

Describe this famous painting by Van Gogh.

5 Vocabulaire

Relie les dessins aux mots donnés.

a. banknotes (bill: US)
b. coins
c. cheque (check: US)
d. credit card
e. cash

6 CONTRÔLE EXPRESS

Que faisaient-ils avant de vivre sur cette île ?
Construis des phrases en utilisant *used to*.

a. Cameron : I used to be a ....

b. Cynthia : I ....

c. Chris : I

Vocabulaire — *Trade and finance* (Commerce et finance)

- investor: investisseur
- turnover: chiffre d'affaires
- profitable: rentable
- merger: fusion
- manage (to), run (to): gérer, diriger
- management: direction
- competition: concurrence
- wholesale: grossiste
- retailer: détaillant
- stock exchange: bourse
- currency: monnaie, devise

Corrigés page 45 du Guide

4 L'expression du futur

Je me demande...

Qu'est-ce qui différencie les formes du futur ?

Les points clés

1 Les formes du futur

Parler de l'avenir proche ou lointain

1. ***be going to* + verbe** → action qui va se dérouler dans un futur proche
   He's going to take the bus. Il va prendre l'autobus.

2. **présent en *be* + V-*ing*** → action prévue et indiquée dans le temps
   I'm taking the train tomorrow morning. Je prends le train demain matin.

3. **présent simple** → action future précisée par un horaire (sujet inanimé)
   The film starts at eight. Le film commence à 20 heures.

4. ***will* + verbe** → faire une projection ou exprimer une décision
   À la forme négative, *will not* devient *won't*.
   She will certainly visit them. Elle leur rendra certainement visite.

5. ***shall* + verbe (forme interrogative)** → suggérer ou proposer son aide
   Shall we go to the park? Et si on allait au parc ?

mini-dico
- **lie (to)**: mentir
- **musical**: comédie musicale
- **penfriend**: correspondant

2 Les subordonnées temporelles

- Elles sont introduites par les conjonctions *when, as soon as, while, until*.
- Quand le verbe de la proposition principale est au futur (*will*), le verbe de la subordonnée est au **présent** (alors qu'il est au futur en français).

  I'll do it [principale] **when** I have more time [subordonnée]
  Je le ferai quand j'aurai plus de temps.

3 Les pronoms personnels

Pronoms personnels sujets	I, you, he, she, it, we, you, they
Pronoms personnels compléments	me, you, him, her, it, us, you, them

- Les pronoms personnels compléments se placent **après le verbe**.

  He likes them. Il les aime bien.

Les expressions clés

Pour exprimer le regret
- I regret signing the form.
- I wish I hadn't lied to her.
- I shouldn't have come here.
- How stupid of me to have told him!
- If I had seen him before I would have told him the truth.

Pour exprimer le reproche
- Why did you do that?
- If only you hadn't done it!
- You shouldn't have seen her.
- Couldn't you tell it before?
- What a stupid thing to do!
- How stupid of you!

On s'entraîne !

1 QUIZ

Coche la case qui convient.

a. Our plane ❑ takes off ❑ is taking off at 11.

b. Brian ❑ takes ❑ is taking us to a new musical next Sunday.

c. My American penfriend ❑ comes ❑ is coming to Paris tomorrow.

d. The restaurant ❑ opens ❑ is opening at 7, we're too early.

2 *Présent ou futur ?*

Mets les verbes au temps qui convient.

a. I .... (tell) him when I .... (see) him.

b. When we .... (have) more time, we .... (paint) the gate.

c. He .... (call) him back as soon as he .... (finish) his homework.

3 Shall I

Lis les situations suivantes, puis fais des propositions en utilisant *shall I*.

a. Jane has a temperature, she needs to see a doctor. ....

b. Mum is too tired to make dinner.

....

c. You're trying a new dress on; you ask your friend if you can buy it.

....

4 *Exprimer le regret*

This old lady expresses regrets about not being married and not having children.

5 *Vocabulaire*

Complète avec les mots correspondants.

oil slick • endangered species • deforestation • unleaded

a. .... petrol can reduce pollution.

b. Look! The .... is escaping from the tanker.

c. The rain forests suffer huge ....

d. Environmentalists try to save .... such as pandas and gorillas.

6 CONTRÔLE EXPRESS

Entoure la forme verbale qui convient.

a. Do you think Peter will call/is calling us tonight?

b. I'm sure he'll do/is doing it for you.

c. We won't see Monica on Thursday; she's travelling/will work.

d. They'll leave/are leaving at 8.

Vocabulaire — *Environment* (L'environnement)

- environmentalist / ecologist: écologiste
- environmental conservation: défense de l'environnement
- ozone layer: couche d'ozone
- recycling: recyclage
- sustainable: durable
- household rubbish: ordures ménagères
- nuclear fallout: retombées nucléaires
- oil slick: nappe de pétrole
- endangered species: espèces en voie de disparition
- global warming: réchauffement climatique
- rain forest: forêt tropicale
- unleaded: sans plomb
- pollute (to): polluer
- waste (to): gaspiller
- damage (to): endommager

Corrigés page 45 du Guide

5 La condition

Je me demande...

Comment se construisent les phrases exprimant la condition ?

Les points clés

1 *Would*

- On utilise *would* + verbe quand une action dépend d'une **condition**.

  If she loved him she would stay with him.

  Si elle l'aimait, elle resterait avec lui.

- *Would like to* + verbe sert à exprimer le **souhait**, le **désir**.

  I would like to work in London.

  J'aimerais travailler à Londres.

- La forme contractée de *would* est *'d*.

  I'd love to travel with them.

  J'aimerais beaucoup voyager avec eux.

mini-dico

- **personal assistant**: assistant, secrétaire
- **succeed (to)**: réussir
- **wake up (to)**: se réveiller
- **work overtime (to)**: faire des heures supplémentaires

2 Concordance des temps avec *if*

- Selon que la situation énoncée soit réalisable ou non, on n'utilise pas les mêmes temps dans les subordonnées et les principales.

Hypothèse réalisable	Situation imaginaire
if + **présent** (subordonnée) + ***will*** + verbe (principale)	*if* + **prétérit** (subordonnée) + ***would*** + verbe (principale)
If it stops raining, we'll go out.	If I had a new car, I wouldn't lend it.
S'il s'arrête de pleuvoir, nous irons dehors.	Si j'avais une voiture neuve, je ne la prêterais pas.

3 *I wish* et *would rather*

- *I wish* + prétérit exprime le **souhait** ou le **regret**.
- *Would rather* + verbe exprime la **préférence**. Il est suivi de l'infinitif **sans *to***.

  I'd rather swim than go for a jog.

  Je préférerais nager plutôt qu'aller courir.

Les expressions clés

Pour exprimer le refus

- He refused to come.
- She opposed her parents' decision.
- I have no intention to meet him.
- I won't help you.
- She is unwilling to invite Mary.
- He will never agree to drive you there.
- No way! (*Pas question !*)
- It's out of the question!

Pour exprimer le doute

- I'm not quite sure but...
- There is some doubt about her visiting us.
- There is an element of doubt about it.
- I find it difficult to believe.
- He may see you.
- He might see you.
- It's not at all certain that...
- It's difficult to say for certain but...

On s'entraîne !

1 QUIZ

Coche la case qui convient.

a. I wouldn't do this job if I ☐ can ☐ could find another one.

b. ☐ Does she succeed ☐ Will she succeed her exam if she studies more?

c. I will tell her if I ☐ see ☐ saw her.

d. If I ☐ am ☐ were you I would give it back.

2 La condition avec if

Construis des phrases avec *if* en imaginant des situations différentes.

a. You sleep too late. You can't wake up in the morning. ……………………………………

b. She feels sad. She eats chocolate all day.

……………………………………

c. Paul has no money for a taxi. He must take the bus.

……………………………………

3 La préférence

Que préféreraient faire ces personnages ?

Fais-les parler en utilisant *I'd rather*.

a.

b.

c.

4 Vocabulaire

Donne le contraire des mots et expressions suivants.

a. be early (to) → ……………………

b. return ticket → ……………………

c. departure → ……………………

d. cancel (to) → ……………………

e. stay home (to) → ……………………

5 Le refus

The manager wants his personal assistant to work overtime on Friday night, she refuses.

How does she express her refusal?

6 Les hypothèses

Mets ces verbes au temps qui convient.

a. If it ………… (rain) they ………… (not go) for a hike.

b. I ………… (not trust) him if I ………… (be) you.

c. If I ………… (have) superpowers, I ………… (save) a lot of people.

7 CONTRÔLE EXPRESS

Que souhaite Angela ? Les règles chez elle sont trop strictes.

Écris des phrases commençant par *I wish*.

a. I can't see my friends at night.
b. My parents watch me (*me surveillent*) all the time.
c. I am not allowed to watch TV after 9.
d. I can't wear make up.

Vocabulaire | *Travel and tourism* (Voyages et tourisme)

- cancelled: annulé
- delayed: retardé
- return ticket: billet aller-retour
- single ticket: aller simple
- timetable: horaire
- voyage: traversée (par mer)
- trip: voyage
- half-fare: demi-tarif
- arrival: arrivée
- departure: départ
- confirm (to): confirmer
- be late (to): être en retard
- be early (to): être en avance
- book (to): réserver
- go abroad (to): aller à l'étranger
- visit (to): visiter

Corrigés page 45 du Guide

6 Le gérondif

Je me demande...

Comment le gérondif se construit-il ? Quand dois-je l'utiliser ?

Les points clés

1 Formation et fonction

- Le gérondif se forme avec la **base verbale** + *-ing*.
- Il peut être **complément** ou **sujet**, et se traduit en français par un infinitif ou un nom.

  I love reading. J'aime lire. Reading is a pleasure. La lecture est un plaisir.

2 Les emplois

- Le gérondif s'emploie **après les prépositions** *about*, *after*, *before*, *by*, *from*, *of*, *without*, *for*, *in* et *to* (sauf *to* de l'infinitif).

Ring the doorbell **before** entering.	Sonnez avant d'entrer.
They succeeded **in** convincing her to come.	Ils l'ont convaincue de venir.
I'm not used **to** speaking in public.	Je n'ai pas l'habitude de parler en public.

- Les verbes exprimant les **goûts** sont suivis du gérondif : *love*, *like*, *dislike*, *hate*, *prefer*...

  I **love** singing. J'adore chanter. I **hate** waiting. Je déteste attendre.

- Les verbes *start*, *begin*, *stop*, *go on*, *keep on*, *finish* peuvent être suivis du gérondif.

  Stan **started** playing. Stan commença à jouer.
  Stop drinking. Arrête de boire.

- Le gérondif s'utilise après les **expressions** suivantes.

I **can't stand / bear** being ill.	Je ne supporte pas d'être malade.
It's no use telling him.	Ça ne sert à rien de lui dire.
What / How about going there?	Et si on y allait ?
I **don't mind** cooking.	Ça ne me dérange pas de faire la cuisine.
They **can't help** speaking loud.	Ils ne peuvent pas s'empêcher de parler fort.
It's worth meeting her.	Ça vaut la peine de la rencontrer.

- Les verbes exprimant le **motif** et la **cause** sont suivis de *for* + **gérondif** : *apologize*, *congratulate*, *forgive*, *punish*...

  I apologized **for** being late. Je m'excusai pour mon retard.

mini-dico

- **forgive (to)**: pardonner
- **happen (to)**: arriver, survenir
- **swimmer**: nageur/nageuse
- **take a break (to)**: faire une pause

Les expressions clés

Pour exprimer la supposition

- Paul may bring the cake.
- I might go with you.
- Perhaps he'll visit us.
- Maybe he'll do it.
- They can come tonight.
- They could do it on time.
- Sharon must have bought it.
- She has probably bought it.
- They are likely to come.
- He isn't likely to invite your friend.
- I suppose / guess they are out.
- I think / believe she's already gone home.

ANGLAIS

On s'entraîne !

1 QUIZ

Coche la case qui convient.

a. Do you mind ❑ to come ❑ coming with us?

b. Would you like ❑ to come ❑ coming with us?

c. She can't bear ❑ to stay ❑ staying alone.

d. She doesn't want ❑ to stay ❑ staying alone.

e. What about ❑ to go ❑ going to the stadium this afternoon?

f. He'd like us ❑ to go ❑ going to the stadium.

2 *Le gérondif après les prépositions*

Réécris les phrases avec les amorces données.

a. He didn't visit London. He went to Porthmouth.

→ Instead of ....

b. Sam left at 8. He called his wife earlier.

→ Before ....

c. Jessica is an excellent swimmer.

→ She is good at ....

d. The boys left school and then went home.

→ After ....

3 *Comment dirais-tu ?*

a. Elle aime danser mais n'aime pas chanter.

....

b. Et si on allait au cinéma ?

....

c. Arrête de jouer aux jeux vidéo.

....

4 *La supposition*

Tanya hasn't heard from her best friend Sarah for a long time. What may have happened?

Make suppositions.

5 *Vocabulaire*

Relie les définitions aux mots donnés.

a. author of novels, books, etc. •	• playwright
b. he writes plays •	• fairy tales
c. poems •	• short story
d. piece of writing shorter than a novel •	• poetry
e. stories for children about imaginary magical creatures •	• writer

6 CONTRÔLE EXPRESS

Relie les débuts de phrase de la première colonne à la fin qui convient dans la seconde.

a. Living in London •	• stop smoking so much.
b. If you don't want to be sick •	• feeling happy.
c. George is fed up •	• for being late.
d. I was angry at her •	• she is used to driving on the left.
e. When I see Allison, I can't help •	• with driving in the traffic.

Vocabulaire | *Art and literature* (Art et littérature)

- author: auteur
- writer: écrivain
- playwright: auteur dramatique
- poetry: poésie
- short story: nouvelle
- fairy tale: conte de fées
- masterpiece: chef-d'œuvre
- fine arts: beaux arts
- exhibition: exposition
- preview: vernissage
- painting: tableau
- visual arts: arts plastiques
- watercolour: aquarelle
- museum: musée

Corrigés page 46 du Guide

7 Les modaux

Je me demande...
Qu'expriment les différents modaux ? Quels sont leurs équivalents ?

Les points clés

1 Règles générales

- Ils ont la **même forme** à toutes les personnes, n'ont **pas d'infinitif**, sont suivis de la **base verbale** et se conjuguent **sans auxiliaire**.

Auxiliaire modal	Notions	Exemples
can / could	• permission • capacité • demande polie	Can I go out with you? I can repair the plug. Could you repeat, please? Can you call them?
can't	• interdiction • impossibilité • incapacité	We can't picnic here. He can't be a singer. I can't read it.
must	• obligation • déduction	You must call him before 9. He must be sick.
mustn't	• interdiction	You mustn't sleep here.
may / might	• probabilité • permission	He may / might visit us. May I open the box?
needn't	• absence d'obligation	You needn't / don't have to wash it, I did it.
should	• conseil	You should eat less.
shall	• suggestion	Shall we eat out?
will	• futur	I'll meet him next Monday.

- Ils ne peuvent **pas se conjuguer** à tous les temps ; ils ont donc des équivalents.

2 Les équivalents

- Au passé et au futur, les modaux prennent une autre forme mais gardent le **même sens**.

	can	may	must
passé	was/were able to	was/were allowed to	had to
futur	will be able to	will be allowed to	will have to

- Pour exprimer la **probabilité d'un fait passé**, on utilise la forme :

modal + *have* + participe passé

She can't have done it. Ce n'est pas possible qu'elle ait fait ça.
He must have left home earlier. Il a dû partir de chez lui plus tôt.

mini-dico
- **dial (to)**: composer un numéro
- **hurry (to)**: se dépêcher
- **salesman**: vendeur
- **switch off (to)**: éteindre

Les expressions clés

Pour exprimer la capacité, l'incapacité

- She can speak Chinese.
- He knows how to use the Internet.
- She isn't able / is unable to lie.

Pour exprimer l'obligation

- You must fill out the form now.
- He has been forced to pay.
- She has to do it before Monday.
- They made me put on sunscreen.

On s'entraîne !

1 QUIZ

Qu'indiquent les modaux dans ces phrases ? Place le chiffre qui convient dans chaque cercle.

1 obligation 2 interdiction 3 absence d'obligation 4 permission

a. You don't have to do it; I already did it. (...)

b. They can't park here. (...)

c. I must be at the airport at 6. (...)

d. Susan can come back any time. (...)

2 Les modaux au présent

Remplace ces phrases par une phrase contenant un modal (*can*, *must* ou *may*).

a. It is impossible that you love her.

b. Perhaps he will come earlier.

c. I'm sure he is John's cousin.

3 Vocabulaire

Complète le tableau en t'aidant du vocabulaire.

Nom	Verbe	Personne
a rape	rape (to)	a rapist
a burglary	....	a ....
a mugging	....	a ....
a theft	....	a ....
a blackmail	....	a ....
a forgery	....	a ....

4 Capacité et incapacité

This man has just bought a new robot. The salesman is telling him what it can or can't do.

Imagine the conversation.

5 Les équivalents

Coche l'intrus dans chaque liste.

a. ☐ was able to ☐ can ☐ had to

b. ☐ may ☐ were allowed to ☐ must

c. ☐ will have to ☐ had to ☐ will be able to

6 CONTRÔLE EXPRESS

Construis des phrases avec *must have* ou *can't have*.

a. When I got there the lights were on.
You .... (forget) to switch them off.

b. The policeman stopped him. He .... (see) the red light.

c. Pat didn't answer the phone. She .... (go) out.

d. He dialled a wrong number. He .... (hear) what I told him.

? indice

Attention aux participes passés des verbes irréguliers.

Vocabulaire *Violence* (La violence)

- theft: vol
- thief: voleur
- armed robbery: vol à main armée
- assault and battery: coups et blessures
- bribery: corruption
- burglar: cambrioleur
- burglary: cambriolage
- shoplifting: vol à l'étalage
- mugging: agression
- forgery: contrefaçon
- blackmail (to): faire chanter
- rape (to): violer
- steal (to): voler
- rob (to): dérober quelque chose à quelqu'un
- break into a house (to): entrer par effraction
- bully (to): harceler
- bully: brute, tyran

Corrigés page 46 du Guide

8 Le passif

Je me demande...
Qu'est-ce que le passif ?
Comment se construit-il ?

Les points clés

1 Formation

- Le passif se forme avec *be* conjugué suivi du **participe passé**.
  The road was widened last year. La route a été élargie l'année dernière.
- Il peut se construire à **tous les temps** : c'est *be* qui change de forme.

The bridge is built. (présent simple)	The bridge is being built. (présent continu)
The bridge was built. (prétérit)	The bridge has been built. (*present perfect*)
The bridge will be built. (futur)	The bridge must be built. (obligation)

mini-dico
- **aim**: but
- **favourite**: préféré
- **forbidden**: interdit
- **newspaper**: journal

2 Emploi

- Le passif correspond souvent au « **on** » français.
  English is spoken here. On parle anglais ici.
- La phrase passive sert à mettre l'accent sur **celui qui subit l'action**.
  Christopher Colombus discovered America. (actif)
  America was discovered by Christopher Colombus. (passif)

3 Le complément d'agent

- Il est introduit par *by*.
  The gate has been painted **by** Lucas. Le portail a été peint par Lucas.
- Il peut **ne pas être exprimé** (souvent traduit par « on » en français).
  She was found in New York.
  Elle a été / On l'a trouvée à New York.
- Lorsqu'un verbe est **suivi d'une particule**, celle-ci doit être conservée au passif.
  The new teacher is laughed **at**. On se moque du nouveau professeur.

4 Les verbes à double complément

- Les verbes suivis de deux compléments (direct et indirect) comme *give*, *tell*, *lend*, *teach*, *tell*, *ask*, *send*, *show* ont **deux constructions passives** possibles.

He showed me (1) photographs (2).
→ I was showed the photographs. (la plus courante)
→ The photographs were showed to me.

Les expressions clés

Pour exprimer la préférence

- I prefer swimming to riding a bike.
- I like swimming better than riding a bike.
- I'd rather swim than ride a bike.
- I'd prefer swimming rather than riding a bike.
- I like it better / best.

ANGLAIS

On s'entraîne !

1 QUIZ

Observe dans le dessin ce qu'on a offert à chacun pour Noël. Relie un mot de chaque colonne.

John •		• tennis racket
Joan •	• offer •	• cookbook
Jessica •		• ring
Jason •		• bike

2 Le passif au present perfect

Observe cette rue il y a 50 ans et aujourd'hui. Dis ce qui a changé en utilisant les verbes *destroy*, *build*, *change into*, *add*, *widen*.

3 Vocabulaire

Complète ces phrases avec les mots de l'encadré Vocabulaire.

a. I'm looking for a new job; I'll look at the .... in the newspaper.

b. I usually read the French .... when I watch a film in original version.

c. TV .... on alcohol and cigarettes are forbidden now.

d. "Hair" is my favourite American ....

4 Exprimer la préférence

Your friend asks you to go to the theatre with her. You'd rather go to the disco.

Tell her your preference.

5 Le passif au prétérit

Mets ces verbes au prétérit (voix passive).

a. The cake .... (eat) by the dog.

b. The president .... (elect) last year.

c. I .... (teach) Spanish at school.

d. The children .... (consider) old enough to understand.

6 CONTRÔLE EXPRESS

Mets ces phrases à la forme active.

a. He was arrested by the police.
b. The bridge is being built.
c. The window has been broken by Ken.
d. The door will be painted soon.

? indice

Utilise un pronom personnel quand il n'y a pas de complément d'agent.

Vocabulaire | *Advertising and cinema* (Publicité et cinéma)

- advertisement, ad: publicité, annonce
- commercial: spot publicitaire
- target: cible
- musical: comédie musicale
- cartoon: dessin animé
- blockbuster: film à gros succès
- director: réalisateur
- credits: générique (d'un film)
- screenplay, script: scénario
- soundtrack: bande sonore
- stuntman: cascadeur
- dubbing: doublage
- subtitles: sous-titres

Corrigés page 46 du Guide

9 Le discours indirect

Je me demande...

Comment rapporter des paroles au discours indirect ?

Les points clés

1 Discours direct et indirect

- Au discours direct, on rapporte des paroles en les **citant** intégralement.

  He says: "I want to sell my car." Il dit : « Je veux vendre ma voiture. »

- Au discours indirect, ces paroles sont rapportées dans une **subordonnée** introduite par un **verbe de discours** (say, tell, think, ask, exclaim, suggest, order).

  He says (that) he wants to sell his car. Il dit qu'il veut vendre sa voiture.

mini-dico
- **advise (to)** : conseiller
- **provide (to)** : fournir
- **store (to)** : garder, entreposer

2 Les règles de transformation

- Les pronoms personnels et les déterminants possessifs changent logiquement de personne. On passe de la 1re à la 3e personne.
- Si le verbe introductif est au prétérit, le temps des paroles rapportées est **transformé** (pas de changement de temps si ce verbe est au présent).

Discours direct	Discours indirect
présent → He said: "I work here."	prétérit → He said **he** worked here.
présent continu → He said: "I am working here."	prétérit continu → He said **he** was working here.
prétérit → He said: "I worked here."	*pluperfect* → He said **he** had worked here.
prétérit continu → He said: "I was working here."	prétérit continu → He said **he** was working here.
present perfect → He said: "I have worked here."	*pluperfect* → He said **he** had worked here.
futur → He said: "I'll work here."	conditionnel → He said **he** would work here.
conditionnel → He said: "I would work here."	conditionnel → He said **he** would work here.

- Il faut aussi changer les adverbes de temps et de lieu : here → there (si le locuteur a changé d'endroit) ; now → then ; today → that day ; yesterday → the day before ; tomorrow → the next day ; next week → the following week.

3 Les questions

- Au style indirect, la question est construite comme une **phrase affirmative**, sans auxiliaire ni point d'interrogation. Si c'est une ***wh- question***, le mot interrogatif **reste**. Si c'est une question **sans mot interrogatif**, il faut utiliser ***if*** ou ***whether*** (moins fréquent).

  He asked: "Where did Paul go?" → He asked where Paul had gone.

  He asked: "Do you like the hotel?" → He asked if I liked the hotel.

Les expressions clés

Pour exprimer son opinion

- In my opinion... / In my view...
- I have the feeling that...
- As far as I am concerned...
- My opinion is that... / To my mind...
- As for me (*quant à moi*) / As I see it...
- Speaking for myself...
- I feel / consider / believe / think that...
- I'm convinced that... / I'm in favour of...

On s'entraîne !

1 QUIZ

Relie ces mots à leur équivalent lorsqu'ils sont passés au discours indirect.

a. this	that day
b. here	the year before
c. today	that
d. tomorrow	there
e. last year	the day after
f. these	the day before
g. now	that week
h. yesterday	those
i. this week	following
j. next	then

2 Questions-réponses

Pour un sondage dans son université, Jeffrey interroge Stephanie, une étudiante.

Lis les questions et les réponses, puis rapporte-les au discours indirect.

Ex. : Jeffrey asked if she was English.
Stephanie said (that) she was...

JEFFREY. — Are you English?
STEPHANIE. — Yes, I am.
J. — How old are you?
S. — I'm 22.
J. — What do you do?
S. — I'm a student.
J. — What do you study?
S. — I study history.
J. — Do you often travel?
S. — Yes, I was in Turkey last week.
J. — Have you ever been to Asia?
S. — No, but I'd love to.

3 Messages

L'assistante de Mr. Dales a pris ses messages.

Lis-les et rapporte-les au discours indirect.

4 Vocabulaire

Relie chaque mot à sa définition.

a. The scientific study of matter and energy and the relationships between them*.
b. Person who does research usually as a job*.
c. An electronic machine that is used for calculations, for storing and providing information*.
d. The study of substances, their composition and how they react*.

- computer
- chemistry
- researcher
- physics

* English dictionary, Larousse

5 CONTRÔLE EXPRESS

Passe la question du discours indirect au discours direct.

a. He asked where he had travelled.
b. He asked if I had met Lucas.
c. He asked if I liked it.

Vocabulaire *Science and technology* (Science et technologie)

- scientist: savant, scientifique
- researcher: chercheur
- breakthrough: percée, découverte
- physics: sciences physiques
- chemistry: chimie
- computer: ordinateur
- database: base de données
- hardware: matériel informatique
- software: logiciel
- computerized: informatisé
- internet user: internaute
- mobile, cell phone: (téléphone) portable
- experiment: expérience
- tablet (computer): tablette
- digital: numérique

Corrigés page 46 du Guide

10 Propositions relatives, verbes à particules

Je me demande…
Comment se construisent les propositions relatives et les verbes à particules ?

Les points clés

1 La proposition relative

- Elle est reliée à la principale par un **pronom relatif**, qui dépend de l'**antécédent** (le mot qu'il représente) et de sa **fonction** (sujet ou complément).

Fonction du pronom relatif	Antécédent animé	Antécédent inanimé
sujet	who / that : The boy who / that is shouting is my cousin.	which / that : I bought a camera which / that takes excellent pictures.
complément d'objet direct	who(m) / that / Ø : The man who(m) / that / Ø you married was my best friend.	which / that / Ø : The present which / that / Ø I bought was expensive.
complément de nom (dont)	whose : I spoke to a man whose wife was my teacher.	whose : The room whose wallpaper is pink is mine.

- Si le complément est introduit par une **préposition**, elle est rejetée **en fin de proposition**.

  The bed (which/that) you are lying **on** is comfortable.
  Le lit sur lequel tu es allongé(e) est confortable.

- *What* (ce que) annonce quelque chose. *Which* (ce qui) reprend ce qui a été annoncé.
  What I like is dancing. Ce que j'aime c'est danser.
  He danced, which was surprising. Il a dansé, ce qui était surprenant.

2 Les verbes à particules

- L'ajout d'une particule permet de former des **verbes composés**. Elle fait partie intégrante du verbe, peut en modifier le sens et n'est pas forcément suivie d'un complément.
- Si le verbe est **suivi d'un complément**, celui-ci peut se placer avant ou après la particule.

  Take off your shoes. Take your shoes off. Enlève tes chaussures.

- Si c'est un **pronom**, il doit se placer avant la particule. Take them away. Emmène-les.

Les expressions clés

Pour parler d'un auteur et de son œuvre

- The author / writer / novelist / playwright (*auteur dramatique*) / poet…
- The author examines / considers / insists on / describes / questions (*remet en question*) / mentions / denounces / highlights (*met en lumière*) a problem…
- He is concerned with (*intéressé à*)… • He is biased (*partial*) / unbiased (*impartial*)…
- The text is a passage from / an excerpt from… • It is taken from (*tiré de*)…
- It can be a dialogue / a newspaper report / a speech / an interview…
- The text deals with (*traite de*), it's about…, it aims at (*a pour but*)…
- The text is interesting / fascinating / provocative / captivating…

mini•dico
- **recognize (to)**: reconnaître
- **register (to)**: s'inscrire

On s'entraîne !

1 QUIZ

Choisis le pronom relatif qui convient.

a. Do you recognize Jonathan ...... helped you last year? •
b. I know someone ...... brother is a pilot. •
c. Would you like to see ...... I painted? •
d. They spoke Chinese, ... surprised me. •
e. It's the most beautiful music ...... I have ever listened to. •

• whose
• what
• which
• Ø (omission du pronom relatif)
• who

2 Les verbes à particules

Complète les phrases avec les verbes suivants : give up • speak up • take off • fall off • fill in • get on • throw away.

a. I want to keep these old magazines; don't .... them ....

b. I need some practice. I .... the horse the first minute.

c. To register at the university, you must .... this form.

d. Look! The plane is ....

e. I can't hear you, please ....

f. .... the bus!

g. He .... smoking six months ago.

3 Parler d'un auteur et de son œuvre

Present William Shakespeare, a famous author of the 17th century. What did he write?

4 Vocabulaire

Complète ces phrases avec les mots du vocabulaire.

a. Nixon .... after the Watergate scandal.

b. Before passing a bill the MPs must .... it.

c. Obama .... in the USA in 2012.

d. The .... showed people's voting intentions.

e. The workers held a massive ....

5 CONTRÔLE EXPRESS

Choisis le bon *look* pour compléter ces phrases : look at • look for • look forward to • look up • look after.

a. Can you .... these words in the dictionary?

b. Tania is the new baby-sitter, she .... Cameron.

c. I can't find my passport, I must .... it.

d. I am .... seeing you in London.

e. .... him, don't you recognize him?

Vocabulaire *Politics* (Politique)

- (prime) minister: (Premier) ministre
- party leader: dirigeant d'un parti
- head of State: chef d'État
- member of Parliament (MP): député
- spokesman / spokesperson: porte-parole
- opinion poll: sondage d'opinion
- resignation: démission
- citizen: citoyen
- measures: mesures
- demonstration: manifestation
- run for president (to): être candidat à la présidence
- stand for election (to): se présenter aux élections
- draw a bill (to): rédiger un projet de loi
- resign (to): démissionner

Corrigés page 46 du Guide

11 Les subordonnées circonstancielles

Je me demande…

Quels sont les différents types de subordonnées circonstancielles ?

Les points clés

Une proposition subordonnée circonstancielle est rattachée à une proposition principale par une conjonction de subordination.

1 Les subordonnées de temps

- Elles sont introduites par les conjonctions ***when*** (quand), ***while*** (pendant que), ***as soon as*** (dès que), ***as*** (comme, pendant que), ***before*** (avant que), ***after*** (après que), ***since*** (depuis), ***till***, ***until*** (jusqu'à ce que).

  She called her sister before leaving. Elle a appelé sa sœur avant de partir.

- Attention : dans les subordonnées de temps liées à une principale au futur, le verbe est au **présent** (alors qu'il est au futur en français).

  I'**ll give** him the text when I **see** him. Je lui donnerai le texte quand je le verrai.

2 Les subordonnées de but et de conséquence

- Le but et la conséquence s'expriment à l'aide de la conjonction ***so that*** (afin / pour que).

  I took a taxi so that I could get there on time.

- Le but peut aussi s'exprimer avec ***to***, ***in order to*** ou ***so as to*** (pour), avec le verbe de la subordonnée à l'infinitif.

  He bought a dictionary to translate his text.

3 Les subordonnées de contraste et d'opposition

- Le contraste et l'opposition sont exprimés par les conjonctions ***though***, ***although*** (bien que), ***whereas*** (alors que, tandis que), ***while*** (alors que, bien que).

  Although he lives in Berlin he can't speak German.
  Sarah lives in New York whereas her parents live in London.

mini-dico
- **busy**: occupé
- **fall asleep (to)**: s'endormir
- **on time**: à l'heure
- **owing to**: à cause de, en raison de

4 Les subordonnées de cause

- La cause est exprimée avec ***because*** (parce que), ***for*** (car), ***since*** (puisque), ***as*** (comme). Since you can't drive we'll take the train.

Les expressions clés

Pour exprimer la cause

- She cried because she was sad.
- As it was raining she cancelled the party.
- Since it's late, let's take a taxi.
- Owing to the strike the traffic was stopped.
- That's why she was crying.
- That's the reason why I want to see him.

Pour exprimer la conséquence

- Paul is too young as a consequence / as a result / consequently he can't vote.
- He got a winning ticket so that he was able to buy a new car.
- Following the accident many people were taken to hospital.
- It means / It implies she is alone.

On s'entraîne !

1 QUIZ

Qu'expriment ces conjonctions de subordination ?

a. because	temps
b. whereas	but
c. until	contraste, opposition
d. so that	cause
e. while	
f. since	
g. although	

2 Les conjonctions

Complète ces phrases avec *while*, *as*, *after*, *as soon as*, *since*, *as long as*.

a. I'll come .... I finish my homework.

b. .... I had signed the contract, I met the chairman.

c. .... she was swimming it started to rain.

d. She has been sad .... her cat died.

e. Her baby fell asleep .... she was driving.

f. You can stay here .... you keep quiet.

3 Vocabulaire

Donne le contraire des adjectifs suivants.

a. harmful ≠ ....

b. reliable ≠ ....

c. selfish ≠ ....

d. irresponsible ≠ ....

e. thankful ≠ ....

f. ungrateful ≠ ....

g. pretentious ≠ ....

4 Exprimer la conséquence

The plane can't take off.

Express the consequences for the passengers.

? indice

hungry • wait for • miss

5 CONTRÔLE EXPRESS

Construis des phrases en reliant les éléments de la colonne de gauche à ceux de la colonne de droite.

a. I travel 3 times a year...	so as to let me go out.
b. I'll go out with you tonight...	while my mum was gardening.
c. My dad was reading...	even if I feel a bit tired.
d. He opened the door...	whereas Jim never leaves the country.

Vocabulaire | *Moral behaviour* (Attitudes morales)

- harmful, harmless: nuisible, inoffensif
- ruthless: impitoyable
- thankful, thankless: reconnaissant, ingrat
- grateful: reconnaissant
- selfish, unselfish: égoïste, altruiste
- (un)reliable: (in)digne de confiance
- self-assured, self-confident: confiant, sûr de soi
- self-conscious: complexé, intimidé
- scorn: mépris
- self-satisfied: suffisant
- disdain: dédain
- proud, pride: fier, fierté
- boast (to): se vanter
- misbehave (to): mal se comporter
- behave (to): se comporter
- caring: attentionné
- careful: prudent

Corrigés page 46 du Guide

12 Verbes à construction particulière

Je me demande…
Quels verbes obéissent à des structures spécifiques ?

Les points clés

1 Verbe + *someone* + *to* + verbe

- On utilise cette formation avec les verbes *want*, *would like*, *ask*, *expect*, *order*, *tell* en 1re position et lorsque le **sujet** du 2d verbe est **différent** de celui du 1er.

  The teachers want me to work more.

  Les professeurs veulent que je travaille plus.

2 *Make* + *someone* + verbe

- *Make* + *someone* + verbe peut se traduire par « faire faire ».

  This film made all my pupils cry. Ce film a fait pleurer tous mes élèves.

  The teacher will make us work more. Le professeur nous fera travailler plus.

3 *Need, remember* et *stop*

- Ces verbes n'ont pas le même sens selon qu'ils sont suivis de V-*ing* ou de *to* + V.

need

- ***need* + V-*ing*** → sens passif
  The grass needs cutting. Le gazon a besoin d'être tondu.
- ***need* + *to* + V** → sens actif
  Jane needs to buy a new car.
  Jane a besoin d'acheter une nouvelle voiture.

remember

- ***remember* + V-*ing*** → acte déjà accompli (« se souvenir de »)
  I remember calling her. Je me souviens de l'avoir appelée.
- ***remember* + *to* + V** → action à venir (« ne pas oublier de »)
  Remember to call the doctor.
  N'oublie pas d'appeler le médecin.

stop

- ***stop* + V-*ing*** → « arrêter de faire quelque chose »
  He stopped smoking. Il a arrêté de fumer.
- ***stop* + *to* + V** → « s'arrêter pour faire quelque chose »
  He stopped to smoke. Il s'est arrêté pour fumer.

mini-dico
- clock in / out (to) : pointer (à l'usine)
- peel (to) : éplucher
- set up (to) : dresser

Les expressions clés

Pour exprimer la contrainte, l'obligation

- You must do it now.
- You have to call him immediately.
- I've got to stop him.
- He obliged me to give the key.
- He forced them to call the police.
- Helen made her brother clean his room.
- I'll have them go to the supermarket.
- You are to study more.

On s'entraîne !

1 QUIZ

Coche le verbe à l'infinitif ou à la forme en *-ing*.

a. He used to smoke a lot. He stopped
❑ to smoke ❑ smoking six months ago.

b. He needed a cigarette. He stopped
❑ to smoke ❑ smoking.

c. The gate needs ❑ to repair ❑ repairing.

d. I need ❑ to repair ❑ repairing the TV set.

2 Demander de faire quelque chose

Voici les tâches que le patron du restaurant demande à sa serveuse de faire.

Construis cinq phrases avec *want*, *ask*, *tell*, *order*, *expect*.

a. clean the restaurant
b. set up the tables
c. wash the dishes
d. peel the vegetables
e. answer the phone

3 Comment dirais-tu ?

a. Il veut que je l'aide.

....

b. Est-ce que tu veux que je vienne plus tôt ?

....

c. Elle veut voyager toute seule.

....

? indice

plus tôt : earlier

4 L'obligation

Factory regulations: look at the grid and express obligation.

? indice

to clock in • to clock out • to put out a cigarette
• to wear an overall

5 Vocabulaire

Réécris ce texte en anglais américain en t'aidant du vocabulaire.

"It was 8.00. I knew I was late to the cinema, I decided to hail a taxi. It was getting late. Finally a lorry stopped and picked me up. The driver was quite nice. It was my first day of holiday, I was very relaxed and confident. But when we got there he asked me to give him some banknotes to buy some petrol... I wish I had taken the tube instead!"

6 CONTRÔLE EXPRESS

Observe ces dessins et fais des phrases avec *need* + V-*ing*.

a.

b.

c.

d.

Vocabulaire | Anglais britannique / américain

- banknote / bill (US): billet de banque
- bill / check (US): addition, facture
- cinema / movie theater (US): cinéma
- Christian name / first name (US): prénom
- holiday / vacation (US): vacances
- lorry / truck (US): camion
- petrol / gas (US): essence
- rubbish / garbage (US): ordures
- surname / last name (US): nom de famille
- taxi / cab (US): taxi
- trousers / pants (US): pantalon
- underground, tube / subway (US): métro

Corrigés page 47 du Guide

Test - Bilan

Le groupe nominal

1 We are all going to play basketball. Come with ....
☐ us ☐ we ☐ them

2 The Rolls Royce is .... car here.
☐ the most expensive
☐ the more expensive
☐ the best expensive

3 The house .... door is red is mine.
☐ which ☐ that ☐ whose

4 This conference is too ....
☐ bored ☐ boring ☐ bore

5 Comment dirais-tu : « Cet exercice est le plus difficile » ?
☐ This exercise is more difficult.
☐ This exercise is so difficult.
☐ This exercise is the most difficult.

.... /5

Le groupe verbal

6 They .... in New York .... 5 years.
☐ work ... for
☐ have worked ... for
☐ have worked ... since

7 .... we take a taxi?
☐ Shall ☐ Will ☐ Won't

8 I'll call you when I .... time.
☐ have ☐ will have ☐ am having

9 If I .... rich I would work less.
☐ were ☐ am ☐ will be

10 Too bad! We had so much fun! She .... with us.
☐ should stay
☐ should have stayed
☐ would stay

11 A new shopping centre .... here.
☐ is building
☐ is being built
☐ building

12 She asked me how much ....
☐ it will be ☐ it was ☐ was it

13 Comment dirais-tu : « Il devrait s'excuser » ?
☐ He must apologize.
☐ He should apologize.
☐ He can apologize.

14 Comment dirais-tu : « Paul n'a pas besoin de venir » ?
☐ Paul mustn't come.
☐ Paul can't come.
☐ Paul doesn't have to come.

.... /9

La phrase

15 He said he .... help the pupils.
☐ would ☐ will ☐ had

16 "........ do you play tennis?" "Twice a week."
☐ How long
☐ How often
☐ How far

17 Lucas speaks English .... his cousin doesn't.
☐ since ☐ although ☐ whereas

18 His parents would like Fred .... his room.
☐ tidying ☐ to tidy ☐ tidy

19 .... is the weather .... in Spain?
☐ How ... like ☐ What ... like ☐ What ... for

20 Comment dirais-tu que Jane t'a dit qu'elle t'aiderait ?
☐ Jane said she will help me.
☐ Jane said she is going to help me.
☐ Jane said she would help me.

.... /6

Score total : .... /20 **CORRIGÉS P. 47 DU GUIDE**

ESPAGNOL

1 Le présent de l'indicatif

Je me demande...

Comment se forme le présent ? Quelles sont les irrégularités de certains verbes ?

Les points clés

1 Les verbes réguliers

- Le présent de l'indicatif se forme en ajoutant au **radical** les terminaisons suivantes :
– verbes en ***-ar*** : *-o, -as, -a, -amos, -áis, -an* ;
– verbes en ***-er*** : *-o, -es, -e, -emos, -éis, -en* ;
– verbes en ***-ir*** : *-o, -es, -e, -imos, -ís, -en*.

- Les verbes pronominaux sont précédés des pronoms ***me, te, se, nos, os, se***.
Me ducho todas las mañanas. Je me douche tous les matins.

2 Les verbes irréguliers

Diphtongue			Affaiblissement
e → ie (pensar)	o → ue (poder)	u → ue (jugar)	e → i (pedir)
pienso piensas piensa pensamos pensáis piensan	puedo puedes puede podemos podéis pueden	juego juegas juega jugamos jugáis juegan	pido pides pide pedimos pedís piden

Verbes en *-uir*
i → y (construir)
construyo construyes construye construimos construís construyen

- Verbes irréguliers à la 1re personne du singulier :
– verbes en *-go* : poner → pongo • hacer → hago • salir → salgo...
– verbes en *-zco* : conocer → conozco • obedecer → obedezco • nacer → nazco...

- Verbes complètement irréguliers :
– ***ser*** : *soy, eres, es, somos, sois, son* ;
– ***haber*** : *he, has, ha, hemos, habéis, han* ;
– ***ir*** : *voy, vas, va, vamos, vais, van*.

Communiquer

Raconter une journée normale

MÓNICA: Hola, Alejandro, ¿qué tal las primeras semanas de clase?
ALEJANDRO: Uffff, fatal, tengo unos horarios malísimos. De lunes a jueves empiezo a las nueve en punto y no salgo hasta las cinco, ¿y tú?
MÓNICA: Ah, pues mis horarios son geniales. Todos los días vuelvo a casa a las tres, y después hago los deberes y salgo un rato con mis amigas...
ALEJANDRO: ¡Qué suerte! Pues yo llego a casa a las cinco y cuarto, meriendo y luego me pongo a hacer los deberes. Después de cenar, solo juego media hora a los videojuegos y me acuesto.
MÓNICA: ¿Y los viernes?
ALEJANDRO: Los viernes no tengo clase, ¡me despierto a las once de la mañana!
MÓNICA: Ah, entonces no puedes quejarte, ¿eh?

mini-dico
- **un rato**: un petit moment
- **merendar**: prendre le goûter
- **una clase**: un cours
- **quejarse**: se plaindre

ESPAGNOL

On s'entraîne !

1 QUIZ

Relie le pronom à son verbe.

a. yo •	• vais
b. tú •	• hago
c. ella •	• pueden
d. nosotras •	• tienes
e. vosotros •	• pensamos
f. ellos •	• oye

2 Le présent

Réécris les phrases avec le sujet proposé.

a. Traduzco una frase. → (nosotras) ....

b. Se viste muy rápido. → (vosotros) ....

c. Hago demasiado ruido. → (Luis y Marina) ....

d. Pensamos mucho en el futuro. → (tú) ....

e. Sofía no sabe nadar. → (yo) ....

3 Traduction

Traduis les phrases suivantes.

a. Juan se réveille à huit heures précises.

....

b. Nous avons beaucoup de devoirs.

....

c. Je sors de mon cours de piano.

....

d. Ils se couchent à neuf heures et demie.

....

? indice

précises : en punto • devoirs : deberes • cours : clase

4 Raconter une journée normale

Écoute et complète ce dialogue.

Sonia se encuentra por la calle con su amiga Laura.

SONIA: Hola, Laura, ¿adónde (ir) ....?

LAURA: (Ir) .... a casa, (tener) .... que preparar el examen de matemáticas, no (poder) .... salir. ¿Y tú?

SONIA: Hoy (quedarse, yo) .... en casa para cuidar a mi hermanita. Yo tampoco (salir) .... ¡Qué rabia!, ¿no?

LAURA: Sí, pero (nosotras, salir) .... mañana, ¿(tú, querer) ....?

SONIA: Vale, mañana .... (llamarte).

5 Vocabulaire

Propose des activités pour ces trois moments.

Por la mañana	Por la tarde	Por la noche
....	....	....
....	....	....
....	....	....

6 CONTRÔLE EXPRESS

Raconte au présent la journée de Lucía.

a. ....

b. ....

c. ....

d. ....

Vocabulaire *Las acciones cotidianas* **(Les actions quotidiennes)**

- acostarse: se coucher
- despertarse: se réveiller
- levantarse: se lever
- ducharse: se doucher
- lavarse los dientes: se laver les dents
- desayunar: prendre le petit déjeuner
- almorzar: déjeuner
- cenar: dîner
- salir de casa: sortir de chez soi
- volver a casa: rentrer chez soi

Corrigés page 47 du Guide

2 Les prépositions, les tournures affectives

Je me demande...

Quelle est la différence entre *por* et *para* ? Comment exprimer ses goûts ?

Les points clés

1 Les prépositions

- Les prépositions ***por*** et ***para*** ont des emplois variés.

por

- pour exprimer la **cause**
  Julia aprende español por trabajo.
- pour indiquer le **moyen**
  Te enviaré las fotos por correo electrónico.
- pour indiquer un **lieu/temps imprécis**
  Volveré a casa por el bosque/Navidad.
- pour exprimer une **notion d'échange**
  He comprado esta falda por 30 euros.
- pour traduire « **par** » (voix passive)
  El Guernica fue pintado por Picasso.

para

- pour exprimer le **but**
  Rosa aprende chino para ir a Pekín.
- pour indiquer le **destinataire**
  Estos libros son para ti.
- pour indiquer la **direction/destination**
  Voy para casa, ¿vienes conmigo?
- pour indiquer un **délai**
  Tengo que aprender el poema para el lunes.
- pour exprimer un **avis/point de vue**
  Para mí, no vale la pena ir a esa fiesta.

2 Les tournures affectives

- Les verbes du type *gustar* ont une **construction impersonnelle** : la personne qui exprime son sentiment n'est pas le sujet de la phrase.

- Construction : **pronom** (*me, te, le, nos, os, les*) **+ verbe + sujet**

  (A mí) me gusta la música. J'aime la musique.
  (A él) le gustan las frutas. Il aime les fruits.
  (A vosotros) os gusta esquiar. Vous aimez skier.

- Les pronoms précédés de la préposition *a* sont **optionnels**, et permettent d'insister ou de préciser la personne quand cela est nécessaire.

  Le gusta bailar. → ¿a él?, ¿a ella?, ¿a usted?

- Autres verbes du même type : *apetecer* (faire envie), *doler* (faire mal, avoir mal), *encantar* (adorer), *importar* (importer), *interesar* (intéresser), *molestar* (déranger).

  (A mí) me encanta el cine. J'adore le cinéma.

Communiquer

Parler de ses loisirs

Este es el perfil de Guillermo en una red social.

Me gusta chatear por internet con mis amigos y jugar con ellos en línea. Los juegos que más nos gustan son World of Warcraft y League of Legends. También me interesan los deportes de aventura, como el puenting o el paracaidismo, pero no los practico porque a mis padres no les gustan. Me encanta tocar la guitarra, con cuatro amigos tenemos un grupo que se llama « Tres, dos, uno ». Lo que más me gusta es ver la puesta de sol en la playa, y lo que más me molesta es la gente hipócrita.

mini-dico

- **una red social**: un réseau social
- **el puenting**: le saut à l'élastique
- **el paracaidismo**: le saut en parachute

On s'entraîne !

1 QUIZ

Relie chaque phrase au complément de personne qui convient.

a. Le encantan los zapatos de tacón. •
b. ¿Te molesta si abro la ventana? •
c. Me duele la cabeza. •
d. Os gusta nadar. •
e. Les gusta la comida mexicana. •

• A mí
• A ti
• A mi prima Laura
• A Eva y a ti
• A tus vecinos

2 *Les pronoms*

Complète ces phrases avec un pronom.

a. A Paula .... gustan las matemáticas.
b. A nosotras .... molesta la música techno.
c. A mí no .... interesa el deporte.
d. A mis primas .... encanta ponerse sombreros.
e. Marcos, tienes mala cara, ¿............... duele la cabeza?

3 *Les prépositions*

Complète ces phrases avec *por* ou *para*.

a. Te ha llamado Francisco .... teléfono.
b. .... ella, lo más importante es ganar.
c. .... viajar a Inglaterra, tienes que cambiar los euros .... libras.
d. La película *Avatar* fue dirigida .... el director J. Cameron.
e. Estas corbatas rojas son .... vosotros.

4 *Parler de ses loisirs*

Écoute et complète le profil de Rebeca en utilisant les verbes entre parenthèses.

Hola, me llamo Rebeca y voy a hablaros de mis gustos.

(Gustar) .... el chocolate con churros. (Encantar) .... el color rojo. También (gustar) .... chatear por internet. En el colegio, (interesar) .... las matemáticas. Los fines de semana (apetecer) .... salir con amigos. Para bailar, (encantar) .... la zumba y la salsa. (Molestar) .... las personas maleducadas.

5 *Vocabulaire*

Légende le dessin en t'aidant du vocabulaire.

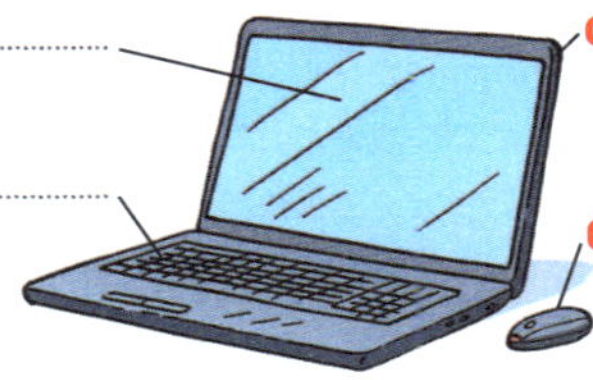

6 CONTRÔLE EXPRESS

Forme des phrases avec les mots proposés (utilise les pronoms optionnels).

a. Natalia • gustar • los libros. → ....
b. (Yo) • apetecer • tomar un café. → ....
c. (Tú) • doler • los pies. → ....
d. (Nosotros) • interesar • la historia antigua. → ....
e. Mis padres • molestar • los niños malos. → ....

? indice
Attention, le verbe *doler* diphtongue.

Vocabulaire | *El ocio y la tecnología* (Les loisirs et la technologie)

- hacer deporte: faire du sport
- hacer senderismo: faire de la randonnée
- tocar un instrumento: jouer d'un instrument
- bailar: danser
- navegar por internet: surfer sur Internet
- jugar a los videojuegos: jouer aux jeux vidéo
- chatear: chatter
- el (teléfono) móvil: le téléphone portable
- el (ordenador) portátil: l'ordinateur portable
- la pantalla: l'écran
- el teclado: le clavier
- el ratón: la souris

Corrigés page 47 du Guide

3 Le passé composé, le passé simple

Je me demande...
Quelle est la différence d'emploi entre le passé composé et le passé simple ?

Les points clés

1 Le passé composé

- Formation :

haber au présent	+	participe passé
he, has, ha, hemos, habéis, han		radical + *-ado/-ido*

María ha venido en bicicleta. María est venue à vélo.

- Certains participes passés sont **irréguliers**.

decir → dicho • hacer → hecho • poner → puesto • ver → visto • volver → vuelto

- Le passé composé renvoie à une **période non achevée** (*hoy, esta mañana/semana, este año/mes, ya, todavía no, nunca*, etc.) ou à une action passée qui a un **rapport avec le présent**.

2 Le passé simple

- Le passé simple des **verbes réguliers** se forme en ajoutant au radical de l'infinitif les terminaisons suivantes :
– verbes en ***-ar*** : *-é, -aste, -ó, -amos, -asteis, -aron* ;
– verbes en ***-er*** et ***-ir*** : *-í, -iste, -ió, -imos, -isteis, -ieron*.

- Seize verbes sont **très irréguliers** au passé simple (prétérits forts).

andar → (yo) anduve	haber → (yo) hube	querer → (yo) quise
caber → (yo) cupe	hacer → (yo) hice	saber → (yo) supe
dar → (yo) di	ir / ser → (yo) fui	tener → (yo) tuve
decir → (yo) dije	poder → (yo) pude	traer → (yo) traje
estar → (yo) estuve	poner → (yo) puse	venir → (yo) vine

Vino a mi casa ayer. Il/Elle est venu(e) chez moi hier.

- D'autres verbes changent le **e** en ***i*** (*pedir, seguir, sentir*) ou le **o** en ***u*** (*dormir, morir*) à la 3e personne du singulier et du pluriel.

pedir → pidió, pidieron • sentir → sintió, sintieron • dormir → durmió, durmieron

- Le passé simple renvoie à une **action achevée**, coupée du présent (*ayer, la semana pasada, el año/mes pasado...*).

Communiquer

Parler de ses expériences

CARLOS: ¡Mañana me voy a Argentina!
JAIME: ¡Qué suerte! Mi hermana mayor estuvo allí durante tres meses, hace dos años. Visitó Buenos Aires, fue a las cataratas de Iguazú, vio el glaciar Perito Moreno, esquió en Bariloche... Parece ser un país maravilloso.
CARLOS: Pues yo nunca he estado allí, pero el año pasado viajé con mis padres a Perú y fue genial: subimos al Machu Picchu a pie, visitamos la catedral del Cuzco, nos bañamos en el lago Titicaca, comimos cebiche en Lima... ¡Nos encantó!

mini-dico
- **cataratas**: chutes, cascades
- **esquiar**: skier
- **parece ser**: il semble
- **subir**: monter

On s'entraîne !

1 QUIZ

Relie chaque phrase avec le marqueur de temps qui convient le mieux.

a. ..... he desayunado pan con tomate y aceite. •
b. ..... he viajado en un submarino. •
c. Cristóbal Colón descubrió América ..... •
d. ..... te dije un secreto. •

• en 1492
• nunca
• esta mañana
• ayer

2 Les deux passés

Complète les phrases avec un verbe au passé composé ou au passé simple selon les cas.

a. El cartero .... (traer) ayer un paquete para ti, pero no me acuerdo de dónde lo .... (yo, poner).

b. Emma nunca .... (ver) la película *E.T. El Extraterrestre*.

c. No sé por qué Gonzalo no .... (venir) anoche (*hier soir*) a mi fiesta de cumpleaños.

d. Mi profesor de inglés me .... (decir) que tengo que practicar más.

3 Traduction

Traduis les phrases suivantes.

a. Es-tu déjà arrivée ?
b. J'ai lu ce livre l'année dernière.
c. Miguel de Cervantès est né le 29 septembre 1547.
d. Je suis venue en métro.
e. L'été dernier, je suis allé en France.

4 Parler de ses expériences

Écoute et complète ce dialogue en conjuguant les verbes.

SOFÍA: Estoy muy nerviosa, ¡mañana monto en avión por primera vez!

JOSÉ: ¿Nunca .... (tú, montar) en avión?

SOFÍA: No, me da mucho miedo. .... (yo, viajar) en tren, en barco, en autocar...

JOSÉ: Entonces no .... (tú, hacer) viajes largos.

SOFÍA: ¡Claro que sí! Mi amiga Rosa y yo .... (hacer) un crucero por el Caribe en 2017, ... (ir) a Londres en autocar hace dos años y el verano pasado .... (recorrer) toda Europa en tren con el pase Eurail.

5 Vocabulaire

Écris le verbe qui correspond à chaque substantif.

a. la reserva → ....
b. el aterrizaje → ....
c. el despegue → ....
d. el alojamiento → ....
e. el viaje → ....
f. la facturación → ....

6 CONTRÔLE EXPRESS

Dis ce qu'a fait Rodrigo hier en utilisant le passé simple.

a.

b.

c.

Vocabulaire | *Los viajes* (Les voyages)

- un/una turista: un(e) touriste
- la maleta: la valise
- el equipaje: les bagages
- alojarse: se loger
- media pensión: demi-pension
- pensión completa: pension complète
- viajar en tren / barco / avión: voyager en train / bateau / avion
- facturar: enregistrer (ses bagages)
- despegar: décoller
- aterrizar: atterrir
- reservar: réserver, faire une réservation

Corrigés page 47 du Guide

4 L'imparfait, l'alternance des temps du passé

Je me demande...
Comment se forme l'imparfait ? Comment faut-il l'utiliser avec les autres temps du passé ?

Les points clés

1 L'imparfait

- L'imparfait se forme à partir du **radical de l'infinitif**, auquel on ajoute les terminaisons suivantes :
  – verbes en *-ar* : *-aba, -abas, -aba, -ábamos, -abais, -aban* ;
  – verbes en *-er* et *-ir* : *-ía, -ías, -ía, -íamos, -íais, -ían*.
- Il y a seulement trois verbes irréguliers : ser → era ; ir → iba ; ver → veía.
  Veía a mis amigos los sábados. Je voyais mes amis le samedi.
- L'imparfait est utilisé pour la **description** et **l'expression de l'habitude** au passé.
  Margarita era una niña muy obediente que siempre ordenaba sus juguetes.

2 L'alternance des temps du passé

Pour exprimer une action accomplie

- **le passé composé** → pour une période non achevée
  Hoy he salido pronto del trabajo porque me **sentía** mal.
  Aujourd'hui, je suis parti tôt du travail car je me sentais mal.
- **le passé simple** → pour une période achevée
  Ayer salí pronto del trabajo porque me **sentía** mal.
  Hier, je suis parti tôt du travail car je me sentais mal.

Pour décrire les circonstances de l'action

- **l'imparfait**
  Estaba durmiendo cuando **sonó** el teléfono.
  Je dormais quand le téléphone sonna.

Communiquer

Raconter au passé

NIÑO: Mamá, mamá, ¿me cuentas la historia de Ulises y las sirenas?
MADRE: ¿Otra vez? Bueno. Al terminar la guerra de Troya, Ulises quiso volver a Ítaca, donde era rey. Sabía que durante el viaje su barco iba a pasar cerca de la isla de las sirenas. Estas atraían a los marineros con su canto, que era muy dulce y melodioso, para hacerlos naufragar. Entonces, ¿qué hizo?
NIÑO: Tuvo una idea genial. Sus compañeros de viaje se taparon los oídos con cera y a él lo ataron al mástil del barco.
MADRE: Exacto. Así Ulises pudo escuchar el canto de las sirenas y sus compañeros de viaje y él consiguieron sobrevivir. Tras muchas otras aventuras logró llegar a Ítaca y reunirse con su mujer Penélope y su hijo Telémaco, que creían que estaba muerto. Y ahora, ¡a dormir! Buenas noches.
NIÑO: Hasta mañana, mamá.

mini-dico
- **atraer**: attirer
- **taparse**: se boucher
- **la cera**: la cire
- **atar**: attacher
- **el mástil**: le mât
- **conseguir**: arriver à
- **lograr**: réussir à, parvenir à

On s'entraîne !

1 QUIZ

Relie chaque verbe conjugué à son infinitif.

a. éramos •	• ir
b. sabía •	• ver
c. estabas •	• ser
d. veían •	• venir
e. veníamos •	• estar
f. ibais •	• saber

2 *L'imparfait*

Mets les phrases suivantes à l'imparfait.

a. Mi casa es muy grande, tiene cinco habitaciones.
→ ....

b. Salgo con mis amigos los sábados por la noche.
→ ....

c. Veo dibujos animados por la televisión.
→ ....

d. Tengo muchas cosas que hacer.
→ ....

3 *Traduction*

Traduis les phrases suivantes.

a. Hier soir, nous sommes allés au cinéma.
b. Quand sa sœur est née, Elisa avait 4 ans.
c. Lucas n'est pas allé à l'école aujourd'hui.
d. Je n'ai pas pu arriver avant parce qu'il y avait des bouchons.

? indice
hier soir : anoche • bouchons : embotellamientos

4 *Raconter au passé*

Écoute et complète le récit avec les temps du passé.

Cristóbal Colón .... (querer) encontrar una nueva ruta comercial para llegar al Lejano Oriente cruzando el océano Atlántico. Para su viaje, ... (pedir) ayuda económica a los Reyes Católicos. Las tres carabelas, la Pinta, la Niña y la Santa María, ... (salir) del puerto de Palos el 3 de agosto de 1492. En la madrugada del 12 de octubre, un marinero .... (gritar): "¡Tierra!". .... (ser) la isla de Guanahani, a la que Colón .... (bautizar) como San Salvador. Cuando Colón .... (morir) en 1506, no .... (saber) que había descubierto un Nuevo Mundo: América.

5 *Vocabulaire*

Quelle est l'époque derrière chaque adjectif ?

a. medieval → ....
b. renacentista → ....
c. prehistórico → ....
d. contemporáneo → ....

6 CONTRÔLE EXPRESS

Corrige les temps des verbes si nécessaire.

a. Marta ha ido ayer al médico porque tuvo gripe.
b. Michael Jackson ha muerto el 25 de junio de 2009.
c. No te he llamado antes porque no quería despertarte.
d. En la Prehistoria, las personas vivieron en cuevas.
e. El hombre llegó a la Luna en 1969.

Vocabulaire | *La historia y las leyendas* (L'histoire et les légendes)

- la Prehistoria: la Préhistoire
- la Edad Antigua: l'Antiquité
- la Edad Media: le Moyen Âge
- el Renacimiento: la Renaissance
- la Edad Contemporánea: l'époque contemporaine
- el castillo: le château
- el desafío: le défi
- el peligro: le danger
- el enemigo: l'ennemi
- la hazaña: l'exploit
- el héroe, la heroína: le héros, l'héroïne

Corrigés page 47 du Guide

5 L'impératif, l'obligation et l'interdiction

Je me demande...

Comment donner des ordres et interdire ? Comment exprimer l'obligation ?

Les points clés

1 L'impératif

- L'impératif a une **forme spécifique** à la 2e personne du singulier et du pluriel (voir tableau).

  Habla con ella. Parle avec elle.

  ¡Eschuchad! Écoutez !

	tú	vosotros/as
-ar	-a	-ad
-er	-e	-ed
-ir	-e	-id

- Pour les autres personnes à la forme affirmative et pour toutes les personnes à la forme négative, on utilise le **subjonctif présent**.

  Piense usted en la ecología, no derroche electricidad.

- À l'impératif affirmatif, le **pronom complément** est accolé à la fin du verbe (enclise). Lorsqu'il y a deux pronoms de la 3e personne, le COI *le / les* devient ***se***.

  Piénsalo. Penses-y. Devuélveselo. Rends-le-lui.

2 L'obligation et l'interdiction

- Voici les différentes façons d'exprimer l'**obligation**.

L'obligation...

- **personnelle** (« devoir »)
  - *tener que* + infinitif → Tivs que ser prudente.
  - *deber* + infinitif → Debes estudiar más.
- **impersonnelle** (« il faut »)
  - *hay que* + infinitif → Hay que hacer deporte.

- L'**interdiction** peut être exprimée par différentes expressions directement suivies de l'**infinitif** (sans préposition).

  Está prohibido estacionar aquí. Prohibido fumar. No está permitido comer en la clase.

Communiquer

Indiquer un chemin

ALICIA: Perdone, señor, ¿podría indicarme cómo llegar al ayuntamiento, por favor?
SEÑOR: Sí, sí, no está muy lejos de aquí. Sigue todo recto por esta avenida hasta la glorieta y tuerce a la derecha. Tienes que avanzar unos 200 metros y tomar la segunda calle a la izquierda. Es la calle Velázquez, donde está el ayuntamiento.
ALICIA: ¿Sabe también si hay una boca de metro por allí cerca? Después debo volver a la universidad.
SEÑOR: Si, hay una muy cerca, pero si vas a la Universidad Nacional, no vayas en metro, mejor vete a pie, está a unos diez minutos andando.
ALICIA: Ah, vale. Muchas gracias.

mini-dico
- **todo recto**: tout droit
- **torcer**: tourner
- **a la derecha**: à droite
- **a la izquierda**: à gauche
- **a pie**: à pied

On s'entraîne !

1 QUIZ

Qui parle à qui ? Relie les colonnes.

a. Lávate los dientes.	una madre a su hijo
b. Abróchense los cinturones.	un profesor a uno de sus alumnos
c. Haced cincuenta flexiones.	un entrenador de fútbol a su equipo
d. Haz este ejercicio.	una azafata a los pasajeros del avión

2 *L'impératif affirmatif*

Complète ces conseils pour les usagers du métro en utilisant la 2e personne du singulier.

a. Si tienes una mochila grande, …………… (poner) en el suelo.

b. …………… (tener) cuidado con tus pertenencias.

c. …………… (mostrar) tu billete al revisor.

d. …………… (sentarse) solo si no hay personas mayores o mujeres embarazadas.

e. …………… (leer) bien los paneles con indicaciones.

? indice

a. N'oublie pas l'enclise du pronom complément *la*.

3 *L'ordre et la défense*

Transforme les phrases affirmatives en phrases négatives et vice versa.

a. No hagáis mucho deporte. → ……………

b. No circules en moto. → ……………

c. Utilizad el móvil. → ……………

d. Entren ustedes rápidamente. → ……………

e. Ponte el casco. → ……………

4 *Donner des indications*

Écoute et complète le dialogue en conjuguant les verbes.

JAIME: Hola, ¿sabes dónde está el comedor escolar?

RUBÉN: Sí, sí, …………… (subir) al primer piso y …………… (torcer) a la derecha.

JAIME: ¿Y a qué hora abren?

RUBÉN: Está abierto, pero …………… (haber, tener) una tarjeta para poder comer.

JAIME: Ya la tengo, ¡gracias!

5 *Vocabulaire*

À quel mot correspond chaque image ?

① ② ③ ④

a. el ayuntamiento: ……

b. la glorieta: ……

c. la calle: ……

d. el cruce: ……

6 CONTRÔLE EXPRESS

Formule 5 consignes à respecter dans un avion. Utilise *ustedes* et varie les tournures.

a. llamar por teléfono durante el despegue → ……

b. seguir las indicaciones de las azafatas → ……

c. abrocharse el cinturón de seguridad → ……

d. ponerse de pie durante el aterrizaje → ……

e. mostrar su billete al entrar en el avión → ……

Vocabulaire | *La ciudad* (La ville)

- la acera: le trottoir
- el ayuntamiento: la mairie
- el barrio: le quartier
- la calle: la rue
- la calzada: la chaussée
- el cruce: le carrefour
- la estación: la gare
- la glorieta: le rond-point
- la parada de autobús: l'arrêt de bus
- el tranvía: le tramway

Corrigés page 48 du Guide

6 Le subjonctif présent

Je me demande…

Comment se forme le subjonctif ? Qu'exprime-t-il ?

Les points clés

1 Formation

● Le subjonctif présent des **verbes réguliers** se forme en ajoutant au radical :
– pour les verbes en ***-ar*** : *-e, -es, -e, -emos, -éis, -en* ;
– pour les verbes en ***-er*** et ***-ir*** : *-a, -as, -a, -amos, -áis, -an*.

Mi madre quiere que aprenda latín.

● Les verbes présentant une **irrégularité** à la 1re personne au présent de l'indicatif la **conservent** au subjonctif à toutes les personnes, **sauf** à la 1re et 2e personne du pluriel pour les verbes à diphtongue.

tengo → tenga, tengas, tenga, tengamos, tengáis, tengan
pienso → piense, pienses, piense, pensemos, penséis, piensen

● Quelques verbes sont **irréguliers** au subjonctif.

dar → dé • estar → esté • haber → haya • ir → vaya • saber → sepa • ser → sea

2 Emploi

● On emploie le subjonctif pour exprimer une **action non réalisée** (souhait, ordre, doute) ou un **sentiment**, ainsi que pour indiquer les caractéristiques d'une personne ou d'un objet **imaginaire**.

¡Ojalá encuentres un buen trabajo! Pourvu que tu trouves un bon travail !

Me alegro de que estés bien. Je me réjouis que tu ailles bien.

Buscan un empleado que hable chino. Ils cherchent un employé qui parle chinois.

● Il existe également des **emplois spécifiques** à l'espagnol :
– pour exprimer la défense (impératif négatif) ; No tengas miedo.
– après *cuando* (à la place du futur en français) ; **Cuando** llegues, cenaremos.
– après *aunque* (« même si ») ; **Aunque** me lo jures, no te creeré.
– après *quizá(s)* (« peut-être »). **Quizás** Lucas sepa dónde están mis llaves.

Communiquer

Exprimer un ordre, un désir, une volonté

SUSANA: ¿Quieres que vayamos al cine esta tarde?
CARLOS: Hoy no puedo, mi madre me ha pedido que le ayude a hacer la limpieza, y después quizá vayamos a comprar un regalo para mi padre.
SUSANA: Podemos ir más tarde, puede que haya películas, quizá empiecen a las nueve o a las diez.
CARLOS: Ya, pero a mis padres no les gusta que vuelva a casa tarde.
SUSANA: Bueno, llámame cuando estés libre. Yo me voy al cine con Pedro.
CARLOS: Vale, que os divirtáis.

mini-dico
- **ayudar**: aider
- **hacer la limpieza**: faire le ménage
- **un regalo**: un cadeau
- **divertirse**: s'amuser

On s'entraîne !

1 QUIZ

Relie le présent de l'indicatif au présent du subjonctif correspondant.

a. tienen	hagamos
b. sé	haya
c. hacemos	pidáis
d. pedís	tengan
e. hay	durmamos
f. dormimos	sepa

2 *Le subjonctif*

Complète les phrases en mettant les verbes entre parenthèses au subjonctif.

a. Cuando .... (hacer) frío, me pondré la bufanda y los guantes.

b. No creo que Laura .... (venir) a mi fiesta.

c. Espero que el examen no .... (ser) demasiado difícil.

d. Mi madre quiere que .... (esforzarse) más.

e. Clara, no .... (poner) los pies encima de la mesa.

3 *Traduction*

Traduis les phrases suivantes.

a. Le directeur m'a dit de venir.
b. J'espère que vous serez très heureux ensemble.
c. Nous cherchons un appartement qui ait trois pièces.
d. J'irai voir ce film quand j'aurai le temps.

? indice

heureux : feliz(-ces)
pièces : habitaciones

4 *Exprimer un souhait*

Écoute et reporte les souhaits de la mère de Lola.

a. La madre de Lola quiere/desea que ....
b. ....
c. ....
d. ....

5 *Vocabulaire*

Associe les vignettes aux tâches ménagères correspondantes.

a. poner la mesa: .....
b. poner la lavadora: .....
c. planchar: .....
d. quitar el polvo: .....

6 CONTRÔLE EXPRESS

Complète les phrases en mettant les verbes entre parenthèses au subjonctif.

a. Ojalá el médico me .... (dar) buenas noticias.

b. ¿Hay alguien aquí que .... (ser) médico?

c. Mis padres han trabajado mucho para que mis hermanos y yo .... (poder) estudiar.

Vocabulaire | *Las tareas de la casa* (Les tâches ménagères)

- fregar los platos: faire la vaisselle
- hacer la compra: faire les courses
- pasar la aspiradora: passer l'aspirateur
- planchar: repasser
- poner la lavadora: faire une machine
- poner la mesa: mettre le couvert
- quitar el polvo: enlever la poussière
- sacar la basura: sortir la poubelle

Corrigés page 48 du Guide

7 Le futur, les comparatifs

Je me demande...

Comment former le futur ?
Comment comparer ?

Les points clés

1 Le futur

- Formation : **infinitif** du verbe + *-é, -ás, -á, -emos, -éis, -án*
- Certains futurs sont **irréguliers**.

decir → diré | haber → habré | hacer → haré | poder → podré
poner → pondré | salir → saldré | tener → tendré | venir → vendré

- Outre l'expression de faits prévus dans l'avenir, le futur en espagnol peut exprimer une **supposition**, une **hypothèse** sur un fait présent.

[¡Qué raro! Ana no está aquí hoy.] Estará enferma. Elle doit être malade.

2 Les comparatifs et le superlatif

- Formation des **comparatifs** de supériorité (+), d'égalité (=) et d'infériorité (–) :

+	*más* + adj. / adv. / nom + *que*	Beatriz gana más dinero que tú.
=	*tan* + adj. ou adv. + *como* *tanto*(-a, -os, -as) + nom + *como*	Este coche es tan rápido como el mío. Los jóvenes no leen tantas novelas como los mayores.
–	*menos* + adj. / adv. / nom + *que*	Esta habitación está menos desordenada que las otras.

Quatre **irréguliers** : *mejor* (*bueno*), *peor* (*malo*), *mayor* (*grande*), *menor* (*pequeño*).

- Formation du **superlatif** :

Superlatif...

- **absolu** : adjectif + *-ísimo*(-a, -os, -as) (« **très** »)
  bello (beau) → bellísimo (très beau)
- **relatif** : *más/menos* + adjectif (« **le plus/le moins...** »)
  París es la ciudad ∅ más bella del mundo.

Communiquer

Faire des projets

PROFESOR: Chicos, hoy vamos a hablar de lo que queréis hacer de mayores.
ANA: Yo seré veterinaria y viviré en una casa en el campo.
CLARA: Pues yo seré periodista y haré reportajes para las revistas más famosas. Pasaré mi tiempo viajando por todo el mundo.
PROFESOR: ¿Y tú, Manuel? ¿Serás futbolista?
MANUEL: No, profe, quiero ser actor, actuaré en obras de teatro.
CLARA: ¿Y usted, profesor, cómo ve su futuro?
PROFESOR: Cuando me jubile, podré pasar más tiempo con mi familia, me ocuparé de mi jardín, leeré y echaré de menos a mis alumnos...

mini-dico
- **actuar**: jouer (un rôle)
- **jubilarse**: prendre sa retraite
- **echar de menos**: regretter, manquer

On s'entraîne !

1 QUIZ

Coche les verbes qui sont irréguliers au futur.

- ❑ ser
- ❑ saber
- ❑ ir
- ❑ ver
- ❑ hablar
- ❑ poner
- ❑ decir
- ❑ venir
- ❑ comer

2 *Le futur*

Mets ces phrases au futur.

a. No sé qué hacer sin ti. → .....

b. Mis primas van de vacaciones a la Costa Brava. → .....

c. Hay demasiada gente en el centro comercial. → .....

d. Es demasiado tarde para cambiar la situación. → .....

e. ¿Venís a almorzar a casa el domingo? → .....

f. ¿Me dices lo que te pasa? → .....

? indice

Attention, il y a 4 verbes irréguliers.

3 *Traduction*

Traduis les phrases suivantes.

a. Quelle est la montagne la plus haute du monde ?

b. Les femmes ne gagnent pas autant d'argent que les hommes.

c. Son frère est plus sympathique que sa sœur.

d. Tes problèmes sont aussi importants que les miens.

e. Laura a moins de travail que nous.

f. Il y a autant de fleurs ici que dans mon jardin.

? indice

haut : alto • argent : dinero • fleurs : flores

4 *Faire des projets*

Écoute et complète ce texte en mettant les verbes entre parenthèses au futur.

Dentro de diez años, ... (vivir, yo) en otro país, ... (hacer) un trabajo que me guste y .... (tener) dos o tres hijos. Me .... (gustar) hacer las mismas cosas que ahora, pero no .... (poder) dedicarle tanto tiempo a mis amigos como hoy.

5 *Vocabulaire*

Trouve le verbe correspondant à chaque substantif.

a. el nacimiento → ....

b. los estudios → ....

c. la jubilación → ....

d. la vejez → ....

e. la muerte → ....

6 CONTRÔLE EXPRESS

Complète les phrases suivantes avec un verbe conjugué ou un comparatif, selon les cas.

a. Mañana, si hace bueno, ... (ir, nosotros) a pasear por el bosque.

b. No encuentro las llaves, ¿.................. (estar) en mi bolso?

c. Diana .... (ponerse) un vestido largo para ir a la ópera mañana.

d. Los franceses beben .... vino .... los japoneses. (+)

e. En Roma hay .... contaminación .... en Londres. (=)

Vocabulaire *Las etapas de la vida* (Les étapes de la vie)

- nacer: naître
- crecer como persona: grandir, mûrir
- ir al colegio, instituto: aller au collège, lycée
- estudiar una carrera: faire des études universitaires
- encontrar un trabajo: trouver un travail
- enamorarse: tomber amoureux(-euse)
- casarse: se marier
- tener hijos: avoir des enfants
- jubilarse: prendre sa retraite
- envejecer: vieillir
- morir: mourir

Corrigés page 48 du Guide

8 Le conditionnel, l'imparfait du subjonctif

Je me demande…
Quels sont les emplois du conditionnel et du subjonctif imparfait ?

Les points clés

1 Le conditionnel

- Comme le futur, le conditionnel se forme à partir de l'**infinitif** du verbe auquel on ajoute les terminaisons de l'**imparfait** des verbes en ***-er*** et ***-ir*** :

hablar- / comer- / vivir- + *-ía, -ías, -ía, -íamos, -íais, -ían*

- Les **irréguliers** du conditionnel sont les mêmes qu'au **futur** (voir chapitre 7).
- Le conditionnel en espagnol a les **mêmes valeurs** qu'en français (probabilité, politesse, futur dans le passé), et peut également exprimer une **hypothèse au passé**.

  Cuando llegué anoche serían las diez.
  Il devait être dix heures quand je suis rentré hier soir.

2 L'imparfait du subjonctif

- Le subjonctif imparfait se forme à partir du radical de la 3e personne du pluriel au **passé simple**. On remplace *-ron* par les terminaisons suivantes :

habla- / comie- / vivie- +	*-ra, -ras, -ra, -ramos, -rais, -ran*
	-se, -ses, -se, -semos, -seis, -sen (rare)

- Il s'emploie dans les cas suivants :
- dans les propositions **subordonnées** lorsque le verbe de la principale est au passé simple, à l'imparfait ou au conditionnel ;
- après *si* pour exprimer une condition **hypothétique, non réalisée** au moment où l'on parle ;

  Si comieras más, te sentirías mejor.
- après *como si* pour évoquer une **situation imaginaire** ;

  Vive cada día **como si** fuera el último de tu vida.
- avec *quisiera* pour formuler une **demande polie**.

  Quisiera recibir el catálogo.

Communiquer

Évoquer une situation imaginaire

Celia: Nico, ¿te imaginas qué pasaría si fuéramos millonarios?
Nicolás: Pues… Si tuviéramos muchísimo dinero, podríamos dar la vuelta al mundo, compraríamos muchos regalos para nuestra familia y amigos, tendríamos muchas casas y coches de lujo…
Celia: Pues a mí me gustaría que viviéramos de manera sencilla, igual que ahora. Eso sí, no tendríamos que trabajar…
Nicolás: Yo solo haría cosas que me gustaran: teatro, música… También me ocuparía de las personas desfavorecidas.
Celia: Estoy de acuerdo contigo, ¡vamos a comprar un boleto de lotería!

mini-dico
- **millonarios**: millionnaires
- **sencilla**: simple
- **lotería**: loterie

On s'entraîne !

1 QUIZ

Coche la forme verbale correcte.

a. Si ☐ tenía ☐ tuviera bastante dinero, ☐ compraré ☐ compraría un descapotable.

b. Lola no vino ayer, ¿qué le ☐ pasara ☐ pasaría?, ☐ ¿estuviera ☐ ¿estaría enferma?

c. ☐ Quisiera ☐ Quisiese hablar con la Señora Flores, por favor.

d. ☐ Me gustaría ☐ Me gustaba saber a qué hora sale el tren para Valencia.

2 Le subjonctif imparfait

ormule les souhaits d'Ángela.

Ángela le gustaría...

. sus padres • ser menos severos → que .....

. sus hermanos • hacer menos ruido → que .....

. en su habitación • haber una televisión → que .....

. sus profesores • poner menos exámenes → que .....

. su instituto • estar cerca de la playa → que .....

3 Traduction

raduis les phrases suivantes.

. Tu devrais aller voir un médecin.

. Ils aimeraient savoir pourquoi Sara est partie si tôt.

. Ils restent assis comme s'il n'y avait rien à faire la maison.

. Victor m'a dit hier qu'il passerait nous voir.

. Est-ce que tu pourrais m'aider, s'il te plaît ?

? indice

si tôt : tan pronto • rester assis : quedarse sentado

4 Évoquer une situation imaginaire

Forme des phrases à la 3e personne du pluriel en t'aidant du fichier audio.

Ex. : Tener un jardín • plantar flores.
→ Si tuvieran un jardín, plantarían flores.

a. Ser jóvenes de nuevo • ir a bailar. → .....

b. Tener más dinero • gastarlo con su familia. → .....

c. Saber hablar inglés • dar la vuelta al mundo. → .....

d. No ser amigas • sentirse muy solas. → .....

5 Vocabulaire

Écris le mot qui correspond à la définition.

a. Persona que da instrucciones para hacer una película. → ....

b. Documento que contiene los diálogos de una película. → ....

c. Obra literaria que es representada por actores en vivo. → ....

d. Narración breve. → ....

6 CONTRÔLE EXPRESS

Conjugue chaque verbe au temps qui convient.

a. No .... (casarse, yo) con él aunque .... (ser) el último hombre de la tierra.

b. Si .... (estudiar, tú) cada día, ... (sacar) mejores notas.

c. .... (querer, nosotros) hablar con el director.

d. Espero que aquí te sientas como si .... (estar) en tu casa.

? indice

casarse: se marier

Vocabulaire | *El cine y la literatura* (Le cinéma et la littérature)

- el actor, la actriz: l'acteur, l'actrice
- el autor: l'auteur
- el director de cine: le réalisateur
- el protagonista: le personnage principal
- el desenlace: le dénouement
- el cuento: la nouvelle, le conte
- la novela: le roman
- la obra de teatro: la pièce de théâtre
- el guión: le scénario
- el cortometraje: le court-métrage

Corrigés page 48 du Guide

9 La concordance des temps

Je me demande...
Quels temps verbaux employer dans les propositions subordonnées ?

Les points clés

La concordance des temps est **toujours respectée** en espagnol, à l'écrit comme à l'oral.

1 Au présent ou au futur

Proposition principale	Proposition subordonnée
• au présent de l'indicatif : Le pido… • au futur simple : Le pediré… • à l'impératif : Pídele…	au présent du subjonctif : … que venga.

2 Au passé

Proposition principale	Proposition subordonnée
• à l'imparfait : Le pedía… • au passé simple : Le pedí… • au plus-que-parfait : Le había pedido… • au conditionnel : Me gustaría…	à l'imparfait du subjonctif : … que viniera / viniese.

● Si le verbe de la principale est au **passé composé**, celui de la subordonnée est :

– au **subjonctif présent** si l'action de la subordonnée se situe dans le présent ou le futur ;

Le he pedido que venga pero todavía estoy esperando.

– au **subjonctif imparfait** si l'action se situe dans le passé.

Le he pedido que viniera y ha obedecido.

Communiquer

Donner son avis

Director: Buenos días a todos. El objetivo de nuestra reunión de hoy es el lanzamiento de nuestro nuevo producto. Les pedí que buscaran ideas y que nos las expusieran. ¿Quién quiere empezar?

Empleado: Podríamos contactar con blogueros para que escribieran artículos.

Director: Es una buena idea. ¿Qué le parece, Señora Llanos?

Empleada: No creo que sea una buena idea. Ya lo hicimos el año pasado y a los clientes no les interesó que hubiera artículos, lo que querían era probar el producto.

Director: ¿Y si hiciéramos degustaciones en los hipermercados?

Empleado: Me parece bien.

Director: Entonces, está decidido. Para la próxima reunión, me gustaría que se pusieran en contacto con el director de los hipermercados Alpueblo y que le pidieran un presupuesto.

mini-dico
- **el lanzamiento**: le lancement
- **buscar**: chercher
- **un bloguero**: un blogueur
- **probar**: essayer
- **un presupuesto**: un budget

On s'entraîne !

1 QUIZ

Coche la forme verbale correcte.

a. Esperaba que ☐ vengas ☐ vinieras.

b. Me alegro de que ☐ vienes ☐ vengas.

c. Me molestó que no me ☐ avisaste ☐ avisaras.

d. Te pediré que me ☐ ayudes ☐ ayudaras.

e. Les gustaría que ☐ hagamos ☐ hiciésemos algo juntos.

2 La concordance des temps

Conjugue chaque verbe au temps qui convient.

a. No nos pareció bien que Diana no nos .... (invitar) a su fiesta.

b. Es posible que mañana .... (llover).

c. No me puedo creer que mi prima .... (tener) diez hijos.

d. Me extrañaría que no .... (haber) ningún médico en el hospital.

3 Traduction

Traduis les phrases suivantes en veillant à respecter la concordance des temps.

a. Juan voudrait que ses parents lui achètent une moto.

b. Cristina voulait que nous allions faire les courses.

c. Je ne crois pas que vous puissiez courir si vite.

d. Le directeur demandera qu'ils signent le contrat.

? indice

les courses : la compra • si vite : tan rápido • signer : firmar • contrat : contrato

4 Donner son avis

Écoute et complète ce dialogue.

DANIEL: ¿Qué hacemos este fin de semana?

BEATRIZ: Me gustaría que .... (hacer, nosotros) algo diferente, no sé, algo especial. Estoy harta de que siempre .... (hacer, nosotros) lo mismo, ir al cine y después a cenar.

DANIEL: ¿Y si .... (ir, nosotros) a la bolera?

BEATRIZ: No, no me apetece que .... (ir, nosotros) allí otra vez.

DANIEL: ¡Ya sé! Pero no te diré nada hasta mañana...

BEATRIZ: ¡Ay, qué suspense! Me encanta que me .... (dar, tú) sorpresas.

5 Vocabulaire

Complète les phrases en utilisant le vocabulaire.

a. Soraya estudia la .... de Medicina.

b. Esa .... es una gran multinacional.

c. ¿Me dejas los .... de historia? Ayer no pude venir a clase.

d. La .... favorita de Juan es música.

6 CONTRÔLE EXPRESS

Transforme les phrases suivantes.

a. Es una lástima que estemos tan lejos.
→ Era una lástima que ....

b. Le ordenó que abriera su maleta.
→ Le ordena que ....

c. Era imposible que lo supiera.
→ Es imposible que ....

d. No pensaba que pudieras hacerlo.
→ No pienso que ....

Vocabulaire | *Los estudios y el trabajo* (Les études et le travail)

- una carrera: des études universitaires
- aprobar ≠ suspender un examen: réussir ≠ échouer à un examen
- los apuntes: les notes (prises en cours)
- una asignatura: une matière
- una empresa: une entreprise
- una entrevista de trabajo: un entretien d'embauche
- el jefe: le chef
- el sueldo / salario: le salaire

Corrigés page 48 du Guide

Test – Bilan

Le groupe nominal

1 Noelia no es .... aplicada como Maya.
☐ más ☐ tan ☐ menos

2 Queremos ir a Londres .... practicar el inglés.
☐ por ☐ para ☐ porque

3 ¿Crees que Messi es el .... futbolista del mundo?
☐ más bueno ☐ mejor ☐ buenísimo

4 El rascacielos .... del mundo está en Dubái.
☐ el más alto ☐ el altísimo ☐ más alto

.... /4

Le groupe verbal

5 .... a las cinco de la mañana para ir de excursión.
☐ Nos despertamos
☐ Nos despiertamos
☐ Despertámonos

6 Muchas personas .... a causa de las inundaciones.
☐ han muerto
☐ son muertas
☐ han morido

7 En su examen oral de ayer, Lucas no .... responder a ninguna de las preguntas del profesor.
☐ ha sabido ☐ supiera ☐ supo

8 Cuando no .... internet, ... más difícil hacer los deberes.
☐ hubo / fue ☐ haya / era ☐ había / era

9 Clara y Blanca .... en 2012 cuando .... en Granada.
☐ se conocieron / estudiaban
☐ se han conocido / estudiaron
☐ se conocían / han estudiado

10 Señora, ... su pasaporte, por favor.
☐ muéstreme
☐ me muestras
☐ muéstrame

11 Miguel, ... los deberes antes de salir.
☐ hagas ☐ haga ☐ haz

12 Espero que .... unas buenas vacaciones.
☐ pasaréis ☐ paséis ☐ pasáis

13 Roberto va a llegar con una hora de retraso. .... problemas con su coche.
☐ Tendrá ☐ Tiene ☐ Tenga

14 .... cambiar dólares por euros, por favor.
☐ Querría ☐ Quiera ☐ Quisiera

15 En tu lugar, no les .... la verdad a tus padres.
☐ diría ☐ digas ☐ dijeras

16 Rosana habla inglés como si .... nativa.
☐ fuera ☐ sería ☐ era

.... /12

La phrase

17 A Rodrigo .... las películas de acción.
☐ le gustan ☐ se gusta ☐ gustan

18 Los niños .... que estudiar más.
☐ deben ☐ hay ☐ tienen

19 Te pedí ....
☐ que vinieras antes.
☐ que vendrías antes.
☐ que vengas antes.

20 Si .... ayudarte, lo .... sin dudarlo.
☐ pudiera / haría
☐ podría / hiciera
☐ pudiese / hiciese

.... /4

Score total : .... /20 **CORRIGÉS P. 48 DU GUIDE**

BREVET BLANC

3 heures 100 points

La présentation de la copie et la correction de la langue sont notées sur 5 points.

Document A. Texte littéraire

John Johnson, dit le Boa, a été élu maire de Coca, ville imaginaire des États-Unis. Il a de grands projets pour sa ville. Quelques semaines après son élection, il fait un séjour à Dubaï. C'est son premier voyage hors du continent américain.

Ce qu'il voit entre l'aéroport et la ville provoque chez lui une sensation ambivalente d'euphorie[1] et d'écrasement.

Les grues d'abord lui éberluent[2] la tête : agglutinées par centaines, elles surpeuplent le ciel, leurs bras comme des sabres laser plus fluorescents que ceux des guerriers du Jedi, leur halo blafard auréolant la ville chantier d'une coupole de nuit blanche. Le Boa se tord le cou à les compter toutes, et l'homme en *dishdash*[3] blanche qui le coudoie sur la banquette, le voyant faire, lui signale qu'un tiers des grues existant à la surface du globe est réquisitionné en ces lieux : une sur trois répète-t-il, une sur trois est ici, chez nous. Sa toute petite bouche soulignée d'un trait de moustache articule très doucement nous construisons la cité du futur, une entreprise pharaonique. Le Boa ne dit plus rien. Il salive, émerveillé. La prolifération des tours le sidère, si nombreuses qu'on les croit multipliées par un œil malade, si hautes qu'on se frotte les paupières, craignant d'halluciner, leurs fenêtres blanches comme des milliers de petits parallélogrammes aveuglants, comme des milliers de pastilles de Vichy effervescentes dans la nuit délavée ; ici on travaille vingt-quatre heures sur vingt-quatre, les ouvriers sont logés à l'extérieur de la ville, les rotations se font par navette – l'homme susurre chaque information, escortant l'étonnement de Boa avec délicatesse. Plus loin, il pointe d'un index cireux un édifice en construction, déjà haut d'une centaine d'étages, et précise : celle-ci sera haute de sept cents mètres. Le Boa hoche la tête, s'enquiert soudain des hauteurs de l'Empire State Building de New York, ou du Hancok Center de Chicago, questionne sur les tours de Shanghai, de Cape Town, de Moscou, il est euphorique et médusé[4]. À Dubaï donc, le ciel est solide, massif : de la terre à bâtir. Le trajet est long dans la longue voiture, la mer tarde à venir, le Boa l'attend plate, inaffectée, lourde nappe noire comme le pétrole dont le pourtour s'effacerait dans la nuit, et il sursaute à la découvrir construite elle aussi, rendue solide, croûteuse, et apte à faire socle pour un archipel artificiel qui reproduirait un planisphère – la Grande-Bretagne y est à vendre trois millions de dollars – ou un complexe d'habitations de luxe en forme de palmier : elle aussi, donc, de la terre à bâtir.

Le Boa arrive à l'hôtel bouleversé, les joues rouges et les yeux exorbités, il peine à s'endormir, la nuit est trop claire, comme filtrée par une gaze[5] chaude, lui-même trop excité – le Burj Al-Arab est l'hôtel le plus haut du monde, une immense voile de verre et de Teflon gonflée face au golfe Persique qui est absolument noir à cette heure, et clos comme un coffre [...]. Au réveil, le Boa est convaincu d'avoir trouvé l'inspiration qui manquait à son mandat. C'est un espace maîtrisé qui s'offre à ses yeux, un espace, pense-t-il, où la maîtrise se combine à l'audace, et là est la marque de la puissance.

Maylis de Kerangal, *Naissance d'un pont*, © Éditions Gallimard, 2010.

1. Euphorie : sensation intense de bien-être, de joie, d'optimisme.

2. Éberluer : étonner vivement, stupéfier.

3. Dishdash : longue robe blanche, vêtement traditionnel.

4. Médusé : qui manifeste un grand étonnement, de la stupeur.

5. Gaze : tissu léger, utilisé en couture (gaze de soie ou de coton) ou en compresses et pansements (gaze de coton).

Document B

Travailleurs sur un site de construction à Dubaï.

Questions

1 heure 10 — 50 points

Les réponses aux questions doivent être entièrement rédigées.

1 À quel temps les verbes sont-ils majoritairement conjugués dans le texte ? Comment comprenez-vous ce choix de l'auteur ? (4 points)

2 « une entreprise pharaonique » : (3 points)
a. Comment le mot souligné est-il construit ?
b. Que signifie-t-il généralement ?
c. Le contexte lui donne-t-il une valeur particulière ?

3 Réécrivez cette phrase en remplaçant « Le Boa » par « Ils » et en procédant à toutes les transformations nécessaires. (10 points)
« Le Boa arrive à l'hôtel bouleversé, les joues rouges et les yeux exorbités, il peine à s'endormir, la nuit est trop claire, comme filtrée par une gaze chaude, lui-même trop excité. »

4 Quelles sont les caractéristiques principales de la ville décrite dans le texte ? (4 points)

5 Étudiez précisément la progression des émotions et sensations ressenties par le personnage principal au fil de l'extrait. (6 points)

6 « Sa toute petite bouche soulignée d'un trait de moustache articule très doucement nous construisons la cité du futur, une entreprise pharaonique »
Comment dans cette phrase les propos tenus par le personnage sont-ils rapportés ? Est-ce une manière de faire habituelle ? À votre avis, pourquoi l'auteur procède-t-il ainsi ? (5 points)

7 « Un espace, pense-t-il, où la maîtrise se combine à l'audace, et là est la marque de la puissance » :
a. Expliquez le sens de cette phrase en vous aidant de ce qui la précède. (4 points)
b. À votre avis, l'auteur partage-t-il ici la pensée du personnage ? (2 points)

8 Proposez un titre pour ce texte, puis expliquez vos intentions et ce qui justifie votre proposition. (4 points)

9 [Documents A et B] Quels sont les éléments qui rapprochent l'image et le texte ? (4 points)

10 Quelles impressions suscite en vous cette photographie ? Sont-elles comparables à celles produites par le texte ? Pourquoi ? (4 points)

Dictée

20 minutes — 10 points

Le texte est dicté à haute voix à plusieurs reprises, dans une durée totale de 20 minutes.

Les Parisiens n'ont jamais de leur ville le plaisir qu'en prennent les provinciaux. D'abord, pour eux, Paris se limite à la taille de leurs habitudes et de leurs curiosités. Un Parisien réduit sa ville à quelques quartiers, il ignore tout ce qui est au-delà qui cesse d'être Paris pour lui. Puis il n'y a pas ce sentiment presque continu de se perdre qui est un grand charme. Cette sécurité de ne connaître personne, de ne pouvoir être rencontré par hasard. Il lui arrive d'avoir cette sensation bizarre au contraire dans de toutes petites villes où il est de passage, et le seul à ne pas connaître tous les autres.

Louis Aragon, *Aurélien*, © Éditions Gallimard, 1944.

Rédaction

1 heure 30 — 40 points

Vous traiterez au choix le sujet A ou B.

Sujet A

Selon vous, la vie au sein d'une ville moderne est-elle source de bonheur et d'épanouissement ?
Vous répondrez à cette question dans un développement argumenté en vous appuyant sur votre expérience, sur vos lectures, votre culture personnelle et les connaissances acquises dans l'ensemble des disciplines.

Votre rédaction sera d'une longueur minimale d'une soixantaine de lignes (300 mots environ).

Sujet B

Vous êtes un architecte et vous proposez au pays imaginaire d'Utopia la fondation d'une ville idéale. Écrivez la lettre que vous adressez aux dirigeants d'Utopia pour expliquer votre vision de la ville, justifier vox choix et les inviter à retenir votre projet.

Votre rédaction sera d'une longueur minimale d'une soixantaine de lignes (300 mots environ).

Questions

1 Les verbes sont majoritairement conjugués au **présent**. Il s'agit de rendre plus vivantes, plus proches du lecteur les actions racontées dans le récit. On parle alors de **présent de narration**.

2 a. Le mot est construit par **dérivation** : le **radical** *pharaon* est suivi du suffixe *-ique*. b. « Pharaonique » est un adjectif qui signifie **gigantesque**, démesuré. c. Par l'emploi de cet adjectif, l'auteur rapproche les constructions de la ville de Dubaï des pyramides monumentales construites par les pharaons.

> **EN SAVOIR PLUS+**
>
> La pyramide de Khéops fut ainsi pendant des millénaires la construction la plus haute et la plus massive jamais construite, suscitant, comme chez le personnage du Boa, l'étonnement et l'admiration.

3 **Ils arrivent** à l'hôtel **bouleversés**, les joues rouges et les yeux exorbités, **ils peinent** à s'endormir, la nuit est trop claire, comme filtrée par une gaze chaude, **eux-mêmes** trop **excités**.

4 Il s'agit avant tout d'une **cité en chantier**, ce dont témoigne le champ lexical de la construction. Elle se caractérise également par le **gigantisme** (les centaines de grues, la prolifération des tours, un édifice haut de sept cents mètres), la **lumière permanente** (« le halo blafard » des grues, « une coupole de nuit blanche », les fenêtres sont « aveuglantes », « la nuit est trop claire »), et l'**absence de limites** puisqu'elle s'étend dans le ciel comme sur la mer.

5 Au début, le personnage est **partagé** entre la joie intense et une impression d'accablement (« une sensation ambivalente d'euphorie et d'écrasement »). On retrouve cette ambiguïté dans la suite du texte : la **joie** («il salive», «émerveillé», «euphorique») alterne avec la plus grande **stupéfaction** (« éberluent », « se tord le cou », « le sidère », « l'étonnement », « médusé »). Ce choc amène une révélation pour le personnage, convaincu d'avoir trouvé l'inspiration.

6 Les propos tenus dans cette phrase semblent rapportés au discours direct : le pronom employé (*nous*) nous le prouve. Mais, contrairement à l'usage, la **ponctuation attendue n'est pas respectée** : les deux-points et les guillemets sont omis. La limite entre narration et dialogue s'estompe. Le narrateur procède ainsi pour souligner la grande douceur avec laquelle les paroles sont prononcées, qui n'interrompent ni les pensées du personnage ni le fil de la lecture.

7 a. Le Boa est fasciné par ce qu'il vient de découvrir de la ville de Dubaï. C'est un lieu où la maîtrise (le savoir-faire technique) est accompagnée d'audace, c'est-à-dire d'idées nouvelles et courageuses. En effet, **les limites traditionnelles** à l'expansion de la ville **disparaissent** : ainsi, le ciel et la mer sont devenus constructibles. b. Il s'agit ici d'une **pensée rapportée**, comme le souligne l'incise « pense-t-il ». Cette précision semble indiquer que le narrateur ne partage pas les réflexions de son personnage.

8 L'extrait pourrait s'intituler : « Une ville au-delà des limites ». Ce titre insiste sur la démesure de la ville visitée par le personnage, où des ouvriers travaillent sans relâche à l'édification de tours toujours plus hautes, où l'on bâtit dans le ciel et sur la mer.

> **CONSEIL+**
>
> Beaucoup de réponses sont possibles, pour peu qu'elles soulignent un aspect important du texte : les constructions, le gigantisme, l'étonnement du personnage... Seule contrainte : le titre doit prendre la forme d'un groupe nominal.

9 Plusieurs éléments sont communs au texte et à l'image, qui s'attachent tous deux à montrer le quotidien de la ville de Dubaï : les gratte-ciel, les grues, la ville en chantier, les ouvriers travaillant à une nouvelle construction.

10 La photographie ne transmet pas une impression de joie : les ouvriers sont dans un trou, surveillés par un contremaître. Les gratte-ciel occupent les deux tiers supérieurs de l'image. Les hommes sont au service de la ville qui les surplombe, mais ils n'éprouvent pas de gaîté. Au contraire, dans le texte, le lecteur pouvait comprendre l'étonnement médusé du personnage. Les impressions ne sont pas comparables : le texte offre une vision d'ensemble du projet, quand l'image montre une réalité moins grandiose, celle du quotidien des travailleurs.

Dictée

Les Parisiens n'ont jamais de leur ville le plaisir **qu'en prennent** les provinciaux. D'abord, pour eux, Paris **se** limite à la taille de leurs habitudes et de leurs curiosités. Un Parisien réduit sa ville à **quelques** quartiers, il ignore tout **ce** qui est au-delà qui cesse d'être Paris pour lui. Puis il n'y a pas **ce** sentiment presque continu de **se** perdre qui est un grand charme. **Cette** sécurité de ne connaître personne, de ne pouvoir être rencontré par hasard. Il lui arrive d'avoir cette sensation bizarre au contraire dans de toutes petites villes où il est de passage, et le seul à ne pas connaître tous les autres.

Louis Aragon, *Aurélien*, © Éditions Gallimard, 1944.

MÉTHODE+

- Accorde bien les **déterminants** : *quelques quartiers*, *cette sécurité*, etc.
- Dans la première phrase, le sujet du verbe ***prendre*** est inversé. Il faut le repérer pour choisir la bonne terminaison.
- Attention aux homonymes !

Veille à distinguer **ce** (déterminant démonstratif, suivi d'un nom), **ce** (pronom démonstratif, que l'on peut remplacer par *cela*) et **se** (pronom réfléchi, qui n'est jamais le sujet d'un verbe).
En outre, tu ne dois pas confondre ***qu'en*** (*que* + *en*) avec *quand* (qui signifie *lorsque*).

Rédaction

Voici un exemple de rédaction pour chacun des deux sujets. Attention, les titres en gras ne doivent pas figurer dans ta copie !

Sujet A

Introduction

Tout au long du XXe siècle, les campagnes ont été de plus en plus délaissées au profit des grandes villes : vivre en ville permettait d'améliorer sa situation économique et d'éviter la misère. Mais le bonheur et l'épanouissement individuel sont-ils aujourd'hui possibles dans ces cités modernes, où réside désormais la majorité de la population ?

La ville moderne offre des avantages et des commodités…

Vivre dans une ville moderne peut procurer certains avantages : il y est plus facile d'y trouver un emploi par exemple. La ville moderne offre aussi des facilités qui rendent le quotidien plus agréable : les distractions sont nombreuses, les transports bien développés, les commerces ouverts tous les jours. Et il est sûr que l'épanouissement personnel passe aussi par ces commodités.

… mais elle n'est pas pour autant source de bonheur

Cependant la vie au sein d'une ville moderne présente aussi des inconvénients : les logements sont plus chers et plus petits ; on peut vite se sentir isolé dans un lieu où on ne connaît personne ; le bruit et la pollution sont inévitables. Ainsi de ma chambre en ville, j'entends en permanence les bruits des travaux, du métro et des voitures, même la nuit.

CONSEIL+

Démarre ta deuxième partie par un connecteur logique d'opposition, pour montrer que tu vas maintenant mentionner les arguments « contre ».

Conclusion

Si la vie au sein de la ville moderne présente des avantages certains, ces avantages ne sont pas forcément source d'épanouissement. Les progrès technologiques rendent de plus en plus ces avantages accessibles partout, même dans des campagnes isolées. Pour ma part, je considère donc que les inconvénients à vivre dans une ville sont très nombreux et peuvent dans bien des cas être des obstacles au bonheur.

Sujet B

Frédéric Pirès
14, rue du Stand
75009 Paris

À l'attention des dirigeants d'Utopia
Paris, le 15 septembre 2016

Objet :
projet pour la fondation d'une ville idéale

Madame, Monsieur,

Cela fait longtemps que j'admire le pays d'Utopia. Architecte de formation, je suis particulièrement sensible au défi que pose aujourd'hui l'édification d'une ville moderne. C'est pourquoi je voudrais vous soumettre mon projet pour la fondation d'une ville idéale, que votre pays pourrait accueillir.

REMARQUE+

Le premier paragraphe pose la situation d'énonciation : qui est l'émetteur, à qui il s'adresse et dans quel but.

La cité idéale doit essayer de préserver le contact de l'homme avec la nature, en réduisant au maximum les nuisances visuelles et les nuisances sonores liées au trafic permanent. J'ai donc songé à un projet fabuleux pour l'immense vallée qui se trouve au sud d'Utopia. Chaque habitant pourra disposer d'une maison individuelle et d'un jardin. Les équipements de loisirs, parcs, gymnases, étangs, y seront nombreux, afin de favoriser les contacts entre les gens. Pour que le confort de vie soit total, les activités professionnelles seront interdites dans cette zone. C'est seulement dans le centre-ville que le travail sera autorisé, où de hauts édifices seront construits, de manière à concentrer toutes les activités. Les habitants auront interdiction de se rendre à leur travail en voiture. Ils devront utiliser les transports en commun. Afin de ne pas défigurer l'espace, ces moyens de transport seront uniquement souterrains. La surface de la terre sera donc libérée de cette pollution que produisent les véhicules motorisés.

Si vous retenez mon projet, les habitants de cette ville pourront à juste titre se sentir les citoyens les plus privilégiés d'Utopia. Dans l'attente de votre réponse, je vous prie d'agréer, Madame, Monsieur, mes sincères salutations.

Frédéric Pirès

Sujet Mathématiques

2 heures — 100 points

La présentation de la copie et la correction de la langue sont notées sur 10 points.

Exercice 1

8 points • Thème : Fractions

Trois panneaux indicateurs sont placés sur une route au $\frac{1}{4}$ du trajet, au $\frac{1}{3}$ du trajet et au $\frac{5}{12}$ du trajet.

Ces panneaux sont-ils régulièrement espacés ?

Exercice 2

12 points • Thème : Calcul littéral

Arthur choisit un nombre au hasard.

Il le multiplie par (– 3), puis ajoute 9 au produit obtenu et multiplie le dernier résultat par 4.

1 Lorsque le nombre de départ est 2, quel résultat obtient-il ?

2 Sachant qu'il obtient 0 comme résultat final, retrouver le nombre qu'il a choisi au départ.

3 Arthur prétend que pour n'importe quel nombre de départ x, l'expression $(x-6)^2-x^2$ permet d'obtenir le résultat. A-t-il raison ?

Exercice 3

16 points • Thème : Statistiques et probabilités

Les informations suivantes concernent les salaires d'une entreprise composée de 10 femmes et 20 hommes.

Salaires des femmes

1 200 € ; 1 230 € ; 1 250 € ; 1 310 € ; 1 376 € ; 1 400 € ; 1 440 € ; 1 500 € ; 1 700 € ; 2 100 €.

Salaires des hommes

moyenne : 1 769 € ; étendue : 2 400 € ; médiane : 2 000 €.

Les salaires des hommes sont tous différents.

1 Comparer le salaire moyen des hommes et celui des femmes.

2 On tire au sort une personne dans l'entreprise.
Quelle est la probabilité que ce soit une femme ?

3 Le plus bas salaire de l'entreprise est de 1 000 €. Quel est le salaire le plus élevé ?

4 Dans cette entreprise, combien de personnes gagnent 2 000 € ou plus ?

Exercice 4

8 points • Thème : Probabilités

Un sac contient 6 jetons rouges, 2 jetons jaunes et des jetons verts.

Les jetons sont identiques au toucher.

Quand on tire un jeton du sac, la probabilité de tirer un jeton vert vaut 0,5.

Déterminer le nombre de jetons verts contenus dans le sac.

Exercice 5

20 points • Thème : Fonctions et équations

La distance de freinage d'un véhicule est la distance parcourue par celui-ci entre le moment où le conducteur freine et celui où il s'arrête. Celle-ci dépend de la vitesse du véhicule.

La courbe ci-dessous donne la distance de freinage d, exprimée en mètres, d'une voiture en fonction de sa vitesse v, en $m{\cdot}s^{-1}$, sur une route mouillée.

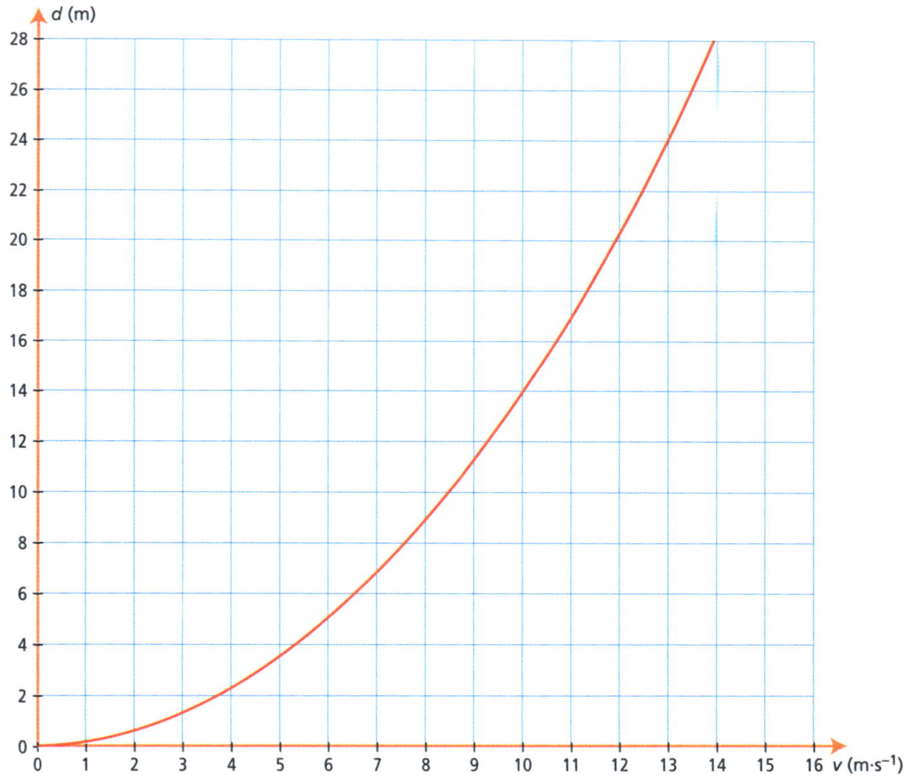

1 **a.** Montrer que $10\ m{\cdot}s^{-1} = 36\ km{\cdot}h^{-1}$.
b. D'après ce graphique, la distance de freinage est-elle proportionnelle à la vitesse du véhicule ?
c. Estimer la distance de freinage d'une voiture roulant à la vitesse de $10\ m{\cdot}s^{-1}$.

2 On admet que la distance de freinage sur route mouillée d, exprimée en mètres, et la vitesse v, en $m{\cdot}s^{-1}$, sont liées par la relation : $d = 0{,}14\ v^2$.
a. Retrouver par le calcul le résultat obtenu à la question **1c**.
b. Un conducteur apercevant un obstacle freine ; il lui faut 25 mètres pour s'arrêter.
À quelle vitesse roulait-il ? Donner le résultat en m·s–1 et en km·h–1, arrondi au dixième près.

BREVET BLANC

Exercice 6

12 points • Thème : Trigonométrie

Pour savoir si les feux de croisement d'une voiture sont réglés correctement, on éclaire un mur vertical comme indiqué ci-contre.

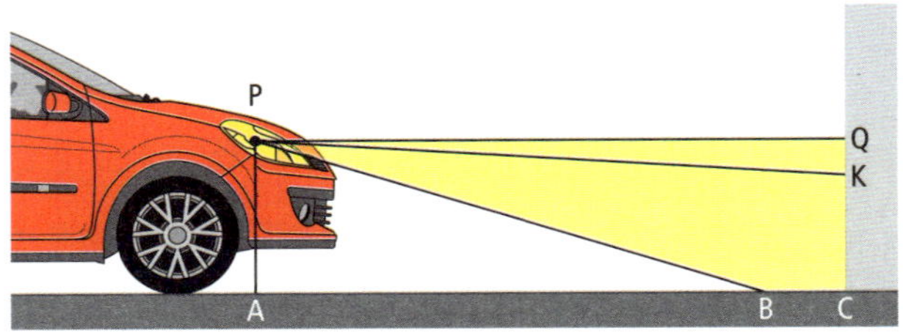

On réalise la figure ci-dessous (qui n'est pas à l'échelle), sur laquelle le phare est identifié au point P et on relève les mesures suivantes : PA = 0,65 m, AC = QP = 5 m et CK = 0,58 m.

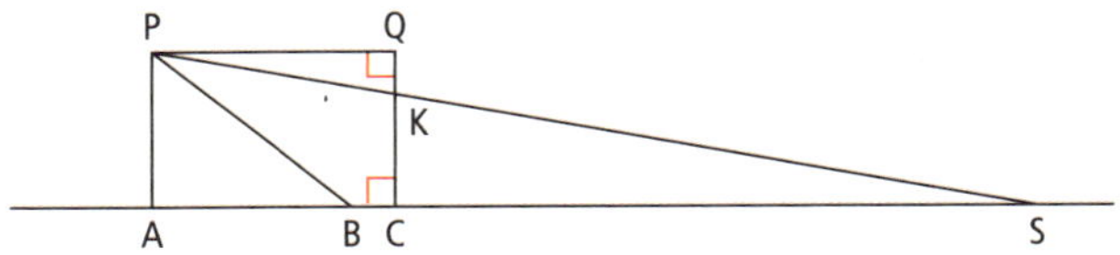

Le constructeur considère que l'éclairage est conforme si le rapport $\frac{QK}{QP}$ est compris entre 0,01 et 0,015.

1 Vérifier que les feux de croisement de ce véhicule sont conformes.

2 Donner une mesure de l'angle $\widehat{QPK}$ correspondant à l'inclinaison du faisceau. On donnera la valeur arrondie au dixième près.

3 Quelle est la distance AS d'éclairage des feux ? On donnera la valeur arrondie au mètre près.

Exercice 7

14 points • Thème : Algorithmique et programmation

1 Voici quatre images, formées chacune de quatre triangles.

Image 1

Image 2

Image 3

Image 4

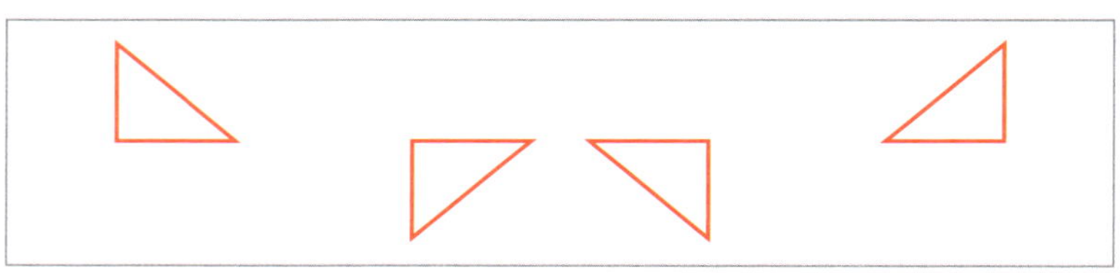

Anatole a écrit le programme suivant :

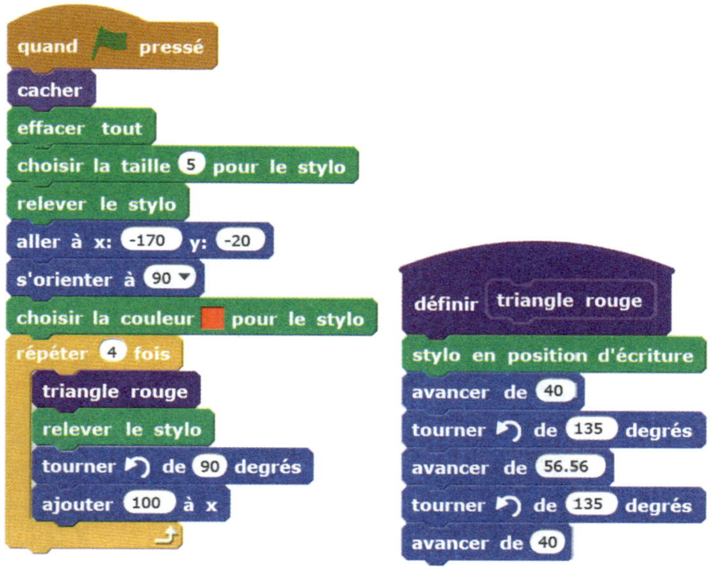

Quelle figure parmi les quatre proposées obtient-on en exécutant le programme d'Anatole ?

2 Béatrice a modifié le programme d'Anatole :

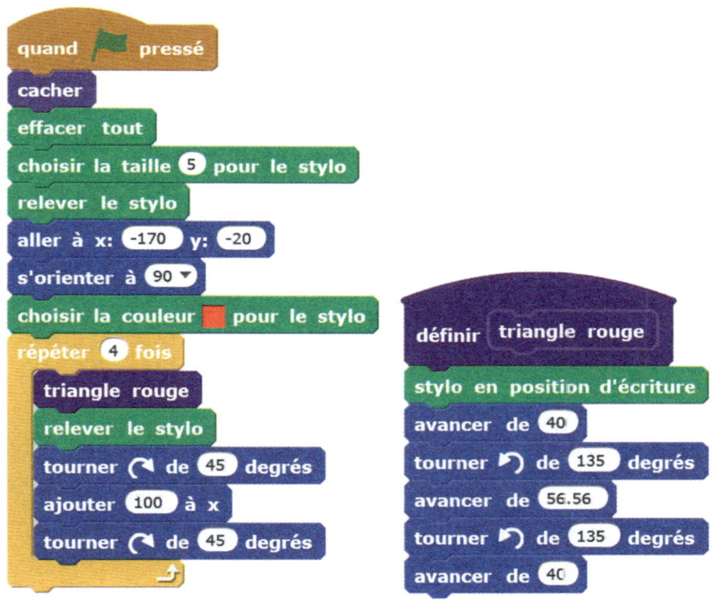

Quelle figure parmi les quatre proposées obtient-on en exécutant le programme de Béatrice ?

3 Carlos souhaite dessiner la figure ci-dessous :

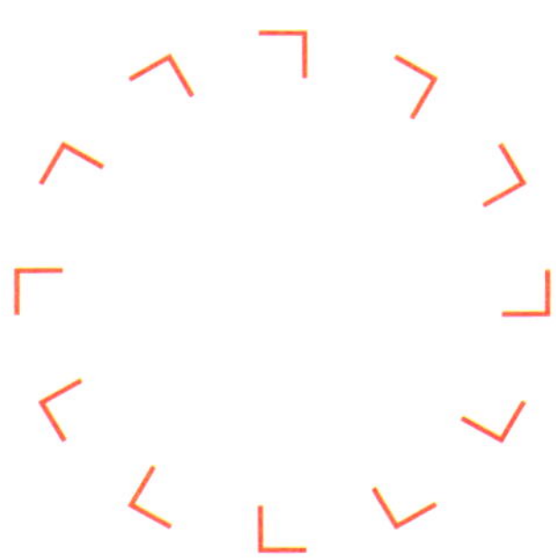

Pour cela, il a écrit le programme ci-dessous :

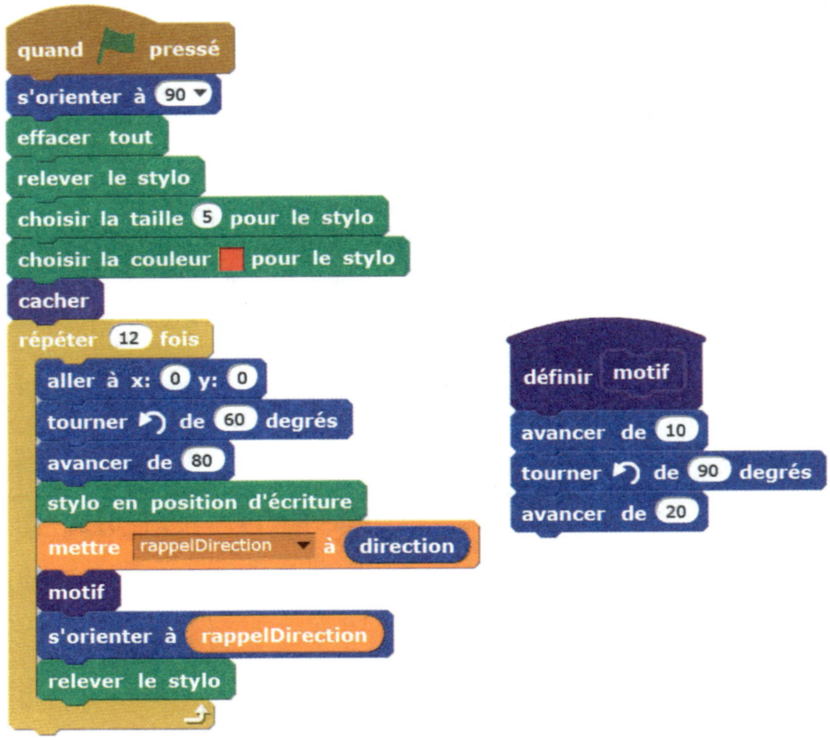

Mais cela ne fonctionne pas comme prévu, il obtient la figure ci-dessous :

Dana lui dit qu'il suffit de modifier une seule instruction du bloc déclenché par le drapeau vert pour dessiner la figure désirée.

Quelle est cette modification ?

Exercice 1

Portion du trajet entre le premier et le deuxième panneau :

$\frac{1}{3}-\frac{1}{4}=\frac{4}{12}-\frac{3}{12}=\frac{1}{12}$

Portion du trajet entre le deuxième et le troisième panneau :

$\frac{5}{12}-\frac{1}{3}=\frac{5}{12}-\frac{4}{12}=\frac{1}{12}$

Il y a la même portion de trajet, soit $\frac{1}{12}$ du trajet, entre le premier et le deuxième panneau, et entre le deuxième et le troisième panneau.

Ainsi, les panneaux sont régulièrement espacés.

À NOTER+

Les calculs à réaliser ne sont pas très difficiles, mais veille à bien rédiger l'ensemble de ton raisonnement pour obtenir tous les points à cet exercice.

Exercice 2

1 Le nombre choisi au départ est 2.

$[2\times(-3)+9]\times4=(-6+9)\times4=3\times4=12$

Le résultat obtenu est 12.

2 Si le résultat obtenu est 0.

$[0\div4-9]\div(-3)=(-9)\div(-3)=3$

Le nombre de départ est donc 3.

EXPLICATION+

Question 2. Tu dois utiliser le programme « à l'envers » : pour cela, pars de la fin du programme de calcul et inverse toutes les opérations (division à la place de la multiplication ; soustraction à la place de l'addition).

3 Avec le nombre x au départ, on obtient :

$[-3x+9]\times4=-12x+36$

L'expression donnée par Arthur est :

$(x-6)^2-x^2=x^2-12x+36-x^2=-12x+36$

Les deux expressions sont identiques ; donc Arthur a raison.

Exercice 3

1 Salaire moyen des hommes : 1 769 € (d'après l'énoncé).

Calcul du salaire moyen des femmes :

$$\frac{1200+1230+1250+1310+1376+1400+1440+1500+1700+2100}{10}$$

= 1 450,60 €

Le salaire moyen des hommes est plus élevé que le salaire moyen des femmes.

2 Il y a 10 femmes sur 30 employés dans l'entreprise.

La probabilité de choisir une femme est de $\frac{10}{30}=\frac{1}{3}$.

3 Le plus bas salaire est de 1 000 € et c'est celui d'un homme.

L'étendue des salaires des hommes est de 2 400 €.

1 000 + 2 400 = 3 400

Le salaire le plus élevé chez les hommes est donc de 3 400 €.

Il est supérieur au salaire le plus élevé chez les femmes (2 100 €), donc c'est bien le salaire le plus élevé de l'entreprise (quel que soit le sexe du salarié).

4 Une seule femme gagne plus de 2 000 € (2 100 €).

Le salaire médian des hommes est de 2 000 €, donc 50 % des 20 hommes, soit 10 hommes, gagnent 2 000 € ou plus.

1 + 10 = 11

Donc, 11 personnes gagnent 2 000 € ou plus.

À NOTER+

Tu dois faire très attention à la population considérée suivant les cas : l'ensemble des salariés, les femmes uniquement ou les hommes uniquement.

Exercice 4

Le sac contient 8 jetons qui ne sont pas verts.
Soit N le nombre de jetons verts dans le sac.
Le nombre total de jetons dans le sac est 8 + N.
Probabilité de tirer un jeton vert :

$p = \frac{N}{8+N} = 0,5$. Ainsi :

$$N = 0,5(8+N)$$
$$N - 0,5 \times N = 4$$
$$0,5 \times N = 4$$
$$N = 8$$

Il y a 8 jetons verts dans le sac.

À NOTER+

Autre méthode : comme on a une chance sur deux de tirer un jeton vert, il y a dans le sac autant de jetons verts que de jetons qui ne sont pas verts, donc 8 jetons verts.

Exercice 5

1 **a.** Si la vitesse est de 10 $m{\cdot}s^{-1}$, alors la distance parcourue en 1 s est de 10 m.
Donc, en 3 600 s, la distance parcourue est de 36 000 m, soit 36 km.
Donc, 10 $m{\cdot}s^{-1}$ = 36 $km{\cdot}h^{-1}$.

EXPLICATION+

Question 1a. Pour convertir des vitesses exprimées en $m{\cdot}s^{-1}$ en $km{\cdot}h^{-1}$, il suffit de multiplier par 3,6.

b. La représentation graphique de la distance de freinage *d* en fonction de la vitesse *v* n'est pas une droite passant par l'origine du repère. Donc, la distance de freinage n'est pas proportionnelle à la vitesse.
c. Par lecture graphique, si la vitesse *v* est de 10 $m{\cdot}s^{-1}$, alors la distance de freinage *d* est de 14 m.

2 **a.** Si $v = 10\ m{\cdot}s^{-1}$,
alors $d = 0,14 \times 10^2 = 0,14 \times 100 = 14$ m.
En appliquant la formule, on retrouve bien la réponse obtenue par lecture graphique à la question précédente.

b. Si la distance de freinage est de 25 m, on a :

$$25 = 0,14\,v^2$$
$$v^2 = \frac{25}{0,14}$$
$$v = \sqrt{\frac{25}{0,14}}$$
$$v \approx 13,4\ m{\cdot}s^{-1}$$

Pour exprimer cette vitesse en $km{\cdot}h^{-1}$, on calcule :

$v = 3,6 \times \sqrt{\frac{25}{0,14}}$

$v \approx 48,1\ km{\cdot}h^{-1}$

EXPLICATION+

Question 2b. Tu peux avoir un encadrement de la réponse en utilisant le graphique.

Par lecture graphique, si la distance de freinage est de 25 m, alors la vitesse est comprise entre 13 $m{\cdot}s^{-1}$ et 14 $m{\cdot}s^{-1}$. Cela concorde avec la réponse trouvée par le calcul : 13,4 $m{\cdot}s^{-1}$.

Exercice 6

1 Le point K appartient au segment [QC].
QC = PA = 0,65 m et KC = 0,58 m.
Donc QK = QC – KC = 0,65 – 0,58 = 0,07 m.

Donc $\frac{QK}{QP} = \frac{0,07}{5} = 0,014$.

On a $0,01 < \frac{QK}{QP} < 0,015$ donc les feux du véhicule sont conformes.

2 Dans le triangle PQK rectangle en Q, on connaît le côté opposé QK à l'angle $\widehat{QPK}$ et le côté adjacent PQ à cet angle, donc on peut utiliser la formule de la tangente d'un angle.
Dans le triangle PQK rectangle en Q :

$\tan \widehat{QPK} = \frac{QK}{QP} = 0,014$

Donc $\widehat{QPK} \approx 0,8°$.

EXPLICATION+

Question 2. Pour déterminer la mesure de l'angle $\widehat{QPK}$, utilise la calculatrice en mode degrés et applique *2de tan* ou *shift tan*.

3 Les droites (PQ) et (AS) sont perpendiculaires à la même droite (QC), donc elles sont parallèles entre elles.
Les angles $\widehat{QPK}$ et $\widehat{PSA}$ sont alternes-internes, formés par des droites (PQ) et (AS) parallèles coupées par une sécante (PS), donc ils sont égaux :
$\widehat{PSA} = \widehat{QPK} \approx 0{,}8°$.
Dans le triangle PAS rectangle en A :

$$\tan \widehat{PSA} = \frac{PA}{AS}$$

$$\tan 0{,}8 = \frac{0{,}65}{AS}$$

$$AS = \frac{0{,}65}{\tan 0{,}8}$$

$$AS \approx 46 \text{ m}$$

À NOTER+

Question 3. Tu peux aussi utiliser le théorème de Thalès pour déterminer CS, puis en déduire AS.

Exercice 7

1 En exécutant le programme d'Anatole, on obtient l'image 2.
Le stylo trace d'abord le premier triangle rectangle (le plus à gauche). Il trace un des côtés de l'angle droit de longueur 40 (1), puis tourne de 135° dans le sens inverse des aiguilles d'une montre (2) pour tracer l'hypoténuse de longueur 56,56 (3), puis tourne à nouveau de 135° dans le sens inverse des aiguilles d'une montre (4) pour tracer le second côté de l'angle droit de longueur 40 (5).
Le stylo tourne ensuite de 90° dans le sens inverse des aiguilles d'une montre (6) et avance de 100 pour se mettre en position avant de tracer le deuxième triangle rectangle, qui est l'image par une translation du premier triangle rectangle. Il trace le deuxième triangle rectangle, puis se met en position avant de tracer le troisième triangle rectangle, etc.
Voici les étapes du tracé d'un des triangles rectangles :

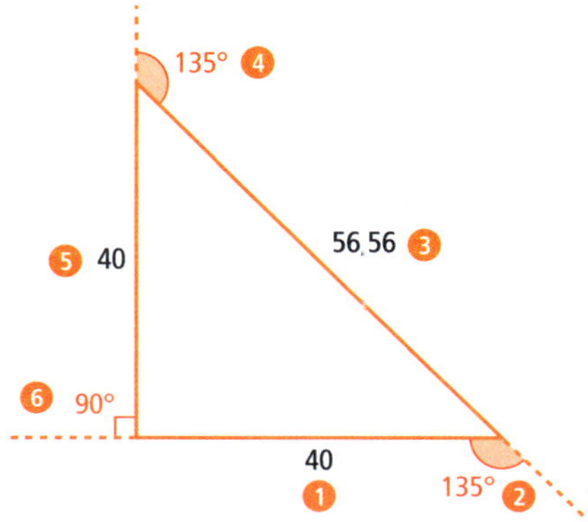

2 En exécutant le programme de Béatrice, on obtient l'image 3.
Après avoir tracé le premier triangle, le stylo ne se remet pas dans la même position qu'au début avant de tracer le deuxième triangle rectangle (il est en fait dans la position miroir au niveau du point M).
Voici les étapes du tracé des deux premiers triangles rectangles :

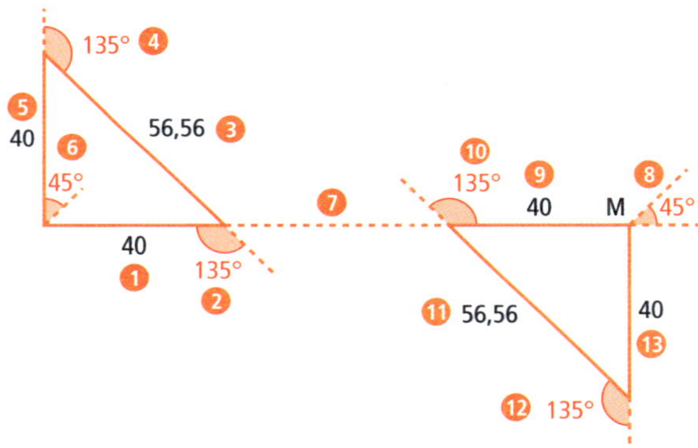

3 Les 12 motifs sont régulièrement espacés sur un cercle et $\frac{360°}{12} = 30°$.
Dans la boucle « répéter 12 fois », il faut modifier l'instruction « tourner de 60 degrés » en la remplaçant par « tourner de 30 degrés ».

EXPLICATION+

Question 3. L'angle au centre d'un cercle vaut 360°.

La présentation de la copie et la correction de la langue sont notées sur 5 points.

Exercice 1 Histoire • Analyser des documents 20 points

Le programme du Conseil national de la Résistance, 15 mars 1944

Le texte a été diffusé au printemps 1944 dans la clandestinité, par les journaux des mouvements de résistance.

Né de la volonté ardente des Français de refuser la défaite, la Résistance n'a pas d'autre raison d'être que la lutte quotidienne sans cesse intensifiée.
Cette mission de combat ne doit pas prendre fin à la Libération. [...]

Aussi les représentants des organisations de Résistance, des centrales syndicales et des partis ou tendances politiques groupés au sein du CNR délibérant en assemblée plénière le 15 mars 1944, ont-ils décidé de s'unir sur le programme suivant, qui comporte à la fois un plan d'action immédiate contre l'oppresseur et les mesures destinées à instaurer, dès la libération du territoire, un ordre social plus juste.

I - Plan d'action immédiate

Les représentants des organisations de Résistance des centrales syndicales et des partis ou tendances politiques groupés au sein du CNR [...] proclament leur volonté de délivrer la patrie en collaborant étroitement aux opérations militaires que l'armée française et les armées alliées entreprendront sur le continent, mais aussi de hâter cette libération, d'abréger les souffrances de notre peuple, de sauver l'avenir de la France en intensifiant sans cesse et par tous les moyens la lutte contre l'envahisseur et ses agents, commencée dès 1940. [...]

II - Mesures à appliquer dès la libération du territoire

[...]

4) *Afin d'assurer :*
– l'établissement de la démocratie la plus large en rendant la parole au peuple français par le rétablissement du suffrage universel ;
– la pleine liberté de pensée, de conscience et d'expression ;
– la liberté de la presse, son honneur et son indépendance à l'égard de l'État, des puissances d'argent et des influences étrangères ;
– la liberté d'association, de réunion et de manifestation [...]
– l'égalité absolue de tous les citoyens devant la loi ;

5) *Afin de promouvoir les réformes indispensables :* [...]
Sur le plan social :
– le droit au travail et le droit au repos, notamment par le rétablissement et l'amélioration du régime contractuel du travail ; [...]
– un plan complet de sécurité sociale, visant à assurer à tous les citoyens des moyens d'existence, dans tous les cas où ils sont incapables de se les procurer par le travail [...]
– une retraite permettant aux vieux travailleurs de finir dignement leurs jours ; [...]

En avant donc, dans l'union de tous les Français rassemblés autour du CFLN[1] et de son président, le général de Gaulle ! En avant pour le combat, en avant pour la victoire, afin que vive la France !

1. Comité français de libération nationale
Il est remplacé le 3 juin 1944 par le Gouvernement provisoire de la République française.

1 Identifiez les auteurs du texte.

2 Pourquoi le programme d'action du Comité national de la Resistance daté du 15 mars 1944 a-t-il été adopté dans la clandestinité ? Expliquez la phrase soulignée en quelques lignes en faisant appel à vos connaissances.

3 Comment expliquer que le général de Gaulle soit mentionné dans le dernier paragraphe ?

4 Relevez et classez-les reformes prévues par le CNR dans le tableau suivant :

Les projets de réformes du CNR après la libération du territoire	
Sur le plan des droits et des libertés	Sur le plan social

5 À partir de deux exemples précis, relevés dans le texte, montrez que le programme du CNR a été applique à partir de 1944.

Exercice 2 GÉOGRAPHIE • Maîtriser les différents langages 20 points

1 Sous la forme d'un développement construit d'une vingtaine de lignes et en vous appuyant sur un ou des exemples d'aires urbaines étudies en classe, décrivez les espaces et les dynamiques des villes françaises.

2 Localisez et nommez sur le fond de carte ci-dessous Paris et 4 aires urbaines de votre choix.

▸ Les principales aires urbaines de la France métropolitaine

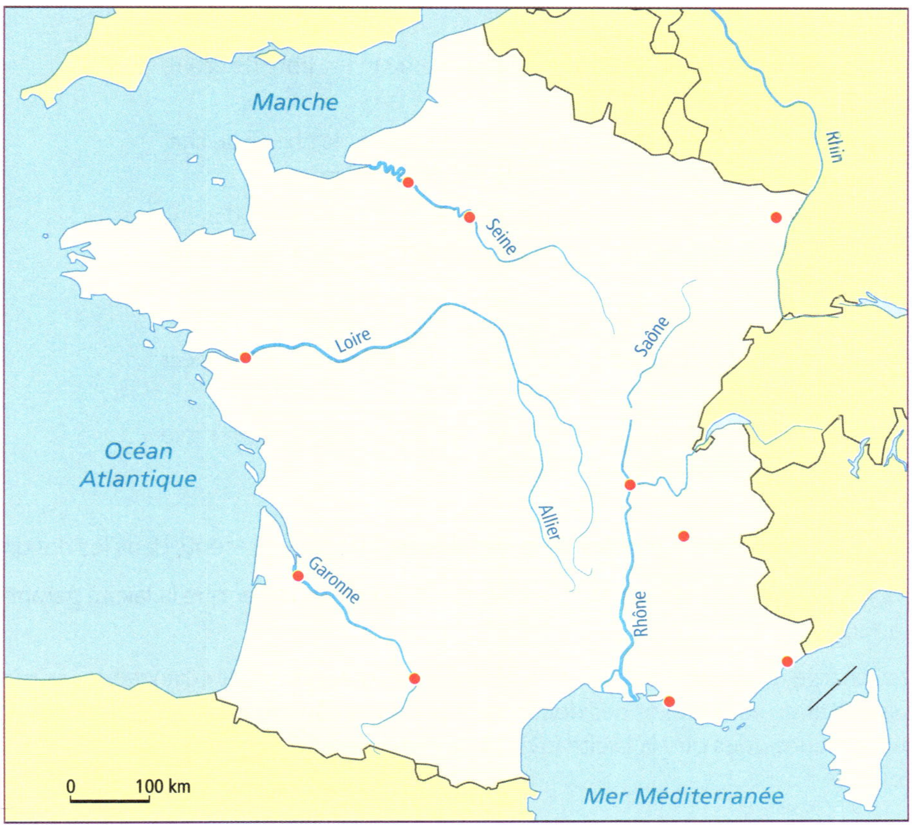

Exercice 3 | ENSEIGNEMENT MORAL ET CIVIQUE | 10 points

Document 1 • Affiche 2015 de la commune de Floirac (Gironde)

Boulevard des Potes : association de lutte contre les discriminations et d'éducation populaire.

Source : www.ville-floirac33.fr/Agenda/Democratie-participative/La-laicite-et-le-vivre-ensemble-debat.

Document 2 • Extraits de la Charte de laïcité à l'école (2013)

Article 3 – La laïcité garantit la liberté de conscience à tous. Chacun est libre de croire ou de ne pas croire [...]

Article 4 – La laïcité permet l'exercice de la citoyenneté, en conciliant la liberté de chacun avec l'égalité et la fraternité de tous dans le souci de l'intérêt général.

Article 8 – La laïcité permet l'exercice de la liberté d'expression des élèves dans la limite du bon fonctionnement de l'école comme du respect des valeurs républicaines et du pluralisme des convictions.

Article 9 – La laïcité implique le rejet de toutes les violences et de toutes les discriminations, garantit l'égalité entre les filles et les garçons et repose sur une culture du respect et de la compréhension de l'autre.

Article 13 – Nul ne peut se prévaloir de son appartenance religieuse pour refuser de se conformer aux règles applicables dans l'École de la République.

1. Citez trois valeurs et deux symboles de la République française présents dans les documents.

2. Expliquez les phrases soulignées dans le document 2 pour montrer que la laïcité garantit les libertés à l'école.

3. Vous êtes chargé de présenter la laïcité à l'école à un correspondant étranger en visite dans votre établissement en vous aidant des documents et de vos connaissances. En quelques lignes, comment lui expliquez-vous que la laïcité favorise le « vivre ensemble » à l'école ?

Exercice 1 Histoire • Analyser des documents

1 Les auteurs du texte sont les représentants du Conseil national de la Resistance (CNR), crée en 1943. Le CNR regroupe tous les mouvements de la Resistance intérieure française, toutes tendances politiques confondues : on y retrouve des mouvements de Resistance, des syndicats, des partis politiques.

2 Ce programme est adopte dans la clandestinité, car la France est à l'époque sous le régime de Vichy. Les différentes activités de Resistance se font donc dans la clandestinité de peur des représailles tant des Allemands que de la milice française.
La phrase soulignée fait référence à l'occupation du territoire français par l'armée allemande. De ce fait, les résistants de l'intérieur rappellent leur volonté d'apporter leur soutien aux opérations militaires qui doivent être menées par les Allies pour libérer le pays. Ainsi, au moment du débarquement en Normandie le 6 juin 1944, les résistants de l'intérieur vont perturber les communications allemandes, ainsi que le rapatriement des troupes, par toute une série de sabotages (lignes téléphoniques, chemins de fer...) et des attentats (contre les dépôts de munition, les soldats eux-mêmes...).

INFO+

La question stipule que tu dois t'aider de tes connaissances. Il faut donc ici donner un exemple de la participation des résistants intérieurs a la libération de la France.

3 Le général de Gaulle est mentionné dans la dernière phrase, car il est le président du Comité français de Libération nationale. C'est lui qui incarne la résistance française vis-à-vis des Alliés. De plus, c'est lui qui le premier, dans son appel du 18 juin 1940, a appelé les Français à résister.

4 Tableau complété :

Les projets de réformes du CNR après la libération du territoire	
Sur le plan des droits et des libertés	Sur le plan social
• Rétablissement du suffrage universel • Rétablissement des libertés fondamentales : de pensée, de conscience, d'expression, de la presse, d'association, de réunion, de manifestation • Rétablissement du principe d'égalité devant la loi	• Réaffirmation du droit au travail et au repos • Création de nouveaux contrats de travail • Création d'un système de sécurité sociale • Création de pensions de retraite

5 Le programme du CNR est applique dès 1944 puisque les femmes obtiennent le droit de vote, rendant ainsi le suffrage vraiment universel. Par ailleurs, en 1945, la Sécurité sociale est créée, permettant notamment le remboursement des soins médicaux.

Exercice 2 Géographie • Maîtriser les différents langages

1 La population urbaine française n'a cessé d'augmenter depuis les années 1950. Cet accroissement s'est accompagné d'un étalement des espaces urbains sur le territoire, au détriment des espaces ruraux.

CONSEIL+

Écris sur ton brouillon toutes les idées que t'évoque le sujet, puis classe-les en 2 ou 3 thèmes, qui constitueront tes grandes parties. N'oublie pas de faire une phrase d'introduction, d'employer des mots de liaison (tout d'abord, ensuite, en effet, ainsi...) et d'illustrer tes propos avec des exemples.

Une aire urbaine est constituée de la ville-centre, de la banlieue et de la couronne périurbaine. Au XXe siècle, toutes les aires urbaines ont connu une augmentation démographique et se sont donc étendues en surface. On parle d'étalement urbain : il se fait au détriment des espaces ruraux (pollution, dégradation des paysages) et entraîne des conflits d'usage.

La population habite de plus en plus loin de la ville-centre. En effet, ce sont la banlieue et surtout la couronne périurbaine qui connaissent la plus forte augmentation démographique. Les populations y cherchent un cadre de vie plus agréable (pavillons individuels, jardin, loyer moins cher). Néanmoins, beaucoup continuent à travailler dans la ville-centre et à utiliser ses services, ce qui entraîne de nombreuses mobilités (migrations pendulaires).

Au sein des aires urbaines, les mobilités sont donc très fortes, entraînant pollution et saturation des axes de transport. C'est pourquoi les collectivités territoriales mettent en œuvre des projets pour améliorer la desserte (nouvelles lignes de bus, tram ou métro, système de véhicules en accès libre...).

Par exemple, l'aire urbaine de Paris suit cette évolution. Sa population a augmenté, sa surface s'est étendue, dépassant même aujourd'hui les limites de l'Île-de-France. Au sein de l'aire urbaine parisienne, les mobilités sont également très fortes. C'est pourquoi la région, ainsi que l'État, ont mis en œuvre le projet du Grand Paris Express. Il s'agit à la fois d'améliorer le réseau de transport (temps de trajet réduit pour les habitants), mais aussi de renforcer et/ou développer des activités en dehors de Paris.

2

1. Relief

Altitude en mètres

plus de 500 | de 200 à 500 | de 0 à 200

2. Principales aires urbaines

les dix premières aires urbaines | autres aires urbaines importantes (plus de 500 000 habitants)

Sur la carte ci-dessus, toutes les aires urbaines sont représentées. Mais, le jour de l'examen, contente-toi d'en placer 4, comme demandé.

Exercice 3 — ENSEIGNEMENT MORAL ET CIVIQUE

1 Les principales valeurs républicaines figurant dans les documents sont la **liberté**, l'égalité, la **fraternité** et la **laïcité**. Les symboles visibles sont la **devise**, **Marianne** et les couleurs du **drapeau** national.

2 La laïcité garantit la liberté de conscience, car **chacun est libre de croire (ou de ne pas croire)** en ce qu'il veut sans subir les pressions d'autres personnes. La laïcité renforce aussi la liberté d'expression puisqu'il n'est pas interdit aux élèves de **parler des religions et des croyances**, du moment que les échanges se font dans le **respect** des convictions de chacun.

3 Les élèves de religions différentes, athées ou sans religion, se côtoient dans les écoles où la laïcité leur permet de travailler sereinement et de mieux « vivre ensemble ». C'est une valeur qui garantit leurs **libertés de conscience et d'expression** et assure l'égalité entre eux : quelle que soit leur religion, les élèves sont tous traités de la même façon et aucune discrimination liée aux convictions religieuses n'est tolérée. Les croyances doivent donc rester personnelles ; il est par exemple interdit de porter des signes religieux trop visibles dans les écoles françaises. La laïcité est donc bien une valeur essentielle au bon fonctionnement des établissements scolaires.

CONSEIL+

Commence par rédiger une **phrase introductive** reprenant les termes du sujet, ici l'expression « vivre ensemble ».

Sujet Sciences

1 heure · 50 points

La présentation de la copie et la correction de la langue sont notées sur 5 points.

Les habitations individuelles récentes construites en France possèdent toutes un chauffe-eau, qui est un équipement de confort élémentaire. Mais les dispositifs de chauffage de l'eau, selon les techniques employées, sont plus ou moins énergivores.

À la suite de la loi Grenelle 1 de l'environnement, les recommandations pour la production d'eau chaude sanitaire évoluent sensiblement, obligeant à trouver de nouveaux équilibres techniques et économiques lors du choix des installations.

Exercice 1 Technologie

30 minutes · 25 points

Les différentes technologies de production d'eau chaude

Trois types de chauffe-eau possèdent des technologies et des usages différents : la chaudière à gaz ; le chauffe-eau électrique ; le chauffe-eau solaire.

Doc. 1 • Technologies de trois types de chauffe-eau

a. Chaudière à gaz

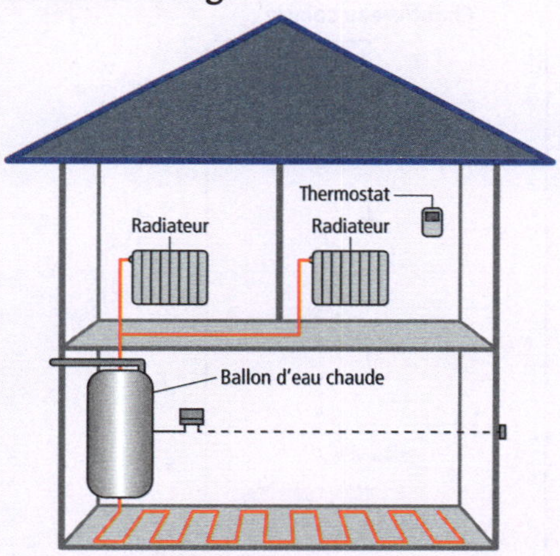

b. Chauffe-eau électrique

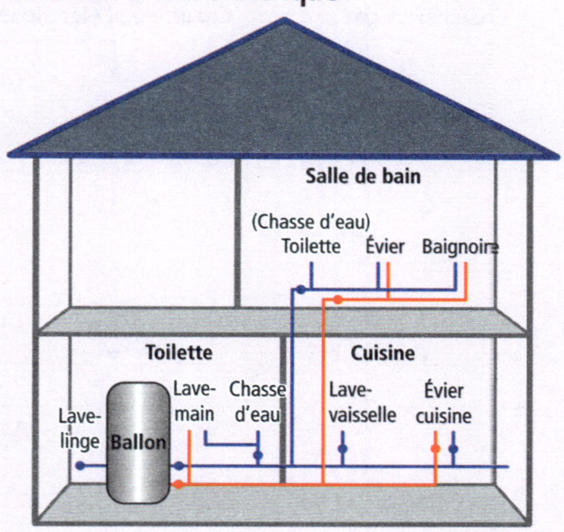

c. Chauffe-eau solaire

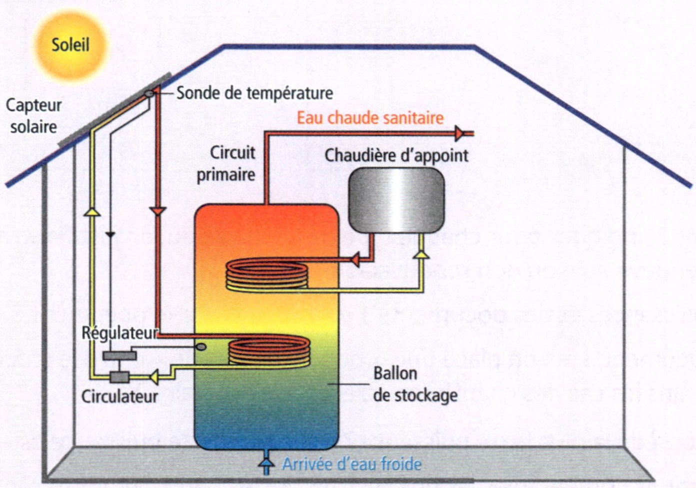

Doc. 2 • Caractéristiques techniques simplifiées de trois types de chauffe-eau

	Chaudière à gaz	Chauffe-eau électrique	Chauffe-eau solaire
Source d'énergie	Gaz de ville	Électricité (220 V)	Soleil
Usage	Eau chaude (salle de bains et cuisine) Chauffage central (radiateurs) et chauffage au sol (serpentin)	Eau chaude (salle de bains et cuisine)	Eau chaude (salle de bains et cuisine)
Composants	Chaudière en inox avec brûleur à gaz	Ballon inox avec sa résistance	Ballon inox Panneaux solaires Circuit primaire de fluide caloporteur[1] entre les panneaux et le ballon
Puissance	23 kW	3 000 W	19 kW
Volume du ballon	Absence de ballon	150 L	150 L

1. **Fluide caloporteur** : gaz ou liquide qui transporte la chaleur entre plusieurs sources de température.

Doc. 3 • Processus de valorisation

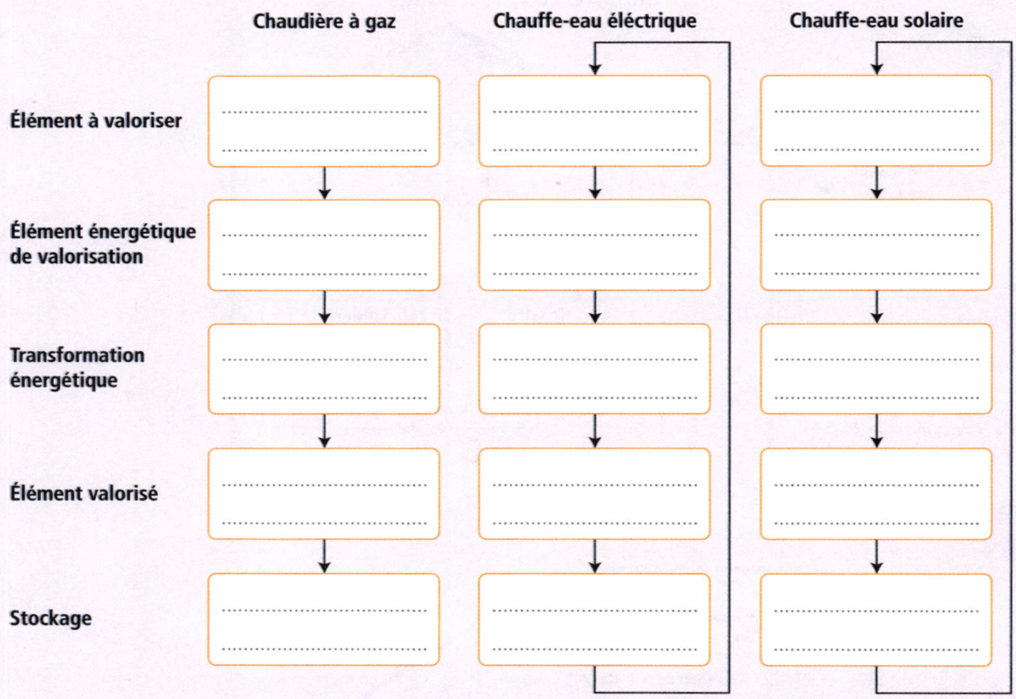

1. À l'aide du document 2, indiquer pour chaque type de chauffe-eau, en justifiant votre réponse, si l'énergie utilisée est renouvelable ou non renouvelable.

2. À l'aide de vos connaissances et des documents 1 et 2, compléter le document 3.

3. Pourquoi dans le document 3 a-t-on placé une « boucle de retour » entre le stockage et l'élément à valoriser dans les cas des chauffe-eau électrique et solaire ?

4. Quel équipement possède la plus forte puissance ? Pourquoi cette puissance est-elle si élevée ?

5. Les équipements sont-ils comparables les uns avec les autres ? Justifier votre réponse en comparant leurs usages.

Exercice 2 PHYSIQUE-CHIMIE 30 minutes 20 points

Transfert d'énergie du chauffe-eau solaire

Le principe du chauffe-eau solaire repose sur la captation de l'énergie produite par les rayons du Soleil et l'exploitation de cette énergie pour chauffer l'eau sanitaire. Un échangeur thermique constitué d'un fluide caloporteur se charge de transmettre au ballon de stockage l'énergie solaire captée au niveau des panneaux solaires (document 1).

Doc. 1 • Schéma simplifié d'un chauffe-eau solaire individuel

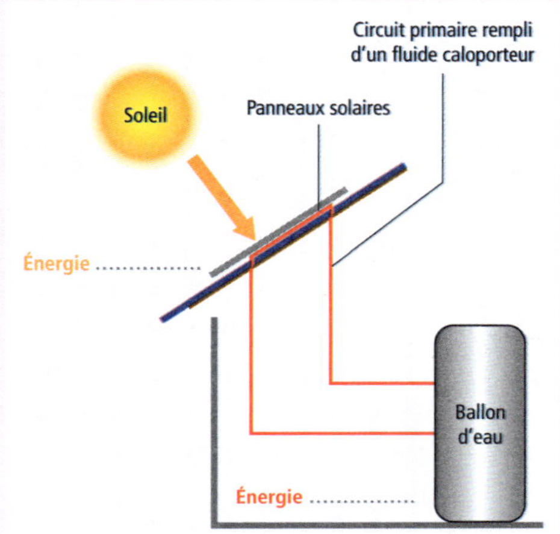

1 Compléter le document 1 en indiquant les deux types d'énergie en jeu.

2 Quelle relation mathématique lie l'énergie $E_{solaire}$ captée par les panneaux et transférée au circuit primaire, la puissance P des panneaux et la durée t de leur fonctionnement ?
Préciser les unités légales de chaque grandeur.

3 D'après la question précédente, calculez l'énergie $E_{solaire}$ transférée en un an au circuit primaire dans une habitation à Lille, sachant que la puissance des panneaux solaires de cette habitation est de 19×10^3 W et que le Soleil éclaire en totalité les panneaux 1 650 heures par an en moyenne.
Convertir cette énergie en kWh sachant que 1 kWh = $3{,}6 \times 10^6$ J.

4 La famille Leclercq, composée de deux adultes et de trois enfants, habite Lille et doit changer son chauffe-eau électrique. Elle souhaite équiper sa maison d'un chauffe-eau solaire. L'étude technique menée par une entreprise spécialisée a montré que la consommation annuelle de la famille en eau chaude oblige à capter un minimum d'énergie de 18 000 kWh au niveau des panneaux solaires.
La famille Leclercq pourrait-elle s'équiper d'un chauffe-eau solaire ? Justifier votre réponse.

5 Le ballon d'eau chaude électrique actuel de la famille consomme environ une énergie $E_{électrique}$ de 3 000 kWh par an.
Avant d'équiper sa maison d'un chauffe-eau solaire, la famille Leclercq veut savoir s'il n'est pas plus économique de remplacer son chauffe-eau électrique actuel par un modèle équivalent plus récent. Mais l'acquisition et l'installation de ces équipements ont des coûts différents, donnés dans le tableau ci-dessous.

	Chauffe-eau électrique récent	Chauffe-eau solaire
Acquisition et installation	800 €	1 200 €

Sachant que la distribution d'électricité de 1 kWh est facturée par leur opérateur 0,15 €, la famille Leclercq peut-elle espérer faire des économies au bout de deux ans avec un chauffe-eau solaire ?

Exercice 1 Technologie

Les différentes technologies de production d'eau chaude

1 Les sources d'énergies des différentes installations sont indiquées dans le document 2 :
– La **chaudière à gaz** utilise le gaz de ville. Or, le gaz est une ressource non renouvelable, donc l'énergie utilisée n'est pas renouvelable.
– Le **chauffe-eau électrique** utilise l'électricité d'un opérateur d'électricité. Cette énergie électrique est produite à l'aide de technologies différentes. Le type de production d'électricité peut être renouvelable (exemple d'un champ d'éoliennes) ou non renouvelable (exemple d'une centrale nucléaire).
– Le **chauffe-eau solaire** utilise exclusivement l'énergie du Soleil dans le cas décrit. L'énergie utilisée est renouvelable.

2 Voir le document 3 corrigé ci-dessous.

3 Le chauffe-eau électrique et le chauffe-eau solaire **stockent l'eau chaude**. Or, celle-ci se refroidit si elle n'est pas utilisée. Elle doit donc être de nouveau chauffée pour être utilisée.

À NOTER+

Dans le cas de la chaudière à gaz, l'eau chaude n'est pas stockée mais chauffée au moment de l'utilisation.

4 La **chaudière à gaz** possède la plus forte puissance (23 kW > 19 kW > 3 000 W) car elle est utilisée à la fois pour l'eau sanitaire et pour le système de chauffage de l'habitation.

5 Les équipements ne sont pas tous comparables les uns avec les autres puisque leurs usages sont différents : la chaudière à gaz a deux usages (chauffage de l'eau sanitaire et chauffage de l'habitation), alors que les chauffe-eau électriques et solaires n'ont qu'un usage (chauffage de l'eau sanitaire).

Par ailleurs, les chauffe-eau électrique et solaire possèdent un dispositif d'accumulation de l'eau chaude, alors que la chaudière à gaz produit de l'eau chaude de manière instantanée (à la demande).

Doc. 3

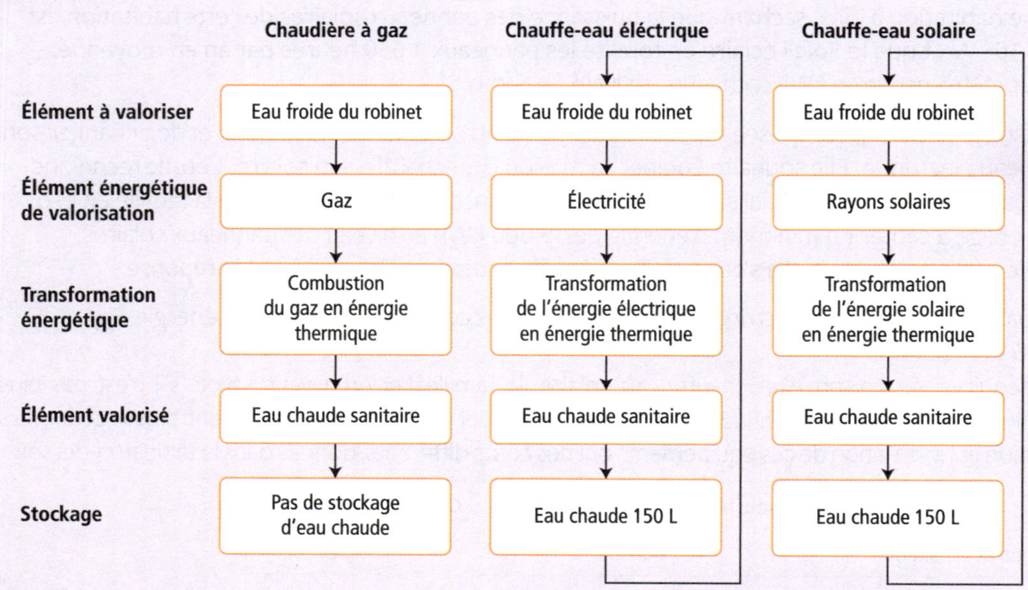

Exercice 2 Physique-Chimie

Transfert d'énergie du chauffe-eau solaire

1

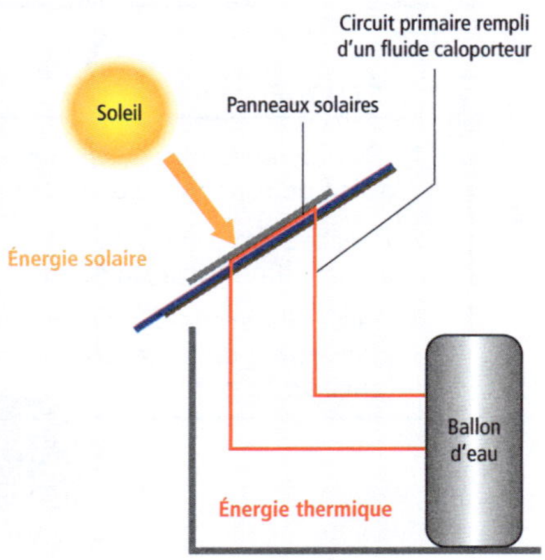

2 $E_{solaire} = P \times t$

E : énergie solaire en joules (J) ;

P : puissance en watts (W) ;

t : temps en secondes (s) ;

3 On applique la formule $E_{solaire} = P \times t$.

Application numérique :

$$E_{solaire} = 19 \times 10^3 \times 1650 \times 3\,600 = 1{,}13 \times 10^{11}\ \text{J}$$

L'énergie $E_{solaire}$ transférée au circuit primaire dans une habitation à Lille en un an est donc de $1{,}13 \times 10^{11}$ J.

Conversion en kWh :

$$E_{solaire} = \frac{1{,}13 \times 10^{11}}{3{,}6 \times 10^6} = \mathbf{31\,350\ kWh}.$$

4 Pour satisfaire les besoins annuels en eau chaude, il faut que les panneaux solaires puissent capter au moins **18 000 kWh en un an.**

Or, d'après la question précédente, à Lille, l'énergie $E_{solaire}$ transférée au circuit primaire est de 31 350 kWh.

Cette valeur est supérieure au minimum requis de 18 000 kWh.

La famille Leclercq peut donc s'équiper d'un chauffe-eau solaire.

> **À NOTER+**
>
> Une année marquée par un faible ensoleillement peut empêcher un chauffe-eau solaire de satisfaire les besoins annuels en eau chaude d'une habitation.

5 Comparons les deux possibilités envisagées sur une durée de deux années.

Soient les coûts respectifs sur deux années du chauffe-eau électrique et du chauffe-eau solaire nommés C (chauffe-eau électrique) et C (chauffe-eau solaire).

On a :

C (chauffe-eau électrique) = C (installation) + 2 × C (consommation annuelle)

et C (chauffe-eau solaire) = C (installation)

> **À NOTER+**
>
> Le coût du chauffage solaire est celui de l'installation : il n'y a pas de coûts supplémentaires de consommation à prendre en compte, comme dans le cas du chauffe-eau électrique.

Application numérique :

C (chauffe-eau électrique) = 800 + 2 × (3 000 × 0,15) = 1 700 €

C (chauffe-eau solaire) = 1 200 €

On a donc :

C (chauffe-eau électrique) > C (chauffe-eau solaire).

Au bout de deux années, le coût total d'un chauffe-eau électrique est plus élevé que celui d'un chauffe-eau solaire : **la famille réalisera des économies en s'équipant d'un chauffe-eau solaire.**

LES ÉPREUVES ÉCRITES DU BREVET

Épreuve de FRANÇAIS

DESCRIPTIF

- 3 heures
- 100 points
- 4 parties :
  - questions sur des documents
  - réécriture
  - dictée
  - travail d'écriture

MÉTHODE

1. Lis plusieurs fois les documents avant de répondre aux questions.
2. Prépare ton travail d'écriture au brouillon (environ 45 min).
3. Garde du temps pour relire l'ensemble de ton devoir (environ 15 min).

Épreuve de MATHS

DESCRIPTIF

- 2 heures
- 100 points
- 6 à 8 exercices

MÉTHODE

1. Survole l'intégralité du sujet.
2. Commence par les exercices qui te semblent les plus faciles.
3. Justifie et rédige toutes tes réponses (sauf pour les QCM).

Épreuve d' HISTOIRE-GÉO. EMC

DESCRIPTIF

- 2 heures
- 50 points
- 3 exercices
  - d'histoire
  - de géographie
  - d'EMC

MÉTHODE

1. Réponds de manière claire et concise aux premières questions portant sur le(s) document(s).
2. Organise ton développement construit en 2 ou 3 paragraphes.
3. En EMC, essaye de te projeter dans la situation pratique décrite.

Épreuve de SCIENCES
(SVT, physique-chimie,technologie)

DESCRIPTIF

- 1 heure
- 50 points
- Exercices se rapportant à 2 des 3 matières

MÉTHODE

1. Lis attentivement tous les documents.
2. Pour les questions ciblées, identifie précisément les informations demandées.
3. Pour les questions de synthèse, choisis bien tes arguments et fais apparaître les étapes de ton raisonnement.

VERS LA 2de

L'année prochaine en FRANÇAIS

En 2de, tu vas enrichir ta culture littéraire et artistique grâce à de nombreuses lectures et divers travaux d'écriture. Tu commences aussi à te préparer aux épreuves du bac de français de 1re.

L'étude de la langue

Au lycée, tu continues à travailler sur la langue, de manière à développer tes compétences linguistiques et à améliorer ton expression.

● **Grammaire.** En 2de, tu approfondis plus particulièrement ces notions :
- le verbe, valeurs temporelles, aspectuelles, modales
- les relations au sein de la phrase complexe
- la syntaxe des propositions relatives

POUR BIEN DÉMARRER !

▶ Les valeurs des temps de l'indicatif, p. 30-31
▶ Le subjonctif, p. 32-33
▶ La phrase complexe et les différentes subordonnées, p. 22-23

● **Orthographe et expression.** Tu t'entraînes à bâtir des énoncés de dimensions variées – phrases, paragraphes et textes –, pour répondre à différents besoins de communication.

Bien sûr, tu es aussi préparé(e) aux exercices liés aux épreuves anticipées de français.

Il faut bien prendre garde à te relire pour chasser fautes de syntaxe et d'orthographe.

POUR BIEN DÉMARRER !

▶ L'accord du verbe avec le sujet, p. 36-37
▶ L'accord de l'adjectif qualificatif, p. 38-39
▶ L'accord du participe passé, p. 40-44

J'aime bien lire du théâtre. Et si j'essayais d'en faire ?

Les objets d'étude

C'est autour des quatre genres ci-après que s'organise la lecture d'œuvres intégrales et tes travaux d'écriture au cours de l'année. Pour compléter, ton professeur propose des prolongements artistiques et culturels.

● **La poésie du Moyen Âge au XVIIIe siècle.** Grâce à des lectures variées de poèmes, tu es amené à analyser comment le travail du poète sur la langue lui permet d'exprimer une vision singulière. Tu étudies également les mouvements artistiques et culturels avec lesquels la poésie entre en résonance.

POUR BIEN DÉMARRER !

▶ La poésie, p. 70-71
▶ La poésie engagée, p. 72-73

● **La littérature d'idées et la presse du XIXe siècle au XXIe siècle.** Tu découvres les débats de cette période à travers une sélection de textes à visée argumentative. Ceux-ci peuvent porter sur des questions sociales, éthiques mais également sur des débats esthétiques liés à la modernité. Ces textes sont l'occasion d'étudier différents procédés pour convaincre et persuader.

POUR BIEN DÉMARRER !

▶ L'argumentation, p. 62-63

● **Le roman et le récit du XVIIIe siècle au XXIe siècle.** À travers l'étude de deux œuvres de la littérature française ou francophone – un roman et un récit d'une autre forme (nouvelle, récit de voyage, journal, biographie, etc.) –, tu es conduit à appréhender différents mouvements littéraires et les évolutions du genre narratif.

POUR BIEN DÉMARRER !

▶ Le récit, p. 56-57
▶ La description, p. 58-59

● **Le théâtre du XVIIe siècle au XXIe siècle.** Ton professeur te propose de lire deux pièces de genre et de siècle différents ainsi que d'autres extraits d'œuvres. C'est l'occasion de découvrir différentes esthétiques et d'approfondir l'analyse des œuvres en les inscrivant dans leur contexte de création et de réception.

POUR BIEN DÉMARRER !

▶ Le théâtre contemporain, p. 68-69

L'année prochaine en MATHS

Le programme de 2de s'organise en quatre parties. L'apprentissage de l'algorithmique et celui de la logique sont développés à l'intérieur de chacune de ces parties.

Nombres et calculs

● Tu approfondis tes connaissances des nombres et des techniques de calcul, notamment celles relatives au **calcul littéral**.

POUR BIEN DÉMARRER !

- Nombres rationnels et fractions irréductibles, p. 78-79
- Calcul littéral, p. 84-85

● Tu apprends à résoudre des problèmes modélisés par une **équation** ou une inéquation.

POUR BIEN DÉMARRER !

- Résoudre une équation, p. 86-87

Géométrie

● En 2de, tu entretiens tes acquis de collège concernant les **configurations planes** et les **solides usuels**.

POUR BIEN DÉMARRER !

- Théorème de Pythagore, p. 102-103
- Théorèmes de Thalès, p. 104-107
- Sphères et boules, p. 118-119

● En lien avec la translation, tu découvres ce qu'est un **vecteur**, comment en additionner deux et comment multiplier un vecteur par un nombre réel.

POUR BIEN DÉMARRER !

- Symétries, translations et rotations, p. 110-111

● Tu apprends à calculer la **distance entre deux points du plan** et les coordonnées du milieu d'un segment. Tu étudies des problèmes d'alignement de points, de parallélisme ou d'intersection de droites à l'aide des **équations de droite**.

Fonctions

● Tu apprends à **représenter algébriquement et graphiquement** des fonctions, notamment pour résoudre des équations ou des inéquations.

POUR BIEN DÉMARRER !

- Notion de fonction, p. 96-97

● Outre les fonctions linéaires et affines, tu étudies les fonctions **carré**, **inverse**, **racine carrée** et **cube**.

POUR BIEN DÉMARRER !

- Fonction linéaire, p. 98-99
- Fonction affine, p. 100-101

● Tu analyses les **variations** d'une fonction (croissante ou décroissante) ainsi que les **extremums** (maximum ou minimum) d'une fonction.

Statistiques et probabilités

● Tu poursuis le travail sur les **pourcentages** comme proportion ou évolution.

● Afin de pouvoir caractériser des séries statistiques, tu détermines leurs caractéristiques de position (**moyenne**, **médiane**) et de dispersion (**écart interquartile**, **écart-type**).

POUR BIEN DÉMARRER !

- Pourcentages, p. 88-89
- Représentation et traitement de données, p. 90-91

● Tu apprends à déterminer la probabilité d'événements dans des **expériences aléatoires** à deux ou trois épreuves, notamment à l'aide d'**arbres** ou de **tableaux**.

POUR BIEN DÉMARRER !

- Probabilités, p. 92-95

● Afin de découvrir la notion d'**échantillon** et la **loi des grands nombres**, tu réalises des simulations à l'aide d'un tableur ou du langage Python.

L'année prochaine en HIST.-GÉO • EMC

En histoire, tu approfondis des questions abordées au collège. En géographie sont évoqués les mutations qui affectent le monde d'aujourd'hui. Les thèmes d'EMC s'articulent autour de la notion de liberté.

Histoire

● Le programme de 2de recouvre des périodes historiques vues au cours des années de 6e, 5e et 4e : de l'Antiquité au XVIIIe siècle. Ce que tu as vu en 3e te servira surtout pour la 1re et la Terminale.

● Tu commences par étudier le **monde méditerranéen**, de l'Antiquité au Moyen Âge.

POUR BIEN DÉMARRER !

- Le monde des cités grecques, divisions politiques (programme de 6e)
- Conquêtes et paix romaines, p. 136-137 (programme de 6e)
- Le monde mulsulman (VIIe-XIIIe siècles) (programme de 5e)

● Puis, tu te consacres aux XVe et XVIe siècles, avec la **découverte** du « Nouveau Monde », la **Renaissance**, l'**humanisme** et les **réformes** religieuses.

POUR BIEN DÉMARRER !

- L'ouverture sur le monde (XVe-XVIe siècles) (programme de 5e)
- L'Europe au début des Temps modernes (XVIe-XVIIe siècles) (programme de 5e)

● Pour l'époque moderne sont passés en revue ces différents thèmes : **l'État** à l'époque moderne (en France et en Angleterre), les **Lumières**, la société de l'**Ancien régime** à la veille de la Révolution.

POUR BIEN DÉMARRER !

- L'Europe des Lumières au XVIIIe siècle (programme de 4e)

Il me tarde d'en savoir plus sur l'Antiquité.

Géographie

● Tu étudies les relations entre les sociétés et leurs environnements, notamment en analysant la **gestion d'une ressource** telle que l'eau. Tu es conduit à questionner aussi la relation entre **démographie**, **développement** et **inégalités**.

POUR BIEN DÉMARRER !

- Les ressources énergétiques (programme de 5e)
- La croissance démographique et ses effets (programme de 5e)
- Répartition de la richesse et de la pauvreté dans le monde (programme de 5e)

● Tu apprends comment s'organisent les **mobilités** à l'échelle du monde – migrations ou tourisme.

POUR BIEN DÉMARRER !

- Un monde de migrants (programme de 4e)
- Le tourisme international (programme de 4e)

● Enfin, tu remobilises toutes les notions de l'année pour étudier les grandes mutations qui touchent l'**Afrique australe**.

Éducation morale et civique

● Le programme s'articule autour de la valeur de la **liberté**. Tu analyses les conditions nécessaires pour leur exercice ainsi que le cadre de la République française, qui garantit leur existence.

● Tu te penches sur les problèmes que peut soulever l'exercice des libertés. Peuvent être abordés le principe de **laïcité**, les mesures contre les discriminations.

POUR BIEN DÉMARRER !

- Respecter les autres (programme de 5e)
- Le principe de laïcité (programme de 3e)
- Les libertés en tension (programme de 4e)
- Être citoyen français et européen, p. 180-181 (programme de 3e)

L'année prochaine en SVT

Le programme de 2de en SVT te permet d'acquérir des concepts fondamentaux en biologie et en géologie, et d'enrichir ainsi ta culture scientifique. Il est organisé en trois parties.

La Terre, la vie et l'organisation du vivant

● Tu étudies les caractéristiques des **organismes pluricellulaires**. Tu découvres ainsi que les cellules possèdent toutes la même information génétique organisée en gènes, ceux-ci étant constitués d'**ADN**, et que de nombreuses réactions chimiques se déroulent dans la cellule (**métabolisme**).

● Tu appends à te situer à différentes échelles de la **biodiversité** : au niveau de l'**espèce** (biodiversité génétique) ou de l'**écosystème**.

Tu constates que la biodiversité change au cours du temps, avec des extinctions et des diversifications, du fait de **forces évolutives** s'exerçant au niveau des populations (dérive génétique, sélection naturelle).

● Enfin, tu analyses la **communication** au sein d'une espèce dans le monde animal, notamment entre partenaires sexuels.

POUR BIEN DÉMARRER !

- La diversité génétique, p. 204-205
- Parenté et évolution des êtres vivants, p. 206-207

Les enjeux contemporains de la planète

● Tu étudies l'**érosion** qui affecte les paysages terrestres et les roches, celles-ci subissant à la fois une altération chimique par l'eau et une altération physique. Tu fais également le constat que les activités humaines peuvent favoriser l'érosion, ce qui peut alors entraîner des **risques**, limités par certains aménagements.

● En lien avec le programme de géographie, tu découvres le **fonctionnement des agrosystèmes** qui nourrissent les hommes. Tu étudies aussi les liens entre les caractéristiques des sols et la production de biomasse. Tu identifies les **impacts environnementaux** et la nécessité d'une **gestion durable** des agrosystèmes.

POUR BIEN DÉMARRER !

- Gérer les ressources énergétiques et le changement climatique, p. 196-197
- Activités humaines et écosystèmes, p. 198-199

Le corps humain et la santé

● Tu étudies la mise en place de l'identité sexuée fondée sur le **sexe chromosomique et génétique** ainsi que le **fonctionnement des appareils sexuels** de la fécondation à la puberté.

● Tu analyses les **structures du cerveau** qui participent aux processus de récompense et les composantes biologiques de la relation entre sexualité et plaisir. Sont également étudiées les différentes **hormones** qui interviennent dans la procréation humaine et les molécules de synthèse utilisées dans la **contraception** et la **contragestion**.

● Tu découvres aussi différentes techniques médicales d'**aide à la procréation**.

POUR BIEN DÉMARRER !

- La sexualité humaine, p. 214-215

● Sur le thème des **maladies vectorielles** : tu apprends que les **agents pathogènes** (virus, bactéries) peuvent transmettre des maladies directement entre êtres humains (ex : le VIH) ou par l'intermédiaire d'insectes ou hôtes (ex : le paludisme). Tu étudies les comportements individuels et collectifs permettant de limiter leur propagation.

● Tu étudies également le **microbiote humain** et son rôle dans le maintien de la santé. Les recherches ont en effet montré le rôle du microbiote intestinal dans l'**immunité** et la **digestion**, et les corrélations entre le microbiote et certaines maladies, ce qui ouvre de nouvelles pistes de traitements.

POUR BIEN DÉMARRER !

- Le système immunitaire, p. 212-213
- Les processus de la digestion, p. 210-211

L'année prochaine en PHYS.-CHIMIE

En 2de, la physique-chimie, cela devient sérieux ! Tu allies la pratique expérimentale et l'activité de modélisation. Le programme est organisé en trois parties.

Constitution et transformations de la matière

● Un des objectifs de ce thème est d'aborder les deux échelles de description de la matière qui vont rendre compte de ses **propriétés physiques et chimiques**, de l'échelle **macroscopique** à l'échelle **microscopique**.

POUR BIEN DÉMARRER !

▶ La structure de la matière, p. 218-219

● Après avoir identifié et distingué les trois types de transformation de la matière – physique, chimique et nucléaire –, tu apprends à les modéliser par des **réactions** et à écrire les équations ajustées en utilisant les **lois de conservation** appropriées.

POUR BIEN DÉMARRER !

▶ Les règles de conservation lors d'une transformation chimique, p. 224-225

Mouvement et interactions

● Ce thème permet de faire un lien précis entre **force appliquée** et **variation de la vitesse**. Les contextes d'étude ou d'application sont nombreux : transports, aéronautique, exploration spatiale, biophysique, sport, géophysique, planétologie, astrophysique ou encore histoire des sciences.

● Tu apprends à décrire un mouvement et à modéliser une action sur un système à l'aide de **vecteurs**. Tu exploites le **principe d'inertie**.

POUR BIEN DÉMARRER !

▶ L'interaction gravitationnelle, p. 228-229
▶ La force de pesanteur, p. 230-231

● Lors des activités expérimentales, tu utilises les outils courants de **captation** et de **traitement d'images** mais également les capteurs présents dans les smartphones.

Ondes et signaux

● Dans la partie « **Acoustique** », tu étudies l'émission, la **propagation** et la **réception** des sons. Les domaines d'application sont multiples : musique, sonar, audiométrie ou encore design sonore. Cette partie est aussi l'occasion de te sensibiliser aux **dangers** liés à l'exposition sonore.

POUR BIEN DÉMARRER !

▶ Signaux et transmission des informations, p. 234-235

● Dans la partie « **Optique** », tu approfondis tes connaissances sur le **rayon lumineux** et tu étudies la notion de **spectre** grâce à de nombreuses expériences. Tu apprends que les phénomènes de **réflexion** et de **réfraction** sont décrits par des relations mathématiques.

● Tu approfondis l'étude des principales lois des circuits électriques. Tu exploites la **caractéristique tension-courant d'un dipôle**.

● Lors des activités expérimentales, tu utilises différents outils de mesure, dont des **microcontrôleurs** associés à des capteurs électriques. Les champs d'application relèvent des transports, de l'environnement, de la météorologie, de la santé ou encore de la bioélectricité.

L'année prochaine en LANGUES

L'apprentissage est organisé autour de cinq grandes activités de communication, avec des niveaux gradués de A1 à C2. En 2de, tu es censé atteindre le niveau B1 en LVA et A2 en LVB. Voici ce que cela signifie.

Écouter et comprendre

Niveau B1

- Tu es en mesure de saisir les points principaux d'une ongue conversation se déroulant en ta présence.
- Tu es également capable de comprendre l'essentiel d'**émissions de radio ou de télévision** sur l'actualité ou sur des sujets de société.

Niveau A2

- Tu es en mesure de comprendre le **vocabulaire couant** relatif à ce qui te concerne de près (toi-même, ta amille, ton environnement proche, tes études).
- Tu es également capable de saisir l'essentiel d'**annonces** et de messages simples et clairs.

Réagir et dialoguer

Niveau B1

- Tes connaissances te permettent d'aborder sans préparation une conversation sur un sujet familier, tout **en ntroduisant un sujet nouveau** durant l'échange.
- Tu révises les formules pour émettre ou solliciter **n avis ou une opinion**.

Niveau A2

- Tu peux communiquer lors de **tâches habituelles** e demandant qu'un échange d'informations simple t direct sur des sujets et des activités familiers.
- Tu es en mesure d'avoir des **échanges brefs**.

Parler en continu

Niveau B1

- Tu dois être capable de **raconter** une expérience, n événement ou une histoire ; mais aussi de **présenter** un projet, d'exposer tes objectifs.
- Tu apprends à développer une **explication** ou à souenir une **argumentation** à l'oral.

Niveau A2

- Tu sais utiliser une série de phrases ou d'expresions pour **parler de ton quotidien** : décrire ta famille t d'autres gens, tes conditions de vie, tes activités…

Lire et comprendre

Niveau B1

- Tu es capable de comprendre des textes informatifs rédigés dans une langue courante, qu'il s'agisse d'**articles de presse** ou de **notices documentaires**.
- Tu peux par ailleurs suivre précisément l'**enchaînement des faits** dans un récit d'une certaine longueur.

Niveau A2

- Tu es capable de comprendre des textes et des courriers courts.
- Tu peux par ailleurs trouver une information prévisible dans des **documents courants** (petites publicités, prospectus, menus, horaires).

Écrire

Niveau B1

- Tu sais rédiger **divers types de textes** : description, compte rendu, résumé, etc. La **prise de notes** lors d'un exposé ou d'une conférence devra être maîtrisée.
- Tu es également capable de développer une **explication** ou soutenir une **argumentation** à l'écrit.

Niveau A2

- Tu sais rédiger des notes et messages simples et courts.
- Tu es également en mesure d'écrire une **lettre personnelle** simple, par exemple une lettre de remerciements.

POUR BIEN DÉMARRER EN ANGLAIS !

- L'interrogation, p. 252-253
- Le discours indirect, p. 266-267
- La condition, p. 258-259
- L'expression du passé, p. 254-255

POUR BIEN DÉMARRER EN ESPAGNOL !

- Le présent de l'indicatif, p. 276-277
- Les prépositions *por* et *para*, p. 278-279
- L'alternance des temps du passé, p. 282-283
- Le conditionnel. L'imparfait du subjonctif, p. 290-291

Classes grammaticales et fonctions

CLASSE GRAMMATICALE	EXEMPLES	DÉFINITION
Mots variables		
nom	*Julie, fille, amitié*	Un nom **désigne** un être, une chose ou une idée. *Julie* est un nom propre, *fille* est un nom commun.
déterminant	*un, le, cette, ses*	Un déterminant **introduit un nom**. Il forme avec lui un groupe nominal (minimal).
adjectif qualificatif	*beau, puissants*	Un adjectif qualificatif apporte des **précisions sur le nom** qu'il qualifie.
pronom	*il, lui, celle, les siens*	En général, un pronom **remplace un nom** ou un groupe nominal (*pro* = « à la place de »).
verbe	*aimer, partait, serons*	Un verbe exprime une action ou un état. Il **se conjugue**, c'est-à-dire qu'il prend une forme différente selon le temps évoqué, le nombre et la personne du sujet.
Mots invariables		
adverbe	*ici, hier, clairement*	Un adverbe peut **s'ajouter** à un verbe, ou à un adjectif, un autre adverbe, une proposition.
préposition	*à, dans, à côté de*	Une préposition **sert de lien** entre un mot et son complément.
conjonction	*mais, ou, et, car, que, quand, dès que*	Une conjonction **relie deux propositions** : – de même nature (conj. de coordination) ; – principale et subordonnée (conj. de subordination).

FONCTION	EXEMPLE	DÉFINITION
À l'échelle d'une proposition		
sujet	**Julie** aime Théo.	Le sujet répond à la question ***Qui est-ce qui ? / Qu'est-ce qui ?*** suivie du verbe.
complément d'agent	Théo est aimé **de Julie**.	Le sujet devient complément d'agent lors de la transformation d'une phrase active en **phrase passive**.
attribut du sujet	Julie est **étudiante**.	L'attribut du sujet exprime une **caractéristique du sujet** ; il s'y rapporte par l'intermédiaire d'un verbe d'état.
COD	Julie aime **le cinéma**.	Le COD **complète** le verbe, **directement** (sans préposition).
attribut du COD	Elle trouve ce film **époustouflant**.	L'attribut du COD exprime une **caractéristique du COD** ; il s'y rapporte par l'intermédiaire d'un verbe exprimant un choix, un jugement…
COI	Théo s'initie **à la calligraphie**.	Le COI **complète** le verbe, **indirectement** (avec une préposition).
COS	Théo envoie un message **à Julie**.	Le COS complète un verbe qui a déjà un complément d'objet.
complément circonstanciel	Théo et Julie se voient **avec plaisir**.	Un complément circonstanciel exprime une **circonstance** (temps, lieu, manière…) de l'action.
À l'échelle d'un groupe nominal		
épithète	une étudiante **sympathique**	Une épithète **se rapporte directement** à un nom.
complément du nom	une étudiante **en biologie**	Un complément du nom complète un nom à l'aide d'une **préposition**.
apposition	**Passionnée de cinéma,** Julie possède 100 DVD.	Une apposition se rapporte à un GN, dont elle est séparée par une virgule (construction détachée).

Verbes modèles du 1er et du 2e groupe

• Chanter

Indicatif			
Présent je chante tu chantes il chante nous chantons vous chantez ils chantent	**Passé composé** j'ai chanté tu as chanté il a chanté nous avons chanté vous avez chanté ils ont chanté	**Imparfait** je chantais tu chantais il chantait nous chantions vous chantiez ils chantaient	**Plus-que-parfait** j'avais chanté tu avais chanté il avait chanté nous avions chanté vous aviez chanté ils avaient chanté
Passé simple je chantai tu chantas il chanta nous chantâmes vous chantâtes ils chantèrent	**Passé antérieur** j'eus chanté tu eus chanté il eut chanté nous eûmes chanté vous eûtes chanté ils eurent chanté	**Futur** je chanterai tu chanteras il chantera nous chanterons vous chanterez ils chanteront	**Futur antérieur** j'aurai chanté tu auras chanté il aura chanté nous aurons chanté vous aurez chanté ils auront chanté

Conditionnel		Subjonctif		Impératif	
Présent je chanterais tu chanterais il chanterait nous chanterions vous chanteriez ils chanteraient	**Passé** j'aurais chanté tu aurais chanté il aurait chanté nous aurions chanté vous auriez chanté ils auraient chanté	**Présent** que je chante que tu chantes qu'il chante que nous chantions que vous chantiez qu'ils chantent	**Passé** que j'aie chanté que tu aies chanté qu'il ait chanté que nous ayons chanté que vous ayez chanté qu'ils aient chanté	**Présent** chante chantons chantez	**Passé** aie chanté ayons chanté ayez chanté

• Finir

Indicatif			
Présent je finis tu finis il finit nous finissons vous finissez ils finissent	**Passé composé** j'ai fini tu as fini il a fini nous avons fini vous avez fini ils ont fini	**Imparfait** je finissais tu finissais il finissait nous finissions vous finissiez ils finissaient	**Plus-que-parfait** j'avais fini tu avais fini il avait fini nous avions fini vous aviez fini ils avaient fini
Passé simple je finis tu finis il finit nous finîmes vous finîtes ils finirent	**Passé antérieur** j'eus fini tu eus fini il eut fini nous eûmes fini vous eûtes fini ils eurent fini	**Futur** je finirai tu finiras il finira nous finirons vous finirez ils finiront	**Futur antérieur** j'aurai fini tu auras fini il aura fini nous aurons fini vous aurez fini ils auront fini

Conditionnel		Subjonctif		Impératif	
Présent je finirais tu finirais il finirait nous finirions vous finiriez ils finiraient	**Passé** j'aurais fini tu aurais fini il aurait fini nous aurions fini vous auriez fini ils auraient fini	**Présent** que je finisse que tu finisses qu'il finisse que nous finissions que vous finissiez qu'ils finissent	**Passé** que j'aie fini que tu aies fini qu'il ait fini que nous ayons fini que vous ayez fini qu'ils aient fini	**Présent** finis finissons finissez	**Passé** aie fini ayons fini ayez fini

21 verbes du 3e groupe à connaître

	Indicatif					Subjonctif
	présent	imparfait	passé simple	futur	passé composé	présent
avoir	j'ai il a ils ont	j'avais il avait ils avaient	j'eus il eut ils eurent	j'aurai il aura ils auront	j'ai eu il a eu ils ont eu	que j'aie qu'il ait qu'ils aient
être	je suis il est ils sont	j'étais il était ils étaient	je fus il fut ils furent	je serai il sera ils seront	j'ai été il a été ils ont été	que je sois qu'il soit qu'ils soient
aller	je vais il va	j'allais il allait	j'allai il alla	j'irai il ira	je suis allé il est allé	que j'aille qu'il aille
partir	je pars il part	je partais il partait	je partis il partit	je partirai il partira	je suis parti il est parti	que je parte qu'il parte
venir	il vient	il venait	il vint	il viendra	il est venu	qu'il vienne
courir	il court	il courait	il courut	il courra	il a couru	qu'il coure
offrir	il offre	il offrait	il offrit	il offrira	il a offert	qu'il offre
cueillir	il cueille	il cueillait	il cueillit	il cueillera	il a cueilli	qu'il cueille
voir	il voit	il voyait	il vit	il verra	il a vu	qu'il voie
devoir	il doit	il devait	il dut	il devra	il a dû	qu'il doive
vouloir	je veux il veut	je voulais il voulait	je voulus il voulut	je voudrai il voudra	j'ai voulu il a voulu	que je veuille qu'il veuille
pouvoir	je peux il peut	je pouvais il pouvait	je pus il put	je pourrai il pourra	j'ai pu il a pu	que je puisse qu'il puisse
savoir	il sait	il savait	il sut	il saura	il a su	qu'il sache
faire	il fait	il faisait	il fit	il fera	il a fait	qu'il fasse
dire	il dit	il disait	il dit	il dira	il a dit	qu'il dise
croire	il croit	il croyait	il crut	il croira	il a cru	qu'il croie
vivre	il vit	il vivait	il vécut	il vivra	il a vécu	qu'il vive
prendre	il prend	il prenait	il prit	il prendra	il a pris	qu'il prenne
peindre	il peint	il peignait	il peignit	il peindra	il a peint	qu'il peigne
résoudre	je résous il résout	je résolvais il résolvait	je résolus il résolut	je résoudrai il résoudra	j'ai résolu il a résolu	que je résolve qu'il résolve
mettre	je mets il met	je mettais il mettait	je mis il mit	je mettrai il mettra	j'ai mis il a mis	que je mette qu'il mette

Principales confusions orthographiques

Je ne confonds plus…	J'identifie…	Exemples
a et *à*	*a* : 3e pers. du sg du verbe *avoir* au présent *à* : préposition	Il *a* (= *avait*) mis du temps *à* (~~*avait*~~) arriver.
ou et *où*	*ou* : *ou bien* *où* : exprime le lieu	Sais-tu *où* (~~*ou bien*~~) il est parti en vacances : à la mer *ou* (= *ou bien*) à la campagne ?
la et *là*	*la* : article défini ou pronom *là* : adverbe de lieu	*La* (~~*ici*~~) carte lui a permis d'arriver *là* (= *ici*), comme prévu.
la et *l'a*	*la* : article défini ou pronom *l'a* : *le*/*la* + *a*	*La* chaise (= *le fauteuil*) que nous venons d'acheter, il *l'a* (= *l'avait*) déjà cassée.
on et *ont*	*on* : pronom sujet *ont* : 3e pers. du pl du verbe *avoir* au présent	*On* (~~*avaient*~~) est surpris par tout le travail qu'ils *ont* (= *avaient*) accompli.
son et *sont*	*son* : déterminant possessif *sont* : 3e pers. du pl du verbe *être* au présent	Ils *sont* (= *étaient*) admiratifs de *son* courage (= *sa bravoure*).
dans et *d'en*	*dans* : préposition introduisant un CC de lieu ou de temps *d'en* : *de* + *en*	*Dans* quelques minutes (= *au bout de quelques minutes*), ils arriveront, soulagés *d'en* sortir (= *de sortir de là*) indemnes.
sans et *s'en*	*sans* : préposition indiquant un manque *s'en* : *se* + *en*	Elle *s'en* sort (= *je m'en sors*) très bien *sans* l'aide de personne.
ce et *se*	*ce* : déterminant ou pronom démonstratif *se* : pronom personnel	Il *se* (= *je me / tu te*…) demande encore s'il va aller voir *ce* film (= *celui-ci*).
ces et *ses*	*ces* : déterminant démonstratif *ses* : déterminant possessif	*Ses* (= *mes*/*tes*) nombreux amis lui ont offert tous *ces* cadeaux (= *ceux-ci*) pour son anniversaire.
c'est et *s'est*	*c'est* : pronom démonstratif + verbe *être* conjugué au présent *s'est* : pronom personnel réfléchi + verbe *être* conjugué au présent	*C'est* (= *cela est*) ma maison. Il *s'est* caché dans le jardin.
ni et *n'y*	*ni* : conjonction de coordination de sens négatif *n'y* : *ne* + *y*	Je n'ai *ni* regrets, *ni* rancœur. D'ailleurs, je *n'y* pense même plus (= *je ne pense même plus à cela*).
si et *s'y*	*si* : adverbe ou conjonction de subordination *s'y* : *se* + *y*	Il est *si* (= *très*) maladroit qu'il doit *s'y* (= *que tu dois t'y*) reprendre à deux fois. *Si* (= *au cas où*) tu y vas, tu ne seras pas déçu.
quant/*quand*/*qu'en*	*quant* (à) : *en ce qui concerne* *quand* : *à quel moment, lorsque* *qu'en* : *que* + *en*	*Quant* à (= *en ce qui concerne*) vos amis, ils sont déjà partis. *Quand* (= *à quel moment*) reviendras-tu ? Le cours était intéressant. *Qu'en* pensez-vous ? (= *Que pensez-vous de ce cours ?*)
quoique et *quoi que*	*quoique* : *bien que* *quoi que* : *quelle que soit la chose que*	*Quoique* (= *bien que*) fatigué, il continue de courir. *Quoi que* (= *quelle que soit la chose que*) vous fassiez, vous réussirez tout.
quel(le) et *qu'elle*	*quel(le)* : déterminant interrogatif ou exclamatif *qu'elle* : *que* + *elle*	*Quel* jour (= *lequel*) sommes-nous ? Il faut *qu'elle* (= *qu'il*) travaille.

Petit guide pour relire sa dictée

ANALYSE…	À L'AIDE DE CES RÈGLES ET CONSEILS
1. la situation de communication	Demande-toi : **qui parle ? à qui ?** Ainsi, si le texte est rédigé à la 1re personne, beaucoup de verbes seront conjugués à la 1re personne du singulier.
2. le temps et le mode des verbes	• Identifie les **temps dominants** utilisés dans le texte. Ainsi, dans un récit au passé : – les actions de premier plan sont rapportées au passé simple ; – les faits de second plan, à l'imparfait. • Prends garde que, dans un contexte passé, une action future sera exprimée au **conditionnel présent** (terminaisons *-rais*, *-rait*, *-raient*…).
3. l'accord des verbes	• Le verbe **s'accorde avec le sujet**. Pour trouver le sujet, pose la question : *Qui est-ce qui… ?* ou *Qu'est-ce qui… ?* suivie du verbe. • Quand le sujet est le **pronom relatif *qui***, cherche l'antécédent de ce pronom.
4. l'accord des adjectifs	L'adjectif qualificatif **s'accorde** en genre et en nombre **avec le nom** (ou le pronom) **auquel il se rapporte**. Pour trouver ce nom, pose la question : *qui est-ce qui est… ?* ou *qu'est-ce qui est… ?* suivie de l'adjectif.
5. l'accord des participes passés	• Si le participe passé est employé **avec *être***, il s'accorde en genre et en nombre avec le sujet. • Si le participe passé est employé **avec *avoir***, il ne s'accorde jamais avec le sujet, mais il s'accorde avec le COD si celui-ci est placé avant le verbe. • Dans le cas d'un **verbe pronominal**, le participe passé s'accorde avec le pronom réfléchi (*me*, *te*, *se*…) quand celui-ci est COD. *Elle s'est lavée à l'eau froide* (*s'* est COD, accord au féminin singulier), mais *elle s'est lavé les mains* (*s'* est COI, pas d'accord).
6. les terminaisons verbales en [e]	Pour savoir si un verbe doit se terminer par ***-er*** (infinitif) **ou *-é(es)*** (participe passé), remplace-le par un verbe du 3e groupe, comme *prendre*.
7. les homophones grammaticaux	Identifie la **classe grammaticale** du mot.

NOTES PERSONNELLES

NOTES PERSONNELLES

Table des illustrations

Achevé d'imprimer par La Tipografica Varese Srl, Varese – Italie – Dépôt légal 06472-0 / 01 – Mars 2020

L'Union européenne

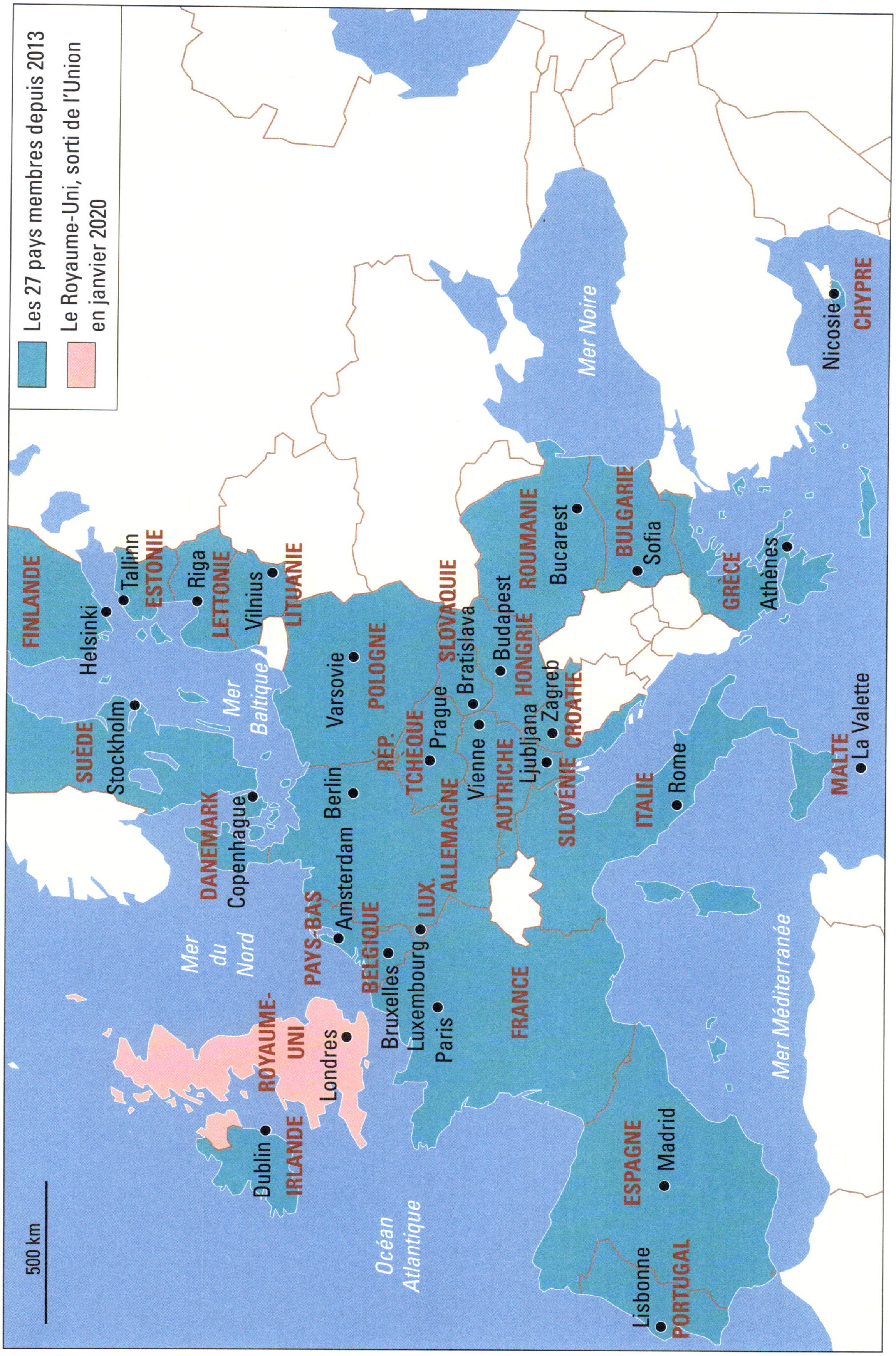

Les États du monde

1. Pays-Bas
2. Allemagne
3. Belgique
4. Rép. tchèque
5. Slovaquie
6. Suisse
7. Autriche
8. Hongrie
9. Slovénie
10. Croatie
11. Bosnie-Herzégovine
12. Serbie
13. Kosovo
14. Macédoine du Nord
15. Albanie
16. Monténégro
17. Arménie
18. Azerbaïdjan
19. Chypre
20. Liban
21. Koweït
22. Rwanda
23. Burundi
24. Guinée équatoriale

BF : Burkina Faso
ÉAU : Émirats arabes unis
RCA : République centrafricaine
RDC : République démocratique du Congo